De glace et de ténèbres

LISA JACKSON

De glace et de ténèbres

Roman

MOSAÏC poche

Titre original : BORN TO DIE

Traduction de l'américain par PHILIPPE MORTIMER

Le visuel de couverture est reproduit avec l'autorisation de :

Paysage : © DARIN STOYANOV / ARCANGEL IMAGES
Silhouette féminine : © PAUL KNIGHT / TREVILLION IMAGES

Réalisation graphique couverture : DPCOM

MOSAÏC, une maison d'édition de la société HARLEQUIN
83-85, boulevard Vincent Auriol, 75646 PARIS CEDEX 13
Tél. : 01 45 82 47 47

www.editions-mosaic.fr

ISBN 978-2-2803-3770-0 — ISSN 2261-4540

Prologue

Parfois, on gagne, parfois on perd… et ce soir, songea Shelly Bonaventure, *j'ai perdu…*

Elle déverrouilla la porte de son appartement, jeta son sac à main sur la table de l'entrée et, subitement, une brûlure lui serra les entrailles, la pliant en deux.

Comme ça, tout d'un coup.

Sans crier gare.

— Oooh…, gémit-elle.

La douleur se calma un peu, suffisamment pour qu'elle puisse atteindre en titubant le canapé.

— Merde, qu'est-ce qui m'arrive ?

Nauséeuse, elle inspira profondément à plusieurs reprises tandis que son mal de ventre s'atténuait encore. Etait-ce grave au point qu'elle appelle police secours, ou allait-elle pouvoir se traîner toute seule aux urgences ?

— Pas de panique, Shelly… Pas de panique…

Mais elle avait l'inquiétante impression que c'était du sérieux.

— Reprends-toi ! s'exhorta-t-elle à haute voix.

Elle ôta ses chaussures à talons hauts. Elle avait dû boire un verre de trop ou mangé quelque chose de pas frais. Ou peut-être ses règles s'annonçaient-elles avec quelques jours d'avance…

Mais non. Impossible que ce soit ça. Cette douleur est bien trop forte.

Elle ferma les yeux un instant et sentit des gouttes de

sueur perler à son front. Peut-être qu'un peu de Maalox, si elle en trouvait encore dans son armoire à pharmacie, la soulagerait… Sinon, il ne lui restait plus qu'à souffrir stoïquement jusqu'au lendemain matin.

Elle s'essuya le front et chercha sa chatte du regard.

— Lana ? appela-t-elle.

Pas de réaction. Etrange… Lorsqu'elle entendait la porte d'entrée s'ouvrir, la chatte sortait habituellement tout de suite de l'une de ses cachettes.

— Lana ? Viens, minette, viens…

Elle tendit l'oreille. Pas le moindre bruit. Pas le moindre miaulement. Pas le moindre mouvement. Peut-être Lana était-elle en train de jouer à cache-cache. Peut-être allait-elle surgir de la pénombre pour lui causer une grosse frayeur, comme il lui arrivait de faire quand elle était d'humeur espiègle.

Shelly marcha d'un pas lent et pesant jusqu'à la salle de bains et faillit se prendre les pieds dans le tapis qu'elle avait acheté sept ans auparavant…

Sept ans, déjà, que je vis dans cette piaule minable…

— Sors de là, coquine ! Sors de ton trou ! dit-elle d'une voix câline. Maman est revenue.

Un claquement se fit soudain entendre, en provenance du patio.

Shelly tressaillit et fit brusquement demi-tour.

Avait-elle aperçu une ombre se faufiler ?

Le cœur battant, elle se précipita à la porte-fenêtre. L'ombre qu'elle avait cru voir bouger était celle d'une feuille de palmier qui flottait au vent devant la lampe.

— Idiote !

Mais alors, c'est quoi, ce bruit ?

Lana ?

Mais où est-ce qu'elle s'est fourrée ?

Les nerfs tendus, Shelly s'efforça de se convaincre que ce n'était rien, sans doute Bob, son voisin du dessus, qui avait laissé un objet lui échapper des mains.

Bob comment, au fait ? Ce vieux bonhomme était d'une maladresse incroyable ; il faisait tout le temps tomber quelque chose.

Elle sentit une nouvelle vague de nausée lui monter à la gorge et elle serra les dents jusqu'à ce que la sensation s'atténue.

Mais qu'est-ce qui m'arrive, ce soir ?

S'appuyant sur le dossier du canapé, elle expira longuement avant de jeter un regard circulaire dans le salon. Dire qu'elle vivait dans ce deux-pièces depuis une décennie, à regarder se creuser les rides sur son visage, tandis que les années passaient et que tous les rôles qu'elle convoitait lui filaient entre les doigts.

Depuis que Donovan et elle avaient divorcé, en fait…

Non, il ne fallait pas qu'elle revienne sur ces histoires anciennes. Pas ce soir. Une attitude positive, voilà ce qu'il lui fallait. Mais avant tout elle avait besoin de trouver le moyen d'apaiser ses brûlures intestinales. Elle avait simplement bu un peu trop au Lizards, ce petit bar sympathique, à quelques dizaines de mètres de chez elle. Elle s'était laissée aller, en se disant qu'elle allait bientôt avoir trente-cinq ans. Et elle avait un peu abusé de la boisson.

Juste un peu…

A cause de ce type qu'elle avait rencontré là-bas et qui avait entendu dire que c'était son anniversaire. Il lui avait payé plusieurs mai tai bien tassés, paraissant séduit par elle… Oui, vraiment séduit… Et ce qui ne gâtait rien, beau garçon par-dessus le marché ! Sexy, la voix rauque et sensuelle au point qu'elle en avait eu un petit frisson. Shelly avait cru un instant l'avoir déjà rencontré. Et, lorsqu'il avait posé sa main sur la sienne, elle avait senti le désir monter en elle. Les yeux de l'inconnu étaient d'un gris intense, strié de bleu marine. Ses lèvres étaient minces ; ses joues légèrement mal rasées soulignaient sa virilité. Et ce sourire, si coquin, si engageant, lorsqu'il lui avait parlé… Aucun doute, il maîtrisait à merveille son rôle de mauvais garçon charmeur. Elle lui avait même dit qu'il avait un sourire mortel. Il avait trouvé cette remarque amusante. Il avait même ajouté que c'était la première fois qu'on lui disait cela, et il avait émis un petit gloussement.

Elle avait immédiatement fantasmé sur le corps dénudé de cet homme, sur le goût de ses lèvres lorsqu'il les plaquerait avidement contre les siennes, sur la facilité avec laquelle elle se laisserait entraîner au lit quand il la prendrait dans ses bras puissants.

Oui, mais tu ne lui as pas proposé de te suivre. Il est resté dans le bar et toi, tu es rentrée ici. Toute seule.

Bien sûr qu'elle ne l'avait pas invité chez elle ! Pourquoi l'aurait-elle fait ? Elle ne le connaissait ni d'Eve ni d'Adam ! Et, en fin de compte, elle avait bien fait, puisque, à présent, elle était en proie à cet affreux mal de ventre et qu'elle avait, de surcroît, demandé à être réveillée par téléphone à 5 heures le lendemain matin.

Son agent avait réussi à lui obtenir une audition pour un rôle dans un nouveau feuilleton que devait diffuser la chaîne Fox à l'automne. Le casting devait avoir lieu dans la matinée, et elle était résolue à faire bonne impression. La meilleure impression possible. C'était bien simple, si elle ne décrochait pas ce rôle, sa carrière d'actrice, déjà bien mal en point, serait terminée. Enfin, jusqu'à ce qu'elle fasse un de ces come-back pathétiques dans une émission de téléréalité mettant en scène des ex-célébrités et des vedettes sur le retour, seule opportunité pour elle d'entamer une nouvelle carrière. Et encore…

Si seulement cette douleur pouvait cesser ! Elle était en nage. Ce n'était pas bon signe, ça. Pas du tout.

Ce feuilleton lui offrirait peut-être son dernier rôle, étant donné l'attitude des studios de Hollywood à l'égard de l'âge des comédiens.

Cette pensée la déprimait profondément.

Elle *devait* décrocher ce rôle ! Il le fallait ! Elle n'allait quand même pas revenir, la queue entre les jambes, dans son bled paumé du Montana. Pas après avoir été élue reine du bal au lycée des Sycomores, puis « célébrité probable » à la fin de sa terminale ! N'avait-elle pas fui cette petite ville dès qu'elle en avait eu l'occasion ? Et son étoile n'avait-elle pas brillé, ne serait-ce que fugitivement ? Les débuts de sa carrière d'actrice n'avaient-ils pas été plutôt prometteurs ? N'avait-elle pas joué quelques rôles importants, notamment celui de l'un des personnages récurrents d'un soap à succès, avant même d'avoir vingt ans ? N'avait-elle pas tourné avec Tom Hanks et Tom Cruise, ainsi qu'avec Meryl Streep et Gwyneth Paltrow, et même avec Brad Pitt ? Dans de modestes seconds rôles, certes, mais quand même... Et elle avait servi de doublure à Julia Roberts ! Ensuite, elle avait joué l'un des rôles principaux dans cette série télévisée de vampires, *Le Sang à la bouche*, diffusée sur plusieurs chaînes câblées. Ses états de service étaient indéniables, mais elle savait que ces brèves périodes de gloire appartenaient déjà au passé. Dernièrement, elle n'avait trouvé que des rôles de figurante ou joué dans des spots publicitaires, quand elle ne doublait pas des dessins animés à petit budget.

Si elle ne décrochait pas le rôle d'Estelle dans ce nouveau feuilleton, elle pouvait dire adieu à sa carrière d'actrice de série B et devrait se résoudre à paraître dans des émissions de téléréalité pour *has been*. Cette perspective la fit frissonner de dégoût.

Hollywood, songea-t-elle piteusement, *et ses salles d'attente de casting aux canapés usés, royaume des rêves brisés...*

Un nouvel accès de douleur la fit grimacer et chanceler.

— Doux Jésus !

Elle se traîna tant bien que mal vers sa kitchenette et ouvrit la porte du réfrigérateur. Elle scruta brièvement son maigre contenu et se sentit plus déprimée que jamais. Après avoir déniché le flacon de Maalox, elle dévissa le bouchon et but une gorgée. Elle referma le flacon, les mains toutes tremblantes, puis s'assit sur le carrelage et se mit à inspirer profondément.

Elle se sentait vraiment mal.

Peut-être fallait-il qu'elle appelle son médecin, qu'elle lui laisse au moins un message sur son répondeur.

Lentement, elle se releva, se demandant une nouvelle fois où était Lana. Pas sur le bar de la kitchenette, en tout cas. Cela faisait trois jours que les tasses à café vides et les plateaux tout préparés de cuisine minceur s'accumulaient sur les carreaux ébréchés du comptoir dépoli.

Elle se dirigea vers la salle de bains en se disant qu'elle n'allait pas se laisser vaincre.

N'avait-elle pas surmonté ses tendances boulimiques ?

N'avait-elle pas usé de tous les moyens pour se débrouiller dans son métier ?

Et même si elle n'était pas d'une beauté classique, on lui avait souvent dit que son visage avait du caractère et qu'il reflétait son intelligence. Ses cheveux auburn étaient encore abondants et souples. La peau, autour de ses yeux verts et de ses lèvres pleines, n'était pas trop sillonnée de rides.

En pénétrant dans la minuscule salle de bains, elle jeta un coup d'œil au miroir qui surplombait le lavabo et eut un mouvement de recul. Malgré tout ce qu'elle pouvait se raconter, les ans commençaient bel et bien à la marquer, même imperceptiblement. Elle consommait toutes sortes de produits pour conserver un teint impeccable, mais elle n'avait pas eu recours au Botox. Enfin, pas encore. Elle n'en faisait pas une question de principe ; elle n'aurait rechigné devant aucun moyen pour arrêter la marche du temps.

Mais le temps est un vrai salaud. Il ne vous lâche pas comme ça.

Elle tira la peau de ses joues vers l'arrière en se demandant si elle avait déjà besoin d'être liftée.

Non, pas encore, Dieu merci !

Elle n'avait pas assez d'argent pour ce genre de « soins » et elle se refusait à écrire ce genre de biographie bidonnée, pleine de pseudo-révélations, comme le lui avait suggéré son agent. Elle n'avait pas encore trente-cinq ans, quand même ! Enfin, pour quelques jours encore… Non, elle n'était pas prête à cracher son fiel. D'ailleurs, elle n'avait pas grand-chose à raconter de bien croustillant : sa vie avait été plutôt terne, comparée aux frasques de tant d'autres acteurs.

Elle remarqua que le blanc de ses yeux était légèrement injecté de sang. Elle enleva ses lentilles de contact et ouvrit l'armoire à pharmacie pour y prendre un flacon de solution ophtalmique. Après avoir ôté le capuchon, elle pencha la tête en arrière et s'en aspergea les yeux. Puis elle referma le flacon et aperçut une ombre furtive derrière elle.

C'est quoi, ça ?

Son cœur fit un bond dans sa poitrine et elle se tourna aussitôt. La pièce était vide. La porte de la salle de bains donnait sur le salon, face à la porte-fenêtre du patio.

Elle eut la chair de poule.

— Lana, c'est toi ? appela-t-elle.

Elle revint dans le salon, sa vue affaiblie par la myopie et troublée par les gouttes de solution.

— Minette ?

Où diable était passée cette maudite chatte, qu'elle avait baptisée en hommage à son actrice préférée, Lana Turner ?

— Lana, viens, mimine…

Elle finit par se persuader que la chatte, qui aimait jouer à cache-cache, était tapie quelque part dans la pénombre, prête à bondir. Plus d'une fois, elle avait surgi de derrière les photos encadrées qui ornaient les étagères, renversant les cadres et brisant le verre. Faire peur à sa maîtresse semblait être le passe-temps préféré de cet animal.

— Allez, minette, viens ! insista Shelly.

Mais, fidèle à son tempérament indépendant, Lana restait cachée.

Pieds nus dans le salon, Shelly resta un instant immobile. Il régnait dans cet appartement un silence absolu qui donnait à croire qu'il n'y avait personne dedans… Pas même un chat.

Ce qui était absurde, puisque quand Shelly était sortie Lana dormait paisiblement, perchée sur le dossier du canapé. Elle en était certaine, revoyant même la queue de la chatte qui battait avec nonchalance.

Alors pourquoi la pièce paraissait-elle si vide, si dénuée de vie ?

Elle entendit des feuilles mortes bruisser dans le patio, des feuilles rousses et brunes qui voletaient tristement au ras du sol.

Mais qu'est-ce qu'elle avait, ce soir ? Pourquoi tant de nervosité ? Ce n'était que le vent qui soulevait des feuilles mortes. Et pourtant elle sentait se hérisser le duvet de ses avant-bras.

— Reprends-toi ! dit-elle tout haut.

Une nouvelle contraction lui scia subitement le ventre.

— Oooh…

La douleur s'était intensifiée. Cruellement. Cette fois, elle ne tergiversa pas. Elle parvint à marcher tant bien que mal jusqu'à la table où était posé son sac à main et fouilla dedans, en quête de son téléphone portable.

Mais l'appareil ne se trouvait pas dans sa poche habituelle.

Ce n'est pas le moment d'avoir égaré mon téléphone !

D'une main tremblante, elle farfouilla fébrilement à l'intérieur. Puis, comme la douleur augmentait, elle vida tout le contenu sur le sol carrelé, y répandant des clés, un étui à lunettes, un portefeuille, quelques facturettes, des pièces de monnaie, un paquet de tampons et un petit aérosol de gaz lacrymogène.

Mais pas de téléphone.

Elle était pourtant certaine d'avoir posé son portable sur le bar. Elle se rappelait l'avoir mis en mode vibreur et… Elle l'avait bien rangé dans son sac en repartant ! A moins qu'elle ne l'ait oublié au Lizards, sur le comptoir lustré dont la surface imitait une peau de reptile…

— Oh ! mon Dieu ! murmura-t-elle, le front baigné de sueur et le cœur battant.

Elle n'avait pas de ligne fixe. Il n'y avait aucun moyen d'appeler des secours, sauf en…

Un bruit sec et raclant résonna soudain dans le silence ambiant.

Qu'est-ce que c'est ?

— Lana ? fit-elle d'une voix tendue.

C'est alors qu'elle remarqua que la porte-fenêtre était entrouverte.

Elle l'avait pourtant fermée en partant, non ?

Mais oui… Elle en était certaine. Elle se souvenait clairement de l'avoir fermée avant de sortir. Certes, le loquet était cassé — la faute à cet imbécile de gardien qui n'avait pas daigné venir le réparer depuis qu'elle le lui avait signalé !

Elle sentit ses cheveux se hérisser et son rythme cardiaque s'accélérer.

Mais non, il n'y avait personne dans son appartement. Personne ne la guettait, tapi dans l'obscurité.

Tu as joué trop de rôles de victimes dans ces films d'horreur de série B.

Et pourtant…

En tendant l'oreille, elle jeta un coup d'œil vers la porte de sa chambre, laquelle était légèrement entrouverte. Puis elle perçut, du coin de l'œil, un mouvement du côté du patio. Elle vit alors une silhouette derrière la vitre.

Un intrus !

Elle ouvrit la bouche pour hurler.

Mais elle se ravisa en reconnaissant le type qui l'avait draguée dans le bar. Il tenait à la main son propre téléphone portable.

— Vous m'avez fait une de ces peurs ! dit-elle, la main sur le cœur.

L'homme ouvrit la porte et pénétra dans l'appartement.

— Comment avez-vous trouvé mon adresse ?

— Vous avez oublié votre portable sur le comptoir du bar.

— Mais comment m'avez-vous retrouvée ?

Il eut un petit sourire en coin.

— Votre adresse figure dans le répertoire, répondit-il.

— Ah, oui, c'est vrai…

Il était vraiment craquant, avec sa mâchoire carrée, ses cheveux bruns et ce regard d'azur où le diable semblait avoir élu domicile.

— La plupart des gens se présentent à la porte d'entrée et frappent avant d'entrer, lui fit-elle remarquer avec une pointe d'irritation dans la voix.

Son mal de ventre n'arrangeait pas son humeur. Elle se sentait vraiment mal.

Un nouveau sourire se forma sur les lèvres de l'homme.

— Peut-être ne suis-je pas comme la plupart des gens, dit-il d'un ton sibyllin.

Que répondre à cela ? Elle fut subitement prise d'un nouvel accès de douleur, et se plia littéralement en deux.

— Oh ! Ce que j'ai mal !

Elle posa la main sur la table vitrée et inspira profondément. Elle transpirait à grosses gouttes et se sentait défaillir.

— Vous allez bien ?

— Non, répondit-elle en secouant la tête. Il vaudrait mieux que vous partiez. Je suis désolée… Oooh !

Elle sentit ses genoux flageoler et l'homme la retint dans sa chute en la prenant dans ses bras puissants.

— Il faut appeler les urgences, dit-il.

Sans lui laisser le temps de protester, il la souleva et la porta dans ses bras jusque dans la chambre à coucher.

— Hé ! Attendez ! Qu'est-ce que vous faites ?

— Allongez-vous, dit-il calmement.

Elle n'avait pas le choix. Les murs de la chambre vacillaient autour d'elle. La lampe de chevet semblait tournoyer sous ses yeux. Elle était vraiment dans un sale état…

Elle fut prise d'une panique nouvelle tandis qu'il la déposait doucement sur l'édredon froissé.

— Je ne crois pas que…, commença-t-elle à dire.

Sa voix se perdit dans un murmure tandis que l'homme sortait de la pièce. Elle se demanda comment faire pour lui échapper. La présence de cet inconnu chez elle avait quelque chose de louche. De très louche, même. Des connexions se faisaient dans sa tête. Leur rencontre dans le bar, son atroce mal de ventre, l'apparition de l'homme dans son patio… Rien de tout cela n'était fortuit.

Elle entendit alors le bruit de la douche dans la salle de bains. Le ruissellement de l'eau dans les tuyaux s'arrêta au bout d'un instant.

Mais qu'est-ce qu'il fabrique ?

Avant qu'elle n'ait trouvé la force de se lever, il revint dans la chambre en lui tendant son téléphone portable.

— Je viens de composer le numéro de police secours, annonça-t-il.

Elle tenta de saisir le téléphone mais n'y parvint pas. Elle s'efforça vainement de soulever un bras en s'aidant de l'autre main, mais ses doigts étaient engourdis, incapables du moindre mouvement. Son bras retomba, tout flasque, sur le matelas.

Oh ! Mon Dieu, il faut que je sorte d'ici… Il y a vraiment quelque chose qui cloche.

L'homme posa le téléphone sur l'édredon en patchwork que sa grand-mère lui avait confectionné pour ses dix ans.

Du lit où elle était allongée, sur les couvertures froissées, elle leva les yeux vers lui et s'aperçut qu'il souriait. Et cette fois elle fut bien certaine qu'il n'y avait aucune sympathie dans ce sourire cruel et froid ; il n'exprimait qu'un plaisir sadique. Son visage, qu'elle avait trouvé si séduisant, lui paraissait à présent démoniaque.

— Qu'avez-vous fait ? tenta-t-elle d'articuler.

— Faites de beaux rêves…

Il se dirigea vers la porte de la chambre et s'arrêta sur le seuil. Shelly sentit un froid glacial l'envahir. Un froid… mortel.

— Police secours, fit une voix féminine dans le combiné.

Donnez-moi votre nom et indiquez-moi la cause de votre appel…

— Au secours ! hurla Shelly.

Mais sa voix n'était plus qu'un murmure. Sa bouche ne fonctionnait plus, sa langue était épaisse et engourdie.

— Pardon ?

— J'ai besoin d'aide, essaya-t-elle de dire le plus fort possible, mais ses mots étaient inaudibles.

— Désolée, je vous entends très mal. Pouvez-vous parler plus fort ? Quelle est la cause de votre appel ?

— Au secours ! Au secours ! Envoyez quelqu'un, vite ! *Oh ! Mon Dieu, aidez-moi, je vous en prie !*

Tout ce qui l'entourait semblait maintenant valser en un tourbillon endiablé. Les mots qu'elle aurait voulu crier semblaient piégés dans son esprit sans qu'elle puisse les prononcer. Elle parvint à tendre convulsivement le bras vers le téléphone, mais celui-ci glissa et tomba du lit. Sa tête était penchée sur le côté, mais elle pouvait voir l'homme, toujours debout dans l'embrasure de la porte, qui la fixait intensément.

Il ne souriait plus. Non, il la regardait à présent avec une haine qu'il ne cherchait pas à dissimuler.

Pourquoi ? Pourquoi moi ?

Le regard qu'elle avait trouvé si séduisant quelques heures auparavant n'exprimait plus que dureté et perversité.

Elle comprit, dans les ultimes instants de son existence, que sa mort ne devait rien au hasard. Pour une raison aussi obscure que fatale, il l'avait ciblée. Leur rencontre dans le bar n'était pas un hasard…

Mon Dieu, venez-moi en aide, pria-t-elle tandis qu'une grosse larme coulait sur sa joue.

Elle savait à présent avec certitude qu'elle allait mourir. L'homme qui assistait à son agonie s'était remis à sourire en la voyant inspirer péniblement, sur le point d'exhaler son dernier souffle.

Elle perçut, comme dans un brouillard, une voix aiguë

caqueter dans le téléphone. Cette voix lui semblait lointaine, à des années-lumière de son lit de mort. Elle vit l'homme s'approcher d'elle et poser un flacon de pilules sur la table de nuit. Puis il la regarda droit dans les yeux, lui expliqua posément qu'il était responsable de sa mort. Et, lentement et méthodiquement, il se mit à lui enlever ses vêtements.

1

Le Dr Acacia Lambert — Kacey pour ses proches — marchait hâtivement sur le trottoir, tenant d'une main une tasse de café ainsi qu'un cookie au chocolat et à la noix de macadamia qu'elle venait d'acheter chez Joltz, le café local, et de l'autre son ordinateur portable. Le jour n'allait pas tarder à se lever et cependant les réverbères étaient encore allumés, et les guirlandes lumineuses de Noël étincelaient en dansant au vent glacial de novembre.

L'hiver était précoce, cette année-là, dans la petite ville de Grizzly Falls, et les vents soufflaient en tempête, apportant neige et verglas, ce qui engendrait toutes sortes de pannes électriques et posait de nombreux problèmes de circulation.

Exactement comme l'année dernière, songea Kacey. *Et dire qu'on parle de réchauffement climatique…*

Les véhicules coulaient en flot continu vers l'autoroute car c'était l'heure de pointe dans ce coin du Montana, et les gens se rendaient au travail bravant vaillamment les conditions atmosphériques. Chaussés de grosses bottes ou d'après-skis, emmitouflés dans d'épais blousons, de grosses écharpes et des bonnets de laine, les piétons marchaient d'un pas vif, leur haleine embuant l'air et leurs joues rougies par le froid.

Les hivers étaient rudes dans cette région, bien plus qu'à Seattle, mais Kacey en était tombée amoureuse et ne regrettait pas un seul instant d'être revenue vivre dans la petite ville où elle avait grandi.

Arrivée à la clinique, située dans la partie basse de la bourgade, à quelques pâtés de maisons du tribunal et du fleuve, elle sortit ses clés et déverrouilla la porte d'entrée. Une bourrasque s'engouffra soudain dans le lit du fleuve, faisant trembler les vitrines des magasins, pénétrant sous l'anorak rembourré de Kacey, lui glaçant les reins.

« Ce vent d'hiver est plus froid que le téton d'une sorcière », aurait dit son grand-père, Alfred Collins, en accompagnant l'adage d'un regard malicieux derrière ses lunettes. Il n'avait jamais renoncé à ses expressions un peu salées, malgré les réprimandes continuelles de Bess, son épouse.

Comme ils lui manquaient, tous les deux ! Cruellement, parfois... Depuis qu'elle logeait dans la ferme où ils avaient vécu ensemble plus de cinquante ans, elle pensait encore plus souvent à eux.

Un 4x4 passa sur la chaussée. Malgré le froid, la vitre du passager était entrouverte, laissant pointer au-dehors le museau d'un chien et s'échapper les notes d'un chant de Noël.

— C'est encore un peu tôt, quand même ! maugréa-t-elle en poussant la porte.

Elle se glissa dans le hall d'entrée désert et silencieux du bâtiment d'un seul niveau qui abritait la clinique. Une rangée de fauteuils usés longeait l'un des murs et des tables basses étaient couvertes de magazines. Un palmier à bétel en fin de vie ornait un coin de la pièce, et des jouets, à l'usage des petits enfants, jonchaient le sol près du guichet d'accueil.

Heather Ramsey, l'hôtesse, était déjà installée derrière le long comptoir qui lui tenait lieu de bureau. Elle avait le nez collé sur l'écran de son ordinateur, captivée par ce qu'elle y lisait.

Ce n'étaient certainement pas des documents médicaux qui la passionnaient ainsi ! Sa lecture n'avait aucun rapport avec la bonne marche de la clinique. Comme à son habitude, Heather était en train de dévorer des articles sur les people et des blogs de potins avant de se mettre au travail.

— Soyez forte, dit-elle à Kacey sans même lever les yeux de son écran.

— Pourquoi donc ?

— Votre jumelle est morte, répondit Heather d'un ton affligé. Elle s'est suicidée.

— Ma jumelle ? répéta Kacey en haussant un sourcil. Mais je suis fille unique ! De qui voulez-vous parler ?

— Shelly Bonaventure.

— Shelly comment ? Ah, oui, l'actrice qui jouait dans... Mince, je ne me souviens pas du titre de ce film...

Mais elle se souvenait du joli visage de Shelly Bonaventure, un visage aux traits réguliers, de ses grands yeux verts, de son petit nez mutin, de son menton bien dessiné et de ses pommettes un peu saillantes. La comparaison que venait de faire Heather était on ne peut plus flatteuse.

— Elle a joué dans toutes sortes de films, même si ce n'était pas une star, poursuivit Heather les yeux rivés sur l'article affiché à l'écran. *Prisonniers de l'amour* et la *Nuit des copines*, mais ça remonte déjà à quelques années. Ah, et puis il y a eu aussi *La Trentaine en folie*... Mais elle était surtout connue pour son rôle dans *Le Sang à la bouche*. Vous savez, le feuilleton dans lequel Joey Banner a fait ses débuts...

— Je ne l'ai jamais vu, dut admettre Kacey.

Elle ne regardait presque jamais la télévision. Elle n'en avait guère eu le temps dans sa jeunesse : entre les années de fac de médecine, puis d'internat à l'hôpital, elle était passée à côté de toute une époque de culture audiovisuelle.

— Ah bon... Vous l'avez raté ? Mais on peut le trouver en DVD : toute la série, à commencer par le pilote. C'était super. *Elle* était super.

Heather s'animait, à présent.

— Elle était originaire de notre région, vous savez. Son vrai nom était Michelle Bentley.

Heather leva la tête vers Kacey en clignant des yeux le temps de s'accoutumer à la lumière.

— Elle n'avait que trente-cinq ans. Enfin, elle allait les avoir la semaine prochaine.

Un autre point commun, se dit Kacey.

— Et elle s'est suicidée ? fit-elle. Quel gâchis !

— Oui, un beau gâchis… Elle n'a pas laissé de lettre pour expliquer son geste. Ou, du moins, les policiers n'en ont pas retrouvé. Les poulets ne sont pas assez ailés, là-bas ! dit-elle en souriant de son propre calembour, découvrant un appareil dentaire pour adultes. Des poulets qui manquent de zèle, quoi !

— J'avais compris, dit Kacey, sans toutefois pousser la complaisance jusqu'à s'esclaffer.

Elle était déjà en train d'allumer les lumières du petit hall.

— Dommage pour elle, ajouta-t-elle d'un ton indifférent.

— Oui, acquiesça Heather. C'est dur… Elle vous ressemblait vraiment beaucoup, vous savez.

— Oui, je sais…, dit Kacey en entrant dans son cabinet, une petite pièce aux murs tapissés d'étagères remplies de livres, dont l'unique fenêtre donnait sur le parking de la clinique.

Le ciel encore sombre déversait à présent de la neige fondue qui crépitait contre les carreaux de la fenêtre. Kacey posa son ordinateur sur son bureau, l'ouvrit et le brancha sur le secteur. Tandis que l'appareil se mettait en marche, elle ajusta le store qui lui permettait de voir au-dehors sans être vue. Puis elle consulta ses messages tout en grignotant son cookie et en sirotant son café.

Ses premiers patients ne devant arriver qu'une heure plus tard, elle avait donc le temps de remplir un peu de paperasse, d'envoyer quelques courriels et de se préparer à une nouvelle journée de consultations, au plus fort de la saison de la grippe. Elle appela deux ou trois personnes qui avaient essayé de la joindre, entendit le reste du personnel arriver et vit les nuages gris s'amonceler au-dessus des Bitterroot Mountains qui surplombaient Grizzly Falls.

Elle venait de raccrocher, après avoir appelé un confrère

de Spokane au sujet d'une patiente atteinte d'un cancer du sein, quand Heather poussa la porte, que Kacey laissait entrouverte lorsqu'elle ne consultait pas, et pointa la tête.

— Mme Ingles a appelé pour annuler son rendez-vous. Je crois que son neveu avait besoin d'une baby-sitter.

— C'est noté, dit Kacey.

Helen Ingles, qui souffrait d'un diabète de type 2, aurait dû venir avec des tests sanguins.

— Et puis, tenez…, dit encore Heather, j'ai imprimé cet article sur Shelly Bonaventure.

Kacey jeta un coup d'œil par-dessus ses lunettes de lecture, tandis que Heather déposait deux feuilles devant elle.

— Ouais, dit-elle, je sais qu'il est temps de se mettre au boulot, mais…

Elle haussa ses épaules graciles et ajouta :

— C'était une célébrité locale et… regardez comme elle vous ressemble.

— Et alors ? répondit Kacey, qui commençait à s'agacer de cette insistance.

Pendant des années, elle avait entendu dire que les traits de son visage rappelaient ceux d'actrices de Hollywood. Son large sourire avait même été comparé à celui de Julia Roberts. Son ex-mari, Jeffrey Charles Lambert — JC, pour les intimes —, lui avait même dit un jour que son visage avait le même ovale que celui de Jennifer Garner, ce qui était loin d'être vrai. Quant à Shelly Bonaventure, seuls ses yeux verts avaient la même forme et la même teinte que les siens — sauf si l'actrice portait des lentilles colorées, bien sûr.

— Bon, ça va, j'ai compris, se résigna Heather en sortant à reculons du cabinet. Mme Whitaker est déjà arrivée.

— Super !

Constance Whitaker était une hypocondriaque qui avait du temps à perdre et qui le passait sur internet à se renseigner au sujet des diverses pathologies qui sévissaient sur la planète. Elle se faisait ensuite peur en se persuadant qu'elle avait contracté la dernière maladie à la mode.

— Le Dr Cortez ne peut pas la recevoir ? demanda Kacey en haussant les épaules.

— Il a appelé il y a un quart d'heure pour dire qu'il venait de quitter l'hôpital et qu'il était en route.

Au moment même où Heather disait cela, des phares de voiture vinrent illuminer la pièce : la Range Rover du Dr Martin Cortez était en train de se garer sur le parking.

— Record battu ! fit Heather.

— Non, objecta Kacey, il mettait encore moins de temps quand il avait une Porsche.

— C'est vrai.

Il n'avait gardé sa voiture de sport qu'un hiver. Les conditions météorologiques locales l'avaient convaincu de la troquer contre un 4x4 haut de gamme, mieux à même d'affronter les routes de montagne et la rudesse des hivers du Montana.

Le téléphone se mit à sonner, et Heather rejoignit son guichet tandis que la porte de derrière s'ouvrait en grand et se refermait brusquement. Le Dr Martin Cortez était arrivé.

Kacey jeta un coup d'œil à l'article sur Shelly Bonaventure et dut admettre qu'il y avait en effet une *légère* ressemblance entre elles.

Elle jeta l'article dans la corbeille à papier au moment où Martin pointait sa tête dans la pièce. Il portait déjà sa blouse blanche et arborait un sourire chaleureux.

— Vous m'avez acheté un moka au caramel et à la chantilly, ce matin, Kacey ?

— Dans vos rêves !

C'était leur petite blague rituelle du matin. De temps à autre, Kacey lui faisait la surprise de lui offrir un café extravagant de chez Joltz, mais ce n'était pas le cas ce jour-là.

— Mais alors, comment vais-je faire pour tenir le coup ? demanda Martin, une main sur la poitrine et les yeux levés au ciel, comme s'il cherchait l'inspiration auprès de l'Etre suprême.

— Ça va être dur, j'en conviens, mais vous y arriverez, répondit Kacey. Ne vous découragez pas !

— Je vais essayer.

Son sourire éclatant, dont la blancheur contrastait avec sa peau mate, était contagieux. Pas étonnant que la moitié des femmes célibataires du comté le trouvent séduisant ! Mais son sourire d'acteur hollywoodien s'effaça bien vite : il était redevenu le médecin sérieux et compétent qu'il savait si bien être.

— Alors ? Vous avez jeté un coup d'œil sur le dossier d'Amelia Hornsby ? demanda-t-il à Kacey.

Il connaissait les noms de presque tous les patients de la clinique. Amelia était une fillette de huit ans qui avait dû suivre plusieurs traitements consécutifs aux antibiotiques, pour une infection à la gorge persistante.

Randy Yates, un soignant frais émoulu de l'école d'infirmiers, passa à son tour la tête à la porte du cabinet de Kacey.

— Salut, les toubibs ! dit-il en souriant. Il est temps de vous bouger le derrière.

Son crâne soigneusement rasé contrastait avec son petit bouc non moins soigneusement taillé.

— Les examens biologiques 1, 2 et 4 sont prêts.

— Je me dévoue, je prends Mme Whitaker, proposa Martin.

Kacey consulta le dossier provenant de la salle de consultation n° 2. Elmer Grimes.

— Je prends la 2, dit-elle.

Puis elle alla accueillir son premier patient de la journée.

L'inspecteur Jonas Hayes, de la police de Los Angeles, ne croyait pas à la thèse du suicide. Il n'y avait pas cru, la veille déjà, lorsqu'il s'était rendu dans l'appartement de Shelly Bonaventure pour constater son décès, et son scepticisme n'avait fait que croître depuis. Assis à son bureau, passant en revue les photos prises sur la scène qui défilaient sur son écran, il y croyait même de moins en moins. Autour de lui, la brigade des homicides était en ébullition : les téléphones sonnaient de toute part, les conversations des collègues se fondaient en un brouhaha indistinct auquel s'ajoutaient des bruits de pas empressés dans les couloirs et le crépitement incessant des claviers. Non loin de lui, une imprimante crachait bruyamment de la copie.

Hayes, qui s'était arrêté chez Starbucks en chemin, sirotait son café en relisant pour la énième fois les déclarations qu'il avait recueillies au cours de la nuit précédente. Il les avait parcourues à 4 heures du matin, mais à présent, cinq heures plus tard, il les relisait plus lentement, plus attentivement.

Dès l'instant où il avait franchi le seuil de la porte de l'appartement de Shelly Bonaventure, il avait eu l'impression de se trouver devant une mise en scène semblable à celle qui avait suivi le suicide de Marilyn Monroe, quelque cinquante ans auparavant.[1] Un demi-siècle plus tard, il circulait encore bien des théories au sujet de la mort de la célèbre actrice et l'ombre d'un complot meurtrier planait toujours sur sa tombe. Hayes ne voulait surtout pas que le même genre de rumeurs naisse du décès de Shelly Bonaventure.

Pour commencer, la scène de crime lui avait paru étrange, la veille. Et son scepticisme était en lui-même étrange, car Hayes était un de ces esprits rationnels et scientifiques qui ne se fient qu'aux faits. Il n'était pas d'ordinaire homme à suivre ses intuitions ou à se laisser guider par son instinct. Il croyait fermement que la vérité d'un crime se trouve toujours dans les preuves matérielles.

Mais, dans ce cas, c'était différent.

1. Certains commentateurs estiment que la célèbre star, décédée des suites d'une surdose de barbituriques en 1962, a été victime d'un meurtre prémédité, que d'aucuns attribuent aux services secrets américains et qui serait en rapport avec la liaison qu'elle aurait eue avec le président John Fitzgerald Kennedy (NdT).

Tout d'abord, il avait du mal à croire que Shelly, quel que soit son état mental, ait vraiment appelé police secours alors qu'elle était entièrement nue. Si elle avait eu assez de force et de bon sens pour appeler les secours, elle en aurait eu aussi très probablement pour enfiler un peignoir. A moins que ce ne soit un stratagème pour faire parler d'elle qui aurait mal tourné ? Comptait-elle alors sur sa nudité pour exciter la curiosité des médias et relancer sa carrière ? Ou bien avait-elle vraiment voulu mourir, mais de manière sensationnelle ?

En ce cas, pourquoi n'avoir pas laissé de lettre d'adieu ?

Hayes se massa la nuque et sentit monter en lui l'envie d'en griller une, mais il avait arrêté de fumer depuis des années, sur les instances de Delilah. Sa dose de nicotine lui manquait, presque autant que Delilah lui manquait, en fait…

Il se renfrogna et se força à penser à son enquête. Lorsque le résultat des premières analyses biologiques était arrivé, il n'avait pas été surpris de lire qu'on avait trouvé dans le sang de la victime un mélange d'alcool et de médicaments. Du Xanax, sans doute, comme semblait l'indiquer la présence sur sa table de nuit d'un flacon qui aurait été plus à sa place dans l'armoire à pharmacie. Il ne restait dedans que trois cachets et, à en croire l'étiquette, l'ordonnance avait été rédigée le samedi précédent.

Il s'agissait donc, selon toutes les apparences, d'une surdose.

Alors, pourquoi l'hypothèse du suicide ne lui paraissait-elle pas probante ?

Shelly aurait très bien pu conserver ce flacon sur sa table de nuit. Et elle était peut-être nue parce qu'elle venait de se doucher, tout simplement. Le bac à douche et le rideau de la cabine étaient encore mouillés quand il était arrivé sur place.

Sauf que sa peau et ses cheveux étaient, eux, parfaitement secs, et son maquillage seulement un peu estompé. Le bonnet de douche qu'il avait trouvé accroché à une patère était humide, lui aussi : peut-être avait-elle réussi à s'en couvrir de telle façon que pas même le duvet de sa nuque n'avait été mouillé…

Peut-être.

Et son chat ne se trouvait pas dans l'appartement. Aurait-elle pu se suicider en laissant l'animal qu'elle chérissait plus que tout dehors sur le patio ? Hayes en doutait, même si l'on supposait qu'elle avait jugé cette option moins cruelle que de l'enfermer avec un cadavre en décomposition.

Hayes fronça les sourcils en tapotant sur son bureau avec une gomme, puis il étudia de nouveau les photos prises sur la scène de crime. Shelly était étendue sur son lit, tenant de sa main droite le téléphone portable dont elle s'était servie pour appeler police secours quelques minutes avant de sombrer dans le coma pour ne plus jamais se réveiller.

Tout en se malaxant la nuque, il fit défiler dans son esprit le film des douze dernières heures. Il avait été appelé vers minuit et s'était aussitôt rendu sur les lieux. L'agent qui l'y avait précédé avait déjà commencé à rédiger un procès-verbal décrivant la scène à son arrivée.

Hayes et Gail Harding, sa partenaire, avaient attendu ensemble les techniciens de la police scientifique et du département de médecine légale.

Plus tard, après les constatations d'usage, le corps de Shelly avait été emporté à l'institut médico-légal. Les techniciens s'étaient affairés puis étaient repartis. Les plus proches parents de la victime avaient été informés de son décès, et un communiqué de presse avait été publié. Les journalistes de la presse à sensation n'avaient alors pas tardé à se manifester, la mort de l'actrice leur fournissant apparemment une matière plus intéressante que sa terne existence et sa modeste carrière. Son agent s'était fendu d'une brève déclaration à la presse, dans laquelle il rendait hommage au talent de l'actrice, rappelait les moments les plus marquants de sa carrière et faisait l'éloge de son caractère enjoué — avant de terminer en demandant au public de respecter l'intimité de la famille en deuil.

Tous les proches que Hayes et Harding avaient interrogés leur avaient affirmé que Shelly était pleine de vie, que c'était une battante et qu'elle n'avait pas l'air particulièrement déprimée. Dans une ville où l'on se droguait à tire-larigot et où les cures de désintoxication faisaient partie de l'art de vivre local, la jeune femme semblait être restée relativement sage.

Hayes relut rapidement les copies des déclarations sous serment que ces témoins avaient signées. Selon le voisin qui vivait à l'étage du dessus, Shelly avait appelé sa chatte moins d'une demi-heure avant son appel à police secours. Il avait entendu sa porte d'entrée s'ouvrir puis se refermer vers 23 heures.

Et quarante minutes plus tard elle était morte.

Non, décidément, l'hypothèse du suicide paraissait trop simple, trop évidente.

Et puis, elle était morte bien rapidement après le moment où elle avait absorbé les comprimés, si toutefois elle les avait avalés après être rentrée chez elle. Mais peut-être Hayes se trompait-il. Il lui fallait encore procéder à de nombreuses vérifications, appeler d'autres proches et d'autres voisins, d'anciens amants.

Il se cala dans son fauteuil et son regard se posa sur la photo de sa fille, Maren. Elle était à présent au lycée et avait la chance d'avoir le physique avenant de sa mère avec sa peau café-au-lait, ses yeux bruns et pleins de vie, et son large sourire. Elle lui avait confié qu'elle voulait devenir actrice, se voyant déjà en nouvelle Halle Berry ou Angela Bassett.

Il devait bien admettre qu'elle ne manquait pas de talent. Mais Hollywood ? Pour sa fille ?

Il détourna son regard de la photo et se remit à fixer l'écran de son ordinateur, sur lequel s'affichait le corps sans vie de Shelly Bonaventure, sa peau grisâtre, ses lèvres bleuies. Y avait-il un rapport entre Hollywood et la fin tragique de cette jeune femme ? Ou peut-être était-elle morte, au contraire, à cause de sa carrière languissante…

Il se leva d'un bond et entendit le ronronnement peu familier de la chaudière. Sous ces latitudes, le chauffage central n'était que rarement mis en marche. Même en hiver, les locaux de la brigade n'avaient qu'exceptionnellement besoin d'être chauffés.

Il entendit les pas de Harding dans le couloir avant de la voir apparaître dans la pièce. Elle paraissait soucieuse.

— Vous avez du nouveau ? demanda-t-il.

— Pas grand-chose. J'ai enfin réussi à joindre le barman qui travaillait de nuit au Lizards, le dernier endroit où Shelly a été vue en vie.

— Et alors ?

— Elle était bien éméchée. Le type avec lequel elle était n'arrêtait pas de lui payer des verres pour fêter son anniversaire…

— Un ami ?

— Ce n'est pas clair. Plus probablement une rencontre fortuite… Le barman n'en est pas sûr. Mais il se souvenait de l'apparence du type en question. La trentaine bien sonnée, beau gosse, cheveux bruns, taille moyenne… Blanc, mais bronzé. Le barman ne se rappelle pas la couleur de ses yeux ni aucun autre signe particulier, mais il affirme que l'homme avait l'air très intéressé par Shelly. Il a d'ailleurs été surpris de les voir quitter le bar séparément… Ce type la draguait ouvertement et ça ne semblait pas déplaire à Shelly.

— Je suppose qu'il n'a pas payé les consommations avec une carte de crédit…

Harding sourit, exposant une rangée de dents pas tout à fait droite.

— Non, dit-elle. Nous n'avons pas cette chance.

— Non, évidemment…

— Mais ça n'a pas vraiment d'importance puisque c'est un suicide, hein ?

— Ouais, ouais…, répondit Hayes sans grande conviction.

Il songea qu'il lui faudrait vérifier l'emploi du temps de Shelly Bonaventure au cours des jours précédents et fouiller un peu plus du côté de ses proches. Savoir par exemple si sa mort profitait à quelqu'un. Il avait entendu dire qu'elle devait avoir un rôle dans un nouveau feuilleton télévisé. Et, à en croire la rumeur, elle était sur le point de signer un contrat avec un éditeur pour la rédaction de son autobiographie. Cependant, il fallait commencer par retrouver la dernière personne qui l'avait vue en vie.

— Vous n'y croyez pas vraiment, à la thèse du suicide, pas vrai ? demanda Harding en plissant les yeux.

Il ne répondit pas, et elle hocha la tête comme si elle s'y attendait.

— Vous persistez à penser que ça pourrait être un meurtre ?

— Je ne sais pas quoi penser, en fait, admit-il. Pas encore. Mais je n'écarte aucune possibilité pour l'instant. Allons bavarder un peu avec ce barman, les yeux dans les yeux. Peut-être que notre présence stimulera sa mémoire…

— C'est vous le chef, dit-elle non sans une pointe de sarcasme dans la voix.

— C'est exact, rétorqua-t-il d'un ton taquin.

Il décrocha son blouson du portemanteau, glissa son Glock dans son holster d'épaule.

— Ne l'oubliez jamais, ajouta-t-il.

— Comment pourrais-je l'oublier, puisque vous me le répétez à longueur de journée ?

— Ce n'est pas une raison pour être insolente.

— Hum, fit-elle. Allons-y…

Les marches du vieil escalier grincèrent tandis qu'il descendait lentement au sous-sol, situé sous le garage de la maison bâtie au début du siècle dernier.

L'endroit — frais, sec et bien isolé — servait à l'origine

à abriter une chaudière et à empiler le bois de chauffage. A présent, il servait surtout à entreposer les objets les plus divers. Cageots, vieux meubles, lampes cassées, pots de verre et photos jaunies témoignant d'un passé lointain s'y entassaient sous une épaisse couche de poussière.

Personne ne descendait jamais dans ce sous-sol.

Sauf lui.

Et seulement quand il était tout seul.

Des toiles d'araignée pendaient aux poutres apparentes qui soutenaient le plancher du garage, lequel abritait un vieux tracteur John Deere depuis plus de dix ans. Il ignora les traces de petites griffes qui parsemaient le sol poussiéreux. Peu lui importait que des rats, des souris, des écureuils, ou tout autre rongeur aient élu domicile dans cette cave. Même un ou deux serpents venimeux auraient été les bienvenus, comme tout ce qui était susceptible d'éloigner les curieux.

Il passa devant des coffres de bois remplis d'outils rouillés pour parvenir à sa pièce secrète, celle qui servait jadis à conserver les pommes et les tubercules pendant l'hiver. Un vieux séparateur de lait ayant appartenu à son arrière-grand-mère et inemployé depuis plus d'un demi-siècle était posé devant la porte épaisse, fermée au cadenas. Il y avait des traces de rouille sur les murs aux endroits où avaient été fixés les tuyaux alimentant en eau une machine à laver et à essorer, jadis installée dans un coin de la pièce. Il dut se baisser pour passer sous des fils qui n'avaient pas servi à étendre le linge en hiver depuis de longues années.

Il ouvrit le cadenas et tira sur la porte que le père de son arrière-grand-père avait fabriquée et posée, bien avant l'invention du réfrigérateur. Bourrée de sciure de bois entre ses planches de chêne, elle faisait une trentaine de centimètres d'épaisseur. Lorsqu'elle était fermée, elle empêchait le moindre son provenant de la pièce d'être entendu de l'extérieur.

Une fois dans son antre, il alluma le néon et referma derrière lui au cadenas. La pièce fut aussitôt inondée d'une lumière bleuâtre et vacillante, et il eut l'impression de passer d'un siècle à l'autre : des comptoirs en Inox luisants étaient alignés le long de trois des murs, voisinant avec un poste informatique au grand complet — Wi-Fi et moniteur de 25 pouces inclus — ainsi qu'avec tous les gadgets électroniques qui servaient à la bonne marche et à la sûreté de ses petites affaires privées.

Une carte géante de l'Amérique du Nord était affichée sur un vaste panneau qui occupait tout un mur. C'était une carte politique sur laquelle étaient tracées les frontières des Etats et des comtés ainsi que les routes, avec l'emplacement des principales villes et bourgades. Elle était parsemée de punaises rouges, épinglant de petites photos de jeunes femmes. Trente-sept en tout, à l'endroit même où vivaient ces « Ignorantes », comme il les nommait. Semblables à des gouttelettes de sang souillant la surface lisse et plane de la carte, les punaises lui rappelaient l'ampleur de sa tâche et son urgence.

Elles le préoccupaient, ces punaises… Elles le préoccupaient même diablement.

Il y en a tant!

Il y avait aussi sur la carte des punaises noires, en nombre plus réduit. Chacune d'entre elles signalait un décès. Elles servaient, comme les rouges, à fixer des photos de petit format, lesquelles étaient présentées côté verso. S'y affichaient une date de naissance et une date de décès, en gros caractères noirs. Il y en avait six, éparpillées sur tout le territoire des Etats-Unis.

Preuve qu'il avançait dans sa mission… Il progressait lentement mais sûrement vers son but ultime. Cette lenteur était due au fait qu'il ne pouvait compter que sur lui-même. Il avait appris cette leçon à la dure.

Il sourit en ôtant une punaise rouge plantée dans le sud de la Californie, puis il alla chercher une photo posée sur le plateau de réception de son imprimante. Le visage horrifié de Shelly Bonaventure s'étalait sur le cliché, et ses yeux écarquillés paraissaient le fixer. Il ne put s'empêcher de sourire de nouveau, comme enchanté par ce regard qui exprimait la terreur à l'état pur.

Cet instant, jubilatoire entre tous pour lui, où elle avait compris qu'elle allait mourir.

Il avait pris cette photo avec son téléphone portable, avant de l'envoyer sur l'ordinateur de son antre pour l'imprimer à distance.

Il avait passé trop de temps avec elle. Il avait même entendu le hurlement des sirènes s'approcher dangereusement tandis qu'il sortait en hâte de l'immeuble et filait dans la nuit.

Mais il était parvenu à s'échapper.

Une fois de plus.

Il se servit d'une paire de ciseaux pour découper la feuille de façon à ne garder que la photo. Il inscrivit soigneusement sur le verso la date de naissance de l'actrice et celle de son décès. Puis il l'épingla sur la carte, retournée, avec une punaise noire.

Parfait...

Il admira son œuvre un instant, recompta le nombre de celles qui étaient mortes avant Shelly et parcourut les autres photos — celles des Ignorantes encore vivantes, en attente de leur châtiment. Elles étaient, chacune en son genre, plutôt mignonnes. Toutes avaient entre vingt-huit et trente-six ans. La plupart étaient brunes, mais il y avait quelques blondes aussi et deux rousses.

La plupart des photos étaient épinglées au nord-ouest du pays. Il y en avait également deux en Colombie-Britannique, province du Canada qui jouxtait l'Etat de Washington et bordait l'océan Pacifique. Toutes deux se trouvaient dans la région de Vancouver. Il y en avait une autre dans la province canadienne d'Alberta, frontalière du Montana, plusieurs dans l'Etat de Washington, d'autres, plus nombreuses, dans l'Oregon, quelques-unes en Californie, enfin trois au Nevada, deux en Arizona et quelques-unes dans le

Montana. Une autre vivait dans le lointain Delaware, sur la côte Atlantique, une demi-douzaine dans les Etats du Middle West et trois dans la seule ville de Chicago.

Celles qui résidaient dans le même Etat ou dans la même région lui causaient quelques inquiétudes dans la mesure où leurs morts risquaient davantage d'être considérées comme suspectes s'il ne prenait pas toutes les précautions nécessaires. Le « suicide » de Shelly Bonaventure avait été risqué. Mais les autres, jusqu'à présent, semblaient toutes avoir trouvé la mort dans des accidents, sans que les autorités s'interrogent plus avant sur les causes réelles de leurs décès.

Jusque-là, tout s'était passé sans le moindre pépin.

Tout avait été méticuleusement orchestré.

Mais il en restait tant d'autres...

Il jeta un coup d'œil hargneux aux punaises qui étaient plantées aux alentours de Missoula et de Grizzly Falls, région du Montana où lui-même vivait.

Si un grand nombre de jeunes femmes approchant de la trentaine ou l'ayant dépassée depuis peu venaient à mourir brusquement, en un court laps de temps et dans un rayon aussi restreint, cela risquait d'éveiller les soupçons des autorités locales.

Sauf s'il survenait une catastrophe majeure et qu'elles y mouraient toutes ensemble, bien sûr. Dans ce cas, il lui faudrait se distancier de cette tragédie ou, plus probablement, feindre d'en être victime lui aussi — mais en y réchappant, au prix de quelques blessures.

Cela serait compliqué et périlleux à accomplir. Mais cette perspective l'excitait, tant il était certain d'avoir la capacité de la réaliser, grâce à sa diabolique intelligence. Oh ! oui ! Ce serait vraiment un coup de maître ! Tromper les enquêteurs et être considéré comme un héros, salué en tant que tel par la police et la presse.

Mais non... Prudence avant tout... Il lui fallait passer inaperçu, aussi exaltante puisse être cette perspective. Il ne pouvait pas se permettre de voir les projecteurs braqués sur lui. Il ne pouvait pas prendre le risque de fournir à un journaliste, plus curieux que les autres, la moindre occasion de se mettre à fouiner…

Il ouvrit un tiroir où se trouvaient des dossiers contenant les informations qu'il avait rassemblées au fil du temps sur les Ignorantes. Certains de ces dossiers étaient plus épais que d'autres.

Il ouvrit le premier et sentit son estomac se serrer à la vue de la photo qui était jointe à ses notes.

Acacia Lambert…

Elle se distinguait des autres. Cette fille qui avait grandi dans une petite ville du Montana s'était révélée assez douée pour faire des études de médecine… Elle avait brièvement été mariée à un certain Jeffrey Lambert, un chirurgien cardiaque qui travaillait et demeurait à Seattle, dans l'Etat de Washington.

Jusqu'à la bévue.

Celle qu'il avait commise parce qu'il s'était montré trop sanguinaire, trop avide de détruire l'unique personne qui pouvait tout gâcher.

Il avait bâclé le boulot et Acacia avait survécu.

Mais pas son mariage. Après avoir rompu avec Jeffrey, elle avait décidé de revenir aux sources et d'exercer son métier dans une petite ville, celle-là même où ses grands-parents avaient vécu toute leur vie.

Comme c'était touchant !

Et surtout commode pour lui…

Après avoir réchappé à sa première tentative, elle était donc revenue se jeter dans la gueule du loup.

Mais cette fois-ci il n'y aurait pas de bévue. Cette fois-ci, il lui réglerait définitivement son compte.

Une sorte de fureur froide monta en lui tandis qu'il ruminait ces pensées vengeresses. Sa mâchoire se crispa devant les cheveux brun roux d'Acacia, ses pommettes saillantes, ses lèvres pulpeuses et ses beaux yeux verts qui pétillaient d'intelligence, même sur ce petit instantané.

Il l'avait surveillée.

Il l'avait suivie.

Il avait appris à connaître ses habitudes.

Elle vivait dans la maison de ses grands-parents, à la sortie de la ville. Située au bout d'un chemin bordé d'arbres, elle était invisible de la route, ce qui allait beaucoup lui faciliter la tâche.

Mais il allait falloir patienter pour en finir avec elle.

Car, malheureusement, il devait d'abord s'occuper de certaines autres Ignorantes.

Mais quand le tour d'Acacia viendrait, il prendrait son temps pour être bien certain qu'elle sache de quel impardonnable péché elle était coupable.

Il ouvrit d'autres dossiers et tria leur contenu. Aucune des personnes qu'il surveillait n'en avait conscience. Aucune ne savait ce qui l'attendait…

Il rassembla les informations concernant toutes les Ignorantes qui vivaient dans le même secteur qu'Acacia, se demandant si elles s'étaient déjà croisées ou rencontrées.

Si c'était arrivé, elles n'avaient certainement pas deviné qu'elles avaient toutes un point commun.

Celui d'être *nées pour mourir.*

Et sa mission, à lui, consistait à hâter leur mort.

2

« Votre fils ou votre fille n'a pas assisté à un ou plusieurs cours aujourd'hui… »

L'inspecteur Regan Pescoli sentit son sang bouillir en écoutant ce message préenregistré — autant redouté d'elle que de tous les parents — qu'avait laissé sur son répondeur l'administration du lycée que fréquentait sa fille Bianca.

— Et pourquoi donc ? murmura-t-elle avant de refermer son téléphone portable.

Elle avait déposé elle-même Bianca devant les portes de l'établissement, et cette dernière était trop jeune pour conduire une voiture.

Elle composa le numéro du téléphone portable de sa fille et tomba sur sa boîte vocale. Air connu… Jamais aucun de ses deux enfants ne décrochait lorsqu'elle les appelait. Elle envoya donc un texto :

> Où es-tu ? Le lycée a appelé pour dire que tu avais séché. Rappelle-moi !

Puis elle se leva brusquement et sortit de son petit box, au commissariat du comté de Pinewood. Elle consulta sa montre et passa dans le box voisin, celui de Selena Alvarez, sa coéquipière. Cette dernière était en train de trier des documents tout en tenant son téléphone coincé entre l'oreille et l'épaule. L'éclairage artificiel teintait d'un bleu iridescent ses cheveux très bruns, coiffés en un épais chignon.

Elle leva les yeux vers Pescoli et tendit un doigt pour lui signifier de se taire.

— Oui, je sais, dit-elle à son correspondant. Mais ça fait quand même quinze jours que j'attends le résultat de ces analyses !

Sa voix était tendue et ses sourcils froncés. S'il y avait une chose qu'Alvarez ne supportait pas, c'était l'incompétence.

— Ah bon, reprit-elle après un silence. Nous aussi, on manque de personnel… Comment ça ? Vous ne pouvez pas faire mieux ? Bon… D'accord… Demain, ça ira très bien. Je compte sur vous.

Elle raccrocha, furibarde.

— Tu paries combien que demain je n'aurai toujours pas les résultats d'analyse sanguine de Donna McKinley ? fit-elle en se calant sur son siège.

Elle jeta un coup d'œil morose à l'écran de son ordinateur, où s'affichait la photo de la jeune femme.

— J'aimerais juste boucler ce dossier, dit-elle d'un ton maussade. En être débarrassée, et qu'on n'en parle plus, si tu vois ce que je veux dire.

Pescoli voyait très bien. Elles voulaient toutes deux avoir la certitude que le décès de Donna McKinley était bien dû à un stupide et banal accident de la route, que la victime s'était endormie au volant et qu'elle avait fait une sortie de route. Que sa mort n'avait pas été causée par son ex-petit ami, un ancien détenu du nom de Barclay Simms, lequel se trouvait être le bénéficiaire d'une assurance sur la vie dont la prime s'élevait à 100 000 dollars, assurance que Donna était censée avoir souscrite trois semaines auparavant, alors qu'il était actuellement au chômage.

Alvarez laissa échapper un profond soupir.

— Excuse-moi, dit-elle.

— Pas de problème. Je voulais juste te dire que je dois partir. Il faut que je mette la main sur ma fille.

— Elle a séché le lycée ?

— On dirait, répondit Pescoli sans pouvoir réprimer un léger tremblement de la main.

Il y avait un an encore, Bianca était une élève brillante, toujours première de sa classe et fière de l'être. Et puis ses notes s'étaient mises à baisser à la fin de la troisième. Elle avait alors promis à sa mère qu'elle travaillerait davantage au lycée, quand ça compterait vraiment, avait-elle dit. Mais jusqu'à présent elle n'avait pas tenu parole.

— Ne t'en fais pas, je m'occupe de tout ici, dit Alvarez.

Elle ne croyait pas si bien dire. Selena était un véritable bourreau de travail qui accumulait les heures supplémentaires. Elle était célibataire et ne vivait que pour son métier. Pescoli la soupçonnait de n'avoir aucune vie sociale, ce qu'elle trouvait dommage. Mais aujourd'hui elle avait d'autres soucis que la vie privée de sa partenaire.

— Je te revaudrai ça, un jour, dit-elle.

— C'est ça… Un jour lointain.

C'était loin d'être la première fois que Selena lui rendait ce genre de service, et Pescoli ne s'en souvenait que trop bien.

Elle s'affubla de son écharpe, de son blouson et de son bonnet, et se dirigea précipitamment vers la sortie, passant devant le petit réfectoire où Joelle Fischer était en train d'ouvrir des boîtes remplies de diverses décorations de Noël. Des étoiles argentées, des guirlandes étincelantes et des Pères Noël au regard lubrique, que Regan trouvait particulièrement dégoûtants. Joelle en couvrait les tables, comme tous les ans à la même époque, afin de donner un petit air de Noël au commissariat. Et, comme tous les ans, Pescoli se demandait pourquoi Dan Grayson, le shérif, la laissait faire.

Joelle, toujours pétulante avec ses cheveux blonds coupés court, ses boucles d'oreilles surdimensionnées et ses talons de dix centimètres de haut, ne semblait pas s'apercevoir que ses collègues ne communiaient pas dans l'esprit de Noël avec la même ferveur et le même enthousiasme qu'elle.

— Salut, Regan ! l'interpella-t-elle en se dirigeant vers elle.

Elle arborait déjà une broche ornée de Rodolphe, le renne au museau rouge qui clignotait.

— Vous savez que nous allons procéder au tirage au sort des Pères Noël secrets, lundi matin ? lui rappela-t-elle.

— Et vous, vous savez que Noël, c'est dans six semaines seulement ?

— Oh ! Ça passe si vite ! répondit Joelle avec une sorte de solennité dans la voix. Jeudi prochain, c'est Thanksgiving[1], alors pourquoi ne pas faire durer la fête le plus longtemps possible ?

— Jusqu'en juillet, vous voulez dire ? demanda Pescoli d'un ton sarcastique.

— Ne soyez pas si rabat-joie !

Joelle fit mine de froncer les sourcils, mais un sourire s'afficha au coin de ses lèvres de poupée.

— C'est dit alors ? reprit-elle. Je compte sur vous pour lundi ?

— Je viendrai avec des clochettes dans les cheveux, marmonna Pescoli.

Elle avait du mal à s'imprégner de l'esprit de Noël alors qu'elle ne savait pas où se trouvait sa fille.

— Des clochettes ? Quelle bonne idée ! dit Joelle sans la moindre ironie avant de regagner le réfectoire et de se remettre à la décoration.

Elle est folle, songea Pescoli en sortant.

La neige qui tapissait la pelouse du commissariat lui rappela que l'hiver était déjà là et bien là, dans l'ouest du Montana. Et plus encore le vent glacial qui faisait cliqueter

1. Thanksgiving (littéralement : action de grâces) est une fête américaine célébrée en famille le quatrième jeudi de novembre, les deux jours suivants étant également souvent chômés. Elle commémore les trois jours d'action de grâces que les premiers colons anglais, ou Pères pèlerins, décrétèrent pour célébrer leur première récolte en 1621. Ils invitèrent leurs voisins amérindiens à partager leur repas, et ceux-ci apportèrent des dindes et des potirons, jusqu'alors inconnus des Européens. Par tradition, on y mange donc au dîner une dinde et une tourte au potiron (NdT).

les chaînes du mât au sommet duquel flottait le drapeau américain.

Elle marcha jusqu'à sa Jeep, monta dedans et résista à la tentation de sortir le paquet de Marlboro qu'elle conservait « en cas d'urgence » dans la boîte à gants du véhicule. Elle avait arrêté de fumer au début de l'année, après qu'un tueur psychopathe avait failli la tuer… Mais, quand ses soucis se faisaient trop accablants, elle en grillait une en se disant qu'il ne fallait pas culpabiliser à cause d'un petit écart de temps en temps.

L'absentéisme de Bianca ne constituait pas, a priori, un « cas d'urgence », mais Pescoli ne savait pas où l'adolescente se trouvait et cela l'inquiétait. Bianca était peut-être dans le pétrin. Elle s'efforça d'oublier les horreurs qu'elle voyait parfois dans son travail : les victimes d'accidents mortels, les maris brutaux ou les pervers de tout poil. Elle effectua une marche arrière et parvint à éviter Cort Brewster, l'adjoint au shérif, qui arrivait sur le parking à ce moment-là. Ils n'étaient pas en bons termes, c'était le moins qu'on puisse dire. Ils n'avaient jamais eu beaucoup d'affinités et, quand son fils Jeremy avait fricoté avec la fille de Brewster, ce dernier avait chargé le jeune homme de tous les péchés d'Israël. Selon lui, Jeremy avait entraîné Heidi, sa « petite princesse », dans la voie du vice et du stupre.

— Petite princesse, mon cul ! maugréa Pescoli.

En sortant du parking, elle se garda bien de saluer Brewster, ne serait-ce que d'un vague hochement de tête. A ses yeux, ce type n'était qu'un hypocrite, hautain et méprisant. Elle pria pour que ce ne soit pas son nom qu'elle pioche dans le chapeau, lorsque Joelle organiserait son ridicule tirage au sort pour attribuer à chaque collègue un Père Noël secret. Elle ne supportait pas l'idée d'avoir à lui faire un petit cadeau à son insu, caché dans son bureau ou dans sa voiture. Cette perspective ne la réjouissait pas du tout. Brewster était vraiment celui de ses collègues qu'elle trouvait le plus antipathique.

Elle s'efforça de reporter son attention sur la circulation et essaya d'appeler sa fille une nouvelle fois. Comme de bien entendu, elle tomba sur la boîte vocale.

— Allez, Bianca, réponds..., marmonna-t-elle.

La nuit tombait rapidement sur la ville en cette saison. Elle appela chez elle. Ce ne fut qu'à la quatrième sonnerie qu'on décrocha.

— Allô ? fit la voix de son fils, dénuée de toute émotion.

Pescoli ralentit à l'approche d'un feu rouge. Elle se sentit un peu rassurée, tout en se demandant pourquoi Jeremy, qui avait quitté le domicile familial l'été précédent, se trouvait chez elle. Mais il y avait d'autres questions, plus urgentes.

— C'est maman, dit-elle. Bianca est là ?

— Ouais.

Dieu merci !

— Et elle va bien ?

— Euh... Ouais, je crois...

— Passe-la-moi.

— Elle dort.

— Ça m'est égal !

— Ho ! Pas besoin de crier, merde...

— Et toi, pas besoin de dire des gros mots !

Le feu passa au vert. Elle descendait à présent une butte nommée Boxer Bluff, sur les coteaux de laquelle s'étendait la partie supérieure de Grizzly Falls. Elle perçut dans le récepteur un échange de voix étouffées et entendit finalement la voix ensommeillée de sa fille.

— Ouais ?

— Qu'est-ce qui se passe, Bianca ?

— Là... maintenant ?

— Le lycée a appelé pour dire que tu avais raté des cours.

— Je ne me sentais pas bien.

— Comment es-tu rentrée à la maison ?

— Chris m'a raccompagnée.

Le petit copain par intermittence...

— Il n'a pas le permis.

— C'est son frère, Gene, qui conduisait…

Un garçon de dix-sept ans qui avait déjà été impliqué dans un accident de la route… Pescoli n'ignorait rien de cet exploit : elle avait vu ce qu'il restait de la Honda Accord après que ce danger public eut heurté une boîte aux lettres puis un arbre. C'était un miracle qu'il ait survécu au choc. Il s'en était tiré avec une fracture des cervicales et quelques égratignures.

— Je suis sur le chemin de la maison. On en reparlera, dit-elle.

Elle jeta un coup d'œil à son rétroviseur avant de changer de voie afin d'éviter une équipe d'ouvriers en train de creuser la chaussée.

— J'en ai déjà parlé à papa, dit Bianca.

De mieux en mieux !

— Et qu'est-ce qu'il a dit, ton père ? demanda-t-elle entre ses dents serrées.

Luke, dit « Lucky », Pescoli n'était pas l'autorité paternelle incarnée, loin de là.

— Il m'a conseillé de me reposer.

Ben voyons !

— Je vois. Je serai là dans un quart d'heure. Repasse-moi Jeremy.

— A ton tour, dit Bianca d'un ton railleur, visiblement soulagée de passer le combiné à son frère.

Regan aurait voulu l'incendier d'emblée mais elle se ravisa, tandis qu'au-dehors les maisons d'habitation succédaient aux commerces le long de la rue.

— Ouais ? fit Jeremy.

— Je me demandais ce que tu faisais à la maison…

Lorsqu'il avait déménagé quittant la petite maison dans les bois où il avait vécu depuis sa naissance, elle s'en était félicitée autant qu'elle l'avait regretté.

— Ben, fit-il. C'est la maison, quoi…

— Mais tu es censé avoir déménagé. Je ne voulais pas

que tu t'en ailles, mais c'est toi qui as insisté pour partir. Je croyais que tu étais au boulot, à cette heure…

— Ils ont coupé le gaz dans mon appartement. Il n'y a plus de chauffage. Faut croire que… euh… qu'ils n'ont pas reçu le règlement de la dernière facture dans les temps… Je leur ai envoyé hier, pourtant ! Ce n'est pas ma faute si l'un de mes colocataires a tardé à donner sa part.

— Et ton travail ? demanda-t-elle en s'efforçant de rester patiente.

Il hésita un instant avant de répondre.

— Lou n'avait pas besoin de moi, aujourd'hui.

— Ah bon ?

Jeremy travaillait comme pompiste à la station-service Corky's Gas and Go depuis près de neuf mois, ayant décidé, au grand dam de Pescoli, d'interrompre ses études supérieures.

— Jeremy ? dit-elle en constatant qu'il tardait à répondre. Ne me dis que tu t'es fait virer…

— D'accord, je ne le dirai pas.

Il était visiblement sur la défensive.

Si seulement Joe était encore vivant !

Le père de Jeremy, policier de carrière lui aussi, savait comment s'y prendre, en cas de crise… Jusqu'à ce qu'il se fasse tuer dans l'exercice de ses fonctions, alors que Jeremy était encore tout petit. C'est ainsi que Pescoli avait dû être à la fois le père et la mère de son fils. Elle avait ensuite fait l'erreur d'épouser Luke, qui avait essayé de jouer le rôle du père et n'avait fait qu'envenimer les choses par sa maladresse.

— Attends-moi, dit-elle. Je suis bientôt rentrée. Et j'aimerais bien, avant que j'arrive, que Cisco ait été nourri.

— Y a plus de bouffe pour chien.

— Alors, va en acheter.

— Euh, je n'ai pas un rond…

— Super !

— Bon, faut que je te quitte... Heidi est en train de m'envoyer un SMS.

— Jeremy ! Attends...

Mais il avait déjà raccroché. Elle n'avait pas eu le temps de le mettre en garde, une nouvelle fois, contre Heidi Brewster. Elle avait cru que ces amourettes adolescentes avaient passé depuis l'année précédente. Elle l'avait espéré de tout son cœur.

Mais apparemment ses prières n'avaient pas été exaucées.

Ce qui ne la surprenait guère.

Peut-être avait-elle commis une erreur en refusant de s'installer chez son petit ami. Elle avait pensé que ce ne serait pas judicieux. Ce n'est pas parce qu'un homme lui donnait tout ce qu'elle voulait au lit qu'il fallait forcément en faire le beau-père de ses enfants. Elle était très amoureuse de lui, mais elle ne se sentait pas prête à passer à ce niveau-là dans leur relation. Pas encore, du moins.

Elle était devenue allergique aux engagements stables. Elle avait déjà été mariée deux fois, et cela suffisait peut-être.

Pas de vie en couple, donc.

Enfin, à moyen terme.

Jusqu'à ce que ses enfants soient adultes.

Ou jusqu'à ce qu'elle soit un peu plus sûre d'elle-même...

Attention, tu pourrais le perdre, l'avertit une petite voix, mais elle s'en moqua. Car si elle le perdait pour si peu, c'était que leur liaison n'était pas destinée à durer.

Elle s'arrêta dans un petit supermarché, y acheta un sac de croquettes pour chien et une grande bouteille de lait, ainsi que deux Snickers pour garnir sa boîte à gants de quelque chose à grignoter en cas de stress, afin d'éviter de recourir aux Marlboro.

Puis elle se remit en route.

Vingt minutes plus tard, elle franchissait la porte du garage de sa petite maison. Cisco, son terrier au pedigree indéterminé, bondit du canapé et vint en courant l'accueillir en jappant, tout excité, exécutant pour la fêter une série de pirouettes à ses pieds.

— Salut, le chien, moi aussi, je suis heureuse de te retrouver.

Elle posa ses achats sur le comptoir de la cuisine et se pencha pour caresser la tête hirsute de l'animal. Puis elle se redressa et traversa le salon jusqu'au canapé sur lequel son fils était affalé.

— Je ne sais pas si je peux en dire autant de toi, fit-elle sèchement.

— Sympa, maman, répondit-il sans prendre la peine de lever les yeux de l'écran du téléviseur.

Il regardait une émission de téléréalité.

— Parle-moi de ce qui s'est passé à ton travail, dit-elle.

— Oh ! Y a pas grand-chose à dire…

Comme il ressemble à son père !

Ses cheveux bruns, son regard lumineux, ses pommettes saillantes et sa barbe de trois jours qui assombrissait sa mâchoire virile…

— Tu t'es fait virer ?

Il finit par lever la tête et la regarda d'un air affligé, comme si elle était complètement bornée.

— Non, mes horaires ont été raccourcis, c'est tout…

— Ça va être dur pour payer le loyer et les factures, observa-t-elle.

Il haussa une épaule. Elle aurait voulu vider son sac et lui faire un sermon sur les conséquences désastreuses que son mode de vie relâché pouvait avoir sur son avenir. Mais Jeremy avait toujours été du genre à apprendre d'expérience plutôt que par les discours et les exemples. La coupure de ses abonnements au gaz et à l'électricité lui servirait de leçon sur les dures réalités matérielles de l'existence.

Elle lui tapota l'épaule en disant :

— Je suis heureuse de te voir, en fait, tu sais. Mais, évidemment, j'aurais préféré que tu sois venu ici pour moi, plutôt que parce que tu te gelais dans ton appartement.

— Ouais. Je sais.

— Bon, je vais voir ta sœur.

Elle lui tapota de nouveau l'épaule et ajouta :

— Tu peux nourrir Cisco, s'il te plaît ? Il y a des croquettes dans le sac du supermarché.

— Ouais.

Mais il ne bougea pas d'un pouce.

— Je voulais dire avant la fin du siècle, Jeremy…

— Très drôle !

Mais il parvint à lui sourire et le cœur de Pescoli cessa de battre un court instant. Il avait exactement le même sourire que son père. Pas étonnant que Heidi Brewster s'accroche à lui comme une moule à son rocher !

Il finit par se lever et dit au chien :

— Allez, viens, l'affreux…

Pescoli longea le petit couloir jusqu'à la porte de la chambre de Bianca. Elle frappa avant d'entrer. Alors que les murs de l'ancienne chambre de Jeremy, au sous-sol, étaient ornés de posters représentant des joueurs de basket-ball et des groupes de rock, celle de Bianca était le type même de la chambre de fille, du lit à baldaquin décoré de guirlandes lumineuses à la table de maquillage pourvue d'un miroir à lampes. Une dizaine de brosses y étaient rangées dans un bocal entouré de petits paniers remplis de bâtons de rouge à lèvres, de flacons de fard à paupières et d'autres produits cosmétiques. Les murs étaient peints en rose vif, une couleur dont Bianca raffolait.

Elle était pelotonnée sur son lit, emmitouflée dans une couette argentée. Une bouteille de Pepsi était posée sur sa table de nuit, à côté d'une pile de magazines de mode pour adolescentes et de journaux à sensation qui avait débordé sur le lit. Sur l'écran de son ordinateur portable défilait un film en sourdine tandis qu'elle était en train de rédiger un texto sur son téléphone mobile.

— Alors, qu'est-ce qui s'est passé ?

Bianca leva un œil de son téléphone et gratifia sa mère

d'un petit sourire innocent. Ses boucles brun roux encadraient gracieusement un joli minois parsemé de taches de rousseur qui commençaient à s'estomper au sortir de l'enfance. Un petit nez mutin et de grands yeux châtains complétaient le tableau. Alors que Jeremy était le portrait craché de son père, Joe Strand, Bianca ressemblait terriblement à son propre père, Luke Pescoli. Heureusement, elle semblait nettement plus intelligente que lui… Du moins, jusqu'à récemment.

Sera-t-elle aussi bête, en fin de compte ? L'avenir le dira…

— De quoi veux-tu parler ? demanda Bianca.

— Ne joue pas les imbéciles. Tu sais très bien de quoi je veux parler ! Pourquoi as-tu séché les cours ? Si tu étais malade, tu aurais dû aller le signaler à la conseillère d'éducation, et elle m'aurait appelée pour que je vienne te chercher.

Bianca leva les yeux au ciel.

— Tu ne peux pas toujours venir à cause de ton boulot, se défendit-elle. Et Chris m'a proposé de me ramener.

— Tu veux dire son frère ?

— Quelle importance ?

— Chris n'a pas le permis, et c'est un miracle que Gene ait encore le sien…

Elle plissa des yeux suspicieux et rectifia :

— Il ne l'a d'ailleurs peut-être plus. Il faudra que je vérifie…

Bianca évita son regard et demeura silencieuse. Ce qui en disait long sur ce que Regan risquait de découvrir en consultant le fichier idoine.

— Allez, Bianca, ne sois pas bête. Si Gene Schultz avait eu un autre accident ou si…

— Il n'y a pas eu d'accident ! l'interrompit sèchement Bianca.

Regan écarta quelques magazines et s'assit sur le lit.

— Tu ne peux pas sécher les cours comme ça…

— Jeremy le faisait tout le temps, lui !

— Justement. Maintenant, il se retrouve dans une situation difficile... Ne commets pas la même erreur.

Mais elle comprit vite qu'elle n'arriverait à rien en usant de ce registre.

— Alors, pourquoi es-tu rentrée à la maison ?

Bianca soupira.

— J'étais fatiguée, c'est tout.

— Ce n'est pas une raison valable pour...

— Je ne me sens pas bien. Je ne sais pas ce que j'ai... C'est peut-être le début d'une grippe. Kara White et Shannon Anderson l'ont eue toutes les deux, et je crois que Monty Elvstead l'a aussi. Ils sont tous les trois en cours d'espagnol avec moi. Voilà pourquoi je suis rentrée. Pas de quoi fouetter un chat...

Elle jeta un regard mauvais à sa mère avant d'ajouter :

— Je ne pouvais pas t'appeler. Tu es tout le temps en train de travailler et je n'allais quand même pas rester toute la journée dans le bureau de la conseillère d'éducation. Elle est trop bizarre !

— Il n'y a pas d'infirmerie ?

— Si, mais c'est encore pire. C'est un endroit répugnant ! Je voulais juste rentrer à la maison. Je n'ai commis aucune infraction, aucun délit, que je sache !

— Tu as pris ta température ?

— Non. Et je n'ai pas l'intention de le faire.

— Qu'est-ce que tu as exactement ? Mal au ventre ? Des crampes d'estomac ? La gorge prise ?

— Tout ça à la fois !

Elle s'enfonça sous la couette, faisant tomber quelques magazines sur la moquette.

— Tu ne peux pas me laisser tranquille, un peu ?

— Pas avant quelques années, rétorqua Pescoli. Tu fais partie de ma charge de travail, pour ainsi dire...

— Tu parles sérieusement ? C'est ça que je suis, pour toi ? Mince, maman, tu es si...

Le reste de sa diatribe fut assourdi car Bianca s'était

enfouie la tête sous la couette pour l'achever. On ne voyait plus d'elle qu'un bras gracile qui dépassait de l'étoffe. Elle ouvrit la main mais, avant que ses doigts se soient refermés sur son téléphone portable, Pescoli s'en était déjà emparé.

— Tu n'en auras pas besoin, dit-elle en empochant l'appareil.

Puis elle se pencha pour ramasser les magazines qui jonchaient la moquette usée à ses pieds.

La une d'un des journaux attira son attention.

LA MORT DE SHELLY BONAVENTURE CONSIDÉRÉE COMME UN SUICIDE PAR LA JUSTICE.

Sous ce gros titre s'étalait la photo d'une jolie femme au large sourire et aux yeux pétillants de malice. Son teint était clair, ses cheveux coiffés en boucles auburn. Elle semblait sûre d'elle, maîtresse de son destin.

Le nom de Shelly Bonaventure — cette actrice de second plan dont Pescoli se souvenait parce qu'elle avait joué dans un feuilleton de vampires que Bianca avait suivi quelques années auparavant — s'ajoutait à la longue liste des décès tragiques qui rythmaient la chronique de Hollywood.

Elle glissa le magazine sous son bras et sortit de la chambre, laissant Bianca bouder sous sa couette.

3

Jocelyn Wallis fixa le ciel nuageux au travers de la fenêtre. Il ne neigeait pas… Enfin, pas encore, car une tempête était annoncée et les routes étaient parsemées de plaques de verglas, tout comme le parking de son immeuble. La température était passée au-dessous de 0, et la météo annonçait pour bientôt une nouvelle chute.

Si je n'y vais pas maintenant, je n'en aurai peut-être plus la possibilité pendant les deux prochains jours…

Et Thanksgiving dans une semaine déjà ! Comme elle était certaine qu'elle se goinfrerait chez sa tante, elle avait décidé de prendre un peu d'exercice — par anticipation en quelque sorte — en prévision de ce repas de famille trop nourrissant.

La nuit n'allait pas tarder à tomber. Les réverbères commençaient à luire dans la rue.

Travaillant toute la journée comme institutrice, elle n'avait guère la possibilité d'aller courir après la classe pendant l'hiver, la nuit tombant tôt, et elle devait se contenter du tapis roulant de la salle de sport. Le jogging en plein air était réservé aux week-ends et seulement quand les conditions météorologiques le permettaient.

Peut-être était-il préférable qu'elle renonce à son jogging. Elle se sentait patraque depuis quelques jours. Ce n'était pas vraiment la grippe, mais elle manquait d'énergie et se sentait un peu somnolente.

Elle avala une gorgée de café froid, préparé le matin,

et jeta le reste dans l'évier. Elle consulta sa montre, fronça les sourcils, et fit un effort pour se secouer. En donnant un coup de pied dans le vide, elle faillit renverser la soucoupe pleine d'eau de la chatte. Elle l'avait recueillie quatre semaines plus tôt et l'animal avait disparu depuis deux jours. Morte d'inquiétude, Jocelyn l'avait cherchée partout et avait appelé, en vain, les différents refuges pour animaux de la région. En revenant de son jogging, elle se mettrait sérieusement à sa recherche, se promit-elle. Elle lui donnerait même un nom.

Elle se rendit dans la chambre d'amis, qui servait essentiellement à abriter tout ce qui aurait sinon débordé dans le salon. Des livres et des vieilles nippes encombraient la planche à repasser, un vieux téléviseur était posé sur un buffet qu'elle possédait depuis qu'elle avait dix ans, des sacs de vêtements usagés destinés à des organismes caritatifs étaient entassés dans un coin. Quelques cadeaux de Noël, achetés lors d'un vide-greniers organisé par son école, reposaient, soigneusement étiquetés, sur l'un des lits jumeaux censé servir aux invités.

Quels invités ?

En vérité, depuis qu'elle était revenue s'installer à Grizzly Falls, deux ans auparavant, à la suite de son deuxième divorce, personne n'était venu dormir chez elle.

— Tu es pitoyable, se dit-elle à voix haute.

Dans l'un des coins de la pièce se trouvait son « bureau » : une vieille table sur laquelle un ordinateur et une imprimante étaient posés, fort à l'étroit. C'était là aussi qu'elle conservait ses archives personnelles. Il y avait un placard rempli de vêtements qu'elle espérait pouvoir porter de nouveau un jour, une fois qu'elle aurait perdu du poids, et de dossiers liés aux matières qu'elle allait enseigner au cours de l'année : art, sciences et maths.

Rapidement, avant qu'elle ne change d'avis ou que la tempête n'éclate, elle enleva son jean et son pull puis enfila un pantalon de jogging, un T-shirt et un pull en polaire.

Elle rassembla ses cheveux en une queue-de-cheval qu'elle enserra dans un élastique, se coiffa d'une casquette de base-ball et chaussa sa paire de Nike préférée. Après s'être changée, elle chercha d'un coup d'œil circulaire son téléphone portable mais ne le trouva pas. Il avait disparu depuis la veille.

Elle n'aimait pas beaucoup sortir sans son téléphone, mais elle n'avait guère le choix : elle s'était promis d'aller courir et entendait bien s'y tenir.

Elle sortit, commençant par se livrer à quelques exercices d'assouplissement sur le perron. Puis elle se colla dans les oreilles les écouteurs de son iPod avant de sélectionner une liste de chansons bien rythmées.

Elle se mit à trotter, faisant claquer ses semelles au rythme de *Bad Romance* de Lady Gaga, puis elle accéléra pour atteindre sa vitesse de croisière habituelle, tandis que les premiers flocons de neige commençaient à tomber.

Parvenue au portail de la résidence abritant son immeuble, elle prit la direction du sud pour effectuer son parcours habituel. Elle avait le choix de parcourir trois ou quatre kilomètres, en fonction de l'endroit où elle rebrousserait chemin. Ce serait cette fois quatre kilomètres, décida-t-elle. Peut-être qu'en activant sa circulation sanguine elle parviendrait à surmonter l'impression qu'elle était en train de couver la grippe qui sévissait à l'école primaire Evergreen où elle enseignait.

Elle allait bon train, au son de la musique qui lui emplissait les oreilles. Elle respirait régulièrement en courant à petites foulées dans les flaques de neige fondue, évitant les quelques voitures et camions qui roulaient sur la chaussée. Un pick-up noir la suivit sur quelques dizaines de mètres et elle jeta machinalement un coup d'œil au conducteur lorsqu'il se décida à la dépasser. Leurs regards ne se croisèrent pas. L'homme était trop occupé à régler son lecteur ou son téléphone mains libres ou quelque autre appareil de bord qui détournait son attention de la route.

Quel imprudent, songea-t-elle. Il la dépassa et tourna un peu plus loin. Elle vit ses feux arrière s'estomper dans la pénombre et disparaître.

Elle baissa le volume de son iPod pour mieux se concentrer sur sa course. Elle se sentait encore faiblarde. C'était peut-être bien la grippe, finalement. Une école constitue toujours un terrain des plus propices aux microbes contagieux.

Mais son état maladif pouvait aussi s'expliquer par les aliments trop gras qu'elle avait mangés le week-end précédent. Elle s'était franchement laissée aller, se nourrissant de *nachos* et de pizzas, sans compter les deux demi-litres de crème glacée qu'elle avait engloutis — l'une aux éclats de chocolat et à la menthe, l'autre enrobée de gelée de fruits rouges.

Ne va pas te plaindre, après ça ! se dit-elle.

Elle avait trente-cinq ans et avait pris cinq kilos au cours des quatre dernières années — depuis qu'elle avait été mutée à l'école Evergreen, en fait, où ses élèves de cours moyen étaient dissipés et turbulents. Quant à leurs parents… Elle préférait ne pas y penser. La moitié d'entre eux se comportaient avec elle comme si elle ne connaissait pas son métier, et les autres ne semblaient tout simplement pas s'intéresser à ce que leurs enfants faisaient à l'école.

Parfois, elle se demandait pourquoi elle s'accrochait à ce métier.

Parce que tu adores les enfants.

Parce que tu crois que tu fais bien ton boulot.

Parce que tu as besoin du salaire et des avantages sociaux qui vont avec.

Et parce que tu aimes avoir deux mois de vacances en été et quinze jours à Noël.

Alors, pourquoi dois-je me rappeler constamment toutes ces bonnes raisons ? se demanda-t-elle en passant devant une haie de lauriers qui avait sérieusement besoin d'être taillée. Elle regarda par-dessus son épaule avant de traverser la rue et crut apercevoir le même pick-up noir qui roulait au pas à quelques dizaines de mètres derrière elle, ce qui la mit aussitôt en alerte. Elle était complètement seule, et les immeubles et les pavillons se faisaient plus rares au fur et à mesure qu'elle approchait de la sortie de la ville.

Mais le véhicule suspect tourna dans une rue adjacente, et elle laissa échapper un soupir de soulagement.

Ne laisse pas ton imagination te jouer des tours.

Toutefois, elle ne put s'empêcher de se sentir mal à l'aise. La nuit était tombée plus vite qu'elle ne s'y attendait ; le vent d'hiver, vif et glacial, faisait trembler les arbres dont les branches bruissaient plus fort que l'énergique mélopée des Black Eyed Peas sur son iPod.

Concentre-toi sur ta respiration...

Elle regarda derrière elle une nouvelle fois. La neige commençait à tomber dru, mais le pick-up noir avait disparu de son champ de vision.

Tant mieux !

Elle sentit qu'elle commençait à s'essouffler, attribua son manque de souffle au tabac et se reprocha de continuer à fumer. Elle avait essayé d'arrêter à deux reprises, mais elle s'y était remise après avoir rompu avec Trace O'Halleran, un peu plus de six mois auparavant. Son sang s'échauffait encore lorsqu'elle repensait à ce beau cow-boy et aux espoirs déçus qu'elle avait placés en lui, même s'ils n'étaient sortis ensemble que fort peu de temps. O'Halleran était grand et élancé. Il avait de larges épaules et, lorsqu'il était sincèrement amusé, un petit sourire en coin creusait une irrésistible fossette dans sa joue. Jocelyn avait été vraiment séduite. Il était le père célibataire de l'un de ses élèves de l'année précédente, et elle l'avait dragué lors de la soirée de rencontre avec les parents, organisée par l'école.

Ce qui s'était révélé une erreur. Evidemment. Elle n'aurait jamais dû s'intéresser à lui. Avec les hommes, elle avait tendance à se laisser guider par son intuition, sans vraiment prendre le temps de réfléchir. Ses divorces en étaient la preuve.

Récemment, elle avait tenté de renouer avec Trace, mais cela s'était mal terminé et elle rougissait encore de honte lorsqu'elle repensait aux avances qu'elle lui avait faites et à la rebuffade qu'elle avait essuyée. Elle sentait encore ses grandes mains lui enserrer les poignets lorsqu'il l'avait poussée contre un mur et qu'au lieu de l'embrasser il lui avait dit :

— Ça suffit comme ça, Jocelyn ! Notre histoire est finie. C'était une mauvaise idée dès le départ, de toute façon...

Puis il l'avait brusquement lâchée et il était sorti précipitamment de chez elle.

Elle avait rageusement claqué la porte derrière lui... Et elle entendait encore ce bruit sec résonner dans sa tête.

On apprend à tout âge, songea-t-elle avec amertume avant de scruter la rue déserte et d'entamer la montée d'une côte qui constituait la partie la plus dure de son parcours. Cette ascension valait l'effort qu'elle coûtait, car, parvenue en haut, elle pourrait courir le long de la falaise qui surplombait le fleuve et les chutes d'eau. C'était l'endroit de son parcours où la vue était la plus spectaculaire.

Mais elle ne pouvait s'empêcher de penser à Trace. Elle se demandait si elle ne pourrait pas renouer avec lui, à présent qu'Eli n'était plus son élève.

Peut-être pourrait-elle l'attirer chez elle pendant les fêtes. Elle lui offrirait des cookies... Non, c'était trop banal, trop niaisement sentimental. Une bouteille de vin ornée d'une étiquette de Noël, plutôt ?

Non plus, il ne serait pas dupe.

Elle avait déjà essayé de lui faire le coup du « soyons-simplement-de-bons-amis », et elle s'en était mordu les doigts. Combien de fois l'avait-elle appelé depuis leur rupture ? Trois fois ? Quatre ? Huit ?

Ce que tu es bête, ma pauvre fille !

Ils n'avaient pas vraiment rompu, puisqu'ils n'avaient jamais eu de véritable relation malgré tout ce qu'elle avait pu sottement écrire sur sa page Facebook après deux rendez-vous galants. Voilà ce qui arrivait quand on avait bu un verre de vin de trop et qu'on écoutait les conseils de copines encore plus éméchées que soi.

Quel fiasco !

Quand Trace avait appris — par son fils, en plus ! — qu'elle s'épanchait ainsi en ligne, il l'avait très mal pris. Et cela avait été le commencement de la fin. Elle n'aurait jamais dû le rappeler, ce qu'elle avait pourtant fait encore la veille au soir. Elle était tombée sur le répondeur et avait promptement raccroché, sans laisser de message.

Sois forte et passe à autre chose, à présent. Il y a d'autres hommes que lui, même à Grizzly Falls.

Elle regarda de part et d'autre avant de traverser la route afin de pouvoir courir le long de la corniche qui surplombait le fleuve et déboucher sur un parc où elle ferait demi-tour et reviendrait chez elle.

Trois voitures la dépassèrent, le reflet de leurs phares faisant luire la chaussée humide et leurs pneus éclaboussant d'eau boueuse le trottoir. Elle serra les dents et maintint son effort, respirant plus difficilement durant l'ascension. Elle entra dans le parc et emprunta l'une des nombreuses pistes de jogging qu'il abritait.

Allez, encore quelques mètres avant de rentrer ! s'encouragea-t-elle. Elle était vraiment essoufflée et ses mollets commençaient à se raidir et à la faire souffrir.

Le terrain se fit enfin plus plat, et elle atteignit la piste goudronnée qui longeait le lit profondément encaissé du fleuve. Un muret en pierre, haut d'à peine soixante centimètres, avait été construit plus d'un siècle auparavant pour séparer le parc du précipice au bas duquel coulait le fleuve. Jocelyn jouissait ainsi d'une vue magnifique sur la cascade qui faisait la renommée de Grizzly Falls, près de soixante mètres plus bas. La vieille ville s'étirait en contrebas, au pied de la chute d'eau. Les réverbères brillaient dans la nuit tombante comme autant de joyaux dans un écrin de velours sombre.

Elle tourna la tête pour se concentrer sur sa course et la piste qui s'étendait devant elle. Elle la suivit jusqu'à une fourche et tourna vers l'intérieur du parc, s'éloignant de la rue. En sueur, malgré l'air hivernal, elle se dirigea vers le grand sapin solitaire qui marquait l'endroit où elle rebroussait habituellement chemin.

Son haleine embuait l'air, les battements de son cœur étaient rapides et saccadés.

Presque arrivée !

Elle était seule. Nul autre qu'elle n'avait été assez fou pour se promener dans le parc à cette heure tardive et par le temps qu'il faisait. Le froid était de plus en plus vif et, malgré ses gants, ses doigts étaient tout engourdis.

Elle prit un dernier virage et aperçut l'arbre massif qui se dressait dans les ténèbres.

Elle ralentit un peu, haletante, et ôta les écouteurs de ses oreilles. Puis elle se pencha pour poser les mains sur ses genoux. Elle ne faisait pas de pause, d'ordinaire, mais ce soir-là elle avait besoin de reprendre haleine.

Par-delà le son de sa respiration laborieuse et des pulsations de son cœur, elle entendait le vent gémir et le fleuve couler. Elle était en train de régler son iPod lorsqu'elle perçut autre chose… Des bruits de pas ? Un autre joggeur ?

Son cœur bondit dans sa poitrine et elle fut immédiatement sur ses gardes, se disant cependant que ce n'était sans doute qu'un coureur assez courageux pour braver le froid glacial.

Tu n'es peut-être pas la seule imbécile qui soit de sortie, ce soir…

Elle enfonça un écouteur dans l'une de ses oreilles et se remit à courir au rythme d'une chanson de Beyoncé, tandis que de l'autre oreille elle guettait les sons de la nuit. Juste pour être certaine qu'il n'y avait rien de louche.

Le vent s'engouffrait dans le lit du fleuve, toujours plus froid, et elle crut entendre une chouette hululer pour saluer le crépuscule puis, de nouveau, le bruit régulier de pas sur le goudron derrière elle.

Oui, c'était bien un autre joggeur.

Et il courait vite, à en juger par le rythme de ses foulées.

Elle jeta un coup d'œil par-dessus son épaule, ne vit personne et accéléra. Il était temps de rentrer chez elle, où elle prendrait une douche bien chaude qui la remettrait d'aplomb. Elle avait encore trois jours de cours avant le congé de Thanksgiving…

Les foulées s'étaient rapprochées.

Elles résonnaient de plus en plus rapidement sur le goudron.

Le duvet de sa nuque se hérissa, et de nouveau la sensation d'un malaise diffus la troubla…

Allons… Ce n'est que ton imagination. Il n'y a pas de danger.

Malgré ses poumons en feu et ses mollets crispés par l'effort, elle se mit à courir plus vite entre les arbres. La nuit était complètement tombée à présent et seuls quelques réverbères dispensaient une faible lumière. Les arbres qui se dressaient autour d'elle sur la pelouse blanchie par l'hiver formaient une masse grise et indistincte.

Ne flippe pas ! Il n'y a aucune raison de paniquer. Même si tu n'as pas ton téléphone sur toi, il n'y a pas de quoi s'inquiéter.

Elle était en nage, épuisée par l'effort.

La route principale qui longeait la corniche était toute proche, juste après le prochain virage…

Elle vit alors l'autre joggeur sur le point de la rattraper — un homme grand et baraqué, vêtu d'un survêtement noir et portant une cagoule.

Elle sentit son cœur se serrer d'une bouffée d'angoisse.

Pas de panique…

Une brusque montée d'adrénaline lui donna la force d'accélérer. Elle courait à présent au maximum de ses capacités, haletant de plus en plus.

Tout va bien, tout va bien, se répétait-elle.

Mais est-ce que tout allait bien, vraiment ?

Car l'homme avait lui aussi accru son allure et s'apprêtait à la rattraper de nouveau. Il était même si près qu'elle pouvait sentir son souffle rauque et puissant.

C'est alors qu'elle trébucha et faillit tomber en avant. Elle parvint à se redresser in extremis et à conserver son équilibre, mais le rythme de ses foulées en fut brisé.

— Attention ! fit une voix grave dans son dos.

Oh ! Mon Dieu ! Il n'était qu'à deux pas derrière elle !

Elle serra les dents et s'efforça de garder son sang-froid.

Où avait-elle déjà entendu cette voix ?

Elle sortit du parc, toujours suivie de l'homme. Elle courait à présent sur la corniche. Elle avait espéré qu'il bifurquerait à la sortie du parc, mais il ne la lâchait pas d'une semelle, dévalant comme elle la côte. Elle se dit qu'elle devrait peut-être s'arrêter et le laisser filer.

Si seulement elle avait eu son téléphone sur elle !

Ou l'aérosol de gaz lacrymogène qui se trouvait dans son sac à main.

— Regardez à droite ! dit l'homme en la rattrapant et en réglant son rythme sur le sien. Alors, vous vous amusez bien, Jocelyn ?

Jocelyn ?

Elle faillit trébucher de nouveau. Il la connaissait donc ? Sa voix, en effet, lui paraissait familière.

— Vous devriez faire attention, dit-il encore en lui heurtant l'épaule avec la sienne.

Elle chancela et serait tombée s'il ne l'avait pas retenue, serrant son bras d'une forte poigne.

— Je vous ai dit de faire attention ! s'écria-t-il tout en resserrant son étreinte jusqu'à lui faire mal.

— Lâchez-moi ! Qui êtes-vous ?

Ils s'arrêtèrent tous deux de courir.

Il suait à grosses gouttes sous sa cagoule.

— Vous ne le savez donc pas ?

Il la serra plus fort.

— Qui êtes-vous ? Je vous ai dit de me lâcher… Hé !

Il lui tordit le bras et elle couina de douleur.

— Mais qu'est-ce que vous faites ?

Elle connaissait déjà la réponse. En un instant, elle avait compris : il avait l'intention de la tuer !

— Lâchez-moi ! répéta-t-elle.

Il la souleva, la poussa et, avant qu'elle ait le temps de réagir, il la projeta contre le muret en pierre qui longeait le précipice.

— Arrêtez ! Oh ! Mon Dieu ! Au secours ! Au secours ! hurla-t-elle.

Elle se débattait à présent, certaine des intentions meurtrières de ce salaud.

Oh ! Mon Dieu, non ! Non !

Elle battait l'air de son bras libre avec l'énergie du désespoir, luttant pour rester debout tandis qu'il lui frappait les tibias à coups de pied, cherchant à la déséquilibrer et à la faire basculer de l'autre côté du muret. Une douleur intense se propagea jusqu'à ses genoux.

— Non !

Elle se débattit de toutes ses forces, mais en vain. Il la poussa avec une telle violence qu'elle en fut propulsée de l'autre côté de la rambarde. Horrifiée, battant des bras bien qu'elle n'ait plus rien à quoi tenter de se raccrocher, elle plongea dans les ténèbres.

Elle atterrit sur le flanc glacé de la falaise.

Sa tête heurta un rocher et elle vit le paysage nocturne tourbillonner autour d'elle. Puis elle glissa et continua de ricocher de rocher en rocher, essayant de se rattraper à quelque chose pour freiner sa chute. Mais ses doigts glissaient sur des mottes de terre gelées, agrippaient des racines qui se brisaient ou des pierres qui roulaient.

Aidez-moi, mon Dieu ! Aidez-moi…

Elle sentait la douleur monter le long de sa colonne vertébrale et entendait se rapprocher le rugissement de la cascade. Sa chute s'accéléra. Ses mains ne trouvaient plus de prise, sa peau était écorchée, et le monde tournait à toute vitesse autour d'elle.

Mais elle aperçut furtivement l'homme qui l'avait poussée dans le vide, tout là-haut, sur la corniche, la tête penchée vers elle.

Il la regardait sombrer dans le gouffre.

Il attendait qu'elle meure.

4

Trace O'Halleran était furieux. Il roulait à quinze kilomètres à l'heure au-dessus de la limite autorisée. Il venait de l'école primaire où il était allé chercher son fils et se dirigeait vers la clinique pour y faire des radios, car Eli avait été blessé dans la cour de récréation.

Quelqu'un avait pourtant été chargé de surveiller les enfants et, dès qu'il se serait assuré que la blessure de son fils n'était pas grave, ce *quelqu'un* aurait de sérieuses explications à lui fournir !

— Tiens bon, mon pote, dit-il à l'enfant.

Eli était assis à côté de lui dans son vieux pick-up tout cabossé. Le gamin hocha la tête en reniflant, soit pour contenir ses larmes, soit parce qu'il couvait, pour faire bonne mesure, cette grippe qui se propageait dans toute la ville depuis une semaine.

Trace garda prudemment les yeux sur la route tandis que les premiers flocons de la journée commençaient à tourbillonner. Il suivit le flot de la circulation le long de la route qui menait de Boxer Bluff à la partie basse de la ville, sur les rives du fleuve Grizzly.

Eli, qui venait d'avoir sept ans, avait déjà le bras en écharpe, maintenu par une attelle, grâce aux soins d'une infirmière scolaire débordée.

— Il faut consulter un médecin, lui avait-elle dit. J'ai déjà appelé une clinique, celle qui se trouve sur A Street... Vous n'aurez donc pas besoin d'attendre aux urgences, comme à l'hôpital municipal de Pinewood ou à l'hôpital St. Bartholomew. Demandez-leur de lui faire une radio du bras. Je ne crois pas qu'il soit fracturé, mais il peut y avoir une petite fêlure. Il y a un laboratoire de radiologie dans cette clinique. Et, tant que vous y êtes, demandez au médecin de jeter aussi un coup d'œil à sa gorge et à ses oreilles. Je lui ai pris sa température, et j'ai vu qu'il avait un peu de fièvre.

Trace s'était facilement laissé convaincre de ne pas aller à l'hôpital. Il était fermier et il lui était arrivé, un jour, d'attendre plus de cinq heures dans la salle d'attente de St. Bartholomew avant qu'un médecin ne daigne examiner son bras meurtri, après que son alliance s'était coincée dans l'un des engrenages de sa moissonneuse-batteuse.

La machine avait failli lui arracher le bras, ni plus ni moins, mais il avait pu arrêter le moteur à temps. Les médecins, qui avaient initialement envisagé de lui amputer l'annulaire, étaient parvenus à le sauver en fin de compte, mais l'accident avait causé tant de dégâts à ses terminaisons nerveuses qu'il en avait perdu toute sensation dans ce doigt. Il avait alors pris la décision de ne plus porter cette alliance. Ce qui n'avait eu aucune incidence, d'ailleurs, sur sa vie conjugale, car à l'époque Leanna, la mère d'Eli, était déjà sur le point de le quitter.

Trace n'avait pas du tout envie que son fils se morfonde pendant des heures, assis sur une des chaises en plastique inconfortables de la salle d'attente de St. Bartholomew s'il pouvait l'éviter. Il avait donc suivi le conseil de l'infirmière scolaire et opté pour la clinique. On y dispensait des soins depuis près de soixante-dix ans, dans le même vieux bâtiment d'un étage — lequel avait cependant été rénové et réaménagé à plusieurs reprises depuis la fondation de l'établissement.

Son père l'y avait emmené près de trente ans auparavant, après une chute de cheval. Trace avait été désarçonné par Rocky, un hongre bai plein de fougue qui avait jadis été un cheval de rodéo, habitué à se débarrasser de ses cavaliers. Quand il avait essayé de le monter — il avait alors neuf ans —, le bronco avait recouvré un regain d'ardeur et il avait projeté son cavalier trop téméraire dans les airs. Trace s'en était tiré avec une petite commotion et un sermon du vieux Dr Mallory, après un bref examen : « Pour l'amour de Dieu, mon garçon, sers-toi de ta tête et évite les chevaux sauvages ! »

Il jeta un coup d'œil à son fils qui fixait au travers de la vitre le paysage qui défilait.

Ses mâchoires étaient serrées, et ses yeux rougis par les larmes qu'il réprimait. Son haleine embuait la vitre, déjà maculée de traces de museau laissées par Sarge, leur chien. Ils avaient recueilli l'animal après l'avoir trouvé à moitié affamé sur leur perron, l'année précédente. Sarge, mi-berger australien, mi-corniaud, faisait à présent partie de leur petite famille. Ce jour-là, lorsque Trace avait reçu l'appel de la directrice de l'école et qu'il était monté précipitamment dans son véhicule, Sarge avait galopé derrière lui avant de s'arrêter au portail.

— La prochaine fois, mon vieux ! lui avait crié Trace.

Malgré le froid glacial, l'animal serait probablement toujours au même endroit à leur retour, attendant fidèlement son maître.

Eli sentit le regard de son père sur lui et marmonna :

— Je déteste Cory Deter ! C'est un minable !

— C'est Cory qui t'a fait ça ?

Eli haussa l'une de ses frêles épaules, sans répondre.

— Allez, tu peux bien me le dire !

Eli se mit à griffonner du doigt sur la buée de la vitre. Il toussa, fit une grimace, puis finit par dire :

— Il m'a poussé. On était sur la cage à poules, tout en haut, et il m'a poussé.

— Et tu es tombé.

— Ouais.

— Où étaient les maîtres ?

— Sous l'auvent.

Il se tourna vers son père furtivement et ajouta :

— Mlle Wallis n'était pas là.

— Je ne parlais pas d'elle, fit Trace plus sèchement qu'il ne l'aurait voulu.

Il mit en marche les essuie-glaces.

— Je sais, dit le gamin.

Puis il haussa de nouveau les épaules.

Une fois de plus Trace se reprocha d'être sorti avec l'institutrice de son fils, l'année précédente. Quelle erreur ! Et dire qu'il avait compris que c'en était une dès le premier instant, dès la première invitation à dîner qu'il avait eu la faiblesse d'accepter ! Il avait feint de se dire que c'était pour le bien d'Eli, que Jocelyn voulait simplement lui parler de son fils et des difficultés qu'il rencontrait à l'école. En réalité, il avait su à quoi s'en tenir dès le début ; il avait bien senti que l'intérêt qu'elle lui portait n'avait rien à voir avec l'enfant…

Et pourtant, il était revenu trois fois. Enfin, quatre, si l'on comptait leur dernière rencontre, qui s'était soldée par une dispute, lorsqu'elle avait tenté de raviver une flamme qui n'avait jamais vraiment brûlé.

Quel gâchis ! Il avait déçu tout le monde, dans cette affaire : son amante éconduite, son fils et lui-même.

Il lâcha un soupir. Jocelyn Wallis avait cru pouvoir refermer les plaies que Leanna avait ouvertes par son départ. Elle ne l'avait pas cru lorsqu'il lui avait affirmé qu'il n'était pas intéressé par une relation stable et durable, et qu'il se débrouillait bien tout seul pour élever son fils.

Elle n'était pas la seule à se montrer sceptique. Eli ne semblait pas pouvoir oublier les quelques fois où son père était sorti avec son institutrice.

Oui, aucun doute là-dessus, il avait causé un beau gâchis !

— Elle n'est pas venue à l'école, aujourd'hui, dit encore Eli.

— Qui ? Mlle Wallis ? Aucune importance. Il y avait

forcément quelqu'un. Quelqu'un était bien chargé de vous surveiller.

— C'était M. Beene, parce que Mlle Wallis n'était pas là. C'est un remplaçant.

— J'aurai deux mots à lui dire…

— C'est pas sa faute, lui assura Eli. C'est à cause de ce connard de Cory Deter !

— Je sais que tu es en colère, mais ce n'est pas une raison pour dire des gros mots. Compris ?

— Mais *c'est* un connard, papa !

Eli s'essuya le nez du revers de la manche de son blouson et serra les dents.

— C'est un sale connard !

— Eli… Ce n'est pas sympa de parler comme ça d'un de tes petits camarades…

— Parce que me pousser du haut de la cage à poules, c'était sympa ?

— Il a eu tort, convint Trace calmement.

— Ça, tu peux le dire !

Il jeta à son père un coup d'œil furieux, indigné par le fait que ce dernier ne paraisse pas comprendre toute la gravité de la chose.

— Bon, d'accord, tu as raison, c'est peut-être un sale connard, concéda Trace.

Eli se détendit un peu.

— Mais il faut que ça reste entre nous, d'accord ? l'avertit Trace en joignant à la parole un geste de conspirateur. Ce sera notre petit secret.

— Tout le monde sait que c'est un connard.

— Ce n'est pas la peine pour autant de répéter sans cesse ce gros mot !

— Mais Becky Tremont et Tonia se sont moquées de moi ! se plaignit Eli, le visage rouge de honte.

Même à sept ans, le regard des filles importait plus que tout…

— Ne t'inquiète pas pour ces chipies. Tiens bon, on est presque arrivés.

Au moment où ils atteignirent le bas de la butte, le signal sonore du passage à niveau se mit à retentir. Trace dut s'arrêter, le temps de regarder passer un interminable train de marchandises dont les wagons étaient couverts de graffitis. Les voitures s'accumulaient de part et d'autre des barrières de sécurité de la voie ferrée.

Allez, grouille !

Il s'inquiétait pour son fils et se demandait si sa blessure était grave.

— On est presque arrivés, répéta-t-il en tapotant l'épaule d'Eli.

Le train finit par disparaître dans le lointain et ils purent franchir la voie ferrée, suivis par des dizaines d'autres véhicules.

Encore un dernier carrefour et ils seraient arrivés à la clinique.

— Il y a une urgence, annonça Heather en pointant la tête par l'entrebâillement de la porte du cabinet de Kacey. Eli O'Halleran. Sept ans. Blessé dans la cour de récréation. L'école a appelé son père, et ils nous l'ont envoyé.

— C'est un patient habituel ?

Ce nom ne lui disait rien. Assise à son bureau, elle venait d'ouvrir un pot de yaourt à la myrtille et s'apprêtait à déjeuner. Elle n'avait pas trouvé le temps de reprendre son souffle depuis qu'elle avait accueilli son premier patient de la journée. Elmer Grimes avait largement dépassé le temps normal d'une consultation. Et, depuis, elle accumulait les retards.

— Eli O'Halleran n'est jamais venu ici avant aujourd'hui. Le pédiatre qui le suit est le Dr Leroy, dont le cabinet est à Middleton.

— Et il a pris sa retraite l'année dernière…, poursuivit Kacey en reposant son pot de yaourt.

Elle avait reçu depuis de nombreux jeunes patients dont les parents n'étaient pas satisfaits du médecin qui avait remplacé le Dr Leroy. Même si elle n'était que généraliste et non pas pédiatre, elle avait longuement étudié la pédiatrie à la faculté de médecine. Elle aimait les enfants et avait sérieusement envisagé de reprendre ses études pour se spécialiser en pédiatrie. Mais elle en avait été empêchée par les bouleversements qu'avait connus sa vie personnelle. Elle avait alors renoncé à ce projet de spécialisation et choisi à la place de retourner vivre à Grizzly Falls.

— L'école nous l'a envoyé plutôt qu'à St. Bartholomew, parce que notre clinique est plus proche, dit encore Heather. Ils sont arrivés il y a cinq minutes, et j'ai déjà accompli toutes les formalités. J'ai aussi appelé le remplaçant de Leroy pour avoir accès au dossier médical du garçon.

Elle sourit d'un air entendu avant d'ajouter :

— Je me suis dit que nous pourrions le caser avant les patients de cet après-midi.

— Bon, d'accord, allons voir ce qu'il a, dit Kacey en se levant.

— Il est avec son père dans la salle de consultation n° 3. J'ai rentré toutes les informations préliminaires dans l'ordinateur.

— Parfait.

Kacey était déjà en train d'enfiler la blouse blanche qu'elle venait tout juste d'ôter. Elle avait l'habitude de se voir interrompue aux moments les plus inopportuns. Cela faisait partie des incontournables du métier de médecin de campagne.

— Vous avez parlé avec quelqu'un de l'école au téléphone ?

— Oui, avec l'infirmière, Eloise Phelps.

Heather regagna le guichet d'accueil pendant que Kacey se rendait dans la salle de consultation. Elle frappa doucement à la porte et pénétra dans la pièce.

Elle y trouva un petit garçon assis sur la table d'examen, les jambes ballantes. Il était mince et sa tignasse blonde était tout ébouriffée. Il clignait des yeux et reniflait. Son bras valide était crispé sur son bras en écharpe.

Son père se tenait à côté de lui, l'air morose.

Il était vêtu d'un vieux jean délavé, d'une chemise à carreaux et de bottes usées, ce qui n'était pas rare dans cette région du Montana. Il était grand — pas loin d'un mètre quatre-vingt-dix —, bien bâti et pourvu de larges épaules. Sa mâchoire carrée était tapissée d'une barbe de deux jours et il la regardait d'un air renfrogné. Il avait les bras croisés et paraissait sur le point de piquer une grosse colère.

— Bonjour, je suis le Dr Lambert, se présenta-t-elle au petit garçon.

Elle jeta un coup d'œil rapide à l'écran de l'ordinateur et ajouta :

— Et toi, c'est Eli, si je ne me trompe…

Le gamin hocha la tête, sans desserrer les lèvres. Il s'efforçait d'être courageux et elle devina qu'il était sans doute plus choqué et effrayé que blessé.

Trace O'Halleran se présenta à son tour. Le cow-boy tendit la main à Kacey en regardant l'étiquette nominative qui ornait sa blouse et sur laquelle on pouvait lire :

« Dr Acacia LAMBERT ».

Il avait de grandes mains. Calleuses et puissantes. Son visage était bronzé, buriné par le soleil. Ses cheveux châtains étaient parsemés de mèches blondes, dues sans doute à son travail au grand air. Ses yeux étaient d'un bleu étincelant, sa mâchoire dure, son nez semblait avoir été cassé au moins une fois, sans doute deux. Et il ne parvenait pas à afficher l'ombre d'un sourire.

Elle lui serra la main.

— Alors, que s'est-il passé ? demanda-t-elle.

— Un accident dans la cour de récréation. Raconte au

docteur ce qui s'est passé, Eli, dit-il en effleurant l'épaule de son fils.

— On m'a poussé de la cage à poules, expliqua le petit garçon, les yeux luisants de colère.

— Tu pourrais me raconter tout ça en détail pendant que j'examine ton bras ?

Eli consulta son père du regard et lorsque celui-ci hocha la tête, il répondit :

— D'accord.

Après s'être rapidement lavé les mains dans le petit lavabo de la salle, Kacey se les essuya avec une serviette en papier puis enfila une paire de gants en latex et s'approcha du garçon. Doucement, elle retira l'attelle et l'écharpe, ainsi qu'un coussinet de coton et une petite poche de glace, sans le quitter des yeux, le voyant pâlir de plus en plus.

— Ça fait mal ?

Eli ne pouvait pas parler, mais il hocha la tête, les yeux remplis de larmes, ce qui sembla accroître son embarras.

— Comment s'est produit l'accident ?

— Cory Deter m'a poussé.

Il clignait des yeux de plus en plus rapidement à présent et sa mâchoire était crispée.

— C'est un minable ! ajouta-t-il d'un ton indigné.

— Faut croire, acquiesça Kacey. Si c'est lui qui a fait ça… Et ensuite, que s'est-il passé ?

— Je suis tombé ! Et… Et j'ai tendu les bras, comme ça…

Il écarta les bras, grimaça de douleur et inspira un bon coup. Son bras gauche retomba le long de son flanc, tandis qu'il devenait carrément livide.

— Je vois, dit Kacey. Tu as voulu amortir ta chute en étendant les bras.

Elle hocha la tête et demanda, en se tournant vers le père d'Eli :

— C'est arrivé quand ?

— Je ne sais pas exactement, répondit ce dernier.

Il la fixait d'un regard intense, comme s'il essayait de se souvenir où il l'avait déjà vue.

— J'ai reçu l'appel de l'école il y a une quarantaine de minutes environ. Je pense que l'accident a dû se produire juste avant.

— D'accord..., dit-elle doucement s'adressant de nouveau à Eli. Maintenant, il faut que je jette un coup d'œil de plus près...

Le garçon la regarda d'un œil suspicieux.

— Bien sûr, dit son père en posant l'une de ses grandes mains sur l'épaule du petit.

Mais il avait l'air aussi inquiet que son fils.

— D'ac, finit par murmurer Eli.

Kacey examina le bras, testa ses mouvements, parcourut du bout des doigts les muscles fins et les articulations, surveillant les réactions du petit garçon. Pendant cet examen, Trace paraissait tendu et impatient.

— Je crois qu'il n'y a rien de cassé, dit-elle enfin. Mais on ne pourra en être certain qu'avec des radios. Dans les cas de ce genre, il y a toujours une possibilité de fêlure.

Elle vit tressaillir un muscle de la mâchoire de Trace.

— C'est ce qu'a dit aussi l'infirmière de l'école. Elle a ajouté qu'Eli avait de la fièvre. Il a eu un gros rhume, et il n'arrive pas à s'en débarrasser.

— Puisque tu es là, dit-elle à Eli, on va reprendre ta température et puis on va regarder ta gorge et peut-être tes oreilles...

Non sans réticence, Eli se laissa faire. Sa température était de 38 degrés, ses ganglions lymphatiques légèrement enflés et ses tympans rougis. Elle jugea sa gorge si enflammée qu'elle préféra effectuer un prélèvement pour s'assurer qu'elle n'était pas infectée par des streptocoques.

— Il va falloir que tu prennes des antibiotiques, dit-elle. Tu dois avoir mal à la gorge, non ?

— Oui, là, j'ai vraiment mal, admit Eli en hochant énergiquement la tête.

Trace fronça les sourcils.

— Ça, tu ne me l'avais pas dit, lui reprocha-t-il.

— C'est parce que je n'avais pas encore aussi mal, se justifia l'enfant.

— La grippe peut survenir très rapidement, indiqua Kacey à Trace. On dirait qu'il a une double otite et une infection de la gorge.

Puis s'adressant à Eli :

— Tu devrais te sentir mieux dans deux jours. Maintenant, il faut faire une radio de ce bras, d'accord ? Le labo se trouve dans le bâtiment d'à côté.

Elle se tourna vers son ordinateur, prit quelques notes puis elle s'adressa à Trace :

— Emmenez-le là-bas et demandez une radio. Ils me l'enverront sur mon ordinateur et je l'étudierai. Ça ne prendra pas longtemps. On se retrouvera ici après. Je crois que vous devriez aller voir un orthopédiste. Je vous le confirmerai et vous arrangerai un rendez-vous avec le Dr Belding à Missoula, ou avec un autre médecin de votre choix.

Elle le gratifia alors d'un sourire rassurant, qu'il ne lui rendit pas.

— J'ai travaillé avec le Dr Belding. C'est un bon médecin, précisa-t-elle.

Trace hocha la tête sèchement.

— Merci, fit-il.

Puis il dit à son fils :

— Allez, viens, mon pote, allons-y.

Heather entra dans la pièce pour apporter les formulaires du laboratoire de radiologie au moment où Trace aidait Eli à descendre de la table d'examen.

— Vous avez besoin d'autre chose ? demanda-t-elle à Kacey.

— Non, ça ira, merci.

Heather retourna au guichet et Kacey tendit à Trace le formulaire, puis elle dit à Eli, pour le mettre à l'aise :

— Je connais un raccourci… Je vais vous accompagner, d'accord ?

Elle lui sourit et ajouta :

— Au cas où ton papa se perdrait dans les couloirs…

— C'est impossible ! protesta l'enfant. Il a été dans les rangers à l'armée !

Trace fit entendre un petit grognement gêné et tint la porte à Kacey.

— C'était il y a bien longtemps, fit-il.

— Mais c'est vrai ! insista Eli.

— Au Moyen Age, admit Trace.

Kacey les conduisit dans un dédale de couloirs qui menait à une porte, à l'arrière du bâtiment. Ils sortirent à l'extérieur et le vent transperça la blouse de la jeune femme. La neige tapissait déjà les jardinières.

— C'est là, dit-elle en frissonnant.

Ils parcoururent en hâte la petite allée qui menait au labo. Avant qu'elle ait atteint la porte, Trace l'ouvrit en grand et lui laissa le passage ainsi qu'à son fils.

Le chauffage tournait à fond, comme de bien entendu, et des haut-parleurs diffusaient de la musique de Noël dans les couloirs.

— Bon…, voilà…, lâcha-t-elle en leur montrant le bureau du radiologue. Je dois retourner dans l'autre bâtiment, maintenant. Je vous reverrai dans une petite heure, dès que les radios seront prêtes.

— Entendu, dit Trace.

Lorsque leurs yeux se croisèrent, Kacey perçut dans son regard quelque chose de sombre et d'indicible.

Ce n'est que ton imagination, pensa-t-elle.

Cet homme s'inquiétait pour son fils, tout simplement. Pourtant, elle sentait quelque chose d'autre dans son comportement : une méfiance sous-jacente qui semblait extérieure à la situation, un peu comme s'il ne lui faisait pas confiance ou s'il nourrissait à son égard quelque préjugé. Peut-être se méfiait-il des médecins et du monde médical en général.

En tout état de cause, elle n'avait pas le temps de s'inquiéter des phobies de cet homme, quelles qu'elles soient.

Elle passa l'heure qui suivit avec Randy, son infirmier, et d'autres patients : Cathy Singer souffrait d'acné ; deux gamins présentant des symptômes grippaux suivirent ; la mère de Kevin Thomas était persuadée qu'il avait la tête infestée de poux, puisqu'on avait signalé plusieurs cas dans l'école de son rejeton ; Helen Ingles, ayant apparemment trouvé quelqu'un pour la remplacer en tant que baby-sitter auprès de son neveu, fit son apparition pour le suivi de son diabète.

Une heure après les avoir laissés au laboratoire de radiologie, Kacey fut informée que les O'Halleran étaient de retour dans la salle de consultation n° 3, avec des radios du bras du petit.

Eli avait en effet une petite fêlure au cubitus.

— Il va falloir que tu portes un plâtre, lui annonça-t-elle en leur montrant à tous deux la minuscule fracture de l'os. Tu le veux de quelle couleur, rose ou bleu ?

— Rose ? s'indigna Eli.

Son nez se plissa de dégoût.

— Pas question !

— Ce sera donc bleu, dit Kacey en souriant.

Randy alla chercher le kit approprié dans un placard et aida Kacey à poser le plâtre en résine bleue. Eli se conduisit en vrai petit soldat. Il ne broncha pas et s'efforça d'être aussi stoïque que son père.

Une fois le plâtre mis en place et pendant que Randy emportait l'emballage vide, Kacey leur donna ses instructions :

— Le plus important, c'est d'éviter de nouveaux chocs. Il faut donc que tu fasses attention ces prochains temps, Eli. Il ne faut plus escalader la cage à poules et éviter de te faire bousculer par Cory Machinchouette.

Elle se pencha vers lui pour le regarder droit dans les yeux.

— Tu peux me le promettre ?

Eli hocha la tête, puis baissa les yeux vers son plâtre.

— Vous n'avez qu'à lui dire, vous ! C'est un connard !

Trace s'efforça de rester patient.

— Je croyais que c'était un secret entre nous, dit-il.

— Tout le monde le sait, répliqua Eli.

— Je crois que le secret est éventé, déclara Kacey. Mais ne t'en fais pas pour Cory euh...

— Deter, compléta Trace.

— Oui. C'est ça, Cory Deter... Je crois que ton papa pourra s'occuper de ce garçon, si tu as de nouveaux ennuis avec lui. C'est un ancien ranger et il paraît que ces gars-là sont de rudes gaillards !

— C'est les plus forts du monde ! acquiesça Eli.

Trace avait l'air de vouloir se fondre dans le décor.

— Ça suffit comme ça, dit-il en décrochant le manteau de son fils du portemanteau.

— Vous ressemblez à Mlle Wallis ! laissa brusquement échapper Eli.

Kacey leva les yeux vers Trace, qui fit une légère grimace de contrariété.

— C'est un compliment ? s'enquit-elle.

— Oui... Enfin, faut croire, répondit Trace en hochant la tête sans trop de conviction.

— Super ! dit Kacey.

D'abord Shelly Bonaventure, et maintenant cette Mlle Wallis. Décidément, c'était la semaine des sosies...

— C'est la petite amie de mon papa, poursuivit Eli.

Tous les muscles du visage de Trace parurent se crisper.

— Eli, je t'ai déjà expliqué que Mlle Wallis et moi, on... On ne sortait pas ensemble... Ce n'est pas ma petite amie !

Confus, il ajouta à l'attention de Kacey :

— Désolé... Mlle Wallis était l'institutrice d'Eli l'an dernier, quand il était en cours élémentaire.

— Et tu es sorti avec elle ! dit Eli en défiant son père du regard.

Trace adressa un regard gêné à Kacey et précisa :

— C'est vrai, je suis sorti une ou deux fois avec elle, et, en effet, vous lui ressemblez un peu…

— Je dois avoir un de ces visages qui semble familier à tout le monde, dit-elle.

Trace ferma les yeux un instant et secoua la tête, faisant luire ses mèches blondes à la lumière du plafonnier.

— Bon, maintenant que je ne sais plus où me mettre, est-ce que vous pouvez me dire comment on fait pour calmer les ardeurs d'un petit garçon de sept ans ?

— C'est sans doute impossible, répondit Kacey. Mais toi, Eli, souviens-toi qu'il va falloir y aller doucement, à cause de ton bras. Pas de chahut ou de bagarre. Compris ?

Elle se pencha pour le regarder de nouveau droit dans les yeux.

Le garçon hocha la tête solennellement.

— C'est promis ? insista-t-elle. Parole de scout ?

— Je ne suis pas scout, répondit Eli.

— Ce n'est pas grave, je te crois quand même, dit-elle en haussant les sourcils comme si elle demeurait cependant sceptique.

— Je ferai attention ! promit Eli avec une sorte de ferveur.

— Bien. Ton papa me le dira, de toute façon, si tu ne tiens pas ta promesse.

Elle sourit à Trace qui faillit esquisser en retour un sourire, avant de se raviser, lorsque Kacey ajouta que si la douleur persistait malgré les analgésiques il faudrait qu'il la rappelle. Trace hocha la tête d'un air maussade.

Après avoir rédigé une ordonnance, elle ajouta :

— Je vous appellerai quand j'aurai reçu le résultat de l'analyse biologique, pour sa gorge. Il faudra que je le revoie…

Elle désigna Eli de la pointe de son stylo et poursuivit :

— Dans une dizaine de jours. C'est possible ?

Le petit garçon hocha la tête énergiquement. Le père ne démentit pas.

— Parfait alors, dit Kacey.

Elle détacha l'ordonnance de son carnet à souche et la tendit à Trace.

— Il ira bientôt mieux, reprit-elle. Mais je pense qu'il ne devrait pas aller à l'école ces deux prochains jours.

— Tant mieux ! approuva Eli en bandant les muscles de son bras valide.

Ce geste semblait indiquer qu'il allait déjà mieux.

— En tout cas, dit-elle à Trace, appelez-moi si la douleur est trop forte ou si vous remarquez quelque chose d'inquiétant. Vous êtes son père, ça ne vous échappera pas. Mon secrétariat peut me joindre vingt-quatre heures sur vingt-quatre, sept jours sur sept. Si je ne suis pas disponible, le Dr Cortez prendra le relais. Mais nous nous rappellerons le plus vite possible.

Trace rangea l'ordonnance dans la poche de son manteau. Il semblait un peu moins tendu que lorsqu'il était arrivé, moins de deux heures auparavant. Il prit le blouson d'Eli et lui en couvrit les épaules.

— Au revoir, Eli, dit Kacey. Sois gentil, hein ? Obéis à ton père et ne fais pas ta forte tête. Et puis, tâche d'éviter les petites brutes, à la récré…

— Merci, fit Trace.

Ses yeux bleus exprimaient une sincère reconnaissance, cette fois, et lorsqu'elle lui serra la main elle trouva que la poignée de main durait un peu plus que la normale. Une fois de plus, elle devait s'imaginer des choses.

Elle sortit de la salle de consultation, suivie de Randy qui venait de saisir quelques notes sur l'ordinateur, et alla reprendre son service dans la salle n° 2, s'efforçant de chasser de son esprit toutes les pensées un peu troublantes qu'avait fait naître en elle ce cow-boy. Elle reporta toute son attention sur Delores Sweeney, une mère de quatre enfants, qui était perpétuellement enrhumée ou grippée quand elle ne souffrait pas de candidose ou de quelque autre maladie…

5

— La désignation des Pères Noël secrets a eu lieu ce matin ! fit remarquer d'un air renfrogné Joelle, lorsque Pescoli entra dans le petit réfectoire pour se servir une tasse de café, en début d'après-midi.

La pièce tout entière était « joellisée », comme certains policiers de la brigade le disaient entre eux. Des guirlandes électriques clignotaient partout. Sur les tables trônaient de petits bonshommes de neige ; des rameaux de sapin ornés de rubans avaient été fixés au-dessus de la porte ; les serviettes en papier habituellement blanches, près de la machine à café, avaient été remplacées par des serviettes rouges et vertes.

Toutefois, Pescoli soupçonnait Joelle de n'avoir pas encore fini de décorer les lieux. Bientôt, les ornements de Noël déborderaient dans les couloirs, les bureaux et le hall d'accueil — dans lequel d'ailleurs un sapin haut de plus de trois mètres se dressait près de la vitre blindée à l'épreuve des balles qui avait été installée sur le guichet au printemps dernier. Il était encore nu, mais elle ne doutait pas qu'il soit, comme le reste, très bientôt couvert de décorations.

— Je suis arrivée à 7 heures, mais ensuite j'ai dû repartir, dit Pescoli avant de se reprocher mentalement de se justifier ainsi.

Elle n'avait quand même pas besoin d'expliquer à la standardiste du commissariat ce qu'elle faisait de ses journées !

— Eh bien, sachez que vous n'étiez pas la seule à être absente, poursuivit Joelle.

Ses yeux se mirent à pétiller et Pescoli réprima un grognement, comprenant qu'elle n'était pas tirée d'affaire pour autant.

— Alors, voilà..., enchaîna Joelle en prenant un panier orné de cannes bicolores en sucre d'orge.

Puis elle le brandit bien haut au-dessus de sa tête, comme si elle craignait que Pescoli triche en regardant les noms inscrits sur les petits bouts de papier à l'intérieur du panier.

— C'est obligé ? Tous les autres l'on fait ? demanda Pescoli d'un ton suspicieux.

— Mais bien sûr !

— Même le shérif ?

— Absolument.

— Et Rule ?

Kayan Rule était un collègue afro-américain, un grand costaud qui n'était pas du genre à perdre son temps à de telles niaiseries. Patrouilleur de son état, et réputé pour son indépendance un peu farouche, Rule était, de tous les collègues de Pescoli, le moins enclin à rentrer dans les petits jeux idiots de Joelle.

— Il a déjà pioché un nom ce matin. Ainsi que Selena...

Super ! songea Pescoli. Mais, comme on l'avait trop souvent accusée de ne pas avoir l'esprit d'équipe, elle décida d'obtempérer. Elle leva le bras et fouilla dans le panier, où elle pêcha du bout des doigts l'un des rares petits bouts de papier qu'il contenait encore.

— C'est merveilleux ! s'exclama Joelle, ravie. Et maintenant, n'oubliez pas de lui faire un petit cadeau en douce, au moins une fois par semaine d'ici Noël !

Pescoli déplia le bout de papier et son estomac se noua lorsqu'elle lut le nom qui y était inscrit : Cort Brewster...

— Il faut que je repioche ! s'écria-t-elle.

Mais Joelle avait déjà placé le panier hors de sa portée.

Elle haussa ses sourcils parfaitement épilés d'un air condescendant.

— On ne peut pas repiocher, inspecteur. Vous n'aviez qu'à arriver à l'heure pour le tirage.

Pescoli voulut protester puis se ravisa aussitôt. Elle n'allait quand même pas se mettre à implorer Joelle pour un détail aussi trivial !

Elle faillit oublier sa tasse de café lorsqu'elle sortit du réfectoire, laissant derrière elle bonshommes de neige et guirlandes bariolées. Elle alla tout droit voir Alvarez dans son box.

Sa partenaire était, comme à son habitude, plongée dans la paperasse.

— Tu ne veux pas échanger avec moi ? lui demanda Pescoli.

— Comment ? fit Alvarez en levant les yeux vers elle. Echanger quoi ?

— Pour l'histoire du Père Noël secret. Je te propose d'échanger ton petit papier avec le mien.

Chose rarissime, Alvarez éclata de rire.

— Pas question !

— Je parle sérieusement, Selena !

— Moi aussi.

— C'est complètement ridicule, ce rituel que nous impose Joelle.

— Alors ne te prends pas la tête avec ça. Achète des chocolats ou un DVD, laisse-les sur le bureau de Brewster pendant son absence, et n'en parlons plus.

— Comment tu sais que c'est Brewster ?

— Je suis inspecteur de police, figure-toi… Et puis aucun autre nom ne t'aurait mis dans un tel état.

Elle sourit d'un air entendu et ajouta :

— Tu devrais prendre la chose à la légère. Ce n'est pas la mer à boire…

— Ce n'est pas si simple, objecta Pescoli en songeant à ses rapports exécrables avec l'adjoint au shérif.

L'hostilité n'avait cessé de croître entre eux depuis les événements calamiteux de l'année précédente, lorsque Jeremy s'était fait arrêter en état d'ébriété au volant, en compagnie de Heidi Brewster, avec laquelle il sortait. Cort était intervenu pour tirer sa fille de ce mauvais pas, mais Regan, elle, avait choisi de laisser Jeremy mariner un peu derrière les barreaux. Ce que son fils ne lui avait jamais vraiment pardonné. Pas plus que Cort Brewster d'ailleurs. Il semblait la tenir pour responsable non seulement du comportement blâmable de Jeremy, mais aussi de celui de Heidi.

— Je sais. Alors, tu n'as qu'à te retirer du jeu.

— Mais Joelle a dit…

— Que c'était obligatoire ? Tu parles sérieusement ? J'ai un sérieux doute, mais je vais vérifier dans le règlement pour en être sûre.

— Oui, c'est ça, bonne idée ! répondit Pescoli, un brin agacée.

Le sourire d'Alvarez s'élargit et elle secoua lentement la tête.

— Depuis quand obéis-tu à Joelle ?

— Depuis que j'ai décidé de ne plus avoir l'air de mépriser mes collègues.

— Alors, arrête de rouspéter.

Alvarez reporta son attention sur la pile de documents qui encombraient son bureau.

— Je n'arrive pas à croire que tu aies accepté de te prêter à ce jeu débile ! s'indigna Pescoli.

C'est alors qu'elle remarqua que l'expression de sa partenaire était devenue plus sérieuse. Son regard s'était légèrement assombri.

— On est dans un commissariat ou dans un club de bridge pour vieilles filles ? demanda-t-elle, encore remontée.

— On a peut-être tous besoin d'un peu d'esprit de Noël, dit Alvarez. Tu n'as pas d'autres soucis, plus importants ?

— A peu près un million, si…, admit Pescoli.

Non seulement dans son travail, mais aussi dans sa famille... Elle avait rendez-vous au lycée, un peu plus tard dans l'après-midi, pour discuter de l'intérêt décroissant de Bianca pour sa scolarité. Et puis, il y avait Jeremy... Toujours Jeremy...

— Alors, oublie cette histoire de Père Noël secret, lui suggéra Alvarez. Qui s'en soucie ?

Selena avait raison. Forte de cette constatation, Regan se dirigea vers son propre box en sirotant son café tiède. Travailler avec Cort Brewster — sous ses ordres, de surcroît — était déjà assez pénible en soi. La perspective d'avoir l'air de lui faire de la lèche en lui offrant de petits cadeaux de Noël lui retournait l'estomac.

— Ça pourrait être pire, reprit Alvarez.

— Je ne vois pas comment !

— Joelle a peut-être pioché ton nom.

Pescoli ferma les yeux en frissonnant, imaginant sans mal les innombrables lutins en plastique, les cartes de vœux musicales, les petits soldats de *Casse-Noisette* et les rennes en chocolat que Joelle devait déjà avoir amassés en vue des fêtes. Certains de ces objets horribles allaient peut-être envahir son propre bureau tous les jours, sans parler des autres cadeaux mièvres dissimulés entre deux photos de scènes de crime atroces, dans le placard de la brigade des homicides.

— Prions pour que ce ne soit pas le cas, marmonna-t-elle.

Elle s'assit à son bureau, sur lequel, Dieu merci, aucune petite surprise de son Père Noël secret ne l'attendait.

— Il va falloir que vous laissiez tomber...

Gail Harding s'était glissée subrepticement derrière Hayes. Les locaux de la brigade étaient en effervescence, les voix se mêlaient par-dessus les cloisons qui séparaient les box. Les téléphones sonnaient en permanence. Mais Jonas, perdu dans ses pensées, l'avait à peine remarqué.

Le dossier Shelly Bonaventure était ouvert sur son bureau. Son certificat de décès posé sur une pile de documents. Et une photo de l'actrice, prise l'année précédente, lui faisait face.

— Non, répondit-il. Pas encore.

— Sa mort a été officiellement déclarée comme un suicide, insista Harding en posant son index sur la ligne du certificat indiquant les causes du décès. Là, vous voyez ? « Cause du décès : suicide probable. »

— Tout est dans le mot « probable » justement, répliqua Hayes.

— Non. C'est fini. Le dossier est clos.

Mais Hayes secoua la tête.

— Ça ne me dérange pas de continuer à travailler sur cette affaire pendant mon temps libre...

Il se leva brusquement, dominant sa partenaire de plus d'une tête. Ils formaient une drôle de paire tous les deux, il le savait. Lui, ancien sportif à la peau noire, qui continuait à entretenir sa forme en soulevant de la fonte ; elle petite Blanche menue pourvue de grands yeux verts et d'une épaisse tignasse rousse.

— Je dois me rendre sur les lieux d'un curieux accident sur Sepulveda Boulevard, à quelques centaines de mètres de l'aéroport. Une moto avec un passager a pris une voie à contresens... Sans raison apparente, d'après les premières constatations. Comme si le conducteur l'avait fait exprès. La Honda a été heurtée par un pick-up qui venait en sens inverse. Vous venez ?

— Je n'aimerais pas rater un tel spectacle, répondit-il d'un ton sarcastique.

Il jeta un dernier coup d'œil au dossier et le referma, puis suivit Harding qui se dirigeait déjà vers l'ascenseur. Elle avait sans doute raison. Le temps était venu de classer le décès de Shelly Bonaventure comme suicide. Mais il n'arrivait pas à s'y résoudre.

Ils avaient interrogé la plupart de ses proches — membres de sa famille et amis — et tous affirmaient qu'ils n'avaient pas vu venir ce suicide. Certains d'entre eux avaient certes parlé d'une période peu grisante sur le plan professionnel. Sa carrière semblait amorcer la pente du déclin. Quant à sa vie amoureuse, elle était apparemment inexistante depuis un an.

Mais la thèse du suicide ne lui en paraissait pas moins improbable.

Le barman du Lizards affirmait qu'elle s'était fait draguer par un homme qui n'avait pas payé les consommations avec une carte de crédit et dont le visage n'apparaissait pas distinctement sur les images enregistrées par les caméras de sécurité. Il était sorti de l'établissement après la jeune femme et, grâce à la caméra la plus proche de la porte d'entrée, on savait qu'il avait pris la même direction que Shelly.

Une simple rencontre fortuite dans un bar ?

Ou quelque chose de plus compliqué ?

— Regardez-moi ça ! s'exclama Harding en poussant la porte qui donnait au-dehors.

Le soleil brillait et l'air était doux : pas moins de 24 degrés. Et cependant les magasins étaient déjà outrancièrement décorés d'images hivernales de Noël, de faux sapins et même de fausse neige. Des Pères Noël, des rennes, des lutins et des maisons en pain d'épice ornaient les devantures alors qu'on n'était qu'à la veille de Thanksgiving.

Des guirlandes clignotantes avaient été accrochées aux troncs des palmiers, dont les longues feuilles oscillaient au gré du vent doux du Pacifique.

Noël à Los Angeles…

Hayes prit place dans la voiture de Harding. Il régnait dans l'habitacle du 4x4 une chaleur étouffante. Il ouvrit sa vitre.

— Bon, dit-elle quand il fut installé. Dites-moi pourquoi vous pensez que quelqu'un a assassiné Shelly Bonaventure ?

— Je n'en suis pas sûr, en fait…

— Elle n'avait pas d'ennemi, pas de petit ami qui lui en voulait, pas d'assurance sur la vie, pas de testament et moins de trois cents dollars sur son compte en banque. Elle ne possédait que sa Toyota millésime 1995 et son chat. Qui aurait voulu la tuer ?

— Je ne sais pas…

Elle sortit en hâte du parking, le pied à fond sur l'accélérateur.

— Finissez donc votre phrase, dit-elle en remontant à toute vitesse Sepulveda Boulevard. Vous ne le savez pas… *encore*. Vous ne lâcherez pas l'affaire tant que vous n'aurez pas de certitude, pas vrai ?

— J'aimerais interroger le type du bar. Il est la dernière personne à l'avoir vue vivante. Il peut se souvenir d'un détail crucial.

— Eh bien, je vous souhaite bonne chance ! Vous avez déjà entendu parler de l'aiguille et de la botte de foin ?

— Ouais.

Elle le gratifia d'un petit sourire entendu, tout en prenant un virage un peu trop vite.

— Vous ne le trouverez peut-être jamais, alors.

Pour une fois, il n'avait rien à répliquer.

Mais il n'en souhaitait pas moins avoir une petite conversation avec le mystérieux client du bar qui avait poursuivi Shelly de ses assiduités juste avant sa mort.

Trace saisit son téléphone portable et, ce faisant, constata qu'il était presque 16 heures.

« ECOLE EVERGREEN » s'affichait sur l'écran.

— Allô ? dit-il en décrochant.

— Monsieur O'Halleran ? Bonjour, c'est Barbara Killingsworth. Je vous appelle pour prendre des nouvelles d'Eli.

La directrice de l'école avait la quarantaine bien sonnée, des traits tirés, une large bouche qui semblait figée en un sourire contraint et elle était incroyablement mince.

— Il va bien, répondit Trace en jetant un coup d'œil à

son fils qui dormait sur le canapé, le bras dans son plâtre bleu, et le chien blotti à ses pieds.

Sur l'écran du téléviseur défilaient les images d'un film qu'il ne regardait pas.

— Mais j'aimerais bien savoir, reprit-il, qui était censé surveiller la cour de récréation quand il est tombé.

Il alla dans la cuisine et referma la porte derrière lui pour ne pas déranger Eli.

— Il y avait plusieurs enseignants, dit la directrice.

— Et aucun d'entre eux n'a vu le danger potentiel qu'il y avait à… ?

Il ne termina pas sa question et rempocha sa colère. A quoi aurait-il servi de râler ? Les accidents étaient des choses qui arrivaient à l'école, sans forcément que quiconque ait failli à sa mission de surveillance ou d'encadrement. Personne, dans tout le personnel de l'école, n'était malveillant ou désinvolte. Les gamins étaient en train de chahuter, comme cela devait se produire tous les jours, et c'était son fils qui était tombé cette fois. Fin de l'histoire. Il ne voulait pas apparaître comme un papa poule inquisiteur, surprotégeant son rejeton… Et pourtant, il n'en était effectivement pas loin…

— Je suis vraiment navrée, dit encore la directrice.

— Je n'en doute pas. Ecoutez…, il a aussi une otite et probablement la gorge infectée de streptocoques. Je vais donc lui faire garder la chambre pendant au moins deux jours.

— Bien… Dans ce cas, je vais demander à son institutrice de vous envoyer un courriel… Et dites bien à Eli que nous pensons tous très fort à lui.

— Je n'y manquerai pas.

Il raccrocha et, presque au même moment, il entendit du bruit à l'extérieur. Il jeta un coup d'œil par la fenêtre et vit le 4x4 d'Ed Zukov rouler dans les ornières de la longue allée qui reliait sa ferme à la route.

Sarge, qui dormait encore quelques secondes auparavant, s'était dressé en aboyant.

— Chut ! lui ordonna Trace tout en se dirigeant vers la porte de derrière.

Ed et son épouse, Tilly, étaient ses voisins. Leur ferme se trouvait à moins de cinq cents mètres de la sienne et ils avaient été de très proches amis de son père. Trace avait connu ce vieux couple — ils avaient l'un et l'autre dépassé les soixante-dix ans — toute sa vie.

Il traversa la cuisine puis la terrasse de derrière, suivi du chien.

Le vent était en train de se lever, et faisait grincer les ailes du vieux moulin et bruisser les arbres du verger. La neige tombait dru ; de gros flocons blancs voltigeaient dans l'air froid et commençaient à tapisser le sol. Le vieux pick-up d'Ed s'arrêta près de la station de pompage.

Plus alerte qu'une trentenaire, Tilly descendit d'un bond de la cabine surélevée à l'instant même où son mari éteignait le moteur.

— On a entendu dire qu'Eli s'est fait mal, dit-elle.

Coiffée d'une casquette de base-ball, elle fit le tour de l'antique Dodge. Elle tenait à la main un panier d'osier abondamment garni, ce qui n'avait rien de surprenant : face à l'adversité, Tilly Zukov avait pour habitude de piocher des ressources dans son four et son garde-manger.

— Il va bien, la rassura Trace.

Comme elle avait une irrépressible propension à s'inquiéter pour les autres, il décida de ne pas parler de l'otite.

— Comment l'avez-vous su ? demanda-t-il.

— J'ai une nièce qui travaille aux cuisines de l'école.

— C'est comme ça, dans les petites villes ! lança Ed.

Cet homme robuste et corpulent, dont les bras étaient gros comme des troncs d'arbres, fit claquer la portière de la Dodge derrière lui et suivit sa femme sur la terrasse.

— Mon Dieu, ce qu'il fait froid ! s'exclama-t-il.

— Ed ! N'invoque pas le nom de Notre Seigneur à tout propos ! le réprimanda Tilly lorsqu'ils furent entrés dans la cuisine.

Avec sa veste à carreaux et son vieux jean délavé, elle paraissait minuscule à côté de son mari, mais c'était à l'évidence elle qui gouvernait le ménage. Ses cheveux étaient d'un gris d'acier et soigneusement permanentés. Des lunettes sans montures chaussaient le bout de son petit nez. Derrière les verres épais, des yeux noirs pétillaient de malice.

— J'ai apporté un peu de ragoût et du pain de maïs tout frais… Et aussi des cookies, parce que je sais que ce sont les gâteaux favoris d'Eli.

— Elle a également apporté une tourte, précisa Ed.

Il ôta sa casquette de camionneur, dévoilant une petite tonsure au sommet de son crâne garni de cheveux blancs. Puis il dégrafa sa doudoune, sous laquelle il était vêtu d'une salopette et d'une chemise de flanelle.

— Il le fallait ! se justifia Tilly. Il fallait que j'essaie cette nouvelle recette que j'ai trouvée dans un numéro de *Maisons et Jardins.* C'est une tourte garnie de bavaroise de potiron avec de la crème aigre.

Trace examina la tourte.

— Ça a l'air très bon, dit-il. Mais ce n'était vraiment pas la peine…

— Bien sûr que non, coupa Tilly en rangeant d'autorité la tourte dans le réfrigérateur presque vide. Mais je voulais faire un essai avant de la servir au dîner de Thanksgiving. Cara, la sœur d'Ed, est très difficile… Alors, Eli et toi, vous allez me servir de cobayes.

— La recette traditionnelle était très bien, grommela Ed.

— Celle à base de potiron en boîte ? Mon pauvre Ed, ça fait quarante-cinq ans qu'on en mange tous les ans ! Il est temps de changer !

— C'est une tradition, objecta Ed qui ne paraissait pas très convaincu.

Tilly leva les yeux au ciel.

— Essaie de faire preuve d'un peu d'imagination, pour une fois !

— Cara aime beaucoup la tourte traditionnelle..., lança-t-il encore.

— Mais qu'est-ce qu'elle y connaît ?

— C'est toi qui essaies de l'impressionner.

— Et je me demande bien pourquoi ! Tu as déjà goûté sa crème à la banane ? La pâte est molle et fade, les bananes sont trop mûres. Quelle horreur ! C'est tout simplement immangeable !

— Alors, à quoi bon essayer de l'impressionner ? Tu n'as qu'à appliquer la recette qui est marquée sur la boîte de purée de potiron !

Il lâcha un profond soupir, exhibant ses dents légèrement jaunies par des années à chiquer du tabac.

— Comme je dis toujours, professa-t-il, quand y a rien de cassé, pas la peine de réparer.

— Tu dis beaucoup de choses, mais je n'écoute pas toujours ! rétorqua Tilly. Bon, arrêtons de nous chamailler que je fasse réchauffer le ragoût.

— Elle est autoritaire, hein ? demanda Ed à Trace.

— Et toi, tu aimes ça !

Elle lui adressa un regard enamouré qui démentait la dureté de ses paroles et qui n'avait guère changé depuis qu'ils s'étaient rencontrés au lycée, plus de cinquante ans auparavant.

— En tout cas, ça a l'air de marcher entre vous, remarqua Trace.

— C'est parce qu'il m'obéit, dit Tilly.

Elle se mit à s'affairer aux fourneaux.

— Si tu as besoin d'un coup de main avec le bétail, proposa Ed à Trace. Tilly s'inquiétait pour toi. Elle avait peur que tu ne puisses pas remplir toutes tes tâches, à cause du gamin qu'est blessé.

Tilly se tourna vers Trace d'un air renfrogné et précisa :

— C'est juste que je ne voyais pas comment tu ferais pour t'occuper d'Eli et des bêtes en même temps...

— Papa ? fit alors la voix d'Eli dans le salon.

— Je suis là, mon pote.

Il franchit la porte battante et trouva son fils en chaussettes et l'air un peu faiblard.

— Ça va ? lui demanda-t-il.

— Oui… Qui est là ?

— Les Zukov. Viens avec nous dans la cuisine.

— Mais c'est mon petit gars ! s'exclama Tilly.

Pour la première fois de la journée, Eli sourit.

Il entreprit de s'extirper de sous sa couverture.

— Je crois que Tilly t'a apporté quelque chose…, lui dit Trace comme si la chose devait rester secrète.

— J'ai tout entendu ! s'écria Tilly depuis la cuisine. Eli, viens t'asseoir avec nous. On va manger quelques bons cookies, avec du lait. Et puis on fera une partie de dames. Si tu n'as pas peur de perdre, évidemment…

— Pas du tout ! Je joue très bien !

Il avait franchi la porte et sortait déjà le jeu de dames du tiroir du buffet.

— On va voir ce que tu vaux…, dit Tilly. Oh ! Ed, regarde-moi un peu ce plâtre !

Elle avait disposé une assiette de cookies sur la table et avait versé un verre de lait à l'enfant.

— Bleu comme un ciel d'été ! s'extasia-t-elle.

— Ça, c'est bien vrai, acquiesça son mari.

Rayonnant de fierté, Eli se tortilla sur sa chaise tout en sortant le damier de sa vieille boîte rafistolée.

Ed s'empara d'un cookie, puis se dirigea vers la porte de derrière.

— Allons nous occuper des bêtes ! proposa-t-il à Trace.

Ce dernier décrocha son blouson en jean d'une patère, enfila ses bottes et suivit Ed le long d'un chemin de ciment qui se transformait en sentier boueux de l'autre côté de la barrière séparant le jardin de la cour de la ferme.

La neige continuait à tomber régulièrement et elle avait presque entièrement recouvert l'herbe à présent. La plupart des vaches se trouvaient dans l'étable et, lorsque Trace en ouvrit les portes, l'odeur du foin, de la poussière et de la bouse vint lui chatouiller les narines.

Il grimpa au grenier, faisant claquer les semelles de ses bottes sur les échelons métalliques, tandis que le bétail meuglait et trépignait. Une fois sur place, il poussa des balles de foin au travers de la trappe. Elles atterrirent sur le sol en faisant un bruit sourd. Ed tranchait les ficelles et ouvrait les balles avant de remplir les mangeoires où les angus et les herefords, qui composaient un troupeau de bêtes de race se pressaient en bonne intelligence.

Une fois le foin réparti dans les mangeoires, Trace et Ed portèrent quelques balles à l'extérieur de l'étable, sous un préau équipé d'autres mangeoires et d'un vaste abreuvoir.

Les bêtes s'agitèrent un peu et meuglèrent. Leurs robes noires ou rousses étaient trempées par la neige fondue et leur haleine embrumait l'air froid.

Les deux hommes se rendirent ensuite à l'écurie, où ils recommencèrent les mêmes tâches. Mais Trace ne possédait que quatre chevaux si bien que cela leur prit beaucoup moins de temps. Ils garnirent les râteliers d'avoine. Puis Trace frotta le dos de l'alezan et gratta les oreilles du louvet, qui remua la tête d'aise, ses yeux sombres brillant de tout leur lustre.

Le temps qu'ils reviennent dans la cuisine, des arômes d'ail et de romarin flottaient dans la pièce. Le ragoût de Tilly mijotait sur la cuisinière. Et il semblait qu'Eli était bel et bien en train de battre son mentor au jeu de dames.

— Tu es sûr que tu n'as pas triché ? le taquina Tilly.

— Tricher, moi ? Jamais ! se défendit Eli.

Son verre de lait était à moitié vide et les miettes qui parsemaient la table devant lui indiquaient qu'il avait mangé au moins l'un des cookies.

Trace venait d'enlever ses bottes lorsque son téléphone portable se mit à sonner.

— C'est la deuxième fois qu'il sonne depuis que tu es

sorti t'occuper des bêtes, lui signala Tilly tandis qu'Eli, tout fier, lui prenait son dernier pion.

— Voyons qui ça peut être...

Il adressa un geste affectueux à son fils et prit l'appel.

— Allô ?

— Trace, c'est Mia Calloway, la secrétaire de l'école élémentaire Evergreen... Euh... Comment va votre fils ?

— Ça va mieux. J'ai déjà eu la directrice au téléphone à son sujet.

Il passa de la cuisine dans le salon pour plus de discrétion.

— Oui, oui, je sais... En fait, ce n'est pas au sujet d'Eli que je vous appelle, dit-elle d'une voix un peu nerveuse. C'est à propos de Jocelyn Wallis.

Trace sentit son estomac se nouer mais il ne dit rien, la laissant expliquer le but de son appel.

— Elle n'est pas venue à l'école aujourd'hui et elle n'a pas appelé non plus pour nous prévenir de son absence. Elle n'a pas laissé de consigne pour un éventuel remplaçant, rien... Elle n'a donné aucun signe de vie et personne ne sait où elle est, alors je me disais que... Eh bien, comme elle m'a confié que vous étiez sortis ensemble, je me demandais si vous ne sauriez pas où la joindre.

Sa voix inquiète se perdit dans un murmure.

— Je n'ai aucune idée de la raison de son absence, dit Trace.

— Ah... Euh... C'est que je m'inquiète. Nous sommes amies... Je suis allée en voiture jusqu'à son immeuble, mais tous les stores de son appartement étaient fermés. Je n'ai pas pu regarder à l'intérieur. Il y avait de la lumière, mais ça ne veut rien dire, évidemment... Je sais qu'elle ne se sentait pas très bien, ces derniers jours... J'ai essayé de l'appeler plusieurs fois, mais je suis tombée sur son répondeur... A-t-elle quitté la ville ? A moins qu'elle ne soit trop malade pour répondre au téléphone ?

Elle laissa un instant ces deux questions en suspens et, constatant que Trace ne répondait pas, poursuivit :

— Comme je vous l'ai dit, j'essaie simplement de la joindre.

— Si j'ai des nouvelles d'elle, je vous appellerai, promit Trace.

— Bien, d'accord… Euh… Vous n'auriez pas un double de la clé de son appartement, par hasard ? Avant d'appeler la police ou de s'affoler inutilement, ce serait peut-être une bonne idée d'aller voir ce qui se passe chez elle…

— Je n'ai pas de double de sa clé, dit Trace. Ça fait des mois que je n'ai pas vu Jocelyn.

— Ah bon ? Je croyais l'avoir entendue dire qu'elle vous avait appelé hier…

— Je n'ai eu aucune nouvelle d'elle.

— Eh bien, alors… Excusez-moi de vous avoir dérangé. Si elle vous appelle, vous pouvez lui demander de me contacter ?

— Ça m'étonnerait qu'elle cherche à me joindre… Mais, le cas échéant, je lui transmettrai votre message. Vous voulez qu'elle vous téléphone à l'école ?

— Il vaudrait peut-être mieux qu'elle m'appelle sur mon portable, répondit Mia dont l'anxiété était de plus en plus perceptible. Ce n'est vraiment pas son genre, ce silence inexpliqué. C'est l'enseignante la plus motivée, la plus dévouée que je connaisse. Ça ne lui ressemble pas du tout de s'absenter brusquement sans prévenir et de laisser ses élèves en plan… Je n'y comprends rien. En tout cas, je vous remercie.

Trace raccrocha et se retourna. Tilly se tenait sur le pas de la porte et ne cherchait même pas à faire semblant de ne pas avoir écouté la conversation.

— C'était encore l'école ? Au sujet de Jocelyn Wallis ?

— C'était une de ses amies, admit Trace.

Le regard de Tilly s'assombrit.

— Ma nièce m'a dit qu'elle n'était pas venue travailler aujourd'hui. Selon elle, c'est vraiment inhabituel de sa part, d'autant qu'elle n'a pas prévenu…

— Son amie m'a dit qu'elle m'avait appelé hier, dit Trace d'un ton pensif, mais je n'ai pas reçu de message…

Il vit alors Eli se tasser sur son siège.

— Mais est-ce bien sûr ? s'enquit Trace en regardant son fils.

Le garçon secoua la tête, mais Trace alla au téléphone mural qui avait une fonction répondeur. Aucune lumière ne clignotait pour indiquer la présence d'un nouveau message. Lorsqu'il appuya sur la touche permettant de savoir qui avait appelé, le nom « WALLIS » s'afficha cependant sur le petit écran.

— Tu as entendu un message de Mlle Wallis ? demanda-t-il à son fils.

Mais celui-ci secoua la tête une nouvelle fois.

— Euh… Non… Je n'ai rien entendu…

Il avait l'air tendu, mais Trace le crut. Il pianota sur quelques touches, n'entendit rien dans le récepteur et fut pris d'un mauvais pressentiment. Il raccrocha et s'aperçut que Tilly le fixait d'un air inquiet.

— Tu devrais peut-être aller voir ce qu'il en est, suggéra-t-elle. Nous resterons ici avec Eli pendant ton absence.

— Mais, moi aussi, je veux y aller ! protesta ce dernier.

— Comment ? s'écria Tilly en feignant d'être horrifiée. Pour éviter une revanche aux dames ? Pas question, mon gars. Je me sens en forme ce soir !

Elle adressa un clin d'œil à Trace qui comprit le message.

— Je n'en ai pas pour longtemps, dit-il.

Il se dirigea vers la porte, laissant les Zukov aux commandes dans sa maison. Il sortit dans le froid, suivi de Sarge, et se dirigea vers son pick-up.

— D'accord, mon vieux. Cette fois, tu peux venir.

Il ouvrit la portière du conducteur et le chien bondit à l'intérieur, s'installant à son endroit préféré, sur le siège du passager.

Trace grimpa à son tour et démarra la vieille Chevrolet

en se demandant ce qu'il trouverait dans l'appartement de Jocelyn Wallis.

Probablement rien.

Il passa la première vitesse et activa les essuie-glaces. Son mauvais pressentiment persista tandis qu'autour de lui le crépuscule préludait à la nuit.

6

Une fois de plus, Bianca avait séché les cours.

— Je pensais que vous saviez que votre fille n'est pas venue au lycée aujourd'hui…

Mlle Unsel, la conseillère principale d'éducation, était assise derrière un bureau massif sur lequel s'entassaient des dossiers et des répertoires scolaires. La seule lumière naturelle venait de fenêtres percées tout en haut des murs et il régnait une légère odeur de moisi dans la pièce.

— Je l'ai pourtant déposée à l'entrée juste avant la sonnerie, dit Pescoli d'une voix tendue.

Mlle Unsel, qui arborait une grosse natte brune lui tombant sur l'épaule, leva les paumes vers le plafond.

— Elle n'est pas venue en salle de classe. M. Cohn l'a marquée absente, ainsi que tous les autres professeurs avec qui elle devait avoir cours aujourd'hui.

— Vous êtes en train de me dire qu'elle n'a pas mis les pieds au lycée de toute la journée ?

— Oui.

Peony Unsel hocha la tête, balayant de sa natte le poncho bariolé qu'elle portait.

— Pouvez-vous me dire ce qu'il se passe ? demanda-t-elle.

— C'est justement pour ça que je suis venue. J'espérais que vous pourriez m'en dire davantage. D'ailleurs, elle était censée me retrouver dans votre bureau…

La conseillère chaussa une paire de lunettes à grosses

montures et scruta l'écran de son ordinateur. Elle appuya sur une touche puis sur une autre, et dit :

— Elle est en situation d'échec dans deux matières : espagnol et algèbre. Dans les autres, c'est à peine plus brillant…

Elle regarda Pescoli par-dessus ses lunettes et ajouta :

— Mais le plus grave, c'est qu'elle a manqué deux devoirs sur table importants, aujourd'hui : l'un d'anglais et l'autre d'histoire.

Pescoli sentit son cœur se serrer.

— Elle pourra les rattraper ?

La conseillère hocha la tête.

— Oui, mais il faudra qu'elle présente une excuse valable et que les professeurs soient d'accord. Notre mission consiste à aider nos élèves à devenir des adultes responsables et performants, pas à les enfoncer.

Elle gratifia Pescoli d'un sourire béat que celle-ci ne put s'empêcher de trouver hypocrite.

— Une autre question, dit Pescoli. Juste par curiosité… Chris Schultz était-il absent aujourd'hui, lui aussi ?

— Eh bien, c'est-à-dire que… Il s'agit d'une information confidentielle, vous savez.

— Chris est le petit ami de ma fille.

— Je sais, mais…

— Et je suis dans la police.

— Ça aussi, je le sais. Mais nous avons des règles protégeant la vie privée de nos élèves…

Mlle Unsel se tourna vers son ordinateur, pianota brièvement sur son clavier et soupira. Elle leva les yeux vers Pescoli et son silence en dit long.

— Merci, dit Pescoli d'une voix anxieuse.

Elle sortit du bureau et remonta un couloir bordé de bancs et de casiers métalliques en se rappelant combien elle-même avait détesté le lycée et séché les cours à maintes reprises. Mais elle n'avait jamais redoublé, elle n'avait jamais mis en danger son avenir.

Or c'était exactement ce que Bianca était en train de faire.

Elle était en train de décrocher.

Comme son frère avant elle.

Une fois dans la rue, Pescoli remonta le col de son manteau pour se protéger du vent glacial et suivit des yeux des lycéens qui se dirigeaient en hâte vers leurs voitures ou leurs deux-roues. D'autres, qui portaient des sacs de sport, se dirigeaient vers le gymnase. La lumière du jour baissait à vue d'œil. Une épaisse couche de neige recouvrait déjà les traces de pneus qu'elle avait laissées en arrivant dans le parking, et il neigeait encore.

Elle s'installa au volant, démarra le moteur, et les essuie-glaces se mirent à balayer la neige qui s'était accumulée sur le pare-brise. Puis elle envoya un texto à sa fille.

Où es-tu ?

Elle appuya sur la touche « ENVOI » et attendit.

Pas de réponse.

— Merde, mais qu'est-ce que tu fais, Bianca !

A ce moment précis, le téléphone se mit à sonner dans sa main.

— Pescoli, cracha-t-elle dans le récepteur en décrochant, s'attendant à entendre la voix contrite de sa fille.

— Santana, dit Nate en imitant son ton crispé.

— Oh... Salut ! J'ai cru que c'était Bianca, dit-elle d'une voix plus douce.

Il gloussa, et elle imagina son visage taillé à la serpe et son teint hâlé qui témoignaient de la présence d'ancêtres indiens d'Amérique quelque part dans son arbre généalogique. Puis elle songea à ses yeux, à son regard perçant — si perçant qu'elle avait parfois l'impression qu'il lisait en elle à livre ouvert.

Sauf, se rappela-t-elle, *que je ne crois pas à ces fadaises sentimentales.*

— Je suis un peu inquiète. Elle a encore séché les cours aujourd'hui.

— Avec son petit copain ?

— Apparemment.

— On dirait qu'elle a besoin d'un père…

— On dirait surtout qu'elle a besoin d'un *meilleur* père. Elle a un père, et il s'appelle Lucky, tu n'as pas oublié ?

— Et il est au courant ?

— Je ne lui en ai pas encore parlé, admit Pescoli tandis que le pare-brise commençait à s'embuer.

— Tu pourrais venir habiter chez moi, proposa-t-il. Avec tes enfants.

Elle se sentit subitement très tentée d'accepter.

— Ecoute, Nate… Je t'ai déjà dit cent fois ce que j'en pensais. Pas avant que les enfants ne volent de leurs propres ailes…, répondit-elle cependant.

— On pourrait croire que tu leur sacrifies ta propre vie.

— Oui, c'est ce qu'on est censé faire quand on est un parent responsable.

— Ah bon ?

— Ecoute, je ne suis pas d'humeur à faire dans la psychologie à deux sous. Je sors du bureau de la conseillère principale d'éducation… Disons que ça n'a pas été une expérience très agréable… Et maintenant il faut que je retrouve Bianca.

Il ne dit rien, et elle ferma les yeux un instant.

— Santana, ne me fais pas ça, d'accord ? Ce n'est vraiment pas le moment ! Je te rappellerai plus tard.

Elle raccrocha avant qu'il n'ait eu le temps de protester. En sortant du parking, elle sentit un grand vide se faire en elle, comme si elle venait délibérément de saper toute possibilité de vivre heureuse.

Peut-être Nate avait-il raison.

Peut-être devait-elle faire ce que bon lui semblait et laisser ses enfants s'en accommoder.

Mais peut-être pas.

***

Trace pénétra dans le parking de l'immeuble de Jocelyn Wallis, en proie à une appréhension croissante, et se gara sur l'une des rares places réservées aux visiteurs disponibles.

Il avait appelé la jeune femme à deux reprises en roulant vers chez elle, mais personne n'avait décroché. Il aperçut son reflet dans le rétroviseur : il avait mauvaise mine. Il était en train de commettre une nouvelle erreur, il le sentait d'instinct. Une fois de plus, il regretta amèrement de s'être lancé dans ce début de relation. Il savait depuis le début qu'il faisait fausse route. Non seulement cette liaison ne l'avait pas satisfait, mais elle s'était révélée un désastre pour Eli. Car même s'il n'en avait jamais parlé, Eli avait dû remarquer la ressemblance entre sa mère et son ancienne institutrice.

Comment appelait-on cela, déjà, en psychanalyse ? Un transfert, ou quelque chose dans ce genre-là…

Il jeta un coup d'œil circulaire au jardin de l'immeuble, tapissé de neige. Une lampe était allumée dans le salon de l'appartement de Jocelyn et une autre dans sa chambre, mais les stores étaient baissés.

Il marcha jusqu'à la porte d'entrée et frappa.

Puis attendit.

Rien…

Aucun bruit à l'intérieur, aucun son de télévision, aucune musique… Il songea à appeler le gérant de l'immeuble ou la sœur de Jocelyn, puis il se ravisa et décida, puisqu'il était venu jusque-là, de vérifier par lui-même ce qu'il en était. Il savait qu'elle conservait un double de sa clé caché par la poutre qui soutenait le toit de la terrasse. Il grimpa sur un banc. La clé était accrochée à un clou. Sans hésiter davantage, il s'empara de la clé et descendit d'un bond du banc. Il frappa une nouvelle fois à la porte et, après un instant d'attente, l'ouvrit.

Il faisait chaud à l'intérieur, mais il sentit dès son premier pas dans l'appartement qu'il n'y avait personne.

— Jocelyn ! appela-t-il néanmoins. Tu es là ?

Il sentait que c'était en vain. Il alla de pièce en pièce et remarqua que son sac à main était posé sur le comptoir de la cuisine. Il vit aussi son cartable, rempli de copies et de livres, sur l'un des deux tabourets de bar.

Le lit était défait. Un verre d'eau à moitié vide et l'emballage froissé d'un médicament contre la grippe se trouvaient sur la table de nuit, à côté d'un roman et d'un chargeur de batterie pour téléphone portable. Des vêtements débordaient du panier à linge, et la télécommande d'un petit téléviseur gisait sur le couvre-lit froissé.

Soudain de la musique se mit à résonner.

Il sursauta et se retourna. Pendant un instant, il crut qu'il y avait quelqu'un. Puis il se rendit compte que ce n'était que la sonnerie du téléphone portable de Jocelyn. Il suivit à l'oreille la mélodie jusque dans le salon puis jusqu'à un petit fauteuil. La musique cessa brusquement, mais il trouva le téléphone sous les coussins.

Il consulta la liste des numéros sur l'écran et constata que le plus récent était noté « inconnu ». Juste avant, son propre nom apparaissait deux fois, ainsi que l'école Evergreen et d'autres noms dont il connaissait certains. Il consulta la boîte vocale et s'aperçut que, dans tous les messages, les correspondants de Jocelyn lui demandaient de les rappeler.

— Où diable es-tu passée ? fit-il à haute voix.

Le son de sa voix résonna dans l'appartement. Il n'y avait aucune trace d'effraction, aucun objet ne semblait avoir été déplacé. La présence de son ordinateur portable, de son téléviseur et d'un peu de petite monnaie sur le comptoir de la cuisine semblait indiquer qu'il n'y avait pas eu de vol. Des croquettes étaient en train de se dessécher dans un petit bol posé sur le carrelage à côté de la poubelle.

Il revint dans le salon où il eut la surprise de constater que les clés de la voiture de Jocelyn et celle de son appartement étaient posées dans une soucoupe, près de la porte d'entrée.

Etrange…

Elle serait sortie sans sa clé et se serait enfermée dehors ?

C'était improbable, car le pêne du verrou était tourné lorsqu'il s'était servi de la clé de secours pour entrer.

Il n'y avait rien d'autre à faire que de rappeler l'amie de Jocelyn et de lui dire ce qu'il avait vu. Ensuite, supposa-t-il, il faudrait songer à appeler sa famille ou même la police.

Il sortit, referma la porte derrière lui et la verrouilla, puis il remit la clé où il l'avait trouvée. Il remonta dans sa voiture en priant le ciel pour qu'il ne soit rien arrivé à la jeune femme.

Mais il était tenaillé par un sombre pressentiment.

Il était plus de 19 heures lorsque Kacey quitta la nationale au volant de sa Ford Edge pour emprunter la petite route qui menait à sa maison. Elle souffrait d'une légère migraine depuis deux heures, et son estomac gargouillait.

Elle vérifia dans son rétroviseur au moment de tourner et vit que le véhicule qui la suivait poursuivait sa route en accélérant. C'était un monospace sur le toit duquel était attaché un arbre de Noël. Rien de sinistre. Sauf à juger qu'abattre un sapin avant même que Thanksgiving ne soit passé relevait d'une sorte de perversion et Kacey n'avait pas d'opinion bien arrêtée en la matière.

Derrière le monospace roulaient un pick-up noir — le mode de transport le plus courant sous ces latitudes — et une berline gris clair. Aucun de ces deux véhicules ne paraissait menaçant. Ils continuèrent à rouler sur la nationale qui menait aux collines. La plupart du temps, Kacey se sentait en sécurité, mais jamais entièrement. Lorsqu'elle se retrouvait seule, de vieux souvenirs revenaient la hanter.

Ce n'est que ton imagination… Une fois de plus… Surmonte ce traumatisme ! L'agression a eu lieu il y a près de sept ans. Tu comptes passer le reste de ton existence à regarder derrière toi ? Tu habites loin de Seattle, maintenant. Ici, à Grizzly Falls, tu ne risques rien.

Elle serra les dents et compta jusqu'à dix. Les phares

de la Ford éclairaient de leurs faisceaux la couche de cinq centimètres de neige qui recouvrait déjà le sol, faisant scintiller les flocons que déversaient sans relâche les cieux assombris.

La vieille ferme apparut au détour d'un virage, et Kacey esquissa un sourire en la voyant. Pittoresque et accueillante, elle baignait dans la lumière bleue de la lampe de sécurité. Construite en bardeaux près d'un siècle auparavant, elle était coiffée d'un toit pentu percé de deux lucarnes et ceinte d'une large terrasse en planches. Deux lampes brillaient, l'une dans le salon principal, l'autre dans le petit salon. Toutes les deux se mettaient en marche grâce à une minuterie, afin qu'elle n'ait pas à rentrer dans une maison plongée dans l'obscurité.

Elle appuya sur la télécommande du portail du garage, attendit qu'il s'ouvre complètement et pénétra à l'intérieur. Elle prit garde d'activer la fermeture du portail avant de descendre de son petit 4x4. Elle était prudente, bien davantage qu'elle ne l'était à l'époque où elle avait grandi dans cette ferme, du temps où elle était une élève appliquée qui faisait tout pour réussir. Grâce à ses excellentes notes scolaires et à la bourse d'études qui lui avait permis d'accéder à l'université, elle avait alors confiance en elle et en l'avenir. Elle ne craignait rien, en ce temps-là.

C'est ce qui l'avait perdue.

Elle attrapa son ordinateur portable sur le siège et sortit du garage. Après en avoir verrouillé la porte, elle parcourut en hâte la courte allée enneigée qui menait à la terrasse arrière, éclairée par une lampe rassurante. Elle gravit les quelques marches en vitesse et ouvrit la porte en tapant du pied sur le paillasson pour débarrasser ses semelles de la neige. Puis elle entra chez elle et tourna le verrou derrière elle.

Elle aurait pu prendre un nouveau chien, mais elle ne pouvait se résoudre à le laisser toute la journée seul dans la maison pendant qu'elle travaillait à la clinique. Il lui arrivait souvent de partir avant 6 heures du matin et de ne rentrer chez elle que vers 20 heures. Il ne lui paraissait pas juste de laisser un animal tout seul aussi longtemps et, même si elle pouvait aménager son emploi du temps et louer les services d'une personne pour le promener, voire l'emmener avec elle le matin et le déposer dans un chenil en ville, elle avait repoussé cette idée. Mais peut-être était-il temps d'y songer de nouveau sérieusement.

Elle jeta un regard circulaire à cette cuisine qui faisait partie de sa vie depuis sa petite enfance. Elle venait souvent dans cette fermette où vivaient ses grands-parents pendant les vacances d'été et d'hiver. Il y avait toujours eu des chiens — des chiens errants recueillis par son grand-père et des chiens de berger, parfois trois à la fois — dont elle se souvenait encore avec nostalgie. Les chiens avaient toujours fait partie de la vie de la maisonnée.

Plus tard, alors qu'elle était mariée et travaillait à des horaires différents de ceux de son époux, ils avaient possédé un vieux terrier de Boston, que Jeffrey avait hérité de sa mère lorsque celle-ci avait emménagé dans une résidence où les animaux de compagnie étaient interdits. Le chien, à la robe noire et blanche, avait vécu encore deux ans mais, quand il avait fini par mourir, le mariage de Kacey battait de l'aile et ni elle ni Jeffrey n'avaient fait l'effort de se mettre en quête d'un autre chien.

Ou de sauver leur couple.

Elle ôta son manteau et son écharpe et les rangea dans un placard près de la porte de derrière. Puis elle enleva ses bottes et s'en trouva aussitôt moins haute de cinq centimètres.

Elle remplit une tasse d'eau et la mit au four à micro-ondes, puis elle ouvrit le réfrigérateur où elle ne trouva que deux parts de pizza qu'elle avait achetées trois jours auparavant et un sachet de salade sous vide.

— Parfait, marmonna-t-elle.

Il fallait absolument qu'elle fasse un saut au supermarché

le lendemain. Il y avait urgence… Ses stocks de papier toilette, de liquide vaisselle et de café étaient au plus bas.

La sonnerie du four à micro-ondes retentit et elle se prépara rapidement une tasse de thé, qu'elle monta dans sa chambre en soupente à l'étage. Sirotant par intermittence le breuvage brûlant, elle enleva le pantalon et le pull qu'elle avait portés toute la journée. Tandis qu'elle sortait son bas de pyjama du placard, ses yeux tombèrent sur sa tenue d'exercice — un pantalon de jogging noir et un vieux maillot à manches longues orné de l'effigie d'un husky.

Tu crois que tu vas y arriver ?

Vraiment ?

Avec cette migraine ?

La dernière chose qu'elle avait envie de faire, c'était de soulever des haltères en regardant la télévision, même si, en zappant, elle finirait bien par tomber sur la série de téléréalité *Real Housewives*[1]. Elle trouvait un secret plaisir à ce voyeurisme médiatique un peu malsain. Elle le justifiait en se disant que ces inepties l'aidaient à se détendre, d'autant qu'elle pouvait en profiter pour faire un peu d'exercice face à l'écran.

Elle décrocha donc son pantalon de jogging de son cintre et l'enfila.

Revenue au rez-de-chaussée, elle finit son thé, mangea la moitié d'une banane et alluma la télévision dans le petit salon — un nid douillet séparé du vestibule par une porte-fenêtre. Quand elle s'y trouvait, elle pouvait en fermant les yeux se remémorer l'odeur âcre du tabac que son grand-père fumait dans une vieille pipe de maïs et le parfum du pot-pourri de sa grand-mère — un mélange de cannelle, de vanille et de fruit sur lequel cette dernière comptait pour masquer l'odeur du tabac.

1. Basée sur la série à succès *Desperate Housewives*, cette émission suit la vie quotidienne de plusieurs femmes au foyer appartenant à la bourgeoise aisée et vivant dans plusieurs grandes agglomérations américaines (NdT).

Bien sûr, ces fragrances avaient depuis longtemps disparu et n'étaient plus que des souvenirs chéris. Elle regarda un instant une chaîne d'informations, jugea les nouvelles déprimantes, en trouva une qui diffusait *Real Housewives* et se mit à accomplir machinalement une suite d'exercices qu'elle connaissait par cœur. Pendant que des femmes au foyer pleines aux as exhibaient leurs bijoux et leurs talons aiguilles tout en pataugeant dans leurs psychodrames conjugaux respectifs, Kacey, en équilibre sur un gros ballon, exécutait des mouvements avec les haltères qu'elle conservait dans le long meuble sur lequel trônait l'écran plat.

Elle songea avec nostalgie au tapis de jogging qu'elle avait laissé à Seattle, selon les termes du jugement de divorce. A l'époque de sa rupture avec Jeffrey, il avait insisté pour conserver tout l'équipement sportif de leur petite salle de sport personnelle, et elle, très déprimée, trop lasse de tout pour s'y opposer, n'avait pas voulu s'accrocher à quelque chose d'aussi trivial. Elle ne souhaitait qu'une seule chose, à l'époque : tourner la page et refaire sa vie.

A présent, la neige l'empêchait d'aller courir sur les routes de campagne autour de la ferme, et elle regrettait son tapis de jogging, se contentant d'une vidéo d'aérobic datant des années 1990.

Elle acheva ses exercices, en sueur. Les femmes au foyer cathodiques avaient terminé d'étaler leur vie privée et Kacey était sur le point d'éteindre le téléviseur lorsque démarra le sujet principal de l'une de ces émissions d'« information » destinées en fait à distraire et à flatter le goût du public pour le sensationnel. Le visage souriant de Shelly Bonaventure s'afficha sur l'écran, tandis que la voix enjouée du présentateur annonçait :

— Et maintenant les dernières nouvelles sur le suicide de Shelly Bonaventure !

S'ensuivit un défilé de clichés de l'actrice, retraçant sa vie depuis le berceau jusqu'à ses dernières apparitions publiques. Kacey dut admettre à contrecœur que Heather avait raison : la jeune femme lui ressemblait un peu. La voix qui débitait la biographie express de la malheureuse actrice mentionna le fait qu'elle avait passé cinq années de sa vie à Helena, dans le Montana, avant que sa famille ne s'installe en Californie du Sud.

— Tiens ! fit Kacey.

Ainsi Shelly Bonaventure était née dans la même ville qu'elle et elle avait des racines dans le Montana ? Cette coïncidence n'avait en soi rien d'extraordinaire. Ce n'était pas parce qu'elles venaient toutes deux de la même région qu'on pouvait en déduire quoi que ce soit. Certes, c'était un peu étrange, voire légèrement troublant, mais enfin ce n'était qu'une coïncidence.

— Même si sa mort a été officiellement déclarée due à un suicide, un inspecteur de police, à Los Angeles, n'en est pas convaincu, poursuivit le présentateur.

Sur l'écran apparut alors un homme noir, beau garçon, vêtu d'un costume impeccable, les yeux masqués par des lunettes de soleil. Il était filmé en extérieur, et l'on voyait à l'arrière-plan des palmiers.

— Policier chevronné, l'inspecteur Jonas Hayes appartient à la police de Los Angeles depuis plus de quinze ans...

Un journaliste entra dans le champ et vint rejoindre le policier.

— Inspecteur Hayes, pouvez-vous commenter la décision de justice attribuant la mort de Shelly Bonaventure à un suicide ?

Hayes se renfrogna.

— Non, dit-il.

— Selon une source digne de confiance, vous ne seriez pas convaincu que sa mort serait bien un suicide...

— Je n'ai pas de commentaires à faire à ce sujet.

— Inspecteur Hayes ! insista le journaliste en poursuivant le flic, beaucoup plus grand que lui, qui se dirigeait vers un parking. Serait-il possible que son décès soit dû à un homicide ?

Les larges épaules de Hayes se crispèrent sous l'étoffe coûteuse de sa veste. Il se tourna lentement et fusilla le journaliste du regard.

— Comme dans toutes les enquêtes, dit-il très lentement, le dossier concernant le décès de Shelly Bonaventure restera ouvert jusqu'à ce que tous les faits soient élucidés par les autorités.

— Il y a donc bien une possibilité de meurtre ?

Hayes déverrouilla à distance les portières de son véhicule en haussant les épaules.

— C'est vous qui le dites, répondit-il avant de se mettre au volant.

Le dernier plan du reportage montrait les feux arrière de son 4x4 se fondre dans la dense circulation de Los Angeles, puis les présentateurs de l'émission apparurent de nouveau sur l'écran.

— Shelly Bonaventure a été retrouvée morte, exactement comme Marilyn Monroe il y a cinquante ans, déclara alors une présentatrice blonde. Les similitudes entre ces deux décès sont vraiment troublantes.

Là-dessus, la caméra zooma sur un portrait en noir et blanc de Marilyn Monroe, qui se transforma en un montage photos de l'icône blonde de Hollywood et se termina par un autre cliché en noir et blanc, celui de la pièce où on l'avait retrouvée morte : la chambre à coucher de son bungalow de Brentwood.

— Télé-poubelle…, marmonna Kacey, vaguement révulsée par le sensationnalisme de ce qu'elle venait de voir.

Et pourtant, peut-être à cause du côté morbide de l'émission, elle sentit un frisson lui parcourir l'échine, et elle jeta un coup d'œil par la fenêtre pour scruter la nuit au-dehors.

Elle ne pouvait pas oublier la profondeur de son propre désespoir, la peur effroyable qu'elle avait éprouvée lorsque sa vie avait été menacée, lorsqu'elle avait cru sa dernière heure arrivée et qu'elle avait été confrontée au mal dans toute son horreur.

Un homme avait voulu lui plonger un poignard dans le cœur. Elle frémit en se remémorant ses derniers mots débordant de haine : « Je te retrouverai... Tu es l'une d'elles... »

Cette menace ne voulait sans doute rien dire, ce n'était qu'une divagation proférée par un malade mental dont la psychose et les intentions meurtrières avaient été, pour quelque obscure et absurde raison, dirigées contre elle.

N'y pense plus... C'est fini !

Elle s'efforça de chasser ce mauvais souvenir de son esprit et tâcha de reporter son attention sur l'écran du téléviseur.

La présentatrice de l'émission, version humaine de la poupée Barbie, évoquait à présent les liaisons amoureuses qu'on avait prêtées à Shelly Bonaventure. Puis elle revint sur le fait que, même si sa mort était officiellement considérée comme un suicide, certains inspecteurs de Los Angeles « n'écartaient pas la possibilité de quelque chose de plus sinistre ».

Elle continua à gloser sur la possibilité d'un complot, relayée par son collègue, un homme en costume noir, plus jeune, au look plus branché, les cheveux coiffés en épis.

Kacey éteignit le téléviseur.

En se rendant dans la salle de bains pour y prendre une douche rapide, elle enleva ses vêtements d'exercice et arriva toute nue dans la pièce. Elle fit couler l'eau et alluma la radio avant de pénétrer dans la vieille baignoire à pieds de griffe et de tirer le rideau derrière elle.

Au contact de l'eau chaude, elle sentit se dissiper la tension musculaire accumulée tout au long de la journée. Elle se savonna le corps et se rinça en chantonnant une rengaine de Katy Perry et en s'efforçant de ne pas penser à Trace O'Halleran. Car elle avait pensé à cet homme à chaque instant libre qu'elle avait eu dans l'après-midi... Quoique la succession ininterrompue des consultations, due à l'épidémie de grippe en cours, ne lui en ait guère laissé le loisir.

Pourtant, à chacun de ses rares moments de répit, elle

s'était surprise à penser à lui, à la mère d'Eli et à cette Mlle Wallis — sa « petite amie », à en croire son fils.

— Oublie-le, dit-elle tout haut en fermant le robinet.

Il n'était même pas son genre. Elle n'avait jamais été attirée par les mâles bourrus et mal rasés, tout droit sortis des bois, en jean usé et blouson patiné par le temps.

C'est quoi, ton genre ? Le chirurgien cardiaque raffiné et tiré à quatre épingles ? Pour ce que ça t'a apporté de bon ! Ça s'est plutôt mal fini, non ? Rends-toi à l'évidence : le bilan de ta vie sentimentale est lamentable.

— Arrête un peu ! marmonna-t-elle, dégoûtée par la tournure que prenaient ses pensées.

Peut-être passait-elle trop de temps seule, à ruminer le passé et à s'apitoyer sur son sort. Oui, vraiment, il était temps de reprendre un chien !

Bon, d'accord, Trace O'Halleran était le cow-boy le plus séduisant qu'il lui ait été donné de rencontrer. Bon, d'accord, il avait l'air dévoué à son enfant. Bon, d'accord, son horloge biologique s'emballait si vite, ces derniers temps, qu'elle en était venue à éviter l'aile de l'hôpital abritant la maternité...

Et alors ?

Par-delà le clapotis des tuyaux de la salle de bains et le baratin du DJ à la radio, elle crut entendre un bruit qui lui parut étranger à la maison. Elle se couvrit d'une serviette de bain et sortit de la baignoire, l'oreille aux aguets.

Rien.

Y avait-il quelqu'un dans la maison ?

Ou bien son imagination lui jouait-elle des tours ?

Encore toute ruisselante et le cœur battant un peu plus vite qu'à l'accoutumée, elle s'essuya en hâte, décrocha son peignoir de la patère fixée à la porte de la salle de bains et l'enfila. Elle n'avait cessé de tendre l'oreille sans rien entendre. Elle noua la ceinture du peignoir autour de sa taille et sortit d'un pas prudent dans le couloir.

C'est alors qu'elle entendit comme un raclement.

Son cœur bondit dans sa poitrine. Prenant son courage

à deux mains, elle se dirigea à pas de loup vers la source du bruit.

Ce n'est rien..., tenta-t-elle de se persuader.

Mais elle avait la chair de poule et demeurait tendue, sur ses gardes. Parvenue au bout du couloir, elle pointa la tête par la porte du salon et constata que tout y était comme elle l'avait laissé. Le ballon d'exercice se trouvait encore dans le petit salon, la télécommande du téléviseur gisait toujours sur la moquette.

En se dirigeant vers la cuisine, elle entendit de nouveau le raclement — tout près, cette fois. Elle fit volte-face, le cœur battant follement, et scruta la salle à manger plongée dans la pénombre.

Un nouveau raclement...

Venant de la fenêtre...

Elle faillit hurler en voyant une main squelettique racler la vitre.

Elle recula en chancelant, contenant à grand-peine un cri de terreur, avant de s'apercevoir que la main en question n'était en fait qu'une branche sans feuille qui débordait du massif d'arbustes, de l'autre côté du mur en bardeaux, et qui effleurait la vitre au gré du vent.

Elle se laissa tomber comme une masse sur l'une des chaises de la cuisine, maudissant son imagination trop fertile et ses angoisses chevillées au corps. Elle était médecin, que diable ! Elle avait été formée pour garder son sang-froid en cas d'urgence, et une simple branche d'arbre suffisait à l'affoler au point de chercher du regard le fusil de chasse de son grand-père !

— Reprends-toi ! s'ordonna-t-elle en se reprochant sa bêtise. C'est vraiment ridicule.

Elle rassembla ses esprits, réchauffa les parts de pizza dans le four à micro-ondes, remplit un bol de salade, se versa un verre de vin rouge, et apporta le tout dans le petit salon où elle ralluma le téléviseur en essayant de se convaincre que c'était la vie qu'elle avait choisi de mener après son divorce.

Elle ne put cependant s'empêcher de jeter un coup d'œil aux ténèbres par la fenêtre.

Il n'y avait personne de tapi dans l'ombre, de l'autre côté du voilage.

Elle était en sécurité dans cette maison. Elle était chez elle.

Enfin, c'était ce dont elle tenta de se convaincre tout en baissant les stores et en refusant de regarder au travers des vitres givrées.

Mais dans le fond de son cœur, dans le plus obscur recoin de son être, elle savait qu'elle n'avait fait que fuir. Pas seulement un mari infidèle — ce médecin qui se prenait pour le nombril du monde —, mais aussi cette nuit terrible qu'elle essayait en vain d'oublier.

Tout le problème venait du fait qu'elle ne pouvait pas échapper à ce fantôme.

Partout où elle allait, elle était hantée par le souvenir de ce moment atroce, qui la tourmentait à petit feu. La souffrance et la terreur ne lui laissaient aucun répit.

Perché sur un tertre, il braqua ses jumelles télémétriques vers la fermette mais, malgré leur fort pouvoir de grossissement, il ne pouvait apercevoir grand-chose au travers du rideau de neige. Il l'avait vue furtivement dans la cuisine puis dans le petit salon ; la lumière de la salle de bains était ensuite restée allumée quelques minutes, mais sa silhouette était floue, et son visage complètement indistinct. Et, lorsqu'elle finit par baisser les stores, il n'eut plus rien à épier.

Mais il pouvait encore l'espionner grâce au dispositif audio : de minuscules micros dissimulés dans la maison, disséminés dans des cachettes qu'elle ne décèlerait jamais. Il n'avait cependant jamais eu l'occasion d'installer une caméra, ce qui le chagrinait car il aurait aimé la surveiller subrepticement, à distance. Il aurait bien voulu en savoir plus sur ses habitudes et sur ce qu'elle faisait dans l'intimité…

Il s'attarda en grelottant dans le bosquet de trembles et de sapins qui poussaient dans un champ à proximité de la maison d'Acacia Lambert. Sa fascination était obsessionnelle, il le savait, mais il ne pouvait pas s'en empêcher.

Car elle était spéciale. De toutes les Ignorantes, elle était la plus dangereuse. Acacia Collins Lambert… Belle. Intelligente. Et médecin de son état, par-dessus le marché.

Il rangea ses jumelles dans leur étui et revint sur ses pas, traversant la forêt pour atteindre la petite route qu'il avait prise après avoir suivi Kacey depuis la clinique où elle officiait.

En marchant d'un pas vif dans la neige, il s'exhorta à la patience.

7

— Toi, tu es privée de sortie jusqu'à nouvel ordre ! s'écria Pescoli en fusillant sa fille du regard dès que l'adolescente eut franchi furtivement la porte d'entrée.

— Pourquoi ? demanda Bianca en faisant un pas vers sa chambre.

Cisco, qui dormait jusqu'alors sur un coussin posé sur le canapé, sauta au sol et se mit à battre frénétiquement de la queue.

— Tu oses me demander pourquoi ? Ça, c'est la meilleure ! Tu te moques de moi, en plus ?

Pescoli commençait à en avoir assez de cette gamine.

— Tu as séché les cours ! lui rappela-t-elle indignée.

— Je t'ai déjà expliqué pourquoi : je ne me sentais pas bien.

Bianca ôta ses gants avec les dents et daigna gratifier le chien d'une petite caresse sur le sommet du crâne. Puis elle se dirigea tout droit vers la cuisine. Elle jeta ses gants sur la table, ouvrit le réfrigérateur et resta figée un instant devant les rayonnages.

— Il n'y a rien à boire ? demanda-t-elle enfin.

Pescoli la rejoignit précipitamment et referma la porte du réfrigérateur en la faisant claquer du plat de la main.

— Hé ! Fais gaffe ! protesta Bianca en reculant d'un pas pour éviter le battant.

Elle se tourna vers sa mère tout en ôtant son bonnet, qu'elle jeta sur la table. Elle était pâle et ses yeux étaient cernés.

— C'est quoi, ton problème ? lança-t-elle.

— C'est exactement ce que j'allais te demander.

— Je t'ai dit que j'étais malade. Enfin, quoi…

Elle regarda sa mère d'un œil affligé comme si Pescoli était complètement bouchée.

— Tu ne m'as pas appelée, et tu n'es pas rentrée à la maison…

— Je suis allée chez Chris.

— Au lieu d'aller à l'école ?

Elle recula d'un pas, permettant à Bianca d'accéder de nouveau au réfrigérateur.

— J'étais *malade*, répéta la jeune fille.

Puis elle sortit une cannette de Diet Coke et tira sur la languette pour l'ouvrir.

— Quand tu es malade, la procédure, c'est de me téléphoner pour me faire savoir que tu dois : petit a…

Elle leva un doigt et dit :

— Rentrer à la maison ou, petit b, ajouta-t-elle en levant un deuxième doigt, aller chez le médecin. Il n'y a pas d'autre option, Bianca. Aucune autre !

— Si ! Je pourrais appeler papa, dit-elle entre deux gorgées de soda.

— Et tu l'as fait ?

— Non.

— Et pourquoi non ?

— Parce que ce n'est pas une option, ironisa-t-elle avant de boire une autre gorgée.

— Pas plus que d'aller chez ton petit copain. Les parents de Chris étaient là ?

— Mais non, tu sais bien qu'ils travaillent !

— C'est ça le problème, justement…

— Je ne suis plus un bébé, maman, je n'ai pas besoin de chaperon !

— Je n'en suis pas si sûre, dit Pescoli. Et qu'est-ce que vous avez fait ?

Bianca fronça les sourcils.

— On a traîné, c'est tout. A quoi tu pensais ? Tu crois qu'on a eu des rapports sexuels, c'est ça ?

— Je crois que tu t'es retrouvée seule avec ton petit copain pendant des heures, répliqua Pescoli qui bouillait de colère. Je crois que tu as menti à tout le monde et je crois que tu vas avoir de sérieux ennuis.

Elle sentit au son de sa voix qu'elle se faisait trop accusatrice et baissa d'un ton pour ajouter :

— Dis-moi ce que vous avez fait. Je sais que vous avez « traîné », mais est-ce que tu pourrais être un peu plus précise ?

— On a regardé la télé, joué à des jeux vidéo, loué un film en ligne… Pas de quoi fouetter un chat…

— Sauf que tu étais censée aller au lycée, objecta Pescoli en s'efforçant de rester calme sans toutefois minimiser le problème. Il y a donc bien de quoi fouetter un chat, Bianca. Je ne sais pas ce que vous fricotez, Chris et toi, mais je suis certaine que ça ne vaut pas le coup de sécher les cours et de collectionner les mauvaises notes.

— On a juste regardé des films ! C'est pas un crime !

Elle fit mine de se vexer et voulut sortir en boudant de la cuisine. Mais Pescoli la retint par l'épaule et la força à se retourner.

— Ce n'est pas de moi qu'on est en train de parler, Bianca. N'essaie pas de te défiler. Il s'agit de toi, de ton comportement, des conséquences qu'il pourrait avoir sur ton avenir. J'ai l'impression que tu as décidé de tout faire pour le gâcher.

— Tu peux pas me lâcher, un peu ?

— Pas pendant quelques années encore, je te l'ai déjà dit !

Bianca dégagea son bras de la poigne de sa mère.

— Je pourrais alerter la Protection de l'enfance ! s'écria-t-elle. Ne me touche pas ! Tu n'en as pas le droit !

— C'est Chris qui t'a dit ça ?

— Tu n'as pas le droit de porter la main sur moi !

Pescoli prit son téléphone d'un geste sec et le brandit sous le nez de sa fille.

— Vas-y, appelle-les ! On verra bien ce qu'ils te diront ! S'ils te croient, ils te retireront de ce foyer… Et où iras-tu ? Chez ton père ? Dans une famille d'accueil ? C'est ce que tu veux ?

— Peut-être !

— Très bien, reprit Pescoli le cœur serré, trouvant que les choses commençaient à aller un peu loin. Alors, appelle-les…

Bianca regarda le téléphone et, pendant un bref instant de panique, Pescoli redouta qu'elle ne la prenne au mot. Mais, l'instant d'après, elle s'en moquait déjà. Elle n'allait quand même pas se laisser rudoyer par une gamine de quinze ans ! Elle n'allait pas céder à ce chantage affectif !

Elle posa le téléphone dans la main de sa fille.

— Ils ne me croiront pas, bredouilla Bianca. Tu es flic. Tu t'arrangeras pour me faire porter le blâme !

Elle jeta le téléphone sur le comptoir et sortit en trombe de la cuisine en direction de sa chambre.

— Si tu claques cette porte, je l'enlèverai de ses gonds, Bianca ! Je ne plaisante pas.

Vlan !

La porte claqua, faisant trembler toute la maison. Cisco laissa échapper un petit jappement de surprise.

— Nom de Dieu ! marmonna Pescoli.

Laissant le téléphone sur le comptoir, elle alla chercher la boîte à outils de Joe qu'elle conservait religieusement depuis près de vingt ans.

A cet instant, la porte d'entrée s'ouvrit en grand et la haute stature de son fils apparut dans l'embrasure. Le vent s'engouffra à sa suite dans l'entrée et Cisco piqua une nouvelle crise d'enthousiasme. Il se mit à japper et à courir follement autour de Jeremy.

— Salut, Cisco, dit ce dernier en se baissant pour prendre le chien dans ses grandes mains gantées.

Malgré ses onze ans, âge vénérable pour un chien, Cisco se prenait encore par moments pour un chiot… Il lécha d'abondance le visage de Jeremy.

— Qu'est-ce qu'on mange, ce soir ?

— On n'en est pas encore là, répliqua Pescoli.

— Pourquoi est-ce que tu as sorti les outils de papa ?

— Je m'apprêtais à démonter la porte de la chambre de ta sœur.

— Sérieux ? Non, maman, ne fais pas ça…

Il posa le chien à terre et ôta ses gants avant de les fourrer dans les poches de son anorak.

— Pourquoi pas ?

— Parce que c'est méchant.

— Pas plus que de claquer la porte si fort qu'elle a failli en casser les montants.

Jeremy enleva son bonnet et ses cheveux, encore pleins d'électricité statique, se hérissèrent, ce qui ajouta quelques centimètres à sa haute taille et lui donnait un air choqué.

— Tu pourrais m'aider, suggéra-t-elle.

— Pas question ! Je préfère ne pas me mêler de ce combat de tigresses.

— Qu'est-ce que tu fais là ? demanda Pescoli. Tu ne devrais pas être au boulot, à cette heure ?

Il parut subitement embarrassé et entreprit de se lisser les cheveux. Il évita son regard, faisant mine d'être absorbé par sa coiffure.

— Qu'est-ce qui s'est passé ?

Il hésita un instant avant de répondre.

— Ben, je suis en chômage technique…

Pescoli sentit son cœur se serrer.

— Pour quelle raison ? demanda-t-elle.

— Chais pas. La crise économique, sans doute…

— Sans doute ?

Non, pas maintenant, songea-t-elle, excédée. Elle n'avait vraiment pas besoin de ça. La situation était déjà assez tendue à cause des frasques de Bianca.

Jeremy lâcha un gros soupir puis s'affala de tout son long sur le canapé, faisant gémir les vieux ressorts du sommier. Cisco se redressa et le jeune homme lui caressa la tête d'un air absent.

— Je me suis fait virer, en fait, finit-il par avouer.

— *Virer*, répéta Regan d'une voix incrédule.

— Lou prétend que j'ai volé dans la caisse de la station-service. Il dit que les factures ne correspondent pas à la recette.

Il baissa la tête tout en la regardant par en dessous et ajouta :

— Je te jure devant Dieu, maman, que je n'ai rien volé !

Sa pomme d'Adam palpitait et ses grandes mains étaient crispées sur ses genoux.

— Tu l'as dit à Lou ?

— Plus de cent fois ! Tu sais quoi ? Je crois que c'est Manuel, ou peut-être même Lou lui-même, qui a fait le coup et qui m'accuse pour se couvrir. Manuel est un brave type. Vraiment honnête. Et je croyais que Lou l'était aussi. Merde !

Il serra les dents et ajouta :

— C'est vraiment galère !

Le cœur de Pescoli s'emballa un peu sous l'effet de la peur et de la colère mêlées.

— Je ne sais pas quoi dire, Jeremy. Mais il faut que tu arranges les choses. Il faut trouver une solution… Si ce n'est pas toi qui as fait le coup…

— *Si* ce n'est pas moi ? Tu ne me crois pas ?

Il était indigné, presque choqué. Ses lèvres se durcirent.

— Mais enfin, maman !

Il tapa du poing sur l'accoudoir du canapé et protesta avec véhémence :

— Je ne suis pas un voleur ! Je me suis fait piéger !

— Tu ne m'as pas laissée terminer ma phrase, Jeremy. Je voulais juste te dire que, si ce n'est pas toi qui as fait le coup, il faut que tu trouves le coupable. Et il faut que tu prouves que c'est untel ou untel. Ça ne devrait pas être trop difficile. La station-service est équipée de caméras et toutes les transactions sont répertoriées, non ?

— Tu délires ! Tu crois vraiment qu'ils vont me laisser accéder aux comptes et aux enregistrements vidéo ?

— Ils seront bien obligés si tu les attaques en justice et qu'ils contestent ta version des faits. Ton avocat pourra...

— Je n'ai pas d'avocat et je n'ai pas les moyens de m'en payer un. Reviens sur Terre !

Il se leva et se dirigea vers l'escalier qui menait au sous-sol.

— Où vas-tu ?

— Dans ma chambre.

— Je croyais que tu avais déménagé.

— C'est toujours ma chambre.

Elle l'entendit descendre les marches d'un pas lourd.

— J'avais l'intention de la transformer en salle de couture ! cria-t-elle.

— Tu ne sais même pas coudre !

La porte de la chambre claqua, mais pas avec la même emphase accusatrice que celle de Bianca.

— Je suis la plus nulle des mères, dit Pescoli au chien. Complètement et irrémédiablement nulle.

Elle ouvrit la boîte à outils et y chercha un tournevis pour dégonder la porte de la chambre de sa fille. Après avoir fouillé parmi les pinces coupantes, les clés à molette et les pinces-étaux, elle finit par trouver un gros tournevis maculé de peinture, ce qui attestait qu'elle s'en était servie pour ouvrir des pots de laque.

Elle était sur le point de se mettre à l'ouvrage lorsque son téléphone portable sonna.

— Pescoli, dit-elle en décrochant.

— Alvarez, répondit sa partenaire. Il faut que tu viennes à la corniche, sur les hauteurs de Grizzly Falls. Une joggeuse a glissé en courant et basculé par-dessus le muret qui longe le parc... Elle est tombée au pied de la falaise. On n'a pas trouvé de pièce d'identité sur elle.

— Elle est morte ?

— Presque… Elle est aux urgences et les médecins tentent de la sauver, mais ça s'annonce mal. Le pronostic vital est engagé. C'est sans doute un accident. Il y a beaucoup de verglas en ce moment, et les sols sont glissants.

— Tu n'as pas assez de travail avec les affaires en cours ? demanda Pescoli. Cette joggeuse n'est pas encore morte, et ça ne ressemble pas à un homicide, à première vue.

— Oui… A première vue…

— Bon, j'arrive… Ça sera toujours mieux que ce que je fais ici !

Elle raccrocha et rangea le tournevis dans la boîte à outils. Puis elle hurla en direction de la porte fermée de sa fille :

— Ce n'est qu'un sursis, Bianca ! Et de courte durée ! *Je serai de retour.*

Pour une fois, elle ne transforma pas sa voix pour imiter avec plus ou moins de réussite Arnold Schwarzenegger prononçant sa célèbre réplique dans *Terminator.*

Elle savait que ça ne ferait pas rire sa fille.

Cisco se mit à trotter à ses trousses lorsqu'elle se dirigea vers la porte de derrière.

— Pas cette fois, mon vieux, lui dit-elle en remontant la fermeture à glissière de son blouson.

Puis elle chaussa ses après-skis et caressa la petite tête hirsute du chien.

— Aujourd'hui, c'est à toi de veiller sur cette maison, ajouta-t-elle.

La queue du chien se mit à battre à une telle vitesse qu'il semblait se trémousser. Regan franchit la porte qui séparait la cuisine du garage, où sa Jeep ruisselait encore de neige fondue.

Elle ouvrit l'abattant, se mit au volant et sortit en marche arrière. Jeremy avait garé son propre véhicule à l'endroit habituel, comme s'il n'avait jamais tenté d'aller vivre hors du foyer familial. Elle était partagée à cet égard. Elle aurait aimé le voir revenir au bercail, mais elle savait que ce n'était qu'une réaction maternelle instinctive et protectrice, et que ça ne réglerait rien. Elle avait vu plusieurs de ses amis permettre à leurs enfants de partir et de revenir au gré de leurs tentatives d'autonomie, sans jamais parvenir à couper le cordon ombilical.

Elle n'avait pas l'intention de subir la même épreuve.

Il fallait que son fils affronte les choix cruciaux qui se présentaient à lui.

Elle passa la première vitesse et appuya sur la télécommande de la porte du garage.

Comment en étaient-ils arrivés là, tous les trois ? Allaient-ils se déchirer ainsi encore longtemps ? Ses enfants persisteraient-ils à faire de mauvais choix ? L'année précédente, alors qu'elle s'était retrouvée entre les griffes d'un psychopathe, et qu'elle croyait ne plus jamais les revoir, elle s'était juré de faire un effort dans ses relations avec eux si elle s'en sortait... Elle avait pris la ferme résolution de démissionner de la police ou, du moins, de changer ses habitudes, ne travaillant plus que quarante heures par semaine et plaçant sa famille au-dessus de toutes ses préoccupations. Jeremy et Bianca, eux aussi, avaient promis de modifier leurs habitudes égoïstes, de marcher droit, d'obtenir de bonnes notes, de faire les bons choix et de ne plus jamais la décevoir.

Mais toutes ces bonnes résolutions, prises au moment de la Saint-Sylvestre, étaient déjà oubliées à la Saint-Valentin, et ils étaient tous les trois bien vite revenus à leur mode dysfonctionnel de cohabitation.

Peut-être avait-elle commis une erreur en refusant d'aller habiter chez Nate Santana ? Peut-être Jeremy et Bianca avaient-ils en effet besoin d'un modèle masculin, d'une figure paternelle qui puisse les reprendre en main ?

— Il n'est jamais trop tard, songea-t-elle tout haut.

A l'évidence, ce qu'elle faisait toute seule ne marchait pas.

Arrivée à la lisière de la ville, au moment où les enseignes lumineuses commençaient à briller, elle décida d'oublier, pour le moment, ses enfants et leurs problèmes et de se concentrer sur sa conduite.

En atteignant le sommet de Boxer Bluff, elle vit des véhicules de police et de secours, dont les gyrophares striaient l'obscurité de rouge et de bleu. Des pompiers, des secouristes et des flics s'affairaient sur la scène de l'accident. Alvarez, vêtue d'un blouson et d'un chapeau réglementaires, se trouvait près d'un muret effrité surplombant les chutes d'eau et conversait avec l'un de leurs collègues en uniforme.

Pescoli alla se garer dans un parking vide à la sortie du parc. Deux ambulanciers chargeaient dans leur véhicule une civière sur laquelle gisait une femme. Près de la scène s'était rassemblée une petite foule d'une quinzaine de badauds, tendant le cou pour assister au spectacle et bavardant entre eux de l'autre côté du périmètre interdit. Une camionnette de la télévision était déjà sur les lieux et un cameraman filmait le moindre geste des ambulanciers qui évacuaient la joggeuse blessée.

Pescoli montra son insigne au flic en uniforme qui semblait chargé de tenir les curieux à distance.

— Alors ? demanda-t-elle à Alvarez.

— Elle est encore vivante, mais elle risque de succomber sous peu à ses blessures. A première vue, elle était en train de faire son jogging quand elle a trébuché ou glissé... Et elle est tombée de l'autre côté du muret.

Disant cela, Alvarez désigna un endroit où la neige était foulée près du vieux muret en pierre qui avait été construit plus d'un siècle auparavant et qui mesurait un peu plus de cinquante centimètres de hauteur.

Elle pointa sa lampe torche vers le précipice, éclairant les traces qui témoignaient de la chute de la femme le long de la paroi, jusqu'au rocher saillant qui l'avait finalement retenue.

— C'est sur ce rocher qu'elle a atterri après avoir dégringolé dans le ravin... C'est cet obstacle qui l'a empêchée de se retrouver dans le fleuve. C'est un miracle qu'elle soit encore vivante !

Le faisceau de sa lampe oscillait sur le sol rugueux du lit du fleuve.

— Elle est consciente ? demanda Pescoli.

— Non. On ne sait pas depuis combien de temps elle est là, et on ne connaît pas la gravité exacte de ses blessures. Elle n'a pas beaucoup de chances de survivre.

Fronçant les sourcils, Alvarez se remit à éclairer le sentier qui longeait le muret.

— Il y a trop de traces de pas et trop de neige pour qu'on puisse déterminer s'il y avait quelqu'un avec elle.

— Et on n'a retrouvé ni pièce d'identité ni voiture ?

— Ce qui est certain, c'est qu'elle n'a pas commencé son parcours ici.

— Mais tu as l'air de penser que ce n'est pas un simple accident…

— Je n'ai pas encore d'avis sur la question, répondit prudemment Alvarez.

Elle avait l'air assez perplexe et scrutait attentivement le sentier enneigé où se mêlaient des dizaines d'empreintes de chaussures différentes.

— Les gars de l'unité de scène de crime font ce qu'ils peuvent, reprit-elle. Ils essaient de distinguer les empreintes qui correspondent à ses chaussures des autres et ils cherchent le moindre indice.

— Et on n'a rien retrouvé sur elle qui puisse nous permettre de l'identifier ?

— Juste une clé, rien d'autre… Pas de téléphone portable, pas d'iPod…

— Elle a peut-être tout simplement glissé et fait une mauvaise chute.

— Mouais… Peut-être…

— Pas de témoin ?

Alvarez secoua la tête.

— Qui l'a trouvée ? Ne me dis pas que c'est Ivor Hicks ou Grace Perchant…

Elle faisait allusion à deux excentriques locaux qui avaient le don de se retrouver mêlés à de sombres histoires. Ivor était persuadé qu'il avait été enlevé par des extraterrestres dans un lointain passé, et Grace prétendait qu'elle parlait aux fantômes. Deux illuminés qui ne constituaient pas vraiment des témoins très fiables…

— Non, dit Alvarez. C'est une dénommée Iris Fenton. Elle était sortie se promener quand elle a aperçu le corps de la joggeuse sur le flanc de la falaise.

Elle désigna une femme emmitouflée dans un épais anorak, des moufles et un bonnet rouge d'où dépassaient des boucles de cheveux argentées.

— Elle habite de l'autre côté du parc avec son mari invalide. On a déjà tout vérifié, ajouta-t-elle.

Pescoli hocha la tête.

Alvarez jeta un coup d'œil à l'ambulance qui se mettait en route vers l'hôpital.

— Espérons qu'elle se réveille et nous confirme qu'elle a chuté par maladresse ou imprudence…

Elle scruta la corniche puis les profondeurs du ravin où le lit du fleuve se transformait en cascade.

— Il faut quand même le faire…, poursuivit-elle, songeuse. Glisser sur cette distance en arrivant au sommet de la falaise… Et puis basculer par-dessus le muret et tomber dans le ravin… Précisément là où il est le plus proche du sentier… Là où elle aurait donc dû se tenir le plus sur ses gardes… Il y a quelques années, une partie de la falaise s'est effondrée à cet endroit justement…

Elle balaya le rebord du précipice du faisceau de sa lampe pour appuyer son propos. De part et d'autre du petit éboulis qu'avait laissé l'effondrement, la paroi était moins abrupte. Et la végétation, plus dense, aurait davantage freiné la chute de la victime. L'endroit où elle avait glissé puis chuté était sans conteste le plus dangereux de la corniche.

— Quelle malchance, hein ? Quel malheureux concours de circonstances…, murmura Alvarez sans dissimuler son scepticisme.

— C'est pour ça que les techniciens de scène de crime ont été appelés ?

Alvarez acquiesça d'un hochement de tête.

— J'ai déjà demandé une recherche dans le fichier des personnes disparues, dit-elle. On va voir si on peut déterminer qui elle est. En attendant, je voudrais aller à l'hôpital pour interroger les médecins qui vont l'examiner. J'aimerais savoir si ses blessures concordent avec son accident.

— Mais tu n'y crois pas…

— Je n'ai pas encore d'opinion, répondit Alvarez en fouillant dans sa poche pour en extraire ses clés de voiture. Tu viens ?

— Oui… Je te rejoins là-bas.

8

Le lendemain matin, à l'aube, Trace constata en jetant un coup d'œil par la fenêtre que la neige tombait en abondance. Elle s'entassait autour des piquets de la clôture et envahissait peu à peu la terrasse.

Eli dormait encore. Il avait passé une mauvaise nuit. Sa douleur au bras et une forte toux l'avaient réveillé à plusieurs reprises. Vers 3 heures du matin, Trace l'avait transporté dans le salon et ils avaient dormi l'un à côté de l'autre sur le grand canapé d'angle, face au feu. Sarge était venu se blottir contre eux. A 5 h 30, Trace s'était réveillé, il avait fait sortir le chien et ne s'était pas recouché. Il s'était fait du café et avait allumé la télévision pour regarder la météo.

Une journaliste dont le capuchon bleu était couvert de neige apparut à l'écran. Elle tenait un micro de sa main gantée, et Trace reconnut juste derrière elle l'entrée du parc perché en haut de la falaise qui surplombait Grizzly Falls. Des véhicules de police et de secours étaient visibles, dont les gyrophares déchiraient la nuit. La neige tombait dru. La femme parlait face à la caméra, mais le son de sa voix était trop faible pour être audible.

Trace saisit la télécommande et augmenta le volume du téléviseur.

«… Où une joggeuse non identifiée a été découverte il y a tout juste une heure sur un rocher des contreforts de Boxer Bluff, juste au-dessus du fleuve. Elle semble avoir fait une chute de plus trente mètres. »

La caméra se porta alors au-delà de la journaliste, vers la pente abrupte puis vers le fond du gouffre. Sur un promontoire étroit qui saillait au-dessus des rapides se trouvait un secouriste harnaché qui tenait à la main un rouleau de corde d'escalade. La neige qui recouvrait le rocher avait été foulée et l'on y distinguait l'emplacement où le corps de la victime avait dû atterrir.

« Cette joggeuse inconnue a tout de même eu de la chance, déclara la journaliste. Si elle avait poursuivi sa chute, elle serait tombée dans le fleuve. »

Pour appuyer ses dires, la caméra zooma sur les berges du fleuve et sur les eaux écumeuses et tumultueuses qui s'écoulaient sous un pont vieux d'une centaine d'années.

Puis la journaliste réapparut à l'écran pour conclure le reportage :

« C'était Nia Del Ray, en direct de Boxer Bluff. »

L'antenne fut rendue aux deux présentateurs qui officiaient derrière un bureau commun dans les studios de la chaîne locale.

« Ce reportage a été filmé la nuit dernière, expliqua la présentatrice blonde. Selon la direction de l'hôpital, la jeune femme se trouve dans un état critique. A l'heure où nous vous parlons, son identité n'est toujours pas connue. »

Trace fixa l'écran en proie à la même appréhension que lorsqu'il avait pénétré dans l'appartement de Jocelyn la veille. Sans y réfléchir à deux fois, il composa le numéro d'Ed Zukov. Il avait besoin de l'aide de ses voisins, car il allait falloir que quelqu'un veille sur Eli pendant les deux heures qui allaient suivre. Même s'il se refusait à croire que Jocelyn pouvait être cette joggeuse qui avait failli perdre la vie sur la corniche de Boxer Bluff, il fallait qu'il en ait le cœur net.

*
**

Le téléphone se mit à sonner près de l'oreille de Regan.

Elle roula sur elle-même dans le lit en poussant un grognement et tendit gauchement le bras pour attraper l'appareil mis en charge sur sa table de nuit, faisant tomber au passage ses lunettes de lecture.

Super !

C'était Selena Alvarez.

— Il faudrait que tu rappliques ici en vitesse !

Elle consulta le réveil et lut sur le cadran lumineux qu'il était 5 h 57.

— « Ici », c'est-à-dire où, au juste ? demanda-t-elle. Au commissariat ? Merde, il n'est même pas 6 heures du matin ! A quelle heure tu te lèves, toi ? Et comment est-ce que tu fais pour être aussi alerte à une heure pareille ?

— Ici, c'est au commissariat. On a peut-être trouvé l'identité de la victime.

— OK… Donne-moi une demi-heure.

Pescoli s'extirpa du lit et se rendit d'un pas chancelant dans la salle de bains principale. Elle ôta en hâte sa petite culotte et son maillot de l'équipe de football américain des Grizzlies de l'université du Montana, et se plaça sous le jet de la douche, trop froid à son goût.

Vingt-huit minutes plus tard, elle franchissait la porte du commissariat. Ignorant son estomac barbouillé et les flocons de neige en coton que Joelle avait parsemés sur les fenêtres, elle marqua une pause dans l'entrée pour se débarrasser de la neige qui lui collait aux bottes avant de traverser la série de couloirs qui menait au box d'Alvarez. Celle-ci était en train de parler avec un homme de haute stature, mal rasé, vêtu d'un blouson doublé de peau de mouton, d'un vieux jean et d'une chemise de travail.

Il était assis dans le fauteuil réservé aux visiteurs et se leva à l'approche de Pescoli.

Alvarez leva les yeux de son bureau.

— Je vous présente ma partenaire, l'inspecteur Pescoli,

et ce monsieur, dit-elle à Pescoli en désignant leur visiteur, est Trace O'Halleran. Il croit savoir qui est notre inconnue.

Les lèvres d'O'Halleran se plissèrent légèrement lorsqu'il serra la main de Pescoli.

— Je ne peux rien affirmer quant à son identité, mais je trouve que c'est une drôle de coïncidence qu'une femme de ma connaissance ait disparu au même moment, dit-il. Elle fait du jogging, en plus… Je suis allé voir chez elle, hier, après qu'on m'a appelé pour me dire qu'elle n'était pas venue travailler sans prévenir de son absence.

Alvarez lui fit signe de se rasseoir, et Pescoli écouta l'homme reprendre son récit depuis le début. Jocelyn Wallis — une institutrice travaillant dans l'école fréquentée par son fils — et lui étaient sortis deux ou trois fois ensemble avant que leur liaison ne s'achève sans avoir vraiment commencé. La veille, il avait reçu un appel d'une collègue de Jocelyn qui l'avait informé qu'elle n'était pas venue travailler et qui lui avait fait part de son inquiétude.

Il ajouta qu'il avait ensuite découvert que Jocelyn l'avait appelé en son absence, mais qu'elle n'avait pas laissé de message sur son répondeur. Il s'était alors rendu chez elle, était entré dans son appartement grâce à une clé dont il connaissait la cachette et avait constaté que l'endroit était désert. La voiture de Jocelyn était garée dans le parking de son immeuble, et son sac à main était resté chez elle. Ainsi que son téléphone portable… Il avait trouvé cette absence étrange, pas du tout dans le genre de la jeune femme. A sa connaissance, cette institutrice très dévouée n'avait jamais raté une seule journée de classe.

— Et puis, ce matin, j'ai vu les infos à la télé… Cette femme est tombée à un endroit du parc où Jocelyn a l'habitude de faire son jogging. C'est pour ça que je suis venu ici…

Il paraissait sincère, sérieux et inquiet. Ses mains étaient jointes entre ses genoux ; le pouce de sa main droite s'agitait nerveusement. Il n'avait pas appelé la famille de Jocelyn, ne voulant pas les inquiéter. Il pensait que l'école se chargerait de contacter les proches de l'institutrice, et espérait encore qu'elle donnerait signe de vie.

Il insista sur le fait qu'il ne sortait plus avec elle. Il n'y avait pas eu de rupture orageuse : ils avaient simplement cessé de se voir. C'était lui qui avait voulu couper les ponts.

Pescoli aurait aimé lui faire confiance. Son charme rugueux était du genre qui lui avait toujours plu. Il avait à l'évidence l'habitude de travailler de ses mains, en plein air, et son teint hâlé était là pour en attester. Ses cheveux plantés dru balayaient le col de son blouson fourré et ses mains étaient larges et calleuses, parsemées de petites cicatrices. C'était un père célibataire, plaqué par sa femme, selon son propre aveu. Il était venu au commissariat de sa propre initiative. Mais tout cela ne signifiait pas grand-chose, aux yeux d'une enquêtrice chevronnée telle que Pescoli.

Elle avait vu les hommes apparemment les plus pieux, les plus timorés, les plus doux se révéler des tueurs aussi insensibles qu'implacables.

— Bon…, dit Alvarez. Est-ce que vous reconnaissez Jocelyn Wallis sur ces photos ?

Elle lui tendit deux clichés de la jeune femme telle qu'on l'avait trouvée, en sang, dans le ravin.

O'Halleran inspira profondément.

— Mon Dieu, j'espère que non, dit-il avec une sorte de ferveur.

Il examina attentivement les deux instantanés et finit par dire :

— Je… Je ne sais pas… Peut-être… Mon Dieu…

— Je viens de trouver plusieurs autres photos de Jocelyn Wallis, dit Alvarez.

— Sur le site internet de l'école ? hasarda Pescoli.

— Non, dans le fichier du service des permis de conduire.

Alvarez pianota sur son clavier d'ordinateur et un permis de conduire s'afficha sur l'écran. La femme, sur la photo, avait une trentaine d'années. Son sourire était éclatant et ses cheveux longs brun roux.

— Ça pourrait être elle, estima Pescoli.

Elle se tourna vers O'Halleran et demanda :

— Elle a des signes particuliers ? Des tatouages ? Des cicatrices ? Des taches de naissance ?

Il haussa les épaules.

— Je ne sais pas…

— Vous ne l'avez jamais vue nue ? s'étonna Pescoli. Elle ne vous a jamais parlé d'opérations chirurgicales ou de blessures reçues pendant son enfance ? Elle ne vous a jamais confié qu'elle s'était fait tatouer ?

— Notre relation n'est pas allée aussi loin.

— Vous n'avez pas couché avec elle ?

Il hésita et baissa un instant les yeux vers ses mains jointes avant de répondre :

— Si, une fois. Chez elle. Mais c'était dans le noir. Et elle ne m'a confié aucun détail de ce genre… Mais elle portait des boucles d'oreilles. Trois à une oreille, et deux à l'autre.

— C'est toujours ça, dit Pescoli. Voulez-vous venir avec nous pour l'identifier ?

— L'hôpital l'autorisera, vous croyez ? demanda-t-il.

— Nous avons des amis haut placés, répondit Pescoli d'un ton sarcastique.

Il s'était déjà levé, et Alvarez avait rassemblé son sac à main, son blouson et son arme de service.

— Je vais conduire, annonça Pescoli.

Elle voulait observer les réactions d'O'Halleran face à la jeune femme. Ensuite, elle vérifierait tout ce qu'il avait déclaré.

Et s'il s'avérait que la victime n'était pas Jocelyn Wallis, il resterait à se pencher sur la disparition de cette dernière.

Si toutefois ce que leur avait raconté O'Halleran était vrai.

— Ah, docteur Lambert, Dieu soit loué ! J'ai eu si peur…

Rosie Alsgaard, infirmière du service des urgences, joignit les mains de manière théâtrale sur sa poitrine et s'élança à la rencontre de Kacey dans le couloir du premier étage de l'hôpital. Elle était vêtue d'une combinaison médicale et les oreillettes de son stéthoscope dépassaient de l'une de ses poches, comme un serpent à deux têtes.

— Ce que j'étais inquiète ! On l'était tous, d'ailleurs !

— Inquiète ? Mais de quoi parlez-vous ? s'étonna Kacey.

— C'est à cause de la patiente qui a été admise la nuit dernière, juste avant que je prenne mon service. Elle vous ressemble comme une sœur jumelle ! Et Cleo était certaine que c'était vous !

— Cleo ?

— L'infirmière qui travaillait aux urgences cette nuit... Mais il n'y a pas qu'elle ! Moi aussi, j'ai vu la patiente et... Et sa ressemblance avec vous est vraiment frappante !

Rosie était un peu essoufflée et elle avait du mal à parler distinctement.

— Evidemment, ajouta-t-elle, son visage est tout meurtri et tout boursouflé, mais ses cheveux... Elle vous ressemble tellement... J'étais sûre que c'était vous quand je l'ai vue, ce matin... Je me suis dit que c'était vous qui aviez fait cette mauvaise chute et...

— Moins vite, Rosie, s'il vous plaît. Je n'y comprends rien... Commencez par le début.

Un aide-soignant passa devant elles en poussant un chariot chargé de médicaments tandis qu'une autre infirmière les croisa en trottant vers les ascenseurs situés au bout du couloir de cette aile récemment rénovée de l'hôpital St. Bartholomew.

— D'accord ! D'accord ! fit Rosie qui avait repris des couleurs.

Elle inspira longuement avant d'expliquer :

— La nuit dernière, une patiente est arrivée dans une ambulance des urgences. Apparemment, elle était en train de faire son jogging quand elle est tombée dans le ravin qui donne sur le fleuve. Elle n'avait pas de pièce d'identité sur elle et elle est en piteux état. Traumatisme crânien, bassin brisé, tibia fracturé, poignet foulé, deux côtes cassées, rupture de la rate, contusions et hématomes sur tout le corps, plusieurs plaies ouvertes… Vous voyez le tableau ? Elle a dû dégringoler la paroi de la falaise, en heurtant des rochers et des racines… Mais le plus étrange, c'est sa ressemblance avec vous. Elle fait la même taille et elle a la même carrure… Et comme on sait que vous aimez le jogging… On espérait tous que ce n'était pas vous, bien sûr, mais on était très inquiets…

— Vous auriez pu appeler à la maison. Vous auriez su à quoi vous en tenir.

— On était trop occupés cette nuit. La police était là, en plus. Et il y a eu aussi deux accidents de la route causés par la neige, alors on n'a pas eu le temps. Cleo et moi, on s'est dit que si vous ne veniez pas aujourd'hui, on appellerait la clinique.

— Elle est où, cette inconnue ?

— En unité de soins intensifs… Mais il va peut-être falloir la transférer à Missoula ou à Spokane. Pour l'instant, dans l'état où elle est, les médecins refusent tout déplacement.

— J'irai la voir quand j'aurai terminé ma tournée.

Rosie esquissa un pâle sourire.

— Je suis tellement heureuse de voir que vous êtes indemne et que vous allez bien !

En entamant sa tournée, Kacey se demanda jusqu'à quel point elle « allait bien ». C'était la deuxième fois de la semaine qu'elle entendait dire qu'une femme lui ressemblant était morte ou en train de lutter contre la mort. Pour le moins étrange et dérangeant… Mais, tant qu'elle n'aurait pas vu la femme qui se trouvait en unité de soins intensifs, elle ne pouvait être certaine que l'imagination de Rosie ne s'était pas emballée.

Une heure plus tard, après avoir visité les quelques patients dont elle avait la charge à l'hôpital, elle se rendit dans l'unité de soins intensifs.

L'infirmière de service à cette heure-là était Anita Bellows.

Agée de quarante ans et mesurant à peine plus d'un mètre cinquante, Anita était aussi agile et dynamique qu'une femme de vingt ans. Elle avait fait de la gymnastique de haut niveau à la fac et courait encore le marathon en un temps honorable, car elle s'entraînait continuellement pour rester en forme. Ce petit bout de femme avait des cheveux bruns coupés court, le sourire facile et de grands yeux châtains frangés de longs cils tartinés de mascara. Elle était venue de Missoula lorsque St. Bartholomew avait ouvert ses portes, l'année précédente, pour décharger l'hôpital du comté de Pinewood, vieillissant et saturé.

A l'instar de Rosie Alsgaard, Anita parut rassurée lorsqu'elle la vit pousser la porte battante de l'unité de soins intensifs. Elle était assise derrière le large bureau circulaire autour duquel s'ouvraient les portes des salles d'observation et d'opération.

— C'est vous… Dieu merci ! murmura-t-elle en exécutant rapidement un signe de croix sur sa poitrine gracile, sur laquelle une croix en or minuscule pendait au bout d'une fine chaînette.

— J'ai cru que… Enfin, j'ai eu peur que…

Elle lâcha un soupir et désigna du menton une femme étendue sur l'un des deux lits occupés.

— Je suis heureuse que ce ne soit pas vous qui soyez là, vous savez…

— C'est elle, l'inconnue ?

— Oui. Elle est arrivée cette nuit.

Kacey s'approcha de la jeune femme et un vague malaise la saisit lorsqu'elle dirigea son regard vers son visage meurtri.

Malgré les contusions et les hématomes qui couvraient sa figure, malgré son nez cassé et ses plaies aux joues et au front, la malheureuse présentait en effet avec elle une ressemblance assez troublante. Elle avait les pommettes saillantes et ses yeux fermés étaient bien enfoncés dans leurs orbites. Son visage tuméfié avait la forme d'un cœur, comme celui de Kacey, et l'on y discernait encore des taches de rousseur comme sur celui de Kacey également. Ses cheveux, d'une teinte auburn, tombaient en cascade sur ses épaules, exactement comme ceux de Kacey, même si une partie de son crâne avait été rasée pour faciliter l'insertion d'un cathéter crânien permettant de surveiller la pression intracrânienne et de drainer l'excès de liquide cérébral.

Ce qui n'était pas bon signe…

Cardiofréquencemètre, cathéters urinaire et cérébral, multiperfusion… Tout cet attirail signifiait que la vie de la patiente ne tenait qu'à un fil.

Elle avait une attelle à la jambe gauche, et son corps était recouvert d'un drap, mais Kacey savait déjà, par Rosie et Anita, qu'elle avait une stature similaire à la sienne.

Elle lui toucha la main.

Qui es-tu ?

Elle sentit un petit frisson lui parcourir l'échine et se dit qu'elle était idiote et manquait de professionnalisme. Ainsi donc, Rosie, qui n'était pas réputée pour son flegme, pensait qu'elle lui ressemblait beaucoup… Et alors ? Elle ne put cependant s'empêcher de s'imaginer un bref instant à la place de l'inconnue. Elle se vit comateuse, impotente, agonisante, tandis qu'infirmières et médecins s'affairaient autour d'elle pour tenter de lui sauver la vie.

— Vous voyez ce que je disais ? demanda Anita.

Kacey haussa les épaules.

— Elle me ressemble peut-être un tout petit peu, admit-elle.

— Vous voulez dire qu'elle vous ressemble carrément !

Anita ajusta le drap sans lâcher des yeux le visage de la patiente.

— Elle est mal partie, dit-elle. Dès qu'on croit que son état se stabilise, il se remet à péricliter.

Elle se mordilla la lèvre avant d'ajouter :

— Certains de ses symptômes ne s'expliquent pas par ses blessures… Le Dr Henner est encore en train de rechercher la cause de ses troubles internes. On a fait des radios, des IRM, des scans, mais…

Elle jeta un coup d'œil à l'ordinateur portable auquel étaient reliés tous les moniteurs.

— Comme elle est dans le coma, on ne peut pas lui demander ce qui lui est arrivé exactement. Et il n'y avait personne avec elle… En tout cas, personne ne s'est manifesté… Elle ne peut donc pas nous décrire sa douleur ou nous dire si elle a pris tel ou tel médicament ou si elle a eu un AVC… Ça fait beaucoup de questions sans réponse. Mais les résultats de ses analyses devraient arriver dans la matinée. On en saura un peu plus à ce moment-là. Deux policières sont passées cette nuit et elles ont dit qu'elles reviendraient ce matin.

— Des policières ? demanda Kacey en sentant une nouvelle fois sa nuque frémir légèrement.

— Oui… Elles enquêtent sur les circonstances de l'accident, répondit Anita.

Puis elle jeta un coup d'œil à la pendule qui surplombait le lit et ajouta en fronçant les sourcils :

— Elles ne vont d'ailleurs pas tarder à arriver. Je vais rappeler le labo pour voir où ils en sont avec les analyses. Il y aura peut-être du nouveau. La police connaît peut-être son identité, à l'heure qu'il est. Il doit bien y avoir quelqu'un, quelque part, qui s'inquiète pour elle. Elle portait des vêtements de sport, quelques bijoux et elle avait un iPod dans sa poche. Ce n'était donc pas une indigente. Je suis certaine que quelqu'un a signalé sa disparition.

Kacey consulta la pendule à son tour et dit :

— Il faut que j'y aille. Dites bien à tous ceux qui croient encore que ça pourrait être moi que je me porte bien et que je ne suis pas cette inconnue !

— Je n'y manquerai pas, lui assura Anita en regagnant son bureau.

La sonnerie de l'unité de soins intensifs se mit alors à retentir. L'infirmière appuya sur un bouton pour déverrouiller la porte du service qui s'ouvrit aussitôt pour laisser le passage à un homme aux traits tendus qui faisait grise mine. Mal rasé, les cheveux en bataille, habillé de vêtements de travail sous un gros blouson fourré, il avait l'air anxieux et mal à l'aise. Deux femmes le suivaient : la plus grande était une rouquine qui approchait de la quarantaine et se présenta comme étant l'inspecteur Pescoli : l'autre était de type hispanique et dit s'appeler Alvarez. Toutes les deux affichaient l'attitude sérieuse et pragmatique de flics en service.

Anita ne se laissa pas impressionner pour autant.

— Nous ne pouvons pas recevoir plus d'un visiteur à la fois dans cette unité, les prévint-elle.

Le regard de Trace croisa alors celui de Kacey et elle perçut dans ses yeux une sorte de réminiscence. Qu'avait dit son fils, au fait ? Qu'elle ressemblait à une petite amie de son père ? Une légère trépidation activa sa circulation sanguine.

— Je vous présente Trace O'Halleran, dit Pescoli. Il pense pouvoir identifier la femme accidentée qui a été admise aux urgences cette nuit.

Mais Anita n'en démordait pas.

— Une personne à la fois, c'est la règle, répéta-t-elle en levant la main, comme pour faire barrage au trio. Il y a d'autres patients ici, et il ne faut pas les déranger.

Comme pour légitimer son autorité en la matière, elle dirigea son regard vers Kacey et ajouta :

— Voici le Dr Lambert. Elle peut accompagner M. O'Halleran au chevet de la patiente, pendant que vous attendez ici.

Les inspecteurs firent mine de vouloir argumenter mais se ravisèrent, et Kacey se força à leur sourire. Elle était mal à l'aise. Trace O'Halleran aurait donc été l'ami de l'inconnue ?

— Par ici, dit-elle en le précédant.

Elle tira le rideau qui protégeait la victime des regards afin qu'il puisse l'examiner.

Il tressaillit en la voyant, sa mâchoire se crispa et ses yeux se fermèrent un très bref instant. Il les rouvrit et regarda longuement la femme inconsciente qui gisait sur le lit.

— Mon Dieu, murmura-t-il avant d'ajouter plus haut : C'est bien Jocelyn.

Il se tourna vers Kacey et précisa :

— Jocelyn Wallis... L'institutrice dont vous a parlé Eli.

Il n'en dit pas davantage aux policières, et Kacey en déduisit qu'il leur en avait déjà parlé. Il regarda une dernière fois le visage tuméfié de la jeune femme, son corps immobile et lardé de tuyaux.

— Mais comment a-t-elle fait pour faire une telle chute ? dit-il avec une moue horrifiée.

— C'est ce que nous aimerions bien savoir, lâcha Pescoli. Il va falloir que vous nous disiez tout ce que vous savez sur elle.

Elle se dirigea vers la patiente, mais Anita s'interposa.

— Il vaut mieux que vous poursuiviez votre entretien en dehors de ce service...

Elle avait beau être la plus petite de tous, elle n'en détenait pas moins l'autorité en ces lieux et ne se laissait pas impressionner par les policières.

— C'est un ordre, insista-t-elle. Sortez d'ici. Mais avant... il me faudrait certaines informations sur la patiente.

Elle se tourna vers Trace et précisa :

— Sur sa santé, sa famille...

— Euh... Je ne la connais pas assez bien, fit-il.

Il se frotta furtivement la nuque, et Kacey se demanda ce qu'il avait à cacher. Quelle était la nature exacte de ses rapports avec Jocelyn Wallis ?

— Je crois qu'elle a une sœur, en Californie, hasarda-t-il.

— C'est grand la Californie, observa Alvarez.

— C'est tout ce que je sais. Je vous ai dit que... que je ne la connaissais pas vraiment...

Il se mit à fouiller sa mémoire et ajouta :

— Elle m'a dit que son nom de jeune fille était Black... et que ses parents habitaient dans l'Idaho. Près de Pocatello, peut-être ? Elle m'a parlé de son père une ou deux fois… Quel était son prénom, déjà ? Cedric…, non… Cecil !

Il claqua des doigts et poursuivit :

— Oui, c'est ça : Cecil. Mais je ne me souviens pas du prénom de sa mère. L'école vous fournira sans doute beaucoup plus d'informations sur elle. Adressez-vous à la directrice. Elle s'appelle Barbara Killingsworth.

Anita hocha la tête avant de les raccompagner jusqu'à la porte. Trace se retourna pour jeter un dernier regard à Kacey, au moment même où l'un des moniteurs se mettait en alerte.

Anita pivota sur ses talons.

— Elle fait une rechute !

S'adressant aux policières, elle ajouta :

— Sortez d'ici ! Tous ! Et tout de suite !

Elle se précipita vers son bureau pour appuyer sur le bouton d'alarme et appeler les médecins. Kacey était déjà au chevet de l'inconnue — enfin, de Jocelyn, puisque tel semblait être son prénom —, prête à pratiquer une réanimation cardio-pulmonaire. Elle espérait de tout son cœur que le médecin responsable et le chariot de réanimation arriveraient vite.

En attendant, elle entreprit de la réanimer… Elle en tira deux souffles, puis vit sa poitrine se contracter.

Allez, allez, Jocelyn, reste avec nous !

Elle compta à haute voix :

— Un, deux, trois, quatre, cinq…

La femme ouvrit ses yeux un instant et Kacey ne put réprimer un hoquet de surprise tant la ressemblance, ainsi, était manifeste, même pour elle.

— Docteur ! cria Anita.

Kacey se rendit compte qu'elle avait interrompu son décompte tant elle était stupéfaite.

— Ça nous fait quinze, seize, dix-sept, poursuivit Anita.

Kacey se remit à compter tandis que la porte du service

s'ouvrait en grand, laissant le passage à deux médecins et à trois infirmières qui poussaient un chariot de réanimation.

— Faites sortir ces gens ! ordonna une voix masculine.

Du coin de l'œil, Kacey vit Anita chasser les policières et Trace O'Halleran.

— Je prends la relève, dit la même voix.

Elle leva les yeux et vit le Dr Wes Lewis entrer dans la petite chambre. Il attendit qu'elle ait compté jusqu'à trente pour intervenir. Elle ôta ses mains du torse de la patiente et une infirmière fit glisser le chariot le long du lit. Lewis se mit alors à donner des ordres aux infirmières avec la même autorité que celle dont il avait fait montre, à une époque, sur les terrains de football américain. Grand, noir et généralement très affable, il était en cet instant tragique très sérieux. Mais Kacey savait qu'il était trop tard. Elle avait senti que Jocelyn était en train de mourir. Elle avait l'expérience de ce moment terrible où le cœur d'un patient finit par lâcher.

« C'est le moment où saint Pierre ouvre les portes du paradis », lui avait chuchoté à l'oreille sa grand-mère, le jour où elle avait assisté, en larmes, au dernier souffle de son cheval favori, étendu sur la paille de l'écurie.

Son grand-père avait fait mine de désapprouver les propos de son épouse, mais celle-ci l'avait fait taire d'un regard comminatoire.

— Saint Pierre a besoin de chevaux ?, avait demandé Kacey qui n'avait alors que neuf ans.

Sa gorge était si contractée par le chagrin qu'elle avait à peine pu poser cette question naïve.

— Mais bien sûr, avait répondu sa grand-mère.

Et elle l'avait prise dans ses bras et l'avait serrée si fort contre elle que les odeurs de l'écurie — les relents âcres d'urine, la senteur fade du foin et le lourd fumet des chevaux — semblaient s'être dissipées… Kacey n'avait plus senti alors que la douce fragrance de rose qu'exhalait la peau parfumée de sa grand-mère.

— Mais bien sûr, avait répété cette dernière.

Et maintenant, songea Kacey tandis que le Dr Lewis tentait de ramener la patiente à la vie, un défibrillateur à la main, *voilà que saint Pierre a ouvert les portes du paradis à Jocelyn Wallis.*

9

L'expression du Dr Lambert en disait long...

Trace se tenait la mâchoire crispée, les lèves serrées, le regard assombri tandis que le médecin remontait le couloir qui menait à la salle d'attente où il patientait en compagnie des deux policières. Cela faisait moins d'une demi-heure qu'ils avaient été bannis de l'unité de soins intensifs, et à l'évidence les choses avaient mal tourné.

Elle les rejoignit rapidement et s'arrêta devant eux.

— Jocelyn Wallis est décédée, indiqua-t-elle sobrement.

Entre-temps, les deux policières étaient sorties à plusieurs reprises de la salle d'attente, passant des coups de téléphone, consultant leurs montres, échangeant de temps à autre des propos à voix basse et sirotant dans des tasses en carton le café insipide que dispensait gratuitement l'hôpital. Elles l'avaient longuement interrogé sur sa relation avec Jocelyn, et il leur avait raconté leur dernière rencontre, lorsqu'elle l'avait supplié de passer la nuit avec elle.

Il avait commis l'erreur d'accepter.

Une erreur qu'il s'était bien gardé de reproduire.

Il avait certes été attiré par son physique avenant et son sourire, mais avait aussi été poussé par un besoin sexuel qu'il n'avait pas satisfait depuis très longtemps. Il ne s'était laissé séduire qu'une seule fois cependant — ce qui relativisait beaucoup l'intensité de son désir pour elle.

Il n'était pas du genre chevaleresque. Et il crut lire de la désapprobation dans le regard de la plus petite des inspectrices, la dénommée Alvarez, tandis qu'elle notait ses réponses sur un calepin.

Le Dr Lambert ajouta :

— Elle n'avait aucune chance de s'en tirer : trop de complications internes, trop de blessures et trop de traumatismes crâniens… Le Dr Lewis va sortir de l'unité de soins intensifs dans quelques minutes. Il pourra répondre à toutes vos questions sur les causes médicales de son décès.

Elle jeta un coup d'œil à Trace et se dirigea en hâte vers les ascenseurs.

— Restez un peu, dit Pescoli à Trace, comme si elle sentait qu'il s'apprêtait à partir, lui aussi. Nous avons d'autres questions à vous poser.

— Au sujet de Jocelyn ? demanda-t-il tout en sentant qu'il y avait quelque chose de plus dans la requête de la policière.

Celle-ci hocha la tête tandis qu'Alvarez le dévisageait d'un air suspicieux.

— Vous pensez que ce n'était pas un accident ? demanda-t-il en sentant la colère monter en lui. Et vous pensez que j'en sais peut-être plus ?

Pescoli secoua la tête.

— Nous n'avons pas dit ça.

— Mais c'est pourtant ce que vous insinuez…

Alvarez intervint :

— Nous devons simplement examiner tous les scénarios possibles. Selon toutes les apparences, elle a glissé et elle est tombée de l'autre côté du muret. La chose est envisageable, mais il ne faut négliger aucun détail.

Elle le gratifia d'un sourire peu chaleureux mais qui se voulait rassurant et signifiait : « Ne vous en faites pas, ce n'est qu'une formalité. » Son instinct de conservation le mettait cependant en garde contre cette affabilité de façade. Après tout, ces femmes appartenaient à la brigade des homicides.

— J'ai un fils malade et du travail qui m'attendent à

la ferme. Je vous ai dit à peu près tout ce que je savais de Jocelyn Wallis, mais si vous avez d'autres questions vous pouvez m'appeler.

Il songea un instant qu'elles allaient tenter de l'empêcher de partir, mais c'est le moment que choisit un grand Noir costaud en blouse blanche pour sortir de l'unité de soins intensifs, et elles reportèrent aussitôt leur attention sur lui.

Tant mieux !

Trace se leva et marcha jusqu'aux ascenseurs, se sentant un brin déçu en constatant que le Dr Lambert était déjà partie. *Quelle importance ?* se demanda-t-il en entrant dans la cabine dont les portes venaient de s'ouvrir. A l'intérieur, un aide-soignant tenait fermement les poignées d'un fauteuil roulant dans lequel était assise une femme à la jambe plâtrée. Trace entra en évitant de heurter la jambe de la patiente et attendit que les portes se referment.

La mort de Jocelyn lui inspirait des pensées troublantes. La dernière fois qu'il l'avait vue, c'était moins de trois mois auparavant, lorsqu'elle l'avait invité chez elle et qu'elle avait tenté de renouer avec lui. Il avait dès le départ l'intention de repousser ses avances, mais il aurait voulu que les choses se passent en douceur. Après le dîner, elle lui avait proposé de passer la nuit chez elle. Il avait été tenté d'accepter, mais s'était montré finalement ferme dans sa résolution de ne pas céder, persistant dans son intuition que ce serait une mauvaise idée de poursuivre cette relation avec elle. Au moment où il avait annoncé qu'il valait mieux qu'il prenne congé, lui expliquant qu'il ne voulait pas s'engager avec elle — principalement à cause d'Eli —, elle était entrée dans une terrible fureur. Toute pâle et échevelée, elle s'était répandue en reproches et en malédictions.

L'ascenseur s'immobilisa après un léger cahot, et les portes de la cabine coulissèrent de nouveau, s'ouvrant sur le hall principal de l'hôpital. Trace attendit que la patiente en fauteuil roulant soit poussée hors de la cabine pour en sortir à son tour, puis il se dirigea vers la sortie.

Au-dehors, il s'était remis à neiger et le vent, vif et glacial, annonçait les grands frimas de décembre. Il releva son col fourré pour se protéger du froid et parcourut à grands pas la rampe d'accès au bout de laquelle il avait garé son pick-up.

Il était en train d'ouvrir la portière lorsqu'il aperçut un manteau gris à gauche de son champ de vision.

— Monsieur O'Halleran ?

Il reconnut la voix d'Acacia Lambert avant même de se retourner et la vit venir à lui en essayant d'éviter les flaques givrées. Des flocons de neige voltigeaient autour des mèches de cheveux auburn qui dépassaient de la capuche de son manteau.

— Trace, rectifia-t-il.

Le visage de Kacey était rougi par le froid.

— Je voulais juste vous demander comment allait Eli, dit-elle.

— Il va mieux, je crois, répondit-il en s'appuyant contre la portière ouverte de son véhicule. Je l'ai autorisé à boire du soda et à regarder un film, hier soir.

Elle esquissa un sourire.

— C'est exactement ce que je lui ai prescrit…

Elle désigna du menton l'hôpital.

— Je suis vraiment désolée au sujet de Jocelyn Wallis, ajouta-t-elle.

Elle paraissait sincère et ses yeux verts étaient légèrement embués.

— C'est vraiment dur, murmura-t-elle.

Trace sentit les muscles de sa nuque se raidir. Il hocha la tête.

— Ça va être difficile d'annoncer ça à Eli, fit-il. Ça va lui faire un choc.

— Vous allez appeler la sœur de Jocelyn ?

— Non, je vais laisser les policiers la retrouver. Jocelyn et moi n'étions pas vraiment liés, en fait. La seule raison de mon implication dans cette affaire, c'est qu'une collègue de Jocelyn m'a appelé pour me demander si j'avais une idée de l'endroit où elle se trouvait. Ça m'a intrigué. Comme je savais où elle cachait une clé de secours, je suis allé chez elle. Sa voiture était garée à l'endroit habituel et son sac à main se trouvait dans l'appartement. Quand j'ai appris qu'une joggeuse inconnue s'était blessée en faisant une chute à Boxer Bluff, j'ai contacté la police.

Il se tourna vers l'hôpital qui se dressait dans la grisaille, entouré de jardins et de voitures que la neige recouvrait déjà.

— Et ces policières vous ont demandé d'identifier la victime ?

— Oui.

— Elles appartiennent à la brigade des homicides…

— Je sais, et je dois dire que je suis un peu dépassé, admit-il. Elle était encore vivante quand on est arrivés… Et je pensais qu'il n'y avait aucun doute sur le fait qu'il s'agisse d'un accident.

— Moi aussi, dit Kacey.

Elle fronça les sourcils furtivement avant de se forcer à sourire.

— Bon, eh bien… dites à Eli que je le salue.

— Je n'y manquerai pas.

Elle repartit d'un pas vif vers une Ford Edge métallisée. Elle ouvrit la portière du 4x4 et se tourna vers Trace pour le saluer de la main avant de grimper. Moins d'une minute plus tard, elle avait manœuvré hors de sa place réservée en faisant crisser les pneus dans la neige et elle était sortie du parking. Le regard de Trace s'attarda sur les feux arrière de son véhicule jusqu'à ce qu'il se fonde dans le flot de la circulation.

Il ne s'était même pas rendu compte qu'il était resté à la regarder rêveusement jusqu'à ce qu'elle disparaisse. Il se ressaisit enfin et grimpa dans son pick-up.

Je la trouve bien séduisante, cette toubib…

Cette pensée le fit aussitôt grimacer. Il y avait chez la jeune femme quelque chose qui lui rappelait son ex-épouse, la mère d'Eli, et cela seul suffisait à le convaincre de garder ses distances. Son mariage avec Leanna avait été bref, heureusement. Et il avait hérité d'un fils, même si ce n'était pas son fils biologique.

Aucune importance...

Il enclencha la première vitesse de son vieux pick-up, activa les essuie-glaces pour balayer les deux centimètres de neige qui occultaient le pare-brise. Il sortit sans se presser du parking et jeta dans le rétroviseur un coup d'œil à l'hôpital en repensant à Jocelyn Wallis. Une femme avec qui il avait fait l'amour. Et maintenant elle était morte. Il baissa la tête en se disant que ce n'était pas juste. Avait-elle vraiment trébuché en faisant son jogging ? Ou bien l'avait-on aidée à basculer par-dessus ce muret dans l'espoir de la faire tomber dans le fleuve ?

Cette dernière hypothèse expliquait la présence des deux policières de la brigade des homicides à l'hôpital.

Un autre joggeur l'avait-il bousculée par mégarde, la projetant dans le vide, avant de prendre la fuite, paniqué ? Ou bien l'avait-on délibérément poussée ? Jocelyn avait-elle été la victime d'un regrettable accident ou bien la cible désignée d'un meurtrier ?

La neige tombait dru à présent. De gros flocons s'amoncelaient sur la chaussée et sur les buissons qui la bordaient. Plutôt que de rentrer directement à la ferme comme il en avait eu l'intention en quittant l'hôpital, il emprunta la route qui longeait la corniche aux abords du parc. Le vieux moteur fatigué de sa Chevrolet peinait dans l'ascension de cette route pentue et enneigée, sur laquelle ses pneus dérapaient légèrement. Parvenu au sommet de la côte, il se gara, sortit de sa voiture et se mit à marcher le long du sentier de jogging jusqu'à l'aplomb de l'endroit où le corps de Jocelyn avait été découvert.

Les mains enfoncées dans les poches de son blouson, il regarda au-delà du muret délabré, incrusté de glaçons. Tout en bas de la pente abrupte, le fleuve s'écoulait furieusement et son rugissement résonnait jusqu'au sommet de la falaise.

Au-dessus de ses eaux glaciales et tumultueuses se dressait un petit promontoire, formé par un éboulis et sur lequel la neige avait visiblement été foulée.

— Qu'est-ce qui s'est passé, Jocelyn ? murmura-t-il.

Son haleine embuait l'air autour de lui et ses mots étaient inaudibles, couverts par le fracas des rapides. Il ressentait un vague sentiment de culpabilité, tout en sachant qu'il n'avait rien à se reprocher. Il ne pouvait cependant pas empêcher les questions de tourner dans sa tête. Et s'il avait été chez lui quand elle avait appelé ? Et s'il avait accepté de la rejoindre ? Et s'il avait fait à son égard un petit geste de rien du tout, mais qui aurait suffi à lui éviter ce destin fatal ?

— Je suis désolé, dit-il à voix haute sans pour autant comprendre pourquoi il avait prononcé ces mots de contrition.

La mort de Jocelyn lui semblait tellement absurde, tellement…

Evitable ?

Il détourna son regard du fleuve et scruta le parc où les épicéas, les pins et les sapins étendaient leurs manteaux d'aiguilles blanchies, où les trembles dénudés se dressaient, transis par le vent du nord. Deux petits groupes de femmes portant bonnets et moufles passèrent devant lui d'un pas hâtif, ainsi qu'un homme faisant son jogging et un couple avec un nourrisson emmitouflé dans un porte-bébé ventral, blotti contre le torse de son géniteur.

La sérénité semblait régner en ces lieux.

Dans ce paysage hivernal, lisse et idyllique.

Sauf sur ce promontoire où la vie de Jocelyn Wallis s'était arrêtée, à la suite d'une chute mortelle.

Trace revint à son véhicule et s'en retourna vers sa ferme, dans la campagne environnante. Il fallait qu'il voie son fils et qu'il laisse Ed et Tilly vaquer à leurs propres occupations. Eux aussi avaient une ferme à exploiter.

Sur le chemin du retour, il songea à Jocelyn et à Leanna, à Acacia Lambert aussi, la doctoresse qui lui rappelait ces deux femmes qui avaient, chacune à sa manière, partagé un bref moment sa vie. Mais ce qui le tracassait le plus, c'était la manière dont il allait annoncer à Eli le décès de son ex-institutrice.

— Je ne peux pas vous dire grand-chose sur Jocelyn, si ce n'est que c'était une excellente enseignante, déclara Barbara Killingsworth.

La directrice de l'école était assise derrière un vaste bureau dans une pièce ornée d'œuvres d'art encadrées, visiblement dues aux élèves de son établissement. Des maisons grossièrement tracées au crayon de couleur voisinaient avec des aquarelles plus élaborées ou des dessins à la mine de plomb plus détaillés représentant des natures mortes ou des paysages.

Pescoli et Alvarez étaient assises dans les deux fauteuils destinés aux visiteurs face à la directrice, une femme mince à la peau pâle et aux traits légèrement tirés, dont les mains étaient jointes sur son bureau. Elle se tenait si droite sur son siège qu'on aurait dit qu'elle avait une tige d'acier à la place de la colonne vertébrale. Son chemisier était impeccablement repassé et son pull brun paraissait comme neuf. Pas un seul de ses cheveux méchés n'osait rebiquer.

Voilà une femme à qui s'appliqueraient bien les expressions « tirée à quatre épingles » ou « incorrigible perfectionniste », voire « atteinte d'un trouble obsessionnel compulsif », se dit Pescoli.

Derrière Barbara Killingsworth se dressait une bibliothèque remplie de volumes traitant de psychologie infantile, de pédagogie et d'administration scolaire. Le plateau de son bureau était net et propre comme un sou neuf, garni en tout et pour tout d'un petit vase d'où émergeait une branche de houx, d'une photo d'elle-même en compagnie d'amies dans un paradis balnéaire — trois femmes portant un toast sur fond d'une mer turquoise scintillant au soleil des tropiques — et d'une épaisse enveloppe de papier kraft sur laquelle était inscrit WALLIS, JOCELYN.

— Je sais qu'elle a été mariée à deux reprises, qu'elle n'avait pas d'enfant et que ses parents vivent à Twin Falls, dans l'Idaho. Je crois qu'elle avait une sœur qui vit à San Francisco. Elle est allée lui rendre visite l'été dernier.

Elle esquissa un froncement de sourcils qui fit naître une ride fine et furtive sur son front lisse.

— Il me semble que cette sœur s'appelle Jacqueline. Je m'en souviens parce que ça ressemble un peu à son propre prénom. Mais... je crois que ce n'était qu'une demi-sœur, en fait. Elle doit avoir dix ans de plus que Jocelyn. Jocelyn m'a confié que son père avait été marié avant d'épouser sa mère, mais je n'en suis pas certaine...

La tristesse vint assombrir ses yeux secs, et sa main frémit légèrement lorsqu'elle posa le bout d'un ongle verni sur ses lèvres.

— C'est un moment très pénible pour toute notre école, déclara-t-elle avec solennité.

— Toutes nos condoléances, dit Alvarez.

Barbara Killingsworth hocha la tête et plissa les yeux, dévisageant Alvarez comme pour mieux la sonder.

— Vous êtes de la police. Vous pensez donc que sa mort n'est pas accidentelle ?

— Simple routine, répondit Pescoli. Il nous faut tout vérifier avant de clore le dossier.

C'était la réponse toute faite qu'elle avait l'habitude de donner en de telles circonstances, mais qui ne parut guère rassurer la directrice. Elle leur arrangea un rendez-vous avec Mia Calloway, la secrétaire de l'école et amie de Jocelyn Wallis, ainsi qu'avec deux autres instituteurs qui appartenaient à la même « équipe » que cette dernière. Elle proposa de remplacer elle-même ces deux enseignants en salle de classe pendant que les policières s'entretiendraient avec eux.

Mais elles n'en apprirent pas beaucoup plus sur Jocelyn

Wallis. Elles eurent confirmation de ses deux divorces et du fait qu'elle n'avait pas d'enfant. Les ex-époux n'étaient plus depuis longtemps dans le tableau et, à part quelques rencontres en ligne qui n'avaient rien donné, le seul homme qu'elle avait fréquenté depuis son arrivée à Grizzly Falls était Trace O'Halleran.

Lorsqu'elles quittèrent l'école, la sonnerie de la récréation venait de sonner et les gamins marchaient en file, bien sagement, vers l'aire de jeux.

Elles montèrent à bord de la Jeep de Pescoli.

— Allons boire un café…, proposa Alvarez.

Son téléphone portable se mit à sonner et elle décrocha d'une main, bouclant de l'autre sa ceinture de sécurité, pendant que Pescoli démarrait et contournait les voitures des enseignants pour sortir du parking de l'école.

Après avoir parcouru quelques centaines de mètres en direction du centre-ville, Pescoli s'arrêta devant l'un de ces petits cafés drive-in qui semblent avoir essaimé partout dans le pays et qu'on trouve de nos jours à chaque coin de rue. Alvarez acheva sa conversation avec le gérant de son appartement — il y était question de plusieurs lampes extérieures défaillantes —, pendant que Pescoli s'engageait dans l'allée. Elle baissa sa vitre et attendit que la serveuse ait fini de prendre la commande d'une voiture qui se trouvait dans l'allée parallèle de l'autre côté de la boutique. La vitrine était décorée de guirlandes argentées et de flocons peints au pochoir. Sur un grand panneau rouge, un Père Noël clignant de l'œil invitait le chaland à acheter à prix cassés des cartes-café à offrir.

La vitre de la boutique s'ouvrit enfin et la serveuse — une fille de dix-huit ans qui était coiffée de longues tresses et d'un bonnet de coton — les gratifia d'un large sourire et demanda :

— Vous désirez ? Il y a un dollar de réduction sur les *latte* au potiron, cette semaine.

— Juste un café noir, répondit Pescoli.

— Et, pour moi, ce sera un *latte* écrémé sans mousse, dit Alvarez en tournant la tête pour pouvoir faire face à la jeune fille. Et sans sucre.

— Il y a une réduc sur le *latte* au potiron, insista cette dernière.

— Sans rien, précisa Alvarez en tirant de son portefeuille un billet de cinq dollars.

La jeune fille afficha un air déçu, comme si elle gagnait des bons points en vendant la promotion de la semaine. Pescoli referma sa vitre tandis que la machine à café émettait un sifflement aigu.

En fouillant dans la boîte à gants, elle trouva de la monnaie pour payer sa consommation.

— Alors, dis-moi…, commença-t-elle en se tournant vers sa partenaire avant que celle-ci n'ait le temps de passer un autre appel. Pourquoi t'entêtes-tu à penser que Jocelyn Wallis a été assassinée ?

Alvarez réajusta l'anneau qu'elle portait à l'oreille gauche.

— Ce n'est qu'une impression. Mais je trouve qu'il y a quelque chose de pas très net, dans cette affaire…

— C'est possible, dit Pescoli d'un ton dubitatif.

— En tout cas, il faut en avoir le cœur net.

Une Dodge Dart rouge, d'un millésime remontant aux années 1970, vint se placer derrière la Jeep au moment où Pescoli entendit taper à sa vitre. La serveuse lui tendait deux tasses en carton à couvercles en plastique.

Pescoli baissa sa vitre, prit les deux tasses et les paya, non sans laisser un pourboire à la jeune fille.

— Il est brûlant, murmura Alvarez après avoir goûté le breuvage du bout des lèvres.

— C'est ce qu'il nous faut, avec ce froid.

Alvarez se cala sur son siège en tenant sa tasse à deux mains.

— Il me faut des réponses, dit-elle. Beaucoup de réponses.

— Aux questions les plus importantes comme le sens de la vie, par exemple ? demanda Pescoli d'un ton ironique.

Alvarez esquissa un sourire.

— Pour l'instant, je me contenterai de savoir pourquoi Jocelyn Wallis, joggeuse expérimentée et, d'après tous les témoins, sportive et jouissant de toutes ses facultés physiques et mentales, a pu finir au fond d'un précipice. J'ai l'impression qu'on l'a poussée par-dessus ce muret.

— C'est possible…, approuva Pescoli.

Alvarez hocha la tête en soulevant le couvercle de son *latte* pour souffler dessus.

— Mais ce n'est pas certain.

Alvarez but une longue gorgée bien chaude.

— Je pense qu'on sera bientôt fixées. La réponse se trouve peut-être chez elle.

— Ce serait vraiment de la chance, dit Pescoli sceptique.

Mais elle avait déjà pris la direction de l'immeuble où se situait l'appartement de Jocelyn Wallis.

Elles trouvèrent la clé de secours à l'endroit que leur avait indiqué Trace O'Halleran, déverrouillèrent la porte d'entrée et pénétrèrent dans le deux-pièces.

Rien ne leur sembla louche a priori. Jocelyn Wallis n'avait pas de ligne de téléphone fixe, mais Alvarez repéra son téléphone portable sur une table près du fauteuil du salon. La clé de l'appartement et celles de sa voiture étaient en évidence dans une soucoupe, sur la table de l'entrée. Le sac à main de Jocelyn se trouvait sur le comptoir de la cuisine, et son cartable sur l'un des deux tabourets, près d'un petit bureau sur lequel était posé un ordinateur portable, branché sur le secteur. Des médicaments contre la grippe et quelques mouchoirs en papier dans la corbeille près de son lit semblaient indiquer qu'elle s'était enrhumée et qu'elle n'allait pas très bien. Et pourtant elle était sortie dans le froid pour aller jogger. Ce qui leur parut un peu bizarre. L'épidémie de grippe hivernale était arrivée dans la ville, mais, après tout, les joggeurs les moins dilettantes et les fanatiques de l'exercice n'attendaient pas toujours d'être rétablis pour se remettre à courir, qu'il vente ou qu'il neige.

Sa Jetta, vieille de plus de dix ans, était garée à sa place dans le parking tout en longueur et couvert d'un auvent qui abritait les voitures des habitants de cet immeuble, situé dans un complexe immobilier de quatre bâtiments. Mais il manquait quelqu'un dans le tableau : le chat, à en juger par les boîtes d'aliments spécifiques qui garnissaient son garde-manger. Un bol à moitié rempli d'eau et un autre de croquettes étaient posés par terre, et une litière était installée entre le mur et la cuvette dans les toilettes. Elle était parfaitement propre.

— Où est le chat ? demanda Pescoli.

— Apparemment, il a disparu, répondit Alvarez en regardant autour d'elle. Rien n'indique qu'il ait pu y avoir effraction. Et il n'y a pas la moindre trace de lutte. On dirait bien que Jocelyn avait décidé de faire un peu d'exercice. Si quelqu'un l'a agressée, ce n'est pas ici.

Pescoli suivit le regard de sa coéquipière. L'appartement semblait tel qu'on laisse son chez-soi lorsque l'on s'en absente juste un moment pour aller faire un jogging, par exemple.

Pourtant, Alvarez ne parvenait pas à se convaincre que la mort de Jocelyn Wallis était due au seul fait qu'elle ait trébuché ou glissé en courant paisiblement le long de la corniche.

— Il y a quelque chose qui cloche, dit-elle. Je le sens…

Pescoli renifla et ne sentit que l'odeur un peu étouffante d'un désodorisant d'atmosphère électrique.

— Depuis quand te fies-tu à ce que tu sens ? demanda-t-elle.

Tout au long des années où elles avaient fait équipe toutes les deux, Pescoli l'avait toujours connue rationnelle et scientifique, ne se fiant qu'aux faits et aux preuves matérielles.

— Depuis que ce décès me paraît bizarre, répliqua Alvarez.

Elle avait déjà entrepris de rassembler l'ordinateur et le téléphone portable de la victime ainsi que des factures qu'elle avait trouvées dans les tiroirs du bureau.

— Prenons juste le temps d'examiner tout ça, dit-elle. Il serait intéressant de savoir à qui pourrait profiter sa mort.

— Tu as raison, ce serait intéressant.

— Bien, dit Alvarez. Alors, allons-y.

10

Pour Pescoli, Thanksgiving s'annonçait semblable aux années précédentes. Les enfants étaient censés passer ces quatre jours de congé avec Luke et sa femme Michelle. Michelle était l'archétype de la blonde évaporée. Approchant de la trentaine, une allure de poupée Barbie avec ses longs cheveux blonds qui tombaient droit sur sa chute de reins et ses vêtements qui accentuaient sa silhouette sinueuse. Mais elle n'était pas aussi naïve qu'elle prétendait l'être. Pescoli estimait que, derrière ses lèvres roses, son mascara noir et son expression perpétuellement étonnée, se cachait en réalité une femme astucieuse qui, pour une raison qui échappait entièrement à Pescoli, avait décidé un jour de mettre le grappin sur Luke. Car enfin, Luke était certes beau garçon et, quoique très médiocrement cultivé, pas bête, mais son principal défaut était son manque total d'ambition. Chauffeur routier, il conduisait son camion quand l'envie lui en prenait et, à la belle saison, il occupait ses nombreux loisirs à pêcher ou à jouer au golf. Le reste du temps, il était planté devant son téléviseur à grand écran.

— Ils sont faits l'un pour l'autre, ces deux-là, marmonna-t-elle.

Les enfants tardaient à sortir de leurs chambres. Pescoli avait insisté pour qu'ils passent ces jours de congé avec Luke, même si Bianca simulait une nouvelle maladie et que Jeremy disait en ronchonnant que Luke n'était pas son vrai père.

— Ça m'est égal ! avait-elle répondu, sans la moindre compassion, à toutes ces doléances.

Pour le bien des enfants, et aussi parce que Pescoli avait failli mourir l'année précédente, Luke et elle avaient fait un effort pour enterrer la hache de guerre. Leur divorce ne s'était pas conclu à l'amiable et, à présent, Pescoli réalisait que son animosité avait été une erreur. Cependant, les vieilles habitudes ont la vie dure, surtout dans leur cas, où les contentieux n'avaient pas manqué. Elle avait du mal à être simplement cordiale avec lui, alors quant à se montrer amicale… Elle était cependant une adepte convaincue de la vieille devise « tout supporter, le sourire aux lèvres », surtout parce qu'elle croyait tout aussi fermement que « qui sème le vent récolte la tempête »… Luke Pescoli était un beau gosse charmeur, voire un vil flatteur. C'était aussi un homme à femmes, un joueur invétéré et qui avait, pour couronner le tout, une nette tendance à se prendre pour le nombril du monde.

Michelle n'avait pas vraiment décroché le gros lot.

Elle allait ouvrir la porte de la chambre de sa fille lorsque Bianca en sortit, l'air grognon.

— Tu m'imposes ça parce que tu m'en veux ! lui reprocha l'adolescente.

Sa bouche était déformée par une moue boudeuse et son œil noir luisait de colère.

— Je te l'impose parce que c'est un accord que j'ai passé avec ton père.

— Personne ne m'a consultée, objecta Bianca en entrant dans le salon d'un pas traînant.

— Avec une telle attitude, estime-toi heureuse d'avoir encore une porte à ta chambre !

Jeremy émergea de l'escalier du sous-sol.

— Personne ne m'a consulté, non plus, dit-il.

— Vous pourrez vous plaindre de cet abus de pouvoir auprès de votre père, répondit Pescoli. Oh ! Attendez, j'avais promis d'apporter ma contribution au festin…

Elle alla chercher dans le garde-manger une boîte de conserve de sauce aux canneberges — le genre de cochonnerie industrielle que Luke détestait. Elle fourra la boîte dans la main de Jeremy en imaginant avec délectation la sauce visqueuse fraîchement démoulée trôner au milieu de la table.

— Voilà, bon appétit ! dit-elle avec entrain.

— C'est pas sympa, ça, maman, s'indigna Jeremy.

— Quoi ? Je tiens ma promesse !

Jeremy fourra la boîte de conserve dans son sac à dos, sans plus de commentaires.

— Pourquoi on ne peut pas tout simplement rester ici ? se plaignit Bianca tout en regardant l'écran de son téléphone portable, lisant visiblement un texto.

— Parce que je travaille pendant ces vacances. Ça me fera plus de congés à Noël... Et je pourrai vous torturer tout à mon aise.

— Hilarant..., marmonna Bianca.

Dévisageant sa mère d'un œil maussade, elle enfila son anorak et son bonnet, aplatissant ses cheveux bouclés.

— Mais quatre jours ! Je vais mourir !

— Ça ne fait que trois nuits. Vous reviendrez samedi matin. Ça vous fera des vacances de ne plus me voir.

Bianca parvint à lever les yeux au ciel depuis la vingtième fois depuis qu'elle s'était extirpée de son lit. Elle laissa échapper un petit soupir de dégoût qui fit frétiller ses mèches rebelles.

— Fais attention au volant ! recommanda-t-elle à son fils.

— Je fais toujours attention ! s'offusqua Jeremy.

— J'aime te l'entendre dire, déclara Pescoli sans y croire un instant.

Elle repéra Cisco qui dansait près de la porte d'entrée, prêt à suivre Jeremy. Elle le prit dans ses bras et en fut récompensée par un coup de langue baveux. Tandis qu'il la léchait ainsi, sa petite queue battait contre sa poitrine et il se tortillait, tout excité, dans ses bras.

— Souhaitez un joyeux Thanksgiving de ma part à Luke et Michelle, dit-elle.

— Comme c'est sincère ! ironisa Jeremy.

— C'est sincère ! Et j'espère que vous vous amuserez bien.

Sans lâcher le chien tout frétillant, elle resta un instant sur le perron pour les voir monter dans la voiture. Elle les revit tels qu'ils étaient plusieurs années auparavant : Jeremy, dégingandé, avec ses dents manquantes et ses chaussettes toujours tombantes, et Bianca, avec ses boucles rousses, ses jambes potelées et ses joues roses, toujours accrochée aux basques de son grand frère adoré.

Quand donc ce temps avait-il cessé ? Elle sentit son cœur se serrer en voyant Jeremy aider Bianca à monter dans son vieux pick-up, claquer la portière et contourner en quelques enjambées l'avant du véhicule pour aller s'installer au volant.

Quelques secondes plus tard, le pick-up s'ébranla au son d'une musique techno et emprunta l'allée qui rejoignait la route.

Pescoli resta immobile encore un instant, regardant le véhicule s'éloigner entre les arbres qui bordaient l'allée. Puis elle rentra et referma la porte derrière elle.

— Alors, qu'en dis-tu ? demanda-t-elle à Cisco en le posant à terre. Enfin seuls ! Juste toi et moi… Pense à toutes les bêtises qu'on va pouvoir faire !

Comme s'il avait compris, le petit chien devint frénétique. Il se mit à se trémousser comme un diable et à cabrioler vers le placard où étaient rangées la laisse et quelques gâteries pour chien.

— D'accord, d'accord ! C'est Thanksgiving, après tout.

Elle lui jeta un biscuit aromatisé au bacon et le prévint :

— Mais il ne faut pas que ça devienne une habitude !

Elle n'avait pas menti à ses enfants : elle devait filer sans tarder au commissariat. Alvarez semblait fermement décidée à prouver que Jocelyn Wallis avait été victime d'un meurtre. Elles avaient prévu d'examiner le rapport d'autopsie, qui avait dû leur être envoyé la veille en fin de soirée.

Ensuite, elle irait retrouver Santana chez lui. Elle esquissa un petit sourire coquin en songeant à la soirée qui l'attendait. Ce qu'elle trouvait de mieux chez cet homme, c'est qu'elle ne s'ennuyait jamais dans ses bras.

Et c'était loin d'être négligeable.

Très loin…

Trace avait déjà descendu la moitié des marches de l'escalier quand il tourna la tête et appela son fils :

— Allez, viens, Eli, allons-y !

Pas de réaction.

Il marqua une pause sur le palier.

— Eli ?

Il inspira profondément et remonta l'escalier. Eli s'était montré étonnamment calme lorsqu'il lui avait raconté, essayant de ne pas trop trébucher sur les mots, que Mlle Wallis avait eu un terrible accident et qu'elle se trouvait à présent au paradis. Le petit garçon n'avait rien dit, et Trace lui avait demandé s'il savait ce qu'était le paradis.

Eli avait promptement répondu :

— C'est l'endroit où on va quand on meurt… Si on a été gentil.

— Euh, oui, avait assuré Trace, ne sachant trop qu'ajouter à cette définition.

Eli l'avait tiré d'embarras en disant qu'il voulait regarder la télévision. Et le sujet n'avait plus été abordé depuis.

A présent, Trace se demandait s'il était sur le point d'avoir une conversation plus approfondie sur la vie et la mort avec son fils de sept ans. Il maudit mentalement Leanna de les avoir abandonnés. Elle ne lui manquait guère, mais sa présence aurait été bien utile pour l'épauler dans l'éducation d'Eli, et notamment pour l'aider à faire face à des situations délicates telles que celle-là.

— Hé, mon pote, dit Trace en pénétrant dans la chambre

de son fils. On est attendus chez les Zukov pour le jour de la Dinde. On va s'empiffrer. Allez, mets-toi en route !

Eli était assis par terre, entouré de pièces de Lego ; il serrait son plâtre de sa main valide.

— Tu as mal ? s'inquiéta immédiatement Trace.

— On est vraiment obligés d'y aller ? demanda Eli en levant vers son père des yeux pleins de larmes.

— Mais qu'est-ce qui t'arrive ?

Il s'accroupit à côté de lui pour le réconforter, mais Eli secoua la tête. Son petit menton frémit et il s'essuya les yeux du revers de la manche de son bras valide.

— C'est à cause de Mlle Wallis ? Elle est entre de bonnes mains, crois-moi, mon grand.

Eli déglutit et le regarda d'un œil inquiet.

— Où est maman ? murmura-t-il.

Trace s'efforça de ne pas réagir. Mais il sentit son cœur se serrer douloureusement dans sa poitrine. Il avait eu la bêtise de croire que le départ de Leanna était oublié. Il s'était pourtant attendu à ce que la mort de Jocelyn ramène ce vieux traumatisme à la surface, mais il n'en resta pas moins interdit un instant.

— Euh… Je… Je ne sais pas exactement où elle est en ce moment, avoua-t-il.

— Elle devrait être ici, avec nous. Je voudrais lui parler.

Quoi de plus normal, en effet ?

— Je ne sais pas comment faire, Eli…

Il ramassa l'anorak qui gisait au pied du lit défait et tenta de rassurer son fils :

— En tout cas, pas aujourd'hui. Mais, si tu veux, je pourrai essayer de la retrouver…

— Tu ne sais pas où elle est ?

— Non.

Trace sentit de nouveau son estomac se nouer. A vrai dire, il avait toujours espéré qu'elle ne reviendrait jamais et qu'elle le laisserait élever Eli sans intervenir dans leur vie, car il était certain que le contraire ne ferait que perturber cet enfant qu'elle avait abandonné sans crier gare.

Mais n'était-ce pas son propre égoïsme qui lui dictait de telles pensées ? Ne venait-il pas de regretter à l'instant l'absence d'une mère pour l'enfant ? Même si c'était une menteuse, même si elle était partie sans laisser un mot d'adieu…

— Parfois, moi aussi, j'aimerais lui parler, dit-il, même si c'était un mensonge éhonté.

— Je veux lui parler *maintenant* !

— Je vais essayer de la trouver, c'est promis. Je ne peux rien faire de plus. Allez, viens à présent. Tilly et Ed nous attendent.

— C'est promis ? demanda Eli.

Il n'était pas près de lâcher prise.

— C'est juré, lui assura Trace.

Il savait pourtant qu'une telle promesse ne pouvait déboucher sur rien de bon. Il aida son fils à mettre son anorak. Il enfila le bras valide dans la manche correspondante et recouvrit tant bien que mal le bras plâtré. Eli portait un maillot calorifuge, un sweat-shirt et un anorak. Il n'aurait donc pas froid pendant le court trajet. Trace tenta de faire glisser la fermeture Eclair de l'anorak, mais finit par y renoncer. Les Zukov habitaient à deux pas. Habituellement, Trace passait la journée de Thanksgiving seul avec Eli. Ils jouaient à des jeux et regardaient des matchs ou des dessins animés avant de manger des parts de dinde farcie qu'il achetait chez Wild Will, son restaurant préféré. Mais cette année il avait décidé d'accepter l'invitation des Zukov. Il s'était dit qu'Eli en avait probablement assez d'être enfermé à cause de sa grippe et de son bras et qu'il avait besoin de changer de décor — et puis il fallait le distraire de la tristesse et du choc que lui avait causés la mort de Mlle Wallis.

A présent, alors qu'ils descendaient l'escalier ensemble, il se demandait s'il n'avait pas commis une erreur. Ce n'était pas la première fois qu'il réclamait sa mère, et ce ne serait sans doute pas la dernière, mais, chaque fois que la conversation portait sur Leanna, Trace éprouvait une sorte de malaise et il avait du mal à répondre sincèrement aux questions souvent imprévisibles de son fils.

Il va pourtant falloir que tu t'y habitues, se dit-il. *Ces questions seront de plus en plus délicates, au fur et à mesure qu'il grandira.*

Ils traversèrent la cuisine, où Sarge s'était installé à son endroit préféré, sous la table. L'animal remua la queue tandis qu'ils décrochaient leurs gants et leurs bonnets du portemanteau.

— Elle devrait appeler, dit Eli.

Son petit visage affichait une moue frustrée.

— Elle devrait *m*'appeler, précisa-t-il.

— Oui, elle devrait…

Trace avait essayé d'être franc avec l'enfant depuis le début, mais ce n'était pas toujours facile, surtout dans les domaines les plus délicats, comme celui-ci.

— Tu ne peux pas l'appeler ? Là, maintenant ? insista Eli.

Trace se figea un instant. Puis il enfila son propre anorak.

— Je ne crois pas, dit-il en regardant son fils droit dans les yeux. Je crois que ça serait mieux si c'était elle qui nous appelait. Elle sait où nous trouver.

— Mais il faut l'appeler ! Elle est peut-être blessée ou malade ! Elle est peut-être morte, comme Mlle Wallis !

— Elle n'est pas morte, lui assura Trace.

— Comment est-ce que tu le sais ?

— S'il lui était arrivé quelque chose de grave, quelqu'un nous aurait prévenus.

Il se coiffa de son Stetson.

— Sauf si personne ne sait comment nous joindre, objecta Eli.

Trace posa ses deux mains sur les épaules de son fils. Même enrobé dans son anorak, le corps d'Eli lui parut tout frêle et menu.

— Après Thanksgiving, je l'appellerai, promit-il.

— Dis-lui de revenir.

— Je lui proposerai de passer nous voir.

— Dis-lui de revenir !

— Eli, ce n'est pas si simple…

— Pourquoi ?

Trace soupira.

— Parce que… avec les adultes, c'est toujours compliqué, tu sais.

Eli redressa le menton et dit d'un ton indigné :

— Alors il faut qu'ils arrêtent d'être comme ça !

— Tu as sans doute raison.

Il ouvrit la porte d'entrée et sentit le vent froid s'engouffrer dans la maison.

— Elle devrait être ici ! reprit Eli.

— Elle devrait être ici, mais elle n'y est pas.

Trace parvint à afficher un sourire et ajouta :

— Mais toi et moi, c'est du solide. Pas vrai ?

— Oui, répondit Eli sans trop de conviction.

Une fois de plus, Trace se surprit à maudire son ex-épouse pour avoir abandonné aussi cruellement son enfant.

— Bon, ça va mieux ? demanda-t-il en sachant pertinemment que ça n'allait pas du tout.

Eli haussa son épaule valide.

Trace lui prit la main et l'aida à descendre les marches du perron. Puis ils pataugèrent dans la neige jusqu'au pick-up.

— Je crois que Tilly a parlé de prendre sa revanche aux dames, dit-il pour changer de sujet.

— Alors elle va perdre, prédit Eli.

— Vantard !

— Tu vas voir !

Pour la première fois de la journée, Eli esquissa un pâle sourire.

— C'est elle qui va voir, pas moi, blagua Trace.

Sentant que l'orage était passé, il aida son fils à monter dans le pick-up. Ce gamin avait vraiment besoin d'une mère, mais Trace n'avait nullement l'intention de courir après une femme simplement pour qu'elle l'aide à élever son fils.

Il n'en était pas là.

L'espace d'un instant, il repensa à Acacia Lambert. *Kacey*... Elle avait, comme Leanna, des cheveux auburn et une grande bouche bien dessinée, mais la ressemblance s'arrêtait là. Alors que Leanna avait les yeux bleus, ceux de Kacey étaient verts et pétillaient d'intelligence.

Il se demanda, en roulant vers sa toute proche destination, ce qu'elle faisait pour Thanksgiving... Il se découvrit une subite envie de passer un peu de temps avec elle.

— C'est ridicule ! marmonna-t-il en empruntant le chemin de terre qui menait à la ferme des Zukov.

Plusieurs voitures étaient déjà garées autour de la maison.

— Qu'est-ce que tu as dit ? demanda Eli.

— Oh ! Je réfléchissais tout haut, répondit-il en se garant sous un pommier tardif qui croulait sous les fruits rouges et la neige.

— A quoi ?

— A ce que tu vas avoir comme cadeau de Noël, cette année.

— Mais tu as dit : « C'est ridicule »...

Trace éteignit le moteur avant de répondre.

— J'ai dit ça parce que je me suis imaginé que tu voulais un VTT.

— Super ! s'écria Eli.

Puis il se ravisa et regarda son père d'un air perplexe avant de demander :

— Mais pourquoi c'est ridicule ?

— Parce que tu as un bras dans le plâtre, mon pote !

Il frotta les cheveux déjà ébouriffés de son fils.

— Ce serait vraiment bête de te donner un vélo alors que tu as un bras invalide, pas vrai ?

— Mais je serai guéri, d'ici là ! dit Eli en débouclant sa ceinture de sécurité.

Il ouvrit la portière et sauta sur le sol enneigé, puis il se mit à courir vers le perron de la ferme, avant même que Trace ne soit sorti du pick-up.

Son exubérance était contagieuse et Trace ne ressentit qu'un vague remords de lui avoir menti. Mais il ne voulait pas lui avouer la vérité. Pas plus qu'il ne voulait y penser.

Le fait était cependant qu'il avait du mal à ne pas penser à Acacia Lambert.

Et cela n'annonçait rien de bon.

11

Peu importe le nombre d'« étoiles » ou de « diamants » — ou tout autre mode de classement des résidences pour personnes âgées —, songeait Kacey, l'existence que menaient les pensionnaires de Rolling Hills ne correspondait pas à l'idée qu'elle se faisait d'une vie « indépendante ». Mais l'essentiel était que sa mère aimait cet hôtel vieux d'un siècle qui venait d'être reconverti en résidence avec appartements privatifs. Celui de sa mère, un trois-pièces au dernier étage, offrait une vue superbe sur la ville d'Helena, avec en arrière-plan les montagnes qui se dressaient dans les environs de la capitale administrative du Montana.

Il y avait une piscine et un spa, une salle d'exercices et un service de voiturage destiné aux résidents qui préféraient ne pas conduire leur propre véhicule. Chaque appartement disposait cependant de sa propre place de parking dans le sous-sol du bâtiment.

L'endroit était spacieux et les équipements collectifs y étaient haut de gamme. Et pourtant, lorsque Kacey franchit la porte battante et signa à l'accueil le registre des visiteurs, elle ne put se départir d'une pointe de mélancolie en songeant à la maison où elle avait longtemps habité avec ses parents, un petit bungalow pourvu d'un grand jardin.

Mais c'est la vie…

Le principal inconvénient de Rolling Hills à ses yeux, au fond, tenait à ce que ce n'était pas l'endroit où elle avait grandi et que ce n'était pas là que son père était mort à la suite d'un AVC.

— Elle va arriver, dit l'hôtesse à Kacey.

C'était une petite femme dont le nez était chaussé d'étroites lunettes et dont les lèvres avaient la couleur des groseilles.

— Prenez donc un siège en l'attendant…

Elle désigna de la main une rangée de fauteuils d'allure confortable, juste à côté d'un gigantesque âtre en pierre qui faisait plus de six mètres de hauteur.

Kacey traversa le hall et resta debout près de l'insert vitré où brûlait un feu vif qui réchauffa ses mollets transis.

C'était la troisième fois de suite, depuis son divorce, qu'elle venait rendre visite à sa mère pour Thanksgiving, et elle ne pouvait s'empêcher d'éprouver un peu de nostalgie pour la maison de son enfance.

N'idéalise pas tout comme ça! Tu sais bien que…

Elle avait invité sa mère à venir fêter Thanksgiving à Grizzly Falls, mais Maribelle lui avait opposé un refus ferme et définitif et avait insisté pour que ce soit Kacey qui fasse le déplacement.

— Il faut absolument que tu viennes ici, lui avait-elle dit. Le chef, Michel, est un vrai cordon-bleu… Et comme ça, ça t'évitera de passer des heures à faire la cuisine et à tout nettoyer après. Et puis, je suis trop vieille pour faire un tel voyage…

Ce dernier argument était un mensonge éhonté. Kacey se demandait pourquoi sa mère jouait ainsi le rôle de la vieille dame impotente alors qu'elle était encore loin d'avoir soixante-dix ans. Maribelle Collins avait plus d'énergie que la plupart des femmes deux fois plus jeunes qu'elle. Elle avait en outre gardé toute sa tête et son sens de la repartie. Kacey la soupçonnait d'ailleurs d'être comme une reine à Rolling Hills — une reine qui n'entendait pas abdiquer en faveur d'une rivale.

En tout état de cause, Kacey avait estimé qu'il serait

plus simple pour elle de faire le voyage jusqu'à Helena que d'arriver à convaincre sa mère de venir la voir à Grizzly Falls.

— Ma chérie ! Te voilà !

La voix de Maribelle résonna dans le hall. Kacey émergea de sa rêverie et vit sa mère se diriger vers elle avec entrain, toute scintillante dans une robe argentée et perchée sur des talons aiguilles.

Elle était grande et mince, et encore très belle. Elle gratifia sa fille d'un large sourire et lui prit les deux mains affectueusement. Cette jovialité étonna Kacey, car lors de sa dernière visite elle n'avait entendu que jérémiades et récriminations. Or, à soixante-cinq ans, sa mère semblait plus alerte et plus juvénile que jamais. Elle était vêtue comme si elle s'apprêtait à faire du shopping dans les beaux quartiers de New York ou de Paris. Ses cheveux étaient blancs mais drus et coupés à la Jeanne d'Arc. Ses yeux étaient d'un bleu d'azur derrière des lunettes dernier cri, son menton plus ferme que jamais.

— Je me faisais une joie de te revoir ! Viens, viens !

Elle la prit par le bras et la mena d'emblée dans la salle à manger de la résidence, à l'arrière du bâtiment. Des branches de sapin, ornées de petites lumières blanches clignotantes, avaient été fixées aux vitres des fenêtres. Un feu brûlait allègrement dans une cheminée, et les tables étaient recouvertes de nappes blanches et décorées de petits poinsettias aux fleurs rouges et blanches. Quelques résidents étaient attablés de-ci, de-là, certains en couple, d'autres en trios amicaux ou tout seuls.

— C'est ravissant, cette décoration de Noël ! s'extasia Maribelle en désignant les fenêtres. Tout ce qu'il y a de plus festif ! Bon, c'est un peu tôt, évidemment, mais pourquoi pas ? Ah, voilà notre table !

Elle désigna une table près de la fenêtre et jeta un regard circulaire au peu de convives attablés.

— Il n'y a pas grand monde, aujourd'hui. Ils sont tous

partis voir leurs familles, ou je ne sais qui... Tant mieux... Comme ça, on sera plus tranquilles pour bavarder !

Cela faisait bien longtemps que Kacey ne l'avait pas vue aussi pétulante.

— Assieds-toi, assieds-toi..., dit Maribelle en s'installant.

Elle déplia une serviette enroulée dans son verre à vin et la posa soigneusement sur ses cuisses.

— Alors, dis-moi, comment ça va, ton travail ?

— J'ai un emploi du temps très chargé, dit Kacey en se demandant ce qui avait métamorphosé sa mère de la sorte.

La femme grincheuse et froide qu'elle avait quittée à sa dernière visite avait fait place à une sexagénaire joviale et souriante, qui semblait prête à croquer de nouveau la vie à pleines dents. Et qui paraissait même s'intéresser à ce que devenait sa fille...

— L'autre jour, reprit Kacey, une femme a été admise aux urgences. En faisant son jogging, elle est tombée par-dessus le muret qui longe la corniche à Boxer Bluff. Tu sais, près du parc... Tout en haut, au-dessus des chutes du fleuve...

— Comme c'est triste ! J'espère que tu l'as bien soignée.

Maribelle lui adressa un sourire complice et changea aussitôt de sujet.

— Maintenant, ma chérie, lis-moi donc ce menu ! dit-elle en parcourant du bout d'un ongle rouge cerise la liste des mets.

Oubliés, la carrière de sa fille ou le sort de la malheureuse patiente...

— On a le choix entre la dinde rôtie et le double aloyau de bœuf. C'est incroyable ! On peut choisir ! C'est grâce au nouveau chef, Mitch.

Maribelle leva une main au-dessus de sa tête comme pour invoquer le ciel.

— On avait bien besoin d'un vrai cuisinier après cette atroce Crystal... Je me demande encore comment elle avait pu décrocher son poste ! Eh bien, voyons... Je me demande pourquoi je me complique la vie, je vais prendre la dinde, bien sûr. La tradition avant tout, hein ?

Mais qui me l'a changée comme ça ? se demandait Kacey, interloquée, pendant que sa mère hélait la serveuse, une certaine Loni.

Elles passèrent leur commande et Maribelle jeta un autre regard autour d'elle avant de faire bon accueil à la bouteille de chardonnay que la serveuse leur avait apportée aussitôt après.

Tout au long du repas, elles sirotèrent leur vin blanc en papotant, échangeant de menus propos et avalant sans se presser une soupe de courge, une salade verte garnie de noisettes et d'une tranche de feta parsemée de canneberges, avant d'attaquer un émincé de dinde servi avec des patates douces au beurre, des haricots verts sautés et une farce fine aux huîtres. Ce repas n'était pas aussi simple et familial que la dinde farcie au pain de maïs, accompagnée d'un ragoût de haricots et de patates douces gratinées à la guimauve qu'Ada Collins, la grand-mère de Kacey, leur avait servie bon an mal an, mais il était quand même savoureux et nourrissant.

Mieux encore, Maribelle était d'excellente humeur, contrairement aux repas de famille qui avaient eu lieu des années durant dans la ferme où Kacey avait depuis élu domicile et pendant lesquels sa mère semblait uniquement prendre son mal en patience.

Mais ce soir-là elle était enjouée et volubile, régalant sa fille de petites anecdotes comiques sur la vie des « seniors » de la résidence. Tant que la conversation ne porta que sur Maribelle et sa petite vie à Rolling Hills, tout se déroula pour le mieux. Mais, après qu'elles eurent terminé le plat principal, Maribelle lui posa la question qui la démangeait sans doute depuis le début du repas, voire depuis trois ans.

— Alors, dit-elle d'un ton toujours cordial, en regardant sa fille dans les yeux. Tu as des nouvelles de Jeffrey ?

Nous y voilà…

— Aucune, répondit Kacey.

Maribelle fronça les sourcils d'un air inquiet.

— Tu devrais peut-être l'appeler, suggéra-t-elle.

— Pourquoi donc ?

— Ne serait-ce que pour te montrer amicale à l'occasion de Thanksgiving, répondit Maribelle en haussant légèrement les épaules avec une feinte désinvolture.

— Nous sommes divorcés, maman. Depuis trois ans…

— Je sais, je sais, mais… parfois, avec le temps, un couple peut surmonter ses différends.

Le sourire de Maribelle s'estompa et elle posa sa fourchette sur son assiette.

— Je l'ai toujours bien aimé, tu sais.

Ça oui, je le sais !

— Notre mariage a été un échec, ça aussi tu le sais, maman…

— Tu n'as pas vraiment essayé de sauver votre couple. Il faut du temps, pour ça. Trois ans ? Mais, ma chérie, ce n'est rien, à l'échelle d'une vie. J'ai été mariée à ton père pendant plus de trente-cinq ans ! Et, crois-moi, ce n'était pas toujours facile.

Ça, je veux bien le croire…

— Tu pourrais l'appeler juste pour lui dire bonjour…

— C'est hors de question, maman, dit Kacey en repoussant son assiette.

Sa mère laissa échapper un long soupir douloureux. La serveuse revint pour leur proposer de choisir un dessert et leur demander si elles voulaient boire un café en guise de digestif.

— Je vais goûter le gâteau au potiron et au fromage blanc nappé de caramel, Loni… Avec un déca, s'il vous plaît, dit Maribelle.

— Un café crème, pour moi, ajouta Kacey.

— Mais il faut que tu manges un dessert ! protesta sa mère. C'est inclus dans le menu… Il n'y a pas de supplément à payer. Et, tu verras, les desserts que fait Mitch sont ab-so-lu-ment dé-li-cieux.

Elle se tourna vers la serveuse et lui demanda :

— Mitch a fait de la crème brûlée, aujourd'hui ?

— Oui… Au café, répondit la jeune femme avec un sourire complice.

Le regard de Maribelle s'éclaira.

— C'est mon dessert préféré, dit-elle avec une pointe de regret, mais j'ai tellement envie de goûter ce gâteau au fromage blanc…

Elle ajouta à l'attention de Kacey :

— Commande une crème brûlée, et tu me feras goûter. Je n'exagère pas quand je dis que ces desserts sont divins. Si je n'étais pas si attachée aux traditions, c'est ce que j'aurais choisi. Mais Thanksgiving sans gâteau au potiron, ce n'est pas vraiment Thanksgiving, pas vrai ?

— Je n'ai plus faim…

— Allez, Acacia ! Lâche-toi un peu. C'est Thanksgiving, enfin ! Aujourd'hui, il faut oublier la diététique !

Elle se tourna une nouvelle fois vers Loni et lui dit :

— Apportez-nous une part de chacun des deux desserts, s'il vous plaît. C'est Thanksgiving, et il faut en profiter. Ma fille et moi, on ne se voit pas souvent, hélas !

Elle posa sa main frêle et fraîche sur celle de Kacey, comme si partager un dessert allait resserrer les liens entre elles.

— Bon, d'accord, concéda Kacey.

— Tu ne seras pas déçue ! lui assura Maribelle en lui caressant la main.

Ce geste affectueux étonna Kacey. Qu'est-ce que cela voulait dire ? L'effusion publique n'était pas du tout dans le genre de sa mère.

La serveuse s'éclipsa dans la cuisine.

— J'aimerais tant que tu donnes une deuxième chance à Jeffrey.

— Je n'en ai aucune envie, et je crois d'ailleurs savoir qu'il est fiancé…

— Ah bon ? s'étonna Maribelle en haussant les sourcils.

— Je n'en suis pas certaine, et, pour tout dire, je m'en fiche. Mais une de mes amies de Seattle, Joanna… Tu l'as rencontrée, je crois, une ou deux fois… Bref, elle m'a appelée l'autre jour et m'a affirmé que Jeffrey devait se marier dans le courant de l'année prochaine.

— Ah…

Maribelle tripota sa serviette, toujours posée sur ses cuisses. La lueur de la bougie qui se consumait sur la table lui vieillit subitement le visage.

— C'est que… J'aurais tant aimé avoir des petits-enfants…

— Ah bon ? fit Kacey, surprise.

Elle était enfant unique et on lui avait assez fait comprendre que sa naissance n'avait pas été souhaitée. Même si Kacey était sûre que sa mère l'aimait et la chérissait à sa manière, elle savait aussi qu'elle n'avait jamais été particulièrement attendrie par les enfants. C'était bien la première fois qu'elle l'entendait dire qu'elle voulait être grand-mère !

— Tu fréquentes quelqu'un, en ce moment ?

Les pensées de Kacey vagabondèrent un instant vers Trace O'Halleran, avant qu'elle ne revienne à la réalité.

— Non, dit-elle.

— Personne ? Aucun médecin de l'hôpital ?

— Je t'ai dit que…

— Tu as essayé les rencontres sur internet ? Je vois plein de publicités pour des sites de ce genre à la télévision. La fille de Judy Keller a trouvé l'amour de sa vie sur un de ces sites, une agence matrimoniale chrétienne, quelque chose de très sérieux… Je suis sûre qu'il en existe pour les médecins aussi. En fait, je le sais, parce que j'ai vérifié.

— Je n'ai vraiment pas le temps de…

— Bien sûr que si, tu as le temps ! la coupa Maribelle. C'est simplement une question de priorité ! Et si j'étais toi, je ne renoncerais pas aussi facilement à Jeffrey. C'est un chirurgien réputé. Il a écrit un livre et donne des conférences dans tout le pays.

— Comment sais-tu tout ça ?

— En surfant sur internet, ma chérie, répondit sa mère sans ciller. Quel outil merveilleux ! Or Jeffrey ne parle pas de cette prétendue fiancée sur son blog…

Les desserts et les cafés leur furent servis à cet instant, mais Kacey perçut la déception qui assombrissait le regard de sa mère. Maribelle avait aimé Jeffrey Lambert dès le premier instant où elle l'avait rencontré.

— Un chirurgien, un cardiologue…, murmura-t-elle. Et beau garçon, en plus, ce qui ne gâte rien…

Elle en oubliait que sa fille était elle-même médecin et titulaire d'un doctorat. Et que le beau et riche Jeffrey était pourvu d'un ego comparable à celui de Napoléon.

Le fond du problème était qu'aux yeux de Maribelle Jeffrey était une belle prise que Kacey avait stupidement laissé échapper.

En plongeant sa cuillère dans sa crème brûlée, cette dernière se demanda ce que penserait sa mère si elle lui avouait que l'homme qui l'avait le plus attirée ces derniers temps était un fermier qui pataugeait dans le fumier pour survivre et élevait seul son fils de sept ans.

Tandis que Maribelle se régalait de son gâteau au fromage, laissant échapper de petits gémissements d'extase, Kacey aborda enfin le sujet qui la taraudait depuis quelques jours :

— Maman, est-ce que tante Helen a eu des enfants ?

— Bien sûr que non ! dit Maribelle en levant les yeux de son assiette. Tu sais bien que Bill et elle ne pouvaient pas en avoir.

— Et du côté de papa ?

— Non plus. Aucun de ses frères ne s'est marié. Mais, ça aussi, tu le sais déjà.

— Ce n'est pas parce qu'on n'est pas marié qu'on ne peut pas avoir d'enfant… Peut-être qu'ils n'en ont jamais parlé… Ou peut-être même qu'ils en ont eu sans le savoir ?

Maribelle secoua la tête, comme si l'hypothèse était impossible.

— Pour autant que je me souvienne, ils n'ont pas eu beaucoup de liaisons féminines…

— Donc, selon toi, je n'ai pas de cousins cachés ? Comme tu ne t'entendais pas avec Helen, je me suis dit que…

— Que quoi ? Que je t'avais menti ? Mais pourquoi t'aurais-je caché qu'elle avait eu des enfants ?

Maribelle paraissait troublée par le tour que prenait la conversation. Elle ajusta sa serviette et ajouta :

— Non, tu n'as ni cousins ni cousines. Tu le sais bien, enfin… Je ne comprends pas pourquoi tu me poses ces questions.

— Je te crois… Mais… Je sais que ça peut paraître bizarre, mais tu te souviens de la patiente dont je te parlais ? Celle qui est tombée dans le ravin en faisant son jogging ?

— Oui. A Boxer Bluff…

Ainsi, Maribelle l'avait écoutée plus attentivement que Kacey ne l'avait cru sur le moment.

— Elle n'a pas survécu à ses blessures, malheureusement. Elle s'appelait Jocelyn Wallis et elle était institutrice. Elle est née dans la région, et elle me ressemblait beaucoup, physiquement. Suffisamment, en tout cas, pour que les infirmières avec qui je travaille aient cru en la voyant arriver aux urgences qu'il s'agissait de moi.

Pour la première fois depuis le début du repas, Maribelle demeura silencieuse pendant que Kacey lui expliquait en détail la coïncidence. Elle pliait et dépliait sa serviette, puis la repliait en écoutant d'un air anxieux. Puis Kacey se mit à parler de Shelly Bonaventure, une autre femme née dans la région et qui lui ressemblait aussi.

— Oui, dit alors Maribelle, j'ai vu aux infos qu'elle s'était suicidée. Ce n'était pas une grande actrice, selon moi. C'est vrai qu'elle te ressemblait un peu… Et alors ?

Elle secoua la tête, ne comprenant visiblement pas où Kacey voulait en venir.

— Qu'est-ce que tu insinues ? Que ces femmes ont été engendrées par tes oncles ? Et ensuite ? Elles auraient été adoptées par des familles d'accueil et on n'en aurait plus jamais entendu parler ? C'est un peu tiré par les cheveux, tu ne crois pas…

— Ou peut-être que papa… Avant de te rencontrer…

— Oh ! Acacia, arrête ! Tout de suite ! Si Stanley avait eu d'autres enfants, tu ne crois pas que je le saurais ?

— Peut-être ne le savait-il pas lui-même ?

— On est en train de parler de ton père ! s'indigna Maribelle.

Elle jeta à sa fille un regard profondément méprisant.

— Il serait mortifié d'entendre ça ! Il est sans doute en train de se retourner dans sa tombe !

Elle frémit mélodramatiquement et reprit :

— Tes infirmières ont une imagination un peu trop débridée, ou peut-être ont-elles besoin de mettre un peu de drame dans leur petite vie.

Elle se cala dans son fauteuil en jetant un regard noir à sa fille.

— Enfin, Acacia ! Tu crois en avoir combien, de cousins ou cousines dont on t'aurait caché l'existence ?

— Peut-être aucun. Je ne sais pas… Je dis simplement que c'est étrange.

— Il y a beaucoup de choses qui sont étranges ou bizarres dans la vie, ma petite. Il y a souvent des coïncidences qu'on ne s'explique pas.

Elle balaya l'air du revers de la main pour écarter définitivement le sujet, comme si ce n'était qu'un délire infantile. Mais cette attitude dédaigneuse était contredite par la petite lueur d'inquiétude que Kacey remarqua dans son regard.

— Tu sais, reprit Maribelle, les gens voient des ressemblances partout. Certaines personnes font même carrière dans la publicité ou le spectacle grâce à leur ressemblance avec des célébrités. Mais cette conversation absurde a assez duré…

Elle reporta toute son attention sur son gâteau au potiron et au fromage blanc.

— Mitch s'est vraiment surpassé ! Ce gâteau est tout simplement sublime ! Tiens, goûte… Et n'oublie pas de prendre un peu de crème fouettée.

— Jolie diversion !

— Allez, goûte ! Et arrête cet interrogatoire ridicule…

— Ce n'est pas un interrogatoire. Je pose juste quelques questions sur notre famille.

— Et j'y ai répondu.

Sa mère était subitement redevenue la Maribelle Collins que Kacey connaissait bien : la mine boudeuse, les lèvres pincées, les yeux plissés par la méfiance. Elle comprit qu'elle n'en tirerait rien de plus.

Ce dont sa mère n'avait sans doute pas conscience, cependant, c'était qu'au lieu de détourner l'attention de Kacey elle avait au contraire attisé sa curiosité. Et Kacey se promit de continuer à se renseigner sur sa famille et ses éventuels mystères. Il existait des moyens de glaner des informations, notamment à partir de certificats de naissance — auxquels elle pouvait avoir accès, en tant que médecin. Pour l'heure, elle savait que sa mère ne lui confierait rien d'autre. Elle ne voyait aucune raison pour se la mettre à dos, mais elle était bien décidée à ne pas renoncer.

Elle avait appris en grandissant qu'il valait mieux ne pas la contrarier, et elle cessa donc de la harceler. Ces questions ne changeraient rien. Dès lors que Maribelle refusait d'aborder un sujet, elle était intraitable.

Il était donc temps de feindre une réconciliation.

— D'accord, dit-elle en soulevant sa cuillère. Voyons si le gâteau au fromage blanc de Mitch est à la hauteur de sa réputation…

Elle tendit le bras au-dessus la table et plongea sa cuillère dans le dessert non sans remarquer subrepticement que les muscles des épaules de sa mère se détendaient un peu.

— Miam, miam, c'est délicieux ! fit-elle comme si elle savourait vraiment sa bouchée.

Mais elle avait prononcé ces mots machinalement en se demandant pourquoi sa mère avait esquivé avec une telle obstination tout ce qui pouvait concerner son père, ses oncles ou ses cousins, ou toute autre personne liée à leur famille.

Elle s'était toujours doutée, sans en être certaine, qu'il y avait quelques cadavres dans les placards familiaux.

A présent, elle en était certaine.

12

— Qu'est-ce que vous faites encore là, vous ?

La voix du shérif résonna dans le couloir vide.

Assise à son bureau, Selena Alvarez leva les yeux de l'écran de son ordinateur et regarda par-dessus son épaule au moment où Dan Grayson pénétrait dans l'espace collectif où travaillaient ses subordonnés.

Elle sentit son estomac se nouer légèrement, comme toujours lorsqu'elle se retrouvait seule avec lui. Non pas parce que Grayson était son supérieur. Elle avait travaillé sous les ordres de différents chefs depuis qu'elle avait quinze ans et n'avait jamais ressenti cette petite tension en leur présence. Il y avait quelque chose chez Grayson qui la mettait en émoi. Et elle n'aimait pas ça.

— J'avais du travail en retard, se justifia-t-elle.

Elle fit pivoter son siège ; il se tenait à présent tout près d'elle.

C'était un homme de haute taille, aux larges épaules. Sa moustache commençait à grisonner. Son chien Sturgis — un labrador noir qu'il avait hérité de la brigade canine — était juste derrière lui.

— Vous savez que c'est Thanksgiving ?

— Oui, il paraît.

Il laissa échapper un petit rire, et elle s'en voulut de trouver du charme à son sourire. Elle dut se forcer à rester impassible. Mais qu'avait-elle donc ?

— Je n'ai autorisé personne à faire des heures supplémentaires, Alvarez…

— Je n'en ai pas demandé.

— Ni des heures compensatrices…

Elle acquiesça d'un hochement de tête.

— Je vous ai dit que j'avais un boulot à terminer.

— Rentrez chez vous. C'est Thanksgiving, répéta-t-il.

Elle haussa une épaule. En vérité, elle ne se souciait guère des fêtes et des congés. Le gros de sa famille vivait à Woodburn, dans l'Oregon, et son studio, à Grizzly Falls, n'était qu'un lieu où dormir. L'endroit n'était franchement pas très accueillant et elle n'avait jamais songé à y inviter les rares amis dont elle se sentait assez proche pour partager avec eux un moment de détente. En outre, ils avaient tous leur propre famille et Thanksgiving restait une fête familiale. Pescoli était passée au commissariat un peu plus tôt et, apprenant qu'elle n'avait pas de projets pour la soirée, lui avait proposé sans trop d'enthousiasme de se joindre à Nate Santana et elle. Elle avait décliné l'invitation, mais l'idée de se retrouver seule pendant que toute l'Amérique festoyait lui avait occasionné un petit pincement au cœur. Surtout lorsqu'elle avait aperçu sa coéquipière se hâtant de rejoindre son amant. En la voyant, du haut d'une fenêtre du commissariat, monter avec entrain dans sa Jeep, elle avait lâché un long soupir de dépit et d'envie. Elle s'imaginait Pescoli et Santana s'attablant pour partager tranquillement un bon repas en couple, pendant qu'un feu brûlait dans la cheminée et qu'une dinde finissait de rôtir dans le four, embaumant la cabane rustique de Nate — avant de faire l'amour longuement, jusqu'au bout de la nuit.

Cette vision d'un bonheur simple, dont elle se privait, l'avait subitement bouleversée.

Il est temps que j'achète un animal de compagnie, s'était-elle dit avec une pointe d'ironie amère, avant de se remettre au travail, rivée à son bureau, et d'y rester après le départ de tous ses collègues.

— C'est tranquille, ici, dit-elle à Grayson qui la regardait d'un air désapprobateur. J'en profite. Je travaille mieux quand tout le monde est parti. Personne ne vient me déranger.

— Et plus tard ? Qu'est-ce que vous avez prévu, pour la soirée ?

— Je pensais m'acheter un plat chinois à emporter.

Il sourit sous sa moustache.

— Ça a l'air super, comme programme, dit-il. Pourquoi ne viendriez-vous pas plutôt chez moi ?

Son imbécile de cœur faillit s'arrêter de battre un instant.

— Je reçois quelques amis, précisa Grayson. Vers 18 heures… Ce sera très bon enfant. Tenue de soirée non exigée…

Ils ne seraient donc pas seuls. Tant mieux.

— Je ferai peut-être un saut, dit-elle.

De nouveau, il eut un petit rire.

— C'est une manière déguisée de dire « non merci » ?

— Non, ça veut simplement dire « peut-être ».

— Je vous prends au mot.

Ses yeux, aussi marron que ceux d'Alvarez, se fixèrent sur elle et elle y lut qu'il lui reprochait silencieusement de l'éconduire.

— Et fichez-moi le camp d'ici le plus vite possible ! ajouta-t-il.

Puis il hocha la tête, comme pour approuver ses propres propos, et siffla son chien. Il se dirigea ensuite vers la porte de derrière et Alvarez entendit le bruit de ses pas s'estomper dans le couloir.

Elle se cala dans son fauteuil et se força à se rappeler que Grayson était son supérieur. Certes, elle le trouvait séduisant, à sa manière un peu rustique. Taillé comme un cow-boy avec ses longues jambes, sa taille fine et ses larges épaules, robuste et droit dans ses bottes. Elle savait qu'il avait vécu toute sa vie dans la région. Elle savait aussi qu'il avait été marié, mais elle ne connaissait pas en détail les raisons de son divorce. Grayson ne parlait guère de sa vie privée, et c'était d'ailleurs une des raisons pour lesquelles elle l'admirait. Elle non plus, elle n'était pas du genre à s'épancher.

Elle n'avait pas menti lorsqu'elle lui avait dit qu'elle profitait de l'absence de ses collègues pour avancer dans son travail. Les bureaux du commissariat étaient, pour une fois, presque silencieux. Les seuls sons qu'on entendait étaient le ronflement sourd de la chaudière et le souffle du circuit d'air chaud. Sa productivité en était ainsi décuplée : elle n'était pas continuellement dérangée par les conversations de ses collègues, par les appels téléphoniques ou par les courriels et les télécopies qui arrivaient en cascade. Mais ce n'était pas pour rattraper des tâches administratives en souffrance comme elle l'avait laissé entendre au shérif.

En fait, elle était en train d'étudier le rapport d'autopsie et les résultats d'analyse de Jocelyn Wallis. La jeune femme était atteinte d'une maladie cardiaque, à un stade plus avancé qu'elle ne le savait peut-être elle-même. Selon le médecin légiste, ses artères étaient encrassées et auraient pu être celles d'une femme deux fois plus âgée. L'origine de cette maladie, aggravée peut-être par un mode de vie et une alimentation contre-indiqués, était sans doute génétique. A moins de suivre un traitement approprié, elle aurait probablement été victime d'une crise cardiaque précoce et serait morte jeune. Le médecin n'avait rien trouvé qui indique une activité sexuelle récente, mais, outre les molécules des médicaments qu'elle prenait contre la grippe, il avait identifié des traces d'arsenic…

Alvarez relut la liste des aliments qui avaient été trouvés dans l'estomac de la victime et n'y décela rien qui sorte de l'ordinaire : Jocelyn Wallis avait mangé de la soupe de légumes au poulet et but du café.

Au lieu de la débarrasser de ses soupçons, le rapport d'autopsie ne fit qu'aiguiser ses doutes.

Elle jeta un coup d'œil à une photo de la victime.

— Qu'est-ce qui t'est arrivé ? dit-elle à haute voix.

Et, chose plus importante : qui a bien pu vouloir ta mort ?

Jocelyn avait eu deux maris mais pas d'enfant. L'un vivait à Laramie, dans le Wyoming, l'autre à Edmonton, dans la province d'Alberta, au Canada. Tous deux avaient des alibis en béton, et il semblait que ni l'un ni l'autre n'entretenaient de rapports avec la jeune femme. En l'absence de problèmes de garde d'enfant ou de copropriété, ils n'avaient en effet aucune raison de rester en contact avec elle.

Quant à un éventuel intérêt financier, Jocelyn n'avait souscrit qu'une très modeste assurance sur la vie, permettant tout juste de régler les frais d'obsèques. Les bénéficiaires en étaient ses parents. Rien qui sorte de l'ordinaire et de l'anodin. Elle n'avait pas fini de rembourser l'achat à crédit de sa voiture, et personne n'allait donc hériter du véhicule. En revanche, ses relevés téléphoniques étaient plus intéressants : à part quelques-unes de ses amies, elle avait appelé Trace O'Halleran deux fois, même s'il semblait qu'elle n'avait fait chaque fois que laisser un bref message ou simplement raccrocher.

Et si c'était une piste ?

Il était allé chez Jocelyn après sa mort et ne le leur avait d'ailleurs pas caché. On allait donc retrouver ses empreintes digitales dans l'appartement. Il comptait aussi parmi les rares personnes qui savaient où Jocelyn cachait sa clé de secours. Mais placée comme elle l'était n'importe qui aurait pu la trouver.

Il n'en restait pas moins que Trace O'Halleran était le dernier homme avec qui elle avait eu ce qui s'apparentait le plus à une liaison sentimentale. Et c'est lui que l'amie de Jocelyn avait appelé lorsque ses collègues avaient commencé à s'inquiéter de son absence au travail.

Il avait l'air sain d'esprit et pacifique, mais les individus les plus tranquilles peuvent être conduits à se comporter violemment dans certaines circonstances.

Son cas méritait donc d'être examiné de plus près.

Elle décida qu'il était temps de se renseigner sur lui et

éteignit son ordinateur. Même en ce jour de Thanksgiving, une équipe restreinte était de permanence au laboratoire de la police scientifique. Elle appela donc Mikhail Slatkin, l'enquêteur technique de service ce jour-là, pour lui demander de la retrouver à l'appartement de Jocelyn Wallis. Maintenant qu'elle avait la preuve que celle-ci n'était pas morte des suites d'une chute malencontreuse mais banale, il lui fallait examiner beaucoup plus minutieusement son logement, ainsi que sa vie professionnelle et personnelle.

Il revêtit un pantalon noir, une chemise immaculée et un pull confortable, puis vérifia dans le miroir qu'il était bien coiffé avant de décider que, pour le rôle qu'il s'apprêtait à tenir au repas de Thanksgiving, son allure était parfaite. Impeccable.

En vérité, il détestait les jours de fête. Tous, sans exception. Mais il avait décidé de faire bonne figure et de se plier en souriant à la corvée.

Il prit sa voiture et roula sur les routes enneigées qui menaient à la maison de sa sœur — une vaste demeure au bord du lac, en perpétuelle rénovation.

Sa nombreuse famille s'y retrouvait tous les ans, le dernier jeudi de novembre, et on ne lui aurait pas pardonné son absence. Il ne manquait d'ailleurs jamais de sacrifier à ce rituel familial. Il faisait semblant de s'intéresser à tous leurs petits problèmes, il jouait même avec ses nièces et ses neveux, mais esquivait soigneusement toute question portant sur sa vie privée et les femmes qu'il fréquentait.

Au fond, ils s'en moquaient tous. Ils ne lui faisaient pas confiance. Il était et serait toujours la brebis galeuse de la famille. Malgré tous les efforts qu'il pouvait accomplir pour s'intégrer dans ce petit groupe très fermé, il sentait bien qu'il en serait toujours tenu à l'écart.

Il déposa distraitement un baiser sur la joue de sa sœur en lui tendant une luxueuse bouteille de vin — un grand cru que son mari et elle appréciaient tout particulièrement. Il souleva sa nièce et la brandit dans les airs, lui arrachant des gloussements de plaisir, jouant son rôle d'oncle rigolo. Il consentit même à sortir dans le jardin pour faire mine d'admirer le bonhomme et le château de neige construits par son neveu — lequel avait, bien entendu, interdit à sa sœur de s'en approcher.

Revenu à l'intérieur, il se montra charmant et enjoué. Il accepta même la visite guidée des travaux que sa sœur faisait exécuter cette année-là : une rénovation totale de la salle de bains de l'aile sud, destinée aux invités.

— Espérons qu'ils auront fini avant Noël, dit-elle en promenant son regard sur les trous béants où il y avait eu un lavabo et une cuvette de W.-C. Il ne reste plus que cinq semaines.

Des carreaux avaient été retirés, des joints évidés et le miroir était tout ébréché. Elle laissa échapper un profond soupir.

— Il va falloir que je harcèle le plombier !

— Ça va être superbe, dit-il en feignant l'enthousiasme.

— J'espère bien. Tu pourrais venir habiter chez nous, quand ce sera fini. Tu aurais ta propre suite personnelle... Et les enfants seraient ravis !

Son regard s'assombrit imperceptiblement lorsqu'elle ajouta ce mensonge :

— Et moi aussi, je serais ravie !

Elle posa une main sur son bras et la retira précipitamment lorsque son mari vint les rejoindre.

— Bienvenue dans notre cauchemar ! fit-il de sa voix tonitruante. Notre incessant cauchemar...

Ils redescendirent tous les trois et, après avoir semé sa sœur et son balourd de mari, il constata que la musique ne s'était pas interrompue, que les verres à vin n'avaient pas désempli et que son père menait la conversation. En tant que patriarche, il s'était attribué l'honneur de découper la dinde. Il était même allé jusqu'à s'affubler d'un tablier grotesque.

Tout au long du repas, il s'esclaffa, distribua des sourires à tous, esquivant avec art toute question trop directe sur sa vie privée. En levant son verre de vin, il adressa un clin d'œil à sa cousine, qui n'avait eu d'yeux que pour lui depuis le début des agapes. Elle détourna son regard et rougit.

Sa sœur n'avait rien raté de cet échange visuel, et il l'avait vue pincer les lèvres, pleine d'une désapprobation méprisante.

Tous les membres de sa famille lui avaient posé des questions plus ou moins codées sur sa vie sentimentale et il leur avait lâché quelques bribes d'information, pour satisfaire leur curiosité, mais il trouvait dérisoires leurs propositions de lui faire rencontrer telle ou telle femme de leur connaissance qui avait selon eux tout pour lui plaire.

Comme s'il avait besoin de leur charité !

Les grandes manœuvres avaient commencé lorsque sa sœur avait annoncé que sa meilleure amie était en train de vivre un divorce difficile. Les qualités de cette femme étaient nombreuses : elle était jolie et en bonne forme physique, elle avait un bon job et *pas* d'enfant. Elle allait peut-être même récolter quelques centaines de milliers de dollars au terme de la procédure de divorce, si toutefois son mari, ce serpent venimeux, ne l'arnaquait pas grâce à ses avocats.

On évoqua ensuite le cas d'une ex-petite amie de son frère, qui venait de revenir en ville et était divorcée depuis peu. Il vit que sa mère était plus favorable à cette seconde prétendante. Cependant son père fit judicieusement observer que cette perle rare avait trois filles, dont l'une était déjà une adolescente.

— Et cette ancienne collègue à toi ? lui demanda-t-il ensuite. Comment s'appelle-t-elle, au fait ? Tu vois de qui je veux parler… Une juriste, je crois… Ravissante, très distinguée… Et intelligente, en plus. C'est dommage que tu sois tout le temps sur les routes à cause de ton travail. Il faudrait que tu te fixes quelque part…

Il perçut une pointe d'inquiétude dans le ton du vieil homme et se demanda s'il se doutait de quelque chose.

Conciliant, il répondit qu'au cours de l'année à venir son emploi du temps serait sans doute moins chargé et qu'il pourrait passer plus de temps en ville, et voir sa famille plus souvent.

Il laissa la conversation bourdonner autour de lui tout en continuant de sourire cordialement aux uns et aux autres. Il parla des vacances de Noël et s'étendit sur le plaisir qu'il aurait à les passer en famille, même s'il avait — hélas ! — de plus en plus de mal à se libérer.

Sa sœur le prit à part au moment de débarrasser la table, et lui confia ses craintes au sujet de la santé de leur père. Il ne serait peut-être plus là au prochain repas de Thanksgiving.

Elle n'osait y penser, car, selon elle, c'était déjà un miracle qu'il soit encore en état de marcher étant donné son âge.

Il trouva qu'elle en rajoutait de manière ridicule. Il était prêt à parier gros que leur père enterrerait toute sa progéniture — ce qui n'était pas peu dire, tant celui-ci avait été prolifique.

Il resta jusqu'à ce que son père vide son dernier verre de vieux scotch et reparte avec sa femme dans leur luxueux 4x4 — une Cadillac que conduisait un chauffeur. Il serra la main au vieux et trouva sa poigne plus ferme que jamais.

— Dis quelque chose à maman, insista sa sœur.

Il eut alors la complaisance de flatter la vieille bique et lui assura qu'elle avait l'air radieuse et qu'il était impatient de les revoir tous à Noël.

Dès que ses parents furent partis, disparaissant rapidement derrière un voile de neige, il se mit à penser à l'avenir. Il prit rapidement congé des convives en leur disant qu'il fallait qu'il rentre vite parce que son avion s'envolait à l'aube le lendemain. Et il se dirigea vers sa voiture.

Ce n'est que lorsque la grande maison, construite en dépit du bon sens, eut disparu de son rétroviseur, qu'il laissa choir son masque et que le sourire qu'il avait affiché pendant cinq heures disparut de ses lèvres. Il frotta la cicatrice que dissimulaient les cheveux sur sa tempe, et laissa ses pensées se faire ténébreuses.

Ce satané repas de Thanksgiving lui avait fait perdre un temps précieux !

Une hymne de Noël insipide passait à la radio et il éteignit d'un geste rageur l'appareil. Il se concentra sur la route où la visibilité était réduite par la tempête de neige. Il roulait cependant le plus vite possible tant il était impatient d'être de retour dans sa tanière.

Il n'avait plus de temps à perdre.

La tâche qui l'attendait était trop vaste.

Trop importante.

Mais les ingrats qui composaient sa famille ne s'en rendaient pas compte. Ils en étaient incapables.

13

Slatkin et Ashley Tang, son assistante, emballèrent ce qu'ils avaient trouvé dans l'appartement de Jocelyn Wallis sous le regard approbateur d'Alvarez, et allèrent déposer les sacs dans la camionnette de la police scientifique d'Etat. Les lieux avaient été photographiés sous tous les angles, les éléments de preuve potentiels ensachés, étiquetés et dûment paraphés.

Mikhail Slatkin, qui approchait des trente ans, était grand et maigre. Réservé, mais zélé et intelligent, il était l'exact contraire, sur le plan physique, de la femme qui travaillait avec lui. D'origine asiatique, Tang ne devait pas peser plus de cinquante kilos tout habillée — même lorsqu'elle portait, comme ce jour-là, une combinaison de ski et des après-skis. Diplômée à moins de vingt et un ans de la prestigieuse université de Stanford, en Californie, elle était dégourdie et dévouée à son travail, des qualités qu'Alvarez ne comprenait que trop bien.

Ils avaient passé l'appartement au peigne fin, rassemblant d'éventuels indices négligés en l'absence initiale de présomption d'empoisonnement — empoisonnement délibéré sans doute, de l'avis d'Alvarez qui croyait plus que jamais à la piste du meurtre, même si elle ne comprenait toujours pas bien comment l'homicide s'était déroulé.

Il y avait des traces de poison dans le système sanguin de la victime, mais sa mort avait été causée par sa chute. S'était-elle trouvée dans un état second à un moment donné de son jogging, d'où la chute par-dessus le muret ? Ou bien le tueur l'avait-il suivie et, plutôt que d'attendre que le taux d'arsenic dans son organisme ne devienne mortel, l'avait-il poussée dans le ravin ?

Slatkin déverrouilla la camionnette blanche, couverte d'une couche de crasse sur laquelle un doigt facétieux avait tracé ces mots :

« Lavez-moi ! »

— J'aurai besoin des résultats le plus vite possible, lui dit Alvarez pendant qu'il disposait soigneusement les sacs à l'arrière de la camionnette.

Slatkin referma la portière.

— Non, sans blague ! railla-t-il.

Tang, dont l'haleine embuait l'air autour d'elle, grimpa sur le siège du passager.

— On va s'y mettre tout de suite.

Alvarez, quant à elle, se dirigeait vers sa Jeep, lorsqu'une Plymouth bleue vint se garer sous l'auvent du parking. Une femme qui avait dépassé depuis longtemps les soixante-dix ans en sortit. Elle était emmitouflée dans un manteau trop grand pour elle. A l'instant où elle posa un pied sur l'asphalte, un teckel tout excité et accoutré d'un grotesque tricot rouge à pois blancs assorti à l'écharpe et au bonnet de sa maîtresse bondit hors de la voiture. Il se mit à aboyer follement, entourant les mollets de sa maîtresse avec sa laisse. Lorsque son regard tomba sur Alvarez, il se figea aussitôt, cessa son vacarme et se mit à fixer l'intruse avec une ostensible méfiance.

— Gentil, Kaiser, gentil…, roucoula la vieille dame.

Elle ouvrit le coffre de sa Plymouth et en sortit un sac à provisions bien rempli.

Kaiser se mit à grogner, et sa maîtresse, regardant par-dessus ses lunettes Alvarez à qui était destinée cette inamicale manifestation, émit un petit gloussement.

— Ne faites pas attention à lui, dit-elle. Il aboie mais ne mord pas…

Elle claqua le hayon et siffla doucement.

— Allez, viens, Kaiser !

— Excusez-moi, madame…, l'interpella Alvarez. Vous habitez dans cet immeuble ?

— Oui. Appartement 1-C.

Elle hocha la tête en direction du bâtiment, désignant le logement voisin de celui de Jocelyn Wallis.

— Vous êtes la voisine de Mlle Wallis ?

La vieille dame fronça les sourcils d'un air affligé.

— Oui. La pauvre… J'ai appris en regardant les infos qu'elle était morte. J'étais en voyage quand c'est arrivé, je suis allée visiter Frannie. Qu'est-ce qu'elle cuisine mal, celle-là ! C'est ma sœur… Je l'aime de tout mon cœur, mais croyez-vous qu'elle irait ouvrir un livre de cuisine ou qu'elle irait chercher des recettes sur internet ? Pas du tout ! Elle met une dinde au four et la fait rôtir jusqu'à ce qu'elle soit plus sèche que le Sahara… Et le pire, c'est que, si la viande est desséchée, la sauce est trop liquide et toute visqueuse.

Soudain, comme si elle venait de se rendre compte qu'elle radotait, elle revint au sort de sa malheureuse voisine.

— C'est vraiment triste, pour Mlle Wallis. Elle était très gentille, cette petite. Peut-être juste un peu…

Elle s'interrompit, comme si elle voulait garder son avis pour elle, haussa les épaules, tira sur la laisse de son chien et le traîna vers la porte d'entrée de son logement.

— Excusez-moi, insista Selena en sortant son insigne. Je suis l'inspecteur Alvarez et, si ça ne vous dérange pas, j'aimerais vous poser quelques questions au sujet de Mlle Wallis…

Jusqu'à présent, aucun voisin n'avait été interrogé, puisque l'on estimait la mort de la jeune femme accidentelle.

— Ça ne me dérange pas du tout, inspecteur, répondit la vieille dame après avoir examiné attentivement l'insigne.

Je m'appelle Lois Emmerson... Mais, je vous en prie, venez chez moi, il y fera plus chaud qu'ici.

Elle changea son cabas de main et marcha jusqu'à la porte d'entrée de l'appartement attenant à celui de l'institutrice. Alvarez la suivit dans un logis qui était aussi propre que bien rangé.

Lois posa son cabas sur le comptoir qui séparait la cuisine du salon, détacha la laisse de Kaiser, l'accrocha au mur et enleva son manteau, ses gants, son écharpe et son bonnet, dévoilant, sous cette couche protectrice, un pull-over également rouge à pois blancs...

— Vous tricotez ? demanda aimablement Alvarez.

— Avec ferveur ! Je suis une fana du tricot !

Le chien avait collé son museau contre la porte du garde-manger et Lois lui donna la moitié d'un biscuit pour chien.

— Je vais faire du thé, déclara-t-elle ensuite.

Alvarez tenta de décliner l'offre, mais rien n'y fit. Lois Emmerson avait décidé qu'elles avaient toutes les deux besoin de se réchauffer, et Alvarez comprit, en la voyant préparer le breuvage, que la vieille dame souffrait de solitude. Sans enfants probablement, vivant seule, avec Kaiser pour toute compagnie, et sa sœur, la calamiteuse cuisinière Frannie, pour toute famille. Elle semblait avoir envie de parler, alors Alvarez enleva son manteau et le posa sur un tabouret derrière le comptoir.

— Vous disiez qu'il y avait quelque chose, chez Jocelyn Wallis, qui vous intriguait, l'encouragea-t-elle à reprendre.

— Non, ce n'est pas ce que j'ai dit.

La bouilloire se mit à siffler, et Lois, prestement, comme si elle l'avait fait des millions de fois, se mit à verser de l'eau bouillante dans des tasses en porcelaine qui portaient les stigmates d'un long usage. Elle plongea un sachet de thé usagé dans la sienne et demanda :

— Orange pekoe ou earl grey ?

— Pekoe, choisit Alvarez qui n'avait, en fait, pas de préférence.

Elle était restée debout côté salon, séparée de Lois par le comptoir. Elle vit cette dernière prendre du thé dans une boîte et le verser dans la deuxième tasse.

Puis elle fit glisser la tasse sur le Formica et Alvarez attendit que le thé infuse et tiédisse.

— Vous avez dit : « Elle était très gentille, cette petite. Peut-être juste un peu… » et vous n'avez pas fini votre phrase. Qu'alliez-vous dire ?

— Oh ! Euh…

Lois parut se perdre dans ses pensées. Elle ôta et plongea son sachet de thé de sa tasse à plusieurs reprises, d'un air absent, avant de le laisser infuser quelques instants.

— Jocelyn était compliquée, dit-elle enfin. Mais, vous savez, je ne la connaissais pas très bien.

Elle pressa sur le sachet pour en extraire la dernière goutte de thé avant d'ouvrir la poubelle et de l'y jeter. Aussitôt, Kaiser y fourra son long museau.

— Enlève ton nez de là, toi ! Sale bête, va ! s'indigna Lois.

La queue entre les jambes, le basset détala et sortit de la cuisine. Lois le suivit et fit signe à Alvarez de s'asseoir dans l'un des vieux fauteuils du salon.

— Que voulez-vous dire par « compliquée » ?

— Ce n'est peut-être pas le mot qui convient…

Lois souffla sur son thé et s'assit sur le coussin tout usé de l'un des fauteuils.

— Jocelyn était jeune et un peu… pas vraiment fofolle, non… Plutôt très enthousiaste. Et tellement désireuse de tomber amoureuse ! Elle a été mariée deux fois, vous savez. Pas une, non… Deux fois ! Alors qu'elle n'avait que trente-quatre ans.

La désapprobation de la vieille dame se lisait sur tous ses traits.

— Elle avait trente-cinq ans, en fait, rectifia Alvarez. De nos jours, vous savez, ce n'est pas inhabituel d'avoir été marié plusieurs fois à cet âge.

— Oh ! Je sais, je sais ! Je ne la jugeais pas, se défendit Lois.

Elle secoua la tête énergiquement avant d'ajouter :

— Enfin, bref, j'ai cru comprendre qu'elle avait très envie de rencontrer un homme de nouveau. Et que ça la préoccupait beaucoup. Elle a essayé les sites sur internet. A un moment, elle voyait le père d'un de ses élèves, mais ça n'a pas duré. Et elle commençait à désespérer.

Elle trempa ses lèvres dans sa tasse et précisa :

— Selon moi, en tout cas.

— Elle recevait beaucoup de visites masculines ?

Sans cesser de siroter son thé, la vieille dame leva sa main libre et l'agita dans un geste indécis, comme si elle ne connaissait pas la réponse à cette question. « Peut-être ben qu'oui, peut-être ben qu'non », en quelque sorte, semblait-elle vouloir dire.

— Il en est venu, des hommes… Ça, c'est sûr… J'en ai vu défiler quelques-uns. Mais je ne suis pas une fouineuse, alors je ne saurais vous dire si c'étaient ses amants. Je me souviens surtout de ce fermier… Trask ou Trevor, un prénom dans le genre… Un grand baraqué, beau garçon.

— Trace O'Halleran ?

— Oui, c'est ça, c'est comme ça qu'il s'appelle. Mais cette liaison est déjà ancienne.

Elle pinça les lèvres tout en creusant dans sa mémoire.

— Je crois qu'elle a très mal vécu leur rupture, poursuivit-elle. Elle avait hâte de se marier pour avoir un enfant, j'imagine… Après, il aurait été trop tard…

— Elle fréquentait quelqu'un, ces derniers temps ?

— Aucun dont je ne connaisse le nom, en tout cas. Mais il en est venu un ou deux. Ce type, par exemple, un grand baraqué, genre culturiste… Il n'avait pas l'air commode, celui-là. Il avait un 4x4 noir. Je m'en souviens parce que ce petit saligaud de Kaiser a fait pipi sur l'un de ses pneus. Des Michelin, si je me rappelle bien…

— Immatriculé dans la région ?

— Oh ! Ça, je n'en ai aucune idée, répondit Lois en secouant la tête. Dès que j'ai vu Kaiser se comporter aussi honteusement, j'ai tiré sur sa laisse et j'ai filé chez moi !

— Vous vous souvenez de la marque du 4x4 ?

Ce n'était sans doute rien, mais la moindre piste était bonne à prendre.

— Non, mais c'était un grand modèle, pas un petit, comme on fait maintenant.

— D'une marque américaine ? insista Alvarez.

Lois haussa les épaules.

— Tout ce dont je me souviens, c'est qu'il était noir, ce 4x4. Ou alors bleu marine ou gris très foncé. Il avait l'air plutôt neuf, aussi. Il n'avait pas une rayure. Et il avait de beaux pneus, hein, Kaiser ?

Elle esquissa un sourire, comme si son chien, ce vilain malpropre, était aussi un petit animal malicieux et facétieux.

— Vous n'avez pas vu le visage de l'homme ?

— Non.

— Est-ce que vous avez remarqué son type ? Etait-il blanc, noir, hispanique ?

— Blanc, je crois… Mais je n'en suis pas sûre.

Tant pis pour le portrait-robot…

— Il est venu souvent ?

— J'ai remarqué son 4x4 deux fois. Lui, je ne l'ai aperçu qu'une fois. Il sortait de l'immeuble et j'étais derrière lui, avec Kaiser.

Elle sourit faiblement et dit :

— Excusez-moi.

— Vous avez parlé d'un deuxième homme…

— Peut-être… Ou peut-être pas… Il se peut que je confonde… Il n'y avait peut-être que le type avec le 4x4 noir.

Alvarez posa encore quelques questions, mais sans rien en tirer de plus. Lois Emmerson ne savait pas grand-chose des amis de l'institutrice, mais elle pensait que sa vie sociale tournait essentiellement autour de l'école Evergreen et de ses collègues. Elle l'avait entendue parler d'une sœur, qui vivait dans un autre Etat. Elle savait que ses parents vivaient encore, mais ignorait tout d'eux. En fait, les deux voisines s'étaient surtout rencontrées sur le parking ou en allant chercher leur courrier dans la boîte aux lettres. Elles se croisaient aussi lorsque Lois sortait son chien et que Jocelyn partait faire son jogging au même moment. Les informations qu'elle était en mesure d'apporter étaient donc pour le moins fragmentaires.

Alvarez dut cependant s'en satisfaire. Elle vida sa tasse et se leva, prête à prendre congé. Lois tourna alors les yeux vers elle et lui demanda :

— Voulez-vous que je lise dans vos feuilles ?

— Pardon ?

— Les feuilles de thé qu'il y a au fond de votre tasse. C'est pour ça que j'ai mis dans votre tasse les feuilles sans boule à thé ni sachet. Pour pouvoir lire dedans.

— Vous lisez l'avenir dans les feuilles de thé ?

Alvarez n'en croyait pas ses oreilles. Depuis qu'elle s'était installée à Grizzly Falls, elle avait fait la connaissance d'Ivor Hicks — qui jurait ses grands dieux qu'il avait été enlevé et séquestré par des extraterrestres — et de Grace Perchant, la femme qui parlait aux fantômes et prédisait l'avenir. Et à présent, voilà que cette vieille dame, qui avait l'air d'une bibliothécaire à la retraite, voulait lire son avenir dans les feuilles infusées de son thé !

— Bien sûr. Je sais comment on fait.

— Alors, allez-y ! répondit Alvarez.

Précédant cet acquiescement, Lois s'était déjà levée. Elle fit le tour de la table pour venir examiner le fond de la tasse. Elle la retourna sur une serviette de table, pour ôter les dernières gouttes de thé, puis elle remit la tasse à l'endroit et étudia son contenu.

— Ça alors ! marmonna-t-elle. Ça alors…

Mais Alvarez n'allait pas mordre aussi facilement à l'hameçon.

— C'est intéressant, reprit Lois.

Voyant qu'Alvarez ne réagissait pas, elle précisa :

— On dirait que des choses vont changer dans votre vie… Dans votre travail, peut-être… Non, peut-être pas, en fait. Vous allez tomber amoureuse. Je vois un cœur dans votre proche avenir, mais…

Elle s'interrompit, fronçant subitement les sourcils.

Ne lui demande rien, s'intima Alvarez.

Et pourtant elle ne put s'empêcher de dire :

— Mais quoi ?

— Mais il y a du danger… Quelque chose de maléfique.

Lois désigna un petit amas de feuilles entortillées sur le bord de la tasse.

— Ça, c'est le présent, lui expliqua-t-elle. Et ça, le cœur, là, c'est le proche avenir…

Elle haussa l'un de ses sourcils grisonnants et se demanda à haute voix :

— Un nouvel amant, peut-être ?

— J'en doute fortement, rétorqua Alvarez en récupérant son manteau sur le tabouret.

— Je vois que vous n'y croyez pas.

— Je ne suis pas superstitieuse.

Elle était en train d'enfiler son manteau lorsque Kaiser — qui s'était fait oublier sous la table — se leva brusquement. Il se mit à aboyer furieusement et se précipita vers la porte coulissante. Là, il se dressa sur ses pattes arrière et s'appuya contre la vitre, la grattant avec frénésie sans cesser d'aboyer et de gronder.

— Chut, Kaiser ! Arrête tout de suite ! lui ordonna Lois en se levant à son tour. Qu'est-ce qui te prend ?

Elle le rejoignit devant la porte vitrée et s'exclama :

— Oh ! Doux Jésus !

Elle posa ses mains sur sa poitrine en regardant au travers de la vitre.

Alvarez suivit son regard et repéra un chat tout trempé, assis sur la table du patio, qui épiait l'intérieur de l'appartement de Lois d'un œil fixe et brillant.

— C'est la chatte de Jocelyn ! Oh ! Pauvre bête… Je ne peux pas la prendre chez moi, à cause de Kaiser. Il n'en ferait qu'une bouchée ! Mais elle est gelée…

— Je vais l'emmener, décida Alvarez.

— Ah, non ! protesta Lois en se méprenant sur ses intentions. Je ne vous laisserai pas l'emmener dans un refuge pour animaux abandonnés ! Nous lui trouverons un nouveau foyer.

Elle se baissa pour prendre dans ses bras son chien, encore tout frémissant et tout excité.

— Je me proposais de l'emmener chez moi, précisa Alvarez.

— Ah… Dans ce cas… D'accord ! Tant mieux, même !

Aboyant toujours comme s'il avait vu le diable en personne, Kaiser se démenait et se débattait dans les bras de sa maîtresse tandis que celle-ci l'emportait dans une autre pièce.

— Sa niche se trouve dans ma chambre, dit-elle.

Puis elle se mit à réprimander le teckel.

— Môssieu Kaiser, que signifie ce comportement ?

Elle baissa le ton, et Alvarez n'entendit plus distinctement ce qu'elle disait à son chien. Le chat, dont la moustache était givrée, la regardait maintenant d'un air pitoyable.

Elle ouvrit la porte et, sans un instant d'hésitation, l'animal, dont le pelage était noir et les pattes blanches, se précipita à l'intérieur et vint se frotter contre ses mollets.

— Salut, toi ! lui dit-elle.

Elle se pencha, lui caressa le dos, et se sentit fondre lorsque la chatte se mit à se trémousser entre ses chevilles.

Elle entendit une porte claquer dans l'appartement.

— C'est incroyable ce que Kaiser déteste les chats ! dit Lois, de retour dans le salon. Ah, je vois que vous avez fait connaissance. Pauvre bête ! Elle doit être affamée.

— Je la nourrirai.

— Tant mieux ! Tant mieux !

Lois tenta de caresser la chatte, mais celle-ci s'enfuit à son approche et alla se cacher sous le canapé.

— Tiens donc ! Voilà qu'elle joue les timides, maintenant ! J'ai une boîte de transport pour animaux de compagnie dont je ne me sers jamais. Je l'utilisais quand Kaiser était un chiot. Vous pourriez la mettre dedans pour l'emmener chez vous, proposa Lois.

— Si on arrive à l'attraper…

— Je vous laisse essayer pendant que je vais chercher la boîte.

A la grande surprise d'Alvarez, la chatte n'opposa guère de résistance. Dix minutes plus tard, elle roulait vers son appartement, tandis que l'animal poussait des miaulements à fendre l'âme dans sa cage, sur le siège arrière de la Jeep.

En sortant la boîte de la voiture, Alvarez se demanda si elle aurait le cœur d'emmener la chatte, qu'elle avait provisoirement baptisée « l'inconnue », dans un refuge ou si elle allait vraiment la garder, comme elle l'avait promis à Lois Emmerson. Elle repensa à la vieille dame et à son chien, à leurs tricots identiques, et ne put s'empêcher de songer à ce qu'elle allait elle-même devenir en vieillissant. Connaîtrait-elle un sort identique ? Finirait-elle sa vie, seule avec un animal de compagnie qui lui tiendrait lieu d'enfant ? Un chat qu'elle cajolerait et qu'elle habillerait comme une poupée ?

— Jamais, murmura-t-elle.

Elle déverrouilla la porte et pénétra dans le studio terne et sans charme qui lui tenait lieu de logis. Elle nourrit la chatte du contenu d'une boîte d'aliment pour chat qu'elle avait trouvée chez Jocelyn Wallis. Elle plia une serviette qu'elle posa dans un coin du salon en guise de couche pour sa nouvelle compagne, pendant que celle-ci explorait les lieux. Selena répandit un peu de litière pour chat, également glanée chez la défunte, dans une boîte en carton. Elle prit la chatte et la posa d'office dedans.

— Souviens-toi que c'est là qu'il faut que tu..., commença-t-elle.

Mais la chatte s'enfuit précipitamment dans la salle de bains.

— Super, marmonna Alvarez.

Elle prit une douche en vitesse, s'essuya non moins rapidement et enfila un pantalon noir et un col roulé couleur rouille. Elle orna ses oreilles de grandes boucles et, une fois n'était pas coutume, laissa ses longs cheveux noirs flotter dans son dos.

De retour dans sa petite cuisine, elle fouilla dans le garde-manger et y trouva une bouteille de cabernet poussiéreuse. Elle l'essuya pendant que la chatte sautait sur le comptoir et osait un début d'exploration.

— N'en profite pas trop, toi ! l'avertit Alvarez.

La chatte répondit par un bâillement, exhibant ses petits crocs acérés.

— Sois gentille et descends de là !

Cause toujours, crut-elle entendre l'animal lui répondre.

Elle mit son manteau et son écharpe et, sans se laisser le temps de changer d'avis, prit la bouteille et son sac à main et sortit du studio.

Dans la rue, la neige tombait en fins flocons qui scintillaient comme autant de diamants à la lueur des réverbères.

Tout en se traitant d'imbécile, elle marcha dans la neige jusqu'à sa Jeep, s'installa au volant et resta pensive un instant.

Allait-elle vraiment faire preuve d'une telle audace ?

Allait-elle accepter l'invitation de Dan Grayson ?

Elle glissa la clé dans le contact, ferma les yeux et compta jusqu'à dix.

Et puis merde !

Qu'est-ce qui pouvait lui arriver ? Elle risquait, au pire, de se sentir un peu gênée. Peut-être allait-elle le trouver en tête à tête avec une autre femme ? Ou encore Grayson serait seul chez lui, n'attendant en fait la visite de personne et il serait surpris de la voir apparaître sur le pas de sa porte...

Qui sait ? Mais qui ne tente rien n'a rien.

Nada aventurado, nada adquirido.

C'était ce qu'elle se répétait sans cesse quand elle était adolescente, au grand désespoir de sa grand-mère.

Elle tourna la clé dans le contact pour faire démarrer le moteur. Quelques secondes plus tard, elle sortait du parking et roulait dans la neige, en se demandant comment son supérieur allait réagir lorsqu'il la verrait débarquer chez lui.

14

— On en a déjà parlé cent fois, Nate…

Allongée dans le grand lit de Santana, Regan se redressa à la lueur vacillante du feu qui brûlait dans la cheminée. Elle soupira, exaspérée par ses propres émotions, si contradictoires, et regarda l'homme qu'elle aimait — même si elle refusait de se l'avouer.

Mon Dieu, ce que je suis cruche !

Surtout avec lui.

L'odeur persistante du chili — à la dinde, Thanksgiving oblige — se mêlait à celle du bois qui se consumait. Le menu de leur repas avait été peu traditionnel, et elle lui en savait gré. Ils avaient d'ailleurs passé plus de temps au lit qu'à table… Le husky de Santana, Nikita, était couché sur le plancher, près de la porte.

Regan vit au travers de la fenêtre qu'il neigeait encore, mais moins que durant la journée. Et pendant ces quelques heures d'intimité amoureuse elle avait eu l'impression d'être seule au monde avec son amant.

Santana était nu, tout comme elle. Sa peau mate contrastait avec la blancheur des draps, ses cheveux noirs étaient ébouriffés, ses yeux brillaient encore des feux de la passion et elle le trouvait incroyablement sexy. Encore et toujours. Même après plus d'un an de liaison…

Il eut l'audace de sourire.

— Et je crois que nous en reparlerons, autant de fois

qu'il le faudra, jusqu'à ce que tu admettes que tu as besoin de moi, dit-il.

— *Besoin* de toi ?

— Mais oui. C'est un fait. Admets-le.

— Je n'ai besoin de…

— Personne ? poursuivit-il à sa place. Oui, je sais. Tu me l'as dit assez souvent.

— Alors, pourquoi me mettre la pression ?

Il venait de lui demander d'emménager chez lui. Une nouvelle fois. Un an auparavant, alors qu'elle se remettait des blessures physiques et morales qu'elle avait subies aux mains d'un psychopathe meurtrier, elle était convenue que ce ne serait pas une mauvaise idée. Elle avait même été fortement tentée d'accepter, à l'époque. Mais, à présent…

— Allez, Regan ! Je ne comprends pas pourquoi tu t'entêtes à refuser.

D'une main calleuse et chaude, il caressa doucement ses côtes, éveillant ses sens.

— On s'amuserait bien, tous les deux…

Il se redressa et effleura du bout de la langue l'un de ses tétons. Elle sentit son haleine tiède sur la peau moite de ses seins.

— Réfléchis-y, murmura-t-il.

— Tu sais que tu peux être sacrément obstiné, cow-boy ! Quand tu as une idée en tête, pas moyen de te faire entendre raison.

— On ne se refait pas.

Il lui lécha les seins et elle se sentit aussitôt fondre.

Leurs bouts se durcirent et elle ne put réprimer un petit gémissement énamouré.

Elle avait envie de lui. C'était plus fort qu'elle. Elle n'était jamais repue, avec cet homme !

Comme s'il lisait dans ses pensées, Santana éclata d'un rire franc et irrévérencieux.

— Je parle sérieusement, dit-elle.

— Moi aussi.

Avec la vivacité d'un chat, il lui grimpa dessus et la plaqua contre le matelas ; et elle vit danser dans ses yeux les flammes du désir.

— Ça fait longtemps qu'on envisage de vivre ensemble, pourtant…

— Je sais, mais les enfants habitent toujours à la maison.

— Justement ! Ils auraient bien besoin d'une figure du père !

— Euh… C'est-à-dire que…

Dans la position où elle se trouvait, elle avait du mal à penser clairement, enivrée par le corps musclé de Nate et les sensations délicieuses qu'il lui procurait.

Mais qu'est-ce que j'ai ? J'approche de la quarantaine et je suis aussi émoustillée qu'une adolescente… Enfin, quand je suis avec ce maudit gars… Et le pire, c'est qu'il le sait !

— Je trouve que notre relation est bien comme elle est, parvint-elle à dire.

— Oui, mais elle pourrait être encore mieux, objecta Santana.

— Ou pire…

— Allez, Regan, sois raisonnable !

Les yeux de Santana étaient noirs dans la pénombre. Il posa ses lèvres sur les siennes, l'embrassa à pleine bouche et se mit à la mordiller.

— Si tu crois que tu arriveras à me convaincre comme ça, en me…

Il avait logé sa main entre ses cuisses et elle ne put s'empêcher de se cambrer. Elle sentit son cœur s'emballer et le sang irriguer son bas-ventre. Ses doigts se crispèrent, agrippant les draps et elle finit par s'abandonner, fermant les yeux et gémissant de plaisir lorsqu'il la pénétra. Elle sentait un désir familier, mais toujours aussi puissant, naître au creux de ses reins et se propager à tout son être, tandis qu'il allait et venait en elle, trempé de sueur, haletant de plus en plus fort.

Quel mal y avait-il à songer à l'avenir ?

Comme ce serait bon de vivre le restant de ses jours avec cet homme !

Mais, pour l'heure, elle n'était pas en mesure d'y réfléchir. Car, en cet instant, elle ne pensait qu'à aller au bout de la nuit.

Kacey jeta un coup d'œil à travers les larges fenêtres de la salle à manger de Rolling Hills et décida que ce repas de Thanksgiving avec sa mère avait assez duré. La neige s'était remise à tomber et de gros flocons brillaient à la lumière des projecteurs disposés tout autour de la résidence. Un belvédère, orné de guirlandes lumineuses blanches, luisait dans le parc, ainsi qu'un sapin pareillement illuminé.

Les convives qui avaient achevé leur repas saluaient de la main Maribelle en quittant la salle du restaurant. Certains s'arrêtaient à sa table pour lui souhaiter un joyeux Thanksgiving. Maribelle les présentait à Kacey et leur adressait à son tour cordialement ses vœux.

Kacey était sur le point de se lever lorsqu'un homme au crâne rasé, grand et plein de dignité, d'allure martiale mais au sourire facile, vint les rejoindre à leur table.

— C'est votre fille ? demanda-t-il.

Maribelle s'empressa de présenter Kacey à son ami David Spencer, qui se dit « charmé ». Ses manières distinguées et son vocabulaire choisi semblaient dater d'une autre époque.

— Vous êtes aussi ravissante que votre mère, dit-il en adressant un clin d'œil à Maribelle, laquelle rougit du compliment. Maribelle est la meilleure partenaire au bridge de la résidence, voire de toute la ville. Je suis enchanté d'avoir fait votre connaissance, Acacia.

Il lui tapota affectueusement l'épaule avant de se diriger d'un pas assuré vers la porte battante qui donnait sur le hall de la résidence.

— Alors, tu comprends pourquoi je me plais ici ?

demanda Maribelle d'une voix malicieuse en suivant du regard le dos bien droit de Spencer.

— Oui… Et je comprends aussi pourquoi tu insistais tant pour que je vienne. Tu voulais que je le rencontre, pas vrai ?

Sa mère fit mine de démentir avant de hausser les épaules.

— Tu m'as démasquée !

— C'est du sérieux avec lui ?

— Mais non ! dit Maribelle en riant.

Cela faisait des années que Kacey ne l'avait pas entendue rire aussi ingénument.

— Je l'appelle le Commandant.

— Tu es amoureuse ?

— Oh ! ça, c'est une autre affaire…

— Maman, ne me raconte pas d'histoires. Ça se voit ! Pourquoi ne m'as-tu jamais parlé de lui ?

— Parce qu'il n'y aurait pas eu grand-chose à en dire…

Mais la lueur qui brillait dans ses yeux démentait ses propos.

— Alors, qu'en penses-tu ?

— De lui ? Ou de toi ?

— De nous.

— Tout ce que je veux, c'est que tu sois heureuse, maman.

Elle avait dit cela sincèrement, mais par-delà ses vœux de bonheur certaines questions la tarabustaient… Pourquoi, pendant ses longues années de mariage avec le père de Kacey, Maribelle ne s'était-elle jamais montrée aussi enjouée tant avec son mari qu'avec sa fille ? Pourquoi Kacey avait-elle toujours senti une tension sous-jacente dans le couple que formaient ses parents ? Elle en était arrivée à penser que sa mère n'avait jamais aimé son père et qu'elle regrettait de s'être mariée avec un ouvrier, alors qu'elle avait fait des études et aurait pu prétendre à un sort plus enviable dans un milieu social plus favorisé… Sans doute avait-elle toujours aspiré à quelque chose de plus dans sa vie sentimentale, quelque chose qu'elle semblait avoir trouvé, à présent, en la personne de David Spencer.

Kacey se demanda si elle connaissait sa mère aussi bien qu'elle l'avait cru jusqu'alors. Maribelle était cachottière et usait sans cesse de faux-fuyants. Avec elle, la vérité était toujours au fond du puits.

— Quelle bonne surprise ! Vous vous êtes décidée à venir, finalement !

Debout sur le pas de sa porte, Dan Grayson gratifia Alvarez d'un large sourire. Il ouvrit la porte en grand pour lui laisser le passage.

Elle avait failli faire demi-tour quand elle avait vu une voiture inconnue garée près du garage du shérif et recouverte d'une couche de dix centimètres de neige, si bien qu'il était impossible d'en déterminer la marque. Un petit monospace, à première vue.

— Hé, Hattie ! On a de la visite ! cria Grayson par-dessus son épaule.

Alvarez sentit son estomac se nouer.

— Entrez, entrez, il fait un froid de canard, dehors, dit-il encore.

Il recula d'un pas et lui fit signe d'entrer, et elle se força à lui sourire.

Quelle erreur d'être venue !

Il ne l'avait invitée que par politesse, c'était sûr à présent. Elle avait dû lui faire pitié, toute seule à traîner encore au bureau quand tous les autres avaient déjà la tête à la fête. Elle ne pouvait plus reculer, maintenant. Il ne lui restait plus qu'à passer un peu de temps avec eux et prendre congé le plus rapidement possible.

Deux vraies jumelles, qui paraissaient avoir sept ans, vinrent l'accueillir dans le couloir. L'une était habillée en rose et ses cheveux étaient maintenus en arrière par un bandeau. L'autre, en vert, arborait une queue-de-cheval à moitié défaite et il manquait une incisive à son sourire.

— Les filles, je vous présente l'inspecteur, enfin… Mlle Alvarez. Selena, voici McKenzie et Mallory.

— Salut ! dit poliment McKenzie, la fillette en rose.

Sa sœur fronça les sourcils et jeta un regard méfiant à la nouvelle venue. Puis des bruits de pas se firent entendre dans l'escalier et une femme à l'allure rétro apparut à son tour : elle était blonde, grande et mince, perchée sur des talons hauts et moulée dans une robe fourreau. Elle vint à la rencontre de Selena en souriant chaleureusement.

— Je m'appelle Hattie, dit-elle.

Elle portait un rang de perles et l'un de ces petits tabliers purement décoratifs ceignait sa taille de guêpe. Ses cheveux ondulés étaient impeccablement coiffés, tirés en arrière et surmontés d'une barrette ornementée. Elle semblait sortie tout droit d'un feuilleton des années 1950.

— Selena, se présenta à son tour Alvarez.

Mal à l'aise en présence de cette femme qui présidait à l'évidence aux festivités, elle lui tendit gauchement la bouteille de vin.

— Je suis heureuse que vous ayez pu venir, dit Hattie. Et vous arrivez à point, en plus !

Elle se tourna vers Grayson et ajouta :

— Tu pourrais lui proposer de l'aider à enlever son manteau, Dan ! Je me demande parfois où sont passées tes bonnes manières.

Elle jeta un coup d'œil à l'étiquette de la bouteille.

— Du cabernet ! s'écria-t-elle. Mon vin préféré !

Mon Dieu, tirez-moi de ce guêpier ! Vite !

Elle les suivit dans la salle à manger, où une vieille table avait été recouverte d'une nappe. Un brin de canneberge et des légumes verts y étaient disposés autour d'un chandelier. Les quatre assiettes en porcelaine ébréchée indiquaient clairement qu'ils n'avaient pas compté sur la présence d'Alvarez.

— Dan, peux-tu ouvrir ça ? demanda Hattie en faisant un clin d'œil à Grayson.

Elle lui tendit la bouteille et retourna en hâte dans la cuisine.

— C'est comme si c'était fait !

Il se tourna vers Alvarez et dit :

— Hattie est… euh, était ma belle-sœur. Les petites filles sont mes nièces.

— Ah…

Cette précision n'expliquait pas grand-chose, et, comme s'il avait perçu la perplexité d'Alvarez, il ajouta :

— Hattie est la sœur de mon ex-épouse.

Alors là, ça devient de plus en plus compliqué !

Ils rejoignirent Hattie dans la cuisine. Elle était en train de sortir une autre assiette du placard. Une dinde, rôtie à la perfection, était en train de tiédir dans un plat de service, attendant d'être découpée. Une bouteille de chablis était ouverte, posée sur la paillasse à côté de deux verres à vin dépareillés.

Alvarez réprima un grognement tandis que Hattie sortait d'un tiroir des couverts supplémentaires.

Fais contre mauvaise fortune bon cœur, se dit Selena. *Essaie de sourire pendant les deux heures qui vont suivre. Même si c'est un cauchemar, tu dois pouvoir l'affronter la tête haute. C'est quand même plus facile de papoter avec le shérif et sa belle-sœur que de chercher des indices dans l'affaire du meurtre de Jocelyn Wallis ou d'examiner une scène de crime laissée par un tueur sadique. Ce n'est qu'un repas, alors prends ta peine en patience et ton courage à deux mains.*

— Dan, tu veux bien découper la bête ? demanda Hattie à Grayson qui venait de déboucher la bouteille de cabernet.

— Bonne idée.

Alvarez plongea le nez dans le verre qu'il lui offrit. C'était un aspect de son supérieur qu'elle découvrait pour la première fois : l'homme d'intérieur, détendu au sein d'une ambiance familiale. Qu'était-elle allée s'imaginer, en acceptant son invitation ?

Hattie plongea une cuillère dans le saucier et nappa délicatement les patates douces, puis les pommes de terre à la vapeur. Une sauce aux canneberges et une tourte au potiron attendaient sur le comptoir d'être dégustées au dessert. Tout cela était trop conventionnel et petit-bourgeois pour Alvarez, qui regrettait de plus en plus d'être venue — ou, pour mieux dire, de jouer les intruses dans ce repas de famille.

Puis ils se mirent à table. Alvarez fut placée en face des deux fillettes, et Grayson et Hattie s'assirent chacun à un bout de la table. Alvarez ne songeait plus qu'à trouver un stratagème pour s'éclipser le plus rapidement possible sans toutefois paraître impolie. Hattie insista pour que ses filles disent une sorte de bénédicité. Mallory resta silencieuse, mais McKenzie récita une jolie prière qu'elle avait sans doute apprise par cœur pour l'occasion.

Le repas fut de bout en bout savoureux, la dinde succulente, les patates douces fondantes à souhait, et pourtant Selena ne parvenait pas à l'apprécier à sa juste valeur.

Lorsque Hattie se leva pour aller chercher le dessert, couvant Grayson d'un regard radieux, Alvarez en profita pour poser discrètement la main sur son téléphone portable, au fond de sa poche, et pour appuyer sur un bouton qui déclenchait une sonnerie.

Elle le sortit alors, feignant de prendre la communication.

— Alvarez…

Elle parvint à afficher sur son visage un air préoccupé, leva un doigt et quitta la table.

— Ah bon ? D'accord, allez-y, je vous écoute…, dit-elle dans l'appareil.

Elle se rendit dans l'entrée et feignit de répondre par monosyllabes à un interlocuteur imaginaire. Deux minutes plus tard, elle raccrocha et revint dans la salle à manger.

— Désolée, mais il faut que je file, annonça-t-elle. Ne vous dérangez pas pour moi, je mettrai mon manteau toute seule.

— Des ennuis ? demanda Grayson, qui s'était déjà levé.

— Rien de grave, répondit-elle d'un ton évasif.

Au moins, ça, ce n'était pas un mensonge.

— Alors, restez pour la tourte et le café, proposa Hattie.

Elle la regardait d'un air inquiet. McKenzie mima l'expression de sa mère pendant que Mallory trempait subrepticement un doigt dans la grosse cuillerée de crème fouettée qui garnissait sa tourte au potiron.

— Désolée, mais c'est impossible. Merci pour cet excellent dîner. Je me suis vraiment régalée.

Elle évita le regard de Grayson, car elle détestait invoquer de mauvais prétextes, elle qui s'était toujours flattée d'être franche et directe. Le mensonge ne lui venait pas aisément aux lèvres.

Grayson la suivit dans l'entrée et décrocha son manteau de la patère.

— Je ne sais pas de quoi il s'agit, dit-il, mais je suis sûr que ça pourrait attendre un peu…

— Je ne crois pas, non.

Il lui agrippa le bras et demanda :

— Qu'est-ce qui se passe ?

— Juste un petit pataquès dans les rapports du labo.

Il lâcha prise, et elle faillit soupirer de soulagement.

— Rien de grave, je vous assure. Je tiens seulement à régler ça le plus vite possible.

Elle se sentit toute bête tandis qu'il l'aidait à enfiler son manteau. Elle arracha sèchement son écharpe de la patère et tendit la main vers la poignée de la porte d'entrée.

— Encore merci pour ce repas. C'était vraiment délicieux, dit-elle en se précipitant dehors.

En arrivant à l'endroit où elle avait garé sa voiture, elle se retourna brièvement et vit Grayson, toujours debout sur le pas de sa porte. Il la regarda s'installer au volant de la Jeep et refermer la portière.

— Dan ? fit la voix étouffée de Hattie de l'intérieur de la maison.

Alvarez enfonça la clé dans le contact et démarra. Elle activa les essuie-glaces pour écarter toute la neige qui s'était accumulée sur le pare-brise. Elle exécuta un demi-tour et descendit l'allée qui menait à la rue. Dans son rétroviseur, la maison de Grayson brillait, toute illuminée dans la nuit glaciale.

Mais à quoi donc s'était-elle attendue ? Avait-elle vraiment cru qu'elle allait partager un repas en tête à tête avec le shérif ? Qu'ils allaient tranquillement siroter le vin qu'elle avait apporté et peut-être même échanger un baiser ?

Ses pensées lui étaient insupportables. Elle emprunta la nationale et se retrouva piégée derrière un chasse-neige qui écartait avec une inébranlable régularité de gros blocs de neige sur le bas-côté de la route en faisant crisser sa lame sur la chaussée gelée.

Elle le suivit en se promettant de plus jamais — jamais — être aussi naïve.

Elle n'était pas encore rentrée.

Il le savait car l'allée, recouverte de neige, était dénuée de traces de pneus. Et parce que les lampes qui éclairaient l'intérieur de la maison d'Acacia étaient celles qui fonctionnaient avec une minuterie, réglée pour se déclencher tous les jours à la même heure. La lampe du petit salon s'allumait à 5 heures tous les matins, et celle du grand salon invariablement tous les après-midi à 16 h 30.

Il n'y avait pas d'autres sources de lumière pour le moment dans la maison qu'il épiait d'un bosquet voisin. Au printemps et en été, la petite ferme, cachée par la végétation, n'était pas visible de la route. Mais, en cette saison, les peupliers, les trembles et les cerisiers qui l'entouraient étaient dénudés et on pouvait l'observer à loisir. Certes, elle était située à plus de quatre cents mètres de la route, de l'autre côté de champs où se dressaient des arbres épars. Mais, même par une nuit d'hiver, on pouvait voir les lumières de la maison.

Il avait pris maintes précautions car il ne savait pas quand elle allait rentrer chez elle, et il ne voulait pas que ses empreintes soient visibles dans la neige. Mais, tout en sachant qu'il lui fallait rester prudent, et qu'en passant à l'acte ce soir-là il pouvait attirer l'attention sur lui, il était partisan de saisir l'occasion quand elle se présente. Or le congé de Thanksgiving en était une, car le trafic sur les routes était plus dense et les gens, occupés par les festivités, avaient la tête ailleurs. Il savait, en outre, qu'elle n'avait ni signal d'alarme ni chien de garde et qu'elle ne partageait son logis avec personne. Mais toutes ces conditions propices pouvaient changer du jour au lendemain. Il fallait donc qu'il agisse promptement, tant que c'était possible.

Il roula lentement devant l'entrée du chemin qui menait à la maison puis repassa en sens inverse. Certain qu'elle n'était pas encore revenue, il décida de tenter sa chance.

Il se gara à deux kilomètres de la maison, derrière un gros tas de pierres, dans une carrière désaffectée. Puis il enfila ses skis pour retourner sur place. Par chance, la maison était bordée par une forêt publique et il n'eut que peu de clôtures à franchir. Il y avait de petits sentiers qui serpentaient entre les pins, les genévriers et les épicéas, et il avait soigneusement étudié le terrain au préalable.

Ses lunettes de vision nocturne lui permettaient de skier dans l'obscurité sans heurter d'obstacle. Il fit détaler un lièvre blanc, qui bondit promptement dans un fourré de petits conifères croulant sous la neige.

Son cœur se mit à battre plus vite, ses oreilles étaient aux aguets, ses yeux scrutaient le paysage hivernal. Il aperçut un cerf, qui se figea en le voyant passer, puis le dos d'une perdrix qui courut se cacher dans la broussaille.

Enfonçant ses bâtons dans la neige, il traversa le bois et atteignit la limite de la propriété d'Acacia. Il hésita un instant, scrutant les alentours en quête d'un signe de vie quelconque. Une fois qu'il fut bien certain d'être seul, il ôta ses skis et enfila une paire de raquettes avant de franchir la clôture qui séparait la forêt domaniale du terrain privé.

Il s'approcha de la fermette rapidement, sans faire le moindre bruit, comme il avait appris à le faire plusieurs années auparavant dans le désert, lorsqu'il avait servi dans les marines. Prenant soin de ne pas laisser de traces trop visibles, il atteignit en silence l'une des remises extérieures. Malgré le froid glacial, il était en nage, ses muscles étaient crispés et ses nerfs tendus comme des cordes de violon.

Il était prêt.

Il marqua une pause. Puis il inspira profondément et reprit sa progression, longeant les dépendances. Il s'approcha ainsi de l'arrière de la maison, où il vit briller une lumière dans le petit salon.

Il ne put réprimer un sourire.

Quelle naïveté !

Cette tentative de faire croire que la maison était occupée lui paraissait d'un amateurisme grotesque.

Il pénétra dans la cour principale par l'arrière et marqua une nouvelle pause. Il observa de nouveau la maison pour s'assurer qu'elle était bien déserte. Puis il marcha dans la broussaille jusqu'au mur du garage.

La nuit était voilée par une neige incessante et seul le son de sa respiration venait troubler le silence.

Il n'avait rien à craindre.

Il dégrafa rapidement ses raquettes et contourna le garage. En passant, il dirigea le faisceau de sa lampe de poche au travers de la vitre de la porte latérale, vers l'intérieur du garage.

Il était vide de tout véhicule.

Elle n'était pas revenue.

Pas encore.

Précautionneusement, il mit ses pas dans les traces qu'avaient laissés ceux d'Acacia et parvint à la porte de derrière. Il fouilla dans la poche de son anorak et en sortit un porte-clés. Il choisit celle qu'il avait fait faire quelques jours auparavant. Il sourit en se souvenant de la chaudière qu'il avait démontée puis remontée, en se faisant passer pour un réparateur. Il avait feint de devoir aller chercher une pièce manquante en ville après avoir subtilisé les clés d'Acacia dans le sac à main qu'il avait trouvé sur le bureau. Il avait fait faire un double, était revenu dare-dare, avait remis le trousseau de clés dans le sac et avait terminé de « réparer » la chaudière en replaçant la pièce qu'il avait déposée. Si simple. Si facile…

Et maintenant, c'est avec la même facilité que j'ouvre cette porte…

Il enleva ses après-skis et les dissimula derrière un tas de meubles de jardin rentrés pour l'hiver. Et ce fut en chaussettes qu'il pénétra à pas de loup dans la maison. Il huma les odeurs du lieu : celle du café froid dans le fond de la cafetière, la fragrance épicée des bougies odorantes et même un reste du parfum d'Acacia, qui flottait encore dans l'air confiné de la maison.

Il fouilla de nouveau dans sa poche, ouvrit un flacon de poudre et en versa le contenu dans le café moulu qui se trouvait dans une boîte métallique à côté de la cafetière. Puis, comme il avait appris à le faire en Afghanistan, il entreprit de poser des micros dans la chambre à coucher, dans le salon, dans la cuisine et dans le petit salon. Il s'agissait de micros sans fil que l'on pouvait capter d'un récepteur à longue distance et qui permettaient d'enregistrer les conversations ou de les écouter en direct.

Parfait…

En installant le dernier petit micro sous le lit d'Acacia, il esquissa un sourire en se demandant ce qu'il allait entendre.

Puis il consulta sa montre et sortit de la maison en empruntant le chemin par lequel il y était entré. Il pouvait compter sur la neige incessante pour effacer rapidement ses traces de pas. Il verrouilla la porte derrière lui, remit ses après-skis et revint sur ses pas. A moins qu'Acacia

Lambert ne rentre dans la demi-heure, la neige aurait rendu indistinctes ses empreintes de chaussures.

Elle avait beau être futée, elle ne savait pas à qui elle avait affaire.

Pas plus que les autres Ignorantes, d'ailleurs. Et il lui fallait aussi s'en occuper, de celles-là.

Il sourit, ajusta ses lunettes de vision nocturne et retrouva ses raquettes à l'endroit où il les avait laissées.

Il imaginait déjà cette garce en train de préparer son café, le lendemain matin... Elle n'avait aucune chance de s'en tirer...

Il était décidément trop fort !

Elle n'allait pas tarder à s'en rendre compte.

Mais alors, ma cocotte, il sera trop tard.

15

Kacey roulait vers Grizzly Falls, fendant la neige qui tombait toujours plus densément. Si elle avait été de meilleure humeur, ces gros flocons qui tournoyaient allègrement dans un paysage féerique auraient pu l'émerveiller. Mais elle était préoccupée par les confidences de sa mère. Elle ne lui refusait pas le droit d'être heureuse et de mener sa vie comme elle l'entendait, mais elle l'avait vue pour la première fois sous un tout autre jour : pendant des années, elle avait été l'épouse dévouée d'un homme qu'elle n'aimait visiblement pas et dont elle semblait à peine tolérer la présence, tout en souffrant en silence de cette situation. Quand Stanley Collins avait été victime d'un premier AVC — dont il ne s'était jamais vraiment remis —, ils avaient vendu leur maison pour s'installer à Rolling Hills, où Maribelle, avec l'aide du personnel de la résidence, avait veillé sur lui, et pendant cette dernière période de la vie de son père Kacey n'avait pas vu sa mère sourire une seule fois.

Deux ans plus tard, Stanley décédait des suites d'un nouvel AVC, et ce n'est qu'alors que Maribelle avait manifesté une émotion pouvant indiquer qu'elle avait aimé cet homme et qu'il lui manquait. Emotion que Kacey n'était pas parvenue à trouver sincère.

— Arrête ! fit-elle à haute voix en gardant les yeux fixés sur la chaussée déneigée.

Maman est heureuse, et c'est à présent l'essentiel…

Il ne lui restait plus que quelques kilomètres à rouler

sous la neige avant d'arriver chez elle. Elle aurait dû être contente de savoir que sa mère s'était trouvé un compagnon en la personne de David Spencer.

Et pourtant elle était tenaillée par une sourde appréhension. Pourquoi Maribelle avait-elle éludé les sujets délicats que Kacey avait évoqués au sujet de leur famille ?

Il y avait quelque chose qui sonnait faux dans la manière dont elle avait répondu à ses questions quant à l'infidélité éventuelle de son père ou la possibilité qu'il ait eu d'autres enfants. Son embarras visible à ce propos intriguait Kacey.

Elle t'a menti. Il n'y a pas d'autre explication.

Contrariée, elle fronça les sourcils et surprit son expression troublée dans le rétroviseur au moment où les phares d'un véhicule roulant derrière elle vinrent éclairer son reflet.

Oui, elle t'a menti, c'est certain.

Mais pourquoi ?

Ce n'était peut-être pas son père qui avait eu d'autres enfants, mais sa mère elle-même. Une telle chose était-elle possible ?

Les phares du véhicule qui la suivait étaient aveuglants, son conducteur ayant oublié de passer aux feux de croisement ; ils éclairaient toute la chaussée.

Les esquives de sa mère ne la dissuaderaient pas de chercher la vérité, décida Kacey. En tant que médecin, elle avait accès à des archives médicales qui pourraient l'aider à y voir plus clair.

Et si elle n'y parvenait pas toute seule, elle se ferait épauler dans sa quête… Elle se souvint des mots qui avaient récemment échappé à l'un de ses patients, Tydeus Chilcoate, alors qu'il était sous anesthésie. Sous l'effet des produits hypnotiques, il s'était vanté d'avoir piraté des archives gouvernementales. Faute de pouvoir accéder elle-même aux informations qui l'intéressaient, elle solliciterait peut-être l'aide de cet homme. Avait-il dit vrai ou bien se prenait-il dans ses rêves pour un génie informatique qu'il n'était pas en réalité ? La seule façon de le savoir consistait à l'éprouver. Malgré les risques, Kacey était disposée à louer ses services, tant la réaction et les réticences de sa mère l'avaient intriguée et irritée à la fois.

Elle lui avait reproché de mener un « interrogatoire ». Une façon de la culpabiliser pour éviter d'avoir à répondre franchement. Une diversion, en somme… Encore une…

Agacée, elle vit le chauffeur de la camionnette qui la suivait déboîter subitement et accélérer plein gaz pour la doubler. Faisant rugir son moteur et soulevant des gerbes de neige, il se déporta à l'entrée d'un virage, au risque de se trouver nez à nez avec un véhicule venant en sens inverse.

Il est complètement dingue !

Kacey ralentit pour le laisser doubler, jetant machinalement un coup d'œil sur le côté.

Deux personnes se trouvaient à l'avant, une femme et un homme. La femme était assise sur le siège du passager et fumait une cigarette. Elle jeta un coup d'œil à Kacey et dit quelque chose au conducteur.

Il relâcha son attention un instant et sa camionnette fit une brusque embardée sur la voie où roulait Kacey.

— Merde ! s'écria-t-elle.

Elle appuya à fond sur la pédale de frein, ce qui dévia sa trajectoire vers l'accotement qui bordait un profond précipice.

Ses pneus dérapèrent.

Ses mains se crispèrent sur le volant et elle s'efforça de maintenir sa trajectoire tout en essayant de conserver son sang-froid.

— Allez, allez ! dit-elle, le front baigné de sueur et le cœur battant précipitamment.

Mais sa voiture se mit à déraper vers le ravin, tandis que la camionnette filait sans demander son reste.

« N'essaie pas de redresser tes roues, vas-y tout en souplesse ! » Un vieil axiome que son grand-père lui avait maintes fois répété quand elle eut obtenu son permis de conduire. Mais elle était en train de rouler droit sur le ravin et il fallait bien qu'elle change de trajectoire !

Pas de panique, Kacey...

Elle tenta de revenir sur la voie, mais son pare-chocs avant heurta un monceau de neige laissé par le chasse-neige sur l'accotement.

— Merde ! répéta-t-elle.

Elle redressa à fond et sa voiture se mit à zigzaguer avant de stabiliser sa course sur la voie opposée.

Et voilà que des phares brillaient en face d'elle.

Oh ! Mon Dieu !

Un pick-up...

Elle tourna désespérément le volant.

Sa voiture partit en vrille, et elle freina à fond une nouvelle fois, s'efforçant de rester hors de la trajectoire de l'autre véhicule.

Elle l'entendit lâcher un coup de Klaxon qui résonna furieusement dans la nuit.

— Oh ! Mon Dieu, mon Dieu...

Ses freins ne répondaient plus !

Sa Ford se remit à déraper latéralement, évitant de peu la calandre massive du pick-up qui arrivait à toute vitesse.

Elle tourna rageusement le volant tout en accélérant. Sa voiture fit une nouvelle embardée périlleuse en direction du ravin. Puis elle pivota brusquement dans l'autre sens et fit un tête-à-queue.

Kacey était en nage. Les nerfs tendus au maximum. Le pick-up la frôla d'assez près pour qu'elle puisse voir furtivement le visage du conducteur. Leurs regards se croisèrent un bref instant, et elle eut la vague impression de l'avoir déjà aperçu quelque part.

Elle se blinda pour affronter le choc, mais le pick-up freina sa course au dernier moment, tout en klaxonnant, et se mettant à déraper à son tour.

Kacey appuya alors sur l'accélérateur.

Son petit 4x4 tressauta, comme si les roues avaient rencontré un obstacle sur la chaussée, avant de bondir et de repartir en redressant sa course. Mais le pare-buffle du pick-up heurta de côté son pare-chocs arrière.

La Ford vibra de bout en bout sous le choc. Kacey sentit sa ceinture de sécurité se tendre. La voiture se mit à zigzaguer, passant d'une voie à l'autre, faisant gicler la neige et la glace sous ses pneus.

— Allez, allez ! dit-elle.

A l'approche d'un virage serré, elle freina en tournant le volant et fit un nouveau tête-à-queue.

Après avoir négocié une suite de virages vertigineux, elle parvint enfin à ralentir puis à stabiliser sa trajectoire.

Les arbres couverts de neige qui bordaient la route cessèrent de danser follement autour d'elle et se mirent à défiler plus régulièrement de part et d'autre de la chaussée, et la Ford s'arrêta enfin.

Kacey sentit son ventre se décrisper.

— Eh merde…, murmura-t-elle en s'efforçant de reprendre son souffle.

Son cœur cognait à lui en faire mal ; ses nerfs étaient à vif. Elle inspira profondément et sentit la sueur sécher sur sa peau.

L'avant de sa Ford était orienté dans la direction opposée à celle de sa maison, et en sens inverse du trafic puisqu'elle avait changé de voie. Heureusement, aucun véhicule n'arrivait vers elle, dans l'une ou l'autre direction. Le pick-up s'était immobilisé lui aussi, un peu plus loin sur la route. Ses feux arrière se réfléchissaient sur la neige sale amoncelée sur l'accotement, la teintant d'un rouge écarlate.

Les mains encore toutes tremblantes, Kacey recommença à rouler, lentement et prudemment, repassant dans la voie de droite, à bonne distance du pick-up qui s'était, lui aussi, remis en mouvement. Elle était en train de rebrousser chemin, mais du moins se trouvait-elle dans la bonne voie de circulation, à l'abri d'un accident.

Que cela lui plaise ou non, il fallait qu'elle aille s'expliquer avec l'autre conducteur et dresser un constat à l'amiable pour leurs assurances respectives. Mais, lorsqu'elle fut sur le point de le rattraper, le véhicule se mit à accélérer, comme s'il prenait la fuite.

— Hé, là ! hurla-t-elle.

Elle fut tentée de se mettre à sa poursuite. Sa Ford avait dû subir quelques dégâts, tout comme le pick-up d'ailleurs. Techniquement, c'était elle qui était en tort, à moins de retrouver le chauffeur de la première camionnette, celle qui l'avait si imprudemment doublée et qui avait failli l'envoyer dans le ravin, provoquant ainsi l'accrochage qui s'était ensuivi avec le second véhicule. Elle appuya sur l'accélérateur, mais ses roues patinèrent tandis que le pick-up s'éloignait à vive allure. Elle eut tout juste le temps de voir qu'il était immatriculé dans l'Idaho. La plaque était si sale qu'elle ne put distinguer que le chiffre 8 — ou peut-être était-ce un 3.

Pourquoi avait-elle eu l'impression de reconnaître le conducteur ? A cause de ses cheveux bruns ? De son regard intense ? Ou bien était-ce dû à quelque autre détail indéfinissable ?

Elle plissa les yeux pour essayer de déchiffrer le numéro d'immatriculation du fugitif et ne remarqua pas tout de suite la femme qui se tenait sur le bord de la route. Mais lorsqu'elle se fut aperçue de sa présence, elle la reconnut aussitôt et s'arrêta pour la saluer. C'était Grace Perchant, l'excentrique locale qui prétendait converser avec les fantômes et prédire l'avenir. Grande, maigre, coiffée d'un bonnet dont dépassaient des mèches de cheveux gris, un chien énorme, au long pelage brun et gris, à côté d'elle. L'animal balayait la route de ses yeux bleus de prédateur. Il passait pour avoir été engendré par un loup, et Kacey n'en doutait pas.

Grace s'approcha de la Ford tandis que Kacey baissait sa vitre.

— Vous avez vu ce qui s'est passé ? demanda-t-elle.

Grace acquiesça d'un hochement de tête.

— Je ne comprends pas pourquoi il a filé comme ça, ajouta Kacey.

— Ne vous inquiétez pas pour ça…

Le chien-loup émit un grondement rauque. Ses yeux étaient aussi délavés que ceux de sa maîtresse.

— Chut, Bane ! lui ordonna Grace.

L'animal se tut.

— Il y a eu un choc, et il a sans doute cabossé son pare-buffle. Et ma voiture aussi…

— Votre voiture n'a pas une éraflure, dit Grace.

Son regard fixa longuement les ténèbres où le pick-up avait disparu. Puis elle se tourna vers Kacey, écarquillant d'un air inquiet ses yeux pâles.

— Ne lui adressez jamais la parole, fit-elle.

— Pourquoi ? Vous le connaissez ?

Grace secoua la tête puis détourna les yeux et se remit à scruter la route enneigée qui se perdait dans la nuit.

— Tout ce que je sais, c'est que c'est un être maléfique. Il vous veut du mal.

— Mais il est reparti ! Et il n'a pas fait exprès de heurter ma voiture…

Grace se tourna de nouveau vers elle.

— Soyez prudente, l'avertit-elle.

Elle siffla son chien puis traversa la route pour remonter un sentier qui menait à la forêt.

— Etrange…, murmura Kacey, encore secouée par la frayeur qu'elle avait eue.

Elle exécuta un demi-tour sur la chaussée verglacée et parcourut prudemment les six kilomètres qui lui restaient pour arriver chez elle. L'allée avait disparu sous la neige, mais la Ford put la remonter sans trop de difficulté jusqu'au garage.

Il était près de 23 heures. Le moteur s'éteignit, émettant une série de bruits secs en refroidissant. Kacey sortit de la voiture et alluma la lumière du garage pour examiner les dégâts.

Le pare-chocs arrière était un peu enfoncé, et il y avait quelques rayures sur l'aile qui avait subi le choc. Rien que de très facile à réparer. Elle avait surtout de la chance d'être encore vivante. L'accident aurait pu être beaucoup plus grave. Elle se dit qu'elle appellerait le concessionnaire Ford le lendemain matin, verrouilla le garage derrière elle et se dirigea vers la porte de derrière. Le vent s'était calmé et la neige ne tombait plus qu'à petits flocons. Le chemin de pas qu'elle avait en partant gravé dans la neige était partiellement recouvert. Elle n'eut cependant aucun mal à le suivre jusqu'à la maison.

Arrivée sur le perron, elle marqua une pause et scruta son jardin d'un œil méfiant. Elle n'aurait su dire pourquoi, mais elle était tenaillée par un mauvais pressentiment depuis le début de la soirée. Et l'accrochage qu'elle venait d'avoir sur le chemin du retour n'avait fait qu'accroître son malaise. Tout comme l'étrange fuite du conducteur du pick-up.

Qu'avait dit Grace à son sujet, au juste ? Qu'il était un « être maléfique » qui lui voulait du mal…

C'est ridicule !

Ce n'était qu'un automobiliste pressé, comme il y en a tant, et qui n'avait pas voulu perdre du temps à faire un constat. Et pourtant il lui avait semblé avoir déjà vu sa tête quelque part et elle ne pouvait se défaire de l'impression dérangeante que c'était pour cela qu'il avait pris la fuite.

Allons, tu te fais des idées.

Elle alluma la lumière de la cuisine et eut subitement l'intuition que quelqu'un était venu pendant son absence.

Arrête de délirer !

Elle inspecta néanmoins chacune des pièces l'une après l'autre tout en ôtant son écharpe et son manteau, avant de les accrocher au portemanteau de l'entrée.

Aucune ombre menaçante ne se profilait.

Aucun pervers ne surgit de l'obscurité en brandissant un couteau.

Aucune paire d'yeux ne brillait de l'autre côté des fenêtres.

Elle emprunta l'escalier en grommelant. Mais, arrivée au palier intermédiaire, elle se figea, certaine de sentir une odeur inhabituelle, provenant de la petite alcôve où était accroché un portrait de ses grands-parents, sur un vieux papier peint délavé qu'elle s'était juré de remplacer sans jamais se décider à le faire. Son motif rose pâle avait fait la joie de sa grand-mère, et Kacey n'avait surtout pas eu le cœur de le décoller.

Elle effleura ses lèvres du bout du doigt et le posa sur les visages souriants de ses aïeux. Elle se demanda s'ils avaient su quelque chose de ces femmes qui ressemblaient de façon si troublante à leur petite-fille et qui avaient toutes deux grandi dans la région : Jocelyn Wallis et Shelly Bonaventure.

En reprenant sa montée, elle posa le pied sur la troisième marche avant l'étage qui craquait encore et toujours. Elle sourit en se souvenant qu'elle évitait cette marche quand elle était petite, par pure superstition, et plus tard, à l'adolescence, pour ne pas risquer de réveiller son grand-père et surtout sa grand-mère au sommeil si léger, lorsqu'elle s'éclipsait hors de la maison par une de ces merveilleuses nuits d'été dans le Montana — quand l'odeur du foin fraîchement fauché lui chatouillait les narines et qu'elle montait à cru son cheval dans les champs avoisinants, à la lumière de la lune.

Son enfance et son adolescence lui semblaient si loin ! Entre-temps, un maniaque l'avait agressée alors qu'elle était étudiante en médecine, et elle avait failli renoncer à sa carrière médicale avant même qu'elle n'ait commencé.

Cet événement l'avait profondément transformée.

La fille intrépide qui n'avait pas craint de faire galoper son cheval en pleine nuit, de plonger dans des cascades ou d'accomplir de longues randonnées dans la nature sauvage avait disparu. Elle avait fait place à une femme qui manquait de confiance en elle et sursautait au moindre bruit… A cause de sa mère et de ses critiques continuelles autant qu'à cause de ce fou furieux qui avait voulu la poignarder dans un parking souterrain.

Elle avait repris du poil de la bête avec le temps. Elle avait affronté les affres du divorce avec plus de cran qu'elle ne s'y attendait. Mais, tout au fond d'elle-même, dans un recoin de son esprit où elle n'aimait pas s'attarder, il y avait une femme qui restait apeurée et fragile.

Et voilà qu'elle était aux aguets une fois de plus, tendant l'oreille et scrutant la pénombre en tremblant.

Ne te laisse pas faire. Ne te laisse pas impressionner par la première folle venue.

Grace Perchant croit qu'elle peut parler aux fantômes. C'est parfaitement grotesque !

S'efforçant de chasser ses angoisses et de reprendre courage, Kacey se dirigea vers la chambre où elle dormait déjà dans son enfance. Elle n'avait jamais voulu s'installer dans celle de ses grands-parents ; elle aurait eu l'impression de commettre une sorte de sacrilège. Elle n'alluma pas la lumière, mais se rendit directement à la fenêtre et fixa un moment les champs à la lueur de la lune.

Elle sentit comme un vent mauvais lui transpercer les os, alors qu'il n'y avait pas un souffle d'air dans la pièce. Elle repensa au conducteur du pick-up et tenta de se remémorer son visage. L'avait-elle vraiment déjà vu quelque part ? Ou bien s'était-elle méprise en cet instant périlleux où sa tension était à son comble ?

C'est dans ta tête, se força-t-elle à penser.

Mais elle ne parvint pas à y croire tout à fait.

16

— Alors là, tu m'en bouches un coin !

Attablée en face d'Alvarez chez Wild Will, Pescoli leva les deux mains et inclina la tête d'un air perplexe. C'était le lendemain de Thanksgiving, et les deux policières s'étaient donné rendez-vous dans ce bar-restaurant folklorique du centre-ville.

— Tu t'es vraiment fait lire l'avenir dans des feuilles de thé par une bonne femme qui portait un pull assorti au tricot de son chien, avant de voler le chat de la victime ?

— Je l'ai *adopté*, se défendit Alvarez. Temporairement, peut-être.

Pescoli la regarda comme si elle avait deux têtes.

— Qui êtes-vous, mademoiselle ? Et où est passée ma partenaire ? demanda-t-elle.

Elle prit le flacon de ketchup et en versa une grosse noisette sur son assiette.

— Tu vas finir comme ce pauvre Ivor Hicks, et tu nous raconteras bientôt que tu as été enlevée par des extraterrestres pour comparaître devant Crytor, le général reptilien qui commande leur flotte intergalactique ! railla-t-elle.

Alvarez maugréa en chipotant le reste de sa salade au thon et décida de se confesser, car, si elle ne le faisait pas elle-même, Pescoli apprendrait peut-être d'une autre bouche où elle avait passé sa soirée de Thanksgiving et s'en offusquerait. Elle l'informa donc qu'elle était allée dîner chez Dan Grayson.

— Ça, c'est la meilleure ! s'écria Pescoli, qui n'en revenait pas. Tu t'es invitée à un repas de famille du shérif ! Le jour de Thanksgiving, en plus !

— *J'ai été invitée*, corrigea Alvarez aigrement.

— Oui, par commisération…

Selena jeta un regard noir à sa coéquipière.

— C'était une erreur, reconnut-elle. Je l'ai très vite compris. Je t'en parle uniquement pour que tu ne sois pas prise de court si le shérif ou qui que ce soit d'autre t'en dit un mot.

Elle planta sa fourchette dans une feuille de laitue et demanda :

— Et toi, qu'est-ce que tu as fait ?

A sa grande surprise, au lieu de lui répondre directement, Pescoli rougit violemment en trempant son sandwich à la choucroute et à la dinde dans le ketchup avant d'en croquer une bouchée.

— C'est bien ce que je pensais, dit Alvarez en faisant tout son possible pour ne pas paraître envieuse.

— Bon, alors, tu as appris quelque chose d'intéressant en bavardant avec la voisine de Jocelyn Wallis ? demanda Pescoli, la bouche pleine.

Elle but une gorgée de Coca-Cola pour faire passer sa bouchée.

— Il se pourrait qu'il faille rechercher un pick-up de couleur foncée.

Pescoli la regarda d'un air blasé.

— On est toujours en train de rechercher quelque chose, avec toi.

Alvarez haussa les épaules.

— Et ce pick-up, on connaît son numéro d'immatriculation ? Il a des signes distinctifs ? Une galerie, par exemple ?

— C'est possible, mais Lois ne s'en souvenait pas.

— Lois, c'est la femme qui a un teckel qui porte le même pull qu'elle, celle qui lit dans les feuilles de thé et qui paye tous les ans sa cotisation à la SPA ?

— Oui, répondit patiemment Alvarez.

— Ce n'est pas exactement ce que j'appelle un témoin crédible.

Pescoli vida son verre et, avant qu'elle n'ait le temps de refuser, Sandi, la serveuse et patronne de l'établissement, posa un nouveau verre plein sur la table.

— Non merci. Je n'ai plus soif.

— C'est offert par la maison, dit Sandi en souriant.

Cette grande femme un peu trop maigre n'arrêtait pas un instant de travailler. Elle avait hérité du bar-restaurant après un divorce houleux, au terme duquel son ex-mari, William Aldridge, qui avait donné son prénom à l'établissement, avait été contraint de le lui céder. Elle avait dès lors mis tout son cœur à en faire un endroit prisé par la population locale, ajoutant au menu traditionnel et sans fantaisie des plats plus raffinés et cuisinés avec des produits du terroir local : myrtilles, gibier, truites... Elle avait aussi entièrement transformé la décoration du restaurant pour qu'il ressemble à un pavillon de chasse dans le style western. Les lustres étaient des roues de chariot garnies de lanternes, et les murs en bardeaux étaient ornés de têtes empaillées de mouflons, d'antilopes d'Amérique, de cerfs et d'élans, qui toisaient de leurs yeux de verre les clients.

Alvarez trouvait cette décoration carrément macabre, mais elle devait reconnaître qu'elle cadrait bien avec la culture locale et les habitués de l'établissement, au cœur de cette région de trappeurs et de chasseurs.

Sandi leur adressa un clin d'œil trop maquillé et alla prendre la commande d'un couple complètement débordé par leurs trois fils, âgés de deux à sept ans, turbulents et brailleurs. Les parents paraissaient à la fois excédés et dépassés par les exigences stridentes et les diableries de leur progéniture. Sandi sortit de son tablier des petits livres de coloriage qu'elle leur distribua, apporta un verre rempli de crayons de couleur et attendit que les chers bambins soient absorbés par leur activité artistique pour prendre la commande du couple.

— C'est quoi au juste cette histoire de poison ? demanda Pescoli.

Elle mastiqua une autre bouchée en écoutant Alvarez lui répéter en détail ce qu'elle avait lu dans le rapport d'autopsie et découvert dans l'appartement de Jocelyn Wallis, et comment elle en déduisait que l'institutrice avait été assassinée.

Elles discutèrent de l'affaire en achevant leur repas et payèrent l'addition. Puis elles enfilèrent leurs blousons et se dirigèrent vers la sortie, passant devant Grizz, le grizzly empaillé qui accueillait les clients à la porte de l'établissement. Pétrifié à jamais dans une posture menaçante et exhibant ses crocs monstrueux, l'ours colossal changeait de déguisement en fonction du calendrier. Ce jour-là, Thanksgiving oblige, il était accoutré d'un chaperon blanc et d'un large faux col amidonné censés évoquer les compagnes des Pères pèlerins qui fondèrent les premières colonies en Nouvelle-Angleterre au XVIIe siècle, accoutrement qui contrastait avec son pelage hirsute et sombre. Des gourdes, des courges et une corne d'abondance débordante étaient posées à ses pieds aux griffes acérées, et un dindon empaillé semblait picorer les épis de maïs séchés qui l'entouraient.

— C'est mignon…, dit Pescoli.

Alvarez poussa la porte vitrée d'un coup d'épaule et une bourrasque glaciale vint lui cingler le visage. Le trottoir avait été déneigé et sablé, et le rugissement perpétuel de la cascade couvrait le bruit des quelques véhicules qui roulaient sur la chaussée. Les piétons étaient emmitouflés dans leurs manteaux ou leurs doudounes, la plupart avec écharpes et bonnets. Certains d'entre eux portaient des sacs à provisions ou des paquets, tandis que d'autres tenaient par la main des enfants. Certains faisaient le pied de grue en fumant une cigarette sous les auvents des magasins, dont les vitrines étaient déjà presque toutes décorées pour Noël.

La neige avait cessé de tomber, mais les nuages étaient bas et gris, masquant le soleil et prêts à se soulager à tout moment de leur fardeau de neige.

Elles étaient venues chacune avec leur voiture. Alvarez était passée au commissariat avant le lever du jour. De là, elle avait appelé Pescoli et lui avait proposé de la retrouver chez Wild Will.

— Tu sais que je suis censée être en congé, aujourd'hui ? fit Pescoli lorsqu'elles arrivèrent à sa Jeep.

— Je voulais simplement te tenir au courant…

— Mouais… Ça va que les enfants soient chez Lucky… Aujourd'hui, c'est le vendredi noir[1] et Michelle va emmener Bianca faire des courses.

— Je croyais que ta fille était grippée…

— Mais tu m'écoutes, ou quoi ? C'est le vendredi noir, le jour sacré du saint shopping ! Les cartes de crédit vont chauffer toute la journée.

Elle s'interrompit le temps de déverrouiller sa portière et ajouta :

— Mais je suppose que toi, tu vas passer la journée à bosser…

— Oui, reconnut Alvarez.

— Et même la soirée…

— Pendant les jours de congé, il y a toujours plus de querelles familiales…

C'était malheureusement une constatation qui se vérifiait chaque année : réunissez les membres d'une même famille autour d'une table, offrez-leur en abondance à boire et à manger… et attendez-vous à voir se rouvrir de vieilles blessures. Les excès d'alcool et la présence d'armes à feu dans presque tous les foyers débouchaient plus souvent qu'on ne l'imaginait sur des situations incontrôlables et

1. Le vendredi qui suit le jeudi de Thanksgiving (Black Friday) marque, aux Etats-Unis, le début de la période des achats de Noël. Ce jour-là, de nombreux articles sont soldés et les magasins connaissent leur plus forte affluence de l'année (NdT).

nombre de retrouvailles familiales dégénéraient en actes de violence. Selena en avait elle-même fait l'expérience au sein de sa propre famille.

— Ce n'est pas le travail qui va manquer, crois-moi ! ajouta-t-elle.

Pescoli ouvrit la portière et hésita avant de monter dans la Jeep.

— Tiens-moi au courant, dit-elle.

— Je n'y manquerai pas.

Tandis que Pescoli s'éloignait au volant de sa voiture, Alvarez se rendit dans une rue adjacente, près du fleuve, où son propre véhicule était garé. Malgré le froid, des pêcheurs à la ligne, appuyés contre la rambarde du quai, taquinaient la truite arc-en-ciel, tandis que de rares promeneurs arpentaient la berge. Elle fit demi-tour et s'éloigna du fleuve d'un pas lent, les yeux rivés sur le sommet de Boxer Bluff, au-delà de la cascade et des toits des magasins. Sans vraiment comprendre ce qui la poussait à le faire, elle fixa la sombre falaise et le muret délabré qui bordait le parc, tout en haut, et par-dessus lequel Jocelyn Wallis avait fait une chute mortelle.

Chute accidentelle ou bien l'institutrice avait-elle été poussée ? se demanda-t-elle une fois de plus. Le tueur avait-il eu une telle hâte de la savoir morte qu'il n'avait pu attendre que le poison qu'il avait versé dans son café fasse son effet ? Il n'était peut-être pas au courant de la maladie cardiaque de la jeune femme. D'ailleurs, celle-ci ignorait sans doute elle-même la gravité de son état. Mais le tueur avait certainement dû compter qu'avec le temps les substances toxiques qu'il lui avait fait ingurgiter à son insu finiraient par lui ôter la vie. Puis il s'était ravisé, pressé pour une mystérieuse raison, et il était passé plus directement à l'acte.

— Qui es-tu ? fit-elle à haute voix.

Elle détourna les yeux de la falaise, revint à sa voiture et déverrouilla la portière. Peut-être le tueur avait-il craint qu'alarmée par les symptômes de l'empoisonnement elle n'aille consulter un médecin avant de mourir. En réagissant à temps, elle aurait peut-être eu la vie sauve.

Avait-il simplement été impatient ou une autre raison l'avait-elle incité à modifier son plan initial ?

Toutes ces questions n'avaient de pertinence, évidemment, que si Jocelyn avait bien été poussée, ce qui n'avait pas été établi avec certitude.

— Pas *encore*, murmura-t-elle en montant dans sa Jeep.

Elle fit démarrer le moteur et jeta un autre coup d'œil à la falaise. Elle s'imagina Jocelyn Wallis en train de basculer dans le ravin, agitant les bras désespérément, le visage déformé par l'effroi. Et, là-haut sur la corniche, une silhouette indistincte l'avait regardée chuter et se fracasser les os, jubilant, et se félicitant de sa ruse.

Elle sentit la nausée lui monter à la gorge.

— Je t'aurai, salopard ! jura-t-elle tout bas, alors même qu'elle n'avait aucune certitude que Jocelyn avait effectivement été poussée.

Mais elle allait enquêter et mettrait à jour la vérité.

Quelle qu'elle soit.

— Il y a un appel de votre mère sur la ligne 2, dit Heather à Kacey.

Celle-ci sortait de la salle de consultation, où elle venait de diagnostiquer le septième cas de grippe de la journée.

— Vous allez bien, docteur ? s'inquiéta Heather.

Pas vraiment, songea Kacey qui n'avait pas dormi plus de vingt minutes de suite au cours de la nuit précédente. Après s'être imaginé qu'un intrus s'était introduit chez elle, elle s'était réveillée au moindre bruit : chaque grincement de solive, chaque branche qu'un coup de vent jetait contre les vitres la tirait de son sommeil précaire. Elle avait à plusieurs reprises rêvé à l'agression qui avait failli lui coûter la vie et s'était réveillée en nage, le cœur battant trop vite.

Par deux fois, elle était descendue au rez-de-chaussée, tout en maudissant sa frayeur puérile, pour s'assurer que les portes de la maison étaient verrouillées et les fenêtres bien fermées. Elle avait même vérifié et revérifié que le vieux fusil de chasse de son grand-père était bien à sa place, dûment rangé dans la mansarde à laquelle on accédait par une porte fermée au fond du couloir.

La nuit avait donc été éprouvante et son sommeil sans cesse troublé par des accès d'angoisse. Aussi, lorsque le réveil avait sonné à 5 heures, avait-elle eu le plus grand mal à s'extirper de son lit.

Même les deux tasses de café qu'elle avait bues ne lui avaient pas procuré l'énergie dont elle avait besoin, et depuis elle se traînait, somnolente et épuisée. Et pas la moindre pause, pas la moindre respiration possible à la clinique ! En plus des patients qui avaient rendez-vous, il avait fallu examiner d'urgence sept autres personnes, qui se plaignaient de symptômes grippaux. L'une d'elles était même si gravement atteinte que Kacey l'avait envoyée directement à l'hôpital.

La plus grande agitation régnait au cabinet, la salle d'attente était restée bondée tout au long de la journée et son humeur avait été exécrable. Pour couronner le tout, les ordinateurs étaient tombés en panne pendant près de deux heures, et Martin, retenu à l'hôpital, n'avait pu l'épauler pour faire face à l'afflux de patients.

— Je vais bien. Je suis juste un peu fatiguée, mentit-elle.

En fait, elle avait eu l'estomac barbouillé et avait souffert d'une migraine toute la journée. Elle ne se sentait pas du tout dans son assiette.

— Dites à ma mère que je la rappellerai plus tard, ajouta-t-elle.

Heather fit la moue.

— J'ai essayé de lui dire que vous étiez très occupée et que vous la rappelleriez dans une ou deux heures, mais...

Elle secoua la tête, faisant danser les reflets du néon sur ses cheveux blonds.

— Mais ça n'a pas marché. Elle insiste pour vous parler tout de suite…

— Bon, je vais prendre son appel, dit alors Kacey en s'interrogeant sur cet intérêt soudain de sa mère pour elle.

Elles avaient dîné ensemble la veille, et elles ne se parlaient au téléphone que tous les quinze jours, habituellement.

Elle revint dans son bureau, s'assit dans son fauteuil et prit la communication.

— Salut, maman, joyeux vendredi noir !

— Comme si j'allais faire du shopping en même temps que tout le monde, pour me faire piétiner par la foule ! dit sa mère en émettant un gloussement presque imperceptible. Acacia, j'ai réfléchi…

Kacey dut se mordre la langue pour ne pas faire une remarque narquoise sur la manière dont Maribelle réfléchissait. Elle sentait que sa mère n'était pas d'humeur à plaisanter.

— A quoi ?

— A notre conversation d'hier soir.

Kacey se cala dans son fauteuil et regarda par la fenêtre. La neige s'était remise à tomber, ajoutant une nouvelle couche de blanc aux buissons alentour.

— Et ?

Elle était prête à parier que cela ne concernait pas le Commandant ou sa vie amoureuse, l'un de ses sujets de prédilection pourtant.

— Eh bien, ça m'ennuie que tu aies l'air de croire que ton père ou un autre membre de notre famille ait pu engendrer des enfants illégitimes. Cette idée est vraiment ridicule, dit-elle d'un ton solennel, mais tu n'as pas eu l'air de t'en rendre compte. Je comprends que tu sois bouleversée par la mort de ces femmes qui te ressemblaient, et je voulais m'assurer que tu allais bien.

Traduction : « Je voulais être sûre que tu n'avais pas fouillé plus avant dans le passé familial… »

— C'est gentil, maman, mais je vais très bien, je te remercie, mentit Kacey.

— Donc… Tout est revenu à la normale ?

Non. Certainement pas !

— Autant que possible, mentit-elle de nouveau.

— Bien, bien…

Maribelle lâcha un soupir avant d'ajouter :

— Je suis vraiment heureuse de l'apprendre.

Traduction : « Je suis heureuse d'apprendre que tu vas renoncer à en savoir davantage… »

— J'ai été ravie de passer ce long moment avec toi, hier soir. Bon, il faut que j'aille dîner, maintenant. J'ai rendez-vous avec le Commandant. C'est incroyable, hein ? A mon âge !

— Je trouve ça super, maman.

— Vraiment ?

— Vraiment.

Et cette fois Kacey était sincère.

Si elle peut trouver un homme qui la rende heureuse, tant mieux.

— Moi aussi, je trouve ça formidable. Je file me changer pour le dîner, mon armure féminine m'attend…

Traduction : « Je dois encore me tartiner de maquillage, mettre une robe qui amincit et des sous-vêtements affriolants… »

— D'accord, maman.

— Je te rappellerai bientôt.

— Bises.

Kacey raccrocha et regarda de nouveau par la fenêtre, en proie à une subite sensation de vide intérieur. Elle se demanda pourquoi, alors que tant de femmes entretenaient des relations affectueuses avec leur mère, ses rapports avec la sienne étaient au mieux cordiaux, mais toujours empreints d'une certaine froideur. Elles étaient comme étrangères l'une pour l'autre, et cela la désolait un peu.

Certes, elle savait que certaines relations mère-fille étaient encore pires : conflictuelles, voire violentes. Mais cela ne la consolait pas pour autant, ni n'atténuait le ressentiment qu'elle nourrissait depuis son enfance. Elle n'avait pas eu de frère, ni de sœur. Sa mère s'était toujours montrée distante avec elle. Son père l'aimait, mais il n'avait jamais le temps de passer un moment avec elle, trop occupé, trop pressé. S'il n'y avait pas eu ses grands-parents, elle n'aurait jamais trouvé un peu de bonheur au sein de sa famille.

Dégoûtée par le tour que prenaient ses pensées, Kacey essaya de voir le côté positif des choses. La distance qui existait entre sa mère et elle n'était pas forcément une mauvaise chose. Cela lui laissait tout loisir d'enquêter sur le passé de sa famille, comme elle en avait désormais la ferme intention. Au moins, elle ne serait pas retenue par des considérations liées à l'honneur familial ni par des scrupules à l'égard de sa mère. Elle ne se souciait guère, en fait, de ménager la réputation de l'un ou l'autre de ses parents.

Elle songea à la facilité avec laquelle elle avait menti. En réalité, elle avait déjà commencé à se renseigner. Avant même de recevoir son premier patient, ce matin-là, elle avait envoyé des courriels à divers hôpitaux et services administratifs. Elle voulait savoir combien de femmes — pour l'instant, seules les femmes l'intéressaient — nées dans la région au cours des trois années ayant suivi ou précédé sa propre naissance avaient connu une mort précoce, voire suspecte.

Elle jeta un coup d'œil au magazine people qu'elle venait d'acheter. La photo de Shelly Bonaventure était en couverture. L'article qui lui était consacré mentionnait l'inspecteur de police de Los Angeles qui avait mené l'enquête sur sa mort. Il s'appelait Jonas Hayes. Elle se promit de le contacter au cas où elle tomberait elle-même sur des informations renforçant ses doutes. Officiellement, Shelly Bonaventure s'était suicidée, mais Kacey avait des doutes.

Elle savait cependant qu'il y avait une bonne chance pour qu'elle ait tiré des conclusions hâtives de la coïncidence troublante entre le décès de deux femmes qui se ressemblaient physiquement et qui lui ressemblaient… Peut-être Shelly Bonaventure avait-elle réellement souhaité mettre fin à ses jours… Et peut-être que Jocelyn Wallis avait tout simplement fait une chute accidentelle du haut de la corniche de Boxer Bluff…

Personne n'avait encore répondu à ses demandes de renseignements. Il était d'ailleurs peu probable qu'elle reçoive des réponses avant la fin du week-end qui suivait les deux jours de congé de Thanksgiving.

Il ne fallait pas qu'elle laisse libre cours à sa nervosité ; elle entendait bien ne pas passer une autre nuit aussi éprouvante. Elle avait besoin de se rassurer pour pouvoir se détendre et dormir. Elle consulta la pendule murale. 17 h 17. Lors de sa pause déjeuner, elle s'était rendue au refuge pour animaux de Grizzly Falls et avait appris qu'il fermait à 18 heures. Tout en grignotant des crackers au fromage, elle avait rapidement passé en revue quelques chiens à adopter.

Car elle s'était décidée : elle allait reprendre un chien. Elle savait que, quelque part, un animal abandonné attendait d'être adopté. Le peu de temps qu'elle passait chez elle restait certes un problème encore irrésolu, mais elle avait besoin de compagnie et, plus encore, du sentiment de sécurité que lui procurerait un chien de garde, toujours prêt à l'alerter en cas d'intrusion.

Tu deviens parano, s'accusa-t-elle mentalement. Elle n'en sursauta pas moins dans son fauteuil lorsqu'elle entendit claquer la porte de derrière de la clinique. Son cœur se mit à battre la chamade pendant un instant. Pour rien.

— Reprends-toi, marmonna-t-elle.

Elle avait encore l'estomac barbouillé et ses nerfs étaient à vif. Par la fenêtre, elle vit Randy Yates se mettre au volant de sa Chevrolet Tahoe, vieille de dix ans, toute cabossée et perpétuellement surmontée d'un porte-skis vide.

Quelques minutes plus tard, elle entendit Heather crier :

— A la semaine prochaine !

Et la porte claqua de nouveau.

Kacey était donc seule.

— Il va falloir que tu t'y habitues, murmura-t-elle avec une amère ironie.

Elle avala en vitesse deux cachets antiacides, décrocha son manteau, activa le système d'alarme et éteignit les lumières.

Prochaine étape : le refuge pour animaux. Malgré les multiples raisons qui lui conseillaient le contraire, elle était résolue à adopter un chien.

Dehors, il faisait déjà nuit. Les réverbères étaient allumés et luisaient doucement dans la rue, faisant scintiller la neige qui tombait dru. Aux devantures des magasins, des lampes multicolores clignotaient et se reflétaient sur les vitrines et les fenêtres.

Sans accorder d'attention au spectacle de la rue ainsi illuminée, elle se dirigea en hâte vers sa voiture. Le vent d'hiver pénétrait son manteau et, lorsqu'elle s'installa au volant, elle grelottait déjà. Avant de faire une marche arrière pour sortir de sa place réservée, elle alluma le chauffage au maximum et sélectionna sa station favorite sur l'autoradio. Un duo de chanteurs country qu'elle ne reconnut pas était en train de chanter *Silver Bells* et la mélodie emplit l'habitacle tandis que Kacey démarrait en claquant des dents. Malgré ses gants, le volant lui parut glacial et la musique ne parvint pas à la réchauffer, ni à lui remonter le moral.

La circulation était dense, et elle mit un quart d'heure à atteindre le refuge, juste au moment où l'habitacle commençait à se réchauffer un tant soit peu.

La porte était fermée à clé. Elle fit le tour du refuge et entra dans la clinique vétérinaire attenante, où elle fut accueillie par un concert d'aboiements et de jappements.

L'odeur d'urine n'était pas entièrement couverte par celle du détergent parfumé à la résine de pin. Une petite clochette tinta au-dessus de la porte. La cacophonie provenait d'une pièce dont la porte ouverte donnait sur le hall d'entrée.

Debout derrière un comptoir, une fille qui, à première vue, n'avait pas plus de dix-neuf ans était en train de classer des reçus.

— Vous désirez ? demanda-t-elle.

Elle avait un appareil dentaire, et des cheveux bruns frisés encadraient son visage poupin et espiègle. Elle écarta la pile de reçus et ajouta avec un brin de perplexité :

— Vous êtes venue chercher votre animal ?

— Non, non… Je voulais voir les chiens à adopter.

— Ah, euh…, oui, bien sûr…

La fille jeta un coup d'œil à la pendule au-dessus de la porte, comme pour signifier à Kacey qu'il était un peu tard pour effectuer une telle démarche.

— Bien sûr… Euh… Tous les chiens sont à l'arrière. Il faut que vous remplissiez ce formulaire, pour commencer…

Elle préleva une liasse dans un tiroir étiqueté « FORMULAIRES D'ADOPTION » et la lui tendit, ainsi qu'un stylo, puis elle se remit au travail.

Pendant que Kacey remplissait le document, une femme à la silhouette élancée apparut sur le pas de la porte qui menait à l'arrière du bâtiment. Elle était vêtue d'une blouse blanche, et ses longs cheveux noirs étaient coiffés en arrière et liés sur la nuque. Sa peau mordorée et ses pommettes anguleuses trahissaient ses origines amérindiennes. Kacey la reconnut : c'était Jordan Eagle, la vétérinaire.

— Amber, je viens de recevoir un appel de Trace O'Halleran, dit-elle en entrant dans le hall. Il nous amène son chien en urgence. Il devrait arriver dans une dizaine de minutes.

Trace O'Halleran va arriver ?

Kacey sentit son cœur se serrer bêtement.

La dénommée Amber se voûta et laissa échapper un

soupir, puis jeta de nouveau un coup d'œil éloquent à la pendule. Elle voulut protester :

— Mais, je...

— Reste ici jusqu'à son arrivée, s'il te plaît. Ensuite, je fermerai la boutique.

Le ton de la vétérinaire était sec et Amber haussa les épaules pour indiquer qu'elle obtempérait à contrecœur.

— D'accord...

— Finis de classer ces reçus, et tu pourras partir dès que le chien sera arrivé.

Le regard de Jordan Eagle se porta alors sur Kacey et le formulaire.

— Vous voulez adopter un chien ? lui demanda-t-elle d'une voix plus douce.

Kacey hocha la tête et se présenta avant d'expliquer :

— Je ne suis pas intéressée par un chiot... Il me faudrait plutôt un chien de taille moyenne, qui soit propre et qui aime les enfants et les autres animaux.

Elle se souvint subitement de la peur qu'elle avait des intrus, qui était la raison principale de sa démarche.

— En fait, ce qu'il me faudrait, reprit-elle, c'est un chien qui aurait l'air un peu plus... intimidant qu'il ne le serait réellement. Un chien qui aboierait si un intrus s'introduisait chez moi, mais qui n'attaquerait pas un gamin du voisinage et qui n'irait pas pourchasser les écureuils qui viennent me rendre visite.

La vétérinaire sourit.

— Je vois. Vous cherchez l'animal de compagnie parfait... La perle rare, en somme.

— Oui, ce serait pas mal...

En refermant le tiroir-caisse, Amber leva les yeux au ciel.

Sa patronne fit mine de ne pas remarquer cette impolitesse. Elle tourna la tête vers le couloir derrière le comptoir et dit à Kacey :

— Venez avec moi que je vous présente Bonzi...

Amber s'anima aussitôt.

— Oh ! Bonzi ! s'écria-t-elle. C'est le meilleur !

— C'est exact, approuva Jordan Eagle. Préviens-moi quand Trace O'Halleran et son chien seront arrivés.

Puis elle se tourna vers Kacey et lui dit :

— Par ici…

Elle la précéda à grandes enjambées dans le couloir, puis dans une succession de pièces.

— Malheureusement, on a beaucoup de chiens, en ce moment, dit-elle en fronçant les sourcils.

Elles traversèrent une salle d'examen, puis un bloc opératoire et une salle garnie de grands lavabos servant à laver les animaux.

Dans une autre salle, quelques chats et quelques chiens en cours de soins les regardèrent passer depuis leurs cages. Elles empruntèrent un autre couloir qui menait au refuge proprement dit, où les animaux attendaient d'être adoptés.

Lorsque Jordan ouvrit la porte, le chœur des aboiements reprit de plus belle.

— C'est une joyeuse bande de gais lurons, dit-elle d'un ton pince-sans-rire.

Elles pénétrèrent dans une vaste pièce où étaient alignées plusieurs rangées de niches.

— C'est là que nous logeons les chiens qui n'ont pas trouvé de famille d'accueil, expliqua Jordan. Après l'examen médical et la vaccination, ils sont censés n'y rester que temporairement. Nous avons toujours essayé de placer les chiens adoptables chez des bénévoles qui les accueillent avant de leur trouver un foyer définitif. Mais, en ce moment, on est débordés.

Elle remonta une courte allée, effleurant au passage quelques museaux dressés vers elle.

— Je les adopterais tous, si c'était possible ! Mais, bon, nous essayons de faire de notre mieux. Je vous présente Bonzi, de race indéterminée. Un vrai bâtard ! Quoique, selon moi, il doit avoir des ancêtres pit-bull et boxer… Et je pense que l'on devrait aussi trouver un ridgeback dans son arbre généalogique. Il doit avoir entre trois et quatre ans. Il est docile et doux, mais ses aboiements sont assez terrifiants... Salut, Bonzi, comment vas-tu aujourd'hui ?

Elle ouvrit la niche et fixa une laisse au collier de l'animal.

— Viens un peu par ici, mon gros...

Elle lui caressa la tête puis se remit à marcher, précédant Kacey dans une salle plus spacieuse encore, qui servait à l'évidence de cour de promenade aux pensionnaires du refuge.

Bonzi avait le pelage ras, couleur caramel en fusion, et ses pattes étaient en partie blanches, ce qui lui faisait comme des chaussettes de différentes tailles. Mais ce furent ses yeux marron foncé, empreints de sagesse et de bonté, qui retinrent plus particulièrement l'attention de Kacey.

Il lui arrivait aux genoux.

— C'est ça, un chien de taille moyenne ? demanda-t-elle.

— Oui... Enfin, un peu plus, admit la vétérinaire. Il pèse quarante kilos environ.

Malgré le fait que c'était le double du poids auquel elle s'était attendue, Kacey fut conquise. Bonzi lui paraissait calme et amical.

— Ses maîtres nous l'ont confié après leur divorce : ils habitent désormais chacun dans des immeubles où les animaux de compagnie sont interdits. Ça a été un crève-cœur pour eux que de renoncer à Bonzi, mais ils n'avaient pas le choix. Le bon côté des choses, c'est qu'il a passé les deux premières années de sa vie en compagnie d'un autre chien, plus petit, de deux chats et d'une petite fille, avec qui il a toujours été doux et protecteur. Ses maîtres ont tout tenté pour faire en sorte que l'un d'entre eux puisse le conserver, mais c'était impossible.

Une sonnerie retentit dans le couloir et Bonzi lâcha un grognement.

— Ah, voilà mon patient, déclara Jordan Eagle.

Le chien blessé de Trace O'Halleran.

Par réflexe, Kacey se tourna vers la porte qui donnait sur le couloir menant à la clinique vétérinaire.

— Je vais vous laisser faire plus ample connaissance et réfléchir, reprit Jordan. Amber s'occupera de remettre Bonzi dans sa niche. Appelez-moi demain pour me dire si vous souhaitez l'adopter.

— Je veux l'adopter, dit Kacey.

Mais Jordan était déjà partie. Kacey entendit le bruit de ses pas s'estomper dans le couloir, celui d'une porte qui s'ouvrait puis se refermait. Elle se tourna vers l'animal et s'accroupit sur le sol en béton.

— Alors, Bonzi, qu'est-ce que tu penses de moi ?

Pour toute réponse, l'animal bâilla, exhibant deux rangs de crocs acérés. Puis il renifla et se coucha à côté d'elle, posant la tête affectueusement sur l'une de ses cuisses. Elle lui gratta les oreilles, et Bonzi soupira d'aise en la regardant d'un air content.

Ça, un chien de garde ?

Elle en doutait, même si sa manière d'aboyer avait en effet quelque chose de terrifiant. Elle savait par ailleurs que la simple présence d'un chien dans sa maison la rassurerait et la délivrerait de son angoisse. Sa décision était prise, et elle comptait bien s'y tenir.

En sentant le poids de sa grosse et puissante mâchoire, Kacey songea qu'elle allait cohabiter avec ce chien « de quarante kilos environ » jusqu'à la mort de l'animal ou bien la sienne…

17

Acacia Lambert était bien la dernière personne que Trace O'Halleran pensait voir émerger de la clinique vétérinaire, où il attendait en compagnie de son fils le diagnostic concernant son chien. Mais c'était bien elle, en chair et en os, avec son regard plein de curiosité et son beau visage aux traits réguliers.

Il fut heureux et agacé en même temps de cet intérêt incongru qu'il sentait croître en lui pour le médecin.

— Salut, dit-elle en esquissant un sourire.

Son regard passa de Trace à son fils.

— Comment vas-tu, Eli ? demanda-t-elle. Ton bras, tu y fais bien attention ?

— Sarge s'est fait mal ! s'écria Eli.

Son petit visage, crispé par l'angoisse, n'avait pas changé d'expression depuis que Sarge était revenu à la ferme en boitant, une patte en sang et entaillée jusqu'à l'os.

— Oui… Je l'ai aperçu en sortant, dit-elle d'une voix douce. Mais il est en de bonnes mains. Le Dr Eagle est une excellente vétérinaire.

Elle s'agenouilla à côté de lui, mais c'est à Trace qu'elle demanda :

— Que s'est-il passé ?

— Je ne sais pas, au juste. On dirait qu'il s'est fait rosser par un autre animal… Peut-être un ours ou un raton laveur, ou même un couguar… Il était avec moi pendant que je travaillais dans l'étable, cet après-midi. Et puis il est parti rôder dans les environs, comme il le fait souvent. Je l'ai appelé et j'ai attendu son retour, mais il avait disparu. Je suis retourné à la maison pour relayer la dame qui veille sur Eli, mais Sarge n'y était pas. Au moment où j'allais sortir pour me mettre à sa recherche, il est revenu salement amoché.

Sa mâchoire se crispa tandis qu'il repensait au spectacle que lui avait offert le malheureux animal, boitant et répandant son sang sur le sentier enneigé. Trace s'était senti bouleversé non seulement par l'état de son chien, mais aussi par la réaction de son fils à la vue du chien. Eli peinait à contenir ses larmes comme l'aurait fait un adulte qui ne veut pas qu'on le voie pleurer. Trace en avait eu le cœur tout chaviré.

— On a tout de suite appelé la vétérinaire.

— Il est vraiment mal en point ! dit Eli, le visage rouge d'émotion et la lèvre frémissante. Il ne faudrait pas qu'il meure !

— On n'en est pas là, tenta de le rassurer Trace.

— Mlle Wallis est bien morte, elle !

— Je sais, Eli…, murmura Trace.

La mort de Jocelyn avait transformé les jours précédents en un cauchemar éveillé, pour Eli comme pour lui.

— Mais Sarge est costaud, ajouta-t-il. Il s'en sortira.

— Je suis sûre que le Dr Eagle va faire de son mieux pour le soigner, dit Kacey.

— Il ne va pas mourir, dites ? demanda Eli d'une voix blanche.

Elle lui prit sa main valide et répondit :

— Je ne sais pas. Il faut attendre ce que dira la vétérinaire.

Elle se tourna vers Trace et proposa :

— Et si j'emmenais Eli chez Dino pour qu'il mange une pizza ? Vous pourriez nous rejoindre quand vous connaîtrez le pronostic du Dr Eagle…

Comme la pizzeria en question se trouvait juste en face de la clinique, Trace jugea fort sensée la proposition. Tant que l'exacte gravité de la blessure de Sarge n'était pas connue, il ne servait à rien qu'Eli reste à la clinique à se faire du mauvais sang. S'il fallait envisager une euthanasie, Trace préférait être seul pour prendre cette décision douloureuse. Il valait mieux qu'Eli ne soit pas là à ce moment-là.

— Oui, bonne idée, dit-il sachant que son fils se sentait bien en présence du Dr Lambert.

— Qu'en dis-tu ? demanda-t-il à Eli.

Celui-ci leva les yeux vers Kacey. Elle lui prit de nouveau la main et lui proposa :

— On pourra choisir nos crèmes glacées avant même de commander la pizza…

— On pourra aussi les manger avant la pizza ?

— Euh…

Elle consulta Trace du regard.

— Faites comme vous voulez. Je vous rejoins le plus vite possible.

Kacey et Eli se dirigèrent alors vers la sortie, bras dessus bras dessous.

Une rafale glaciale s'engouffra dans le hall de la clinique tandis que tintait la clochette de la porte qu'ils venaient de franchir.

Au travers de la fenêtre, Trace vit Kacey marcher à côté d'Eli, le tenant par la main pour traverser la rue. Elle regarda à droite puis à gauche avant de jeter un bref coup d'œil par-dessus son épaule d'un air préoccupé.

Il s'en étonna, étant donné qu'aucune voiture n'était en vue.

Ce regard furtif recelait-il autre chose qu'un simple excès de prudence ?

Signifiait-il qu'elle était sur ses gardes et redoutait quelque danger ?

Tu te fais des idées. Elle est tout simplement prudente, et c'est bien normal.

Ce qui le frappa le plus fut le soin tout maternel avec lequel elle menait Eli de l'autre côté de la chaussée enneigée et glissante. Trace sentit son cœur se serrer un instant : jamais Leanna ne s'était montrée aussi attentionnée avec son fils.

Mais il fallait bien reconnaître que Leanna n'avait jamais été une mère modèle.

Quelle étrange association d'idées, se dit-il en regardant Kacey ouvrir la porte de la pizzeria, dont le style moderne contrastait avec l'aspect rustique et le style western de la plupart des bâtiments de Grizzly Falls. La devanture du restaurant était constituée d'une vaste vitrine, décorée en cette saison de bonshommes de neige patinant sur une étendue blanche et portant des pizzas sur leurs épaules.

Oui, c'était troublant, cette façon dont Acacia Lambert lui rappelait son ex-femme. Il en éprouva une sensation étrange, presque sinistre.

N'avait-il pas ressenti une impression similaire en présence de Jocelyn Wallis ?

Bizarre, bizarre, se dit-il encore, irrité par la tournure que prenaient ses pensées.

La porte de la salle d'examen s'ouvrit et Jordan Eagle le rejoignit dans le hall.

— Ses blessures sont graves, devina-t-il avant même qu'elle n'ait ouvert la bouche pour lui livrer son diagnostic.

— Elles ne sont pas bénignes, en tout cas…

— Il va mourir ?

— Non, je ne crois pas, mais j'ai bien peur qu'il ne faille l'amputer de la patte qui est atteinte. Les muscles et les tendons sont dans un sale état.

Elle avait dit cela en le fixant droit dans les yeux, et son regard resta franc et sans complaisance lorsqu'elle lui expliqua qu'elle allait opérer Sarge et faire tout son possible pour sauver sa patte.

— Faites ce que vous pouvez, dit-il.

Il avait grandi dans une ferme et trop souvent vu des animaux souffrir, d'autres mourir. Il savait que son père avait dû en abattre à plusieurs reprises, tantôt avec son pistolet, tantôt avec son fusil. La mort faisait partie de la vie, Trace en était conscient et n'y trouvait rien à redire. Il fut néanmoins heureux d'apprendre que Sarge allait s'en tirer, fût-ce au prix d'une amputation. Il voulait éviter un nouveau choc affectif à Eli.

— Faites ce que vous pouvez, répéta-t-il.

— Ce sera peut-être cher.

La mâchoire de Trace se crispa.

— Tenez-moi au courant, fit-il.

— Je n'y manquerai pas.

— Merci.

Il ajusta son chapeau et se dirigea vers la sortie.

Il repensa à Sarge, emmailloté dans une couverture, ses yeux, d'ordinaire si vifs, rendus ternes par la douleur, gisant aux pieds d'Eli dans le pick-up. Il espérait de tout son cœur qu'il puisse être soigné.

Les mains dans les poches, il traversa hors des clous puis jeta un coup d'œil au travers des portes vitrées de la pizzeria avant d'entrer. Les clients du vendredi soir étaient attablés, partageant pizzas et pichets de bière.

Kacey se tenait avec Eli devant le meuble réfrigéré. Elle avait soulevé le petit garçon de quelques centimètres pour qu'il puisse choisir son parfum de glace sans avoir à se contorsionner. A côté d'eux, deux fillettes à peine plus âgées qu'Eli, en jean moulant et T-shirt trop grand, étaient en train de débattre de leur choix.

Trace poussa la porte, toujours tenaillé par cette sensation étrange et indéfinissable, et pénétra dans l'ambiance bruyante du restaurant. Les conversations allaient bon train et des effluves d'origan, de sauce tomate, de pain cuit et de bière flottaient dans l'air. Une petite équipe de jeunes employés débarrassait les tables et faisait le service au comptoir, derrière lequel trônait un homme ayant dépassé les soixante-dix ans. Arborant une grosse moustache grise, une chemise à rayures et un pantalon noir, il aboyait des ordres et s'occupait de remplir les pichets de bière à la pression et d'ouvrir les bouteilles de vin, sans jamais quitter de son œil d'aigle la caisse enregistreuse.

Eli entendit la porte s'ouvrir, sursauta et se tourna vers

son père. Il échappa aux bras de Kacey et se mit à courir vers lui.

— Comment va Sarge ? demanda-t-il d'une voix anxieuse.

— Pour l'instant, ça va, mais il va falloir l'opérer, dit Trace en le soulevant pour le prendre dans ses bras. Le Dr Eagle va s'en occuper, et elle va faire tout ce qu'elle peut pour le soigner.

— Tu l'as laissé tout seul, dit Eli d'un ton accusateur et la larme à l'œil.

Ne voulant pas être vu en train de pleurer en public, il se frotta les yeux et tâcha de se maîtriser.

— Ce n'est que pour une nuit. La vétérinaire m'a promis qu'elle nous appellerait demain pour nous donner de ses nouvelles.

— Mais il ne va pas mourir ?

— Non, il ne va pas mourir, mon pote…

— Je peux le voir ?

Derrière le comptoir, une jeune employée un peu enrobée cria dans un micro, faisant résonner sa voix dans la grande salle :

— Et une jambon-fromage pour la 47, une !

— Je peux le voir ? répéta Eli.

— Peut-être demain, répondit Trace. On verra ce que nous dira la vétérinaire.

Il vit au regard de son fils qu'il s'apprêtait à insister pour voir Sarge tout de suite et tenta de détourner la conversation.

— Et si on dînait, maintenant ?

— Elle a dit que je pouvais manger ma glace avant la pizza ! dit Eli en désignant Kacey de son bras plâtré.

— C'est exact, indiqua-t-elle. Et je crois savoir que tu veux une glace au nougat de Noël et à la menthe, c'est bien ça ?

— Ouais !

— Au nougat de Noël ? s'étonna Trace. Je ne connaissais pas ce parfum, mais ça donne envie.

— C'est absolument délicieux, déclara Kacey d'un

ton catégorique. De la crème glacée mentholée truffée de nougat et de flocons de menthe confite… On va se régaler !

Ses yeux verts pétillaient de malice et d'humour.

— Pour ma part, je vais en prendre deux boules, ajouta-t-elle d'une voix gourmande.

— Moi aussi, moi aussi ! s'écria Eli.

Il s'arracha lestement aux bras de son père et revint à grands pas vers les casiers remplis de crèmes glacées et de sorbets de toutes les couleurs.

— La 39, cria une fille à la voix rauque. Une trois-fromages pour la 39 !

Une adolescente d'allure sportive se leva aussitôt de sa chaise et vint chercher le plateau destiné à sa tablée, faisant valser sa queue-de-cheval blonde.

— Et vous ? demanda Kacey en se tournant vers Trace. Deux boules, ou trois ?

— Euh… Je crois que je vais me contenter d'une bière, répondit-il.

— Mais vous allez bien manger quelque chose, quand même ? insista Kacey avec un grand sourire. Une pizza… Une Spéciale à la viande hachée, par exemple.

Elle désigna du menton le menu illustré affiché au-dessus du comptoir, derrière lequel un jeune homme maigrichon, à la peau grasse et aux épaisses lunettes, attendait, la cuillère à glace à la main, qu'ils aient fait leur choix, tandis que les deux fillettes repartaient vers leur table avec leurs cornets abondamment garnis.

— Ça me va, dit Trace.

Kacey examina le menu.

— Ou alors on pourrait commander une demi-Spéciale à la viande et une demi-Délice aux légumes grillés, et partager l'addition à égalité, suggéra-t-elle.

— Seulement si vous partagez une tarte avec moi.

— D'accord… J'ai assez faim pour manger une demi-tarte et deux boules de glace.

Il esquissa un sourire.

— On pourrait faire un bras de fer, et le perdant paierait l'addition, plaisanta-t-elle.

— Ne faites pas ça, l'avertit Eli. Mon papa, c'est le plus fort du monde.

— Ah bon ? fit-elle mine de s'étonner.

Son sourire s'était encore élargi.

— On verra bien, dit-elle d'un ton faussement bravache.

Elle se pencha vers le petit garçon et lui confia :

— Je suis balèze, moi aussi, tu sais.

— Non ! dit Eli en secouant la tête. Pas autant que mon papa.

— Peut-être pas, mais moi, je suis plus coriace, rétorqua Kacey.

Le jeune homme qui se tenait derrière le comptoir commençait à s'impatienter.

— Vous désirez ? demanda-t-il sèchement.

— On va prendre deux doubles cornets de glace aux nougats de Noël et à la menthe... Des cornets pâtissiers, s'il vous plaît, ajouta-t-elle en consultant du regard Eli, lequel acquiesça aussitôt d'un hochement de tête.

— Et de la chantilly ! exigea-t-il.

Kacey fit entendre un petit rire avant d'ajouter à la commande :

— Et de la chantilly...

Puis elle jeta un coup d'œil à Trace et dit :

— Et vous ?

Elle haussa les sourcils, dans l'attente de sa réponse, et Trace remarqua la longueur de ses cils et le vert d'émeraude de ses yeux.

— Vous êtes sûr que vous ne voulez pas une glace ? insista-t-elle.

— Non, une pizza me suffira amplement.

Ils commandèrent donc deux demi-pizzas et deux bières ainsi qu'un soda pour Eli. Puis, pendant presque une heure, tandis que la pizzeria ne désemplissait pas, Trace papota avec cette femme, médecin de son état, qui avait le contact si facile avec Eli. Elle s'était vantée de l'ampleur de son appétit et ne parvint à manger qu'une petite partie de la pizza aux légumes, pendant que Trace et Eli engloutissaient sans chipoter le reste. En fait, ce fut surtout Trace qui mangea, car Eli n'avait plus très faim après sa crème glacée. Mais il l'avait bien méritée, après la semaine éprouvante qu'il venait de vivre.

— Je ne vous ai pas demandé ce que vous faisiez à la clinique vétérinaire, dit Trace en désignant du menton le bâtiment, de l'autre côté de la rue.

— Je cherche un chien.

— Quelle race ?

— Celui que j'espère pouvoir adopter est un bâtard. Mais il est gros. Un mélange de boxer et de pit-bull, sans doute. Enfin, c'est ce que m'a dit la vétérinaire.

— Un chien de garde ? demanda-t-il en se souvenant de la façon dont elle avait regardé derrière elle en traversant la rue avec Eli.

— C'est un des critères, en effet.

Elle détourna les yeux vers un coin de la salle, où Eli et d'autres gamins étaient attroupés autour d'écrans de jeux vidéo.

— Je... Euh, je vis seule, précisa-t-elle en tripotant son verre. Alors ça me fera de la compagnie, aussi...

— Je vois, dit Trace en hochant la tête.

Il songea à Sarge en priant que son fidèle compagnon s'en sorte.

— Alors, vous avez grandi dans la région ? s'enquit-elle pour changer de sujet.

Elle repoussa ce qu'il lui restait de pizza dans un coin de son assiette.

— Oui, répondit Trace. J'ai vécu par ici presque toute ma vie, sauf quand j'étais à la fac et à l'armée. J'ai hérité de cette ferme, et j'ai décidé de l'exploiter. Et vous ?

— Je suis née et j'ai grandi à Helena, mais mes grands-parents vivaient ici, et je passais tous mes étés dans leur ferme.

Elle sourit d'un air pensif, comme prise d'un léger accès de nostalgie. Puis elle fit mine d'étudier le contenu de son verre, mais Trace sentit qu'elle se replongeait dans ses années d'enfance et de jeunesse. Il se demanda si elle avait pu connaître Leanna, dans le passé, puisque celle-ci avait, elle aussi, passé les premières années de son existence vagabonde dans la capitale du Montana.

— Et finalement vous avez décidé de vous installer ici ? demanda-t-il.

— Oui, tout récemment…

Elle détourna furtivement les yeux de nouveau.

— Je suis d'abord allée à la fac de Missoula, puis j'ai poursuivi mes études de médecine à Seattle. J'y ai habité quelques années et je m'y suis mariée. Et puis j'ai divorcé et, comme je venais d'hériter de la ferme de mes grands-parents, j'ai décidé de m'installer ici.

— Pas d'enfants ?

Elle secoua la tête.

— Mon mari n'était pas… « prêt », répondit-elle en secouant la tête et en mimant des guillemets, comme si elle-même n'y croyait pas. Notre divorce date d'il y a trois ans, alors c'est du passé, maintenant, et je me suis juré de ne pas dire des vacheries sur son compte, même s'il y a de quoi…

Elle haussa les épaules, comme pour rejeter dans le néant l'homme qui avait été son époux.

— Et vous ? demanda-t-elle en buvant une petite gorgée de bière. Que s'est-il passé avec la mère d'Eli ?

— Elle est partie… Et elle ne nous donne jamais de ses nouvelles.

Kacey resta un instant silencieuse, comme si elle méditait cette information.

— Mais on se passe très bien d'elle, finit-il par ajouter d'un ton ferme.

Elle ne cilla pas, mais Trace aurait parié qu'elle ne le croyait pas. Il devait admettre en son for intérieur qu'elle avait raison. Il n'y avait pas si longtemps, Eli l'avait imploré, sur un ton poignant, de retrouver Leanna. Cette scène l'avait bouleversé, et il ne cessait de penser depuis aux angoisses de son fils.

— Vous ici, docteur Lambert ! fit soudain une voix féminine dans le dos de Trace, interrompant leur conversation.

Il se retourna sur sa chaise et vit la secrétaire de la clinique qui se frayait un chemin entre les tables du restaurant bondé. Elle tenait d'une main un verre de vin, et les doigts de son autre main étaient entrelacés à ceux d'un jeune homme dont le visage était encadré par une barbe hirsute et un bonnet effiloché, enfoncé sur ses oreilles.

— Bonsoir, Heather, répondit Kacey.

— Je vous présente Jimmy, dit la jeune femme précipitamment avant de regarder Trace. Et vous, vous êtes le papa d'Eli, si je ne me trompe…

Elle hocha la tête et demanda :

— Comment va-t-il, le pauvre chou ?

A cet instant, Eli revint à la table.

— J'ai besoin d'un peu plus d'argent, papa…

— Ah, ça, mon p'tit gars, tu n'es pas le seul ! ironisa Jimmy.

Eli le fusilla du regard avant de préciser à l'attention de son père :

— C'est pour jouer aux jeux vidéo.

— Je ne crois pas, Eli… Il est temps de partir, maintenant, répondit Trace en repoussant sa chaise.

— Tiens ! lança Jimmy en regardant Kacey se lever. Vous, vous me rappelez quelqu'un…

— Mlle Wallis ! dit Eli dont le regard s'assombrit subitement.

— Shelly Bonaventure, déclara Heather.

Jimmy claqua des doigts.

— Oui, dit-il. Vous êtes presque son sosie.

— *Presque*, releva Kacey.

Elle parut soudain aussi pressée de partir que Trace et prit son manteau qu'elle avait placé sur le dossier d'une chaise vide.

Le jeune homme avait raison. Trace n'avait qu'une vague notion de la carrière d'actrice de Shelly Bonaventure, mais la photo de celle-ci s'était étalée à la une des magazines tout au long de la semaine qui venait de s'écouler. En zappant d'une chaîne d'information à l'autre, il avait aussi regardé d'un œil distrait la fin d'un reportage « en profondeur » sur cette femme au destin tragique.

— Elle venait de la région, je crois ? demanda Jimmy.

— Oui, d'Helena, dit Heather.

— Helena..., fit Trace en écho en regardant Kacey.

Comme Leanna... Et comme Kacey.

— Il faut vraiment que je file, annonça Kacey en enfilant son manteau. Merci pour la pizza.

Le regard de Heather passa de sa supérieure à Trace puis à Eli, et elle eut du mal à contenir un sourire.

— On peut aller voir Sarge ? demanda Eli pendant que Trace l'aidait à mettre son manteau.

— Demain, mon petit pote, demain.

— Mais je veux le voir tout de suite ! insista l'enfant en regardant vers la clinique.

— Pour l'instant, il faut laisser le Dr Eagle le soigner.

Eli fit la moue, mais il était à court d'arguments. Kacey dit à Heather qu'elles se reverraient à la clinique la semaine suivante, et ils sortirent tous trois du restaurant plein à craquer.

Dehors, la nuit était glaciale et les flocons de neige étaient devenus minuscules et durs en raison de la baisse de la température.

Trace et Eli accompagnèrent Kacey jusqu'à sa voiture. Tandis qu'elle fouillait dans son sac à main en quête des clés de sa Ford, elle lui adressa un large sourire.

— Merci pour la pizza, dit-elle.

— De rien. Eli…

Il donna un petit coup de coude à son fils.

— Tu n'as rien à dire au Dr Lambert ?

Le gamin leva la tête vers son père et cligna les yeux, perplexe.

— Au sujet de la glace ?

— Ah oui ! se souvint Eli. Merci pour la glace, docteur.

— De rien, dit-elle à son tour. Et fais bien attention à ton bras, hein ?

Elle échangea un dernier regard avec Trace et ajouta :

— « Dr Lambert », c'est un peu trop formel, vous ne trouvez pas ? Appelez-moi Kacey.

— D'accord, Kacey…

Elle ouvrit sa portière et s'installa au volant.

Sans lâcher la main d'Eli, Trace la regarda s'éloigner. Ils marchèrent ensuite jusqu'à leur propre véhicule, garé non loin de là.

En roulant vers sa ferme, Trace songea à Kacey et à Leanna, mais aussi à Jocelyn Wallis et à Shelly Bonaventure.

Deux de ces femmes étaient mortes.

Une autre avait disparu.

Et la quatrième avait jeté un regard méfiant en traversant la rue en compagnie d'Eli, un peu plus tôt dans la soirée.

Trois d'entre elles avaient un lien avec la ville d'Helena.

Et toutes se ressemblaient de façon troublante.

En s'arrêtant au feu rouge, près du restaurant Shorty's, il se demanda quel pouvait bien être le rapport entre ces quatre femmes. Si toutefois il y en avait un.

Elle était rentrée ! Enfin…

Il entendit la clé tourner dans la serrure et les gonds de la porte grincer, puis le bruit de ses pas tandis qu'elle traversait la cuisine.

Agréablement surpris par la qualité du son de son installation, il se cala dans son fauteuil pour écouter. Elle alluma la radio et déchira ce qui semblait être du papier. Mais oui, bien sûr ! Son courrier !

Même s'il n'avait pas installé de mini-caméras de surveillance chez elle — il n'avait pas voulu prendre un tel risque, à ce stade —, il pouvait l'imaginer en train de marcher dans la maison, d'enlever ses chaussures… De se faire couler un bain…

Dans son esprit, il la vit attacher ses cheveux sur le sommet de son crâne puis se déshabiller et jeter ses vêtements dans un coin de la salle de bains. Il visualisa son corps nu, ses formes harmonieuses, ses seins durcis par le froid tandis qu'elle se glissait dans la baignoire remplie d'eau chaude.

Allait-elle y mêler un peu de bain moussant et se laisser envelopper par les bulles onctueuses ? Allumerait-elle une ou deux bougies pour contempler leur lueur se reflétant sur la vitre givrée ? S'immergerait-elle dans l'eau jusqu'au cou, humidifiant le fin duvet qui ornait sa nuque ? Poserait-elle les pieds sur le rebord de la baignoire, faisant dégouliner l'eau sur ses longues jambes au galbe parfait ?

Il effleura du bout des doigts l'étroite cicatrice qui longeait son oreille, à l'endroit où elle avait réussi à lui entailler la peau avec son propre couteau.

Sa respiration s'accéléra, son pouls lui martela les tempes, lorsqu'il entendit de légères éclaboussures dans ses écouteurs. Il n'avait pas vraiment le temps de se livrer à ce petit jeu : il lui restait tant de choses à accomplir… Et cependant… Il se cala dans son fauteuil et ferma les yeux. Son cœur battait vite et son souffle était court, son bas-ventre s'embrasait, son pénis durcissait.

Il songea à la gorge gracile d'Acacia et se vit brandissant un couteau, celui-là même avec lequel elle l'avait marqué à vie. Il imagina la lame étincelante inciser sa peau laiteuse et pénétrer dans la fine chair de son cou. Il crut la voir écarquiller les yeux tandis que des gouttes de sang perlaient au passage de l'acier tranchant, scintillant comme autant de rubis dans un écrin soyeux, avant de former un ruisseau écarlate sur son sternum et ses seins, se diluant ensuite dans l'eau du bain. Les bulles de savon blanches se teintaient de rouge tout autour de son corps tandis qu'elle s'affaissait dans l'eau chaude.

Il lâcha un petit gémissement de plaisir, sentant l'orgasme monter en lui.

Maintenant! Allons-y, là, maintenant!

— Non !

Sa propre voix le fit sursauter. Il surmonta son désir et s'exhorta à patienter en se disant qu'il ne fallait pas qu'il succombe à la tentation et se laisse emporter par ses pulsations. Il devait suivre son plan à la lettre : il avait d'abord à s'occuper d'autres Ignorantes. Mais, tout au fond de lui-même, dans les plus sombres recoins de son cœur, il savait qu'il aurait du mal à résister très longtemps à cette impérieuse envie meurtrière. Car, avec Acacia Lambert, c'était une affaire personnelle... Avec elle, sa mission se teintait d'un désir de vengeance presque sensuel.

Tout en écoutant dans ses oreillettes le clapotis du bain, il l'imagina morte dans son sang tiède.

La dernière heure d'Acacia Lambert allait bientôt sonner.

Une nouvelle fois, il passa un doigt sur sa cicatrice, palpant le fin bourrelet blanc qui courait de sa tempe à sa mâchoire. Elle était à peine visible, mais elle lui rappelait tous les jours son échec. Il plissa les yeux et se leva pour s'examiner dans le miroir ovale qu'il avait fixé au-dessus de son bureau.

L'espace d'un instant, il crut voir la jeune femme derrière lui dans la glace.

Elle fixait son reflet d'un œil railleur et semblait se moquer de lui. Comme si elle l'attendait de pied ferme, en se riant de ses desseins meurtriers...

Il tressaillit et se retourna vivement.

Mais il était seul dans la pièce. Evidemment. Tout ce qu'il y avait derrière lui, c'était un sweat-shirt à capuche sur un cintre accroché à une patère.

Il se retourna vers le miroir et se remit à observer sa cicatrice.

La plupart des gens ne la remarquaient pas, tant elle était fine et cachée par ses cheveux, et personne ne lui avait jamais demandé quelle en était la cause.

Mais lui, il la connaissait, la cause.

Il s'en souvenait tous les jours.

Et il n'était pas près de l'oublier.

18

Assis face à son bureau, Trace fixait l'écran de son ordinateur, abasourdi. Après avoir navigué sur internet, consultant des sites administratifs, il venait de découvrir que Jocelyn Wallis, elle aussi, était née à Helena.

Quatre femmes sur quatre. Une telle coïncidence paraissait vraiment improbable, surtout dans une ville aussi peu peuplée.

Et toi, tu en as connu trois personnellement… Ça aussi, est-ce vraiment une coïncidence ?

Qu'est-ce que cela pouvait bien signifier ?

Il imprima les pages qu'il venait de consulter et les relut sur papier, s'efforçant d'établir un rapport. En vain. Il leva les bras pour étirer les muscles de ses épaules, puis il fit pivoter son cou pour détendre ceux de sa nuque. Il bâilla et éteignit l'ordinateur avant de consulter la pendule du petit salon. Il était minuit passé. Eli s'était endormi sur le canapé. Trace avait tenté de l'envoyer au lit, mais le petit garçon avait protesté, arguant qu'il ne pouvait être seul dans sa chambre car Sarge lui manquait trop pour qu'il trouve le sommeil. Il se faisait un sang d'encre pour la pauvre bête.

Trace sortit du petit salon et s'approcha de son fils allongé sur les coussins froissés du canapé. Les cheveux en bataille et les paupières closes, Eli avait l'air d'un ange — un ange dont les ailes auraient été remplacées par un plâtre en résine bleue.

Cet enfant avait changé sa vie.

Avant d'être père, Trace avait la réputation de boire un peu trop et de s'intéresser à des femmes aux mœurs légères. Mais ces excès avaient cessé lorsque Eli avait fait irruption dans son existence et bouleversé son mode de vie. Il avait toujours entendu dire que la paternité pouvait radicalement changer un homme, mais sans trop y croire.

Jusqu'à ce qu'il devienne lui-même un père.

Il se pencha pour prendre son fils dans ses bras. Eli n'entrouvrit même pas un œil tandis qu'il le portait jusqu'à sa chambre au premier étage.

Le plus grand désordre y régnait. Des livres et des jouets étaient éparpillés par terre, ainsi que des vêtements sales qui auraient dû se trouver dans le panier à linge. Son lit était défait et l'édredon tout froissé luisait légèrement dans la pénombre de la nuit hivernale.

Trace déposa son fils en douceur sur le lit et le recouvrit de l'édredon. Eli lâcha un soupir sans s'éveiller et se recroquevilla.

Mon fils…

Un jour, il allait bien falloir tout lui révéler. Eli avait le droit de savoir que Trace n'était pas son père biologique. Mais, dès lors qu'il le saurait, les questions ne manqueraient pas de fuser. Et il serait tout aussi difficile d'y répondre qu'à celles qu'il lui avait posées l'autre soir, dans son désir de parler à sa mère.

Trace n'aurait pas plus de réponses à lui fournir.

Leanna n'avait jamais voulu lui révéler l'identité du père biologique d'Eli. Trace en avait déduit qu'elle n'en était pas sûre elle-même ou que, si elle le savait, elle s'en moquait complètement ou qu'elle en avait honte. Leur liaison avait commencé par un coup de foudre réciproque, un soir d'été, dans un bar, et Leanna s'était retrouvée enceinte peu de temps après. Trace s'était comporté en gentleman : il l'avait épousée et avait adopté le petit Eli dans le même temps. Il lui avait ensuite fallu encaisser le fait que soit elle lui avait menti, soit elle avait fait une fausse couche, car le bébé qu'elle avait prétendu attendre de lui ne vint jamais au monde.

Mais quelle importance, maintenant ?

Les disputes avaient commencé et n'avaient pas tardé à s'aigrir. Et puis une nuit, sans crier gare, elle s'était levée, avait pris ses affaires et elle était sortie pour toujours de sa vie. Il s'était réveillé seul dans le lit conjugal et avait découvert que la voiture de Leanna n'était plus dans le garage. Plus un seul de ses vêtements ne se trouvait dans son placard. Son téléphone et son ordinateur portables avaient eux aussi disparu.

Tout ce qu'elle avait laissé derrière elle, c'était un petit garçon.

Il scruta la chambre où Eli dormait à poings fermés. Il était impossible d'aimer un enfant plus qu'il n'aimait son fils. Il n'avait pas compris pourquoi Leanna était partie mais, quand il avait reçu les papiers du divorce, par lesquels elle renonçait à toute tutelle sur son propre fils, Trace avait signé sans l'ombre d'une hésitation.

Elle avait appelé à quelques reprises, à l'époque du divorce. Elle était venue leur rendre visite deux ou trois fois. Mais, avec les ans, les contacts s'étaient espacés puis avaient fini par cesser complètement. Trace ne se souvenait même pas de la date de son dernier coup de téléphone. Et quand Eli avait essayé de l'appeler, six mois plus tôt, un message préenregistré leur avait appris que la ligne n'était plus en service.

J'aurais dû me renseigner davantage pour savoir où elle vit. Eli a besoin de connaître sa mère, même si c'est une garce dénuée de cœur.

Peut-être est-elle morte, au jour d'aujourd'hui.

Comme Shelly Bonaventure.

Comme Jocelyn Wallis.

Il décida de se mettre à sa recherche dès le lendemain matin. Il avait, en cherchant dans le fond d'un tiroir un manuel d'échecs pour Eli, trouvé un vieux bout de papier où étaient inscrits deux numéros de téléphone. L'un d'eux était celui d'une ligne à Phoenix, en Arizona. Leanna n'avait-elle pas eu une amie qui avait déménagé là-bas ? L'autre avait un indicatif correspondant à l'Etat de Washington, ce qui laissait Trace fort perplexe.

Il repensa à Kacey Lambert puis décida de remettre ses cogitations au lendemain.

D'étranges coïncidences peuvent parfois survenir, se dit-il sans en être vraiment convaincu.

Il ôta sa chemise, son pantalon et ses chaussettes et se laissa tomber sur son lit. Il ferma les yeux et lâcha un profond soupir.

Dans son esprit, il vit se dessiner le visage de Kacey, et se dit qu'il était le roi des imbéciles.

Alvarez se servit de son téléphone portable pour appeler Jonas Hayes au siège de la police de Los Angeles. Même si elle ne s'attendait pas à ce que l'inspecteur californien travaille un samedi matin, elle comptait lui laisser un message et espérait qu'il la rappelle rapidement. Elle ne croyait pas vraiment qu'il puisse y avoir un lien entre les morts suspectes de Shelly Bonaventure et de Jocelyn Wallis, mais elle tenait à en avoir le cœur net, car la ressemblance entre les deux victimes était aussi frappante que troublante.

Elle laissa un peu de nourriture dans une soucoupe pour la chatte ombrageuse qui se cachait quelque part… Une fois de plus.

Donne-lui le temps de s'adapter à sa nouvelle maison…

Elle avala une purée de myrtilles, de bananes et de yaourt qu'elle saupoudra de germes de blé — le petit déjeuner des athlètes — puis elle prit son sac de sport et sortit de chez elle.

Comme elle s'y attendait, la neige qui tapissait la veille les trottoirs et les jardins s'était transformée durant la nuit en une couche de glace compacte et diablement glissante.

Elle parvint cependant à rouler sans encombre hors du parking verglacé et à rejoindre la rue qui avait été déneigée et sablée pendant la nuit.

Heureusement, la circulation était encore faible dans le centre de Grizzly Falls à cette heure très matinale, alors qu'un pâle soleil venait tout juste de se lever dans un ciel où les nuages épars se teintaient encore des tons pastel de l'aube. Elle alluma la radio qui diffusa, juste après la fin du bulletin météo, un chant de Noël. Elle n'y prêta aucune attention.

Elle avait cessé de se mortifier au sujet du désastre de la soirée de Thanksgiving chez Grayson et essayait d'oublier Hattie, cette parfaite maîtresse de maison sortie tout droit d'un vieux feuilleton. Quelle erreur d'avoir cru qu'elle se retrouverait en tête à tête avec le shérif !

Sa belle-sœur... Tu parles !

Elle sentit ses joues rosir et s'en voulut.

— Jamais plus ! se promit-elle à voix haute en changeant de file pour doubler un camion à plateau chargé d'arbres de Noël.

A la radio, un chœur enfantin braillait :

« Ho, ho, ho !
Réjouissez-vous ! »

Elle tourna dans une rue en direction de la salle de sport et entra dans le parking presque désert.

« Le Père Noël est sur le toit,
Clic, clic, clic ! »

Elle éteignit l'autoradio d'un geste brusque.

Elle se gara tout près de la porte principale de l'imposant bâtiment qui abritait une piscine olympique, des saunas, une salle de musculation et plusieurs terrains de basket-ball. Elle signa le registre des entrées et prit une serviette de toilette propre à l'accueil avant de foncer vers le vestiaire des dames, où elle déposa son sac dans un casier vide.

Elle était venue pour faire travailler ses muscles et se clarifier l'esprit. Elle avait l'intention de faire du cardio-training pendant quarante-cinq minutes sur un vélo elliptique puis de passer une demi-heure à soulever des poids sur diverses machines conçues pour tonifier et fortifier telle ou telle partie du corps.

D'ordinaire, parvenue au milieu de son entraînement, elle arrivait à se débarrasser de tout ce qui concernait les enquêtes en cours mais, ce jour-là, tandis qu'elle allait d'une machine à l'autre, elle ne cessait de penser au meurtre de Jocelyn Wallis. Elle avait passé des heures à étudier les fadettes téléphoniques de la jeune femme et ses diverses factures ; elle avait même examiné le contenu de sa poubelle. Mais rien de ce qu'elle avait vu ne lui avait paru suspect ou même simplement inhabituel. Cette besogne n'avait pas provoqué d'étincelle dans son cerveau ni fait naître la moindre piste. Toute la paperasse qu'elle avait épluchée était parfaitement banale. Quant à l'ex-amant de Jocelyn Wallis, il avait un alibi en béton.

A première vue, elle n'avait pas rédigé de testament, ni souscrit d'assurance sur la vie dont le bénéficiaire aurait pu être un suspect potentiel.

Elle n'avait pas beaucoup d'amis et aucun ennemi notoire. Ni, a priori, de lien avec Shelly Bonaventure, hormis son lieu de naissance et son aspect physique. Une enquête qui commençait à être sacrément frustrante…

Elle essuya son front trempé de sueur avec sa serviette avant de s'installer sur le siège d'une presse de musculation intensive des jambes et se mit à soulever les poids. Ses muscles étaient chauds, à présent, et elle fut capable d'effectuer trois séries de quinze mouvements à la suite. Mais après cet exercice intensif elle n'était toujours pas plus avancée dans ses réflexions sur son enquête que lorsqu'elle était entrée dans la salle de sport.

En nage, elle se dirigea alors vers les douches en se disant que la vérité finirait bien par lui apparaître. Il lui suffirait de creuser davantage. En tout cas, elle n'était pas près de renoncer.

Kacey se massa la nuque en jetant un coup d'œil à la pendule de son bureau. 14 h 15... Les consultations s'étaient succédé, certaines sur rendez-vous, d'autres en urgence. Le fait que ce week-end de Thanksgiving était le week-end de shopping par excellence n'empêchait pas, bien au contraire, le virus de la grippe de se propager, les rhumes de sévir et les petits bobos comme les foulures de se multiplier.

Elle avait déjà examiné à cette heure assez de gorges et d'oreilles pour remplir une journée de travail ordinaire. Le samedi, la clinique était censée fermer à 15 heures, mais, dans les faits, cela n'arrivait que rarement, car les patients profitaient de leur temps libre pour prendre rendez-vous justement.

Heureusement pour elle, Kacey ne travaillait qu'un samedi sur deux, en alternance avec Martin. Il en allait de même le vendredi, ce qui leur permettait de bénéficier chacun à leur tour de deux jours de repos consécutifs tous les quinze jours — comme d'ailleurs tout le personnel de la clinique.

Son estomac gargouilla, ce qui lui rappela qu'elle n'avait dans le ventre qu'une banane, mangée à 6 heures du matin en guise de petit déjeuner. Les trois tasses de café qu'elle avait bues depuis n'avaient pas suffi à la sustenter. Elle fouilla dans le tiroir de son bureau, où elle conservait des barres de céréales et des confiseries. Elle y trouva un Snickers et, pour s'ôter toute mauvaise conscience, se promit de se contenter d'une salade au thon tout ce qu'il y avait de diététique pour le dîner.

« Suis toi-même les conseils que tu donnes aux autres », se dit-elle, ressassant l'un des adages préférés de sa grand-mère, mais elle n'en déchira pas moins l'emballage de la barre chocolatée. Combien de fois avait-elle suggéré à ses patients de manger des repas sains et équilibrés, de boire huit verres d'eau par jour et d'éviter les excès de sucre ?

Trop souvent…

Elle n'en mordit pas moins dans la friandise au caramel et au nougat en soupirant d'aise.

Elle s'était sentie un peu lasse tout au long de la matinée et elle attribuait cette fatigue à la nuit agitée qu'elle avait passée, ne parvenant pas à chasser de ses pensées les intrus menaçants et les pick-up noirs inquiétants — mais aussi les fantasmes beaucoup plus réjouissants que lui inspirait Trace O'Halleran.

Elle devait sans cesse se rappeler qu'il s'agissait du père de l'un de ses jeunes patients et que ses fantasmes étaient en l'occurrence on ne pouvait plus inconvenants. Mais, après avoir revu le séduisant fermier la veille à la clinique vétérinaire et après avoir passé cet agréable moment avec Eli et lui à la pizzeria, elle avait du mal à le chasser de ses pensées.

Elle venait d'avaler la dernière bouchée de son Snickers lorsqu'elle entendit frapper à la porte. Nadine, la réceptionniste de garde le week-end, pointa la tête dans son bureau.

— Votre prochaine patiente, Mme Alexander, vient d'appeler pour dire qu'elle aura un quart d'heure de retard. Mais Helen Ingles est dans la salle d'attente et demande si vous pouvez la prendre tout de suite.

Kacey hocha la tête.

Mâchoire volontaire et sourcils soigneusement épilés, Nadine approchait de la soixantaine, mais elle était restée très svelte. Elle ne se maquillait guère, ne teignait pas ses cheveux gris et portait des lunettes à fine monture mauve.

Ses messages délivrés, elle s'attardait, les lèvres pincées et l'air irrité.

— Autre chose ? s'enquit Kacey.

— Ce matin, je suis arrivée la première et ce maudit

disjoncteur avait encore sauté pendant la nuit. Il n'y avait pas une seule lumière dans le bâtiment !

C'était un problème récurrent.

— Vous devriez appeler le propriétaire, suggéra Kacey.

— Je lui ai déjà laissé un message sur son répondeur et envoyé un courriel.

Ancienne militaire, Nadine Kavenaugh était extrêmement tatillonne et elle n'aimait guère les gens qui, selon son expression, « ne se montraient pas à la hauteur de leurs engagements ». La routine devait à ses yeux demeurer immuable, sans souffrir la moindre entorse.

— Bien, fit Kacey.

Elle fit pivoter son siège, jeta l'emballage du Snickers dans la corbeille à papier et décrocha sa blouse blanche du portemanteau. Elle se tourna vers Nadine qui la regardait d'un air soucieux derrière ses verres progressifs. De toute évidence, elle n'appréciait pas les modifications intempestives de planning comme d'ailleurs tout ce qui s'apparentait au moindre changement dans son existence ordonnée.

— Je vais faire entrer Mme Ingles dans la salle de consultation n° 2, dit-elle avec une pointe d'aigreur. Et quand Mme Alexander arrivera, elle ira dans la n° 1.

— Dès que Randy aura procédé à l'évaluation des fonctions vitales, je recevrai Mme Ingles, dit Kacey.

Nadine referma la porte du bureau, non sans avoir lâché un soupir dédaigneux. Kacey l'entendit regagner d'un pas appuyé et mécontent le guichet d'accueil.

Elle enfila sa blouse, vérifia que son stéthoscope se trouvait bien dans sa poche et consulta son courrier électronique. Même si elle savait que les administrations étaient fermées depuis trois jours, elle espérait néanmoins quelques réponses concernant les extraits de naissance dont elle avait demandé à prendre connaissance. Son grand-père aimait à répéter qu'il ne fallait pas mettre la charrue devant les bœufs et ce précepte revenait à présent dans son esprit.

Sans surprise, elle constata qu'il n'y avait aucune réponse

dans sa boîte aux lettres électronique. Peut-être se battait-elle contre des moulins à vent… Ce n'était pas parce que deux femmes qui lui ressemblaient étaient mortes ces derniers jours et que sa mère semblait lui faire des cachotteries au sujet du passé familial qu'il fallait qu'elle s'affole.

Elle cliqua pour quitter son logiciel de courriel et sortit dans le couloir qui menait aux salles de consultation.

Helen Ingles se plaignait d'être fatiguée en permanence.

— Cet épuisement continuel est en train de me tuer à petit feu !

Elle jurait cependant qu'elle surveillait attentivement son taux de glucose, se nourrissait de manière équilibrée et faisait de l'exercice.

— C'est peut-être dû au fait que ma fille est venue s'installer chez moi avec sa gamine de huit ans. Elle est en train de se séparer de son mari et elle est au chômage, ajouta-t-elle d'un air inquiet.

— Dites-m'en davantage, l'encouragea Kacey.

Elle passa alors une dizaine de minutes à écouter Helen lui parler de ses soucis. Après avoir déterminé que la fatigue de sa patiente provenait autant de ses tracas que de son diabète, elle lui prescrivit de nouvelles analyses biologiques et lui conseilla de consulter un psychologue spécialisé dans les problèmes familiaux.

— Un psy ? répéta Helen, horrifiée. Mais je ne suis pas dingue !

— Vous êtes confrontée à des bouleversements dans votre vie quotidienne… Ces périodes sont toujours difficiles à vivre. Tenez, voici la carte du médecin dont je vous parle… Prenez rendez-vous avec lui, si vous le souhaitez.

Elle la vit hésiter et ajouta :

— Ça ne peut pas vous faire de mal…

— Sauf à ma fierté… J'ai toujours cru que je pourrais gérer mes soucis personnels toute seule.

— Nous avons tous besoin de quelqu'un qui soit à l'écoute de nos problèmes, vous savez…

Elle laissa Helen Ingles méditer le conseil et sortit de la salle d'examen. Elle prit la fiche de la nouvelle patiente dans le panier fixé à la porte de la salle n° 1. Eve Alexander était âgée de trente-cinq ans, pesait sept kilos de trop et se plaignait d'une toux persistante qui l'empêchait de dormir la nuit. L'adresse de son médecin précédent était à Cœur d'Alene, dans l'Idaho.

Elle frappa à la porte tout en achevant de lire la fiche.

— Madame Alexander ? Je suis le Dr Lambert, se présenta-t-elle en entrant.

La jeune femme était assise, jambes ballantes, sur la table d'examen. Elle était un peu grassouillette, en effet, ses cheveux roux étaient coupés court et ses joues étaient roses. Elle affichait un large sourire.

— Salut ! dit-elle d'une voix cordiale.

En la voyant, Kacey essaya de se convaincre que son imagination lui jouait des tours et qu'elle était influencée par ces ressemblances en cascade qu'on lui trouvait depuis quelques jours. Tout cela n'aurait pu être qu'une troublante coïncidence sans conséquence mais, à présent, alors qu'elle découvrait le visage d'Eve Alexander et l'expression stupéfaite de Randy Yates qui était en train d'ôter le bracelet du tensiomètre du bras de la patiente, Kacey avait du mal à croire que ce fût encore une coïncidence.

— Vous êtes cousines ? leur demanda Randy.

Eve éclata de rire en observant Kacey.

— Pas du tout ! dit-elle. C'est mon visage… Il est tellement ordinaire que les gens me disent souvent que je leur rappelle quelqu'un. Ça m'arrive tout le temps…

Elle haussa les épaules, puis sourit en ajoutant :

— Nous ne nous ressemblons pas tant que ça, en fait. A bien y regarder, nos morphologies sont même complètement différentes.

C'était vrai. Kacey mesurait presque dix centimètres de plus qu'Eve et pesait dix kilos de moins. Mais la forme du crâne d'Eve, les traits de son visage, le dessin de ses joues et de son menton, la forme de ses yeux étaient quasi identiques. Ses cheveux étaient plus roux, plus clairs, mais cela tenait peut-être à une teinture. Ses yeux étaient d'un vert qui tirait davantage sur le bleu que ceux de Kacey, mais enfin la ressemblance restait manifeste quoi qu'elle en dît. En outre, elles avaient le même âge.

— Pourtant, reprit Eve, je crois que je pourrais monter un club de sosies ! Depuis que je me suis installée dans cette ville, j'ai rencontré au moins deux personnes qui me ressemblent beaucoup.

— Ah bon ? C'est vrai ? demanda Kacey prudemment, tout en sentant son pouls s'accélérer.

— Mais oui, par exemple, cette pauvre institutrice qui est morte récemment… Et puis, il y a une femme qui fréquente la même salle de sport que moi… C'est une des monitrices de gym, en fait. Elle s'appelle… hum… Gloria, je crois… Je viens de m'inscrire et je n'y suis pas encore beaucoup allée. Alors, je ne suis pas sûre de son nom… Maintenant que je vous ai rencontrée, ça fait trois !

Elle haussa de nouveau les épaules, comme si c'était normal.

Pendant que Randy transférait sur son ordinateur portable le contenu de la fiche d'Eve Alexander, Kacey s'efforçait d'ignorer le signal d'alarme qui s'était déclenché dans sa tête et poursuivit l'examen de sa nouvelle patiente. Elle l'ausculta puis l'écouta lui décrire la toux qui persistait depuis trois mois, malgré plusieurs cures d'antibiotiques et les deux prélèvements dans la gorge qu'elle avait subis.

— Vous étiez suivie par un médecin à Cœur d'Alene, donc ?

Eve lui donna le nom du praticien avant de fouiller dans son sac à main et d'en extraire une carte de visite.

— C'est lui que j'allais consulter, avant que nous nous installions ici, précisa-t-elle en lui tendant le bristol.

— Vous avez fait des radios ? s'enquit Kacey.

— Non, dit Eve en secouant la tête.

— C'est par là qu'il faut commencer, pour être sûr qu'il ne s'agit pas d'une pneumonie. Et il faudra aussi vérifier que ce n'est pas une infection aux streptocoques…

— Une pneumonie ? Oh ! Non ! fit-elle d'un air affligé. C'est que… Je n'ai jamais eu de pneumonie de ma vie… Une bronchite, oui, ça m'est arrivé une ou deux fois, mais…

— Attendons les résultats des radios, dit Kacey d'une voix rassurante. Notre service de radiologie est fermé le samedi, mais je vais vous faire une ordonnance, et vous reviendrez lundi. Le labo me transmettra l'imagerie directement. Puis nous enverrons un échantillon de salive au laboratoire biologique, pour la détection de streptocoques éventuels.

S'adressant à Randy, Kacey ajouta :

— Vous pouvez arranger un rendez-vous, lundi matin, avec le radiologue ?

Elle mit dans des sachets individuels les deux échantillons de prélèvements. Pendant qu'Eve ajustait sa robe et que les yeux de Randy étaient rivés sur l'écran de son ordinateur, Kacey glissa discrètement l'un des deux sachets dans la poche de sa blouse.

— Cet échantillon doit être envoyé au labo pour une recherche de streptocoques, dit-elle en posant l'autre sachet sur le comptoir, à côté de l'ordinateur de Randy.

Sans lever les yeux, l'infirmier en prit note sur son agenda électronique.

— Ce sera fait, dit-il.

— Bien…

Kacey se tourna ensuite vers Eve pendant que Randy empochait le sachet et sortait de la pièce.

— Quand j'aurai examiné les radios et qu'on aura les résultats des analyses, je vous appellerai pour fixer un nouveau rendez-vous. En attendant, je vais vous prescrire un antibiotique plus puissant. Ça devrait vous faire du bien dans l'immédiat.

Elle rédigea une ordonnance et demanda à Eve de revenir la voir la semaine suivante.

— Vous pouvez fixer un rendez-vous au guichet, ajouta-t-elle.

— C'est ce que je vais faire.

Le sachet qu'elle avait subrepticement caché dans sa poche parut soudain peser une tonne à Kacey, mais elle prit sur elle et demanda :

— Vous avez grandi à Cœur d'Alene ?

— Non à Boise, au sud de l'Idaho. Pourquoi me demandez-vous ça ?

— Simple curiosité, éluda Kacey.

Elle haussa les épaules, comme si cela n'avait guère d'importance, alors que les pensées se bousculaient dans sa tête.

Je suis vraiment hypersensible, ces derniers jours. Elle ne me ressemble pas tant que ça, en fait. Pas autant, en tout cas, que l'actrice ou l'institutrice…

— J'ai vécu dans l'Idaho toute ma vie, dit Eve. J'y suis née et j'y ai été élevée. C'est pour ça, sans doute, que je n'ai pas très bien vécu notre déménagement à Grizzly Falls. Mais Tom, mon mari, a trouvé du travail ici, et ça nous a tous un peu déracinés. Les enfants venaient de commencer l'année scolaire, et tout à coup il a fallu partir…

Un voile de tristesse vint assombrir son regard.

— C'est la crise économique, vous savez. Même les avocats ne sont pas épargnés.

— Je suis sûre que vous vous ferez rapidement des amis, et les écoles sont vraiment très bien.

— J'espère, dit Eve. Mon fils n'a apparemment aucun problème à s'adapter. Mais ma fille… C'est une autre histoire. Elle a treize ans, et elle est en pleine préadolescence… Pour elle, c'est dur.

— Grizzly Falls est une petite ville très agréable.

— J'espère que vous avez raison, dit Eve d'un ton peu convaincu.

— Donnez-vous un peu de temps et, vous verrez, tout s'arrangera.

— De toute façon, je n'ai pas trop le choix.

Elle haussa les épaules et mit son manteau pendant que Kacey regagnait son bureau.

Elle attendit avec impatience que la jeune femme, qui était sa dernière patiente de la journée, soit partie, que les salles de consultation soient nettoyées et que Nadine et Randy aient à leur tour quitté les lieux, tout en se disant qu'elle se faisait une montagne d'une taupinière. Toute sa vie, elle avait été fascinée par des théories du complot, ce qui avait donné lieu à des débats houleux avec sa mère et, plus récemment, avec son ex-époux. Jeffrey pensait qu'elle délirait, mais elle était toujours plus ou moins convaincue que le président Kennedy avait été assassiné par plus d'un tireur embusqué, que la princesse Diana avait été éliminée par ses ennemis au sein même de la famille royale et que Kurt Cobain ne s'était pas suicidé mais avait été assassiné.

Cela malgré tous les arguments et tous les raisonnements de son mari ou de sa mère.

Lorsqu'elle fut absolument certaine d'être seule dans la clinique, elle sortit de sa poche le sachet de prélèvement. Sachant qu'elle se faisait sans doute du souci pour rien et qu'elle agissait à l'encontre de tous ses principes déontologiques, elle n'en envoya pas moins le sachet au labo pour obtenir un profil ADN d'Eve Alexander.

Et puis il y avait cette animatrice de la salle de sport, cette Gloria dont Eve avait parlé comme d'une autre femme lui ressemblant… Kacey se promit d'aller faire un tour là-bas pour voir par elle-même si c'était vraiment le cas. Gloria, si toutefois elle se nommait bien ainsi, était-elle « l'une d'elles » ?

— C'est quand même bizarre tout ça, dit-elle à haute voix en éteignant la lumière, avant de rentrer chez elle.

19

J'ai beau être d'une intelligence supérieure, il me semble parfois que Dieu ou la Destinée, ou je ne sais quelle force supérieure, se dresse contre moi…

Il descendit en hâte le vieil escalier branlant. Les relents de crasse et de poussière qui régnaient dans le sous-sol vinrent lui chatouiller les narines lorsqu'il déverrouilla la porte pour pénétrer dans son « bureau » privé. D'un geste machinal, il referma la porte derrière lui et tenta de recouvrer son sang-froid.

— Un…, dit-il.

Respire…

— Deux…

Profondément.

Il compta ainsi jusqu'à dix, puis jusqu'à vingt. Mais ses nerfs restaient à vif. Ses poings étaient crispés et ses épaules tendues ; des pensées désordonnées lui consumaient l'esprit. Sa fureur semblait inextinguible.

Il ouvrit un tiroir de son bureau et vit les documents jaunis qui s'y trouvaient et qu'il comptait bientôt détruire. Le vieil ordinateur qui lui avait servi à recueillir toutes ces informations avait été jeté depuis longtemps, ainsi que les disquettes sur lesquelles il les avait copiées, toutes les données numériques pouvant l'incriminer étant ainsi effacées à jamais.

Il ne restait donc que ces feuilles de papier qu'il avait jalousement conservées. Il les brûlerait, une à une, lorsque toutes celles qu'il appelait les « Ignorantes » auraient été rayées du nombre des vivants.

Evidemment, il y avait toujours un risque pour que l'une d'elles découvre par hasard la vérité, et cette pensée lui tordait les entrailles.

Il ne faut surtout pas que cela arrive !

Il avait envie de frapper sur quelque chose, de faire mal à quelqu'un. Il se rendit sous la barre fixe servant à ses exercices de musculation, qu'il avait lui-même installée. Il se déshabilla et glissa ses chevilles dans une paire de bracelets de suspension antigravitation.

Il se sangla et s'accrocha à la barre, tête en bas. Il entama une première série de tractions abdominales, se recroquevillant le plus possible face au plafond. Il sentait sa colonne vertébrale se décoincer progressivement à mesure que ses muscles travaillaient.

Il avait besoin de se détendre de cette manière, par un effort intense et même douloureux. Il serra les dents et sentit bientôt la sueur lui tremper la peau.

Il avait minutieusement mûri et organisé sa vengeance. Il avait passé des années à s'occuper des Ignorantes, sans se précipiter et en se gardant du moindre faux pas. Les photos qu'il avait prises d'elles, juste avant leur trépas, étaient là pour attester de la patience et de la prudence dont il avait fait preuve tout au long des années. Mais il arrivait pourtant, de temps en temps, que ses plans les mieux préparés soient déjoués.

Le plus récent de ces revers du destin concernait Eve Alexander. Comment aurait-il pu prévoir que son avocaillon de mari viendrait s'installer à Grizzly Falls, ce trou perdu dans la montagne où résidaient déjà deux autres Ignorantes ? Cela compliquait diablement ses projets, et cette maudite Eve risquait de tout gâcher. Elle avait déjà rendu visite à Acacia Lambert, et cela n'annonçait rien de bon.

Mais je peux parer le coup. Je sais que j'en suis capable ! Il faut juste que je réfléchisse !

Les muscles crispés, il se figea en plein effort et demeura immobile un instant avant de projeter sa tête au niveau de ses genoux et de l'y maintenir pendant quelques secondes d'extrême tension musculaire.

Toute erreur m'est interdite. Mais il reste encore assez de temps pour trouver une solution. Il suffit que je me concentre sur le problème.

Il effectua une traction identique à la précédente.

Cette fois, la douleur lui vrilla les abdominaux.

Lentement, il se détendit. Et, malgré une douleur musculaire à peine supportable, il se força à accomplir une nouvelle série de tractions. Il n'arrêta l'exercice que lorsque son abdomen et ses dorsaux furent en feu et que la sueur dégoulinant de ses reins forma une flaque sur le sol.

Ça fait du bien.

Il inspira profondément et se leva d'un bond. Il était robuste et agile. Au lycée, il avait pratiqué la lutte gréco-romaine. A la fac, il avait fait partie de l'équipe d'aviron. Il faisait de la varappe, de la spéléologie, de la plongée sous-marine et du ski.

Et jamais il n'avait reculé devant un défi.

Il ne laisserait personne lui mettre des bâtons dans les roues. Il ne se laisserait pas déstabiliser — même par cette sensation lancinante qui le prenait au dépourvu de temps à autre, cette impression angoissante que quelqu'un d'autre *savait*.

— Arrête ! s'intima-t-il pour se garder de la peur irrationnelle qui renaissait dans son cœur.

Il fallait qu'il accélère le processus, voilà tout…

Il avait prévu de prendre son temps, afin de ne pas risquer d'éveiller les soupçons. Mais à présent il se sentait bousculé par un sentiment d'urgence. Il ne lui restait plus beaucoup de temps.

En tout cas, il savait quelle serait sa prochaine cible.

Ses idées étaient claires de nouveau. Il avait toujours un

plan B, un peu plus risqué et qui accroissait ses chances d'être découvert, mais, à ce stade, il n'avait plus le choix.

Il allait falloir s'occuper d'Eve.

Et ça marcherait. La plupart des Ignorantes qui vivaient au loin avaient été « traitées », ce qui lui laissait tout loisir de s'occuper maintenant de celles qui se trouvaient dans la région.

Mais prudence, comme toujours ! Une seule erreur pouvait suffire à le démasquer avant que sa mission ne soit achevée, avant qu'il ne soit déchargé de ce fardeau et libre enfin. Il ne fallait pas qu'il cède à son orgueil et prenne les flics pour des crétins. Pour l'instant, s'ils n'avaient pas encore fait de recoupements, c'est que les victimes avaient trépassé dans différentes régions du pays. Mais la mort de l'actrice avait fait la une des journaux. En raison de sa petite célébrité, la fin précoce et tragique de Shelly Bonaventure avait attiré l'attention des médias. Heureusement, comme il l'avait prévu, la carrière descendante de l'actrice et la solitude de sa vie privée avaient incité les autorités judiciaires à attribuer son décès à un geste désespéré.

Sur ce coup-là, il avait eu de la chance, et il le savait.

Mais cela pouvait changer, car il allait devoir frapper à plusieurs reprises dans la même ville, et la police locale pouvait fort bien finir par comprendre et additionner deux et deux.

Il esquissa un sourire en songeant à la somme de cette addition. En l'occurrence, il en était déjà à beaucoup plus que quatre. Il jeta un coup d'œil à sa pile de photos, qui prouvaient que des Ignorantes étaient mortes, et il sentit l'excitation monter en lui. Il allait bientôt ajouter un autre point à son score.

Il se rapprocherait ainsi un peu plus de son but ultime : effacer toutes les Ignorantes de la surface de la Terre.

Il prit une serviette propre dans le tas de linge bien plié sur une étagère et s'en servit pour éponger la sueur qui baignait sa peau. Puis il enfila un peignoir de bain.

Il était plus calme, à présent. Il avait recouvré le contrôle de ses nerfs. Il s'assit à son bureau, sur lequel scintillait l'écran de son ordinateur. Il rassembla toutes les informations qu'il détenait au sujet d'Eve Alexander et contempla sa photo un instant. Il la prendrait en filature pour commencer. Cela ne poserait pas de problème. Cette tête en l'air serait facile à suivre.

En déménageant à Grizzly Falls, elle avait signé son arrêt de mort. Elle allait être la prochaine. A traiter en priorité.

Il ne doutait pas qu'avec un peu de patience l'occasion d'en finir avec elle se présenterait.

Et il ne la laisserait pas filer.

Toutes les inquiétudes de Kacey relatives à l'adoption d'un chien s'étaient évaporées lorsqu'elle était allée chercher Bonzi, ce samedi-là, et qu'elle l'avait ramené chez elle. D'un naturel visiblement plutôt placide, le chien avait reniflé tout le périmètre de la maison avant de décider qu'un rosier agonisant, près du garage, serait son endroit de prédilection pour se soulager. Il adopta sans rechigner le lit qu'elle lui avait acheté à l'animalerie locale. Durant cette première journée, il la suivit partout en faisant cliqueter ses griffes sur le parquet, dressant les oreilles et explorant d'un œil curieux tous les recoins de la ferme.

Le lendemain, Kacey découvrit que, si elle le promenait sur un kilomètre deux fois par jour, il se contentait de passer le reste du temps assoupi sur son lit.

— Tu parles d'un chien de garde ! râla-t-elle tout en préparant son repas du soir.

Bonzi répondit par un bâillement débonnaire. Elle fut tentée d'appeler Trace O'Halleran pour lui demander des nouvelles d'Eli et de Sarge, mais craignit qu'il n'y voie qu'un prétexte pour le relancer, ce qui n'aurait pas été très éloigné de la vérité.

Elle avait passé un bon moment le vendredi soir chez Dino. Depuis, elle avait souvent repensé à Trace — ou, pour mieux dire, fantasmé sur lui. Elle avait déjà failli décrocher son téléphone à une ou deux reprises pour lui demander comment allait son chien, mais elle s'était chaque fois ravisée, sans parvenir à le chasser de son esprit. Et puis, elle se posait tout un tas de questions sur la mère d'Eli. Même si Trace ne semblait fréquenter personne en ce moment, elle savait qu'il avait eu une liaison avec Jocelyn Wallis, liaison dont elle ignorait cependant la nature exacte. C'était lui qui l'avait identifiée sur son lit d'hôpital, alors que la malheureuse vivait ses derniers instants.

Avaient-ils été amants ?

— Ça, ça ne te regarde pas ! se dit-elle à haute voix.

Elle n'avait pas beaucoup fréquenté d'hommes depuis le naufrage de son mariage. Après les infidélités de son époux, elle s'était juré de renoncer aux hommes pendant un petit moment. Mais elle sentait bien que Trace O'Halleran avait tout pour la faire revenir sur cette résolution.

Le monospace d'Eve filait sur la route obscure, mais la jeune femme n'était pas inquiète, même si la nuit était déjà tombée depuis quelques heures. Elle conduisait sur des routes de montagne classées dangereuses depuis qu'elle avait seize ans, et se sentait parfaitement à l'aise. Malgré la nuit noire et le verglas qui scintillait sur la chaussée à la lueur de ses phares, elle avait confiance en sa conduite et ses réflexes.

Elle roulait légèrement au-dessus de la limite de vitesse sans quitter des yeux le paysage hivernal au travers du pare-brise. La route était un ruban noir qui serpentait parmi les champs enneigés et les bois de trembles et de pins croulant sous leurs manteaux blancs.

Elle consulta la pendule digitale du tableau de bord : presque 22 h 30, ce qui signifiait qu'elle avait quasiment deux heures de retard ! Elle avait passé plus de temps que prévu à Spokane, où elle avait fait des emplettes au centre commercial, et avait aggravé son retard en s'arrêtant à Cœur d'Alene pour y manger un morceau, en souvenir des jours heureux qu'elle avait passés dans cette ville. Elle n'aurait pas dû, cependant, vu l'heure déjà tardive. Tom devait s'inquiéter. Il fallait qu'elle l'appelle pour le rassurer.

Elle s'apprêtait à appuyer sur le bouton d'appel automatique de son téléphone portable lorsqu'elle fut saisie d'une quinte de toux. Elle reposa son téléphone sur le siège du passager, prit un bonbon à la cerise et se mit à le sucer pour adoucir sa gorge irritée. Elle se sentait un peu fiévreuse, mais elle ne voulait pas l'avouer à Tom ni aux enfants.

Il y avait tant de choses à faire… Qui les accomplirait à sa place, si elle s'alitait ?

Le week-end de Thanksgiving était toujours très chargé et cette année, avec l'emménagement et le nouveau voisinage, la pression était encore plus forte. Elle avait décidé que sa maison aurait la plus belle décoration de Noël de toute l'impasse où elle était située.

Le reflet d'une paire de phares dans le rétroviseur la fit cligner des yeux, et elle lâcha un petit soupir. Elle avait croisé quelques voitures et, si aucun véhicule ne l'avait dépassée depuis qu'elle roulait sur cette route, elle avait aperçu de temps à autre dans son rétroviseur le halo de phares, loin derrière elle. Ce qui voulait dire qu'elle n'était pas complètement seule sur cette portion isolée de la nationale.

Elle avait hâte d'être rentrée. Tom avait accepté de veiller sur les enfants pendant qu'elle allait faire ces grosses courses de Noël à Spokane. Au centre commercial, elle avait déniché un nouveau Rodolphe en céramique qui viendrait s'ajouter à la petite horde de rennes d'extérieur qui entourait le sapin qui se dressait déjà dans le jardinet de leur nouvelle maison.

Oui, ce Rodolphe au nez rouge était vraiment mignon, et elle l'avait acheté en promotion, bénéficiant de vingt pour cent de réduction grâce à un coupon découpé dans le quotidien local. Elle était impatiente de l'installer auprès de ses congénères sur l'herbe tapissée de neige, tout en espérant que des petits malins ne viendraient pas déranger la disposition des rennes autour du sapin. L'année précédente, à Cœur d'Alene, des gamins du voisinage avaient trouvé drôle de faire monter l'une des femelles de la horde par l'un des mâles.

Elle avait jugé cette farce du plus mauvais goût ! Ces petits voyous étaient vraiment des crétins. De ce point de vue, le déménagement à Grizzly Falls était plutôt bénéfique.

Une quinte la saisit de nouveau et elle se dit qu'elle avait hâte que les antibiotiques lui fassent de l'effet. Il n'y avait que vingt-quatre heures qu'elle en prenait, mais il lui semblait qu'elle luttait contre ce coup de froid depuis toujours. Aucun microbe, cependant, n'aurait pu l'empêcher d'aller profiter des promotions qu'offraient les magasins pendant le week-end de Thanksgiving. Elle avait raté le vendredi et le samedi noirs, mais pour rien au monde elle n'aurait laissé passer le dimanche noir — si tel était bien le nom de ce dernier jour de soldes avant Noël.

Sans ralentir, elle replaça son iPhone dans son logement, près de la boîte à gants, choisit une liste de lecture iTunes composée de chants de Noël qu'elle avait sélectionnés elle-même, et se mit à chanter en même temps, tandis que sa Dodge avalait les kilomètres.

Son seul problème, outre sa méchante grippe — qui était peut-être une pneumonie — venait de ce qu'elle ne connaissait pas encore très bien les routes de la région. Comme elle l'avait dit au Dr Lambert, elle avait vécu toute sa vie dans l'Idaho, excepté un été, jadis, où elle était allée en voiture à Los Angeles, s'était teint les cheveux en blond, avait pris une chambre non loin de la plage, à Malibu, et avait appris à faire du patin à roulettes en Bikini…

Elle ne s'y était pas sentie bien. Il faisait trop chaud là-bas. Il y avait trop de monde dans cette métropole gigantesque. Et ce n'étaient pas les belles blondes qui manquaient sur les plages…

Elle était revenue à Boise quatre mois plus tard, s'étant résignée à redevenir une fille de la campagne, une « bouseuse », ainsi qu'elle se désignait elle-même sans complexe.

Et puis, elle avait rencontré Tom. L'amour de sa vie. Enfin, c'est ainsi qu'elle le percevait à l'époque où ils s'étaient mariés après s'être fréquentés quelques mois. Douze ans et deux enfants plus tard, leur relation était un peu moins passionnée. Et ces derniers temps Tom se montrait de plus en plus distant.

Perdue dans ses pensées, elle passa devant un panneau routier dont elle aperçut du coin de l'œil et trop tard les indications.

Merde !

Elle venait de rater la route qui menait à Grizzly Falls. Elle freina et exécuta brusquement un demi-tour. Dans ce coin de campagne, les panneaux laissaient franchement à désirer. Et la faible visibilité n'arrangeait rien. Revenue au carrefour, elle prit la bonne direction. Le véhicule qui la suivait de loin depuis un bon moment s'était considérablement rapproché. Il prit lui aussi la route de Grizzly Falls qui serpentait le long du fleuve.

Eve jeta un nouveau coup d'œil à la pendule. Elle ne serait pas rentrée avant 23 heures, et Tom allait se faire un sang d'encre. Il était plus que temps de l'appeler !

Elle vit dans son rétroviseur que le véhicule qui la suivait se rapprochait à grande vitesse… La lumière crue de ses phares l'éblouissait.

— Connard ! marmonna-t-elle.

Elle alluma son Bluetooth, mais l'appareil était déchargé.

Elle avait oublié de le mettre en charge. Les équipements technologiques, ce n'était pas son fort. Comment penser à brancher ceci, recharger cela, alors qu'elle devait s'occuper de ses enfants et de sa maison, des problèmes scolaires et des humeurs de son mari, sans parler de cette maudite grippe, si c'en était bien une ?

Elle sortit son téléphone portable de son logement, appuya sur la touche 2 qui appelait automatiquement sa ligne fixe.

— Salut, toi, dit Tom sans préambule, reconnaissant le numéro qui devait s'afficher sur le combiné.

Elle entendait la télévision en bruit de fond.

— Où es-tu ?

— J'aimerais bien le savoir, répondit-elle. Je suis sur la bonne route en tout cas… Enfin, je crois que je ne me suis pas trompée d'itinéraire.

Pourquoi se serait-elle trompée ? Le panneau, au carrefour, indiquait bien la direction de Grizzly Falls…

Le véhicule derrière elle s'était encore rapproché, jusqu'à frôler son pare-chocs arrière.

— Merde, dit-elle. Il y a un type qui me suit, pleins phares, et je suis éblouie…

— Ralentis, lui suggéra Tom. Laisse-le passer.

Ah, non, pas question ! Ce connard n'a qu'à me coller, si ça l'amuse…

Elle était fatiguée et les phares de cet automobiliste pour le moins discourtois la gênaient et l'agaçaient tout à la fois.

— Je suis à vingt minutes, peut-être vingt-cinq de la maison… Il y avait beaucoup de monde dans les magasins, et je n'ai pas vu le temps passer. Comment vont les enfants ?

— Ils font la tête parce que je les ai obligés à se coucher à 22 heures. Ils n'avaient pas l'air de se rendre compte qu'ils retournent à l'école demain… J'ai dû hausser un peu le ton.

— Ce qu'ils n'ont pas apprécié, j'imagine…

— Tu l'as dit.

Elle se mit à rire tout en négociant un virage d'une seule main. La voiture qui la suivait ne ralentissait pas et la collait toujours. Les pneus de la Dodge dérapèrent un peu, et le rire d'Eve se transforma en une nouvelle quinte de toux. Elle en avait assez d'être toujours malade.

— Il faut que je… Merde ! Tom !

Elle toussait de plus belle, ses yeux étaient voilés par les larmes, et la Dodge était en train de dévier vers la bande d'arrêt d'urgence.

Il y eut un choc métallique et la voiture fit une embardée. La ceinture de sécurité d'Eve se tendit brusquement.

— Mais qu'est-ce qu'il fait… ?

Elle jeta un coup d'œil dans le rétroviseur : le gros pick-up venait de heurter son pare-chocs arrière. Mais d'où sortait-il, ce crétin ? Elle n'eut pas le temps d'y penser davantage. Son monospace se mettait à déraper.

— Salopard ! s'écria-t-elle.

Elle lâcha le téléphone et agrippa le volant des deux mains.

Mais c'était trop tard…

Elle avait perdu le contrôle du monospace. Il allait tout droit vers la bande d'arrêt qui le séparait du fleuve glacial et impétueux en contrebas.

Elle se laissa déraper un instant puis tourna lentement le volant au moment où sa roue avant mordait sur la bande d'arrêt. Puis elle freina en douceur, s'efforçant de conserver son sang-froid, mais son cœur battait à tout rompre dans sa poitrine et ses mains étaient moites.

— Eve ? entendit-elle Tom appeler dans le récepteur du téléphone.

— Ce salaud m'a tamponnée par-derrière ! hurla-t-elle.

— Quoi ?

— Il m'a… Mais qu'est-ce qui lui prend, à ce dingue ?

Dans le rétroviseur, elle vit le mastodonte d'acier lui foncer droit dessus, pleins phares.

Il allait la heurter une deuxième fois !

Elle redressa les roues brusquement pour se déporter sur la voie opposée, mais dérapa sur le goudron verglacé et revint rouler sur la bande d'arrêt.

Le pick-up la suivait toujours.

— Tom ! Appelle police secours ! Ce type essaie de… Oh ! Mon Dieu…

Il y avait un virage serré à quarante mètres, juste avant un pont qui enjambait le fleuve Grizzly.

Le bruit du moteur du pick-up était assourdissant. Ses phares se reflétaient à présent dans le rétroviseur extérieur de gauche.

Ce connard va me dépasser… Tant mieux ! Qu'il me dépasse ! Je vais noter son numéro d'immatriculation dès qu'il l'aura fait…

L'imposante calandre du pick-up frôlait dangereusement l'aile arrière de la Dodge. Eve se rendit alors compte que le chauffard n'avait nullement l'intention de la dépasser.

Il s'apprêtait à la heurter une nouvelle fois !

Elle n'avait pas le choix. Bien que sa Dodge n'ait pas retrouvé sa stabilité, elle accéléra pour lui échapper.

Trop tard, hélas…

Le pick-up la percuta de nouveau. Le choc fut si violent qu'elle sentit sa nuque claquer contre le repose-tête.

Le monospace fit une embardée vers la droite. Elle appuya à fond sur la pédale de frein, mais les roues continuèrent à tourner, la rapprochant du bord de la route et du fleuve en contrebas.

Le pont… Si je pouvais atteindre le pont…

Nouvel assaut…

Dans un fracas métallique infernal, le monospace fut propulsé au-delà de la route, atterrissant sur la berge enneigée du fleuve avant de plonger dans ses eaux glaciales.

20

Depuis le bout de soirée qu'il avait passée à la pizzeria en compagnie de Kacey, Trace avait l'impression que le week-end n'en finissait pas. Entre deux tâches à la ferme, il avait trouvé le temps d'emmener Eli rendre visite à Sarge à la clinique vétérinaire, tant le samedi que le dimanche. Le chien se remettait lentement de son opération. Le reste du temps, Trace s'était efforcé de ne *pas* penser à la jeune femme. Il s'était promis, après sa calamiteuse liaison avec Jocelyn Wallis, de se passer de compagnie féminine pendant un moment, au moins jusqu'à ce qu'Eli ait grandi un peu. Mais il n'avait plus qu'une idée en tête depuis cette soirée : revoir Kacey. Mais comment ?

— Ne sois pas idiot ! se dit-il en achevant de nourrir les vaches.

Il tenta de chasser de son esprit le sourire charmant de la jeune femme, son regard pétillant de malice. Entamer une liaison avec elle ne ferait que lui compliquer l'existence, or il avait eu plus que sa part de tracas dans la vie.

Il avait été tenté de la rappeler mais s'était ravisé. En outre, ils n'étaient pas vraiment sortis ensemble. Ils avaient simplement partagé un repas à la suite de circonstances qui n'avaient rien de sentimental — pour le bien d'Eli en quelque sorte. Trace s'interrogea sur l'intérêt que Kacey portait au petit garçon et qui semblait déborder du cadre professionnel, avant de se dire qu'il extrapolait sans doute à partir d'une situation somme toute banale.

Pourtant, elle paraissait réellement intéressée et pas uniquement par Eli : Trace avait discerné dans le comportement de Kacey, dans son regard, des signes qui ne pouvaient tromper quelqu'un qui, comme lui, avait l'expérience des femmes.

Mais elle lui avait aussi paru sur ses gardes. Il valait donc mieux ne pas pousser plus avant pour le moment.

Il avait tant d'autres soucis ! Le bras d'Eli était en voie de guérison, mais sa toux persistait, rauque et sonore. Sa température approchait des 38 degrés lorsqu'il l'avait prise la veille au soir. Il la vérifierait de nouveau lorsque son fils serait réveillé, mais il commençait à s'inquiéter sérieusement.

Pour l'heure, il avait du travail. L'odeur du bétail, du fumier et de l'urine se mêlait à celle du foin dans ce bâtiment de bois, construit près de cent ans auparavant, dans lequel il entreposait du fourrage et qui servait d'abri aux bêtes pendant les mois d'hiver. La partie centrale de l'étable était une ancienne grange dont la structure en cèdre avait résisté au passage du temps. Elle était haute de près de dix mètres et, dans son grenier, de grosses balles de foin étaient entassées sur les poutres chenues. De chaque côté de cette partie centrale, des extensions avaient été bâties au fil des décennies. D'un côté, un hangar servant à abriter le matériel, de l'autre un enclos couvert qui courait sur toute la largeur du bâtiment originel.

Ce matin-là, Trace avait trouvé le bétail agité, sans doute à cause de son enfermement des derniers jours. Une série de tempêtes s'étaient abattues sur la région et il avait jugé préférable de garder ses bêtes à l'abri. Mais les vaches beuglaient et se bousculaient devant l'auge. Le poil de leurs robes rousses et noires était hirsute, et leurs mufles humides luisaient lorsqu'elles les plongeaient dans le foin dont Trace avait abondamment garni la mangeoire.

— Ne te presse pas comme ça ! ordonna-t-il à une hereford à museau blanc, particulièrement avide. Il y en aura pour tout le monde !

Après les avoir nourries, Trace accrocha sa fourche à un clou près de la porte et siffla Sarge machinalement.

Mais le chien se trouvait toujours à la clinique vétérinaire et il y resterait jusqu'à ce que Jordan Eagle le juge tout à fait rétabli.

Il sortit sans éteindre la lumière et constata que le soleil ne s'était pas encore levé ; les étoiles de l'aube constellaient encore le ciel. Il marcha en pataugeant dans la neige jusqu'à l'écurie, où il nourrit et abreuva les chevaux, s'attardant auprès du plus jeune hongre et lui caressant son museau noir. A sa naissance, le poulain avait été baptisé Noiraud en référence à la couleur de sa robe. Mais lorsque Trace l'avait acheté, Eli avait décidé de le renommer Jetscream comme l'un des personnages de la série de bandes dessinées *Les Transformers.*

— Salut, mon garçon, dit Trace au poulain en lui grattant le front, après lui avoir versé sa ration d'avoine dans le râtelier. Vous pourrez peut-être tous sortir aujourd'hui. *Enfin, espérons…*

Les animaux commençaient à être nerveux. Il le comprenait sans mal. Lui aussi détestait être enfermé.

— A plus tard, dit-il à la petite horde de chevaux.

Puis il sortit dans la nuit finissante et suivit sa propre trace dans la neige jusqu'à la maison. Dans la cuisine, la cuisinière à bois qui réchauffait toute la pièce maintenait la cafetière au chaud. Trace frappa des pieds pour ôter la neige qui recouvrait ses bottes, avant de se déchausser et de pénétrer dans le salon. Il posa ses bottes trempées près du feu qui brûlait. Puis il se versa une tasse de café et, même s'il savait qu'il était encore beaucoup trop tôt pour avoir reçu quelque réponse que ce soit, il consulta son répondeur. Il n'y avait bien sûr pas le moindre message. Il avait vaguement espéré qu'une connaissance de Leanna aurait cherché à le joindre pour lui faire savoir où elle se trouvait.

Puis il examina le bout de papier sur lequel étaient inscrits les différents numéros qu'il avait appelés. Il consulta sa montre, haussa les épaules et composa le numéro de l'Etat de Washington, mais personne ne décrocha. Aucun répondeur ne se déclencha non plus pour qu'il puisse laisser un message. Il appela ensuite le numéro de Phoenix, mais en vain également. Il tomba toutefois sur une boîte vocale et put laisser un message. Il prit le temps de se présenter et d'expliquer qu'il avait été marié à Leanna, n'avait plus de nouvelles et souhaitait entrer en contact avec elle. Enfin, il appela l'avocat qui s'était occupé des intérêts de Leanna pendant leur divorce : un certain Kelvin Macadam qui travaillait pour le cabinet Bennett, Stowe et Ellsworth, situé à Boise. Mais, bien évidemment, le cabinet était fermé en ce dimanche matin.

Ayant fait tout cela, il se trouva à court d'options.

Pourchasser le fantôme de sa femme n'était pas chose aisée…

En sirotant son café, il alluma le petit téléviseur qu'il avait installé sur une desserte dont sa mère se servait jadis pour pétrir la pâte à pain.

Il espérait tomber sur le bulletin météorologique afin de savoir s'il allait pouvoir sortir les bêtes. Il attrapa une bouteille de lait dans le réfrigérateur, un paquet de Cheerios dans le placard et une cuillère dans le tiroir du buffet, tout en écoutant d'une oreille distraite la fin d'un reportage sur un concours du plus bel arbre de Noël. Puis un flash info attira brusquement son attention.

— Une automobiliste a trouvé la mort, hier soir, dans un accident, après avoir perdu le contrôle de son véhicule qui a plongé dans le fleuve Grizzly, tout près du pont de North Fork. Eve Alexander, mère de deux enfants, a été transportée en urgence à l'hôpital St. Bartholomew, où son décès a été constaté à son arrivée.

Encore une mauvaise nouvelle…

Il versa ce qui restait de céréales dans un bol et le posa sur la table pour Eli. Puis il alla jeter le paquet vide dans la poubelle des déchets recyclables sur la terrasse. Lorsqu'il revint dans la cuisine, une autre journaliste était en train de parler, en direct de la corniche de Boxer Bluff.

Derrière elle, on apercevait le muret, illuminé par des projecteurs. Des bouquets de fleurs avaient été déposés à l'endroit où Jocelyn Wallis avait fait sa chute fatale. Des bougies luisaient dans la lumière tamisée de l'aurore. Des ballons et même des peluches au poil givré complétaient le tableau.

Trace fixa l'écran tandis que la journaliste, dont les cheveux bruns flottaient au vent, désignait le modeste mémorial d'une main gantée tout en serrant de l'autre son micro.

« Le commissariat du comté de Pinewood vient de publier un communiqué pour annoncer que la mort de Jocelyn Wallis, cette institutrice de l'école élémentaire Evergreen à Grizzly Falls qui a fait une chute mortelle à l'endroit même où je me tiens, pourrait être suspecte. Les autorités judiciaires n'ont pas encore qualifié cette mort d'homicide, mais l'enquête suit son cours. »

Abasourdi, Trace demeura figé un instant devant l'écran où s'affichait à présent le visage de Jocelyn. Son estomac se noua en revoyant son sourire. Une vue de l'école où elle avait enseigné s'afficha ensuite.

La journaliste revint à l'écran, puis la caméra se déplaça vers la cascade et le petit promontoire où Jocelyn avait atterri, le corps disloqué.

« La police du comté de Pinewood demande à toute personne ayant vu Jocelyn Wallis faire son jogging dans le parc, ou ayant remarqué quoi que ce soit de suspect la concernant le jour de sa mort, de la contacter. Le numéro sera mis en ligne sur notre site internet. »

L'écran se scinda en deux : la journaliste en direct de Boxer Bluff d'un côté et, de l'autre, les deux présentateurs assis côte à côte derrière un bureau, dans le studio de la chaîne locale.

« C'était Nia Del Ray, pour KMJC, en direct de Grizzly Falls. Je vous rends l'antenne, Dave… »

— Merde, murmura Trace qui n'en croyait pas ses oreilles, le regard rivé sur l'écran du téléviseur.

Qu'avait dit la journaliste, au juste ?

« Les autorités judiciaires n'ont pas encore qualifié cette mort d'homicide, mais l'enquête suit son cours… »

Homicide ?

Mais qui aurait voulu tuer Jocelyn ? Et pourquoi ?

Les deux présentateurs enchaînèrent ensuite sur un incendie dans une bourgade des environs.

Trace songea à son fils et à ses relations avec Jocelyn. Cela avait déjà été un crève-cœur de lui annoncer la mort de son ex-institutrice… Mais essayer d'expliquer un meurtre à un gamin de sept ans…

Il en oublia le bulletin météo, versa un peu de lait sur les Cheerios et sortit de la cuisine pour aller voir si Eli était réveillé.

Parvenu au sommet de l'escalier, une pensée effrayante lui vint. Si Jocelyn avait vraiment été assassinée, son nom figurait certainement sur la liste des suspects potentiels. C'était inévitable, à cause de la liaison qu'il avait eue avec elle. C'était lui que l'école avait appelé après avoir constaté son absence. Il s'était rendu chez elle après cet appel. Il savait où elle cachait sa clé de secours. C'était lui encore qui l'avait identifiée à l'hôpital, juste avant qu'elle ne rende son dernier soupir.

Je n'y couperai pas, se dit-il, l'angoisse au ventre, en poussant la porte de la chambre d'Eli. Il y trouva son fils allongé sur le dos, sous un amas de couvertures, les cheveux en bataille et son bras plâtré posé sur la poitrine. Il dormait profondément.

L'idée qu'il allait être considéré comme un suspect, même provisoirement, le fit frémir.

Il regarda son fils qui respirait doucement dans son

sommeil, comme s'il était préservé de tous les malheurs du monde.

Malheureusement, cette sérénité n'allait pas durer.

Lorsqu'elle partit travailler le lundi matin, Kacey était tout à fait convaincue qu'elle avait eu raison d'adopter un chien. Elle prévoyait, du moins dans les premiers temps, de rentrer chez elle à l'heure du déjeuner afin de passer une demi-heure à jouer avec lui.

Les qualités de Bonzi en tant que chien de garde restaient encore à être éprouvées pour le moment, mais Kacey s'était trouvé un compagnon sympathique, à la présence rassurante, et c'était déjà beaucoup. Elle avait installé le lit du chien dans sa propre chambre, et le doux ronflement de Bonzi tout au long de la nuit lui avait procuré un agréable sentiment de sécurité.

Oui, c'est vraiment une bonne décision...

Elle s'engagea dans le café drive-in à l'entrée de la ville et y acheta un cappuccino avant de se remettre à rouler en direction de la clinique.

Pendant le week-end, elle avait beaucoup pensé à Trace O'Halleran et à son fils. Elle s'était même surprise, par deux fois, à fantasmer sur lui... Elle le trouvait sociable, de charmante compagnie et diablement sexy, mais s'efforçait de ne pas se laisser entraîner par ses désirs. Pour éviter de penser tout le temps à lui, elle avait passé le samedi et le dimanche à accomplir des tâches ménagères, à jouer avec Bonzi et à se renseigner sur Shelly Bonaventure, Jocelyn Wallis et Eve Alexander.

Eve avait indiqué en passant qu'elle était née à Boise, dans l'Idaho, et qu'elle y avait grandi. Kacey s'était renseignée et n'avait trouvé, en effet, aucune mention de sa naissance à Helena, dans le Montana. La jeune femme avait donc dit la vérité et les soupçons de Kacey à cet égard paraissaient infondés.

Quel était le problème, au fond, si problème il y avait ? Deux femmes qui lui ressemblaient étaient mortes en l'espace de quelques jours. Deux femmes qui étaient nées dans la même région qu'elle. Voilà tout. Fallait-il absolument voir un lien entre ces deux décès ? Probablement pas… Il se pouvait fort bien qu'elle ait dans la région de nombreux cousins éloignés dont elle ignorait l'existence.

Dix minutes après avoir pris son cappuccino, alors que le ciel commençait tout juste de s'illuminer à l'est, elle se garait dans le parking de la clinique, en se disant qu'elle devait arrêter d'enquêter sur ces femmes, qu'il ne fallait pas en faire une obsession.

Tenant sa tasse toujours fumante d'une main, elle prit son ordinateur portable de l'autre et verrouilla sa portière, avant de se diriger vers l'entrée de l'établissement. Son premier rendez-vous étant prévu pour 8 heures, il lui restait suffisamment de temps pour regarder ses courriels et se préparer pour les consultations du jour.

Mais à peine était-elle entrée dans son bureau qu'elle vit Heather arriver à grands pas dans le couloir.

— Vous êtes au courant ? lui demanda cette dernière, les yeux ronds comme des billes.

— Au courant de quoi ?

— L'une de vos patientes est morte pendant le week-end.

— Oh ! Mon Dieu…

— C'est quelqu'un que je n'ai pas vu, mais je sais qu'elle est venue en consultation samedi, poursuivit Heather. J'allais justement contacter le labo pour demander ses résultats d'analyse quand j'ai appris la nouvelle…

Kacey se figea.

— De qui s'agit-il ?

— Eve Alexander.

Au fond, Kacey le savait déjà, mais l'entendre lui fit l'effet d'un coup de massue.

Eve lui avait paru pleine de vitalité, même si elle semblait se soucier davantage de ses enfants que de sa propre santé. Il était vrai qu'elle toussait de manière inquiétante...

— Que lui est-il arrivé ?

— Elle a fait une sortie de route, près du pont de North Fork et sa voiture est tombée dans le fleuve. Elle revenait de Spokane, où elle était allée faire des courses de Noël... Enfin, c'est ce qu'ils ont dit, aux infos. J'ai vu le reportage, ce matin pendant que je faisais mes exercices.

Heather frémit de manière théâtrale et ajouta :

— Vous vous rendez compte ?

— Pas vraiment, avoua Kacey, le cœur serré. Ses enfants étaient avec elle ?

— Je ne crois pas. Il y avait un article dans le journal, ce matin. Je l'ai mis sur votre bureau.

— Merci, Heather.

Bouleversée, Kacey pénétra en hâte dans son bureau et s'assit dans son fauteuil. Elle lut l'article, puis le relut de bout en bout, tout en se remémorant le visage expressif et souriant d'Eve.

En tant que médecin, elle avait souvent été confrontée à la mort. Les gens vivaient et mouraient : tel était le cycle de la nature. Elle le savait et l'acceptait, même si elle avait parfois des doutes quant à l'existence d'un au-delà. Mais cette femme dans la fleur de l'âge lui avait semblé si pétillante, si dynamique... Et elle laissait deux enfants... C'était trop injuste.

Mais ce n'était pas ce qui la bouleversait le plus. Eve, tout comme Shelly Bonaventure et Jocelyn Wallis, lui ressemblait, selon l'avis de ceux qui les avaient vues toutes les deux...

Elle songea à l'échantillon de salive qu'elle avait prélevé dans la gorge de sa patiente et empoché subrepticement. Elle avait demandé un profil ADN au labo. Elle se félicita d'avoir entrepris cette démarche. Il y avait assurément quelque chose de louche dans cette série de décès.

*
* *

— Tu pourras écouter l'enregistrement de l'appel à police secours toi-même, dit Alvarez en entrant dans le petit réfectoire du commissariat en compagnie de Pescoli.

La pièce était à présent entièrement « joellisée » : des guirlandes lumineuses, des rubans rouges et des couronnes de l'Avent incrustées de perles dorées couvraient les murs et les meubles. De faux flocons de neige argentés pendaient du plafonnier, scintillant dans la lumière artificielle.

— Quelle horreur ! s'écria Pescoli. On a le droit de faire ça dans un bâtiment public ? Ça devrait être interdit…

Même la cafetière avait été ornée d'un ruban rouge, attaché à son anse en plastique.

— Trop, c'est trop !

Alvarez ne fit pas de commentaire, mais défit le nœud du ruban et se remplit une grosse tasse de café chaud. Elle en avala une longue gorgée avant de reprendre le fil de la conversation qui portait sur l'accident de voiture survenu la veille au soir près du pont de North Fork.

— Tom Alexander pense que la voiture de sa femme a délibérément été poussée hors de la route. Il affirme qu'il était au téléphone avec elle quand le monospace a été percuté.

— Ah bon ? dit Pescoli en prenant sa tasse préférée, toute ébréchée, dans le placard. Et il prétend qu'il l'a entendue mourir ? C'est bien ça ?

— Quelque chose comme ça, oui…

— Il aurait donc assisté en direct à sa mort sans pouvoir intervenir… Tu te rends compte de ce qu'il a dû ressentir, le pauvre homme ?

— Non, grommela Alvarez. Je n'ai jamais été mariée. En tout cas, s'il s'agit d'un homicide, c'est à nous d'enquêter.

— Pour l'instant, ce n'est qu'une hypothèse…

Des bruits de pas dans le couloir leur firent suspendre leur conversation. Joelle, habillée des pieds à la tête en rouge, les salua d'un sonore :

— Joyeux Noël !

Ses cheveux blonds étaient parsemés de poinsettias

assortis à sa tenue de Noël. Elle tenait dans ses bras trois paquets roses qu'elle posa sur la table.

Pescoli remarqua que des petites fleurs rouges identiques à celles qui décoraient sa chevelure étaient épinglées sur ses chaussures écarlates à hauts talons.

— J'espère que vous aimez les bonbons !

Elle les gratifia d'un large sourire.

— Bien sûr, dit Pescoli.

Joelle posa sur la table un sapin miniature en plastique qui se mit en rotation en clignotant.

— Les enfants de ma cousine Beth ont attrapé la mauvaise grippe qui fait des ravages en ce moment, dit-elle. Ils n'ont donc pas pu venir au dîner de Thanksgiving... Oncle Bud et sa femme ont plus de quatre-vingts ans, vous savez, et ils se sont retrouvés bloqués par la neige, alors ils ne sont pas venus, eux non plus. Quant à ma sœur Jennifer, elle a recommencé un de ses régimes de dingue, et elle ne mange que des fruits secs et du miel... Bref, il y avait beaucoup trop à manger...

Elle ouvrit les paquets roses l'un après l'autre et en sortit ce qui avait vaguement l'apparence d'une tourte au potiron, puis une sorte de génoise aux fruits rouges et enfin une boîte en plastique contenant des biscuits noyés dans le sucre en forme de corne d'abondance, de dinde et de chapeaux de pèlerins.

Pescoli n'aurait pu en jurer, mais elle crut voir dans le lot un biscuit en forme de lapin de Pâques, que Joelle avait dû sortir par mégarde de son congélateur avec six mois d'avance.

Lorsque cette dernière se pencha pour disposer les friandises sur un plat, Pescoli, horrifiée, vit qu'elle portait aussi de grandes boucles d'oreilles en or décorées chacune d'un minuscule lutin incrusté.

Joelle finit d'étaler les biscuits et entendit le téléphone sonner. Elle s'immobilisa un instant en faisant la moue.

— L'appel du devoir, dit-elle en haussant les épaules.

Puis elle sortit à grands pas du réfectoire, au moment où deux agents en uniforme y entraient.

— Elle est vraiment à l'ouest, la pauvre, marmonna Pescoli.

Mais Alvarez, plongée dans ses pensées, ne l'écoutait pas. Pescoli choisit un biscuit en forme de chapeau et mordit dedans avant de remplir sa tasse de café.

Ignorant les friandises, Alvarez poursuivait son idée.

— Le monospace d'Alexander est au garage du commissariat, dit-elle. Je crois que je vais aller y jeter un coup d'œil.

— Je viens avec toi.

Pescoli songea à la mort d'Eve Alexander. Son mari, dans tous ses états et ne pouvant croire à un banal accident, avait peut-être exagéré. Il y avait du verglas sur les routes à cette époque et la jeune femme avait peut-être tout simplement perdu le contrôle de son véhicule.

Il se pouvait aussi qu'il cherche à brouiller les pistes. Peut-être en savait-il davantage et y avait-il anguille sous roche… Peut-être avait-il anticipé sur le fait que l'examen technique de la Dodge révélerait qu'elle avait été percutée intentionnellement.

Tu es trop suspicieuse. Déformation professionnelle, méfie-toi… Ça fait peut-être trop longtemps que tu fais ce boulot.

Elle finit de manger son biscuit et dit :

— Avant qu'on aille au garage, j'aimerais bien écouter l'enregistrement de police secours.

Elle but une gorgée de café et ajouta :

— Hou là, il est fort, ce café !

— C'est Brewster qui l'a fait en arrivant. Il n'aime pas ce qu'il appelle « de la lavasse pour les lavettes ».

— Pour un bigot, c'est un langage assez grossier, je trouve, ironisa Pescoli.

Alvarez haussa les épaules.

— C'est quand même un flic.

— Et un diacre de l'église de son quartier…

— Mais aussi notre supérieur, lui rappela Alvarez.

— Et un emmerdeur de première…

Elle aurait voulu déverser davantage de bile sur le personnage mais, pour une fois, elle se mordit la langue et se tut, non sans se demander de nouveau quel cadeau elle allait lui offrir, en tant que son Père Noël secret. Des biscuits à la mort-aux-rats ou un aller simple pour la Sibérie orientale ou l'Antarctique ?

Se disant cela, elle s'avisa qu'elle ne le détestait pas tant que ça, au fond. C'était un flic honnête et compétent. Son grand défaut était d'être trop protecteur à l'égard de ses filles — surtout de Heidi qui, de l'avis de Pescoli, jouait les saintes-nitouches mais était en réalité une manipulatrice qui menait Jeremy par le bout du nez. Elle espérait que son fils en prendrait rapidement conscience et se trouverait une autre petite amie.

Brewster n'apprécierait sans doute pas de trouver un paquet de préservatifs sous l'arbre de Noël du commissariat, surtout avec une étiquette précisant que c'était pour sa précieuse et innocente petite fille…

Alvarez allait sortir du réfectoire lorsque la porte de derrière s'ouvrit, laissant le passage au shérif, accompagné de son fidèle Sturgis.

— Bonjour, les salua-t-il en souriant sous sa moustache.

— Bonjour, répondit Pescoli.

Elle vit Alvarez esquisser un sourire un peu crispé.

— Il paraît qu'on a un nouveau cas d'homicide ?

Il tendit le doigt vers son bureau et Sturgis y courut en agitant la queue.

— On dirait bien, répondit Alvarez.

— Ce n'est pas encore certain, objecta Pescoli.

— On est en train de vérifier.

— Parfait, dit Grayson en hochant la tête. J'allais oublier de vous remercier pour votre visite, jeudi soir. J'espère que ma famille élargie ne vous a pas trop ennuyée. Les jumelles peuvent être un peu fatigantes… Et elles n'ont que sept ans ! Imaginez ce que ce sera quand elles en auront quinze.

Pescoli ne tenait pas à embrayer sur ce sujet. Elle ne savait que trop bien ce que c'était que d'avoir des enfants ayant atteint l'âge ingrat.

— Mais pas du tout… Elles sont adorables, ces petites, lui assura Alvarez.

Pescoli la regarda d'un œil étonné. *Adorables ?* Alvarez pensait que les nièces de Grayson étaient *adorables* ? Une telle louange dans la bouche d'une femme qui n'avait jamais exprimé le moindre désir d'avoir des enfants avait de quoi surprendre.

— Tenez-moi informé sur les circonstances exactes de cet accident, dit le shérif.

— Je n'y manquerai pas, répondit Alvarez.

Grayson se dirigea alors vers son bureau tandis que Pescoli et Alvarez marchaient vers la sortie.

Pescoli ouvrit la bouche, mais Alvarez la dissuada de parler en levant la main.

— Je sais, dit-elle.

Puis elle se tourna vers le bureau de Grayson, le visage impassible, et ajouta :

— Je t'en parlerai plus tard, d'accord ? Pour le moment, on a une enquête à mener. Je me suis déjà renseignée sur les téléphones portables d'Eve et Tom Alexander. J'ai aussi demandé les fadettes des deux derniers mois, pour les deux lignes mobiles et pour leur ligne fixe. Juste pour savoir si Tom n'a pas appelé une compagnie d'assurances ou une maîtresse.

— A moins que ce ne soit Eve qui ait appelé son amant…

— Exactement. Je devrais les recevoir dans le courant de la journée.

— Bien joué, lança Pescoli.

— Comme toujours, fit Alvarez sans fausse modestie.

21

A l'abri des regards dans cette ancienne bergerie vieille de quatre-vingts ans, il vérifia l'état de son pick-up. Garé près du vieux tracteur John Deere qui perdait encore de l'huile, le véhicule était caché dans cette remise grisâtre, exposée à tous les vents et située à une centaine de mètres de la maison principale. A première vue, il n'y avait aucun dégât sur la carrosserie proprement dite.

La peinture n'est pas éraflée, ce qui indique qu'il ne doit pas y avoir, sur le monospace de cette pauvre conne, de trace permettant de faire le lien avec mon pick-up.

Rapidement, il dévissa le pare-buffle en acier. Il avait fabriqué et soudé lui-même cet accessoire amovible de façon à ce que, fixé à l'avant du véhicule, il dissimule partiellement la plaque d'immatriculation de l'Idaho qu'il avait volée un an auparavant. Il avait choisi cette plaque parce que nombreux étaient les véhicules de l'Idaho qui circulaient dans la région. Il avait même poussé le perfectionnisme jusqu'à acquérir ensuite un pick-up exactement du même modèle que celui dont provenaient les plaques.

Putain, ce qu'il fait froid!

Dans cette remise sans aucune isolation, son haleine embuait l'air et ses doigts étaient engourdis par le froid. Il se hâta d'achever son ouvrage. Comme il l'avait déjà fait si souvent dans le passé, il remplaça les plaques volées par les véritables. Il enleva également la peau de mouton qui recouvrait les sièges avant, pour le cas où un automobiliste aurait jeté un coup d'œil dans l'habitacle en le croisant sur la route pendant qu'il accomplissait son « travail ».

Il ne lui restait plus maintenant qu'à décoller les faux autocollants qui ornaient l'arrière du pick-up. Il s'agissait en fait de bouts de carton aimantés et amovibles qu'il avait confectionnés lui-même. Il savait que l'apparence de son véhicule devait toujours être altérée, même s'il conduisait le plus souvent sa Lexus, acquise chez un concessionnaire de Missoula, enregistrée à son nom et dûment immatriculée dans le Montana.

Une fois certain que le pick-up, s'il venait à être découvert, ne présentait plus d'éléments pouvant l'incriminer, il prit le pare-buffle et l'apporta à l'autre bout de la remise. Il le ponça minutieusement pour ôter toute trace de peinture laissée par le monospace et passa dessus une couche de peinture noire à l'aérosol pour achever de le remettre à neuf. Il allait falloir le laisser sécher pendant un moment. Ensuite, il le rangerait, avec la peau de mouton et les faux autocollants, dans une cachette sous la vieille mangeoire encore imprégnée du suint des moutons qui s'y nourrissaient un demi-siècle auparavant.

Il prenait sans doute un surcroît de précautions, mais il tenait à ne pas commettre l'erreur de sous-estimer la police. C'était grâce à ces précautions qu'il pouvait depuis plus de dix ans poursuivre en toute impunité sa mission. Précautions qui ne l'avaient pas empêché de temps à autre de rencontrer quelques petits problèmes, heureusement promptement résolus. Même s'il était un génie, comme le prouvait son quotient intellectuel très élevé, et que son intelligence dépassait de loin celle de son père, il ne fallait pas qu'il se montre trop présomptueux.

Jusque-là, tout s'est bien passé.

C'est alors qu'il sentit le duvet de sa nuque se hérisser, comme pour l'avertir d'un danger. Comme s'il sentait que quelqu'un était en train de l'épier.

Son pouls s'accéléra et il se retourna promptement. Il

regarda partout autour de lui, scrutant les recoins poussiéreux et les zones d'ombre. Mais il n'y avait personne. Il était seul et bien seul dans la remise glaciale. Il se posta à l'une des fenêtres crasseuses et observa attentivement les champs enneigés qui s'étendaient autour du bâtiment.

Il ne vit rien qui sorte de l'ordinaire.

Je suis un peu nerveux, voilà tout.

Jamais jusqu'à présent il n'avait été amené à prendre autant de risques, mais il devait accélérer le mouvement…

Le gémissement du vent qui s'engouffrait dans la remise résonna comme un rire moqueur. Il sentit la sueur perler sur son front.

Ne laisse pas ton imagination te jouer des tours !

Il inspira profondément.

C'est toi *qui contrôles la situation. C'est* toi *qui décides qui va mourir. Ne l'oublie pas.*

Il sortit de la remise après l'avoir fermée à clé et trotta vers la maison. Il y prendrait une douche, s'y raserait et aviserait ensuite quelle devait être sa prochaine initiative. L'« accident » près du pont de North Fork ne manquerait pas d'être rapporté et commenté par la chaîne d'informations locale, et il était curieux de savoir ce que les journalistes en diraient, ainsi que les policiers.

Il attendait toujours avec impatience, au lendemain de l'élimination d'une Ignorante, de connaître la réaction des médias. Par bonheur pour lui, l'actualité avait ses exigences et ces faits divers finissaient rapidement par être oubliés.

Ce qui n'est pas plus mal, se dit-il en montant les marches deux à deux.

Moins on s'intéressait à ces morts, toujours déguisées en accident, mieux il se portait… Le cas de Shelly Bonaventure était là pour en attester. En raison de sa profession et de sa notoriété, pour modeste qu'elle ait été, son décès avait fait couler beaucoup plus d'encre que ses prestations d'actrice au cours de sa médiocre carrière.

Il se réjouissait toujours en regardant les reportages sur

la mort des Ignorantes. Il adorait, tout particulièrement, voir les visages perplexes des policiers chargés d'enquêter. Il adorait constater chaque fois qu'il avait, de nouveau, réussi à tromper les autorités tout en progressant vers son but final.

Mais il ne fallait pas que ces succès lui montent à la tête.

Prudence, prudence… Encore et toujours…

La chronologie des décès était chose essentielle. Le problème était qu'un grand nombre d'Ignorantes encore en vie habitaient dans ce coin du Montana, ce qui rendrait plus facile d'établir un rapport entre elles. Certes, il s'était occupé de certaines bien des années auparavant. Et leurs fins tragiques avaient, chaque fois, été considérées comme purement accidentelles.

Mais, à présent, le gros de sa mission se situait dans la région. Il lui faudrait donc être deux fois plus prudent, car une série de décès très rapprochés ne pourrait qu'inspirer des soupçons à la police locale.

Il eut de nouveau l'impression d'être surveillé, jusque dans ses pensées…

Pur accès de paranoïa…

Il ferma les yeux et se concentra.

Reprends-toi ! Ce n'est rien ! Rien du tout !

Son pouls finit par recouvrer son rythme normal.

Il consulta sa montre et se rendit compte qu'il était trop tard pour écouter ce qui se passait chez Acacia Lambert. Le simple fait de penser à elle le faisait frissonner d'une manière qu'il trouvait troublante. Erotique, en quelque sorte…

Trop risqué pour l'instant, se dit-il une fois de plus. C'est à cause d'elle qu'il avait appris, il y a bien longtemps, l'existence des autres Ignorantes. Acacia avait, sans qu'elle le sache, attiré son attention sur les autres et provoqué leur mort prématurée.

Il devrait la remercier, en fait.

Il faillit éclater de rire et regretta de ne pas pouvoir l'espionner tout de suite, pour pouvoir fantasmer à son aise sur sa fin prochaine. Elle devait déjà être partie travailler, à cette heure. Elle était déjà à la clinique.

Il sourit.

Peut-être pourrait-il aller la consulter en tant que patient ?

C'est pour bientôt, Acacia…

Il sourit et sentit son sexe se raidir un peu.

Pour très bientôt.

— Bon, d'accord, elle ressemblait vaguement aux deux autres femmes… Et alors, qu'est-ce que ça prouve ?

Pescoli venait de retrouver Alvarez, en compagnie de laquelle elle se dirigeait vers le garage. Il lui semblait que sa partenaire s'obstinait vainement à suivre une piste improbable, guidée par le seul fait qu'Eve Alexander ressemblait à Shelly Bonaventure et à Jocelyn Wallis, mais elle-même n'était nullement disposée à la suivre sur ce terrain.

Néanmoins, une chose accréditait la thèse du meurtre : sur l'enregistrement de l'appel que Tom Alexander avait passé à police secours, il semblait tout à fait sincère. En proie à la plus grande panique. Et cette impression s'était renforcée lorsqu'il s'était présenté au commissariat dans la matinée. Bouleversé et véhément à la fois, il était venu exiger qu'une enquête soit ouverte sur la mort de sa femme. Mais sa colère n'avait pas tardé à retomber au cours de son entretien avec Pescoli.

Il n'était plus resté qu'un époux dévoré par le chagrin et terriblement choqué.

— C'était une bonne conductrice et elle était habituée à rouler sur des routes de montagne en hiver, avait-il expliqué. Eve savait comment conduire sur les plus mauvaises routes, qu'il vente ou qu'il neige ! Et j'ai tout entendu ! Elle venait juste de m'appeler quand elle a été percutée… J'étais à l'autre bout de la ligne ! Elle était complètement paniquée et elle a dû laisser tomber son portable, parce qu'à un moment elle n'a plus répondu à mes questions, mais j'ai entendu le bruit du choc. C'était un bruit… assourdissant… Soudain je l'ai entendue hurler, crier mon nom à plusieurs reprises, mais elle ne pouvait pas m'entendre !

A ce stade de sa déposition, il avait fondu en larmes.

— Il y a eu un dernier cri, avait-il repris en sanglotant, j'ai entendu le bruit de la voiture plongeant dans le fleuve, et puis… plus rien. La ligne a été coupée. Qu'est-ce que je vais faire, moi, maintenant ? Eve… Oh ! Mon Dieu, Eve…

Pescoli n'avait pas été capable de lui débiter les platitudes habituelles. Elle ne lui avait pas dit ces paroles qui se veulent de réconfort : « Je sais que c'est très dur, mais vous surmonterez cette épreuve. » Elle ne le pouvait pas. Elle avait perdu son premier mari, et elle se souvenait de ses réactions quand elle avait appris que Joe était mortellement blessé.

Peu lui importait, alors, que l'homme qui partageait sa vie ait été tué dans l'exercice de ses fonctions de policier.

Les grandes tirades sur l'héroïsme dont Joe avait fait preuve et sur son sens du devoir ne l'avaient nullement consolée.

Tout ce qu'elle avait en tête, c'était qu'il était mort et qu'il la laissait seule avec un jeune enfant et une plaie béante au cœur. Qu'elle ne pourrait plus jamais causer avec lui ni entendre son rire. Qu'elle ne le verrait plus jamais hisser Jeremy sur ses larges épaules. Qu'il ne lui ferait plus jamais longuement et délicieusement l'amour… Tous ces bienfaits s'étaient envolés en un instant, pour ne jamais revenir. Les premières années qui avaient suivi la mort de Joe avaient été dures, très dures. Si dures qu'elle avait ensuite confondu désir et amour… et épousé Luke Pescoli, qui n'avait vraiment pas été à la hauteur, ni en tant que mari ni en tant que père.

Elle n'avait donc prononcé aucune des banalités d'usage face au chagrin de Tom Alexander. Elle s'était contentée de lui dire :

— Je suis désolée, monsieur Alexander…

Et de lui tendre un paquet de mouchoirs en papier.

Elle était parvenue tant bien que mal à recueillir la fin de sa déposition puis était allée rejoindre Alvarez.

A présent, elles étaient en route pour le garage du commissariat. Alvarez était en train de lui expliquer que l'inspecteur Jonas Hayes, de la police de Los Angeles, était loin d'être convaincu que Shelly Bonaventure s'était suicidée, malgré tous les indices qui semblaient l'attester.

— Selon lui, dit-elle en pénétrant dans le parking réservé aux véhicules de la police, certains détails ne cadrent pas...

Elle se gara sur une place près de l'une des grandes portes métalliques du garage et éteignit le moteur.

— Comme dans le cas de Jocelyn Wallis ? dit Pescoli avec un brin de scepticisme.

Elle rechignait toujours à voir un lien tangible entre deux décès survenus à près de deux mille kilomètres l'un de l'autre.

Certes, les deux femmes se ressemblaient beaucoup. Elles étaient toutes les deux nées à Helena, dans le même hôpital. Mais les circonstances de leurs décès différaient du tout au tout, hormis le fait qu'elles avaient été empoisonnées l'une et l'autre. Shelly Bonaventure avait succombé à une surdose de calmants et Jocelyn Wallis était tombée dans un ravin. Sa chute avait provoqué de multiples fractures et des lésions internes irréversibles. Telles étaient les causes véritables de sa mort, et non la faible dose d'arsenic qu'on avait retrouvée dans son organisme.

— J'ai demandé à l'inspecteur Hayes de m'envoyer le profil ADN de Shelly Bonaventure, dit Alvarez.

— Pour le comparer à celui de Jocelyn Wallis ? Tu parles sérieusement ?

— Oui et je compte les comparer tous les deux à celui d'Eve Alexander.

— Les circonstances de son décès sont complètement différentes..., lui rappela Pescoli.

— Je sais. Mais il se peut que l'assassin fasse feu de tout bois. Il est peut-être pressé.

— Je crois que tu suis une fausse piste. Tout ça va prendre un temps fou. Tu penses vraiment que c'est nécessaire ?

— Je ne sais pas, reconnut Alvarez. Il se peut que ça nous mène à une impasse. Mais au moins on saura avec certitude s'il y a ou non un lien génétique entre ces victimes.

Elle ouvrit sa portière et empocha sa clé.

— Je ne fais qu'examiner toutes les possibilités, ajouta-t-elle.

— Je crois que c'est prématuré.

— Je prends note de ta remarque. Mais, pendant ce temps, il y a des femmes qui meurent.

— Bon, d'accord, admettons..., concéda Pescoli en essayant de ne pas paraître trop sèche.

Sa coéquipière était une policière efficace et consciencieuse. Elle fondait généralement ses déductions sur des éléments rationnels, des preuves irréfutables et des constatations scientifiques. Elle ne se fiait que rarement à son instinct ou à ses intuitions. Cette fois, cependant, elle faisait un peu appel aux deux. Ce qui n'était pas une mauvaise chose : cela prouvait qu'elle était humaine.

Elles entrèrent ensemble dans le garage où les mécaniciens et les techniciens de la police scientifique examinaient la Dodge accidentée. Ils avaient étalé autour du monospace tout cabossé des jouets trempés, des vêtements et du papier cadeau décoloré. Seuls les sacs en plastique avaient résisté aux dégâts causés par l'immersion dans les eaux glaciales du fleuve.

Le pare-chocs arrière était défoncé et les techniciens s'affairaient tant à l'intérieur qu'à l'extérieur du véhicule, en quête du moindre indice. Le téléphone portable d'Eve Alexander et son sac à main avaient été retrouvés dans l'habitacle, et les reçus trempés dans son portefeuille indiquaient qu'elle avait fait des courses quelques heures avant l'accident.

— L'arrière du véhicule a été embouti avec une force considérable, leur dit Bart, l'un des techniciens.

C'était un homme maigre et nerveux, au crâne dégarni. Ses lunettes à large monture semblaient trop grandes pour son visage émacié. Il était en train de s'essuyer les mains à l'aide d'une serviette de bain, tout en fixant d'un œil impassible l'épave du monospace.

— Je dirais que le choc a été provoqué par un autre véhicule, reprit-il. On n'a trouvé aucune trace indiquant qu'elle ait heurté un cerf ou un renne avant de plonger dans le fleuve. Elle a sans doute fait une embardée, mais je suis sûr qu'elle a d'abord été violemment percutée par un autre véhicule... Un véhicule rapide et puissant, à en juger par les bosses sur la carrosserie et le pare-chocs arrière.

— Son mari nous a dit que le monospace était comme neuf. Ils l'ont acheté il y a moins de six mois, dit Pescoli.

Bart hocha la tête comme si les paroles de Pescoli confirmaient ses propres constatations.

— Eh bien, il faut croire que quelqu'un l'a bien esquinté, alors...

— Sans doute, dit Alvarez en soupirant. Et il va falloir qu'on découvre qui.

Bart esquissa un sourire.

— Ça, c'est votre boulot, pas le mien.

Le mardi se déroula sans événement notable, et Kacey passa la matinée du mercredi, qui était son jour de repos, à jouer avec Bonzi, à régler des factures et à nettoyer la maison.

Après quelques hésitations, elle appela Trace O'Halleran et tomba sur son répondeur. Elle lui laissa un message où elle demandait des nouvelles d'Eli et le priait de la rappeler sur son téléphone portable.

Ce n'était pas à proprement parler un stratagème, car elle s'inquiétait sincèrement pour le petit garçon, davantage d'ailleurs pour ses symptômes grippaux que pour son bras dans le plâtre. Mais elle ne pouvait se mentir : elle aurait aimé bavarder un peu avec Trace. Elle ne parvenait pas à le chasser de son esprit.

En fin de matinée, elle décida de reprendre ses recherches sur le mystère de ses sosies et se rendit à la salle de sport qu'Eve Alexander avait mentionnée, le Fit Forever Gym Club, en quête de la dénommée Gloria.

Elle s'adressa à une jolie blonde de dix-huit ans qui officiait à l'accueil, et lui dit qu'elle avait l'intention de s'inscrire au club. L'hôtesse avait l'enthousiasme de la jeunesse et devait sans doute toucher une commission à chaque nouvelle adhésion, car elle lui expliqua en long et en large les innombrables avantages qu'il y avait à devenir membre du club. En voyant cependant que Kacey ne se précipitait pas pour signer le formulaire d'adhésion, elle perdit un peu de sa volubilité et lui remit deux ou trois dépliants avant de se tourner vers un client plus prometteur, qui attendait son tour.

Kacey parcourut rapidement les dépliants et constata qu'il y avait en effet une monitrice nommée Gloria Sanders-O'Malley. Comme elle ne souhaitait pas être guidée dans sa visite, elle emprunta le couloir qui menait à la salle d'exercices, feignant d'être déjà membre. Elle parvint à une vaste baie vitrée qui donnait sur la salle d'exercices et vit une jeune femme qui ne pouvait être autre que Gloria Sanders-O'Malley.

Kacey ressentit une sorte de malaise en l'observant. Aucune des femmes qui pédalaient comme des forcenées sur les vélos fixes ne lui ressemblait, Dieu merci, mais Gloria avait la même ossature faciale qu'elle-même. Ses cheveux étaient coupés court et coiffés en épis d'un riche brun roux. Son corps était celui d'une sportive accomplie.

Lorsque le cours de spinning prit fin, Kacey entra dans la salle et se présenta en tant que membre potentielle du club. Gloria lui répondit poliment, mais ne parut pas remarquer une quelconque ressemblance entre elles, et Kacey préféra ne pas en parler.

Peut-être courait-elle après du vent, tout compte fait.

Perplexe et ne sachant quelle conclusion tirer de cette visite au gymnase, elle revint chez elle et passa quelques heures devant son ordinateur. Le courriel qu'elle attendait de l'administration du Montana n'était toujours pas arrivé et elle se résolut à contacter une de ses amies de la fac devenue fonctionnaire, qui travaillait à présent aux archives numériques de l'Etat, à Helena. Lorsqu'elles étaient étudiantes, Riza l'avait aidée à améliorer ses compétences en informatique en échange de cours de littérature et d'espagnol.

Il fallut à Kacey sept minutes et trois transferts d'appel pour la joindre. Apparemment, Riza avait dû divorcer depuis leur dernier contact car elle avait repris son nom de jeune fille.

— Salut, Riza, c'est Kacey Collins… Enfin… Lambert, maintenant.

— Tiens, une revenante ! Salut, Kacey. Comment vas-tu ?

Kacey l'entendit pianoter sur un clavier tout en lui parlant.

— Aussi bien que possible, merci, répondit-elle.

Elles bavardèrent un instant, se mettant au courant de ce qu'il était advenu d'elles depuis leur dernière conversation. Riza avait en effet divorcé de son ancien petit ami de lycée qu'elle avait épousé à la fin de ses études. Elle vivait à présent avec un musicien. Kacey lui apprit qu'elle avait, elle aussi, divorcé et qu'elle vivait désormais à Grizzly Falls.

— Il était temps que tu te débarrasses de Monsieur-Je-sais-Tout, déclara Riza. Je ne l'ai jamais aimé, celui-là.

— Tu aurais dû me prévenir.

— Tu ne m'aurais pas écoutée.

Là, elle n'a pas tort, se dit Kacey.

— Alors ? demanda Riza. J'imagine que tu ne m'appelles pas simplement pour papoter. Qu'est-ce qui t'amène ?

— Eh bien… En fait…

Elle hésita un instant avant de se jeter à l'eau.

— J'ai besoin d'un coup de main. Plusieurs femmes sont mortes dans le coin, et deux d'entre elles étaient natives d'Helena. Elles sont nées à la maternité de l'hôpital de Valley, qui je crois a fermé il y a vingt ou vingt-cinq ans... Je voudrais savoir s'il y en a eu d'autres... Je veux dire, d'autres femmes, nées il y a un peu plus d'une trentaine d'années... Et qui seraient décédées elles aussi.

— Tu sais que je n'ai accès qu'aux archives du Montana...

— Pour l'instant, ça me suffira.

— Toutes ces archives sont publiques et consultables librement mais, si tu veux, je peux accélérer le processus. Ça ne devrait pas m'attirer d'ennuis, mais on ne sait jamais. Les fonctionnaires sont jaloux de leurs prérogatives par ici, et il faudra sans doute mettre la main à la poche.

— Est-ce que le fait que je sois médecin peut s'avérer utile ?

— Oui, ça veut dire que tu peux sans doute te permettre les frais occasionnés par une recherche accélérée.

Elle émit un petit gloussement avant de demander à Kacey son adresse électronique.

— Il faut que tu saches que cette procédure est irrégulière, Kacey... Enfin, c'est ce que dirait ma chef, si elle en avait vent. Mais comme à ses yeux tout ce que je fais est irrégulier... Il faut juste que ça reste entre nous. Et ne t'inquiète pas pour les frais... Je crois que je pourrai les éviter...

— Pas étonnant que l'Etat frôle la faillite, plaisanta Kacey.

— Ne m'en parle pas...

Elles bavardèrent encore un peu. Puis Riza lui promit de faire tout son possible pour obtenir les informations rapidement.

— Bon, eh bien, voilà une chose de faite ! dit Kacey à Bonzi après avoir raccroché.

Elle s'étira sur son siège et ajouta :

— Allons faire un tour au parc. Va chercher ta laisse.

L'animal était allongé paresseusement sur son lit mais,

en entendant le mot « laisse », il se dressa instantanément sur ses quatre pattes et se mit à trotter vers la porte.

Collé à sa chaise, son casque d'écoute fermement fiché sur son crâne, il sentit son cœur battre subitement plus vite. Acacia se doutait de quelque chose ! Elle se renseignait sur des actes de naissance et de décès. Même s'il pouvait l'espionner chez elle ou dans son bureau à la clinique, il lui était impossible d'anticiper ses initiatives et plus encore de savoir ce qu'elle mijotait. A ce rythme-là, elle ne tarderait pas à comprendre ce qu'il était en train de faire.

Et elle pouvait tout gâcher, cette garce !

Alors qu'il lui restait tant à faire !

Elle s'était procuré un chien, en plus, et cela le tracassait. Il lui serait dorénavant beaucoup plus difficile de pénétrer à son insu chez elle.

Mais ce n'est qu'un petit problème à résoudre. Rien d'insurmontable.

Il saurait bien trouver une solution.

Car il était capable de résoudre tous les problèmes.

Mais là… Si Acacia faisait le lien entre les différents « accidents »… Non, ça, il ne pouvait laisser faire…

Il ôta d'un geste sec le casque d'écoute et fixa le mur de la mort — celui sur lequel il avait épinglé récemment, et très soigneusement, les photos de toutes les Ignorantes. Certains visages exprimaient de la surprise, d'autres de la terreur au moment où ces femmes réalisaient qu'elles étaient en train de vivre leurs derniers instants. D'autres portraits, comme celui d'Eve Alexander, morte à bonne distance de lui, n'étaient que des clichés indistincts. Il avait pris cependant le temps de faire une photo avec son téléphone portable en roulant sur le pont de North Fork, mais on n'y voyait que le monospace en train de sombrer dans les eaux du fleuve.

Tant d'années de travail.

Tant de moments passés à accomplir sa mission.

Il arrivait au bout…

Et voilà qu'Acacia risquait de tout gâcher !

Pas question !

Il donna un coup de pied rageur dans la corbeille à papier, qui se renversa et roula sur le sol carrelé, déversant des documents qu'il avait l'intention de brûler, des boîtes vides et une ampoule usagée.

Il fallait qu'il l'empêche de tout gâcher.

Son téléphone portable se mit à sonner et il fit une grimace de contrariété en voyant sur l'écran que c'était sa sœur qui cherchait à le joindre. Elle l'appelait toujours aux moments les plus inopportuns. Comme si elle devinait les moments où il était en désarroi et qu'elle voulait le lui faire savoir.

Elle essaie simplement de t'aider à trouver ta place dans la famille. Tu devrais lui en être reconnaissant.

Mais il ne l'était pas. Car chacun des membres de sa famille savait très bien qu'il ne serait jamais comme eux. C'était impossible. Dès sa naissance, il avait été différent, et aucun d'entre eux ne l'ignorait.

Il se regarda dans le miroir et se trouva beau. Beau, mais nerveux : son visage était tout rouge, la fine cicatrice qui marquait sa tempe semblait vibrer frénétiquement.

Il leur ressemblait tant… Mais il était aussi tellement différent…

Comment avait-il pu laisser les choses en arriver là ?

Le téléphone sonnait toujours.

Calme-toi. Décroche. Ta sœur est une alliée, même si elle ne le sait pas.

Il s'efforça de recouvrer son sang-froid.

— Salut, dit-il en décrochant.

— Salut.

Elle était fébrile, comme à son habitude. Sans doute en plein démêlé avec « ce con d'entrepreneur » — le prétexte qu'elle avançait le plus souvent pour justifier sa mauvaise humeur.

— Quoi de neuf ? demanda-t-il.

Il ne voulait pas paraître brusque, mais il n'avait pas de temps à perdre en papotage.

— Pas mal de choses, en fait. C'est au sujet de papa et de maman… Ils… Ils n'aiment pas le changement, et tu sais que papa n'est plus aussi robuste qu'autrefois. Mais maman n'a pas du tout l'intention de le convaincre d'aller vivre dans une résidence médicalisée. Pourtant, il a besoin de soins… Des soins qu'elle ne peut plus lui procurer…

Et elle ressassa interminablement ses doléances concernant le sujet, sur lequel elle était intarissable et qui glaçait le sang de son frère sans qu'elle le sache.

Excédé, il interrompit ses lamentations :

— Bon, qu'est-ce que tu veux que je fasse ?

— Ce serait bien que tu en touches un mot à maman.

— Je lui en ai déjà parlé.

— Eh bien, relance-la. Elle t'écoute, toi… Je ne sais pas pourquoi, d'ailleurs. On pourrait croire que, comme je suis l'aînée, mon avis devrait primer, mais non…

— Bon, c'est d'accord, je lui en reparlerai, dit-il pour couper court à une autre salve de jérémiades sur le thème cette fois du peu de considération que l'opinion de sa sœur rencontrait dans sa famille. J'irai les voir ce week-end.

— Le plus tôt sera le mieux.

— J'ai ma propre vie, tu sais. Je travaille. Et mon travail est extrêmement prenant.

— Je sais. Tiens-moi au courant.

— C'est promis.

— Ah, j'allais oublier… Méfie-toi, maman a encore trouvé un bon parti pour toi !

Il réprima un grognement agacé.

— Et tiens-toi bien, poursuivit sa sœur d'une voix rendue plus perçante par l'indignation. C'est une infirmière ! Incroyable, non ? Après tout ce qu'elle a pu dire contre cette profession ! Je crois qu'elle a rencontré cette femme en emmenant papa passer sa visite médicale annuelle.

— Je me fiche de ce qu'elle fait.

Il n'était pas d'humeur à jouer les jolis cœurs, surtout pas avec une femme que sa mère avait dégottée. En outre, il n'en avait pas le temps.

— Enfin, je t'aurai prévenu... Elle s'appelle Karalee Rierson. Et c'est une rouquine.

Il se figea. L'inquiétude qui le taraudait depuis qu'il avait surpris l'appel d'Acacia à son amie fonctionnaire grimpa d'un cran. Il jeta un coup d'œil à la pile de photos qu'il avait rassemblées au fil des ans et les étala sur la table jusqu'à ce qu'apparaisse la copie du permis de conduire de Karalee Winters. Non... Impossible ! Il déglutit et se mit à fouiller dans ses dossiers. Il n'avait pas pu oublier... Il trouva l'acte de naissance. Son nom de jeune fille était Karalee Falcone.

— Que sais-tu d'elle ? demanda-t-il.

— Je crois qu'elle vivait dans l'Oregon quand elle était mariée, mais je n'en suis pas sûre. Et puis elle a divorcé et s'est remariée, mais ça n'a pas duré... Un de ces mariages éphémères... Que maman passera bien sûr sous silence.

Voilà pourquoi elle s'appelle Winters, maintenant, en déduisit-il.

— Je sais en tout cas qu'elle n'a pas d'enfants. Mais je suis sûre que maman te fournira davantage de détails et ne tarira pas d'éloges sur le compte de cette Karalee quand tu iras la voir ce week-end.

Il sentit son estomac se nouer. Tout semblait partir à vau-l'eau.

— C'est plus que probable, parvint-il à articuler. Bon, écoute, il faut que je file maintenant.

— D'accord. Tu es toujours très occupé, à ce que je vois. Mais n'oublie pas de m'appeler après ta visite aux parents.

— Tu peux compter sur moi, promit-il avant de raccrocher.

Il fixa un instant la photo qui figurait sur le permis de conduire de Karalee Falcone, épouse Rierson, épouse Winters. Il avait manqué de vigilance. Il n'avait pas vu venir le coup. Et voilà que cette fille était en relation avec ses parents ! Cela rendait son élimination problématique, voire dangereuse.

Il froissa rageusement la copie du permis de conduire de l'infirmière et se dit que, décidément, il lui fallait accélérer le cours de sa mission.

A commencer par cette garce d'Acacia Lambert.

Ensuite, il passerait à Karalee.

Il n'avait plus le choix.

22

Non seulement Riza avait trouvé tous les renseignements que Kacey lui avait demandés, mais elle avait également recueilli des informations auprès des hôpitaux. Forte de toutes ces précisions, Kacey se rendit à Helena en voiture. Riza, qui savait aussi comment s'introduire dans les fichiers du service des immatriculations, lui avait promis d'autres détails : des certificats de naissance et de décès, des photos… toute la documentation qui lui était accessible.

Kacey composa le numéro de son amie tout en conduisant.

— Je risque de me faire virer, dit cette dernière.

— Ou alors on sera peut-être obligées de se trouver un bon avocat.

Riza éclata de rire.

— Je m'en fiche. J'aime enquêter, comme ça. J'adore regarder *Bones* et *Les Experts* et toutes ces séries consacrées aux policiers. Je vais voir ce que je peux trouver. Tout ce que je te demande, c'est de n'en parler à personne.

— C'est promis.

Mais elle se demanda si elle pourrait tenir longtemps cette promesse. Elle raccrocha et commença à composer un autre numéro, se ravisa et replaça le téléphone portable dans son logement, en se disant qu'une nouvelle conversation téléphonique avec sa mère serait inutile. Qu'elle le veuille ou non, il fallait qu'elle parle à Maribelle face à face.

Elle arriva à Helena au crépuscule. Les chaussées et les trottoirs étaient dégagés et une fine neige tombait sur la ville. Elle passa devant la cathédrale Sainte-Hélène dont la façade gothique était illuminée. Ses deux flèches se dressaient majestueusement et semblaient percer le ciel qui s'obscurcissait à vue d'œil. C'était la ville où elle était née et où elle avait grandi. Elle s'y sentait en sécurité, mais elle y associait désormais une troublante impression de trahison.

Elle jeta un coup d'œil dans son rétroviseur et tressaillit en apercevant un pick-up noir qui la suivait, semblable à celui qui avait embouti sa Ford et manqué de l'envoyer dans le décor quelques jours auparavant.

L'énorme calandre aux formes baroques était identique, mais elle ne put déchiffrer la plaque d'immatriculation, cachée par un pare-buffle imposant. Elle ne put même pas voir si le véhicule était immatriculé dans le Montana ou dans un autre Etat.

Elle sentit sa gorge s'assécher en détaillant le reflet du pick-up dans le rétroviseur, mais poussa un soupir de soulagement lorsqu'il tourna à un rond-point dans une autre direction que la sienne.

Ne sois pas parano.

Personne ne te suit.

Ce n'est pas parce que la voiture d'Eve Alexander a été percutée intentionnellement, selon les dernières informations diffusées par la police, que tu es une cible.

— Et pourtant…, se dit-elle sans se départir d'une inquiétude diffuse.

Elle jeta un nouveau coup d'œil dans le rétroviseur pour s'assurer qu'aucun pick-up ne la filait et se détendit un peu en constatant que non. Avant de sortir du centre-ville, elle fit un petit détour par l'hôpital de Valley, à quelques pâtés de maisons de Broadway. Les lumières de la ville se reflétaient sur les vitres du bâtiment de verre et d'acier, haut de trois étages. Lorsque le feu passa au vert, Kacey s'interrogea sur le rôle exact de cet hôpital — où au moins trois femmes qui lui ressemblaient étaient nées — dans le mystère de ses propres origines.

Elle remit cependant à plus tard ses cogitations et traversa le cœur de la ville en direction de la résidence de Rolling Hills, où vivait Maribelle, seule avec ses secrets et ses dénis.

Trace était allé attendre Eli à l'arrêt du bus scolaire, puis il l'avait emmené en ville, à la clinique vétérinaire. Là, ils avaient récupéré Sarge, affublé d'une minerve conique destinée à l'empêcher de lécher ses plaies ou d'arracher ses points de suture. L'état du chien s'était, fort heureusement, nettement amélioré.

— Il ressemble à un extraterrestre, comme ça, fit remarquer Eli en souriant timidement à l'animal.

Sarge, qui marchait sur trois pattes, faillit le renverser en accourant à sa rencontre dans le hall de la clinique.

— Vous voilà tous les deux appareillés, maintenant…, lança Trace d'un ton taquin en désignant du menton le plâtre d'Eli.

Quelques copains de classe avaient inscrit leur prénom sur la surface bleue, teintée de crasse sur les bords.

— Je pense qu'il a été attaqué par un raton laveur, ou peut-être plusieurs, dit Jordan Eagle pendant que Trace lui réglait ses honoraires.

— Je suis heureux de le voir en voie de rétablissement, en tout cas. Merci, docteur…

La vétérinaire caressa le crâne de Sarge puis Trace siffla son chien qui les suivit en boitant. Trace l'aida à monter dans le 4x4 et ils se mirent en route pour la ferme.

Arrivé à la maison, Eli s'allongea sur le canapé. Même s'il était de meilleure humeur depuis qu'ils avaient retrouvé Sarge, il se plaignait depuis qu'il était descendu du bus. Il se sentait patraque et paraissait épuisé. Il s'endormit rapidement et Sarge vint se coucher à ses pieds.

Trace s'inquiéta, car son fils était habituellement plutôt du genre hyperactif. Mais il était encore grippé, toujours triste à cause de la mort de Jocelyn, et il ne s'était pas encore complètement remis de son accident dans la cour de récréation. Le seul point positif était qu'il n'avait pas reparlé de sa mère depuis plusieurs jours.

Trace estima donc que cette petite sieste était bienvenue.

Il laissa son fils dormir paisiblement et Sarge ne daigna pas le suivre lorsqu'il alla s'occuper des bêtes. Il avait laissé chevaux et vaches paître dans les prés toute la journée. A présent que la nuit n'allait pas tarder à tomber, il les mena dans leurs abris respectifs, les y nourrit et les y enferma.

Lorsqu'il revint dans la maison pour y préparer le repas du soir, Eli était réveillé. Ils mangèrent dans la cuisine, mais Eli n'était pas en appétit et, malgré l'insistance de Trace, délaissa même le verre de jus de pomme que ce dernier lui avait servi.

Après le dîner, Trace mit la vaisselle dans l'évier puis il aida Eli à faire ses devoirs. Il dut y renoncer en constatant qu'Eli toussait et n'avait aucune énergie. Il le laissa donc regarder la télévision pendant un moment, avant de prendre sa température, qui frôlait toujours les 38 degrés. Il lui fit prendre une douche rapide, l'autorisa à boire un soda sans caféine et le coucha. Le petit garçon ne se rebiffa pas, alors qu'il n'était que 19 h 15.

En temps normal, il aurait protesté avec virulence, c'est pourquoi Trace avait vraiment de quoi s'inquiéter.

La santé de son fils n'était pas son seul souci. Loin de là...

Ce ne fut que lorsqu'il eut couché Eli qu'il remarqua que le voyant du répondeur téléphonique clignotait.

Il écouta l'unique message, celui de Kacey, qui lui demandait des nouvelles de son fils.

— C'est sympa, pensa-t-il tout haut.

Il repassa le message une deuxième fois, autant pour entendre le son de sa voix que pour graver dans sa mémoire son numéro de téléphone portable. Il fut tenté de la rappeler immédiatement, car il avait très envie de bavarder avec elle, mais il se ravisa.

De quoi vas-tu lui parler ? Du temps qu'il fait ? Du

plâtre bleu de ton fils ? De la femme avec qui tu as eu une liaison, et qui lui ressemblait tant ? De la mort de Jocelyn ? Ou bien vas-tu lui avouer que tu as rêvé d'elle cette nuit et que tu t'es réveillé en bandant comme un cerf ?

Il songea à Leanna. Puis à Jocelyn.

Et il reposa le combiné sur son réceptacle.

— Acacia ! Mais qu'est-ce que tu fais là ?

A en juger par la mine que Maribelle Collins faisait, elle était plus que surprise — et pas franchement heureuse — de trouver sa fille sur le pas de sa porte.

— Il faut que je te parle, dit Kacey.

— Et tu ne pouvais pas le faire au téléphone ?

Elle s'effaça pour laisser sa fille entrer dans son sanctuaire. Kacey sentit, à la froideur de sa mère, qu'elle n'était pas la bienvenue.

Eh bien, tant pis !

Elle marcha sur l'épaisse moquette blanche jusqu'au canapé d'un bleu sourd faisant face à une cheminée à gaz qui irradiait une douce chaleur. Une petite partie du mobilier lui rappelait sa jeunesse, mais le reste était neuf : les chaises et les tables, les lampes et les objets d'art. Maribelle les avait achetés après avoir vendu la maison familiale et mis en vente les meubles dont les nouveaux propriétaires ne voulaient pas.

— Non, il faut que je te parle face à face.

Son cœur battait un peu trop vite. Elle n'avait jamais aimé affronter sa mère, une femme qui en imposait à de moins timides qu'elle. Et son malaise était aggravé par son estomac barbouillé.

— Tu veux une tasse de thé ? Un verre de vin ? J'ai mis un excellent pinot à décanter...

— Non, maman, je veux simplement parler.

Elle se réchauffa les jambes devant l'âtre tandis que Maribelle, vêtue d'un jean et d'un pull doré, s'installait dans un coin du canapé en la regardant d'un air inquiet. Sur l'accoudoir se trouvaient un livre et un verre de vin à moitié vide.

Kacey sortit une enveloppe de son sac à main, l'ouvrit et en déversa le contenu sur la table basse, devant sa mère. C'étaient des photos de Shelly Bonaventure, de Jocelyn Wallis et d'Eve Alexander.

— Qu'est-ce que c'est ?

— Tu ne remarques rien ? Toutes ces femmes se ressemblent. Suffisamment pour être sœurs…

— Et alors ?

— Elles sont toutes mortes… Dans des accidents qui ont eu lieu au cours de la semaine qui vient de s'écouler…

Maribelle pâlit légèrement et prit son verre de pinot.

— Et ces femmes me ressemblaient, maman. Ne me dis pas que tu ne le vois pas. Et puis, regarde cette photo…

Elle exhiba le dépliant du gymnase, déjà ouvert à la page où figurait la photo de Gloria Sanders-O'Malley, et le posa à côté des portraits des trois autres femmes.

— Elle est monitrice de gym. Et encore vivante, elle…

— Qu'est-ce que tu insinues ?

Kacey fixa sa mère, l'air grave.

— Je ne crois pas que cette ressemblance soit une coïncidence. J'ai vérifié. Trois de ces femmes sont nées à l'hôpital Valley, ici à Helena. Tout comme moi… Pour Eve Alexander, je n'en suis pas sûre. Son passé est assez obscur. Et malheureusement elle n'est plus parmi nous pour nous dire ce qu'elle en sait. Elle a affirmé avoir toujours vécu dans l'Idaho, mais…

— Je ne vois pas où tu veux en venir. Tu crois que des femmes qui te ressemblent sont en train d'être assassinées les unes après les autres ?

— Des femmes qui me ressemblent *et* qui sont nées dans le même hôpital !

Son estomac était tout noué, mais il fallait qu'elle en

ait le cœur net, il fallait qu'elle sache. Sa mère, très pâle à présent, n'avait vraiment pas l'air à l'aise, elle non plus.

— Il y a beaucoup de gens qui se ressemblent, dit-elle d'une voix blanche.

— C'est ce que je me suis dit, dans un premier temps. Mais l'hôpital, maman… Si je me renseigne sur le service maternité de cet hôpital, qu'est-ce que je vais y apprendre ?

— Je ne sais pas. Rien, probablement.

— Rien ? Même si je fais effectuer des recherches comparatives entre un échantillon de mon ADN et ceux des victimes ?

— Quoi ?

Kacey ne répondit pas. Elle vit au regard paniqué de sa mère que celle-ci savait qu'elle ne bluffait pas.

Les épaules de Maribelle s'affaissèrent. Elle accusa son âge, subitement.

— Oh ! Mon Dieu…

Elle détourna les yeux vers la fenêtre et son regard sembla se perdre dans la nuit tombante.

— Qu'est-ce qu'il y a à savoir, maman ?

Maribelle secoua la tête lentement.

— Je redoutais que ce jour arrive, murmura-t-elle.

— Pourquoi ?

Maribelle ferma les yeux et lâcha un soupir chevrotant. Etait-ce encore l'une de ses mimiques ? Ou ce soupir venait-il du fond de son cœur ?

— J'espérais n'avoir jamais à te le révéler…

Kacey serra les dents, attendant les confidences de sa mère.

— Stanley n'est pas… n'était pas ton vrai père. J'ai l'impression que ça, tu l'as compris.

— Tu veux dire qu'il n'était pas mon père biologique ? demanda Kacey dont le cœur s'était mis à battre plus fort.

— Oui.

Maribelle se leva et faillit renverser le contenu de son verre, tant sa main tremblait.

— Personne ne le savait. Pas même Stanley… Enfin, il l'a appris plus tard.

Elle jeta un regard mauvais à Kacey, comme si c'était sa faute.

— Pourquoi ne me l'as-tu jamais dit ?

— Parce que Stanley n'y aurait pas survécu. Quand tu as eu sept ans et qu'il était devenu manifeste que tu ne ressemblais à aucun membre de sa famille ou de la mienne, il est devenu soupçonneux et on s'est disputé. Il m'a menacée de faire un test de paternité, alors je lui ai tout avoué. A partir de ce moment, notre mariage, ou le peu qu'il en restait, est devenu une imposture. Nous sommes restés ensemble pour ton bien. Il t'aimait tant, dit Maribelle avec une pointe de regret. Il n'attachait aucune importance au fait que tu n'étais pas de son sang. Tu étais sa petite fille adorée… Nous ne pouvions pas divorcer… C'était hors de question… Pas même nous séparer…

Elle secoua la tête et ajouta :

— Dans une petite ville comme Helena, les usages étaient bien différents, à l'époque. Mes parents…

Elle balaya l'air de ses mains et ajouta dans un soupir :

— Ça valait mieux comme ça…

Kacey ne partageait pas cet avis. Elle ne s'imaginait pas passant toute sa vie avec un homme qu'elle n'aimerait plus.

— Papa est mort, dit-elle, le cœur plein de chagrin en pensant à l'homme qu'elle avait toujours pris pour son père. Tu aurais pu me le dire après son décès.

— Non, c'était trop tard.

— C'est trop tard, en effet. Même maintenant.

Kacey sentit une douleur lui vriller le ventre. Tous ces mensonges. Toute cette triste comédie… Et cependant bien des choses lui paraissaient plus claires. Elle comprenait pourquoi elle avait été tant choyée, alors que ses parents étaient devenus des étrangers l'un pour l'autre.

— Qui est mon père biologique ? demanda-t-elle.

Maribelle vida son verre et le posa sur le dessus de la cheminée.

— Quelle importance ?

— Comment ? Mais rien n'est plus important pour moi, et pour toutes sortes de raisons ! Des femmes sont en train d'être tuées ! Des femmes que je soupçonne d'avoir le même ADN que moi.

— C'est ça le problème, avec la science..., dit Maribelle d'un ton dépité.

— Mais tu étais infirmière, maman ! Comment peux-tu dire une chose pareille ? Tu as toujours cru en la science !

— Eh bien, je trouve qu'elle va trop loin, de nos jours, la science ! Elle porte atteinte à la vie privée. Selon moi, on devrait laisser les gens tranquilles, au lieu de vouloir tout savoir sur eux !

— Il s'agit de *ma* vie, maman !

Maribelle se frotta frileusement les bras, comme si un courant d'air glacial venait de s'engouffrer dans la pièce.

— Je préfère ne pas en parler, déclara-t-elle.

— Tu as évité le sujet pendant trente-cinq ans !

Kacey n'en croyait pas ses oreilles. Toute sa vie avait été enveloppée dans un mensonge.

— Et maintenant des femmes meurent !

— Dans des accidents ! Tu crois vraiment que quelqu'un est en train de tuer des femmes qui te ressemblent à cause d'un lien génétique ? Mais, enfin, Kacey, tu t'entends parler ?

— Comment s'appelle-t-il ?

— Il n'y a aucune raison d'embêter ton père avec ces sornettes.

— Ce n'est *pas* mon père ! Mon père, c'est celui que tu as épousé ! Mais... cet homme ? Il est encore vivant ?

— Oui.

— Tu es toujours en contact avec lui ?

— Non, bien sûr que non.

— Est-il seulement au courant de mon existence ?

Voyant que sa mère ne répondait pas, elle insista :

— Et les autres ?

Elle songea aux visages des victimes, ces visages qui ressemblaient tant au sien.

— Il est au courant, pour les autres ? Sont-elles…

Elle s'interrompit en secouant la tête de dépit.

Il y avait quelque chose d'incompréhensible dans la situation. Soudain, elle douta des convictions qui l'avaient incitée à rendre cette visite impromptue à sa mère.

— Tu es en train de me dire que ce… que cet homme a engrossé plusieurs femmes et les a abandonnées à leur sort ?

Mais Maribelle ne desserra pas les lèvres.

— Maman ? insista Kacey.

Il y avait autre chose. Mais quoi ?

— Tu me caches encore quelque chose, maman…

Maribelle parut soudain privée de toute énergie. Elle se rassit au coin du canapé, l'air abattu. Elle fixait le feu, mais Kacey savait qu'elle ne voyait pas les flammes dorées qui léchaient les bûches artificielles. Non, son esprit était ailleurs, dans un lieu connu d'elle seule, quelque part dans un lointain passé.

— Ça ne s'est pas passé comme ça, dit-elle enfin. Il faut que tu comprennes. C'est un homme important, brillant. Un pilier de la bonne société. Beaucoup de gens l'admirent… Notre liaison a été belle et passionnée… Une vraie idylle.

Elle sublimait encore cette liaison adultère en un amour exceptionnel et pur. Trente-cinq ans plus tard.

— C'est ce que tout le monde pense, dit Kacey. C'est la raison pour laquelle les gens trompent leurs conjoints. Parce qu'une nouvelle relation amoureuse est toujours plus excitante.

— Mais notre amour…

Un sourire béat se forma sur les lèvres de Maribelle tandis qu'elle se souvenait. Elle croyait encore que ce qu'elle avait partagé avec cet homme était unique et sans égal.

— Toi, reprit-elle avec un regard dédaigneux sur sa fille, tu ne peux pas comprendre, ce que c'est, l'amour…

— Garde ta condescendance pour toi, et dis-moi qui c'est !

Il y eut un nouveau silence.

— Maman ?

— J'ai juré de ne jamais le dire. Je ne reviendrai pas sur ce serment.

— Je finirai par l'apprendre. Et plus ça me coûtera d'efforts, plus le scandale sera grand quand je le saurai.

Maribelle baissa les yeux.

— David n'est pas au courant.

David Spencer… Son chevalier servant.

— Je ne lui dirai rien, fit Kacey sèchement. Mais s'il l'apprend d'une autre source, tant pis… Ce mensonge a assez duré !

— Tu es en colère, dit Maribelle dans un filet de voix.

— En colère et déçue ! Tu m'as menti. Toute ma vie, tu m'as menti !

— Pardonne-moi ! Je suis désolée ! Sincèrement, dit-elle en écrasant une larme. J'étais différente à l'époque. J'étais jeune. Impressionnable…

— Et mariée !

— Ce n'était pas si simple. Au début de notre mariage, j'étais stérile. Enfin, c'est ce que je croyais. Ton père… euh, Stanley… Notre mariage était fragile, à l'époque. Je suivais des cours à l'école d'infirmières et j'ai rencontré un étudiant en médecine qui était…

Elle laissa sa voix se perdre dans un murmure avant de reprendre :

— Il était tout ce que Stanley n'était pas. Nous avons eu… nous nous sommes fréquentés et, juste avant de mettre d'un commun accord un terme à notre liaison, tu as été conçue.

Les yeux luisant de larmes, elle leva la tête vers Kacey.

— J'étais si heureuse ! Je croyais être stérile, mais je ne m'étais jamais fait examiner. Stanley non plus n'avait pas fait de test de fertilité… Et tu es venue ! J'étais enceinte ! D'un bébé miraculeux !

Malgré ses larmes, elle parvint à sourire et leva les mains avant d'ajouter :

— C'était une bénédiction. Du moins, pour moi. J'avais tellement envie d'un bébé, et tu as été conçue !

Kacey songea à son père, l'homme auprès duquel elle avait grandi. Elle songea aussi à ses grands-parents et à la ferme qu'ils lui avaient léguée. Et tout cela lui parut soudain décalé, étrangement irréel.

— Papa restera toujours mon père, dit-elle.

— Je sais.

Maribelle s'empara de son verre et alla dans la cuisine où la carafe de pinot noir l'attendait sur le comptoir en granit aux lignes pures.

— Tu veux un verre de vin ? proposa-t-elle en fouillant dans un placard à la recherche d'un second verre.

Kacey secoua la tête. Il fallait absolument qu'elle ait les idées claires. Tandis que Maribelle remplissait son verre d'une main légèrement tremblante, Kacey vint de l'autre côté du comptoir pour lui faire face.

— Alors, qui est-ce ? J'ai le droit de le savoir !

Maribelle reposa la carafe et agita son verre en regardant le breuvage mousser un peu. Puis elle en huma l'arôme avant d'en boire une petite gorgée.

— Oui, c'est ton droit, finit-elle par admettre. C'est ce que je me suis souvent répété, mais je ne pouvais pas te le dire, c'était impossible…

— Tu as préféré me mentir.

— Par omission seulement. Avec le temps, je m'y suis faite. Et puis je ne savais comment te l'annoncer. Finalement, j'ai choisi de laisser le temps faire son œuvre.

— Il faut que je le rencontre.

— Oh ! Non ! s'exclama Maribelle en sursautant. Il a oublié tout ça, maintenant. Et je ne veux pas que tu les embêtes, lui ou sa femme.

— Sa femme, répéta Kacey.

— Oui, son épouse. Depuis combien de temps ? Dans

les quarante-cinq ans, je dirais, calcula-t-elle avec une amertume évidente.

— Je découvrirai qui c'est, que tu me donnes son nom ou pas.

— Bon, bon !

Maribelle était furieuse, mais elle voyait bien que Kacey parlait sérieusement. Elle inspira profondément avant de dire :

— Il s'appelle Gerald Johnson.

Elle leva les yeux vers Kacey, comme si ce nom devait lui dire quelque chose. Voyant que sa fille ne réagissait pas, elle précisa :

— C'est un chirurgien cardiaque renommé, qui a inventé et qui fabrique un certain type de stent. Il n'est pas au courant de ton existence. Peu après avoir cessé de pratiquer la chirurgie, il a déménagé à Missoula.

Elle haussa les épaules avant d'ajouter :

— C'est de notoriété publique. Tu peux vérifier en quelques secondes sur internet. Je ne divulgue donc aucun secret en te disant ça. Mais je te prie de ne pas le harceler. Il n'apprécierait pas, pas plus que Noreen et sa progéniture.

— Noreen, c'est son épouse ? Et sa progéniture, ce sont ses enfants ?

Mes demi-frères et sœurs… Moi qui regrettais tant, quand j'étais gamine, d'être fille unique et de ne pas être entourée de frères et de sœurs avec lesquels jouer au base-ball ou aux cartes, et même aux jeux vidéo…

— Combien en a-t-il ?

— Des enfants ? Cinq, je crois. Non, il a eu des jumeaux, donc ça fait six. Ou sept, peut-être. A vrai dire, je ne m'en souviens plus.

Son regard se porta vers le salon et s'arrêta sur la table basse.

— Peut-être un ou deux autres, aussi.

Ça, c'était l'euphémisme de l'année !

— Peut-être beaucoup plus, murmura Kacey d'une voix pensive.

Qui était donc ce type ? Un médecin qui ne pratiquait pas le contrôle des naissances, n'utilisait jamais de préservatifs et avait eu une kyrielle de relations amoureuses à la même époque ?

Les femmes dont les photos s'étalaient sur la table basse avaient toutes à peu près le même âge qu'elle, à quelques années près. Quel genre de don Juan pouvait avoir conçu autant d'enfants en un laps de temps aussi restreint ? Non, décidément, il y avait quelque chose qui ne tournait pas rond dans cette histoire.

Et c'était peut-être pour cela, justement, que des femmes mouraient.

— Il faut absolument que je le rencontre, répéta-t-elle.

— Non !

Maribelle lâcha son verre qui vint se briser sur le comptoir en granit, éclaboussant de vin rouge son pull doré et répandant des éclats de verre sur le sol.

— Regarde ce que tu as fait ! Ce pull m'a coûté une fortune !

Elle fila dans sa chambre pour se changer tandis que Kacey entreprenait machinalement de nettoyer le comptoir.

Les dégâts occasionnés par cette révélation étaient bien plus graves qu'un peu de vin renversé et de verre brisé.

23

Il aurait dû tuer la mère.

C'était ça, l'erreur qu'il avait commise : épargner la vieille.

Il venait de le comprendre, tandis qu'il attendait, assis dans son pick-up, à l'extérieur de la résidence Rolling Hills. Il aurait juré que Maribelle Collins ne révélerait jamais son secret mais, en voyant Acacia Lambert sortir du parking de la résidence, il se demanda quelles informations elle avait pu soutirer à sa mère et quel dommage elle était désormais en mesure de commettre.

Il aurait dû s'y attendre. Anticiper le coup.

Il était probablement trop tard maintenant…

Mais la vieille chouette méritait quand même d'être réduite au silence.

Une chose qui pouvait se faire facilement. Elle avait des problèmes cardiaques et prenait des vasodilatateurs sous forme de comprimés.

Mais il n'avait pas le temps de lui régler son compte tout de suite.

Il fallait d'abord qu'il sache ce que sa fille avait appris. Si elle connaissait la vérité, alors il devait la mettre hors d'état de nuire. Immédiatement !

Il jeta un dernier coup d'œil au portail encore ouvert de la résidence pour personnes âgées et se jura de revenir plus tard.

Il mit sa cagoule, puis il démarra et sortit sans se presser du parking.

Il aperçut bientôt les feux arrière de la Ford d'Acacia devant lui, mais il savait qu'il ne risquait pas d'être semé. Le GPS magnétique et étanche qu'il avait installé dans la roue arrière ne pourrait être découvert qu'avec un examen approfondi de la voiture, roues tournées.

Et alors il serait trop tard.

Il alluma un minuscule écran et vit qu'elle venait de tourner pour emprunter la nationale, vers l'ouest. Vers Grizzly Falls. Comme il s'y attendait.

Il se détendit légèrement et se mit à la suivre à bonne distance. En regardant dans son rétroviseur, il remarqua qu'un véhicule venait de sortir d'une impasse en allumant ses feux. Il ressentit une légère appréhension qu'il tenta de calmer aussitôt.

Ce n'est rien! Ce n'est qu'une voiture parmi tant d'autres! Pas de quoi s'inquiéter!

Et pourtant il ne pouvait détacher son regard des phares qui se reflétaient dans le rétroviseur. Ceux d'une voiture de sport, apparemment. D'autres véhicules vinrent s'intercaler, dans le flot de la circulation, mais après chaque carrefour la voiture de sport était toujours là, sans jamais le rattraper, même au feu rouge.

C'est quelqu'un qui va dans la même direction que toi. Rien de plus.

Mais ce n'était pas la première fois qu'il avait l'impression d'être suivi, ou épié, comme s'il était devenu la proie plutôt que le prédateur.

Même si cette voiture te suit sur la nationale qui va vers Grizzly Falls, ça ne veut rien dire. C'est juste que son conducteur se dirige vers Missoula, peut-être même plus loin. Et il n'est pas le seul!

Détends-toi!

Mais ses doigts restaient crispés sur le volant. Il tourna en direction de Missoula et scruta dans son rétroviseur les véhicules qui faisaient de même derrière lui. Une berline grise le suivait de près, mais ce n'était pas le véhicule qui l'inquiétait… Non, c'était la voiture de sport noire, une BMW peut-être, qui, cette fois, ne l'avait pas suivi.

Tant mieux.

Il lâcha un soupir de soulagement et se sentit instantanément plus à l'aise. Il jeta un dernier coup d'œil au rétroviseur, reporta son attention sur ce qui importait vraiment et appuya sur l'accélérateur pour se rapprocher de la Ford d'Acacia. Selon son capteur GPS, elle n'avait que trois kilomètres d'avance.

Il prévoyait non seulement de la rattraper, mais aussi de la dépasser.

Trace entendit un gémissement suivi d'une méchante quinte de toux en provenance de la chambre d'Eli.

Il gravit les marches de l'escalier quatre à quatre, alluma la lumière du couloir de l'étage et poussa la porte de la chambre du petit garçon. Eli était encore endormi, mais ses cheveux étaient trempés de sueur, son visage tout rouge et ses yeux caves.

— Alors, mon pote, dit Trace en essayant de le réveiller. Eli ?

L'enfant ouvrit un œil chassieux.

— Comment te sens-tu ?

— J'ai mal à la gorge. Très mal.

Il cligna les yeux et se remit à tousser.

— Je vais te prendre ta température…

Eli ne se montra pas très coopératif, mais Trace parvint à le convaincre de placer le thermomètre dans sa bouche. Quelques minutes plus tard, il constata que sa température était montée à plus de 40 degrés.

Il plongea un comprimé de paracétamol effervescent dans un verre d'eau et insista pour que son fils le boive en entier. Puis il se rendit dans le couloir et tira sans la fermer la porte de la chambre derrière lui. Il sortit son téléphone portable de sa poche et composa le numéro que Kacey lui avait laissé. Il compta les sonneries tout en épiant l'intérieur de la chambre au travers de l'entrebâillement de la porte.

Réponds, s'il te plaît!

Il avait l'habitude de veiller sur des bêtes malades ou blessées. Il avait déjà sauvé des veaux se présentant mal à la mise bas et soigné des animaux atteints de la maladie du charbon ou de pneumonie. Il avait vu l'une de ses juments préférées mourir de colique. Il avait enterré nombre de chats et de chiens…

Il acceptait le fait que la maladie et la mort faisaient partie de l'existence.

Mais, à présent qu'il s'agissait de son fils, il avait peur.

Il crut qu'elle ne décrocherait pas mais, alors qu'il s'apprêtait à laisser un message, elle prit la communication.

Il alla droit au but.

— J'ai eu votre message. Eli a plus de 40 degrés de température. Et il tousse sans arrêt, ce qui l'empêche de dormir.

— Amenez-le à la clinique, dit-elle d'un ton catégorique. Je suis sur la route et j'y serai dans une demi-heure. Ça vous va ?

— Oui.

— Bien. A tout à l'heure.

Elle raccrocha, et Trace ne perdit pas un instant. Il revint dans la chambre de son fils et lui dit doucement, tout en prenant un blouson et un sac de couchage pour le couvrir :

— Lève-toi, mon pote. Je t'emmène voir le Dr Lambert.

Kacey resta perdue dans ses pensées pendant presque tout le trajet du retour. La nuit était tombée, et l'heure du dîner passée depuis longtemps, mais elle n'avait pas faim. La radio était allumée, mais elle n'aurait pas su nommer une seule des chansons qu'elle avait entendues sans les écouter. Elle ne cessait de ressasser ce que sa mère lui avait dit au sujet de Gerald Johnson et de sa famille.

Elle passa en feux de croisement à l'approche d'une voiture. Elle n'avait pas accordé beaucoup d'importance aux autres véhicules, conduisant machinalement, l'esprit plongé dans les eaux troubles d'un passé opaque. Qui était donc ce Gerald Johnson ? Et son épouse, Noreen, quel genre de femme était-ce ? Quel rôle sa mère avait-elle joué dans leur vie et dans leur mariage ? Qui étaient leurs enfants, ses demi-frères et sœurs ?

A l'entendre, on aurait cru que Maribelle était encore un peu amoureuse de cet homme, comme si elle avait gardé de leur liaison un souvenir particulièrement romantique et tragique, comme si la nostalgie la poussait à l'idéaliser, voire à l'idolâtrer.

Peut-être radotait-elle, tout simplement.

Et que dire de celui qu'elle tiendrait toujours dans son cœur pour son père, Stanley Collins, ce charpentier qui ne rechignait pas à la tâche ? Comment avait-il réagi le jour où il avait appris la vérité ? Pour sa part, elle ne se rappelait pas un acte ou un comportement qui auraient pu indiquer que l'amour de ce père exemplaire pour sa fille unique avait diminué, ne serait-ce que légèrement.

Rien dans son passé, aucun incident n'indiquait qu'il avait appris la vérité. Il en allait de même pour ses grands-parents. Si Stanley Collins s'était confié à ses parents, ils n'en avaient pas pour autant changé d'attitude vis-à-vis de Kacey.

Mais elle n'en avait pas moins l'impression désagréable qu'elle venait de mettre au jour une cicatrice secrète qui recouvrait une blessure ancienne et peut-être mortelle.

Elle éteignit la radio au moment où une vedette de la country music dont elle n'avait jamais entendu parler chantait d'une voix roucoulante une énième version de *Il est né, le divin enfant*. Elle avait besoin de silence pendant son trajet pour réfléchir à ce qu'elle allait faire. Les mères de Jocelyn Wallis, Shelly Bonaventure et Eve Alexander s'étaient-elles toutes laissé séduire par le même casanova local ? Leurs filles étaient-elles au courant ?

Cela paraissait improbable.

Epuisée, elle essaya de ne plus y penser et de se concentrer sur sa conduite.

La circulation était faible, ce soir-là, et très fluide, car les routes avaient été déneigées, même si quelques flocons épars scintillaient lorsque la lumière de la lune perçait la fine couche nuageuse. Kacey aperçut un café drive-in encore ouvert, à une quinzaine de kilomètres de la périphérie de Grizzly Falls.

Elle décida d'y faire halte. Elle baissa sa vitre et commanda un café au lait décaféiné à une femme qui paraissait encore plus épuisée qu'elle. L'esprit de Noël ne soufflait guère dans cet établissement isolé, malgré les guirlandes lumineuses qui clignotaient dans la vitrine ornée de flocons de neige peints au pochoir et d'une affiche publicitaire vantant les mérites du « café au lait du Père Noël ».

Kacey espérait que le lait chaud atténuerait son mal de ventre. Elle laissa un bon pourboire à l'employée. Celle-ci esquissa un pâle sourire puis ferma son guichet et éteignit l'enseigne lumineuse « OUVERT ».

Kacey goûta le breuvage brûlant en espérant qu'il la réchaufferait. Le chauffage de la Ford, même réglé au maximum, ne suffisait pas pour chasser le froid qui s'était emparé d'elle depuis qu'elle avait appris la vérité sur ses origines.

Elle s'apprêtait à sortir du drive-in lorsque la chaussée fut illuminée par un véhicule qui roulait à grande vitesse. Elle pila net au bord de la nationale tandis qu'un pick-up noir fonçait droit devant. Quelques gouttes de café au lait débordèrent sur le couvercle de la tasse ébranlée.

Un pick-up qui lui fit penser au véhicule équipé d'un imposant pare-buffle qui avait embouti son pare-chocs arrière et à son conducteur, que Grace Perchant avait qualifié d'« être maléfique ».

Elle porta sa tasse à sa bouche et lapa le café qui avait débordé, s'efforçant de ne plus y penser.

Grace n'était pas digne de foi.

Elle croyait pouvoir converser avec les morts.

En outre, les pick-up abondaient dans le Montana.

Elle fut tentée de le prendre en chasse pour s'assurer qu'il n'avait pas une plaque d'immatriculation de l'Idaho avec un 3 ou un 8 dans le numéro. Mais elle avait donné rendez-vous à Trace à la clinique. Eli était au plus mal, et elle avait promis de l'examiner.

Elle mit encore une bonne vingtaine de minutes à atteindre Grizzly Falls. Elle se gara sur le parking désert de la clinique. De ce côté du bâtiment, seule la lueur distante des réverbères de la rue atténuait la pénombre.

Elle laissa sa tasse de café vide dans le porte-gobelet, verrouilla la Ford et marcha jusqu'à la porte de service. Elle l'ouvrit, entra et appuya sur l'interrupteur.

Mais aucune lampe ne s'alluma.

Elle appuya de nouveau sur l'interrupteur, encore en vain. Même l'éclairage de sécurité ne fonctionnait pas. Et il faisait plus froid que d'habitude dans le bâtiment.

Encore ce maudit disjoncteur !

Elle aurait aimé étrangler le propriétaire ! Combien de fois s'était-elle plainte de ces pannes récurrentes ? Elle avait même dû appeler elle-même un électricien, un jour de panne, alors que ce n'était pas de son ressort.

Elle savait se repérer dans la clinique, bien sûr. Et il y avait une lampe de poche dans le tiroir de son bureau. Elle avança à tâtons dans les couloirs, passant devant les salles de consultation qui lui parurent sinistres dans l'obscurité, peuplées de monstres robotiques.

Ce n'est qu'une panne de courant… Pas de quoi s'affoler…

Frôlant le mur des doigts pour se repérer, elle tourna dans un autre couloir, se cogna l'orteil contre une balance et dut se mordre la langue pour ne pas crier de douleur, mais elle ne put se retenir de murmurer un juron.

L'équipement électrique — les téléphones, les télécopieurs et les ordinateurs — diffusait habituellement un peu de lumière grâce aux voyants témoins ou aux voyants de veille, mais aucun halo rouge ou vert ne luisait dans le noir.

Le dédale des salles et des couloirs était plongé dans l'obscurité la plus totale, hormis les pièces dont les fenêtres donnaient sur la rue, faiblement éclairées par la lueur des réverbères qui s'insinuait entre les lamelles des stores. L'endroit était lugubre, mais elle parvint sans trop d'encombre à trouver la porte de son bureau. Ses yeux s'étant habitués à la pénombre, elle se fraya un chemin vers sa table de travail et ouvrit le deuxième tiroir, dans lequel étaient rangées des fournitures de bureau supplémentaires.

Elle effleura du bout des doigts la poignée striée de la lampe de poche en priant pour que la pile ne soit pas vide. Elle appuya sur le bouton et un faible faisceau s'alluma, lui permettant tout juste de se guider vers le placard électrique, où se trouvait le disjoncteur général.

D'habitude, seuls disjonctaient les fusibles des équipements du bureau principal, alors que les autres salles n'étaient pas affectées par la panne. Il était assez étrange que, cette fois, tout le circuit soit tombé en panne. Cela tenait sans doute au fait que l'installation n'avait pas été mise aux normes depuis des décennies.

Elle souleva le disjoncteur principal, puis entendit la chaudière se remettre en marche, en même temps que l'éclairage de sécurité.

Des pas résonnèrent dans le couloir. Trace O'Halleran et Eli étaient arrivés. Elle entendit la voix de Trace au travers du mur :

— Docteur Lambert ? Kacey ?

— J'arrive !

Elle se précipita dans le couloir et traversa le hall, allumant au passage des lampes fluorescentes qui vacillèrent un instant avant d'éclairer vraiment la pièce.

— Excusez-moi, dit-elle. On a un problème avec le

circuit électrique. Le disjoncteur tombe tout le temps en panne. C'est vraiment enquiquinant.

Eli entra le premier et Kacey lui demanda :

— Salut, toi. Comment te sens-tu ?

Il ne répondit pas et elle vit tout de suite, à la lumière des néons, qu'il était fiévreux. Il toussait aussi très fort.

— Il se plaint d'avoir mal à la gorge, dit Trace.

— On va regarder ça… Allez, viens, Eli.

Le petit garçon était vêtu de son pyjama, d'un blouson et il était emmitouflé dans un sac de couchage. Dans la salle de consultation, elle prit sa température, examina sa gorge puis ses oreilles et l'ausculta. Pendant qu'elle officiait, Trace demeura appuyé contre le comptoir, les doigts crispés sur le rebord.

Elle se força à sourire.

— Il va falloir que tu ailles à l'hôpital, annonça-t-elle d'une voix qu'elle voulait anodine.

— L'hôpital ? répéta Trace.

— Non ! protesta Eli avant de se remettre à tousser de plus belle.

— Il n'y a pas le choix.

Elle se tourna vers Trace et l'exhorta du regard à appuyer ce qu'elle disait.

— C'est simplement pour être sûr que tu vas te rétablir le plus vite possible, insista-t-elle.

— Ce serait bien, en effet, acquiesça Trace.

Une autre quinte de toux vint déformer le visage d'Eli.

— Ça fait mal, hein ? dit-elle à l'enfant. Pauvre chou. Mais ça ira mieux bientôt.

— Tu viendras avec moi ? demanda Eli.

— Mais bien sûr ! assura Kacey. Je ne te laisserai pas seul.

— Il faudra que je reste à l'hôpital ?

— Un peu, mais pas longtemps, répondit-elle. On verra ça quand on y sera, d'accord ?

Elle se tourna vers Trace et ajouta :

— Je vous retrouve aux urgences de St. Bartholomew.

— A tout de suite.

Deux heures plus tard, Eli était allongé dans un lit d'hôpital, branché sur un cathéter. Son état avait été déclaré « stationnaire », et il dormait à poings fermés. Les infirmières veillaient sur lui ; elles avaient promis à Trace de l'appeler le lendemain matin et de tenir Kacey au courant. De ce que Trace avait compris, Eli souffrait d'une mauvaise bronchite aggravée par des streptocoques, avec un risque de pneumonie. Kacey avait insisté pour que le petit garçon passe la nuit à l'hôpital, où l'évolution de son état pourrait être observée et où sa fièvre pourrait être mieux traitée. Trace se sentait un peu rassuré, mais regrettait qu'on ne l'ait pas autorisé à rester toute la nuit dans la chambre de son fils, assis sur l'unique et inconfortable chaise.

— Je passerai le voir demain matin, juste avant d'aller à la clinique, lui promit Kacey tandis qu'ils sortaient ensemble du hall de l'hôpital.

Le ciel était entièrement couvert de gros nuages à présent et une brise glaciale s'engouffrait dans le canyon au fond duquel coulait le fleuve.

— Il ne va pas apprécier son séjour à l'hôpital, dit Trace.

— Comme tout le monde.

Elle jeta un coup d'œil au bâtiment dont les étages étaient éclairés et dont la porte principale était ornée d'une couronne de rameaux de cèdre fraîchement coupés.

— Mais je pense qu'ils le laisseront sortir demain, ajouta-t-elle.

Il l'accompagna jusqu'à sa voiture et, lorsqu'elle ouvrit sa portière, Trace lui prit le bras pour la retenir un instant.

— Merci, Kacey.

— De rien.

— Je suis sincère.

Elle leva les yeux vers lui, l'air d'attendre quelque

chose. Quelques flocons de neige atterrirent sur ses cils et fondirent sur ses joues.

Dans la lumière bleutée que diffusaient les lampes de sécurité, elle avait un petit air spectral. Sa peau était plus pâle, ses yeux un peu plus sombres qu'à la lumière du jour. Pendant un instant, elle lui rappela Leanna.

Ou peut-être Jocelyn…

Il sentit son estomac se nouer.

— Je suis très heureuse de vous rendre service, dit-elle en souriant. Vous avez bien fait de m'appeler. Il fallait absolument qu'Eli soit hospitalisé.

— Vous auriez pu vous contenter de me conseiller de l'amener ici. Mais vous avez fait mieux que ça.

— Peut-être avais-je envie de le voir, dit-elle avec un sourire qui alla droit au cœur de Trace.

Il fut pris alors d'une folle envie de l'embrasser. Malgré la neige qui se faisait plus drue et les flocons, plus gros, qui voltigeaient autour d'eux, il ne désirait qu'une chose : la prendre dans ses bras et presser ses lèvres contre les siennes, juste pour voir ce qui arriverait.

Ce qui n'échappa pas à Kacey. Elle le regarda dans les yeux avec une telle intensité qu'il crut que son cœur allait cesser de battre.

Ne fais pas ça. Ne l'embrasse pas! Ça ne ferait que compliquer la situation…

Et pourtant quelque chose se passait entre eux, il le sentait.

— Je vous appellerai après avoir vu Eli demain matin, dit-elle.

Et avant qu'il ne puisse réagir, elle se dressa sur la pointe des pieds, l'étreignit doucement et déposa un baiser sur sa joue mal rasée.

Elle chercha ensuite à dégager son bras de sa poigne pour monter dans sa voiture, mais il dit :

— Non, attendez…

Ses doigts se crispèrent sur son bras et elle se figea en le regardant.

— Qu'y a-t-il ?

— Il faut que je vous montre quelque chose.

— Là, tout de suite ?

— Oui, mais chez moi.

— Vous voulez que j'aille chez vous ?

Il décela comme un doute dans son regard. Elle ne l'avait peut-être embrassé que pour lui exprimer son soutien et lui apporter du réconfort. A présent, sa requête semblait la laisser perplexe.

— J'ai un nouveau chien, et je l'ai laissé trop longtemps seul, aujourd'hui, objecta-t-elle.

— Alors, c'est moi qui viendrai chez vous. Il faut juste que je passe chez moi prendre quelque chose.

Il vit qu'elle s'apprêtait à protester et ajouta :

— Je serai là dans une quarantaine de minutes. Je ne resterai pas longtemps. Je suis sûr que ce que j'ai à vous montrer vous intéressera. Vous verrez…

— Vous ne pouvez pas me dire ce que c'est, plutôt ?

Il esquissa un sourire.

— Non.

— Vous savez où j'habite ?

Il hocha la tête.

— Je me suis renseigné. Je vous en dirai plus tout à l'heure. Faites-moi confiance.

Elle plissa les yeux d'un air suspicieux puis hocha la tête à son tour.

— D'accord, fit-elle.

— Bien.

Elle s'installa au volant, referma la portière et fit démarrer le moteur, au son d'un chant de Noël. Puis elle sortit du parking.

Il lui adressa un salut de la main en la regardant s'éloigner et il trotta jusqu'à son pick-up. Il ne se demanda pas pourquoi il avait été pris d'une subite envie de se confier à elle. Peut-être était-ce dû au regard complice de cette femme ou à l'empathie dont elle avait fait preuve avec Eli

— ou encore tout simplement parce qu'il estimait qu'elle devait connaître la vérité. Il ne chercha pas à approfondir ses propres motivations et attendit que la Ford ait disparu de son champ de vision pour s'installer au volant de son pick-up. Il mit le contact au moment où le hurlement d'une sirène déchirait le silence de la nuit.

Le gyrophare rouge d'une ambulance vint illuminer le parking de l'hôpital. Elle s'arrêta juste devant la porte du service des urgences. Un urgentiste bondit de l'arrière du véhicule et tira une civière à roulettes sur laquelle était étendu un vieil homme, avec cathéter et masque à oxygène.

Trace repensa à son fils, endormi dans sa chambre au deuxième étage de l'hôpital, et se dit qu'il était entre de bonnes mains. Il roula vite sous la neige, mais sans commettre d'imprudence, et parvint rapidement chez lui. Il laissa le moteur de son pick-up tourner et gravit précipitamment les marches du perron de la porte de derrière. Il entra et vérifia tout d'abord que Sarge avait tout ce qu'il lui fallait. Le chien, dont la minerve était toujours bien en place, était assoupi sur son lit dans le salon. Il ouvrit un œil et remua la queue en voyant Trace.

— Reste où tu es, lui ordonna ce dernier.

Il ramassa les documents qu'il avait rassemblés sur son bureau, prit son ordinateur portable et repartit. L'habitacle du pick-up était resté chaud. Il passa la marche arrière, sans se poser plus de questions sur ce qu'il était en train de faire.

24

Kacey jeta un coup d'œil à la pendule de la cuisine. Cela faisait une demi-heure qu'elle était rentrée chez elle et, en attendant l'arrivée de Trace, elle avait nourri et promené Bonzi, allumé la radio pour meubler le silence et effectué plusieurs recherches en ligne, en quête d'informations sur Gerald Johnson, lequel avait résidé à Helena pendant la majeure partie de sa vie avant de s'installer à Missoula.

Elle n'avait eu aucun mal à faire apparaître son nom sur le moteur de recherche de son ordinateur. En quelques clics, elle avait appris qu'il avait été en effet autrefois un chirurgien cardiaque réputé, comme Maribelle le lui avait dit. Il avait ensuite fondé sa propre entreprise, spécialisée dans la conception et la production de stents pour les patients qui souffraient de maladies cardiaques. Selon toutes les apparences, il la dirigeait encore, assisté par plusieurs de ses enfants.

Comme il était un notable en vue, Kacey n'eut aucun mal à trouver sur internet des photos de lui ainsi que de sa famille — son épouse, Noreen, et ses six enfants, deux filles et quatre fils. L'une des filles était décédée dix ans auparavant. Kacey avait imprimé la nécrologie de Kathleen Enid Johnson, qui avait été victime d'un accident de ski quelques mois avant la date prévue de son mariage. Cette belle jeune femme, qui avait vingt-deux ans au moment de sa mort, ressemblait beaucoup à son père : même menton, mêmes pommettes et mêmes yeux.

En fait, la plupart de ses enfants légitimes lui ressemblent, songea Kacey en examinant attentivement une photo de la famille Johnson.

Comme moi, d'ailleurs... Et comme ces femmes qui sont mortes ces derniers jours.

Mon Dieu, est-ce possible ?

Elle s'attarda un moment sur une photo particulièrement bien prise de Gerald et de Noreen, photo où les deux époux étaient côte à côte à une vente de charité, quelques années plus tôt. Tous deux s'étaient mis sur leur trente et un : Gerald était vêtu d'un smoking et d'une cravate blanche tandis que Noreen était moulée dans une robe de soirée argentée étincelante. Tous les deux avaient les cheveux gris. Gerald paraissait svelte et bronzé. Des pattes-d'oie bordaient ses yeux.

Il joue peut-être au golf et passe des heures au soleil.

Sa femme était plus pâle, maquillée sans outrance et ses traits étaient réguliers et bien dessinés. Grande et mince, Noreen Johnson était une très belle femme. Sa ressemblance avec ses enfants était beaucoup moins frappante que celle de son mari. Sauf avec Clarissa, sa fille survivante — elles avaient les mêmes cheveux bouclés —, et avec le troisième fils, Thane.

Gerald Johnson avait assurément eu une flopée d'enfants...

Peut-être même davantage que ce qu'il en savait, si l'hypothèse de Kacey était exacte.

Elle vit les phares du pick-up de Trace éclairer les abords de la ferme et l'entendit s'approcher en vrombissant. Sous les aboiements de Bonzi, elle sortit sur le perron accueillir son visiteur.

— Chut ! ordonna-t-elle au chien qui lâcha un dernier grondement lorsque Trace éteignit son moteur.

Kacey sentit son pouls s'accélérer légèrement et se dit que cette réaction était vraiment ridicule. Bonzi était à côté d'elle, remuant la queue amicalement, dissipant les derniers espoirs qu'elle avait pu entretenir au sujet de ses qualités de chien de garde.

Un compagnon ? Certainement. Une protection en cas d'intrusion ? C'était plus qu'improbable.

Il baissait déjà la tête, prêt à l'offrir aux caresses du nouveau venu.

Trace, emmitouflé dans une doudoune, traversa la pelouse enneigée avec ce déhanchement qu'elle n'avait jusque-là jamais trouvé séduisant chez d'autres hommes.

Il tenait de l'une de ses mains gantées un ordinateur portable, ce qui modifiait quelque peu son apparence de cow-boy.

— C'est ça que vous vouliez me montrer ? demanda Kacey tandis qu'il gravissait les marches du perron.

— Oui, ou plutôt certaines des données que contient cette machine.

Il s'arrêta un instant pour cajoler le chien avant de suivre Kacey dans le couloir qui menait dans la cuisine. Là, il ouvrit son ordinateur.

— Vous avez le wi-fi, ici ? demanda-t-il.

— Oui.

— Avec un code d'accès sécurisé ?

Elle secoua la tête.

— Alors installons-en un, dit-il. Par simple précaution…

Il esquissa un sourire et s'assit sur une chaise. Elle ne protesta pas. Avec tout ce qui se passait depuis quelques jours, on n'était jamais trop prudent.

— Vous voulez boire quelque chose ? Il y a du café, du thé et…

Elle ouvrit le réfrigérateur, pendant qu'il se connectait à internet, et ajouta :

— Du Diet Coke et de la bière basses calories.

— Une bière, ça m'ira très bien, dit-il sans lever les yeux de l'écran. J'y suis… Regardez.

Elle ouvrit deux bouteilles et lui en tendit une en s'asseyant à côté de lui. Sur l'écran de l'ordinateur s'affichaient plusieurs photos. Kacey crut d'abord qu'elles représentaient toutes la même femme. Mais, à mesure qu'il les agrandissait l'une après l'autre, elle remarqua des différences entre tous ces visages.

— Qu'est-ce que c'est ? demanda-t-elle.

Mais elle connaissait déjà la réponse.

— Des photos de femmes que je connais et qui se ressemblent. Tenez, c'est vous, là, dit-il.

Elle reconnut la photo qu'elle avait elle-même téléchargée sur le serveur du site internet de la clinique. La suivante était une photo de classe où figurait Jocelyn Wallis.

La troisième était celle d'une femme que Kacey ne connaissait pas. C'était un cliché pris de loin qui avait été numérisé.

— Et elle, c'est Leanna, expliqua Trace en desserrant à peine les dents. La mère d'Eli.

Il agrandit l'image pour que le visage un peu flou de Leanna soit plus distinct.

Découvrant ce nouveau visage qui ressemblait tant au sien, Kacey sentit son sang se glacer.

— Vous étiez marié avec elle, dit-elle, et vous avez fréquenté Jocelyn Wallis…

Elle se tourna vers lui, prise d'une frayeur subite.

— Vous êtes en train de penser ce que doivent penser les flics, dit-il en secouant la tête d'un air gêné. Il faut croire que je suis attiré par un certain type de femme, mais il n'y a rien de plus, je vous l'assure.

— Alors, où est-elle ? Où est Leanna ? demanda Kacey en s'efforçant de garder son calme.

— Je ne sais pas.

Kacey crut déceler dans le ton de sa voix quelque chose de lugubre.

— Vous pensez qu'elle est morte, murmura-t-elle.

Et, tout à coup, elle se sentit excessivement consciente du tic-tac de la pendule, des ronflements de Bonzi qui s'était rendormi dans le salon, de la crispation de Trace, dont la tension se lisait sur son visage fermé.

Il passa une main dans ses cheveux déjà ébouriffés.

— A vrai dire, je ne sais plus quoi penser. Mais je sais avec certitude, comme je suis le dernier homme à être sorti avec Jocelyn et que je suis allé chez elle après que sa collègue m'a appelé, que je suis un suspect potentiel aux yeux des policiers. S'ils trouvent des photos de Leanna, qui est peut-être portée disparue, ils pourraient faire le rapprochement.

Il se cala sur sa chaise et ajouta :

— Mais ils pourraient aussi retrouver Leanna et constater qu'elle est vivante, ce qui serait une bénédiction à tous égards. Car je n'arrive pas à la joindre, et elle manque terriblement à Eli.

Encore sous le choc d'avoir appris qu'il avait été marié à une femme qui lui ressemblait autant, Kacey ne pouvait détacher son regard de la photo qui s'affichait à l'écran. Cette situation était vraiment incroyable, troublante à l'extrême, et elle crut qu'elle était en train de devenir folle et qu'elle se laissait emporter par la paranoïa. Mais elle n'était pas la seule à avoir remarqué sa ressemblance avec les victimes, auxquelles il fallait peut-être ajouter l'ex-épouse de Trace.

— Et vous, elle vous manque ? demanda-t-elle.

— Leanna ? Pas vraiment. Bien sûr, il aurait mieux valu qu'Eli soit élevé aussi par sa mère, mais Leanna était une mère calamiteuse… Elle nous a quittés et nous a bien fait comprendre qu'elle ne voulait plus nous revoir, ni Eli ni moi. Et je l'ai prise au mot.

— Il faut la retrouver, dit Kacey.

Peut-être que Leanna était le chaînon manquant, la personne qui savait le fin mot de l'histoire. C'était peut-être elle, la clé du mystère.

— S'il est encore possible de la retrouver, objecta-t-il. Croyez-moi, j'ai fait tout ce que j'ai pu pour la recontacter.

Il avala une longue gorgée de bière et Kacey décida qu'il était temps de lui donner d'autres nouvelles désagréables.

— Leanna et Jocelyn ne sont pas les seules femmes qui ont peut-être été tuées et qui me ressemblent.

— Nous ne savons pas si Leanna est morte, lui rappela-t-il. Mais vous dites qu'il y en a eu d'autres ?

Pouvait-elle lui faire confiance ? se demanda Kacey. Pouvait-elle lui faire part de son hypothèse boiteuse ? Il venait d'admettre qu'il avait vécu avec une femme qui lui ressemblait et qui avait disparu, et il avait été intimement lié à Jocelyn Wallis. Oui, car au fond de son cœur elle ne pouvait croire que cet homme était dangereux. Elle l'avait vu veiller sur son fils avec tant d'amour !

L'heure du choix avait sonné.

Trace la regardait avec intensité, et elle décida de mettre cartes sur table.

— Je vais chercher mon sac à main, dit-elle.

Elle sortit précipitamment de la cuisine, trouva son sac et en sortit les photos qu'elle avait montrées à sa mère quelques heures plus tôt. Elle les disposa soigneusement sur la table où sa grand-mère avait servi tant de bons repas.

— Celle-ci, c'est Shelly Bonaventure, commença-t-elle.

— L'actrice qui est morte récemment… Oui, j'avais remarqué qu'elle vous ressemblait, ainsi qu'à Jocelyn. Elle s'est suicidée, je crois.

— C'est en effet la version officielle.

— Vous croyez que cette actrice a un rapport avec toute cette histoire ? demanda-t-il d'un ton sceptique. En dehors de son physique, quel pourrait bien être le lien avec les autres ?

— Elle est née à Helena, tout comme Jocelyn Wallis et moi-même.

Kacey désigna ensuite la photo qu'elle avait imprimée à partir de la page Facebook d'Eve Alexander.

— Et elle, c'est Eve Alexander…

— La femme qui a eu un accident de voiture la nuit dernière ?

— Oui. Et celle-ci, c'est une femme qui est encore vivante et qui travaille dans une salle de sport de Grizzly Falls.

Elle lui tendit le dépliant du Fit Forever Gym Club.

— C'est une monitrice de gym qui s'appelle Gloria Sanders-O'Malley.

— Elle aussi, elle est née à Helena ?

Il prit le dépliant et fixa le visage de ce quasi-sosie de Kacey.

— Je ne sais pas, admit Kacey. Mais je compte bien le lui demander ou vérifier sur le site du réseau social auquel elle appartient. Il y a beaucoup de gens qui mentionnent leur lieu de naissance, ou les endroits où ils ont vécu, sur ce genre de sites. Si je ne trouve pas cette information comme ça, je lui parlerai directement.

— Pour lui dire quoi ?

— Je n'ai pas encore pris le temps d'y réfléchir, avoua Kacey.

— Bon. Comment comptez-vous vous y prendre pour annoncer à cette femme que vous pensez qu'elle est une cible potentielle pour un tueur psychopathe ? Alors qu'il n'y a pour l'instant aucun lien qui soit réellement établi...

— Je vais y réfléchir. Et je vais aussi me renseigner sur Eve Alexander pour savoir si elle m'a menti ou si elle ignorait vraiment le lieu de sa naissance.

— Elle, je ne la connaissais absolument pas, dit Trace après un long silence.

— Vous êtes venu ici avec des photos de Jocelyn et de Leanna. Vous ne trouvez pas ça franchement inquiétant que tant de femmes qui se ressemblent, qui sont nées dans le même hôpital et qui ont toutes dans les trente-cinq ans meurent les unes après les autres ?

— Oui, c'est très étrange. Mais qu'insinuez-vous ? Vous croyez qu'un tueur en série cible un certain type physique ? Et qu'il choisit ses victimes après les avoir épiées et suivies ? Vous pensez qu'il a connu ces femmes lorsqu'elles vivaient à Helena ?

— C'est improbable, admit-elle, plus contrariée que jamais. Shelly a quitté Helena très jeune et, si Eve y a vécu, elle était trop jeune pour s'en souvenir. Son acte de naissance a été établi dans l'Idaho.

Il sépara la photo d'Eve de celles des autres victimes.

— C'est donc un cas à part, dit-il.

— En quelque sorte… Mais elle est née dans la région quand même.

Kacey regarda une nouvelle fois la photo de celle qui avait été l'épouse de Trace.

— Et Leanna ?

— Elle m'a dit qu'elle avait vécu à Helena quand elle était toute petite, mais qu'elle n'en avait gardé aucun souvenir. Je crois que ses parents étaient séparés… A vrai dire, je ne sais pas grand-chose d'elle. Elle préférait qu'il en soit ainsi. Elle n'aimait pas parler de son enfance.

— Vous ne savez pas quelle école elle a fréquentée ? Vous ne connaissez aucune de ses amies ?

Il se redressa sur sa chaise.

— Je l'ai rencontrée dans un bar. Notre liaison a été purement charnelle, et elle s'est retrouvée enceinte. Nous nous sommes mariés quelques semaines plus tard. Et puis elle a perdu le bébé et elle m'a quittée.

— En vous laissant Eli ?

— Oui, vous vous rendez compte ? Mais je préfère qu'il en soit ainsi. Si elle essayait de me reprendre Eli, je me défendrais bec et ongles. Notre mariage n'a peut-être été qu'un feu de paille, mais j'aime ce gamin plus que tout !

Il but une autre lampée de bière au goulot. Kacey le regarda en silence avant de reporter son attention sur les photos et de fixer celle de Leanna, une femme de plus qui lui ressemblait, qui avait vécu dans la capitale administrative du Montana, qui y était peut-être née, et qui avait disparu…

— Il y a autre chose, dit-elle. Je viens d'apprendre que l'homme que je croyais être mon père ne l'était pas. Ma mère a eu une liaison adultère avec un médecin d'Helena…

Mais quand mon « père » l'a su il a continué de m'élever comme si j'étais sa fille.

— Et alors ?

— Non seulement ces femmes se ressemblent, mais certaines sont des quasi-sosies. Quand Jocelyn a été amenée aux urgences, une infirmière de St. Bartholomew a cru que c'était moi.

— Vous pensez que vous êtes la cousine… ou la sœur de ces femmes ? Qu'un seul homme vous a peut-être toutes conçues ? Et puis, tout d'un coup, voilà qu'il se met à vous éliminer l'une après l'autre ?

Il la regarda comme si elle était folle.

— Je sais que ça paraît absurde, répondit-elle. Mais il y a un lien, c'est sûr… Le hic, c'est que je n'arrive pas à voir lequel, exactement. Venez dans le petit salon, je vais vous montrer autre chose…

Elle alluma son ordinateur, ouvrit le dossier où elle avait rassemblé les données que Riza lui avait transmises et les imprima.

Trace lut les documents administratifs, les copies d'actes de naissance et de permis de conduire, les nécrologies parues dans la presse et se renfrogna.

— Comment avez-vous trouvé tout ça ? demanda-t-il.

— Par une amie. Mais la plupart de ces documents sont publics.

Trace relut le tout avant de dire :

— Si vous avez raison, ce que je n'ose croire, c'est vraiment un truc de dingue. Ça pourrait quand même être une coïncidence… Toutes ces morts, dit-il en brandissant une liasse de certificats de décès, ont été déclarées accidentelles, officiellement.

— La plupart, en effet. Une bibliothécaire de Détroit, une monitrice de ski à Vail, une mère célibataire bien sage à San Francisco. Deux autres à Seattle et trois à Boise…

— Toutes de sexe féminin…

— Oui, ça, nous le savons déjà. Mais je crois que ce n'est que la partie émergée de l'iceberg.

— Ce que, pour l'instant, nous ne pouvons pas affirmer avec certitude, objecta Trace. Certaines de ces personnes sont mortes il y a plus de dix ans.

Il secoua la tête, niant l'évidence, mais son regard ne cessait de revenir sur les documents.

— Si j'ai bien compris, reprit-il, vous pensez qu'une seule et même personne est responsable de toutes ces morts... Un individu doté d'une incroyable patience, qui prend tout son temps pour assouvir ses pulsions meurtrières pendant de longues années... Mais alors pourquoi, subitement, ces meurtres si rapprochés ?

— Il est en pleine escalade, hasarda-t-elle. Cela arrive.

— Comment pouvez-vous le savoir ?

— Nous ne savons pas grand-chose, malheureusement. Mais ce qui se passe n'est vraiment pas net... De fait, le rythme de ces prétendus accidents s'est accéléré.

Trace ne paraissait pas convaincu, et Kacey dut lui rappeler que c'était lui qui avait tenu à venir la voir.

— Vous avez reconnu que les deux femmes avec lesquelles vous avez eu une relation se ressemblaient de manière troublante. Je ne fais que pousser le raisonnement un peu plus loin. Je crois que nous sommes toutes génétiquement liées. En fait, j'ai demandé un profil ADN de certaines d'entre elles pour pouvoir le prouver mais, malheureusement, ce genre d'analyse prend du temps.

— Vous avez fait ça ? demanda-t-il d'un ton sceptique.

— Oui. Eve Alexander était une de mes patientes, répondit-elle en désignant sa photo. J'ai demandé que son ADN soit comparé au mien. Je sais déjà que nous sommes toutes les deux du même groupe sanguin, B moins, un groupe assez rare et qui constitue donc un premier indice de consanguinité. Ce n'est pas une preuve scientifique, certes, mais...

— Et que ferez-vous si vous obtenez une telle preuve ? s'enquit-il en la regardant droit dans les yeux.

— Dans ce cas, j'irai… nous irons en aviser la police. Pour l'instant, il est encore trop tôt. Ils me riraient au nez et diraient que je suis dingue. Un peu comme vous, en ce moment, d'ailleurs…

— Pas du tout, protesta-t-il. J'essaie simplement de voir les choses avec du recul.

Mais il n'avait toujours pas l'air convaincu. Il vida sa bouteille de bière tout en relisant les documents que Kacey avait rassemblés avec l'aide de Riza.

Pendant qu'il achevait sa lecture, Kacey alluma la télévision pour avoir les dernières nouvelles. Ils apprirent ainsi qu'une autre voiture aurait pu être impliquée dans l'accident dont Eve Alexander avait été victime. Le commissariat de Grizzly Falls avait publié un communiqué en ce sens, suivi d'un appel à témoins.

— Ils pensent que c'est un accident avec délit de fuite, dit Kacey tandis que le bulletin météo succédait aux informations locales.

— Ce qui ne signifie pas forcément que la voiture d'Eve a été percutée délibérément, observa Trace.

— Non, en effet, admit-elle.

— Elle a peut-être dérapé vers le fleuve après avoir été emboutie par un autre véhicule, dont le conducteur a paniqué et pris la fuite au lieu de lui porter assistance.

— Ce qui n'en ferait pas moins un criminel.

— Peut-être, mais sans que ça permette de faire le rapport avec les autres décès.

— Vous restez donc persuadé que c'est une série de coïncidences ?

— Je me fais l'avocat du diable, c'est tout.

— Vous ne croyez pas que j'ai essayé d'en faire autant ? Moi aussi, j'ai essayé de me convaincre que mes craintes étaient absurdes. Très sincèrement, j'aimerais me tromper. Mais, malheureusement, je crois que j'ai raison.

Elle éteignit le téléviseur et proposa à Trace de boire une autre bière, mais il déclina l'offre. Il se mit à définir un code d'accès sécurisé pour l'ordinateur et le wi-fi de Kacey.

— C'est le moins que je puisse faire, dit-il lorsqu'elle voulut l'en dissuader en arguant qu'elle lui avait déjà fait perdre assez de temps comme ça.

Elle n'insista pas et dut admettre au fond d'elle-même qu'elle lui était reconnaissante pour son aide. Quand elle était étudiante, Riza ainsi que d'autres amis calés en informatique l'avaient aidée dans ce domaine. Du temps où elle vivait avec JC — qui se considérait comme un expert dans tous les domaines —, c'était lui qui s'occupait de rendre opérationnel son ordinateur. Mais depuis qu'elle s'était installée à Grizzly Falls et qu'elle habitait seule une maison sous-équipée à tous égards, et notamment en matériel électronique, il fallait qu'elle accomplisse elle-même ces corvées ou, quand cela la dépassait trop, qu'elle se résolve à faire appel à un technicien ou à un dépanneur comme elle l'avait fait lorsque la chaudière était tombée en panne, quand une fuite s'était déclarée dans la salle de bains ou quand il avait fallu installer des lumières d'extérieur au-dessus de la porte du garage.

Lorsque Trace déplaça le bureau et s'accroupit pour examiner le câblage de l'ordinateur, elle le regarda s'activer et s'en voulut aussitôt de lorgner sur ses fesses et ses hanches moulées dans son jean râpé. Son pull s'était légèrement relevé, laissant entrevoir sa peau tendue sur ses muscles.

Elle détourna le regard en se reprochant sa curiosité d'adolescente énamourée.

— Voilà, dit-il en se redressant. C'est fait. Je vais vous montrer comment utiliser le code de sécurité.

Puis il la prit par le poignet et, sans crier gare, la serra dans ses bras. Il lui posa la main sur la nuque et chuchota dans le creux de son oreille :

— Je crois que vous êtes sur écoute.

— Comment… ? commença-t-elle à dire, stupéfaite,

mais il l'empêcha d'achever sa phrase en plaquant son corps contre le sien.

— Ce n'était pas bien compliqué, dit-il à haute voix. Juste quelques branchements à refaire !

Mais il ne la lâcha pas. D'une voix à peine audible, il ajouta :

— Il faut continuer à parler comme si on ne le savait pas, d'accord ? Faites comme moi.

Il se détacha d'elle et la regarda droit dans les yeux. Elle hocha lentement la tête.

— Qu'est-ce que je vais bien pouvoir choisir, comme mot de passe ? demanda-t-elle.

— Un mot dont vous vous souviendrez facilement. Mais il ne faudra le donner à personne. Je vais vous montrer où il faut le saisir.

25

— Saloperie de merde !

Il ôta son casque d'écoute de son crâne et faillit le jeter contre le mur. Il avait tout enregistré et compris qu'Acacia progressait rapidement dans sa petite enquête. Maribelle Collins avait dû vider son sac. Et voilà que sa fille avait trouvé un allié, à qui elle venait de confier qu'elle avait fait le lien entre les décès...

Mais que signifiait au juste cette phrase sur le fait que cet homme avait eu une relation avec Jocelyn Wallis ?

La conversation avait été difficile à suivre, mais il avait additionné deux et deux. L'homme dont on entendait la voix sur l'enregistrement, et qui l'avait incitée à sécuriser son ordinateur, n'était autre que Trace O'Halleran, l'ex-mari de Leanna et le père d'un gamin qui était le patient d'Acacia.

Mais ce qu'il ne comprenait pas, c'était ce que ce type était venu faire chez elle à une heure aussi tardive. Et pourquoi s'était-il proposé de sécuriser son ordinateur ? Pourquoi s'était-elle confiée à lui ? Pourquoi lui avait-elle répété ce que cette vieille chouette de Maribelle lui avait révélé ? Pourquoi lui avait-elle montré les documents qu'elle s'était procurés ?

Il aurait dû la tuer dans le parking quelques années auparavant ! Quelle erreur il avait commise en la laissant vivre ainsi que sa garce de mère...

Il aurait dû mettre toute la maison sur écoute, et pas seulement quelques pièces. Il n'avait pas pu déchiffrer la première partie de sa conversation avec O'Halleran à cause de la radio qui brouillait l'écoute.

Tout partait à vau-l'eau !

Beaucoup trop vite.

Elle était en train de tout gâcher. Elle allait en parler autour d'elle et à la police, et tout ce qu'il avait accompli, au prix de tant d'efforts, allait être détruit.

Il ne pouvait pas laisser un tel désastre arriver. Pas après tant d'années de patient travail. Il fallait qu'il accélère encore la cadence. A cause d'elle, il allait devoir prendre plus de risques et se départir de sa prudence habituelle.

A l'encontre de son projet d'en finir avec elle en dernier — et de son envie de la torturer, de la terroriser pour lui faire expier tous ses péchés —, il allait devoir modifier son mode opératoire et se montrer plus expéditif.

Elle serait donc la prochaine.

Tout frémissant de rage, il ouvrit un tiroir de son bureau et en sortit une valise plate à serrure à code. Il tourna les mollettes, l'ouvrit et en sortit un couteau. Il brandit la lame pour la faire briller à la lueur du néon et se souvint de leur dernier face-à-face, de son visage terrifié, fantasmant sur l'impression de puissance qu'il ressentirait bientôt lorsqu'il se jetterait sur elle, sur le cri de surprise qu'elle pousserait lorsque leurs corps se heurteraient.

Il tripota le manche du couteau. La lame était fine et plus affilée que celle d'un rasoir. Le parfait ustensile pour dépecer, désosser… et tuer.

Le premier coup serait pour le cœur ou les poumons. Ou peut-être l'égorgerait-il d'emblée — il aurait ainsi le plaisir de la voir saigner à mort sous ses yeux.

C'est ce qui aurait dû se passer sept ans auparavant.

Mais elle s'était montrée plus coriace qu'il ne l'avait prévu, et il avait été interrompu dans ses œuvres.

Elle en avait réchappé. Et lui, il avait décidé d'attendre. Mais cela avait été une erreur, il s'en rendait compte à présent.

Il sentit son pouls s'accélérer et la fureur monter en lui.

— Calme-toi, murmura-t-il.

Il alla jusqu'à la porte, tourna la poignée puis la lâcha. Il ferma les yeux un instant, recouvra un peu de son sang-froid, revint à son bureau en se disant qu'il était trop réactif. Il était fier de sa maîtrise de soi. Il fallait qu'il ait les idées nettes et la tête froide.

Ce n'était après tout qu'un nouveau problème à résoudre. Certes il fallait agir sans tarder, mais il fallait réfléchir aussi. Il se mit alors à envisager les différents « accidents » qui pourraient arriver à Acacia, mais aussi au fermier. Car cet O'Halleran devait y passer, lui aussi.

Ensemble... il fallait qu'ils meurent ensemble.

Une dispute entre amants se concluant par une fin tragique ?

Un double suicide ?

Un cambriolage qui aurait mal tourné ?

Un nouvel accident de la route ? Le temps hivernal et les tempêtes qui s'annonçaient rendraient très plausible cette dernière mise en scène.

Il serra les poings et les posa contre ses yeux.

Réfléchis ! Et réfléchis bien ! Tous tes efforts ne doivent pas être vains !

Une fois de plus, il se demanda si le Destin ne s'acharnait pas contre lui.

Bien sûr que non !

Mais il n'arrivait pas à se débarrasser de la sensation désagréable que quelqu'un le surveillait. Tel un serpent venimeux qui guette sa proie, enroulé autour d'une branche. Un ennemi invisible à l'affût, prêt à frapper. Il en eut la chair de poule et expira lentement pour se calmer.

Il perdait la boule. Il ne fallait pas qu'il se laisse impressionner par ses peurs.

Toutes les décisions étaient entre ses mains.

Il était le Protecteur.

Et il ne laisserait aucune des Ignorantes lui damer le pion.

Il jeta un coup d'œil à ses bracelets de suspension antigravitation, mais repoussa la tentation de noyer sa frustration dans la sueur. Il n'avait pas le temps de faire de l'exercice. Il avait besoin de réfléchir. Il devait échafauder un plan d'action. Avec une grimace d'appréhension, il replaça le casque d'écoute sur ses oreilles et se repassa l'enregistrement, désireux avant tout de redresser un tort très ancien.

Trace augmenta le volume de la radio de la cuisine et du téléviseur du salon. Le brouillage ainsi créé par les chants de Noël et le bavardage continuel des journalistes d'une chaîne d'informations devraient lui permettre de parler avec Kacey sans craindre les oreilles indiscrètes. Il lui désigna les minuscules micros qu'il avait découverts en inspectant la maison. Il en avait trouvé deux autres, dans la salle de bains et dans la chambre à coucher. Lorsqu'il les lui montra, Kacey devint toute pâle.

— Qui a fait ça ? demanda-t-elle à voix basse. Et pourquoi ?

— Quelqu'un qui veut savoir ce que vous faites et qui ne doit pas vous vouloir du bien…

— Je dois aller porter plainte au commissariat !

Il hocha la tête.

— Quelqu'un s'est introduit chez moi ! dit-elle, toute tremblante.

Il s'approcha d'elle et lui murmura dans le creux de l'oreille :

— Vous n'avez aucune idée de qui ça pourrait être ?

— A priori, non. Je suis la plupart du temps seule ici. Jusqu'à l'arrivée de Bonzi, je ne parlais à personne, sauf au téléphone.

Ils étaient l'un contre l'autre et l'impression d'intimité était renforcée par le fait qu'il lui parlait tout doucement, comme l'aurait fait un amant, afin que personne ne puisse écouter leur conversation.

— Un amoureux éconduit ou votre ex-mari, peut-être ? suggéra-t-il.

— Non, pas JC. Il est passé à autre chose et il ne

s'abaisserait pas à de telles pratiques. Et je n'ai pas éconduit d'amoureux depuis que j'étais étudiante…

— Un partenaire commercial ? Ou un patient qui vous en veut à la suite d'un traitement que vous lui auriez prescrit ? Ou encore une connaissance qui vous soupçonne de dire du mal d'elle ?

— Je vous ai dit que je ne me connaissais pas d'ennemi.

— Peut-être s'agit-il, alors, de quelqu'un qu'inquiètent vos recherches sur vos origines ?

— Je viens tout juste d'obtenir ces informations et je n'ai encore pris aucune initiative.

Elle secoua la tête, mais revit en pensée les visages de ces femmes qui lui ressemblaient — dont certaines étaient mortes.

— Mais, vous avez raison, reprit-elle en s'asseyant sur le canapé, ce doit être le tueur. Ces micros ont un rapport avec cette affaire de sosies. Je ne vois pas d'autre explication.

— A-t-on déjà cherché à vous nuire ? Avez-vous déjà été agressée ?

Elle repensa à son agresseur, tout de noir vêtu, le visage masqué par une cagoule, surgissant de la cage d'escalier dans le parking. En revivant cette scène, elle fut prise d'un accès de terreur, semblable à celle qu'elle avait éprouvée alors.

— Kacey ? insista Trace d'un ton inquiet.

Elle lâcha un lent soupir et Trace, sentant qu'elle avait quelque chose d'important à lui confier, la conduisit sur la terrasse.

— Un soir, chuchota-t-elle, il y a sept ans… Je vivais à Seattle à l'époque, et je n'avais pas terminé mes études de médecine…

Elle frissonna en se souvenant de cette terrible épreuve. Elle avait un gros rhume, et elle était épuisée. Il était tard et elle avait passé de longues heures à la bibliothèque, sur l'un des ordinateurs, car le sien avait été contaminé par un virus.

Elle était partie juste avant la fermeture de la bibliothèque et s'était rendue dans le parking à étages où elle avait garé sa voiture. Elle avait pris l'ascenseur pour accéder au sixième niveau.

Elle n'avait pas vu l'individu, tapi dans la cage d'escalier. Elle était en train de chercher ses clés de voiture dans son sac à main et avait hâte d'être de retour chez elle et de se mettre au lit sous les couvertures, avec une tasse d'eau chaude citronnée agrémentée d'une cuillerée de miel de trèfle — le remède universel que prônait sa grand-mère contre toutes les affections respiratoires.

En se dirigeant vers sa voiture, elle avait remarqué que l'éclairage du parking était plus faible que d'habitude. Elle avait failli marcher sur de fins éclats de verre et constaté de cette manière que deux ampoules avaient été brisées.

Ce à quoi elle avait pensé, alors, c'était de prendre garde à ne pas rouler sur ces éclats, pour éviter une crevaison.

Et soudain elle avait entendu un bruit étouffé... Une petite quinte de toux ? Le crissement d'une paire de chaussures ? Elle s'était retournée et avait vu, du coin de l'œil, un homme surgir de l'obscurité. Il était cagoulé et habillé en noir, le corps moulé dans une sorte de combinaison de sport.

Il s'était jeté sur elle, brandissant un poignard dans sa main gantée.

Elle avait hurlé, l'avait frappé avec son sac à main et avait tenté de s'enfuir. En vain. Il lui avait sauté dessus de tout son poids et elle était tombée la tête la première sur le béton. Le front ensanglanté, elle s'était débattue. Stimulée par l'adrénaline, elle s'était défendue, hurlant et injuriant son agresseur, lui saisissant le poignet pour éloigner la lame de sa gorge.

— Salope ! avait-il grondé.

A ce moment-là, elle avait entendu un moteur démarrer à l'un des étages supérieurs.

L'homme, alerté par ce bruit, avait tourné la tête un instant, et elle en avait profité pour lui tordre le poignet, retournant l'arme contre lui et parvenant à lacérer sa cagoule sur quelques centimètres entre l'œil et l'oreille. Un filet de sang s'était mis à couler de la tempe de l'agresseur, maculant l'étoffe de sa cagoule.

— Au secours ! Aidez-moi ! avait-elle hurlé en entendant la voiture de l'étage supérieur arriver.

Lui aussi avait entendu le bruit du moteur. Lâchant d'affreux jurons, il l'avait repoussée violemment, s'était levé d'un bond et s'était mis à détaler au moment même où la voiture, une Volkswagen blanche, s'approchait de Kacey.

Elle avait levé un bras et la conductrice, une femme à peu près du même âge qu'elle, avait pilé brusquement et était sortie aussitôt de sa voiture, laissant le moteur tourner tandis qu'elle criait :

— Vous n'êtes pas blessée ? Que s'est-il passé ?

Elle avait tressailli, horrifiée, en voyant le visage ensanglanté de Kacey et avait aussitôt appelé police secours.

A présent, revivant cette agression, Kacey ressentit une fois de plus cette peur viscérale qui lui donnait encore souvent des sueurs froides.

Elle relata en détail à Trace comment elle s'était finalement sortie de cette agression. Elle lui dit aussi qu'elle avait toujours pensé qu'elle avait été choisie au hasard par l'homme au poignard — un psychopathe qui guettait la première venue pour assouvir ses pulsions de meurtre. Il ne l'avait pas attaquée pour la voler, puisqu'il lui avait laissé son sac à main qu'il aurait pu aisément emporter dans sa fuite.

Avait-il voulu la violer ? Peut-être... Mais elle avait vu ses yeux d'un bleu d'acier, ses pupilles dilatées, son regard froid et meurtrier...

Elle ne savait pas s'il avait projeté initialement de l'enlever pour abuser d'elle ensuite, voire la torturer, mais elle était certaine qu'il avait eu l'envie irrépressible, pendant les quelques minutes où ils avaient lutté à terre, de la tuer.

— Et la police ne l'a jamais retrouvé ?

— Non. Je sais que je lui ai fait une estafilade, mais les

policiers n'ont retrouvé que mon sang sur place et sur mes vêtements. Il court sans doute toujours…

— Et ce serait le même homme qui vous aurait mise sur écoute ? demanda Trace en tournant la tête vers la porte ouverte, derrière laquelle les micros étaient encore en place.

— Peut-être… Mais pourquoi ? murmura-t-elle.

Trace ne répondit pas.

— Le meurtre de Shelly Bonaventure a été soigneusement prémédité et mis en scène pour qu'on croie à un suicide. Jocelyn Wallis est tombée dans un ravin. Le monospace d'Eve Alexander a fait une sortie de route… Tout cela demande de la préparation…

— Rien ne prouve qu'il s'agisse de meurtres, fit une nouvelle fois observer Trace.

Mais Kacey ne tint aucun compte de l'objection et poursuivit son raisonnement :

— Quand j'étais aux prises avec mon agresseur, dans le parking, je me disais que c'était un dingue, un détraqué en plein délire… C'est ce que j'ai toujours cru depuis. Je n'ai jamais envisagé que ça puisse être le genre de personne capable de préméditer méticuleusement un meurtre.

— Vous avez un système d'alarme, ici ?

— Non. A part Bonzi…

— Des armes ?

— Il y a le fusil de chasse de mon grand-père.

— Vous voulez aller au commissariat ?

— Non, répondit-elle aussitôt. Pas encore.

— Alors, je vais rester ici jusqu'à demain matin. Emmenez le chien dans votre chambre, moi je camperai sur le canapé, avec le fusil.

Ils rentrèrent dans la maison, ce qui n'était pas plus mal, car Kacey commençait à grelotter.

Elle ne savait pas trop quoi penser de sa proposition. Que savait-elle de lui, au juste ? Il avait l'air d'être un type honnête et un bon père, mais était-ce suffisant pour lui confier un fusil pendant qu'elle serait seule dans sa chambre ?

Non. Pas après tout ce qui s'était passé.

— Et si c'était moi qui gardais le fusil et vous qui restiez en bas avec le chien ? murmura-t-elle.

Il esquissa un sourire.

— Vous êtes une maligne, vous, dit-il en tendant le bras vers la couverture qui était pliée sur le canapé. Voilà ce qu'on va faire : prenez les deux.

Il faisait nuit. La neige tombait en gros flocons poudreux qui s'entassaient sur les berges du fleuve. Elle grelottait au bord de l'eau, vêtue de sa seule chemise de nuit. Les hurlements lugubres du vent retentissaient dans le canyon. Pieds nus sur le sol glacial, elle regardait couler les eaux furieuses du fleuve en frissonnant.

— Kacey!

Elle entendit soudain crier son nom dans la nuit et vit Grace Perchant, accompagnée de Bane, son chien-loup.

— Il est maléfique ! Maléfique ! murmura la vieille femme au rythme de la mélopée funèbre du vent.

— Qui ça ? tenta de demander Kacey, mais sa voix fut étouffée par le vent et la neige devint un linceul blanc tandis que les silhouettes de Grace et de son chien s'estompaient dans les ténèbres.

La peur lui serrait le cœur et, lorsqu'elle regarda une nouvelle fois les eaux du fleuve, elle y vit des visages, déformés et blêmes, qui la fixaient d'un air horrifié. Shelly Bonaventure, dont le maquillage avait coulé, maculant ses joues de traînées noirâtres... Jocelyn Wallis, qui pleurait doucement... Eve Alexander, les yeux ronds comme des billes, le regard accusateur...

Puis Kacey vit son propre visage onduler à la surface de l'eau, comme désincarné, les traits altérés par le clapotis et se transformant sans cesse... Mais c'était bien son visage... Puis elle vit celui de Leanna O'Halleran, et celui de Trace, entre Jocelyn et Leanna... Sa bouche était déformée par un sourire maléfique. Il la regardait au travers d'un voile aquatique, et le corps nu de Jocelyn passa devant lui. Ses seins étaient flasques et ses tétons sombres et flétris... Une cicatrice d'autopsie en forme de fourche, irrégulière et rougeâtre, courait le long de son abdomen, contrastant avec sa peau livide.

Kacey essaya alors de crier, mais aucun son ne sortit de sa bouche. Elle voulut reculer, mais ses pieds semblaient enracinés dans le sol enneigé de la berge. La neige qui continuait de tomber devint rose puis rouge avant de se transformer en une pluie de grosses gouttes écarlates.

Doux Jésus !

Elle entendit un chien gronder puis aboyer et vit Grace Perchant, sur l'autre rive, qui s'était métamorphosée en squelette. Ses cheveux blancs volaient au vent, sa mâchoire inférieure pendait, sa bouche béante s'ouvrant sur un trou noir.

— Evitez-le ! Il est maléfique !

Son chien, décharné lui aussi, émit un grognement rauque tandis que les flocons de sang s'accumulaient sur les lambeaux de son pelage. Puis il poussa un hurlement sourd et profond qui retentit comme un roulement de tonnerre dans les tympans de Kacey...

Elle se réveilla en sursaut et se redressa dans son lit.

La chambre était plongée dans l'obscurité, les couvertures et les draps étaient tout froissés. Bonzi était à l'arrêt, près de la fenêtre, scrutant le jardin à l'arrière de la maison. Le poil de son cou puissant était hérissé. Sa queue était immobile et son museau collé à la vitre, embuant le verre de part et d'autre de sa tête.

Kacey sentit son cœur se figer.

— Bonzi ? dit-elle doucement en sortant du lit.

Elle alla le rejoindre à la fenêtre, près du fusil qu'elle avait chargé et posé contre le chambranle. Au travers de la vitre, elle ne vit rien d'inhabituel. La cour avait disparu sous un manteau blanc et les arbustes semblaient frissonner dans la bise hivernale qui gémissait entre les poutres de la vieille ferme.

L'aube était proche, mais les dépendances de la ferme se dressaient encore toutes sombres dans le paysage enneigé. L'éclairage extérieur du garage luisait dans la pénombre.

Y avait-il quelqu'un dans les parages ? Juste derrière la vieille grange, par exemple ? Ou plus loin, tapi dans les massifs d'arbrisseaux et la broussaille qui bordaient les champs que son grand-père avait autrefois labourés ? Il neigeait légèrement.

Ce n'était rien, sans doute. Bonzi avait peut-être simplement flairé un chat errant ou un lièvre...

Mais son cœur battait la chamade, ses nerfs étaient tendus comme des cordes de violon. Des réminiscences de son rêve la perturbaient : les visages des femmes qui lui ressemblaient, la neige qui se changeait en une pluie de sang, l'avertissement menaçant de Grace.

Maléfique, il est maléfique...

Son regard se posa sur son reflet dans la vitre. Son visage lui parut aussi livide que celui des femmes de son cauchemar.

Etait-ce possible ? Gerald Johnson pouvait-il vraiment être le père de toutes ces femmes en plus d'être le sien ? Et pourquoi mouraient-elles toutes l'une après l'autre ?

Elle entendit un bruit au rez-de-chaussée. Son cœur bondit dans sa poitrine, puis elle s'avisa que ce n'était que Trace.

— Kacey ? appela-t-il doucement du bas de l'escalier.

Elle l'entendit monter.

— Je crois que j'ai entendu le chien.

Il apparut dans l'embrasure de la porte que ses épaules nues remplissaient presque. Son jean effiloché et délavé ceignait le bas de ses hanches.

Il scruta la pièce plongée dans la pénombre et demanda :

— Il y a un problème ?

— Non.

Elle se força à chasser de son esprit les images résiduelles de son rêve.

— Bonzi m'a réveillée, expliqua-t-elle.

Au son de son nom, le chien tourna la tête et, oubliant l'ennemi qu'il avait cru percevoir dans les parages, vint se placer aux pieds de Trace dans l'espoir d'une caresse.

— Je vais aller jeter un coup d'œil dehors, dit Trace au bout d'un instant de silence.

— Non, ce n'est pas la peine. Ce n'était sans doute qu'un animal. Un écureuil ou une biche, peut-être.

Elle abandonna son poste près de la fenêtre et caressa la tête du gros chien.

— Je suis un peu sur les nerfs. Je viens de faire un horrible cauchemar.

— Vous ne vous sentez pas bien ? demanda Trace en lui posant une main sur l'épaule.

Elle était chaude et rassurante, cette main… Kacey faillit se couler dans ses bras puissants pour y puiser plus de réconfort, mais se ravisa. Ce n'était pas le moment de craquer…

— Aussi bien que possible, répondit-elle.

Elle glissa ses pieds dans ses pantoufles et décrocha son peignoir de bain d'une patère. Une pensée la titillait aux frontières de son inconscient — quelque chose qui concernait le lien possible entre les femmes dont elle avait vu le visage dans son rêve, mais qu'elle ne parvenait pas à saisir nettement.

— Je vais faire du café, dit-elle.

Elle sortit de sa chambre, le chien à ses basques, et Trace leur emboîta le chemin.

Tout paraissait si normal.

Si familial.

Hormis la menace, réelle ou imaginaire, qui la guettait au-dehors. Et les micros dissimulés dans sa maison.

Et peut-être l'homme en présence de qui elle se trouvait en cet instant.

Il avait été le mari d'une femme qui aurait pu être sa jumelle tant elle lui ressemblait, et qui avait disparu… Il était également lié à Jocelyn Wallis, autre quasi-sosie qui avait trouvé la mort dans des conditions pour le moins suspectes.

Il lui fallait faire son deuil des fantasmes qu'il lui inspirait. Telle fut la résolution qu'elle prit en allumant la lumière du rez-de-chaussée.

Trace attrapa d'un doigt son T-shirt sur le dossier du fauteuil à bascule. Malgré sa résolution de garder ses distances, Kacey ne put s'empêcher d'admirer son corps musclé tandis qu'il enfilait son maillot, son poitrail et ses abdominaux en tablette de chocolat.

Elle sentit sa gorge s'assécher et se tourna du côté de la cuisine, s'efforçant de chasser les pensées érotiques qui l'assaillaient.

Elle avait déjà commencé à préparer le café lorsqu'il traversa la cuisine, habillé de pied en cap, et ouvrit la porte de derrière.

— Je vais sortir le chien et jeter un coup d'œil aux alentours, annonça-t-il avant de siffler Bonzi, qui paraissait impatient d'aller se promener. Une fois que je serai certain qu'il n'y a rien de louche, je partirai.

— D'accord. Moi, il faut que je fasse un brin de toilette avant d'aller à l'hôpital.

Elle consulta la pendule. Il n'était pas encore 6 heures.

— Et la police ? demanda-t-il à voix basse.

Elle fit signe qu'elle la contacterait. Elle en avait la ferme intention, mais n'avait pas encore décidé à quel moment.

Pendant que Trace promenait le chien et que le café s'égouttait dans la carafe, elle prit une douche rapide. Il ne lui fallut que cinq minutes pour se laver, se sécher et s'habiller. Elle se fit rapidement un chignon, se maquilla un peu. Ce jour-là, elle se contenta d'une fine couche de rouge à lèvres et d'une ombre de mascara.

Trace était sur le perron en train de se débarrasser de la neige qui trempait ses bottes quand elle revint dans la cuisine. Il ouvrit la porte et Bonzi, content de s'être soulagé et d'avoir couru dans la neige, bondit joyeusement à l'intérieur.

— Il fait beau, ce matin, dit Trace en franchissant le seuil.

Il secoua la tête pour indiquer à Kacey qu'il n'avait rien remarqué d'inquiétant au cours de sa tournée. Elle remplit deux tasses de café et lui en tendit une. Ils burent en silence, conscients de la présence de micros dans la pièce.

Trace vida sa tasse et la déposa dans l'évier. Kacey fit de même.

— Vous allez vous mettre en route ? demanda-t-il.

— Oui.

Elle prit ses clés de voiture. Elle ne se fiait peut-être pas entièrement à Trace, mais elle ne tenait vraiment pas à se retrouver seule dans sa maison. Avec ou sans Bonzi.

26

Le sol était trempé par la neige qui fondait sur ses vêtements. Il était revenu en hâte dans son antre après avoir passé la nuit tout près de chez Acacia à épier la maison à l'aide de ses lunettes à vison nocturne.

O'Halleran avait passé la nuit chez elle…

Maudit bonhomme !

Il avait fait le tour de la maison et avait repéré les traces du pick-up d'O'Halleran dans la neige. Ensuite, il avait fait le tour en sens inverse et avait attendu, rongé par la fureur.

Quand une lampe s'était allumée dans la chambre, il s'était réfugié en silence dans la broussaille avant de regagner en vitesse son propre pick-up, garé non loin de son poste d'observation. Il s'était dépêché de rentrer chez lui et s'était aussitôt remis à l'écoute, mais il n'entendait rien de plus que la veille au soir.

Il était dans un état de nerfs indescriptible. Il ne souhaitait plus qu'une chose : la mort d'Acacia Lambert. Et le plus vite possible.

Maintenant, même !

Il enleva d'un geste rageur le casque d'écoute et le jeta à terre. Si seulement il avait pu en entendre davantage ! La première partie de leur conversation avait été audible. Et ensuite le volume de la radio et celui de la télévision avaient été augmentés…

Avaient-ils deviné que la maison était surveillée ?

Avaient-ils trouvé les micros miniatures ? Savaient-ils qu'il les écoutait ?

Impossible !

Contrarié, il était retourné rôder autour de chez Acacia aux premières heures de la matinée et avait constaté qu'O'Halleran était resté toute la nuit avec elle. Elle avait un allié. Et quel allié ! L'ex-mari de Leanna. Par quel concours de circonstances s'étaient-ils rencontrés, ces deux-là ? Il n'en avait pas la moindre idée. Mais il savait qu'ils allaient mourir ensemble. Il le fallait !

Leanna... Il grinça des dents. Acacia avait déjà découvert plusieurs noms d'Ignorantes. Beaucoup trop !

Et O'Halleran lui avait parlé de Leanna.

Leanna... qui avait laissé son fils à O'Halleran...

Son fils...

Il médita là-dessus un moment, se calma, réfléchit.

O'Halleran redoutait d'être considéré comme un suspect par les flics. Il était lié à Leanna, à présent, à Acacia, et même à Jocelyn Wallis, apparemment.

Il n'avait pas tort. Bien sûr qu'il était un suspect ! Un suspect idéal, même ! Il pourrait sans problème porter le chapeau. Avec un petit coup de pouce, c'était d'ailleurs ce qui allait arriver.

Il suffisait d'agir judicieusement.

Pescoli entra dans le parking du commissariat en dérapant sur le goudron verglacé. Elle lâcha un horrible juron, tout à fait exagéré. Elle s'en rendit compte et s'efforça de ne pas céder à l'exaspération, de ne pas en vouloir au monde entier — en commençant par elle-même.

Bianca avait une mononucléose. La « maladie du baiser », qui se transmettait par la salive... Elle avait espéré que cette pathologie frappait aussi le petit ami de sa fille, mais il avait été épargné. Chris était en parfaite santé et toujours aussi collant ! Lui, qui s'était bien gardé de traîner chez les

Pescoli lorsqu'elle s'y trouvait, semblait à présent estimer que sa mission sur terre consistait à veiller sur Bianca — et il passait son temps à la maison.

— Retourne au lycée, lui avait dit Pescoli la veille lorsqu'il avait sonné à la porte, à midi.

Il était reparti, mais était revenu après les cours et s'était incrusté alors que Bianca, épuisée par la maladie et assoupie sur le canapé, était à peine consciente de sa présence.

Mais il y avait pire. L'épouse de Lucky, cette ravissante idiote de Michelle, avait mis son grain de sel. Elle avait laissé entendre que Bianca lui avait paru mal en point pendant le week-end de Thanksgiving et s'était permis de lui suggérer d'appeler un médecin. Comme si elle n'avait pas déjà tenté de convaincre Bianca d'aller consulter ! Mais sa fille n'avait rien voulu entendre et avait catégoriquement refusé d'aller voir le Dr Lundell, le pédiatre qui la suivait depuis qu'elle était haute comme trois pommes.

— J'ai passé l'âge d'aller voir un pédiatre, tu ne crois pas ? avait protesté Bianca. Fiche-moi la paix !

Sans doute aurait-elle dû insister davantage. Mais elle avait tout d'abord pensé que Bianca simulait, pour sécher les cours et traîner avec Chris. Et comme elle-même avait beaucoup de travail, elle avait laissé sa fille n'en faire qu'à sa tête. Ce n'était pas une excuse, mais c'était ainsi que les choses s'étaient passées.

La bonne nouvelle, cependant, c'était que la fatigue de sa fille n'était pas due à la drogue ou à une maladie plus grave que la mononucléose.

Bianca était donc confinée à la maison, malade et amorphe ; Jeremy n'en bougeait pas, lui non plus, traînant toute la journée et ne faisant rien de constructif. Et Chris reviendrait à coup sûr s'incruster à la première occasion !

Pescoli se dit que, dans une telle situation, sa place était chez elle. Ses devoirs de mère l'appelaient.

Elle consulta sa montre : il était 7 heures. Elle pouvait peut-être travailler deux heures pendant que les enfants dormaient, puis faire un saut chez elle pour voir comment la situation évoluait. Elle était exaspérée par le fait que c'était Michelle qui avait insisté pour que Bianca aille voir un médecin. Alors même que l'adolescente était revenue de chez eux habillée comme une péripatéticienne — du moins, aux yeux totalement impartiaux de sa mère. C'était Michelle, bien entendu, qui lui avait acheté ces vêtements indécents lorsqu'elles étaient allées faire du shopping le vendredi noir.

Jeremy, lui, depuis son licenciement, passait ses journées à jouer à des jeux vidéo, sans rien faire de ses dix doigts et sans le moindre projet…

Pescoli sortit de la voiture sous une neige implacable, un déluge d'énormes flocons qui la força à courber la tête tandis qu'elle gravissait les marches du perron du commissariat. Elle se faisait du souci pour son fils. A quoi jouait-il ? Elle ne tolérerait pas longtemps sa présence s'il persistait à demeurer inactif. Même Lucky n'accepterait pas une telle oisiveté. Et si Jeremy ne décollait pas très vite ses fesses du canapé pour se remuer et *faire* quelque chose, Pescoli comptait prendre des mesures drastiques. Elle était à deux doigts de donner à des organismes caritatifs les jeux vidéo qui absorbaient son dadais de fils du matin jusqu'au soir. Elle ne doutait pas qu'il y avait quelque part un gamin méritant, vivant dans un milieu défavorisé, qui serait ravi de recevoir en cadeau *Méga-massacre* ou *Anéantissement total* ou encore *La Fin du monde* — entre autres petits noms charmants. Le cadeau de Noël idéal, quoi.

En maudissant ainsi son fils, elle songea à Heidi Brewster et, de là, ses pensées glissèrent à l'adjoint du shérif et au malheureux hasard qui l'avait fait piocher son nom au jeu du Père Noël secret.

Elle s'essuya les pieds et s'engagea dans le couloir obscur qui menait à son espace de travail. Alvarez était déjà à son poste, penchée sur sa table de travail éclairée par une lampe de bureau qui créait une petite zone lumineuse dans la pénombre.

Pescoli appuya sur l'interrupteur et les néons illuminèrent la pièce, bourdonnant et produisant une lumière vacillante, aussi crue qu'enlaidissante.

Alvarez leva la tête.

— Toi, tu es d'une humeur massacrante, dit-elle.

— Comment le sais-tu ?

Alvarez la regarda d'un air affligé qui lui fit prendre conscience qu'elle avait les bras croisés, les pieds écartés et le regard agressif.

— Comment va Bianca ?

— Elle dort. Toute seule, j'espère... Mais je sais que Chris ne va pas tarder à débarquer chez moi, maintenant qu'il s'est autoproclamé son ange gardien.

— Chris, c'est son petit copain ?

Pour toute réponse, Pescoli fit entendre un son incongru avant de mettre sa coéquipière au courant de la tendance nouvelle qu'avait le copain de Bianca à élire domicile chez elle.

— Tout à coup, il joue au garde-malade, et plus aucune règle ne s'applique... Et Jeremy... Quand il ne joue pas à des jeux crétins qui consistent à anéantir des légions de zombis robotiques, il envoie des textos coquins à Heidi Brewster... Des « sextos », ça s'appelle, il paraît... J'ai eu une sacrée surprise, la dernière fois qu'il a laissé traîner son portable. Je l'ai ouvert et je suis tombée sur des photos de Heidi... Si une image en dit plus qu'un long discours, ces clichés-là étaient drôlement parlants... Ils étaient... En fait, je n'arrive même pas à les décrire !

Alvarez la regardait fixement, les yeux ronds comme des billes, comme si elle essayait de lui transmettre un message muet.

— Brewster ? demanda Pescoli en réalisant que ce dernier devait se trouver juste derrière elle.

— Vous n'arrivez même pas à les décrire, répéta Brewster d'une voix crispée.

Pescoli pivota lentement sur ses talons et regarda l'adjoint du shérif d'un air gêné. Elle sentit sa colère se dissiper devant la tête qu'il faisait. Il était à cran, lui aussi, en raison des frasques de sa fille.

— Elle est entièrement habillée sur ces photos, tenta-t-elle de le rassurer en levant une main conciliante.

— Alors, qu'est-ce que vous n'arrivez pas à décrire ? insista-t-il.

— On la voit simplement rouler une grosse pelle à mon fils. Mon fils, dont je m'apprête à botter le cul..., dit-elle crûment. Je n'en dirai pas plus.

Il ouvrit la bouche et la referma plusieurs fois de suite, comme un poisson hors de l'eau, avant de faire preuve d'une retenue exemplaire et inattendue en se contentant d'agiter la main de manière menaçante. Puis il tourna les talons.

Tandis que le bruit de ses pas s'estompait dans le couloir, Alvarez demanda :

— Tu n'arrives pas à décrire ces photos à cause d'un simple baiser sur la bouche ?

— Il y en avait une où elle était penchée vers l'objectif en suçant goulûment une grosse sucette... Et d'autres du même tonneau...

— Tu pourrais en faire encadrer une et l'offrir à Brewster, puisque tu dois lui faire un cadeau.

— C'est une bonne idée, acquiesça Pescoli avant de changer de sujet. Tu as passé la nuit ici, ou quoi ? Moi, je vais essayer de rester le moins longtemps possible... Il faut que j'aille voir ce qui se passe à la maison.

— J'ai réfléchi à l'enquête.

— Dis-moi tout.

— Nous n'avons pas assez cuisiné O'Halleran. Nous l'avons cru sur parole, quand il nous a assuré que sa liaison avec Jocelyn Wallis avait été éphémère et superficielle. Mais il ne nous disait peut-être pas toute la vérité...

Pescoli médita un instant cette hypothèse.

— Ce type travaille à son compte, observa-t-elle. Il ne pointe pas, n'a pas d'horaires fixes ni de patron sur le dos…

— Non seulement, il a été lié à l'une des victimes, mais son ex-épouse leur ressemblait beaucoup. Et elle a disparu…

— Tu veux qu'on le convoque ? demanda Pescoli.

— Je crois qu'il est temps de l'interroger une nouvelle fois, en effet.

Pescoli jeta un coup d'œil à la pendule.

— Il est moins de 8 heures… A quelle heure es-tu arrivée ?

— Il y a deux heures. Tiens, voilà Joelle…

Une voix féminine chantonnait dans le couloir :

« Voilà la fée Boule-de-neige, vêtue de sa robe blanche comme neige. Toc, toc ! Elle tape à votre carreau pour vous annoncer qu'elle est dans les parages… »

— Tu crois que c'est elle qui l'a écrite, cette chanson, ou que c'est un vrai chant de Noël ?

— Je pense que c'est un chant de Noël, hasarda Alvarez.

Son téléphone se mit à sonner. Elle regarda Pescoli avant de décrocher.

— Alvarez, dit-elle. J'écoute.

— Bonjour, inspecteur Alvarez, c'est le Dr Kacey Lambert à l'appareil, fit une voix féminine.

Alvarez jeta un regard interrogatif à Pescoli, mais celle-ci secoua la tête.

— En quoi puis-je vous être utile ?

— Il y a des micros chez moi. Je suis sur écoute. Je ne sais pas exactement pourquoi, mais j'ai l'impression que c'est lié aux… récents accidents.

— Des micros ? s'étonna Alvarez.

— Oui, des micros miniatures. Et bien cachés…

— Vous pensez que quelqu'un surveille vos conversations ?

— On dirait bien.

— Vous avez une idée de qui ça pourrait être ?

— Non…

Sa voix se fit incertaine, et Pescoli comprit qu'elle commençait déjà à regretter de les avoir appelées.

— Pouvez-vous venir au commissariat ? demanda Alvarez. Il faudrait que vous nous donniez plus de détails.

— Pas tout de suite, en tout cas. Je suis actuellement à St. Bartholomew et je dois examiner un patient. Ensuite, il faut que j'aille à la clinique. Je vous rappellerai plus tard. Je voulais simplement vous informer.

Elle raccrocha et Pescoli répéta :

— Des micros…

— Elle avait l'air sincèrement bouleversée, déclara Alvarez.

Elle désigna l'écran de son ordinateur sur lequel s'affichaient les visages des victimes.

— Et elle leur ressemble…

— C'est la mode, railla Pescoli.

— Il doit y avoir un rapport, dit Alvarez.

La voix de Joelle se fit entendre, plus proche :

« Si vous voulez faire un bonhomme de neige, je vous aiderai… Un, deux, trois ! Si vous voulez faire une glissade, youpi ! Montez sur ma luge ! »

Pescoli se boucha les oreilles en grognant.

Soudain, Joelle s'écria d'un ton ravi :

— Regardez-moi cette neige ! C'est magnifique !

Pescoli et Alvarez se tournèrent vers la fenêtre et regardèrent d'un œil déprimé les flocons se déverser sans répit du ciel gris. Puis Alvarez décrocha le téléphone et composa le numéro de Trace O'Halleran.

Kacey rangea son téléphone portable dans son sac à main. A présent qu'elle avait franchi le pas, elle se sentait vaguement gênée et ne savait pas quelle initiative prendre. Elle n'avait pas l'intention de confier aux policiers tout ce qu'elle savait. Elle ne voulait pas qu'ils l'empêchent de continuer à mener sa propre enquête.

Mais les micros… Elle tenait absolument à ce que sa maison en soit débarrassée le plus vite possible. Et elle voulait que ce soit la police qui s'en charge.

Elle sentit un frisson lui parcourir l'échine et se dirigea vers la chambre d'Eli. Elle pointa la tête par l'entrebâillement de la porte et constata qu'il était profondément endormi. Elle entra dans la pièce à pas feutrés et sortit le diagramme du jeune malade du dossier attaché au pied du lit. Puis elle l'observa un instant, à l'écoute de son rythme respiratoire. Elle sortit sur la pointe des pieds et se mit en quête de l'infirmière chef du service.

Elle la trouva dans sa guérite.

— La température d'Eli O'Halleran est en baisse, et il respire de manière régulière. Son état s'améliore.

— Oui, acquiesça l'infirmière. Il va beaucoup mieux.

Kacey se sentit soulagée.

— Tant mieux, dit-elle. Son père viendra le chercher dans la journée. Je me charge de le contacter.

— Cette grippe est vraiment virulente. Nous avons d'autres patients atteints qui mettent plus de temps à se rétablir.

Kacey s'apitoya un instant avec l'infirmière sur les ravages de l'épidémie. Elle fut tentée de rester à l'hôpital jusqu'à l'arrivée de Trace. Mais, comme Eli était en voie de guérison et qu'elle jugeait son état rassurant, elle décida de se rendre à la clinique sans attendre. Elle était en train d'échafauder un plan dans son esprit. Elle quitterait la clinique plus tôt que d'habitude, si possible. Tout dépendrait de son emploi du temps de l'après-midi qui, à sa connaissance, n'était pas trop chargé.

Elle appela Trace sur son téléphone portable et tomba sur la boîte vocale. Il devait être en train de s'occuper de ses bêtes. Elle lui laissa un message pour l'informer de l'amélioration de l'état de son fils. Elle ajouta qu'elle avait prévenu la police au sujet des micros.

Ensuite, elle reprit sa voiture pour aller à la clinique, dont le parking était tapissé d'une épaisse couche de neige. Elle sortit de sa Ford et entendit crisser ses pas dans la poudreuse toute fraîche.

Dans le hall d'entrée, elle tomba nez à nez avec Heather, qui venait elle aussi d'arriver et époussetait sa veste couverte de neige.

— Hé bé, qu'est-ce qu'il tombe ! fit cette dernière en plissant le nez.

— Je vais essayer de partir un peu plus tôt que d'habitude, aujourd'hui, dit Kacey. Pouvez-vous vérifier sur la liste des rendez-vous si c'est possible ? Je ne crois pas qu'il y en ait beaucoup, cet après-midi. Et on peut peut-être en déplacer quelques-uns.

— C'est à cause de la neige ? s'enquit Heather en s'asseyant au guichet d'accueil pour allumer son ordinateur. Il paraît que ça va s'arrêter en milieu de journée.

Rien à voir avec la neige, songea Kacey, mais elle se contenta de dire :

— Je dois m'occuper de certains problèmes.

— Bon… Voyons un peu… Il y a Herbert Long, qui a une sinusite. Sa femme a appelé pour dire qu'il quitterait son travail un peu plus tôt aujourd'hui. Il sera là vers 16 heures. Lui, il ne voulait carrément pas venir du tout.

— On peut demander à Martin de le recevoir, proposa Kacey.

— C'est une possibilité. En tout cas, c'est le seul rendez-vous que vous avez dans cette tranche horaire.

— Prévenez-moi quand Martin arrivera.

Kacey se dirigea vers son bureau. Elle voulait rencontrer Gerald Johnson le plus vite possible, et il fallait pour cela qu'elle se rende à Missoula. Le trajet était rapide par beau temps, mais avec ces conditions hivernales il risquait de prendre plus longtemps.

Elle repensa subitement à Trace, à ses cheveux parsemés de flocons de neige lorsqu'il était revenu après avoir promené Bonzi et inspecté les alentours de la maison. Elle dut admettre qu'il se passait quelque chose entre eux. Quelque chose qui pouvait évoluer... Cette idée l'enthousiasmait et l'alertait à la fois. Car, enfin, cet homme avait été lié à au moins deux de ses quasi-sosies. N'était-ce pas une erreur que de lui faire confiance ? N'était-ce pas justement une naïveté semblable qui avait perdu les précédentes victimes ?

Néanmoins, elle se refusait à le croire dangereux. Elle se fiait à son instinct, et son instinct lui soufflait qu'il était digne de confiance. Et pourtant elle ne cessait de repenser au fait qu'il avait été en relation avec certaines des victimes.

— Ainsi, vous ne savez vraiment pas où se trouve votre épouse ? demanda la plus grande des deux policières en le regardant droit dans les yeux.

Cette rousse imposante était assise en face de lui, de l'autre côté d'une petite table branlante dans une salle d'interrogatoire du commissariat. Son expression était impassible, mais elle ne cessait de lorgner vers sa montre.

— Il s'agit de mon *ex*-épouse, corrigea Trace. Et, non, je ne sais pas où elle est. J'ai perdu tout contact avec elle.

Il était venu en voiture au commissariat, situé au sommet de Boxer Bluff, pour « répondre à quelques questions », selon les dires de l'autre policière, la petite Hispanique aux grands yeux noirs, qui lui avait laissé un message sur sa boîte vocale.

Juste après ce message, il en avait reçu un autre de Kacey, plus souriant : elle lui annonçait que les antibiotiques avaient fini par faire leur œuvre et qu'Eli était en voie de guérison — ce qu'il avait pu constater lui-même lorsqu'il était passé voir son fils après avoir nourri et abreuvé son bétail et promené Sarge dans la neige.

Il avait passé un peu de temps avec Eli, qui avait en effet

l'air de se porter beaucoup mieux. Puis il s'était entretenu avec le médecin, qui lui avait assuré que le petit garçon sortirait dans le courant de l'après-midi, le temps de régler les détails administratifs.

A son arrivée au commissariat, l'inspecteur Alvarez l'avait conduit dans cette pièce sans fenêtre aux murs de béton brut, meublée d'une table et de trois chaises en plastique. Après lui avoir annoncé que l'entretien serait enregistré, elle était sortie en disant qu'elle allait chercher trois tasses de café. Trace avait supposé que cette attention était destinée à lui faire croire qu'il s'agissait plus d'une conversation informelle que d'un interrogatoire proprement dit.

Il avait l'intention de jouer cartes sur table. Car il tenait à ce que la police découvre la vérité. La théorie de Kacey, selon laquelle les victimes étaient liées génétiquement entre elles et avec elle-même, lui paraissait inquiétante. Terrifiante, même.

Il avait quand même hâte que cet interrogatoire se termine. Il ne voulait pas qu'Eli soit contraint de rester à l'hôpital plus longtemps que nécessaire. Il souffrait déjà d'un sentiment d'abandon à cause du départ de sa mère. Trace voulait éviter d'aggraver ses angoisses en ne venant pas le chercher à l'heure prévue.

L'inspecteur Alvarez était revenue avec des gobelets en carton à moitié remplis et les avait posés sur la table. Une fois assise, elle avait sorti une mince enveloppe en papier kraft d'une serviette et l'avait posée sur la table. Trace n'avait pas bu son café, mais il appréciait son arôme, qui rendait moins désagréable l'odeur de sueur et de détergent qui flottait dans la pièce, comme si elle avait été nettoyée récemment mais sans dissiper tout à fait les relents de peur, de désespoir et de culpabilité qui imprégnaient les murs.

Il joua franc-jeu et leur fit le récit de son bref mariage avant de leur expliquer qu'il avait perdu contact avec Leanna et qu'il élevait Eli tout seul.

— Ce mariage était fini avant même d'avoir commencé.

Je ne sais toujours pas si elle était vraiment enceinte. Je n'ai jamais vu les résultats du test de grossesse, je ne l'ai jamais accompagnée chez le gynécologue qu'elle m'avait juré avoir consulté. Aucune facture n'est arrivée chez moi pour aucun examen, aucun suivi médical. Elle m'a peut-être mené en bateau.

— Pourquoi aurait-elle fait ça ? demanda Alvarez.

— Je crois qu'elle en avait assez de se sentir seule responsable d'un enfant, répondit sincèrement Trace, l'estomac noué. Leanna n'était pas faite pour être mère…

— Quel genre de femme était-ce ? s'enquit Pescoli.

— Belle et égocentrique. Elle avait un beau sourire, mais pas chaleureux…

— Ah, fit Pescoli d'un ton dubitatif avant de boire une gorgée de son café. Ça, c'est l'ex-mari qui le dit…

— J'ai répondu à votre question, rétorqua Trace. Je ne fais que dire ce que je pense.

— Parlons d'Eli, intervint Alvarez. Ce n'est pas votre fils biologique, mais elle est partie en vous le laissant sur les bras ? Qui est son père ?

Trace, qui commençait à avoir chaud, déboutonna son blouson.

— J'ai cru comprendre qu'elle ne voulait plus le revoir. Il n'était lui-même peut-être pas au courant de sa paternité. Mais l'adoption a été validée par un juge. Eli est mon fils à part entière maintenant, au regard de la loi.

— Et la famille de votre ex-épouse ?

— Je n'ai jamais rencontré aucun de ses proches. Nous ne sommes restés ensemble que six mois. Pourquoi me posez-vous toutes ces questions sur Leanna ?

En réalité, il savait bien pourquoi. Et il ne fut pas surpris lorsque Pescoli ouvrit l'enveloppe et lui montra plusieurs photos de Jocelyn Wallis et celle du permis de conduire de Leanna.

— Comme vous êtes la dernière personne à avoir eu une

relation avec Jocelyn Wallis, dit Pescoli, nous aimerions en savoir plus sur elle, ainsi que sur votre épouse qui a disparu.

Il ne prit pas la peine de rectifier, cette fois. Il avait compris qu'elle cherchait à le piéger en oubliant sciemment de préciser que Leanna et lui n'étaient plus mariés.

Si elle tient à parler de Leanna comme de mon épouse, qu'elle le fasse.

— Je vous écoute...

Il répondit alors clairement, quoique brièvement, à leurs questions. Lorsqu'elles lui parlèrent d'Eve Alexander, il répondit franchement :

— Je ne l'ai jamais rencontrée. Bon, je peux signer ma déposition, maintenant ? Ça fait une heure que je suis là, j'ai du boulot et je dois surtout aller chercher mon fils à l'hôpital.

Il les sentit hésiter. Elles se consultèrent du regard.

— Est-ce que je suis mis en examen ? demanda-t-il alors. Est-ce que j'ai besoin d'un avocat ? Je vous ai dit tout ce que je savais.

Pescoli consulta de nouveau sa montre tandis qu'Alvarez le fixait d'un œil intense, comme si elle cherchait à lire dans son âme.

Rien ne l'y obligeait, mais il ajouta :

— En fait, il y a autre chose... J'ai... vu le Dr Kacey Lambert ces derniers temps. Elle travaille à la clinique. Vous l'avez vue à l'hôpital, l'autre jour, au chevet de Jocelyn. Elle m'a dit qu'elle vous avait appelées pour vous parler des micros cachés chez elle.

Alvarez dressa aussitôt l'oreille, et Pescoli parut subitement plus intéressée, elle aussi.

— C'est exact, dit Alvarez.

— Vous avez sans doute remarqué qu'elle ressemble à ces deux femmes, elle aussi..., poursuivit-il en désignant les photos étalées sur la table. Ainsi qu'à Shelly Bonaventure et à Eve Alexander... Kacey l'a remarqué, et moi aussi. Je lui ai rendu visite hier soir, et c'est moi qui ai découvert par hasard les micros. Il y en avait un dans son petit salon, un autre dans sa salle de bains et encore un dans sa chambre à coucher. Je n'en ai pas trouvé dans la cuisine ni dans le grand salon, mais il y en a peut-être quand même, mieux cachés que les autres. Cette découverte a beaucoup choqué Kacey. Quelqu'un surveille ses conversations. Elle pense que cet espionnage a un rapport avec cette affaire.

Pescoli et Alvarez échangèrent un regard.

— Elle nous a promis de nous rappeler plus tard, dit enfin Pescoli.

Pas étonnant qu'elles aient voulu m'interroger, se dit Trace.

— Il faut enlever tous les micros qu'il peut y avoir dans cette maison. Si vous ne le faites pas, je m'en chargerai. Mais, dès que ce sera fait, la personne qui l'espionne saura que son dispositif d'écoute a été découvert.

— Vous avez mentionné Shelly Bonaventure, s'étonna Pescoli. Or elle vivait à Los Angeles…

— Oui, mais elle est née à Helena et a grandi dans la région. Kacey pense qu'il y a peut-être eu d'autres victimes, et qu'elles sont toutes liées par des liens du sang.

— Liées par des liens du sang ? répéta Alvarez.

Trace commençait à être impatient. Il se leva et dit :

— Il faut vraiment que j'y aille. Kacey vous en dira davantage elle-même sur sa théorie lorsqu'elle vous rappellera.

— Vous pensez qu'elle est en danger ? demanda Pescoli.

Alvarez pinça les lèvres.

— Je ne sais pas, répondit-il sincèrement. Mais il faut reconnaître qu'il y a quelque chose de troublant dans cette série de coïncidences. Et ces micros cachés… Je m'inquiète pour elle.

— Et votre *ex*-épouse ? demanda Alvarez. Vous vous inquiétez pour elle ?

Il émit un petit grognement de dégoût.

— Pas du tout, lâcha-t-il. Je peux vous assurer que Leanna sait très bien se débrouiller toute seule ! Elle nous l'a grandement prouvé, à mon fils et moi, en nous abandonnant !

27

— O'Halleran n'est pas le type que nous recherchons, déclara Pescoli en enfilant son manteau après avoir rejoint sa partenaire dans le couloir.

— Je sais, dit Alvarez. Ça ne pouvait pas être aussi simple…

— Ce n'est jamais simple.

Elles laissèrent le passage à un homme aux cheveux filasse, menotté et escorté par Trilby Van Droz, l'une des patrouilleuses du commissariat.

— Je n'ai rien à vous dire ! criait l'homme. Je n'ai pas volé cette maudite bagnole, et c'était *mon* fusil ! Je ne sais pas comment ce tuyau s'est retrouvé sur le siège arrière, mais il ne m'appartient pas ! Je ne vois vraiment pas ce que vous cherchez à me coller sur le dos !

— Avancez, dit Trilby d'une voix lasse.

— Foutez-moi la paix ! On approche de Noël ! plaida l'homme.

— Par ici !

Trilby ouvrit la porte de l'une des salles d'interrogatoire.

— Joyeux Noël ! ajouta-t-elle.

Pescoli esquissa un sourire qui disparut aussitôt lorsqu'elles traversèrent le hall d'accueil, où des guirlandes lumineuses ornaient le bureau de Joelle. Un sapin, dûment orné de guirlandes argentées et de lumignons, pivotait lentement sur lui-même ; des paquets cadeaux étaient entassés sous ses rameaux odorants.

— Il y a du cake aux fruits dans le réfectoire, leur annonça Joelle lorsqu'elles eurent atteint la porte.

Un lutin était fiché dans les mèches platine de sa chevelure.

— J'ai suivi la recette de mon arrière-arrière-arrière-grand-mère ! précisa-t-elle en les gratifiant d'un grand sourire.

La porte s'ouvrit et un vent glacial s'engouffra dans le hall. Un couple d'adolescents fit son entrée, laissant derrière lui une traînée de neige boueuse sur le linoléum.

— Un chauffard a essayé de me renverser ! s'écria la fille, visiblement bouleversée. Près du supermarché Safeway ! Il devait être ivre ! Il nous a complètement éclaboussés !

— Il conduisait une Honda verte, indiqua son compagnon, coiffé d'un bonnet effiloché. Il a pris un virage trop vite et il a dérapé. Tout le monde l'a vu !

— J'étais sur le passage pour piétons ! Il a failli me renverser ! Et il a pris la fuite !

— Il a fait une embardée et il s'est mis à zigzaguer !

— Si Lanny ne m'avait pas tirée par la manche, je serais morte à l'heure qu'il est !

L'adolescente était au bord de l'hyperventilation, et Pescoli allait intervenir pour l'aider, mais Joelle était déjà en train de tendre un paquet de mouchoirs à la jeune fille, tout en décrochant son appareil. Elle fit signe à Pescoli et à Alvarez qu'elles pouvaient y aller.

— Calme-toi, ma belle, dit Joelle à la fille qui avait fondu en larmes, avec un sourire maternel. Tout va bien se passer. J'appelle quelqu'un qui pourra t'aider.

Voyant que la situation était sous contrôle, Pescoli ouvrit la porte, sentit l'air froid lui fouetter le visage et sortit. Alvarez ferma son blouson jusqu'au cou et inclina la tête pour éviter le vent et la neige.

Son téléphone se mit à sonner ; elle décrocha.

— Alvarez, dit-elle en s'efforçant de marcher au même pas que Pescoli.

Pescoli enfila ses gants et plongea ses mains dans les

poches de son manteau. Elles se dirigèrent vers un petit traiteur pour y acheter des sandwichs.

Rares étaient les piétons qui bravaient le froid, et la circulation était lente sur la chaussée verglacée. Les pneus à chaînes cliquetaient sur l'asphalte.

— Bon, dit Alvarez. Entendu… Un courriel, oui ce sera parfait. Merci !

Elle raccrocha et échangea un regard avec Pescoli.

— Le profil ADN de Shelly Bonaventure… Hayes a fait jouer ses relations pour qu'il soit effectué en priorité. Il nous l'envoie.

— Encore faut-il que ça nous serve à quelque chose, dit Pescoli d'un ton sceptique.

— On verra bien.

Elles traversèrent le parking du petit centre commercial qui abritait le traiteur. Pour progresser dans cette enquête, il leur fallait une piste sérieuse, fondée sur des indices tangibles. Or aucun de ceux qu'elles avaient déjà en main ne semblait cohérent.

— Tu crois qu'il pourrait y avoir un rapport entre ces morts et le fait que la maison d'Acacia Lambert a été mise sur écoute ? demanda Pescoli.

— C'est fort possible.

— Je n'y comprends rien ! Bon, je m'achète un casse-croûte en vitesse et je file chez moi pour voir ce que fabriquent les enfants…

— Moi, je vais essayer de retrouver l'ex-Mme O'Halleran.

— D'accord. Ce serait intéressant de savoir pourquoi elle a plaqué son mari en lui laissant son gamin sur les bras… Si toutefois ça s'est vraiment passé comme ça… Pour l'instant nous n'en savons que ce qu'il a bien voulu nous dire.

Elle poussa la porte de la petite boutique. Il y faisait bien chaud et l'arôme des épices mêlé à celui de la viande rôtie vint chatouiller agréablement ses narines. Son estomac se mit à gargouiller tandis qu'elles prenaient toutes deux leur place dans la file d'attente pour passer leur commande.

Cela prit un certain temps, car le couple âgé qui était devant elles avait du mal à faire son choix. L'homme avait des problèmes auditifs et la femme semblait extrêmement préoccupée par ses allergies. Ils finirent par opter pour un sandwich au thon et au fromage fondu et un autre au pain de seigle et au jambon. Mais ce n'était pas tout. Pour compliquer la situation, ils étaient venus avec leur petit-fils, un garçon d'une quatorzaine d'années, coupé du monde par la musique que ses écouteurs déversaient dans ses oreilles, et qui envoyait des textos à tout-va, tout en jouant à un jeu vidéo sur son téléphone portable. Il consentit à s'extraire de sa coquille pour commander un sandwich au blanc de dinde — « *pas* de tomates, *pas* de laitue, *pas* d'oignons, mais une part de frites en plus ».

Alors que la queue s'allongeait derrière elles, l'employée, qui venait de faire preuve d'une patience admirable, leur demanda enfin ce qu'elles désiraient. Alvarez choisit une salade d'épinards aux dés de poulet, avec une boisson au thé bio, tandis que Pescoli, moins portée sur la diététique, opta pour un énorme sandwich au corned-beef, à la dinde, à la choucroute et au fromage fondu, en demandant une ration supplémentaire de choucroute... avec un soda allégé, pour compenser. Elles rapportèrent leurs casse-croûte au commissariat où elles se séparèrent. Pescoli prit le chemin de sa maison ; Alvarez s'installa à son bureau et consulta son courrier électronique en mangeant sa salade. Jonas Hayes lui avait envoyé comme convenu le rapport sur l'ADN de Shelly Bonaventure, et elle le transmit immédiatement au laboratoire.

Pescoli revint une heure plus tard et lui fit signe de la rejoindre au réfectoire où, comme annoncé, le cake de Joelle trônait fièrement sur une assiette, au beau milieu de la table. Il en manquait déjà presque la moitié, et le reste, lardé d'ananas confit et de cerises vermillon, attendait qu'on le tranche et qu'on le dévore. La table était parsemée de miettes et garnie de serviettes à l'effigie souriante du Père Noël.

— Alors, comment ça s'est passé ? demanda Alvarez tandis que Pescoli déballait la moitié de son sandwich.

— Bianca dormait. Chris Schultz n'était pas encore là, Dieu merci. Jeremy était en train de jouer à un jeu vidéo… Il a voulu me piquer la moitié de mon sandwich.

— Tu lui as donné ?

— Tu rigoles ! J'en ai mangé la moitié là-bas et j'ai rapporté le reste. J'ai fait un croque-monsieur pour Bianca et j'ai montré à Jeremy comment s'en faire un lui-même. Il mangera sans doute celui de sa sœur… Mais s'il fait ça, je le saurai parce qu'elle le dénoncera. Il va falloir que je le reprenne en main, ce gamin…

Elle mordit dans son sandwich sans accorder d'attention au cake de l'arrière-arrière-arrière-grand-mère, pas plus qu'aux décorations de Noël ou à l'affichette épinglée par Joelle sur le panneau d'affichage. Elle y rappelait ses collègues à leurs devoirs de Pères Noël secrets et y annonçait la petite fête qu'elle avait prévue à cet effet et qui devait avoir lieu peu avant Noël. Cela laissait encore pas mal de temps pour trouver un cadeau à l'adjoint du shérif.

Heureusement, la valeur d'achat des cadeaux était limitée à dix dollars.

De l'avis de Pescoli, c'était encore beaucoup trop.

— Le profil ADN est arrivé ? demanda-t-elle.

— Il est au labo. Ils sont en train de le comparer avec celui de Jocelyn Wallis. On sera bientôt fixées. Je leur ai demandé de le traiter en priorité.

— Et ils ne t'ont pas envoyée balader ? s'étonna Pescoli. Ils ont pourtant pas mal de boulot en ce moment.

— Ils vont faire ce qu'ils peuvent.

— Tu crois que le Dr Lambert est une cible potentielle ? Juste parce qu'elle ressemble aux autres et qu'elle prétend avoir été mise sur écoute ? Ça ne suffit pas à établir un rapport avec les autres affaires, si tu veux mon avis.

— Le point commun, c'est O'Halleran...

— On en revient donc encore à lui...

Certains tueurs en série, c'était bien connu, choisissaient leurs victimes en fonction de leur type physique. Le cas de Ted Bundy[1] constituait à cet égard un exemple classique. Mais de là à supposer qu'un tueur puisse choisir ses victimes en fonction de leur profil ADN... Qu'un psychopathe soit attiré par des cheveux longs ou des yeux bleus ou par toute autre particularité morphologique, cela pouvait se concevoir et cela s'était, de fait, maintes fois vérifié. Mais il était difficile d'imaginer que l'on choisisse ses victimes exclusivement parmi des femmes ayant des caractéristiques génétiques similaires ou des ancêtres communs !

Et comment savoir qui était menacé par un prédateur aussi tordu ? Il était déjà difficile et coûteux, pour les services de police, de faire établir des profils ADN.

Cela dit, si le profil génétique jouait un rôle dans le choix de victimes, il était logique de considérer l'ascendance commune et le lien familial comme la clé de l'enquête.

— Je ne sais pas si les victimes sont liées par leur ADN ou par leurs ancêtres, mais je me demande si on ne devrait pas demander à Grayson de rendre cette piste publique.

A cette mention de leur supérieur, Alvarez s'efforça de cacher son émotion.

— Oui, dit-elle, c'est ce qu'il faut faire. On va lui en parler.

— Mais ça reste une piste très hypothétique, dit Pescoli.

Jusque-là, tout ce qu'elles savaient avec certitude, c'était que quelqu'un avait tenté d'empoisonner Jocelyn Wallis. Les autres victimes présumées de l'assassin étaient une actrice de Los Angeles et une femme dont le monospace

1. Bundy (1946-1989) était un tueur en série américain : il a été reconnu coupable de trente-quatre meurtres de femmes commis au début des années 1970, mais on estime le nombre de ses victimes à une centaine.

avait fait une sortie de route fatale, heurté par un autre véhicule dont le conducteur avait pris la fuite. Mais cela ne suffisait pas à lier ces crimes à un seul et même tueur. Peut-être s'engageaient-elles dans une impasse. Elles ne pouvaient même pas prouver qu'on avait affaire à un tueur en série et n'avaient donc pas pu alerter le FBI.

Alvarez regarda le cake en paraissant lire dans les pensées de Pescoli.

— Je vais vérifier auprès d'autres services de police, et pas seulement ceux du Montana, dit-elle. Je vais commencer par l'Idaho, l'Oregon, la Californie et l'Etat de Washington. Je vais leur demander s'ils ont eu à enquêter sur des morts suspectes dont les victimes avaient un rapport avec Helena. Il faut aussi que j'appelle les parents d'Eve Alexander, pour savoir si elle est vraiment née dans l'Idaho.

— Tout ça, c'est un peu mince, tu ne crois pas ?

Alvarez secoua la tête. Elle tenait une piste et entendait bien la suivre.

— Si Shelly Bonaventure a été victime du même assassin, cela veut dire qu'il se déplace dans un large rayon. Il est possible qu'il exerce une profession qui le conduit à voyager souvent. Si c'est le cas, il pourrait y avoir une localisation de meurtres déguisés en accidents qui corresponde à ses déplacements.

— Et s'il s'avère que Bonaventure, dont la mort est toujours considérée par les autorités de Los Angeles comme due à un suicide, n'a pas été une victime de ce tueur ? demanda Pescoli en finissant son sandwich.

— Alors, on sera revenues à la case départ, répondit Alvarez en se renfrognant.

A 14 heures, l'épouse d'Herbert Long appela pour dire, d'un ton dégoûté, que son mari avait finalement décidé d'annuler son rendez-vous. Kacey, qui n'avait pas pu se faire remplacer par un Martin Cortez complètement débordé, brandit un poing triomphant. Elle pouvait donc se rendre à Missoula plus tôt que prévu d'autant que, même si de sombres nuages s'amoncelaient au-dessus de la chaîne montagneuse qui enserrait la vallée, les chutes de neige avaient cessé, comme la météo l'avait apparemment prévu.

Elle prit une bouteille d'eau dans le petit réfrigérateur de la salle du personnel, mit son manteau et se dirigea vers sa voiture. Elle était parvenue à avaler un sandwich au thon à midi, mais sans appétit. Elle appela Trace, sous le prétexte d'avoir des nouvelles d'Eli. Il lui apprit qu'il avait parlé des micros à la police.

— Je crois que les flics ont l'intention de fouiller votre maison, dit-il. Ils vont sans doute y relever des empreintes aussi.

— Il faut que je les prévienne de la présence de Bonzi.

— Ils veulent que vous y soyez.

— Très bien. Je les rappellerai.

Elle ne lui parla pas de ce qu'elle projetait de faire, même si elle était tentée de se confier à lui. Il aurait essayé de la dissuader d'y aller ou insisté pour l'accompagner. Et c'était quelque chose qu'elle voulait faire toute seule.

Elle avait décidé de parler à Gerald Johnson les yeux dans les yeux pour savoir comment ce père biologique qui venait de lui tomber du ciel justifierait sa conduite et pour essayer de comprendre pourquoi Maribelle le tenait en si haute estime.

A en croire cette dernière, ses amours avec ce médecin devenu homme d'affaires avaient surpassé toutes les grandes passions tragiques, d'Antoine et Cléopâtre à Roméo et Juliette.

La poignante et pathétique idylle de Gerald et Maribelle…

— Arrête ton délire, marmonna-t-elle en engageant son 4x4 sur la nationale 90.

Elle se mit à réfléchir à ce qu'elle allait raconter à cet homme, lequel, au dire de sa mère, n'avait jamais été avisé de l'existence de sa fille illégitime.

Si c'était vrai, l'entretien s'annonçait délicat.

Elle sentit son courage s'éroder au fur et à mesure que sa Ford avalait les kilomètres. Elle s'était renseignée. Tous les enfants légitimes de Gerald Johnson vivaient dans un rayon de quatre-vingts kilomètres autour du domicile de leurs parents. Aucun d'entre eux ne s'était installé sur la côte Est après y avoir fait des études supérieures ; aucun n'avait choisi de se marier et de fonder une famille à San Francisco, Chicago ou toute autre grande métropole du pays.

Non, tous ceux qui avaient survécu vivaient encore tout près de chez papa et surtout, comme Kacey le supposait, de la fortune qu'il avait amassée. Elle se reprocha mentalement ces soupçons sur la vénalité de ses demi-frères et de sa demi-sœur. Toujours était-il que, selon les renseignements qu'elle avait glanés sur la toile, Gerald Johnson était immensément riche.

En enquêtant sur le personnage, Kacey avait également appris que la plupart de ses enfants travaillaient dans sa société. L'aînée, Clarissa, avait un mastère de gestion de l'université de Stanford et s'occupait du marketing au sein de l'entreprise paternelle. Cette femme mariée, qui avait deux enfants, travaillait depuis de longues années aux côtés de son père. Après Clarissa, Gerald avait engendré deux fils en trois ans, Judd et Thane. Tous deux étaient juristes : Judd dirigeait le service juridique de l'entreprise paternelle et Thane dirigeait son propre cabinet d'avocats. Aucun des deux n'était marié. Ensuite venaient des jumeaux : Cameron et Colt. Sur ces deux-là, Kacey n'avait pas pu apprendre grand-chose. Mais elle savait qu'ils vivaient dans la région, eux aussi. Et elle aurait parié qu'ils émargeaient, eux aussi, au budget de l'entreprise familiale. La benjamine de cette ribambelle, Kathleen, avait trouvé la mort juste avant de se marier.

Un septième rejeton officiel était parfois mentionné dans les sources que Kacey avait consultées, ce qui l'avait incitée à fouiller un peu plus loin dans le passé de la famille Johnson. En épluchant les notices nécrologiques, elle était tombée sur une autre fille. Elle s'appelait Agatha-Rae — Aggie — et avait fait une chute mortelle à l'âge de huit ans. Elle était née une semaine avant Kacey et, si elle avait vécu, elle aurait donc eu le même âge.

Kacey frissonna à cette pensée et ses mains se crispèrent un peu sur le volant.

Pas étonnant que maman se soit montrée si vague sur les enfants de son cher Gerald !

La neige s'était remise à tomber et elle activa ses essuie-glaces. Guidée par son GPS, elle traversa Missoula, une grande ville — à l'échelle du Montana — qui était située au fond d'une vallée cernée de montagnes aux sommets couronnés de neige éternelle.

Elle roula devant des restaurants et des magasins, notamment devant une ancienne scierie transformée en centre commercial et franchit ensuite un large pont qui menait au parc industriel Johnson. Des allées récemment déneigées séparaient les bâtiments bas de l'entreprise et sinuaient autour de petits étangs pourvus de canards et de roseaux. La neige qui s'était remise à tomber couvrait déjà d'une fine couche poudreuse le goudron des trottoirs.

Chacun des bâtiments, tous identiques, abritait un morceau de l'empire de Gerald Johnson. Ils étaient reliés entre eux par des passages couverts qui longeaient des parkings.

L'argent..., songea Kacey avec un brin d'inquiétude en passant successivement devant des zones nommées « FABRICATION », « RECHERCHE ET DÉVELOPPEMENT », « TECHNOLOGIE » et enfin « ADMINISTRATION ».

— Ça doit être là, murmura-t-elle en pénétrant dans un parking destiné aux visiteurs.

Elle coupa le contact et, après s'être prodigué un dernier encouragement mental, prit sa serviette.

Dehors, un vent très vif faisait tourbillonner de petits flocons durs qui s'accrochaient à ses cheveux et lui brûlaient les joues. Elle marcha d'un pas rapide sur le trottoir en granulats menant à la porte du bâtiment et pénétra dans un vaste hall d'accueil, tapissé de moquette aiguilletée grise, et dont les murs blancs étaient ornés de trophées et de tableaux.

Un large comptoir séparait les visiteurs d'un couloir sur lequel donnaient des bureaux.

— Je peux vous aider ? lui demanda une fille d'une vingtaine d'années.

Avec sa tête de lutin et ses cheveux courts qui encadraient ses nombreuses boucles d'oreilles, elle était assise à un bureau sur lequel il n'y avait qu'un grand écran d'ordinateur. Sur une plaque était inscrit son nom :

ROXANNE JAMISON.

— J'aimerais voir Gerald Johnson.

La peau laiteuse du front de Roxanne se plissa subitement.

— Vous avez rendez-vous ? s'enquit-elle en consultant son moniteur.

— Non.

— Je suis désolée, mais il faut avoir rendez-vous.

— Pouvez-vous lui dire qu'Acacia Collins Lambert est venue lui rendre visite ? Dites lui que je suis la fille de Maribelle Collins.

L'hôtesse haussa les sourcils.

— Bon, d'accord, fit-elle.

Elle appuya sur un bouton de son téléphone au design épuré et, avec un très net scepticisme dans la voix, relaya le message.

— Oui… Elle est là, dans le hall… Bien sûr, monsieur Johnson.

Elle se tourna alors vers Kacey avec davantage de respect et lui dit :

— Il va vous recevoir tout de suite. Je vais vous montrer où se trouve son bureau.

Elle se leva, ouvrit un petit portillon et laissa passer Kacey. Puis elle l'escorta dans plusieurs couloirs successifs, franchissant des portes vitrées et arrivant enfin à une double porte en noyer, qui était déjà ouverte comme si la visite de Kacey était attendue.

Kacey sentit son cœur se glacer tandis qu'elle suivait Mlle Jamison dans la pièce.

Gerald Johnson était assis à son bureau, les yeux rivés sur le couloir. Ses manches étaient retroussées sur ses bras bronzés et ses cheveux argentés, qui commençaient à se raréfier, étaient coiffés en arrière.

— Monsieur Johnson, c'est Mme Lambert…

Il se leva et dit :

— Merci, Roxie. Pouvez-vous fermer la porte en partant ?

Lorsqu'elle fut sortie, Johnson reporta toute son attention sur la nouvelle venue, cette enfant qu'il n'avait jamais rencontrée. Il mesurait plus d'un mètre quatre-vingts et ses épaules étaient encore larges et carrées.

Il ne prit pas la peine de sourire et se contenta de dire, en guise de bienvenue :

— Bonjour, Acacia. Je vous attendais…

Les mains crispées sur le volant, le cœur battant trop vite et la chemise trempée de sueur, malgré la neige et le froid, il avait conscience de conduire sa Lexus bien trop vite.

Elle savait !

Cette garce avait compris que son véritable géniteur était Gerald Johnson. Et, en ce moment même, ils étaient face à face.

Il aurait dû la tuer depuis longtemps !

Toute son œuvre était sur le point d'être détruite.

Toutes les précautions que j'ai prises, tout le soin que j'ai mis à accomplir ma mission… Tout cela aura été fait en vain !

Il s'efforça de respirer régulièrement en se disant que ce

n'était qu'un nouveau défi, un petit obstacle à surmonter. Il était capable de résoudre ce problème, il en était certain.

Il cligna les yeux.

Mais il ne leva pas le pied en croisant une camionnette de l'hôpital St. Bartholomew qui roulait en sens opposé, en direction de Grizzly Falls.

Quelques minutes plus tard, il fut contraint de ralentir cependant, ayant atteint les faubourgs de Missoula, où la circulation était plus dense.

Ne t'énerve pas, s'enjoignit-il en freinant à l'approche d'un feu rouge. Il laissa passer une piétonne qui était pendue à son téléphone portable et semblait ne pas remarquer les voitures autour d'elle. Elle se dirigea d'un pas nonchalant vers un magasin dont la devanture était décorée de mannequins vêtus de rouge et de vert en l'honneur de Noël.

Ses mains gantées étaient toutes moites alors qu'il faisait moins de 20 degrés dans l'habitacle et que la neige s'amoncelait de nouveau dans les rues.

Il jeta un coup d'œil dans le rétroviseur, mais ne vit aucune voiture roulant à moyenne distance derrière lui, aucun conducteur au regard masqué par des lunettes de soleil. Il ne vit dans la rue aucun espion vêtu d'un trench-coat et faisant semblant de lire le journal, comme dans les films.

Bien sûr que non !

Car il n'était pas dans un film.

Il appuya à fond sur l'accélérateur à l'instant même où le feu passa au vert.

Le reste du trajet fut atrocement lent, à son goût. Les pensées se bousculaient dans son esprit et lui donnaient le tournis. Il voyait défiler dans sa tête tous les visages des Ignorantes — celles qui étaient mortes et celles qu'il lui fallait encore éliminer, surtout la garce qui semblait résolue à détruire son œuvre.

Il s'efforça de recouvrer son sang-froid en pénétrant dans le parking de l'entreprise de son père. Il remarqua tout de suite la voiture de la garce, garée tout près du bâtiment dévolu à la direction.

Il sentit son estomac se nouer et chercha à se convaincre que tout n'était pas fichu.

Pas encore.

28

— Vous m'attendiez ? demanda Kacey, stupéfaite, en fixant l'homme qui, génétiquement, était son père.

Sa mère n'avait-elle pas affirmé que Gerald Johnson ignorait tout de l'existence de sa fille naturelle ? Oui, elle l'avait fait, mais ça n'aurait pas été son premier mensonge, ni sa première cachotterie.

— Vous savez donc que je suis votre fille biologique ?

— C'est ce que Maribelle vous a dit ? fit-il d'un ton presque amusé.

Il lui fit signe d'entrer dans son vaste bureau, percé de hautes et larges fenêtres et pourvu d'un coin salon, avec canapé en cuir et fauteuils assortis. Le mur de verre qui se dressait derrière lui donnait sur un bassin où s'ébrouaient frileusement des canards, sur fond de montagnes majestueuses dont les cimes se perdaient dans des nuages gris. La neige commençait à voiler le paysage et on ne distinguait nettement qu'un parking, au pied du bâtiment, où étaient garées une Cadillac, une Jaguar et une BMW.

Un parking réservé aux cadres dirigeants, songea Kacey.

— Elle m'a assuré que vous ne connaissiez pas mon existence.

— Et vous l'avez crue ?

— Oui… Mais je vois qu'il n'en est rien.

Il désigna les deux fauteuils qui étaient placés devant son bureau et lui fit signe de s'asseoir. Kacey ôta son manteau et le posa sur l'un des fauteuils puis s'assit avec circonspection dans l'autre. Les murs étaient ornés de certificats et de diplômes médicaux.

— Je suppose que ma mère vous a appelé pour vous prévenir que j'avais l'intention de venir vous voir…

— C'est exact.

— Alors, toutes ses cachotteries, son insistance pour que je ne vous contacte pas… c'était un écran de fumée ? Pourquoi ?

— Votre mère a toujours essayé de me faire croire que Stanley Collins était le père de sa fille. Je n'y ai pas cru, évidemment. Cela faisait des années qu'elle essayait d'avoir un bébé et, soudain, après notre… rapprochement, elle est tombée enceinte. Il était facile de deviner la vérité.

Il inspira profondément et lâcha un long soupir avant d'ajouter :

— Notre liaison tirait à sa fin, au moment où elle a pris conscience de sa grossesse. Je m'apprêtais à transférer les locaux de mon entreprise d'Helena à ici, dit-il en baissant la tête et en joignant les mains. J'ai donc décidé d'interrompre notre idylle. Nous étions tous les deux mariés et nous ne voulions ni l'un ni l'autre divorcer. Bref, nous avons rompu d'un commun accord. Et j'ai laissé votre mère penser que je ne savais pas que vous étiez ma fille. C'était plus simple…

— Pour qui ?

— Pour tout le monde, y compris pour vous.

— Comme c'est attentionné ! ironisa-t-elle en sentant sa colère monter. Vous ne connaissez rien de moi !

— Là, vous vous trompez. J'ai tout de suite compris que vous étiez ma fille, mais je ne l'ai pas dit à Maribelle. Notre liaison était terminée, de toute façon… Nous étions mariés, comme je viens de vous le dire, et l'un d'entre nous, au moins, était heureux.

Kacey sentit sa mâchoire se crisper. Ce Gerald Johnson avait apparemment une haute opinion de lui-même.

Il haussa une épaule et poursuivit :

— J'ai trouvé préférable de prétendre ignorer que j'étais

votre vrai père. J'avais une famille, une épouse et une entreprise à diriger.

— Et ma mère ?

— Elle a obtenu ce qu'elle avait toujours désiré : un enfant, répondit-il en soutenant son regard. Comme ça, tout le monde était content.

— Ah bon ?

Kacey songea à tous les mensonges dont sa vie était tissée et sentit son estomac se nouer.

— Et mon père ? demanda-t-elle. L'homme qui m'a élevée ? Qu'est-ce que vous en faites ?

Gerald pinça légèrement les lèvres et sa sérénité parut un instant s'estomper.

— Où voulez-vous en venir ? C'est parce qu'il est mort que vous avez voulu me rencontrer ? Vous cherchez une nouvelle figure du père ? Ou alors se pourrait-il que vos intentions ne soient pas désintéressées ?

— Je ne vois pas ce vous insinuez, mentit-elle.

Car elle savait fort bien qu'il sous-entendait que sa visite était intéressée, et cela ne fit qu'accroître sa colère.

— Regardez autour de vous, dit-il en faisant un ample geste de la main.

— Comprenez-moi bien, monsieur Johnson. Je ne cherche à obtenir de vous qu'une seule chose : la vérité. Des femmes sont en train de mourir, et je crois que vous savez pourquoi.

— Mourir ? Vous êtes aussi mélodramatique que votre mère !

— Peut-être. Mais ça ne change rien à la réalité.

Elle se leva, incapable de rester assise face à cet homme, avec la docilité d'un de ses subordonnés.

Le large front de Johnson se sillonna subitement de rides profondes.

— Je ne vois vraiment pas à quoi vous faites allusion, dit-il.

— Commençons par Shelly Bonaventure.

— Qui ça ? L'actrice qui s'est suicidée ? Qu'est-ce qu'elle vient faire là-dedans ?

— Vous ne la connaissiez pas ?

— Bien sûr que non. Pourquoi l'aurais-je connue ? Je n'ai entendu parler d'elle que parce que ma fille Clarissa, qui lit des magazines people, m'a raconté qu'elle s'était suicidée.

— Elle est née à Helena.

— Et alors ?

Kacey sentit son courage faiblir. Aurait-elle pu se tromper ? Johnson avait l'air sincèrement étonné.

— Et Jocelyn Wallis, vous la connaissiez ?

— Jocelyn ? Quelle Jocelyn ? Je ne vois vraiment pas de quoi vous parlez ! répliqua-t-il avant qu'une lueur ne s'allume dans son regard. Attendez… Je me souviens avoir lu un article sur cette femme… Elle est morte il n'y a pas longtemps en faisant son jogging, c'est bien ça ? Elle a glissé et a dévalé un ravin à Grizzly Falls…

— A moins qu'on ne l'ait poussée. Je ne sais pas comment elle est morte, au juste, admit Kacey. Mais je sais que sa mort fait l'objet d'une enquête de la brigade des homicides, qui la trouve suspecte.

— Et quel est le rapport avec moi ?

— La ressemblance, répondit Kacey. Regardez…

Elle sortit de sa serviette les photos des deux femmes qu'elle venait de mentionner et les fit glisser sur le bureau de Johnson.

— Ces deux femmes sont mortes, ainsi qu'Eve Alexander, l'une de mes patientes…

Elle extirpa la photo d'Eve et la plaça à côté des deux autres.

— Je suppose que ma mère ne vous en a pas parlé quand elle vous a appelé…

— Elle m'a dit que vous poursuiviez une sorte de mission… Mais j'étais occupé quand elle a appelé et je n'ai pas prêté attention à ses divagations.

— Vous auriez dû.

— Ce que j'ai compris, c'est que vous cherchiez à me rencontrer pour que je reconnaisse que je suis votre père.

— Ce n'est pas la raison de ma visite.

— Je ne connais pas ces femmes. Je ne les ai jamais rencontrées.

— Je pense qu'elles sont mes demi-sœurs.

— Comment ? Ces femmes ? s'exclama-t-il avant de jeter un autre coup d'œil aux clichés. Et moi, je serais leur père ?

Il lâcha un petit rire crispé, comme si Kacey venait d'en sortir une bien bonne, mais il devint tout rouge.

— Vous cherchez à me faire chanter ? demanda-t-il.

Mais Kacey sentait qu'il lui cachait quelque chose. Elle vit dans son regard qu'il s'efforçait de ne pas trahir un secret. Mais lequel ?

— Ou est-ce que vous cherchez à me punir ? s'enquit-il.

— Vous punir ?

— Oui, me punir de ne pas vous avoir reconnue, comme je l'ai fait pour Robert, dit-il, visiblement certain qu'elle savait de quoi il parlait.

— Qui est Robert ?

— Vous le savez bien.

— Non.

Ils se dévisagèrent un instant. Johnson sembla jauger ses intentions avant de préciser :

— Robert, c'est mon fils... Robert Lindley... C'est ça, le motif de votre visite ?

Kacey sentit ses entrailles se glacer. De quoi voulait-il donc parler ?

— Le fils de Janet... Ça ne vous dit vraiment rien ? insista-t-il en constatant sa perplexité.

— Je suis perdue, là. Qui est Janet ?

— Vous ne vous êtes donc pas si bien renseignée que ça, à ce que je vois, dit-il en esquissant un sourire. Robert a quelques années de plus que vous et... Lui, je l'ai reconnu, après que Janet et son mari se sont séparés.

Comment ai-je pu passer à côté d'une telle information ?

— Il travaille dans mon entreprise, comme la plupart de ses demi-frères. Il dirige le service de la recherche et du développement. C'est un ingénieur-né.

Ainsi, il y avait un autre frère dans le tableau ? Kacey songea que sa vie de fille unique n'avait vraiment été qu'une illusion.

— Quand votre mère m'a appelé, j'ai cru que vous vouliez, vous aussi, rejoindre notre famille, afin d'obtenir ce que vous estimez être votre dû : une juste partie du patrimoine de l'entreprise.

— Croyez-moi, rétorqua Kacey, votre entreprise ne m'intéresse pas du tout. Je suis venue vous parler de ces femmes.

Elle désigna les photos et ajouta :

— Si j'ai bien compris, vous refusez d'admettre qu'elles sont vos filles…

— Exactement, répondit-il d'un ton catégorique.

Mais il semblait sur ses gardes, et Kacey vit son regard se voiler fugitivement. Il mentait, de toute évidence, ou, du moins, il lui cachait quelque chose. Il avait beau faire mine de la regarder comme si elle était folle, il y avait dans ses yeux quelque chose de honteux et de ténébreux.

— Je ne comprends rien à vos élucubrations, ajouta-t-il.

Même s'il avait déjà reconnu un fils adultérin et qu'il ne niait pas être aussi son père biologique, il refusait d'être lié aux femmes qui avaient trouvé la mort ces derniers temps.

Kacey s'était-elle trompée ? Elle s'était renseignée : Johnson n'avait pas de frère et sa sœur était morte jeune. Mais si ce n'était pas lui… Alors, qui ?

Elle jeta un coup d'œil aux diplômes qu'il avait accrochés au mur et remarqua qu'il les avait obtenus une quarantaine d'années auparavant.

Et soudain la lumière se fit dans son esprit, clarifiant l'idée qui la titillait confusément depuis son dernier cauchemar : Johnson n'était pas au courant de l'existence de ces femmes *parce qu'il ne savait peut-être pas qu'il les avait engendrées !*

« J'aurais dû être donneur de sperme, comme tant d'autres de mes condisciples en médecine. Je me serais fait une petite fortune, aimait à se vanter JC. Les femmes en mal de maternité recherchent des donneurs comme moi. Je pourrais encore le faire, d'ailleurs. J'ai le bon pedigree, je suis intelligent, sportif et beau garçon… »

Gerald Johnson, malgré ses soixante-dix ans, était un homme encore robuste et bien bâti. Il avait, lui aussi, fait de brillantes études et réussi dans la vie…

— Je n'ai aucun lien avec ces femmes, insista-t-il.

Mais elle perçut un brin d'incertitude dans sa voix et demanda à brûle-pourpoint :

— Vous n'avez pas été donneur de sperme, il y a trente-cinq ou quarante ans, quand vous étiez en fac de médecine ?

— C'est ridicule ! Tout ça parce que ces femmes se ressemblent vaguement…

— Non, l'interrompit Kacey. Pas vaguement ! Et elles ne se ressemblent pas seulement entre elles… Celle-ci, dit-elle en brandissant la photo de Jocelyn Wallis, me ressemble assez pour que certaines de mes collaboratrices l'aient confondue avec moi quand elle a été amenée aux urgences. Regardez ces photos !

Elle fit glisser les autres clichés sur le bureau pour qu'il puisse mieux les voir.

— J'ai vu des photos de vos enfants, ajouta-t-elle. Il y a une ressemblance incroyable entre eux et ces femmes… Vous conviendrez que c'est quand même étrange !

Un petit tic vint déformer sa mâchoire tandis qu'il fixait d'un air ébahi l'une des photos, puis l'autre. Il chaussa même son nez d'une paire de lunettes de lecture pour les examiner, les lèvres crispées.

— Alors, pourquoi êtes-vous venue, Acacia ? Pour avoir confirmation que je suis le géniteur de ces femmes ? Pour fouiller dans mon passé ?

— Ainsi, vous étiez bien donneur de sperme !

— Vous êtes en train d'échafauder une sorte de théorie du complot… Vous êtes persuadée que quelqu'un s'est mis à tuer des femmes qui se ressemblent parce qu'elles ont pu être conçues grâce à l'insémination artificielle… Et vous pensez que c'est moi le donneur de sperme ?

— Quelqu'un a essayé de me tuer, dit Kacey. Il y a longtemps. Pas de me violer ou de me dévaliser, non… *de me tuer !* Jusqu'à récemment, je croyais qu'il m'avait choisie au hasard. Mais maintenant je n'en suis plus si sûre. Hier, j'ai découvert que ma maison était truffée de micros… Et j'apprends que des femmes qui me ressemblent sont victimes d'accidents mortels… Des accidents qui n'ont en fait rien d'accidentel ! Shelly Bonaventure et Jocelyn Wallis sont nées toutes les deux à Helena. Je suis sûre qu'en allant là-bas je trouverais une clinique spécialisée dans l'assistance à la procréation où toutes ces femmes ont été conçues, et j'y trouverais sans doute aussi des archives concernant Eve Alexander. Elle est peut-être née dans l'Idaho, mais je suis sûre qu'elle a été conçue à Helena.

Elle se pencha vers lui avant de l'interpeller :

— Combien d'autres vais-je en trouver ? Cinq ? Dix ? Une centaine ? Ou davantage ?

— Vous délirez ! répliqua-t-il, les joues empourprées. Un tueur en série qui ciblerait des femmes nées dans la même clinique… C'est impensable, c'est totalement absurde !

— Pas seulement des femmes nées dans la même clinique, mais des femmes dont vous êtes le géniteur, dit-elle avec une certitude accrue.

— C'est encore plus délirant !

Elle ne sut que répondre, mais elle savait qu'elle était sur la bonne piste. Il lui restait toutefois à l'entendre de la bouche même de Johnson.

— Quel est le nom de cette clinique ? demanda-t-elle. De toute façon, je finirai par le savoir. Faites-moi gagner du temps, avant que le tueur ne me fasse disparaître à mon tour.

— Vous n'avez pas été conçue par insémination artificielle, croyez-moi !

— Ça ne me rassure pas. Quand je vais comparer mon profil ADN à ceux de ces femmes, je vous parie que l'analyse permettra de déterminer que nous sommes du même père.

— Assez ! s'écria-t-il en se levant à son tour.

Il la dépassait d'une tête et la toisa de toute sa hauteur.

— J'ai été donneur de sperme dans ma jeunesse, c'est vrai, reconnut-il. Mais je n'ai aucune preuve que ces victimes soient mes filles biologiques. Je crois que votre théorie est extravagante. Pire, elle est diffamatoire. J'ai accepté de vous rencontrer, aujourd'hui, parce que j'estimais qu'il était plus que temps que je vous reconnaisse, mais je me rends compte à présent que j'ai eu tort.

— Vous ne vous souciez donc pas de ces victimes ?

— Non. Pas le moins du monde. Maintenant, si vous en avez fini avec vos élucubrations, sachez que j'ai du travail. Non seulement cette usine emploie beaucoup d'habitants de la région, mais nos produits, dont la plupart sont de mon invention, sauvent des vies.

— Vous pourriez en sauver davantage si vous m'aidiez à localiser les autres femmes que vous avez pu engendrer.

Il tendit la main vers son téléphone et dit :

— Cet entretien est terminé.

— Je vais prévenir la police, vous savez…

La nuque de Johnson se raidit, mais il parvint à se contrôler.

— Ils vous riront au nez, répondit-il en souriant froidement. Je vous conseille de faire bien attention à ce que vous dites, Acacia. Si vous continuez comme ça, vous allez vous retrouver en soins psychiatriques. Il y a des antécédents dans cette famille, des cas de folie qui pourraient expliquer votre délire.

Kacey entendit frapper, et la porte du bureau s'ouvrit, laissant le passage à une grande femme, perchée sur des talons hauts. Ses pommettes étaient saillantes et son nez identique à celui de Johnson. Elle entra dans le bureau comme si elle était chez elle.

— Désolée de t'interrompre, papa, dit-elle, mais nous avions rendez-vous. Je ne savais pas que tu avais de la visite. Roxie est rentrée chez elle.

Elle adressa un mince sourire à Kacey.

— Tu ne nous déranges pas, Clarrie. En fait, c'est plutôt une bonne chose que tu sois là... Clarissa, je te présente ta demi-sœur, Acacia. Acacia, voici ma fille, Clarissa.

Dans quel guêpier me suis-je fourré ? se demanda Trace en vérifiant pour la énième fois que son fils allait bien.

Eli dormait en chien de fusil sur le canapé. Sarge était couché à côté de lui, toujours encombré de sa minerve.

Trace avait quitté le commissariat en devinant que les deux policières étaient déçues de ne pas avoir pu l'accuser de la mort de Jocelyn Wallis et de la disparition de Leanna. Mais ce n'était pas ce qui l'inquiétait le plus, à présent.

Non, s'il s'inquiétait, c'était pour Kacey.

A l'évidence, la jeune femme n'était pas en sécurité dans sa propre maison. La présence d'un chien n'y changeait rien, pas plus que celle du fusil de son grand-père. Quelqu'un s'était introduit chez elle à son insu et y avait dissimulé des micros... Ce quelqu'un avait donc aussi écouté leur conversation. Pourquoi ? Et cela avait-il réellement un rapport avec les décès suspects de ces femmes qui ressemblaient à Kacey ?

Tout cela ne lui disait rien qui vaille.

— Ça te dirait, des nouilles au fromage ? demanda-t-il à Eli.

L'enfant était censé boire en abondance, mais il n'avait pas touché aux bouteilles de soda, de Gatorade, de jus de pomme et d'eau vitaminée que Trace avait posées sur la table basse. Il avait encore trop mal à la gorge pour avaler sans peine.

— J'ai pas faim, répondit-il.

— Mais il faut que tu manges, et surtout que tu boives beaucoup…

Trace ouvrit une bouteille d'eau vitaminée rougeâtre et la tendit à son fils.

— Rappelle-toi ce que tu as promis à l'infirmière, en quittant l'hôpital. Je ne veux pas que tu y retournes.

— Pas question ! dit Eli en fronçant les sourcils.

Sa voix était éraillée et il toussait encore, mais il finit par prendre la bouteille et but avec difficulté une ou deux gorgées au goulot.

Ses devoirs scolaires s'empilaient sur la table, grâce à son institutrice qui les envoyait par courriel. Mais Trace se dit qu'il livrerait bataille sur ce front-là plus tard. Avant toute chose, il fallait que son fils recouvre la santé. La nuit précédente avait été une rude épreuve pour tous les deux.

A présent qu'Eli était revenu à la maison, il ne cessait de s'inquiéter pour Kacey. Il la connaissait à peine mais il fantasmait déjà sur elle.

Eli mangea quelques nouilles au fromage en chipotant, but un peu de jus de pomme et de Gatorade, puis se colla devant la télévision pour regarder en somnolant l'une de ses émissions préférées. Il dormait encore beaucoup mais, chaque fois que Trace prenait sa température, il constatait qu'elle avait baissé d'un cran. Elle était revenue à 38 degrés.

Il n'aurait été pleinement rassuré que s'il avait su avec certitude que Kacey ne courait aucun danger. Il essaya de la joindre sur son téléphone portable, mais son appel fut immédiatement transféré à la boîte vocale. Il raccrocha sans laisser de message.

Détends-toi. Elle est au travail, voilà tout.

Mais il ne parvenait pas à se départir de son inquiétude. Il ne savait trop que croire, mais les micros qu'il avait trouvés étaient bien réels.

*
* *

Clarissa avait perdu toute sa superbe. Elle fixa d'abord son père d'un air incrédule, puis son regard se porta sur Kacey.

— Tu plaisantes ? demanda-t-elle en plissant légèrement les yeux.

— A ton avis ? dit Johnson avec un brin d'amusement dans la voix, comme s'il ne faisait que la taquiner.

— Papa, je t'en prie…

— C'est la fille de Maribelle Collins, déclara-t-il ensuite comme si sa liaison avec la mère de Kacey était de notoriété publique.

— L'infirmière qui travaillait avec toi ? Ah, oui, je me souviens d'elle…

Clarissa dévisagea de nouveau Kacey, mais son regard était moins dédaigneux. Elle l'étudiait comme si elle détaillait mentalement leurs similitudes génétiques, et son expression passa du choc et de la confusion à une sorte de répulsion.

— Papa, je t'en prie, dis-moi que c'est une mauvaise blague.

Elle fit quelques pas pour se poster face à son père, sans lâcher Kacey des yeux.

— Non, ce n'est pas une blague. Acacia est bien ma fille. Autant que toi.

— Est-ce que maman est au courant ?

— Elle doit s'en douter.

— Tu ne sais pas si elle est au courant ?

— Nous n'en avons jamais parlé.

— Ça alors ! D'abord Robert… Et maintenant, maintenant, vous ! fit-elle en se tournant vers Kacey. Qu'est-ce que vous faites là ?

— Je cherche des réponses, dit Kacey. C'est un vrai plaisir de vous rencontrer, ajouta-t-elle d'un ton sarcastique.

— Excusez mon impolitesse, mais je suis un peu sous le choc.

S'adressant à son père, elle ajouta d'une voix indignée :

— Combien d'autres y en a-t-il ?

Gerald inspira lentement, sans desserrer les dents.

— Oh ! Non..., fit Clarissa.

Son regard était tombé sur le bureau et s'attardait sur les clichés qui jonchaient encore l'acajou lustré. Elle prit le portrait de Shelly Bonaventure.

— On dirait l'actrice qui jouait dans cette série de vampires à la télé, il y a quelques années... Celui où Lance jouait aussi...

— *Le Sang à la bouche*, précisa Kacey pendant que Gerald écartait en hâte les autres photos.

Mais c'était trop tard : le mal était fait.

— Et il y en a une de cette femme qui s'est tuée en faisant son jogging, dit Clarissa, les traits tirés. Qui est la troisième, papa ?

— Eve Alexander, une de mes patientes, dit Kacey. Elle avait deux enfants.

— Et toutes ces femmes sont mortes récemment..., murmura Clarissa dont le regard s'était voilé. Qu'est-ce qui se passe ?

Elle se tourna une nouvelle fois vers Kacey.

— Et pourquoi êtes-vous là, au juste ?

Gerald lâcha de nouveau un long et profond soupir.

— Il va falloir convoquer une réunion de famille, dit-il.

Il était tout pâle et, pour la première fois depuis que Kacey était entrée dans son bureau, elle trouva qu'il accusait son âge. Les pattes-d'oie qui bordaient ses yeux s'étaient creusées, ses phalanges paraissaient plus osseuses.

— Judd est là, aujourd'hui, indiqua-t-il. Et Robert, aussi, si je ne m'abuse.

— C'est à vérifier, dit Clarissa. Je sors d'une réunion avec les comptables. Mais je sais que Robert était au labo, ce matin. Cameron et Colt sont en déplacement. Cameron a dû aller à Spokane pour rencontrer le distributeur local, et Colt...

Elle consulta sa montre avant de reprendre :

— Il devrait avoir atterri à l'heure qu'il est. Il revient

de Seattle, où il avait une réunion avec le chef du service de cardiologie du centre universitaire hospitalier.

Le cœur de Kacey se serra lorsqu'elle repensa à la ville où elle avait été agressée et à l'hôpital où elle avait fait ses premières armes, là où JC occupait un poste éminent en cardiologie. Quelle ironie que son géniteur ait été, comme son ex-mari, un cardiologue !

Mais ce n'est qu'une coïncidence… Seattle est une très grande ville.

Cependant, elle ne put réprimer un frisson.

— Quant à Thane, qui sait où il est ? poursuivit Clarissa sur sa lancée. Avec lui, on ne sait jamais rien !

— Contacte tous ceux que tu peux contacter et dis-leur de me retrouver dans la salle du conseil d'administration. Laisse un message sur le téléphone portable de Colt pour lui dire de venir directement ici de l'aéroport, et essaie de joindre Cameron sur Skype pour qu'il puisse participer à la réunion à distance.

— Et Thane ?

— Appelle-le aussi et demande-lui s'il peut venir ou s'il préfère participer au conseil à distance.

— Thane n'aime pas Skype, lui rappela Clarissa.

Kacey eut l'impression que ce frère, le troisième des rejetons de Gerald, et le deuxième de ses enfants légitimes, était le plus indépendant. La brebis galeuse de la famille ? Le solitaire qui évite les repas de famille ? Peut-être, mais il ne s'était pas pour autant éloigné très loin de l'entreprise de papa.

— Et maman ? demanda Clarissa.

— Pas la peine de la mêler à tout ça, pour le moment. Laisse-moi m'en occuper à ma manière.

— Bonne idée, dit Clarissa d'un ton sarcastique. Ça a toujours si bien marché, les fois précédentes… Si Lance me faisait la moitié de ce que tu as infligé à maman, je ne me contenterais pas de l'humilier publiquement dans une émission de téléréalité, je l'éventrerais ! Avec un couteau à beurre, si possible.

— La compassion n'a jamais été ton fort, observa son père d'un ton pince-sans-rire.

Clarissa haussa les épaules.

— Je le dis comme je le pense. Et puisqu'on m'a volé mon fusil cette semaine, je crois que je serais capable de l'éviscérer. Avec une petite cuillère, pour que ça dure plus longtemps.

— Arrête ! l'avertit son père.

— Je dis simplement que je ne me laisse pas marcher sur les pieds, moi... Comme toi, d'ailleurs. Si c'était maman qui t'avait trompé comme tu l'as trompée et qu'elle avait eu une portée de bâtards, tu ne l'aurais jamais accepté !

— Je t'interdis de parler comme ça de ta mère ! Elle n'aurait jamais fait ça !

— Tu as raison, ce n'est pas son genre. Elle, au moins, elle a un minimum de classe !

Elle se tourna vers Kacey et ajouta :

— Félicitations, ma chère ! Il n'est pas facile de mettre le feu aux poudres dans cette famille, mais je constate que vous y êtes parvenue à merveille.

Sur ces paroles, elle sortit non sans avoir jeté un dernier regard féroce à son père, telle une ourse dont les petits viennent d'être menacés.

Gerald jeta hâtivement un dernier regard aux photos des trois jeunes femmes mortes.

— Clarissa a raison, vous savez, dit-il. J'ai bien peur que vous n'ayez provoqué une catastrophe que vous risquez de regretter.

Kacey n'était pas disposée à se laisser décourager. Il n'y avait plus moyen de reculer, d'ailleurs.

— Je n'ai pas peur, rétorqua-t-elle.

Mais c'était un mensonge, et ils le savaient tous les deux.

29

Gerald Johnson et Clarissa, semblant avoir oublié la présence de Kacey, se mirent à préparer le conseil de famille.

— Excusez-moi…, dit Kacey en prenant son manteau.

— La salle du conseil d'administration est au bout du couloir nord. Nous nous réunissons *tout de suite*, la prévint Clarissa.

— Je ne pars pas. Il faut juste que je passe un coup de téléphone.

Ils lui jetèrent tous deux un regard sans aménité lorsqu'elle sortit de la pièce.

Et moi qui me trouvais un peu paranoïaque ! Ça doit être atavique !

Elle se dirigea vers la salle comme indiqué, essaya d'en ouvrir la porte, mais elle était fermée à clé. Elle appuya sur la touche d'appel direct du commissariat de Grizzly Falls, dont elle avait ajouté le numéro dans le répertoire de son téléphone portable.

— Je voudrais parler à l'inspecteur Alvarez, s'il vous plaît, dit-elle lorsque la standardiste décrocha. Je suis le Dr Lambert et je devais la rappeler.

Son appel fut immédiatement transféré.

— Alvarez…

— C'est Kacey Lambert. Je sais que vous avez interrogé Trace O'Halleran, la personne qui a trouvé les micros chez moi.

— Oui. Nous aimerions venir sur place pour voir ce qu'il en est. Cet après-midi ?

— En fin d'après-midi, alors. Je suis en rendez-vous à Missoula et ça risque de prendre un peu plus de temps que prévu. Mais j'aimerais vraiment que ces micros soient tous retirés de chez moi.

— Rappelez-nous quand vous serez sur le chemin du retour.

— Merci, dit Kacey très sincèrement.

Ensuite, elle appela Trace, qui répondit à la première sonnerie, comme s'il guettait son appel.

— Kacey ! s'écria-t-il en reconnaissant sa voix, et la ferveur avec laquelle il prononça son nom lui mit du baume au cœur.

— Salut ! La police va venir chez moi en fin de journée pour enlever les micros… Enfin, j'espère. En tout cas, ils vont les examiner. Vous êtes au travail ? Je ne suis pas à la clinique. Je suis en rendez-vous.

Elle avait décidé de l'informer plus tard de la nature de ce rendez-vous et de ce qu'elle venait d'apprendre au sujet de la famille de son père biologique.

— J'ai dit à l'inspecteur Alvarez que je la rappellerais sur le chemin du retour, ajouta-t-elle.

— Rappelez-moi aussi.

— C'est promis.

— Kacey ?

— Oui ?

— Soyez prudente, dit-il, et elle comprit qu'il avait senti au ton de sa voix qu'elle se trouvait dans une situation délicate.

— Je vous verrai ce soir, Trace…

Puis elle rangea son téléphone dans sa pochette au fond de son sac à main, au moment où Clarissa et Gerald sortaient du bureau.

*
* *

— Tu peux retourner faire un saut chez toi, dit Alvarez à Pescoli. Il n'y a rien à faire ici avant qu'on aille chez le Dr Lambert.

— Je vais mettre Jeremy dehors, s'il est encore à la maison. Je n'en ai pas pour longtemps.

Alvarez la salua de la main. Elles étaient dans l'attente et ne pouvaient plus faire grand-chose pour leur enquête dans l'immédiat. Elles attendaient le rapport du labo. Elles attendaient que le Dr Lambert les rappelle.

Selena reprit place à son bureau et parcourut du regard ses notes : des fragments d'information qu'elle avait du mal à mettre en rapport entre eux. Il y manquait le chaînon qui viendrait tout expliquer.

Elle relut ce qu'elle avait griffonné en cogitant, puis consulta de nouveau les documents qu'elle avait rassemblés dans un dossier. Et décida qu'il n'y avait rien d'autre à faire que de continuer à se renseigner auprès des différents services et des témoins. En espérant qu'elle finirait par tomber sur une information cruciale ou au moins sur un détail susceptible d'éclairer l'ensemble.

Elle commença par appeler les parents d'Eve Alexander à Boise. Elle avait déjà essayé de les joindre à deux reprises et avait laissé des messages pour leur demander de la rappeler. Ils ne l'avaient pas fait. Ce qu'elle pouvait comprendre : ils étaient sous le choc. Ou peut-être avaient-ils le sentiment qu'il n'y avait rien à ajouter à ce que le mari d'Eve, Tom, avait dit aux policiers. La plupart des gens détestent que la police fasse irruption dans leur vie, même quand c'est pour leur bien.

Tout en composant leur numéro, elle se préparait à la conversation à venir. Après plusieurs sonneries, elle crut qu'elle allait une nouvelle fois tomber sur la messagerie. Mais il y eut un clic et une voix féminine dit avec circonspection :

— Allô ?

— Madame Morris ? fit Alvarez en consultant ses notes.

Les parents d'Eve se nommaient Brenda et Keane

Morris. Tous deux étaient à la retraite. Lui avait été pilote de ligne, elle institutrice.

— Je vois que vous nous appelez du Montana, dit la femme, et je sais aussi que vous appelez du commissariat du comté de Pinewood. Vous avez déjà essayé de nous joindre. C'est au sujet d'Eve, sans doute ?

— Oui, madame. Nous enquêtons sur la mort de vote fille.

— Vous ne pensez pas que ce n'était qu'un horrible accident ? demanda Brenda Morris d'une voix faible.

— Nous n'en sommes pas sûres. C'est pourquoi nous procédons à des vérifications.

La mère d'Eve se mit à pleurer doucement, et Alvarez sentit son cœur se gonfler de compassion. C'était l'aspect le plus dur de son métier.

— Puis-je vous poser quelques questions ?

— Allez-y, répondit Brenda d'une voix chevrotante.

— Nous avons interrogé votre gendre. Eve était en train de l'appeler quand s'est produit l'accident.

— Tom aimait Eve de tout son cœur. Il est complètement brisé. Nous le sommes tous.

— Tom nous a dit qu'un autre véhicule, conduisant dangereusement, pourrait être à l'origine de l'accident. Vous en a-t-il parlé ?

— Il nous a dit qu'Eve pensait que le chauffard essayait de la tuer. Mais, allez savoir… Parfois, quand on est au volant, on peut avoir ce genre de peur, vous ne croyez pas ?

— Oui, bien sûr.

— Il l'a emboutie à l'arrière, d'après Tom, poursuivit Brenda. Et il l'aveuglait avec ses phares. Tom pense qu'à un moment elle a dû lâcher le téléphone… Il a aussitôt appelé police secours, comme elle le lui a demandé.

— Est-ce que votre fille avait des ennemis, à votre connaissance ?

— Mais non ! Pas Eve. Tout le monde aimait Eve ! Sa meilleure amie, Jayne Drummond, qui la connaît depuis le lycée, habite près de chez nous. Elle est passée nous voir et nous avons beaucoup parlé d'Eve et du fait que tout le monde l'appréciait, dit Brenda d'une voix ponctuée de sanglots. Vous pourrez lui en parler vous-même, si vous voulez.

— Vous avez un fils, aussi.

— Oui, Bruce… Il est marié et vit en Floride. Je peux vous donner son numéro.

— Merci.

Alvarez nota les coordonnées de Jayne Drummond et de Bruce Morris.

— Madame Morris, reprit-elle, un peu embarrassée à l'idée que ses questions allaient paraître bien étranges, nous enquêtons également sur un autre décès, survenu à Grizzly Falls. Il s'agit d'une jeune femme aussi. Elle est tombée dans un ravin. Il se peut qu'elle ait été poussée.

— Je suis désolée pour sa famille, dit Brenda d'un ton sincère.

— Nous aimerions aider ses proches à faire leur deuil, eux aussi. Cette femme, Jocelyn Wallis, ressemblait beaucoup à votre fille. Au point que quelqu'un a pu se demander si elles n'étaient pas sœurs ou cousines.

C'était un pieux mensonge, quoique assez proche de la vérité pour qu'elle n'ait aucun remords à poursuivre.

— Même si j'imagine que c'est une simple coïncidence, je voulais vous demander s'il y avait une possibilité pour qu'elles aient des liens de parenté. Peut-être se connaissaient-elles ?

C'était assez improbable, et Alvarez sentit la gêne qui imprégnait sa propre voix. Cependant, les photos dont elle avait parlé avec Trace O'Halleran suscitaient plus de questions que de réponses. Si on pouvait établir un lien entre deux de ces quasi-sosies, peut-être cela ferait-il avancer l'enquête.

— Non, répondit Brenda.

— Eve est née à Boise ?

— Oui.

— Elle n'a donc pas de lien avec Helena ?

Brenda inspira profondément avant de répondre par la négative.

Alvarez sentit son pouls s'emballer. Elle sentait qu'elle avait mis le doigt sur quelque chose.

— Excusez-moi, insista-t-elle, mais j'ai l'impression que vous pensez à quelque chose...

— Ce n'est... Je ne... Je ne vois pas quel rapport ça pourrait avoir, mais...

— Pouvez-vous me dire à quoi vous pensez ?

— Mon mari...

Elle lâcha un long soupir avant de reprendre :

— Quand nous avons appris que mon mari était stérile, nous sommes allés dans une clinique à Helena. Elle n'existe plus. Nous y sommes allés pour trouver... un donneur.

— Un donneur de sperme ? demanda prudemment Alvarez.

— Oui. Mes deux enfants ont été engendrés par le même donneur.

— Eve et Bruce...

— Nous n'en avons jamais parlé à personne. Bruce ne le sait toujours pas, et Eve ne l'a jamais su. Je sais que je devrais en parler à mon fils, mais je n'ai jamais osé... Et, maintenant, Eve n'est plus là...

— Cette clinique, comment s'appelait-elle ?

— Je ne m'en souviens plus. Nous l'appelions « la clinique » quand nous en parlions avec mon mari. Je ne vois pas quelle importance ça peut avoir.

— Ça n'en a sans doute aucune, mais je dois tout vérifier. Pouvez-vous me donner plus de détails sur cette insémination artificielle ?

Brenda inspira et expira plusieurs fois de suite avant de répondre :

— Je ne vois pas bien quel usage vous pourriez faire de ces informations... Je ne connais que le numéro du donneur, en fait : 727. Mon mari et moi, nous nous en souvenons parce que Keane était pilote et que c'était le nom du Boeing qu'il pilotait. Nous pensions que ce numéro porterait chance à nos enfants.

— Comment avez-vous choisi ce donneur ?

— C'était un étudiant en médecine aux cheveux bruns et aux yeux bleus. Il faisait la même taille que Keane à peu près et il était sportif. Nous voulions que nos enfants nous ressemblent, dit-elle, et Alvarez comprit à son ton qu'elle trouvait que c'était la moindre des choses.

— C'est bien normal.

— Cette autre femme… Celle qui est tombée dans le ravin… Que pouvez-vous me dire d'elle ? demanda Brenda.

Alvarez ne voulait pas répondre à ses questions. Elle se contenta donc de dire :

— Je n'ai pas beaucoup de renseignements sur Mlle Wallis, mais je sais qu'elle était institutrice à Grizzly Falls et que tout le monde l'appréciait.

— Comme Eve, dit Brenda en soupirant. Moi aussi, j'étais institutrice… C'est vraiment triste, tout ça…

— Oui, madame, c'est très triste.

Alvarez était sincère, et Brenda perçut dans cette réponse laconique une réelle empathie.

— Si Eve a été tuée… Vous trouverez les coupables et vous me tiendrez au courant ?

— Oui, promit Alvarez.

— Merci.

Alvarez resta totalement immobile pendant plusieurs minutes après que Brenda Morris eut raccroché.

Un donneur de sperme.

Etait-ce possible ?

Ces femmes avaient-elles vraiment un patrimoine génétique commun, finalement ? Cette hypothèse avait bien été évoquée, mais elle avait été jugée extravagante, risible même, par tous les collègues d'Alvarez.

Eve Alexander, Shelly Bonaventure, Jocelyn Wallis et Leanna O'Halleran, et peut-être Kacey Lambert et beaucoup d'autres, étaient-elles sœurs ? Avaient-elles le même père biologique ? Etait-ce cela, le lien entre les victimes ?

Elle sortit son téléphone portable et appela Pescoli, qui ne répondit qu'à la cinquième sonnerie. Elle avait l'air furieuse.

— Oui ?

— J'ai un indice.

— Ah.

— Non, cette fois, c'est sérieux, dit Alvarez. Peux-tu revenir au commissariat ?

— Il me reste encore pas mal de gueulantes à pousser ici, répondit Pescoli d'un ton abrupt. Beaucoup de gueulantes, même ! hurla-t-elle à l'attention de l'un de ses enfants, visiblement.

— Alors, dépêche-toi de les engueuler et ramène-toi ! dit Alvarez en raccrochant.

Ces femmes avaient-elles été conçues dans la même clinique d'assistance à la procréation ? Leurs mères avaient-elles eu recours au même donneur de sperme, le donneur 727 ?

Mais quand bien même ce serait vrai, pourquoi leurs filles mouraient-elles les unes après les autres ? Pourquoi les *tuait*-on ?

Si on les tuait…

Mais c'est ce que tu penses, hein ? Tu es tombée sur un indice, et tu le sais. Qu'importe ce qu'en pense Pescoli.

Elle appela le labo et eut le désagrément de tomber sur un message en boucle. Elle raccrocha et appela Ashley Tang directement.

— J'ai un besoin urgent de résultats ADN, lui dit-elle. Vous ne connaissez personne au labo qui pourrait m'arranger ça ?

— Vous savez ce que c'est, ils prennent leur temps, lui répondit la technicienne de la police scientifique.

— Je m'en fiche ! J'ai un besoin urgent de réponses !

— Eh bien, j'en ai une pour vous. Il ne s'agit pas d'ADN, mais d'une ébauche d'explication…

— Allez-y !

— Cela concerne le poison qu'on a retrouvé dans l'organisme de Jocelyn Wallis… Nous pensons qu'il a été mélangé à du café moulu.

— Vous voulez dire qu'il a été mis dans le café intentionnellement ?

— Oui, il est probable que c'était délibéré.

— Pour la tuer ?

— A première vue, non. Le dosage était trop faible pour avoir provoqué la mort. Mais il peut y en avoir bien davantage dans le café qui reste. On ne l'a pas encore analysé.

Alvarez songea aussitôt à Kacey Lambert et aux micros dont sa maison était truffée. Jocelyn avait peut-être été espionnée, elle aussi. Et le tueur avait pu enlever les micros avant la perquisition.

— Je vais vérifier dans un autre pot à café, reprit Alvarez. Merci. Je vous rappelle bientôt.

Lorsqu'elle eut raccroché, elle sentit son pouls et sa respiration s'accélérer très nettement. Kacey Lambert était-elle une cible du tueur ?

Ça m'en a tout l'air.

— Pescoli, dépêche-toi d'arriver ! dit-elle à voix haute.

— Tu exagères toujours, déclara Jeremy en la regardant d'un air furieux.

Il était allongé sur le canapé et brandissait son téléphone portable.

— Ce n'est qu'une photo. Il n'y a pas de quoi fouetter un chat !

— Si le père de Heidi la voit, je ne pense pas qu'il sera d'accord avec toi !

— Tu lui as montré ?

— Comment ? Elle est sur ton téléphone ! Mais il est au courant… Ecoute-moi bien, Jeremy : envoyer des photos comme ça sur internet, c'est une très mauvaise idée.

— Ce n'est pas illégal !

— Je n'ai rien dit de tel. J'ai juste dit que ce n'était pas une bonne idée.

— Elle est sur *mon* téléphone. *Le mien !* Dans lequel tu as regardé, derrière mon dos. C'est une atteinte à ma vie privée !

— Une atteinte à *ta* vie privée ?

Pescoli balaya l'air d'un geste ample pour désigner le fouillis environnant et les détritus laissés çà et là par son fils pendant qu'il jouait comme un forcené à ses jeux vidéo : des canettes de soda vides, les restes rassis d'un croque-monsieur (ou était-ce Bianca qui l'avait laissé là ? Cela restait à déterminer), plusieurs paires de chaussures qui jonchaient le parquet.

— Tout ce que tu fais ces derniers jours est une atteinte à ma vie privée, à moi ! protesta-t-elle.

— Bon, tu m'as convaincu… Je me casse.

Il traversa d'un pas lourd et traînant le salon et descendit au sous-sol, dans sa chambre.

— Dieu soit loué, dit Pescoli. Il m'a enfin entendue.

— Maman ? fit la voix de Bianca du fond de sa chambre.

Pescoli s'y rendit aussitôt et vit sa fille allongée sur son lit, les yeux ronds grands ouverts et embués.

— Pourquoi Chris ne peut pas rester ?

— Il peut venir quand je suis là. Mais seulement quand je suis là…

— Je veux qu'il reste, moi. Il m'apporte de l'eau quand j'ai soif.

— Je vais te chercher un verre d'eau. Tu as mangé ton croque-monsieur ?

— Croque-monsieur ? Quel croque-monsieur ?

— Jeremy ! hurla Pescoli en sortant en trombe de la chambre de sa fille et en se dirigeant tout droit vers l'escalier qui menait à la tanière de son fils.

— Je lui ai demandé ! Elle m'a dit qu'elle n'en voulait pas ! protesta-t-il en hurlant lui aussi.

Pescoli revint dans la chambre de Bianca. Elle observa un instant sa fille, enfouie sous les couvertures.

— Il y a quelque chose que tu aimerais manger ? demanda-t-elle.

— De la soupe.

— Une soupe en boîte, ça t'irait ?

— Poulet nouilles.

En se dirigeant vers la cuisine pour y faire chauffer ce mets raffiné, elle entendit un faible et charmant « Merci, maman. » Elle lâcha un long soupir et faillit sourire en se souvenant de ce qui l'avait poussée à vouloir des enfants, jadis.

Une demi-heure plus tard, elle était de retour au commissariat. Alvarez venait de raccrocher lorsqu'elle entra dans la salle dévolue à la brigade des homicides.

— Alors, c'est quoi, cet indice ?

Alvarez lui exposa de bout en bout la théorie du donneur de sperme.

— Alors, qu'en penses-tu ? demanda-t-elle quand elle eut fini.

Pescoli hocha la tête en méditant ce qu'elle venait d'entendre.

— Incroyable, finit-elle par répondre. Qu'est-ce que ça signifie, au juste, selon toi ?

— Je suis en train d'y réfléchir. En tout cas, je suis sûre que c'est le dénominateur commun.

— Si…

— Pescoli ! aboya soudain dans son dos la voix de Cort Brewster comme si ce nom lui écorchait la gorge.

— Bonjour, Brewster, répondit-elle d'un ton neutre en se tournant vers lui.

— Venez dans mon bureau, ordonna-t-il avant d'ajouter après coup : S'il vous plaît.

— Eh merde…, marmonna Pescoli en le suivant à contrecœur.

Brewster ne prit pas même la peine de s'asseoir à son bureau. Il resta debout et Pescoli l'imita, ne voulant pas être dominée.

— J'ai parlé à Heidi de ces photos. Elle m'a juré qu'elles n'existaient pas.

— Tiens donc !

— Je pense qu'elle ne m'a peut-être pas dit la vérité, admit-il.

Pescoli haussa les sourcils, étonnée de cette relative honnêteté.

— Tout le monde sait, reprit Brewster, que je n'aime pas que votre fils fréquente ma fille. C'est un chien en rut et, si je m'écoutais, je lui botterais le cul.

— Vous avez déjà essayé cette méthode, lui rappela Pescoli d'un ton sarcastique.

— Je ne veux pas que ce bon à rien, ce chômeur traîne avec ma fille. Heidi mérite mieux que lui. Il a une mauvaise influence sur elle. Vous et moi, nous ne nous entendons pas toujours à merveille, mais il faut bien que nous travaillions ensemble. Je fais de mon mieux pour que nos rapports restent strictement professionnels. J'espère que c'est réciproque.

Il s'interrompit et, voyant que Pescoli ne répondait rien, ajouta :

— Ce sera tout.

Elle pivota sur ses talons et sortit d'un pas furieux de la pièce, agacée, contrariée et un peu décontenancée. Mais elle ne voulait pas donner le plaisir à Brewster de lui montrer son désarroi.

Ce salopard…

Elle regretta subitement Joe. S'il était vivant, tout serait différent ! Leur mariage n'avait pas été exemplaire, certes. Elle commençait déjà à se lasser un peu de lui lorsqu'il avait été tué dans l'exercice de son devoir. Mais elle aurait bien eu besoin de lui et de son sang-froid face à leur fils.

Puis elle pensa à Santana. L'homme qu'elle aimait. Peut-être devrait-elle aller vivre avec lui. Qu'attendait-elle ? Que ses enfants l'acceptent ?

Ce jour-là, les poules auront des dents.

Elle revint au bureau d'Alvarez tout en essayant de se calmer.

— Tu veux que j'appelle les parents de Jocelyn Wallis pour leur demander si le père a été donneur de sperme ? proposa-t-elle.

— Je leur ai déjà laissé un message, répondit Alvarez. Je leur ai demandé de rappeler. Je crois qu'il est temps d'en parler à Grayson.

Pescoli crut discerner dans sa voix quelque chose qu'elle aurait préféré ne pas y trouver.

— C'est quoi, ton problème avec le shérif ? demanda-t-elle.

— Il n'y a pas de problème, rétorqua Alvarez d'un ton catégorique.

Grayson était en train de sortir de son bureau, quand elles arrivèrent, mais, en les voyant, il y rentra aussitôt.

— Qu'y a-t-il ?

— Nous pensons que les décès de Jocelyn Wallis et d'Eve Alexander sont liés, dit Alvarez. Et il y en a peut-être eu d'autres…

— Je crois que je vais me rasseoir, déclara le shérif.

— Ce serait préférable, dit Pescoli d'un ton pince-sans-rire.

Vingt minutes plus tard, Alvarez avait récapitulé tous les progrès qu'elle avait accomplis dans son enquête.

— Il reste beaucoup de questions en suspens, conclut-elle. Nous allons nous renseigner auprès des proches des victimes. Toutes, pour l'instant, sont des femmes. Brenda Morris, la mère d'Eve Alexander, m'a dit que ses deux enfants avaient été conçus avec le sperme du donneur 727. Son fils, Bruce, vit en Floride. A priori, il est vivant et se porte bien. Figure-t-il sur la liste des victimes potentielles ? Ou le tueur ne s'en prend-il qu'à des femmes ?

— La liste ? s'enquit Grayson d'un ton las. Vous pensez qu'il y en a d'autres ?

— Beaucoup d'autres, peut-être, murmura Alvarez.

— Tous les Noël, on a affaire à un tueur en série, grommela Pescoli. Ce doit être la saison des assassins cinglés.

Grayson fixa Alvarez droit dans les yeux, et le regard de Pescoli passa de sa partenaire à son supérieur. Sturgis sortit de sa cachette sous le bureau de son maître, et s'étira en bâillant.

— Merde ! fit Grayson. Tenez-moi au courant. S'il y a un nouveau tueur en série qui sévit dans le coin, il va falloir que je prévienne le FBI.

— Nous devons rencontrer une des sosies en fin d'après-midi, dit Alvarez en regardant par la fenêtre.

— Vous pensez qu'elle figure sur la liste ? demanda Grayson.

Alvarez consulta Pescoli du regard, et Pescoli hocha la tête.

— Oui.

30

La salle du conseil d'administration était décorée dans le même style que le reste du bâtiment. Même moquette aiguilletée gris souris, mêmes fauteuils en cuir noir mat autour de la longue table vitrée. Au fond de la salle, un bronze représentant une oie sauvage en vol trônait sur un petit meuble de rangement aux formes élégantes. Deux des murs étaient en verre et occultés par des stores. Une vaste baie vitrée offrait une vue imprenable sur les montagnes environnantes. La pièce avançait en saillie sur une pelouse inclinée, de telle façon qu'on avait l'impression de se trouver au premier étage tant la pente était abrupte. Ce versant du bâtiment surplombait un autre étang dont la surface gelée était tapissée de neige.

Si les couleurs sourdes de l'ameublement et la vue spectaculaire étaient destinées à inspirer le calme et la tranquillité, cette atmosphère sereine se dissipa dès que les rejetons Johnson pénétrèrent dans la salle et s'assirent autour de la table où siégeaient déjà Kacey, Clarissa et Gerald. Ils jetèrent en direction de la jeune femme quelques coups d'œil curieux mais pas surpris.

Clarissa devait les avoir tous prévenus. Elle s'était assise à la droite de son père, comme l'apôtre Jean dans *La Cène* de Léonard de Vinci. Elle sortit un ordinateur portable de sa serviette et l'ouvrit, comme si elle s'apprêtait à participer à une réunion de travail ordinaire où il lui faudrait prendre des notes et partager des informations.

Son regard se posa un instant sur Kacey, qui était assise en face d'elle, et celle-ci y lut un mécontentement presque hargneux.

Eh bien, tant pis…

Clarissa était l'archétype de la fille aînée tyrannique, et son bref entretien avec Kacey l'avait visiblement mise de méchante humeur. Ses cheveux courts et très bruns étaient striés de mèches rouge sang, ce qui donnait à sa coiffure un look tendance qui contrastait avec son tailleur noir dont la jupe couvrait sagement ses genoux.

Avant qu'un mot n'ait été échangé, deux hommes entrèrent l'un après l'autre dans la pièce : les jumeaux, qui avaient été joints en déplacement, et qui étaient enfin arrivés. Le premier, dont les cheveux étaient ébouriffés et les joues mal rasées, salua Kacey d'un sourire chaleureux. Son nez n'était pas tout à fait droit, comme s'il avait été cassé à une ou deux reprises.

— Colt Johnson, se présenta-t-il sur le ton qu'aurait employé un représentant rencontrant un client. Il paraît que vous êtes notre petite sœur perdue de vue…

— Pas exactement, intervint Clarissa, mais son frère ne tint aucun compte de la remarque.

Il avait les yeux bleus de son père et ses cheveux étaient légèrement ondulés comme ceux de son géniteur. Mais les traits de son visage, hérités de sa mère, étaient plus fins.

— Ne vous laissez pas impressionner par Clarrie, dit-il.

Celle-ci émit un petit grognement dégoûté, ce qui fit sourire Colt, et Kacey vit une minuscule fossette se creuser au coin de sa bouche.

— Kacey Lambert, dit-elle en lui serrant la main.

Colt haussa un sourcil broussailleux.

— Eh bien, Kacey, on peut dire que vous avez atterri dans une drôle de famille.

— Ah bon ?

— Absolument !

Colt s'assit à côté d'elle tandis que le second jumeau,

Cameron, faisait son entrée. Colt et lui se ressemblaient comme deux gouttes d'eau, à ceci près cependant que Cameron était rasé de près et impeccablement coiffé.

— Bonjour, je m'appelle Cameron et, pour information, je suis le plus doué des jumeaux.

Colt éclata de rire et Clarissa se crispa.

— Je ne vois pas ce qu'il y a de drôle, dit-elle sèchement.

— Moi, je trouve ça marrant, tout ce cirque, lança Colt. Bienvenue dans la ménagerie familiale, Kacey !

Cameron esquissa un sourire et hocha la tête.

Clarissa pinça les lèvres.

— Vous vous amusez bien ? demanda Cameron.

Sa question ne semblait pas s'adresser uniquement à Kacey mais à toute l'assemblée.

Gerald secoua la tête d'un air agacé.

— Assieds-toi ! lui ordonna-t-il.

Cameron se laissa tomber dans un fauteuil, laissant une place vide entre Clarissa et lui, juste en face de Colt. Et un quatrième rejeton fit son entrée.

Judd.

Kacey le reconnut d'après les photos qu'elle avait vues de lui sur internet.

Il était le plus grand des trois frères déjà présents. Ses épaules étaient plus larges que celles des jumeaux. Alors que ces derniers étaient plutôt taillés comme des joueurs de base-ball, Judd avait le physique imposant d'un rugbyman de haut niveau. Ses cheveux de jais étaient bien coupés et bien coiffés. Il était rasé de près, lui aussi. Il était vêtu d'un costume noir de bonne coupe, sans le moindre faux pli, et d'une chemise blanche immaculée. Il avait tout de l'avocat d'affaires. Seule sa cravate était légèrement desserrée. Lorsqu'il regarda Kacey, elle lut dans ses yeux d'un bleu profond un peu d'appréhension et de nervosité.

— Judd, je te présente…, commença Gerald.

— Acacia, je sais.

Il lui serra la main. Il semblait beaucoup plus sérieux et posé que ses frères.

— Je suppose que je suis censé vous souhaiter la bienvenue dans notre famille, mais je ne suis pas sûr que vous vous y plairez.

— Ah bon ?

Il esquissa un petit sourire en coin.

— Vous verrez bien, dit-il laconiquement en s'asseyant à la gauche de son père.

Gerald consulta sa montre et regarda sa fille.

— Quelqu'un a-t-il prévenu Robert ?

Mais, avant qu'elle n'ait le temps de répondre, la porte s'ouvrit une nouvelle fois et un homme que Kacey ne reconnut pas entra précipitamment dans la pièce.

Robert Lindley, à n'en pas douter.

— Robert, voici Kacey Lambert, dit Gerald. C'est ta demi-sœur.

— Je suis au courant, dit Robert en hochant la tête avant de s'asseoir entre Clarissa et Cameron.

Même s'il ressemblait fortement à ses demi-frères, ses traits étaient beaucoup moins fins que ceux des enfants de Noreen Johnson. Son front était plus large, plus proéminent et commençait à se dégarnir. Mais il n'y avait pas trace de gris dans ses cheveux châtain foncé. Ses yeux étaient bleus comme ceux de tous les membres de la famille, mais son nez était un peu plus épaté et ses sourcils plus épais, son teint plus pâle. Sa stature était plus proche de celle de Judd que de celles des jumeaux. Il était grand et musclé, tel un adepte de la musculation intensive.

— Où est Thane ? demanda Gerald dont l'impatience croissait.

— Je n'en sais rien, dit Robert. Je lui ai laissé un message sur son portable.

— Il est ici, dit Judd. Je l'ai vu il y a dix minutes sortir de sa voiture, sur le parking.

— Il finira bien par arriver, décréta Clarissa qui, à

l'évidence, en avait assez des frasques de son cadet. Passons à l'ordre du jour. Comme vous le savez, Acacia Lambert, dit-elle en désignant Kacey, est notre demi-sœur. Sa mère se nomme Maribelle Collins et elle prétend n'avoir appris que récemment qu'elle avait le même père que nous.

— Je crois que c'est à moi d'en parler, Clarissa, intervint Gerald.

Il expliqua alors de quoi il retournait, révélant sa liaison avec Maribelle. Il ajouta qu'il connaissait l'existence de Kacey depuis sa naissance et avait applaudi sa décision de devenir médecin. Il avoua aussi avoir connu son ex-mari, le chirurgien en vue JC Lambert. En entendant ce grand déballage, Kacey eut un haut-le-cœur. Ce qui la choqua le plus, d'ailleurs, fut d'apprendre que son père biologique connaissait son ex-époux, mais elle se força à rester calme, même si l'assistance était de plus en plus tendue. Gerald s'excusa auprès de ses enfants et leur promit qu'il en ferait autant auprès de leur mère, même s'il ne pensait visiblement pas, en prononçant ces paroles de contrition, à Janet Lindley, la mère de Robert.

En l'écoutant, Kacey se demanda quelle était la part de sincérité dans ses propos et quelle était celle de la comédie. Tous les enfants de Gerald semblaient contenir leurs émotions. Kacey, elle aussi, s'efforçait de demeurer impassible alors qu'elle bouillonnait de colère à l'égard de cet homme dont elle ignorait encore l'existence quelques jours auparavant.

— Acacia n'est pas seulement venue ici pour m'annoncer qu'elle avait appris que j'étais son père, dit Gerald. Elle a un autre souci…

Son visage se crispa lorsqu'il sortit de sa poche les photos des femmes mortes pour les étaler sur la table.

— Ces femmes se ressemblent toutes, poursuivit-il. Et elles ressemblent aussi à Acacia. Elles ont également un air de famille avec vous tous. Acacia pense qu'elles pourraient également être vos demi-sœurs, et elle a l'intention de le prouver. Je dois vous dire que c'est techniquement possible, même si je n'ai pas eu d'autres liaisons extra-maritales que celles que j'ai eues avec la mère de Robert puis avec celle d'Acacia. Certes, j'ai eu plusieurs petites amies avant de me marier mais, au vu de l'âge de ces femmes, il est très probable que, si on parvient à prouver que je suis leur père, ce soit uniquement en raison d'un don que j'ai fait à une banque du sperme lorsque j'étais étudiant…

Ses enfants, déjà mis au courant par Clarissa, restèrent impassibles. Et lorsque Gerald entra dans les détails aucun d'entre eux ne parut s'en émouvoir. Ce n'est que lorsqu'il en vint à évoquer la possibilité que Shelly Bonaventure, Jocelyn Wallis et Eve Alexander aient été assassinées qu'ils se redressèrent sur leurs sièges, abandonnant leur réserve.

Kacey remarqua ce changement dans leur expression, mais ne décela chez aucun d'entre eux le moindre signe qu'il ait pu être au courant au préalable.

Clarissa leva subitement une main manucurée et dit :

— Est-ce qu'elle… Est-ce que vous, rectifia-t-elle en regardant Kacey d'un œil inquisiteur, est-ce que vous avez des éléments pour étayer votre théorie ? Vous pensez vraiment qu'un mystérieux tueur cible des bébés-éprouvette ? Et, plus spécifiquement, les bébés-éprouvette de notre père ?

— Clarissa !

Avant que Kacey ne puisse répondre, la porte s'ouvrit et Thane Johnson entra dans la pièce. Il était bâti comme Judd, quoiqu'un peu moins grand, et, à en juger par sa gestuelle, il avait l'air moins terne.

— Excusez mon retard, dit-il de façon purement formelle.

Il s'assit en face de son père et dit, après avoir observé Kacey un instant :

— Vous devez être Acacia.

— On m'appelle Kacey.

— Eh bien, bonjour, Kacey.

— C'est la fille de Maribelle Collins et de papa, expliqua Clarissa.

Thane haussa les épaules.

— Je suis au courant, j'ai eu ton message.

— Mais ce n'est pas tout, poursuivit Clarissa en fusillant Kacey du regard. Elle est persuadée que papa, qui a été donneur de sperme quand il était étudiant, a engendré une flopée de filles, et qu'elles sont toutes les cibles d'un tueur en série qui a juré de les éliminer toutes. Telle est la raison de cette réunion. Le grand mystère, c'est ce qui l'a poussée à nous faire part de ces élucubrations grotesques.

— Ah bon ? dit Thane en esquissant un sourire moqueur.

Il était vêtu d'un jean et d'un pull et ses cheveux étaient encore humides de neige fondue. Il ne prenait pas la peine de cacher qu'il trouvait cette situation amusante et ridicule, ou les deux à la fois.

— C'est à peu près ça, répondit Kacey en désignant les photos étalées sur la table. Je crois que ces femmes ont été engendrées par Gerald. Toutes ont trouvé la mort récemment. Et elles ont sans doute été assassinées.

— Je la connais, celle-là ! s'exclama Thane en posant le doigt sur le portrait de Shelly Bonaventure. Je l'ai vue dans un film, il y a plusieurs années.

Il fronça les sourcils et ajouta :

— Je croyais qu'elle s'était suicidée.

— C'est la version officielle, dit Kacey.

— Et la version officielle est mensongère ? demanda Judd. C'est ce que dit la police ?

— Pas la police de Los Angeles, mais celle de Grizzly Falls, répondit Kacey avant de désigner les photos d'Eve Alexander et de Jocelyn Wallis. Ces femmes habitaient dans la région. Jocelyn et Shelly sont nées à Helena, et je crois qu'Eve y a été conçue, elle aussi.

— Le fait que des gens se ressemblent ne signifie pas forcément qu'ils sont apparentés, fit observer Cameron.

— La police a-t-elle établi un rapport entre ces décès ? Les considère-t-elle comme des homicides ? s'enquit Judd.

— J'en doute, dit Robert. Si les enquêteurs avaient suivi

le raisonnement d'Acacia, ce seraient eux, et non elle, qui seraient ici en ce moment.

Il avait dit cela sans lâcher des yeux Kacey, et celle-ci sentit toute la haine qu'il lui vouait. Visiblement, elle avait eu le tort d'empiéter sur son territoire, et il ne goûtait que fort peu cette intrusion.

De même, d'ailleurs, que les autres…

La discussion s'échauffa quelque peu. Chacun exprima tour à tour son scepticisme. Ils étaient sur leurs gardes et paraissaient la soupçonner de visées inavouables. Ils devaient s'attendre à ce qu'elle formule des exigences. Alors que Clarissa se montrait franchement hostile et que Cameron lâchait quelques commentaires acerbes, Judd demeura plus solennel. Malgré son évidente méfiance, il l'écouta lorsqu'elle précisa sa théorie et lui posa des questions lourdes de sous-entendus, mais sans la hargne à peine contenue de sa sœur ou celle de Robert Lindley.

Thane ne parla guère. Il était sans doute le plus accueillant de la fratrie, écoutant en silence les échanges parfois houleux. Il esquissait de temps à autre un sourire, mais Kacey sentait, sous sa posture indifférente, un brin de nervosité. Lui aussi, avait du mal à croire ce qu'elle disait.

— Cette théorie est absurde, reprit Robert en la crucifiant du regard. Comment le tueur aurait-il appris que toutes ces femmes ont été engendrées suite au don de sperme de Gerald ? Sans disposer d'analyses ADN ou d'informations médicales confidentielles provenant de la banque du sperme en question, comment aurait-il pu identifier ses victimes ?

— Admettons que ce soit possible… Pourquoi agirait-il ainsi ? demanda Judd.

— Cette banque du sperme est fermée depuis des années. Qui sait où sont passées ses archives ? fit remarquer Gerald.

Ses enfants l'écoutaient respectueusement, mais ils n'en avaient pas moins leur propre opinion sur Kacey et ce qui l'avait amenée à les contacter.

Et tous faisaient grise mine.

Leur ressentiment était palpable et leurs objections fusaient, au point que Kacey en vint elle-même à douter un instant de la validité de sa théorie.

— Et la police ? lui demanda Cameron. Qu'en dit-elle ?

Kacey sentit tous les regards converger vers elle.

— Elle enquête sur ces décès suspects, répondit-elle. Je n'en sais pas davantage.

— Ce qui veut dire que les policiers vont bientôt débarquer ici ! dit Clarissa avant d'émettre un soupir exaspéré. On n'avait vraiment pas besoin de ça ! Maintenant que nos brevets sont dans le domaine public, nos concurrents sont à l'affût et cherchent à nous prendre des parts de marché. Une telle publicité serait désastreuse, nos clients en tireraient prétexte pour passer à la concurrence…

— Ça n'a aucun rapport avec l'entreprise, objecta Gerald. C'est une affaire personnelle.

— Va dire ça aux blogueurs d'internet et aux journalistes du coin ! Ce sera un vrai cauchemar, tu verras…

— Je croyais qu'il n'y avait pas de mauvaise publicité, dit Cameron.

— Toi, le crétin, ferme-la ! répliqua Clarissa.

Cette femme d'affaires, diplômée de Stanford et l'aînée d'une fratrie de mâles, n'entendait visiblement pas s'en laisser compter. C'était une dure à cuire qui ne mâchait pas ses mots.

Colt se redressa dans son fauteuil. Plutôt que de défendre son frère jumeau, il revint aux meurtres :

— Y a-t-il d'autres victimes ?

— Je le crois, répondit Kacey, mais elle ne pouvait étayer cette supposition.

— Avant toute chose, il faudrait comparer les profils ADN de toutes ces femmes, dit Judd. On pourrait rester assis ici toute la journée à discuter, que nous ne serions pas plus avancés. Il faut d'abord prouver qu'elles sont réellement les filles biologiques de papa. Hors cette confirmation, cette discussion est parfaitement oiseuse !

— Judd a raison, acquiesça Colt.

Mais les autres membres de la fratrie n'étaient pas aussi enclins à appuyer l'opinion que venait d'exprimer leur frère. Ils ne se privèrent pas de souligner que Kacey était plus certainement venue pour créer des problèmes ou qu'elle ne cherchait qu'à mettre la main sur une partie du patrimoine familial — ou les deux à la fois.

— Je ne comprends toujours pas ce que vous nous voulez, fit Cameron. Nous mettre en garde ? Ou nous accuser ? Soyez plus claire.

— Elle n'a rien à y gagner, dit Clarissa en jetant un regard mauvais à Kacey. Quand on connaît la situation de l'entreprise…

— Vous vous trompez, déclara Kacey avec fermeté. J'ai pensé que vous devriez savoir que des gens ayant un lien génétique avec vous se font tuer.

— Mais par qui ? Qui se donnerait la peine de retrouver les enfants nés d'un donneur de sperme pour les tuer en maquillant ses meurtres en accidents ? demanda Clarissa en rangeant son ordinateur portable dans sa serviette. C'est du délire ! Vous auriez besoin d'une consultation en psychiatrie !

— Restons courtois, Clarissa ! intervint Gerald. Ne sois pas désagréable !

— Clarissa ne peut pas s'en empêcher, dit Cameron. C'est dans sa nature.

— Assez ! s'écria Judd, dont l'impatience éclatait enfin. Pas besoin de s'insulter les uns les autres !

Il se tourna vers Kacey et ajouta :

— Ainsi, vous vouliez nous mettre en garde ?

Malgré son estomac noué, Kacey parvint à contenir sa colère.

— Je voulais aussi vous rencontrer, dit-elle. J'étais curieuse de connaître mon père biologique et, comme je suis fille unique, j'étais fascinée par l'idée d'avoir des demi-frères et sœurs.

Clarissa secoua la tête d'un air excédé, comme si elle avait d'autres choses, beaucoup plus importantes, à faire et que Kacey lui faisait perdre son temps.

Colt et Judd ne dirent rien, attendant la suite de ses explications.

Cameron avait l'air de s'ennuyer et Robert, toujours stressé, ne desserrait pas les mâchoires. Gerald était lui aussi sous pression. Il faisait bonne figure, mais ses lèvres pincées et son poing serré sur la table en disaient long sur sa tension nerveuse.

— C'est en me rendant compte qu'il y avait plusieurs femmes qui me ressemblaient à Grizzly Falls que j'en suis venue à apprendre votre existence, poursuivit Kacey. Quand j'habitais à Seattle, je n'ai jamais rencontré de femmes de mon âge dont on m'a dit qu'elles me ressemblaient autant. Depuis que je me suis installée dans le Montana, je n'arrête pas d'en voir. Deux… Trois, puis quatre… Ça dépasse vraiment toute probabilité ! Et je ne parle pas de Shelly Bonaventure… Quand j'ai vu sa photo dans le journal après sa mort, j'ai remarqué qu'elle me ressemblait vraiment beaucoup. Mais elle vivait à Los Angeles. Cela aurait pu être une simple coïncidence, une petite bizarrerie de la nature… Ça ne m'a pas intriguée plus que ça.

Son regard se posa sur les photos étalées sur la table.

— Ce sont elles qui m'ont motivée dans ma recherche…

Elle raconta ensuite comment on l'avait confondue avec Jocelyn Wallis aux urgences et comment elle s'était inquiétée en se rendant compte que ses sosies mouraient les unes après les autres. Son instinct lui souffla cependant de taire le fait que sa maison avait été truffée de micros et qu'elle avait l'impression d'être suivie. Les Johnson avaient déjà tendance à penser qu'elle était un peu cinglée, et elle ne voulait pas leur donner à croire qu'elle était complètement paranoïaque.

Lorsqu'elle eut achevé son récit, Clarissa ne cacha pas son irritation.

— Et maintenant ? demanda-t-elle. Vous êtes venue et vous nous avez rencontrés. Notre mère va avoir un choc épouvantable, d'autant plus qu'elle n'a jamais vraiment digéré le fait que Robert soit notre demi-frère.

Robert lui lança un regard noir mais ne protesta pas.

— Je suppose que vous allez demander un poste au sein de l'entreprise, poursuivit-elle. Pour en profiter comme nous autres... Ou peut-être avez-vous l'intention de vous faire inviter au repas de Noël ? Ce serait amusant, quoiqu'un peu déplacé...

— Plus qu'un peu, renchérit Cameron.

— En venant ici, je ne cherchais en fait qu'un peu de reconnaissance, répliqua Kacey en se levant. Je voulais en savoir davantage sur mes origines, et je tenais à vous informer de ce qui se passe : des femmes nées du sperme de Gerald Johnson sont très probablement les proies d'un tueur en série.

— Ce n'est qu'une théorie, lui rappela Robert.

Elle se tourna vers lui — ce demi-frère qui, comme elle, ne faisait pas vraiment partie de la famille.

— Je n'ai rien d'autre à ajouter, dit-elle. Je n'ai aucune arrière-pensée, contrairement à ce que vous semblez croire.

Elle marqua une pause et regarda Clarissa droit dans les yeux.

— J'ai ma propre vie, et j'en suis contente. Je voudrais juste que ça dure.

Elle s'apprêtait à prendre congé lorsqu'on frappa à la porte. Sans attendre qu'on lui dise d'entrer, un homme l'ouvrit, restant sur le seuil. Il était beau garçon et bien bâti, avait lui aussi les yeux bleus et mesurait plus d'un mètre quatre-vingt-dix. Il jeta dans la pièce un regard circulaire qui s'arrêta sur Clarissa.

— Je croyais que nous avions rendez-vous avec l'entrepreneur, dit-il, visiblement contrarié.

— Une affaire familiale urgente m'a retardée, indiqua Clarissa sans plus d'explication.

Elle rassembla ses affaires et ferma sa serviette.

— Une petite minute, Lance, dit Gerald.

Lance ? Le mari que Clarissa se disait prête à « éventrer » si elle apprenait qu'il la trompait ?

Ce serait une vraie prouesse, se dit Kacey en observant ce grand costaud qui n'avait pas l'air commode. A en juger par son physique, c'était le genre de type qui chasse à l'arc et qui pratique la varappe ou le triathlon. Il n'y avait pas un gramme de graisse sur sa carcasse massive et pas l'ombre d'un sourire sur son visage aux traits réguliers.

Kacey se dirigea vers le placard de la salle, où elle avait accroché son manteau.

— Je m'en vais, déclara-t-elle sans s'adresser à quiconque en particulier.

Elle enfila son manteau et ajouta :

— Vous pouvez garder les photos.

Lance qui l'observait d'un œil curieux s'écarta pour la laisser passer. Passant d'un couloir à l'autre, elle se dirigea vers la sortie du bâtiment qui était au cœur de l'empire industriel de Gerald Johnson.

Ce n'était en fait qu'une entreprise de taille moyenne parmi tant d'autres, mais à en juger par le comportement de ses demi-frères — et surtout de sa demi-sœur — le nom de Saint Empire Johnson lui aurait mieux convenu que Johnson SA.

Elle se sentait un peu fatiguée. Cette visite n'avait pas donné grand-chose, si ce n'est que Gerald Johnson et ses enfants n'étaient plus de simples images en deux dimensions glanées sur internet. Elle les avait rencontrés en chair et en os et avait l'impression de les comprendre un peu mieux, ce qui n'était pas forcément très réjouissant.

Eux la connaissaient aussi à présent. Elle les avait prévenus et ils savaient à quoi s'en tenir, même si elle n'était pas sûre qu'ils puissent constituer des cibles pour le tueur. Elle se demanda brièvement si l'un d'entre eux pouvait être la personne qui avait installé des micros chez elle — voire le tueur lui-même. Mais cela semblait improbable. Même si la clé du mystère restait à l'évidence Gerald Johnson.

Clarissa avait eu raison sur un point : elle avait mis le feu aux poudres. Il était difficile de prévoir ce qu'il adviendrait, mais elle doutait fortement que des liens familiaux puissent se créer entre les Johnson et elle.

— A quoi t'attendais-tu ? se demanda-t-elle en se dirigeant vers sa voiture.

Ses pieds s'enfonçaient à chaque pas dans la neige fraîche. S'était-elle imaginé être accueillie les bras ouverts ? Avait-elle cru, en rencontrant les enfants de Gerald, pouvoir identifier lequel d'entre eux était assez fou pour commettre des meurtres ?

Et si c'était bien l'un des frères, quelles étaient ses motivations ? Quelle était la nature de son délire ?

Les gens dont elle venait de prendre congé étaient-ils eux-mêmes des cibles ?

Attribuant son mal de ventre à son état nerveux, elle monta dans sa Ford et sortit en reculant de sa place de parking. Quelques minutes plus tard, elle appela l'inspecteur Alvarez et lui laissa un message pour l'informer qu'elle était sur le chemin du retour. Puis elle appela Trace pour lui dire la même chose. Elle lui demanda ensuite des nouvelles d'Eli. Trace lui dit que son fils toussait encore et qu'il était toujours un peu faiblard, mais qu'il était en voie de guérison. Leur voisine était venue pour tenir compagnie au petit garçon pendant que Trace remplissait ses tâches à la ferme. Lorsque Kacey eut l'assurance qu'Eli se portait mieux, elle relata à Trace sa visite aux Johnson.

— Vous auriez dû me dire où vous alliez, lui opposa Trace quand elle eut achevé son récit. Ça m'a tout l'air d'un nid de guêpes.

— De vipères, rectifia-t-elle.

Il eut un petit rire qui réchauffa le cœur de Kacey.

— Il fallait que je les rencontre toute seule.

Après avoir passé une bonne partie de l'après-midi sous

le regard inquisiteur de ses demi-frères et de sa demi-sœur, c'était un plaisir de converser avec un homme qui semblait lui faire confiance et se soucier d'elle.

— Vous voulez que je vienne chez vous ? proposa-t-il.

— Non, ce n'est pas la peine. Je vais laisser l'inspecteur Alvarez et ses collègues s'occuper de cette histoire de micros.

— Je peux venir, vous savez. Si Tilly veut bien veiller sur Eli, je peux vous retrouver chez vous, insista-t-il. Si ça ne vous dérange pas…

Kacey entendit, dans le récepteur, la voix d'une femme plus âgée dire en bruit de fond :

— Pas la peine de me forcer la main, Trace. Il est temps que je montre à ce galopin qui est la meilleure aux dames !

— Ça ne me dérange pas du tout.

— Alors à tout à l'heure.

— D'accord.

Une fois de plus, elle sentit son imbécile de cœur palpiter dans sa poitrine, et, une fois de plus, elle s'exhorta à garder les pieds sur terre et la tête hors des nuages. Deux semaines auparavant encore, elle ne connaissait pas l'existence de Trace O'Halleran, ni celle de son adorable fils.

Deux semaines auparavant encore, sa vie était normale. Banale et routinière. Et subitement des femmes qui lui ressemblaient avaient perdu la vie l'une après l'autre.

Mais elle sentait Trace à ses côtés ; elle n'était plus seule à faire front.

En quittant l'autoroute pour se diriger vers Grizzly Falls, elle jeta un coup d'œil dans son rétroviseur et fut heureuse de constater que personne ne semblait la suivre sur cette route qui serpentait parmi les collines enneigées. Elle alluma la radio, soulagée de laisser derrière elle le nœud de vipères qu'était sa nouvelle « famille ».

31

Calme-toi !

Fais comme si de rien n'était.

La garce est allée voir Gerald... Et alors ?

C'était inévitable.

Tout comme l'intervention de la police.

Et les choses ne feront qu'empirer quand ils découvriront l'autre...

Il jeta un coup d'œil à l'écran de son GPS et s'aperçut qu'Acacia était rentrée directement chez elle après avoir rendu visite à Gerald à Missoula — exactement comme il l'avait prévu. Et pourtant il ne pouvait s'empêcher de s'inquiéter. Ses mains étaient toutes moites dans ses gants, ses dents mordaient nerveusement sa lèvre inférieure tandis qu'il songeait à tous les problèmes qui pouvaient se poser, désormais.

Il avait pourtant été si minutieux, si appliqué.

Il fallait agir, et vite. Il y avait tant à faire, et le temps jouait contre lui.

Il avait remplacé les plaques d'immatriculation de son pick-up par celles de l'Idaho.

Au cas où...

Ses essuie-glaces balayaient inlassablement la neige qui tombait sur le pare-brise tandis qu'il repensait à ce qu'il avait accompli la veille, à la surprise qu'il avait faite à une Ignorante...

Elle était en train de faire du ski de fond sur une piste

qu'elle avait l'habitude de pratiquer. Il l'avait guettée plusieurs jours de suite sur le parking en espérant sa venue.

Et, finalement, la veille, alors qu'il faisait semblant de vérifier son propre équipement, il avait vu arriver sa Honda. Elle s'était garée et avait chaussé ses skis. Il l'avait saluée de la main lorsqu'elle s'était élancée avec entrain sur la piste.

Il avait attendu qu'elle passe un virage et s'enfonce dans un taillis de pins pour se lancer à sa poursuite à grandes enjambées. Elle était sportive et dynamique, et il avait été surpris par le temps qu'il lui avait fallu pour la rattraper, mais il ne s'était pas laissé distancer et n'avait pas perdu de vue son pull rouge.

Elle avait commencé à remonter la pente qui longeait le lit d'une rivière. C'est alors qu'il avait accéléré, passant du pas alternatif à une poussée simultanée, puisant rageusement dans ses forces et sentant le vent d'hiver pénétrer sa cagoule.

Ses skis glissaient à toute allure sur la poudreuse.

Il enfonçait ses bâtons dans la neige fraîche à un rythme sûr et régulier, gagnant à chaque pas un peu plus de terrain.

Elle n'était plus qu'à dix mètres, slalomant entre les arbres, frôlant la berge de la rivière, et il était assez près pour distinguer les écouteurs de son iPod.

Sept mètres…

Elle avait ralenti en abordant une nouvelle côte.

Parfait…

Il avait redoublé d'efforts, labourant la neige de ses bâtons.

Il était en nage.

Mais il se rapprochait implacablement.

Trois mètres…

Il avait souri sous sa cagoule. Elle ne l'avait pas entendu. Elle ne savait pas qu'il la suivait. Elle était murée dans sa musique et devait être niaisement absorbée par la beauté du paysage.

Inconsciente du danger qu'elle courait, elle suivait les méandres de la rivière.

Il était alors arrivé juste derrière elle.

Les pointes de ses skis touchaient presque l'arrière des siens. Ils se dirigeaient vers un bosquet plus dense où les bouleaux et les pins frémissaient au vent.

Au détour d'un virage, il avait aperçu un pin noueux et tordu, pourvu d'un tronc épais et hérissé de branches brisées.

Parfait !

Il était venu se placer à sa hauteur et ils avaient skié côte à côte.

Elle n'avait remarqué sa présence à côté d'elle qu'au moment où ils atteignaient ensemble le gros pin aux branches cassées. Elle avait tressailli et s'était tournée vers lui avec un air effrayé. Elle avait écarquillé les yeux et ouvert la bouche pour crier à l'instant même où il l'avait poussée…

De toutes ses forces.

Contre le vieux pin.

A présent, il souriait en se remémorant l'horreur qu'il avait lue sur son visage, le fracas terrible de son corps contre l'écorce dure et rugueuse, le bruit mat de son crâne heurtant en pleine course une grosse branche brisée.

Une autre Ignorante rayée du nombre des vivants… Une de plus…

Il revint à ses préoccupations du moment et se dit qu'il allait s'occuper de celle qu'il aurait dû éliminer depuis longtemps. Il sentit sa cicatrice palpiter le long de sa tempe au rythme des essuie-glaces et d'une inepte chanson de Noël qui passait à la radio.

— Les Rois mages, je les emmerde, marmonna-t-il.

En songeant à ce qu'il projetait d'accomplir, il éprouva de nouveau cette sensation excitante et voluptueuse, cette impatience de tuer et de mener sa mission à bien.

Acacia…

J'aimerais bien la baiser, celle-là… Juste pour lui montrer ce que je sais faire…

Mais il se ravisa, surmonta ses envies de viol et décida de se contenter de la tuer. Il imaginait déjà ses yeux écarquillés par la surprise et l'horreur, ses pupilles dilatées par la terreur. Il anticipait ce moment délicieux où il la verrait comprendre qu'il allait lui ôter la vie.

Il sentit son pénis se raidir. Il gémit doucement et expira lentement, desserrant son étreinte sur le volant.

Il lui suffisait de se garer hors de vue une nouvelle fois, de chausser ses raquettes et de la surprendre. La neige aurait vite fait de recouvrir ses traces…

Il sourit et appuya sur l'accélérateur.

Il connaissait l'endroit idéal.

— De la peinture noire qu'on peut acheter dans tous les supermarchés ? répéta Alvarez dans son téléphone mains libres tandis qu'elle conduisait.

— Désolé, dit Gus sans la moindre trace de regret dans la voix. C'est ainsi et je n'y peux rien. C'est de la peinture noire mate de la marque Premium, numéro de référence 308. Ça fait quinze ans qu'ils utilisent la même formule.

La conversation portait sur les traces de peinture retrouvées sur le pare-chocs du monospace d'Eve Alexander. Cette peinture noire n'était pas spécifique à un fabricant automobile — ce qui aurait permis de remonter jusqu'à une marque et un modèle de véhicule —, mais provenait d'un des aérosols qu'on trouvait partout et qui servait à peindre des meubles d'extérieur, des barbecues ou des modèles réduits.

— Super ! fit Alvarez.

— J'ai fait ce que j'ai pu.

— Je sais. Merci, Gus.

Elle raccrocha et se demanda combien de supermarchés et de quincailleries, dans la région de Grizzly Falls, avaient vendu des bombes de peinture de la marque Premium au cours des quinze dernières années. Elle pouvait avoir de la chance et trouver trace d'un client qui en avait acheté une récemment. Mais c'était improbable. Car l'aérosol aurait pu tout aussi bien être acheté à Spokane, Boise ou Missoula — ou même beaucoup plus loin.

En revanche, elle avait l'information concernant le café moulu empoisonné.

Elle était seule. Pescoli avait reçu un appel de son fils au moment où elles s'apprêtaient à partir ensemble pour la maison du Dr Lambert. Jeremy lui avait appris que Chris Schultz avait débarqué chez elle, et elle s'était sentie obligée d'y retourner. Alvarez avait essayé de la convaincre que ça n'en valait pas la peine, mais Pescoli tenait mordicus à le jeter dehors. Elle lui avait promis en partant qu'elle la rejoindrait dès que possible. Elle avait paru aussi contente qu'irritée par la délation de Jeremy. La délation est toujours méprisable, mais, dans le cas de Jeremy, c'était presque un signe de maturité.

Alvarez trouva l'entrée de la propriété d'Acacia Lambert et s'engagea dans la longue allée qui menait à la maison, roulant dans les traces qu'avait récemment laissées un autre véhicule. En se garant, elle eut la mauvaise surprise de tomber sur Trace O'Halleran qui l'attendait dehors, adossé à son pick-up. L'équipe de la police scientifique était déjà arrivée. Sa camionnette, dont le moteur tournait, était garée près du garage. L'un des techniciens, Rudy, fumait une cigarette en bavardant avec Trace. Sa partenaire, Eileen, était restée au chaud dans la camionnette dont le pot d'échappement crachait une fumée grise qui maculait la neige fraîche.

Alvarez observa Trace un instant. Ce n'était pas lui le tueur. Ses alibis prouvaient son innocence. Cependant, elle ne pouvait s'empêcher de penser qu'il jouait un rôle important dans toute cette affaire, mais elle ne savait pas lequel exactement.

Pas encore.

Quel rapport y avait-il entre cet homme et les femmes engendrées par le donneur 727 ?

En ouvrant la portière de sa Jeep, elle entendit un autre

véhicule remonter l'allée et vit une paire de phares éclairer la neige.

Quelques instants plus tard, Acacia Lambert avait garé sa Ford derrière la Jeep d'Alvarez et marchait vers Trace et Rudy. Eileen sortit de sa camionnette pour se joindre à eux.

Ils discutèrent un instant de la meilleure manière de fouiller la maison. Ils comptaient trouver les micros et les laisser en place — afin d'essayer de localiser le poste d'écoute. Kacey et Trace devaient se parler comme s'ils étaient seuls dans la maison et causer de la pluie et du beau temps, pendant que les techniciens passeraient chacune des pièces au peigne fin en quête de micros mais aussi de caméras miniatures. Ensuite, ils procéderaient à un prélèvement d'empreintes digitales.

Kacey semblait espérer être débarrassée des micros, ce qu'Alvarez comprenait parfaitement. Mais elle finit par se laisser convaincre qu'il était de meilleure tactique de les laisser en place.

S'il y avait aussi des caméras ayant échappé à la vérification de Trace la veille, les policiers seraient forcément repérés. D'ailleurs, si le poseur de micros était posté à proximité, il y avait de fortes chances pour qu'il les ait vus arriver. Dans ce cas, il ne manquerait pas de comprendre qu'ils avaient éventé sa surveillance. Même si la maison était à l'écart de la route, il pouvait très bien être caché dans les parages.

En arrivant sur la terrasse arrière, ils se figèrent en entendant un chien aboyer à l'intérieur.

— Bonzi ! C'est moi ! dit Kacey, mais l'animal ne cessa son vacarme que lorsqu'elle fut entrée dans la maison.

Il se radoucit alors et se mit à agiter la queue pour accueillir les nouveaux venus. Malgré son air agressif de pit-bull, il baissa la tête pour que chacun le salue d'une petite caresse entre les oreilles.

Kacey le fit sortir et le nourrit sur la terrasse arrière, avant de se rendre, comme convenu, dans le salon.

Pendant que Rudy et Eileen se mettaient à l'ouvrage,

Trace et Kacey allumèrent plusieurs téléviseurs pour couvrir le peu de bruit que faisaient les techniciens, puis se mirent à jouer leurs rôles dans le petit salon.

Alvarez enfila une paire de gants en latex et recueillit dans des sachets en plastique un peu de café moulu ainsi que quelques grains entiers qui se trouvaient dans la boîte à café. Elle ne s'attendait pas vraiment à trouver des empreintes digitales, mais elle aimait à faire son travail dans les règles de l'art.

Qui sait ? On peut avoir de la chance.

Trouver des éléments indiquant qu'un individu malfaisant espionnait Acacia Lambert ne suffisait pas, loin de là, à prouver sa théorie qui consistait à voir un lien dans tous ces décès. Etait-elle elle-même une des filles biologiques du donneur 727 ? Alvarez comptait bien l'interroger à ce sujet, après la fouille de la maison.

Pendant que Trace et Kacey échangeaient des banalités, le chien vint se blottir aux pieds de cette dernière, et Alvarez griffonna une question sur un bloc-notes qu'elle plaça sous ses yeux.

« Avez-vous été souffrante, ces derniers temps ? »

Trace O'Halleran se renfrogna et son regard passa de Kacey à Alvarez.

Kacey hésita, fronçant les sourcils. Puis elle écrivit ceci sur le bloc-notes :

« Mal au ventre. »

Alvarez écrivit alors :

« C'est peut-être à cause d'un poison. On a trouvé de l'arsenic dans le contenu de l'estomac de Wallis. »

— Dans quel aliment ? murmura tout bas Kacey.

« Dans le café. A faible dose. »

— Merde, fit Kacey d'une voix à peine audible qui ne pouvait sans doute pas être captée par le micro.

Son expression passa de l'inquiétude à la colère et elle griffonna :

« Il faut que je vous parle. »

Alvarez écrivit, en hochant la tête :

« Dans ma voiture. »

Elle augmenta alors le volume du téléviseur jusqu'à ce qu'on ne puisse plus rien entendre d'autre, puis elle traversa la cuisine, prenant au passage la cafetière, le café en grains et moulu et les échantillons, et sortit de la maison.

Le vent soufflait fort, faisant tourbillonner la neige et claquer une branche contre la gouttière. Alvarez déverrouilla sa voiture et y monta. Trace et Kacey la rejoignirent quelques instants plus tard.

— Ici, personne ne nous écoute, dit Alvarez en faisant démarrer le moteur et sans tenir compte du grésillement de la radio de bord.

Trace s'installa sur la banquette arrière et Kacey sur le siège du passager. Alvarez régla la ventilation du chauffage au maximum pour empêcher la condensation puis activa ses essuie-glaces.

— Je crois que vous avez peut-être été empoisonnée, mais sans doute à une dose trop faible pour occasionner davantage qu'un simple mal de ventre. Nous avons retrouvé des traces d'arsenic dans l'organisme de Jocelyn. L'homme qui l'a tuée avait réussi à s'introduire chez elle et à empoisonner son café moulu.

— Salopard ! grommela Trace.

— Vous pensez qu'il en a mis dans mon café aussi ? demanda Kacey.

— Nous le saurons bientôt.

— Je crois que ce « salopard » pourrait m'être apparenté, dit alors Kacey lentement, en choisissant ses mots avec précaution.

— Comment ça ? interrogea Alvarez.

Kacey se lança, non sans quelques réticences, dans un récit d'où il ressortait qu'elle était l'enfant adultérine de sa mère et d'un certain Gerald Johnson, un médecin qui avait inventé un nouveau type de stent utilisé dans la chirurgie cardiaque. Elle raconta sa visite à l'entreprise de Gerald et ce qu'elle y avait appris. Puis elle livra brièvement ses impressions au sujet de son père biologique et de ses enfants légitimes. Elle révéla enfin à Alvarez que Gerald Johnson avait été donneur de sperme à l'époque où il était étudiant en médecine, auprès d'une clinique d'assistance à la procréation située à Helena et qui avait depuis définitivement fermé ses portes.

Alvarez resta silencieuse un long moment, savourant l'impression que l'affaire se démêlait enfin.

— Nous étions déjà sur la piste d'une banque du sperme, dit-elle à Kacey qui parut surprise. Grâce au témoignage de la mère d'Eve Alexander.

Elle résuma en quelques mots ce qu'elle avait appris de Brenda Morris, puis elle se tourna vers Kacey pour la regarder dans les yeux.

— Mais il faut que vous arrêtiez votre petite enquête personnelle, lui dit-elle d'un ton grave. Je recueillerai votre déposition au commissariat. Ensuite, il vaudrait mieux que vous disparaissiez et que vous vous cachiez quelque part jusqu'à ce qu'on ait déterminé si vous êtes ou non une cible potentielle du tueur, et qu'on se soit renseigné sur le rôle exact de Johnson et de ses enfants.

— L'un d'eux se trouve dans une situation semblable à la mienne, dit Kacey. Robert Lindley… Sa mère a été, elle aussi, la maîtresse de Johnson. Et je sais qu'une de ses filles légitimes est morte dans un accident de ski quand elle avait une vingtaine d'années.

— Tiens, tiens ! dit Alvarez. Encore un accident…

— Vous pensez qu'elle aurait pu être tuée ? demanda Trace.

— C'est possible.

— Et les autres enfants ? s'enquit Kacey. Kathleen est morte il y a plusieurs années. Agatha, une troisième fille légitime, avait huit ans quand elle a fait une chute mortelle. A ma connaissance, aucun des autres n'a frôlé la mort.

— A votre connaissance... Je vois que vous vous êtes bien renseignée. Mais maintenant il va falloir que vous arrêtiez de jouer aux détectives. C'est trop dangereux. Laissez-nous faire notre métier. Dorénavant, c'est nous qui nous occuperons de tout.

— Merde ! marmonna Pescoli, stupéfaite.

Elle s'agenouilla dans la neige près du cadavre — celui d'une skieuse de fond ayant apparemment percuté un pin qui se dressait sur les berges d'une petite rivière gelée.

Elle était en route pour la maison d'Acacia Lambert lorsqu'elle avait reçu l'appel.

La skieuse morte avait des cheveux tirant sur le roux et, malgré les meurtrissures que le choc avait infligées à son visage, malgré le sang qui avait coulé sur son front et ses joues, elle était encore reconnaissable et Pescoli sentit un frisson d'effroi lui parcourir l'épiderme.

Les traits de la jeune femme étaient clairement similaires, en dépit de sa lividité et de sa rigidité, à ceux de Jocelyn Wallis, d'Eve Alexander et même de Shelly Bonaventure.

— Saloperie, dit-elle pendant que le corps était photographié sous tous les angles.

On le fit ensuite glisser dans une housse mortuaire et on le transporta jusqu'à la camionnette du médecin légiste, qui était garée sur le parking le plus proche, à côté de la Honda rouge de la victime. Le véhicule était immatriculé au nom de Karalee Rierson, qui était domiciliée à une quinzaine de kilomètres de là.

Comment une telle coïncidence pouvait-elle être possible ?

Pescoli prit le temps de parler au jeune couple qui avait découvert le corps. Ils avaient une vingtaine d'années et venaient de se marier. Ils faisaient une balade à raquettes lorsqu'ils étaient tombés sur le corps de la skieuse. Ils avaient failli ne pas la voir, car elle était déjà à moitié enfouie sous la neige fraîche. Mais l'homme avait aperçu une tache rouge dans la neige et s'était arrêté, intrigué.

Terrifiés par leur macabre découverte, ils avaient tout de même eu la présence d'esprit d'appeler sur-le-champ police secours à l'aide d'un téléphone portable. Kayan Rule avait reçu l'appel et s'était immédiatement rendu sur les lieux. Quand il avait vu le visage de la victime, il avait, lui aussi, était frappé par la ressemblance et avait appelé à son tour le commissariat pour réclamer la présence d'un inspecteur de la brigade des homicides. Pescoli, qui était la plus proche de la scène de crime, s'était donc déroutée pour s'y rendre. Elle s'était garée sur le parking, avait chaussé des raquettes et avait marché jusqu'au pin au pied duquel gisait la victime de cet apparent accident.

Une unité de scène de crime n'avait pas tardé à la rejoindre et s'était aussitôt mise à l'ouvrage, passant les alentours au peigne fin. Mais Pescoli doutait que ses collègues trouvent le moindre indice. L'arme du crime était, à l'évidence, un arbre. Des traînées de sang teintaient l'écorce autour d'un chicot qui saillait à hauteur de visage.

C'est peut-être un accident, se dit-elle. Une skieuse imprudente ou dont l'attention avait été détournée au moment de heurter cet obstacle…

Mais elle n'y croyait pas, au fond. Elle était d'ores et déjà persuadée que la skieuse, à présent en route pour la morgue, était une nouvelle victime du mystérieux tueur qui poursuivait une vengeance personnelle contre les rejetons du donneur 727.

Non, pas *tous* les rejetons. Jusque-là, les victimes étaient uniquement des femmes. Le frère d'Eve Alexander, Bruce Morris, était vivant et en bonne santé, selon ses parents.

Une erreur, un oubli du tueur ?

Probablement pas.

En rebroussant chemin pour regagner sa Jeep et attendre la dépanneuse chargée de remorquer la Honda de Karalee Rierson, elle ouvrit son téléphone portable et appela Alvarez. Sa partenaire ne décrochant pas, elle laissa un message :

— Je crois qu'on en a une autre.

Puis elle resta sur le parking jusqu'à ce que la Honda, couverte de neige, soit hissée et déposée sur le plateau de la dépanneuse. Les stalactites de glace qui frangeaient les bords du bas de caisse évoquaient les dents aiguës d'un requin géant.

Encore un « accident ».

Sans doute lié au donneur 727.

Mais comment ?

Et pourquoi ?

32

Empoisonnée ?

Elle avait été empoisonnée et ne s'en était pas rendu compte ?

Assise à côté de Trace dans une salle d'interrogatoire du commissariat, Kacey écoutait, hébétée, ce que lui disait l'inspecteur Alvarez qui avait pris place de l'autre côté de la petite table miteuse. Des traces d'arsenic avaient été détectées dans le café moulu de Jocelyn Wallis, et Kacey songea alors aux symptômes dont elle souffrait depuis quelques jours. Elle se demanda pourquoi elle n'avait pas envisagé la présence de toxines dans son organisme. Puis elle se dit qu'elle était médecin et qu'elle n'aurait pas manqué de remarquer une aggravation de ces symptômes et de chercher à les diagnostiquer.

Sauf qu'elle savait à quoi s'en tenir, maintenant.

L'entretien durait depuis plus d'une heure. L'inspecteur Alvarez, après les avoir exhortés une nouvelle fois à ne plus se mêler de l'enquête, faisait les choses dans les règles.

Même s'il s'efforçait de paraître détendu, Trace était nerveux. Sa mâchoire mal rasée était verrouillée, ses lèvres pincées et son regard grave et inquiet. Par deux fois au cours de la conversation, il était sorti de la pièce pour appeler Tilly et avoir des nouvelles de son fils. Alors même que sa présence n'était pas vraiment nécessaire et que Kacey l'avait encouragé à rentrer chez lui, il avait insisté pour l'assister dans cette épreuve.

Alvarez avait écouté attentivement Kacey lui exposer une seconde fois sa théorie du rapport entre les victimes et Gerald Johnson. Lorsque sa partenaire était arrivée, elle l'avait mise au courant en quelques mots.

— Gerald Johnson ? dit Pescoli en secouant la tête. Vous croyez que ça aussi c'est son ouvrage ?

Elle exhiba des photos tirées sur une imprimante. Kacey eut un mouvement de recul en découvrant les clichés, non pas tant à cause des blessures de la victime — elle en avait vu de pires en fac de médecine et en tant que praticienne — que de ce qu'elle aperçut sous ce masque de plaies et ces hématomes. La chevelure de la victime, dont des mèches en bataille pointaient hors de son bonnet ensanglanté, était du même roux que les siens. Ses yeux qui étaient ouverts et dont la pupille fixait le vide étaient d'un vert légèrement moins bleuté que les siens, mais leur couleur appartenait sans conteste à la même gamme que ceux de toutes les précédentes victimes.

Si son visage n'avait pas été autant abîmé, cette femme aurait, elle aussi, pu passer pour Kacey… ou pour sa sœur.

Ce qui était probablement le cas, d'un point de vue strictement génétique.

— Vous la connaissez ? demanda Alvarez.

Kacey secoua la tête.

— Je ne l'ai jamais rencontrée de ma vie.

— C'est à lui que je parlais, dit Alvarez en se tournant vers Trace et en le regardant dans les yeux.

Il ne desserra pas les dents, mais un frémissement de sa mâchoire signala son agacement.

— Non, répondit-il laconiquement.

Il tendit la photo à Pescoli qui était restée debout.

— Qui est-ce ? demanda Kacey.

Pescoli hésita un instant avant de répondre :

— Je crois qu'on peut vous le dire, étant donné la situation, mais il ne faut pas que ça s'ébruite. Ses plus proches parents sont en train d'être avisés de son décès à l'heure où je vous parle. Elle s'appelait Karalee Rierson. Elle vivait dans la région et exerçait le métier d'infirmière. Elle était divorcée et n'a pas eu d'enfants de ses deux mariages. Elle a vécu dans l'Oregon pendant quelques années.

Elle marqua une pause, comme si elle pesait ce qu'elle s'apprêtait à ajouter.

— Elle a grandi à Helena, dit-elle enfin.

— Mon Dieu…, murmura Kacey, l'estomac noué.

Qui était responsable de tous ces « accidents » à la fin ? Pourquoi tuait-il ?

— Le Dr Lambert a rendu visite à Gerald Johnson aujourd'hui, dit Alvarez.

Elle fit signe à Kacey de prendre la parole, et celle-ci expliqua une nouvelle fois comment elle avait poussé sa mère à lui révéler la vérité sur ses origines, et comment elle avait débarqué dans le bureau de Gerald Johnson et avait rencontré toute la fratrie.

— Vous êtes allée voir le clan Johnson pour essayer de démasquer le tueur ? demanda Pescoli d'un ton sévère.

Elle était adossée contre le mur du fond, sous la caméra qui était fixée au ras du plafond.

— En fait, j'y suis allée pour les rencontrer, leur montrer les photos des victimes et leur dire ce que je savais. Je voulais voir comment ils réagiraient, surtout Gerald, car c'est lui qui semble être le lien entre toutes les victimes.

Elle sentit ses entrailles se glacer en repensant à leurs réactions. Elle les connaissait à peine, mais avait conscience qu'elle ne pourrait jamais se sentir proche d'eux. Elle ne souhaitait pas les revoir. Toutefois, elle avait satisfait sa curiosité et acquis la certitude qu'elle n'aurait jamais le sentiment d'appartenir à cette famille.

— Gerald Johnson avait l'air vraiment inquiet quand je lui ai montré les photos des jeunes femmes et, même s'il l'a fait à contrecœur, il a fini par admettre qu'il avait été donneur de sperme, ce qui n'a pas eu l'air de plaire à la plupart de ses enfants.

— Tu m'étonnes, marmonna Pescoli.

— A partir de maintenant, il faut que vous gardiez vos distances avec ces gens, lui déclara Alvarez.

— Vous pensez qu'ils sont dangereux ? s'enquit Trace.

— Cette affaire est du seul ressort de la police, dit Pescoli d'un ton catégorique. Mais sachez que nous sommes reconnaissantes au Dr Lambert d'avoir découvert l'identité du donneur de sperme. Nous n'avions jusqu'à maintenant qu'un numéro…

La conversation porta ensuite sur la réunion du clan Johnson à laquelle avait assisté Kacey. Puis elle leur parla de Gloria Sanders-O'Malley, la monitrice de gym.

— Elle me ressemble beaucoup… Ainsi qu'aux victimes. Et elle est née à Helena.

— Je l'ai vue au gymnase…, dit Alvarez, visiblement tendue. C'est vrai qu'elle vous ressemble.

— Combien y a-t-il eu de victimes qu'on n'a pas encore identifiées ? demanda Pescoli. Et combien reste-t-il de victimes potentielles ? C'est une histoire de fous !

Elle secoua la tête, se reprit et ajouta :

— Excusez-moi… Continuez.

— Quand j'ai compris qu'il y avait d'autres femmes qui me ressemblaient, et que Gerald Johnson était sans doute leur père, je suis allée lui rendre visite, pour le rencontrer et lui révéler que j'étais sa fille — ce qu'il savait déjà, en fait. Je n'étais pas certaine de rencontrer ses enfants légitimes mais, après que Clarissa a fait intrusion dans son bureau pendant que je parlais à son père, ils ont convoqué un conseil de famille.

— Vous auriez dû venir nous voir avant, dit Pescoli.

— Mais que vous aurais-je raconté ? Une théorie boiteuse sur des femmes me ressemblant qui se font assassiner les unes après les autres ? Il y a encore quelques jours, j'ignorais que Stanley Collins n'était pas mon père biologique.

La colère et le sentiment d'avoir été trahie qui l'habitaient depuis la confession de sa mère étaient encore vifs.

— Connaissez-vous d'autres victimes potentielles ? demanda Alvarez.

— J'ai demandé à une amie de consulter les archives administratives, mais je ne vous donnerai pas son nom, répondit-elle en couvrant Riza. D'après ce que j'ai appris, je suis persuadée que d'autres femmes ont été assassinées par ce tueur. J'ai l'impression qu'il a commencé à tuer il y a longtemps, frappant dans tout le pays, avant de restreindre lentement son champ d'action jusqu'à se concentrer sur ce coin du Montana. De Detroit à la côte Ouest, de Seattle à Los Angeles, des femmes nées à Helena et ayant à peu près le même âge que moi ont été victimes d'accidents. Je n'ai pas eu le temps d'étudier leurs cas dans le détail, mais j'ai des noms et des adresses, ainsi que des dates de décès.

Elle fouilla dans son sac et en sortit l'enveloppe en papier kraft qui contenait les informations que lui avait transmises Riza. Elle la fit glisser sur la table vers Alvarez mais sans la lâcher.

Alvarez fronça les sourcils et posa sa main sur l'autre bout de l'enveloppe. Il s'y trouvait des copies de différents documents où le nom de Riza et celui de son service n'étaient nulle part mentionnés, mais les policières n'auraient aucun mal à déterminer leur provenance. Une simple recherche dans le passé scolaire de Kacey leur permettrait de confondre Riza. Il fallait donc qu'elle joue cartes sur table.

— Mon amie a risqué de perdre son emploi pour me procurer ces documents, dit-elle. Il faut que vous me promettiez qu'elle n'aura aucun ennui à cause de l'aide qu'elle m'a apportée... Pas le moindre tracas avec la justice ou avec sa hiérarchie.

— Il y a une enquête judiciaire en cours, dit Pescoli. Nous n'avons pas le droit de faire ce genre de promesses.

Kacey resserra ses doigts sur l'enveloppe.

— Des femmes sont mortes et d'autres vont mourir, dit-elle. A ma connaissance, aucun homme n'a été victime de ce tueur, ce qui est bizarre, puisque Gerald Johnson a aussi engendré des garçons…

— Votre amie ne perdra pas son emploi, et elle n'aura aucun ennui avec ses supérieurs, lui promit Alvarez.

Kacey lâcha alors l'enveloppe et Pescoli s'en empara aussitôt.

— Je vais demander à un collègue de se mettre tout de suite à travailler sur ces documents, dit-elle avant de sortir de la salle d'interrogatoire.

Alvarez poursuivit l'entretien. Lorsqu'elle demanda à Kacey si elle avait eu l'impression d'être suivie ou si elle avait remarqué quelque chose de louche, celle-ci lui relata l'agression dont elle avait été victime à Seattle. Puis elle songea à l'avertissement que lui avait lancé Grace Perchant.

— Cet incident n'a sans doute rien à voir avec l'affaire, dit-elle, mais j'ai eu récemment un accident de voiture, enfin j'ai failli avoir un accident. Un peu de tôle froissée… Je conduisais sur une route verglacée et le véhicule qui roulait derrière moi a fait une embardée. J'ai dû déboîter pour l'éviter et je me suis retrouvée sur la voie opposée. Un pick-up qui venait en sens inverse a heurté mon pare-chocs en passant. Alors que j'étais à l'évidence dans mon tort, le conducteur ne s'est pas arrêté pour faire un constat.

Alvarez, qui prenait des notes en l'écoutant, demanda :

— Vous n'avez pas vu le visage du conducteur ?

— Je ne l'ai aperçu que furtivement, répondit Kacey. Je suis sûre que c'était un homme aux cheveux bruns, mais n'ai pas eu le temps de distinguer son visage.

Elle secoua la tête et vit du coin de l'œil la nuque de Trace se raidir.

— Il ne s'est pas tourné vers moi en passant. Il me semble même qu'il a détourné la tête, précisa-t-elle. J'ai eu l'impression de l'avoir déjà vu quelque part, mais… De manière confuse. Je me dis à présent qu'il ressemblait un peu aux enfants de Gerald Johnson… Mais c'est peut-être mon imagination…

— Vous vous souvenez de la marque du pick-up ? Du modèle ?

— Non, je pensais avant tout à garder le contrôle de mon véhicule. C'était un de ces gros pick-up comme on en voit tant dans la région. Une marque américaine, je dirais… Chevrolet ou Ford, mais je n'en suis pas sûre. Ce que j'ai remarqué, en revanche, c'est qu'il était équipé d'un énorme pare-buffle en acier, peint en noir. Je n'ai pas eu le temps non plus de noter le numéro d'immatriculation, mais je crois bien que ce véhicule n'était pas immatriculé dans le Montana. L'un des numéros était soit un 3, soit un 8… A moins que ce ne soit un B ? La plaque arrière était vraiment sale et il roulait très vite. Et tout cela s'est déroulé en une poignée de secondes.

— Vous avez remarqué des traces de peinture sur votre pare-chocs ? Des traces qui pourraient provenir de ce pick-up ?

— Peut-être… Il y a une trace noire sur mon pare-chocs, il me semble…

— Nous allons garder votre voiture pour l'examiner. Nous aimerions savoir si ces traces sont des taches de peinture, dit Alvarez, soudain plus animée. Vous vous souvenez d'autres détails qui pourraient nous être utiles ?

— Pas vraiment… Ah, si, il y avait un témoin…

Pourquoi n'y ai-je pas pensé avant ?

Parce que je croyais que l'accident n'avait aucun rapport avec les décès suspects.

Le conducteur du pick-up n'avait pas foncé sur elle intentionnellement. Ce n'était a priori qu'une erreur de conduite, un concours de circonstances… Cependant, à présent qu'elle y repensait…

— C'était Grace Perchant, précisa-t-elle. Elle promenait son chien, vous savez, celui qui ressemble à un loup…

— Vous lui avez parlé ?

L'avertissement de Grace résonna soudain dans la tête de Kacey.

— Oui. Elle m'a conseillé de ne pas le prendre en chasse et elle a dit que le conducteur était « maléfique ». Quand je lui ai demandé qui était cet homme, elle n'a pas su me dire son nom, mais elle a insisté sur le fait qu'il me voulait du mal.

— Tout à fait dans le style de Grace, admit Alvarez. On va lui poser quelques questions.

Kacey farfouilla dans son sac à main et en sortit son porte-clés. Elle ôta la clé de sa Ford et la tendit à Alvarez.

— J'aimerais la récupérer le plus vite possible, j'en ai besoin, dit-elle.

— Demain, promit Alvarez en se levant, indiquant par là que l'entretien était terminé. Et je vais interroger Grace Perchant.

Trace avait assisté à l'entretien sans dire grand-chose mais, à mesure que la conversation avançait, il s'était senti de plus en plus inquiet pour la sécurité de Kacey. Ayant appris qu'elle avait peut-être été empoisonnée et ayant vu les horribles photos de Karalee Rierson, la dernière victime en date d'un meurtre déguisé en accident, il prit une décision.

— Vous venez chez moi, lui dit-il en lui tenant la porte.

— Ah bon ?

Il neigeait encore et la couche blanche s'était épaissie sur le trottoir. Une bise glaciale soufflait en provenance des monts environnants. La nuit était tombée pendant qu'ils étaient dans le commissariat. Les réverbères étaient allumés et donnaient à la neige un éclat bleuté.

— En tout cas, pas question que vous alliez dormir chez vous seule, insista Trace. Votre chien ne vous sera d'aucun secours.

— Ah bon ? fit-elle encore, mais, malgré la pénombre, il vit son œil pétiller de malice et comprit qu'elle le taquinait.

Elle remonta son col pour se protéger du vent et suivit les traces de pas qui parsemaient le trottoir. Ils passèrent devant le mât du drapeau qui se dressait aux abords du commissariat et entendirent cliqueter ses chaînes. Le drapeau lui-même avait été amené pour la nuit.

Pour ne pas se laisser distancer, Trace dut trotter derrière elle. Il vit ses cheveux mordorés s'orner de flocons qui scintillaient comme des diamants.

— Je m'inquiète, dit-il d'un ton grave.

— Moi aussi.

— Donc, vous acceptez ?

Elle l'observa un instant avant de répondre :

— Oui. Mais il faut que j'aille chercher mon chien chez moi, ainsi que quelques affaires. Et puis, demain matin, il me faudra un moyen de transport pour me rendre à la clinique.

— Je crois que je peux arranger ça, dit Trace. Mes voisins, Ed et Tilly Zukov, veilleront sur Eli jusqu'à mon retour.

Lorsqu'il l'avait appelée, Tilly lui avait assuré qu'Ed s'était occupé des chevaux et du bétail et lui avait annoncé qu'elle était en train de faire frire du poulet pour le dîner. Trace avait en effet entendu en bruit de fond le grésillement de la cuisson et le vacarme de la télévision, car Ed était un peu dur d'oreille. Il s'était détendu en apprenant qu'Eli se portait mieux, assez bien, en tout cas, pour demander à Tilly de lui faire cuire des brownies.

Mais l'entretien avec les policières et ce qu'il avait appris avaient ranimé sa nervosité.

Il ne savait qui était ce psychopathe meurtrier qui maquillait ses crimes en accidents, mais il était convaincu que Kacey ne devait plus rester seule un instant, puisqu'elle était à l'évidence une de ses cibles. Quelqu'un s'était introduit chez elle sans effraction apparente. Cette même personne avait sans doute mis du poison dans son café, avait espionné ses conversations et connaissait son emploi du temps.

Etait-ce le tueur ?

Il y a toutes les chances...

Il déverrouilla son pick-up, attendit que Kacey se soit assise sur le siège du passager et referma la portière.

Pour le remercier de son savoir-vivre, elle lui sourit à travers la vitre, et il sentit ce petit tiraillement au cœur qui le reprenait chaque fois qu'il était en sa présence. Dans d'autres circonstances, il aurait trouvé exaltant d'être amoureux de cette femme à laquelle il trouvait tant de charme. Mais la situation étant ce qu'elle était, il ne pouvait décemment se laisser aller à lui conter fleurette. Cela lui était impossible, alors que tant de femmes qui lui ressemblaient avaient été assassinées et que d'autres allaient peut-être mourir...

Lorsqu'il s'installa au volant, elle émit un doute :

— Je ne crois pas que me réfugier chez vous soit la bonne réponse, Trace...

— Eli serait ravi.

— Ce n'est pas à ça que je pense, dit-elle en se tournant brièvement vers lui. Et vous le savez bien.

Il vit la buée qui voilait le pare-brise et prit subitement conscience de l'exiguïté de la cabine de son pick-up.

— Oui, fit-il en activant le dégivrage.

Il passa la marche arrière pour s'extirper de la place où il était garé, puis la première. Il ralentit pour se frayer un passage dans le flot de véhicules plutôt dense qui s'écoulait hors de la ville. Il sentit le regard de Kacey se poser sur lui tandis qu'il se glissait derrière un camion à plateau chargé d'arbres de Noël.

— C'est seulement que je préfère vous savoir en sécurité, dit-il. C'est pour ça que je veux que vous dormiez chez moi cette nuit.

— Vous voulez me protéger ?

— Quelque chose comme ça, oui...

Elle esquissa un sourire, et il trouva que cette petite mimique était incroyablement excitante.

— Vous savez quoi ? C'est peut-être moi qui finirai par vous protéger.

*
**

— Il faudrait débarquer chez Gerald Johnson à l'improviste et lui tirer les vers du nez, suggéra Pescoli à Alvarez tandis qu'elles se dirigeaient vers le bureau de cette dernière.

— Bonne idée. J'ai déjà commencé à me renseigner sur le personnage. On va terminer cette recherche en ligne et rédiger un rapport. Ensuite on montre tout ça à Grayson pour qu'il prévienne le FBI.

— FBI, mon cul ! grommela Pescoli.

Alvarez rassembla les informations qu'elle avait déjà trouvées sur internet et elle s'attela, avec l'aide de sa coéquipière, à rechercher d'autres cas de femmes de la tranche d'âge des victimes, nées à Helena et mortes de manière *accidentelle*. Il y en avait un assez grand nombre, mais après un tri sommaire elles n'en retinrent qu'une douzaine, dont la mort pouvait plausiblement passer pour suspecte.

— C'est vraiment bizarre, dit Alvarez.

— Plus que bizarre. Et on n'a pas tout épluché. Si c'est notre tueur qui est responsable de ces décès, on peut dire qu'il a passé pas mal de temps sur la route.

— Ce qui veut dire qu'il a du temps libre et de l'argent.

Elles se fixèrent un instant.

— Tu crois que ça pourrait être un des fils de Gerald Johnson ? demanda Pescoli.

— Pas le plus jeune, en tout cas. Il n'aurait eu que six ans au moment du premier « accident » fatal.

— A moins que les premiers accidents n'aient été de vrais accidents. En fait, c'est il y a une quinzaine d'années que le rythme des décès a commencé à s'accélérer. A cette époque, les plus jeunes des fils Johnson, les jumeaux, avaient déjà vingt-deux ans. C'est l'année où ils ont dû sortir diplômés de l'université, s'ils y ont été.

— Pour être embauchés par papa ? Mais quel serait leur mobile ? Et comment le tueur a-t-il fait pour identifier les rejetons du donneur de sperme 727 ? Peut-être l'un d'entre eux travaillait-il à la banque du sperme tout en faisant ses études… C'est comme ça qu'il se serait procuré l'information.

— C'est possible. Il aurait pu aussi apprendre par inadvertance que son père avait fait plusieurs contributions à la banque du sperme sous le numéro 727 et acheter la liste des mères ayant été inséminées. Tout peut se monnayer en ce bas monde… Y compris des informations confidentielles de ce genre.

Pescoli songea à son fils et à la fascination qu'internet exerçait sur lui. Elle se désolait de le voir perdre son temps à jouer à des jeux en ligne et se demandait parfois s'il ne regardait pas des films pornographiques… Et s'il pratiquait, comme tant d'autres jeunes, le piratage informatique ? S'il entrait par effraction dans des fichiers privés ?

— Tu crois qu'il pourrait y avoir un petit génie de l'informatique dans la famille Johnson ? demanda-t-elle.

33

Les routes étaient enneigées, la circulation lente et la tempête incessante, engendrant toujours plus de chutes de neige sur la région. Il fallut plus d'une heure à Trace et Kacey pour passer chez elle, prendre le chien, l'ordinateur et un sac de voyage où elle avait hâtivement jeté quelques affaires pour la nuit. Le pick-up de Trace dérapa à deux reprises, mais il redressa chaque fois sa trajectoire avec maîtrise et sang-froid, et ils finirent par arriver à la ferme sans encombre.

Kacey n'avait encore jamais vu où Eli et lui habitaient. Leur maison était une grosse bâtisse carrée, perchée au sommet d'une petite colline à deux cents mètres de la route. Une épaisse couche de neige tapissait la toiture bordée de stalactites aux avant-toits. Un vent polaire faisait frémir les arbres effeuillés d'un petit verger.

Trace se gara dans un garage ouvert à l'arrière du bâtiment principal. Un pick-up Dodge, pointé vers la route et couvert de dix centimètres de neige, s'y trouvait déjà. Les dépendances de la ferme se dressaient tout autour. Des lampes de sécurité éclairaient d'une lumière pâle et spectrale le rideau de neige.

En prenant le nécessaire de voyage de Kacey, Trace siffla Bonzi, ouvrit la portière du conducteur et sortit du pick-up. Le chien bondit dans la neige où il se mit à folâtrer, tout excité, laissant un sillon profond de trente centimètres derrière lui. Kacey prit son ordinateur portable et suivit un chemin creusé dans la neige.

Ils gravirent les trois marches du perron sur lequel ils se débarrassèrent de la neige qui trempait leurs bottes, puis entrèrent dans la maison par la porte de derrière, qui n'était pas fermée à clé. Bonzi se précipita hors de la cuisine pour explorer les lieux ; Trace et Kacey enlevèrent leurs manteaux. Une odeur de feu de bois flottait dans l'air ; il régnait partout une chaleur accueillante.

— Salut, mon pote ! fit une voix masculine dans une autre pièce. Comment tu t'appelles ?

Il y eut un aboiement enjoué et la même grosse voix grave ajouta :

— Hé, Sarge ! On dirait que tu as de la visite !

Puis l'homme laissa échapper un petit gloussement.

La cuisine était assez grande pour abriter une longue table et un comptoir en forme d'étal de boucher qui jouxtait une large baie vitrée donnant sur la terrasse et, à l'arrière-plan, sur les bâtiments extérieurs.

— Comment va Eli ? demanda Trace en franchissant une porte en voûte qui s'ouvrait sur le salon.

Un feu brûlait dans la cheminée, une femme et un homme d'un âge avancé étaient assis sur le canapé, regardant les informations à la télévision. La femme était en train de tricoter et l'homme tendait l'oreille en direction du téléviseur.

— Il s'est écroulé après le dîner, répondit Tilly en rangeant un écheveau de laine duveteuse dans son sac à ouvrage, tout en jaugeant d'un coup d'œil Kacey.

Elle se tourna vers son mari et cria :

— Ed, baisse la télé, s'il te plaît ! On ne s'entend plus penser ici !

Ed grogna, cligna les yeux et obéit, baissant le volume de plusieurs décibels. Son embonpoint aurait fait de lui un parfait Père Noël : il ne lui manquait qu'une fausse barbe blanche et un déguisement rouge.

Trace fit de rapides présentations.

— Ravie de vous rencontrer, dit Tilly, mais Kacey ne perçut guère de chaleur dans son sourire.

Ed, quant à lui, se leva et lui serra la main avec bonhomie. Puis il se rassit dans son coin du canapé et s'empara de la télécommande avant qu'elle ne glisse de l'accoudoir.

— Le pauvre petit était épuisé, poursuivit Tilly à l'intention de Trace. Ce sont sans doute les antibiotiques qui lui font cet effet.

— Je vais aller jeter un coup d'œil dans sa chambre, dit Trace en enlevant son blouson avant de monter à l'étage.

Sarge et Bonzi s'empressèrent de le suivre.

— Il est beau ce chien. Il est à vous ? demanda Ed à Kacey.

— Oui, je viens de l'adopter.

Ed haussa un sourcil broussailleux.

— C'est un chien de garde ?

— Pour monter la garde, il ne vaut pas grand-chose, en fait…

— Un chien de chasse ?

Kacey secoua la tête.

— Bonzi ? J'en doute. Mais je ne le saurai jamais, puisque je ne chasse pas.

Comme s'il avait entendu prononcer son nom, Bonzi dévala l'escalier et vint se placer près de la table basse pour poser sa tête entre l'accoudoir et la main d'Ed.

— Oui, tu es un brave toutou, dit le vieil homme.

Sarge et Trace revinrent eux aussi dans le salon. Sarge, toujours enserré dans sa minerve, alla se pelotonner devant le feu.

— Il est marrant, avec ce truc, lança Ed en gloussant.

Tilly lui tapota le genou et dit :

— Il va falloir qu'on y aille. La tempête ne va faire qu'empirer.

Péniblement, Ed se leva une nouvelle fois et fit la grimace en essayant de rattraper sa femme qui était déjà en train de traverser la cuisine.

— C'est l'âge, confia-t-il pour expliquer son faible tonus.

Ils rassemblèrent leurs affaires, mirent leurs anoraks et leurs écharpes.

Une fois bien couverte, Tilly fit ses dernières recommandations :

— N'oublie pas qu'il y a du poulet dans le frigo, et de la purée, des haricots verts et de la sauce au jus de viande.

— Vous verrez, ce poulet est délicieux, dit Ed en souriant.

Il fut récompensé de son compliment par une petite tape amicale que sa femme lui administra sur l'épaule.

— Je n'aime pas me vanter, mais, pour une fois, il a raison, assura Tilly, radieuse.

Elle ajouta, comme en aparté :

— C'est grâce au paprika…

Puis, faisant allusion à une publicité des années 1960 pour le Kentucky Fried Chicken, elle ajouta :

— Le Colonel peut les garder ses onze herbes et épices ! Moi, je mets du paprika !

— Personne ne se souvient de cette pub, Tilly, fit Ed en désignant du menton Trace et Kacey. Ces jeunes gens n'étaient pas encore nés !

Il mit son bonnet et passa dans l'entrée, où l'attendaient ses grosses bottes de travail en caoutchouc.

— Merci d'avoir veillé sur Eli et de vous être occupés des bêtes, dit Trace.

— De rien, répondit Tilly en souriant.

Mais son sourire s'atténua sensiblement lorsque son regard se posa sur Kacey. Pendant qu'Ed chaussait ses bottes, elle se coiffa d'un gros bonnet en laine et prit Trace à part pour lui murmurer quelques mots à l'oreille tout en dévisageant Kacey d'un œil sceptique.

— Allez, allons-y…, déclara Ed.

Il ouvrit la porte, et une bourrasque d'air froid s'engouffra aussitôt dans la maison.

— Il est temps qu'on rentre ! ajouta-t-il. Ils ont annoncé aux infos une tempête terrible et on dirait qu'ils ne se sont pas trompés, pour une fois. Vous devriez faire couler de l'eau dans la baignoire et dans l'évier, au cas où il y aurait une panne de courant…

Ils sortirent et le vent fit claquer la porte derrière eux. Par la fenêtre, Kacey vit les branches des arbres s'agiter follement. De gros flocons tourbillonnaient en tous sens. La neige s'entassait autour de la maison et des dépendances, formant ici et là des monticules.

Ed avait raison : la tempête de neige s'annonçait terrible — même pour le Montana, où les blizzards n'étaient pourtant pas rares.

Le vieux couple grimpa dans la Dodge, et celle-ci se mit à rouler lentement dans l'allée enneigée, ses feux arrière s'estompant peu à peu.

Trace verrouilla la porte de derrière. Kacey était déjà en train de sortir les restes que Tilly avait laissés dans le réfrigérateur.

— Dites-moi si je me trompe, fit-elle en pointant le nez au-dessus de la porte du réfrigérateur. Tilly vous a fait une messe basse pour vous mettre en garde contre moi, pas vrai ? Je parie qu'elle trouve que je ressemble un peu trop à votre ex-épouse.

Trace haussa les épaules.

— Oui… Et à Jocelyn, aussi.

— Tiens donc, dit Kacey en refermant la porte d'un coup de pied. Voilà que je suis devenue un type de femme fatale, maintenant !

Elle posa les plats sur le comptoir en songeant à Jocelyn Wallis et à sa fin tragique, et regretta sa plaisanterie déplacée. Elle était affamée et épuisée, en fait, et ses nerfs étaient à vif.

— Excusez-moi, je n'aurais pas dû dire ça.

— Tilly est impressionnée… Elle n'a pas l'habitude de me voir fréquenter des médecins…

— Grand bien lui fasse ! dit-elle avec une amertume qu'elle déplora aussitôt. Je vous prie de m'excuser. J'ai bien peur que la fatigue et la faim me rendent assez grincheuse !

— C'est peut-être un effet de l'arsenic, suggéra-t-il avec pondération.

— Non, je n'ai plus mal au ventre. Même s'il y avait vraiment de l'arsenic dans mon café, je n'en ai pas beaucoup bu chez moi, ces derniers jours. Et vous ? Vous en avez bu ce matin, si je ne me trompe.

Il secoua la tête.

— Oui, mais je n'ai pas mal non plus. Peut-être n'y avait-il pas de poison dans votre café moulu… Ou alors à très faible dose.

— Eh bien, il faut fêter ça ! dit-elle avec entrain.

— Vous avez raison…

Il lui sourit, et Kacey sentit son cœur se serrer d'émotion.

— Je vais faire réchauffer notre dîner.

Il prit les plats et les fourra dans le four à micro-ondes.

— Vous voulez que j'aille voir comment se porte Eli ? proposa Kacey.

— Oui, ce serait sympa.

La première chose que Trace avait faite en arrivant avait été d'aller jeter un coup d'œil à son fils endormi, mais une demi-heure s'était écoulée depuis.

Bonzi, qui avait exploré chaque recoin du rez-de-chaussée et avait fait connaissance avec Sarge, fit mine de vouloir la suivre. Mais un ordre de Kacey suffit à l'en dissuader, ainsi que l'odeur de poulet qui commençait à embaumer la cuisine. Il resta finalement avec Trace pendant que celui-ci s'affairait aux fourneaux. Sarge s'était lui aussi installé sous la table de la cuisine et guettait son maître d'un œil avide, espérant qu'il laisserait tomber un morceau de choix.

Kacey préféra ne pas penser au combat et au concert d'aboiements qui ne manqueraient pas de survenir si un bout de poulet chutait sur le carrelage.

— Sois sage, Bonzi, ordonna-t-elle à son chien.

Elle ôta ses chaussures au bas de l'escalier et gravit les marches qui menaient au palier intermédiaire puis à l'étage, où une antique rambarde ponctuée de noyaux de bois massif préservait de toute chute dans la cage d'escalier.

La chambre d'Eli était située en soupente, en face de celle de son père et à côté d'une chambre d'amis qui servait apparemment de rangement aussi. La porte de cette pièce était entrouverte, et Kacey la poussa en passant et constata qu'elle contenait des meubles inutilisés, des bassines en plastique de toutes tailles et des cartons remplis de vieux livres et d'objets divers.

La salle de bains se trouvait tout au bout du couloir, à côté de la chambre de Trace, où elle jeta également un coup d'œil. Elle était meublée d'un lit de bois massif, soigneusement fait, et d'une petite commode à plateau de marbre.

De l'autre côté du couloir, entre la salle de bains et la chambre qui servait de remise, une porte était légèrement entrouverte et Kacey n'eut aucun mal à déduire, en voyant les jouets qui en parsemaient les abords, que c'était le domaine d'Eli. Elle poussa la porte, dissipant l'obscurité qui régnait dans la pièce, et vit le petit garçon entortillé dans ses couvertures froissées, la tête enfoncée dans son oreiller. Sa respiration était sonore, et son bras plâtré pendait hors du lit. Elle s'approcha à pas feutrés, prenant garde à ne pas marcher sur les jouets qui jonchaient le sol, mais elle fit grincer une latte du parquet. Eli émit un petit gémissement puis se retourna sur le dos. Il cligna les yeux et regarda Kacey d'un air troublé.

— Maman ? demanda-t-il d'une voix ensommeillée.

Kacey sentit sa gorge se contracter.

— Non, fit-elle.

Elle s'assit sur le bord du lit et effleura les petits doigts qui dépassaient du plâtre.

— Non, mon chou, c'est le Dr Lambert… Kacey… Tu te souviens de moi ?

Il se redressa et la fixa d'un air déçu. Malgré la pénombre, elle vit l'espoir s'évanouir dans son regard.

Tandis que la tempête faisait rage au-dehors, le regard

désespéré de ce petit garçon lui fendit le cœur, mais elle se força à sourire et écarta délicatement une mèche rebelle du front d'Eli.

Il se tourna vers le placard, dont la porte était fermée, puis vers la fenêtre, comme s'il cherchait à retrouver ses repères.

— Mais…

— Tout va bien, dit-elle.

Il déglutit et se mordit la lèvre pour contenir ses pleurs. Elle avait elle aussi les larmes aux yeux.

— Alors, comment te sens-tu ?

— Ça va.

— Tu as besoin de quelque chose ?

En dehors de ta mère…

— Non, répondit-il en secouant la tête avant de se laisser retomber sur son oreiller.

— Bon. Alors, rendors-toi… Je reviendrai te voir un peu plus tard.

Il était visiblement trop fatigué pour discuter. Il ferma les yeux et s'ensevelit sous les couvertures et, même si son front se plissa un instant, il ne tarda pas à respirer profondément de nouveau. Sans doute rêvait-il à la douce présence d'une mère. Kacey l'observa pendant quelques instants en se jurant de tordre le cou à cette Leanna, si jamais elle la rencontrait un jour.

Arrête ! Elle est peut-être morte à l'heure qu'il est !

Cela expliquerait pourquoi Trace n'a pas eu de ses nouvelles depuis si longtemps et pourquoi elle semble avoir complètement abandonné son fils.

Elle a pu être, elle aussi, victime d'un « accident »… Comme les autres. Il se peut tout simplement que son corps n'ait jamais été retrouvé.

Un frisson lui parcourut l'échine. Elle ne pouvait cependant s'empêcher d'en vouloir à cette femme qui avait abandonné son enfant.

Lorsqu'elle eut la certitude qu'Eli dormait de nouveau à

poings fermés, Kacey rebroussa chemin et l'odeur appétissante du poulet frit de Tilly vint lui chatouiller les narines dans l'escalier.

Son estomac se mit à gargouiller. Lorsqu'elle entra dans la cuisine, elle trouva Trace en train de sortir avec délicatesse un plat du four à micro-ondes.

— Alors, comment va-t-il ? lui demanda-t-il.

— Il est perturbé. Il m'a prise pour Leanna. Un peu comme Tilly…

Elle parvint à sourire et trouva des assiettes qu'elle disposa sur la table.

— Eli, je peux l'excuser : il est sous antibiotiques et ce n'est qu'un gamin. Mais Tilly… C'est une autre affaire.

— Elle s'y fera, dit Trace.

Il servit le dîner et Kacey, assise sur une chaise qui avait vu de meilleurs jours, dut admettre que le poulet au paprika était ce qu'elle avait mangé de plus savoureux depuis son repas de Thanksgiving avec sa mère. Elle le trouva même meilleur, quoique plus simple.

Ils dînèrent en silence. Les haricots étaient assaisonnés d'une sauce au soja et à l'ail. Même la purée de pommes de terre était un délice : elle fondait dans la bouche et avait un petit goût de beurre et de crème qui dispensait de la mouiller de jus de viande — ce qui n'empêcha pas Kacey de s'en servir une petite louche.

— Bon, dit-elle lorsque son assiette fut presque vide. Je dois reconnaître qu'elle sait faire la cuisine, votre voisine… Et tricoter. Et je crois que vous m'avez dit qu'elle jouait aux dames, aussi…

— Et ce n'est pas tout… Elle a de multiples talents et une grande gentillesse. Donnez-lui simplement le temps de vous adopter.

— Il m'en faudra, pour m'habituer à ses manières bourrues !

— Il faut que j'aille voir si tout est en ordre dans l'étable.

Je dois vérifier que toutes les stalles sont correctement fermées. Vous voulez venir avec moi ?

Elle jeta un coup d'œil par la fenêtre. Dehors, le vent soufflait avec une fureur croissante, faisant claquer les volets et grincer la structure de bois de la maison.

— Une autre fois, dit-elle. Je vais rester avec Eli et ranger la cuisine.

— Voilà une proposition qu'on ne peut pas refuser !

Elle le regarda mettre son blouson, admirant ses longs bras musclés tandis qu'il les étirait l'un après l'autre pour les glisser dans les manches.

Pourquoi le trouvait-elle si séduisant, elle qui n'avait jusque-là été intéressée que par des hommes cultivés et raffinés, des gars de la ville ?

Des types comme JC…

Ou encore comme les fils de Gerald Johnson, réservés et distants, engoncés dans leurs costumes trois-pièces…

Suivi des deux chiens, Trace sortit donc. Kacey rangea la cuisine puis s'installa sur le canapé avec son ordinateur portable. Le téléviseur était réglé sur une chaîne d'informations en continu et son volume sonore était encore assourdissant. Elle trouva la télécommande, coincée entre deux des coussins du canapé et baissa le son.

A cet instant, un présentateur météo apparut devant une grande carte du Montana et de l'Idaho. Faisant d'amples gestes du bras, il expliqua que les vents glaciaux déferlaient du Saskatchewan et de l'Alberta, de l'autre côté de la frontière canadienne, et qu'il fallait s'attendre à des chutes de neige pouvant atteindre entre cinquante centimètres et un mètre au cours des prochaines quarante-huit heures.

— On dirait que l'hiver est en avance, cette année ! conclut-il d'un ton joyeux.

Puis ce fut au tour d'une journaliste d'apparaître à l'écran. Elle était postée près de l'autoroute et décrivait les multiples perturbations routières que produisaient les mauvaises conditions climatiques.

Lorsqu'elle eut achevé son commentaire, non sans avoir exhorté les automobilistes à être prudents, elle rendit l'antenne et une photo d'Eve Alexander s'afficha à l'écran.

« Le commissariat du comté de Pinewood vient de lancer un appel à témoin pour retrouver le véhicule qui est soupçonné d'avoir poussé un monospace hors de la route, le précipitant dans le fleuve Grizzly, annonça un présentateur, tandis qu'une vue du pont de North Fork succédait à la photo de la victime. »

Sur les lieux du drame, des bougies et des fleurs avaient été disposées dans la neige, pour marquer l'endroit où Eve Alexander avait perdu la vie.

Quelques instants plus tard, le présentateur enchaîna sur la mort d'une « skieuse de fond solitaire », dont le nom n'était pas encore révélé en attendant que ses proches soient avisés.

Kacey inspira profondément avant de couper le son. Dehors la tempête faisait rage, le vent hurlait et les branches des arbres faisaient un raffut infernal. Un coup d'œil à la pendule lui apprit que Trace était sorti depuis près d'une demi-heure. Elle se dit qu'il n'allait pas tarder à revenir.

Elle se rendit dans la cuisine et regarda par la fenêtre en s'efforçant de se détendre. Son regard se porta sur les traces de pas dans la neige qui menaient à l'étable.

Elle en repéra d'autres, moins marquées, qui faisaient le tour de la maison et que la neige avait déjà presque entièrement recouvertes.

Elles avaient peut-être été laissées par Tilly ou par Ed en promenant Sarge. Tilly, plus probablement, car les empreintes étaient plus petites et les grosses bottes d'Ed, qui devait chausser au moins du 45, auraient laissé des traces plus larges et plus profondes.

Sauf si la neige incessante avait atténué la taille de ces empreintes…

Hum…

Elle se dit qu'il n'y avait pas de quoi s'inquiéter. Il

ne fallait pas que les récents accidents, les micros dans sa maison et la tentative d'empoisonnement présumée la rendent paranoïaque. Elle était en sécurité dans cette maison, avec Trace.

Et pourtant elle ne pouvait s'empêcher d'avoir la pénible impression que quelque chose ne tournait pas rond.

— Ce doit être parce que c'est la première fois que je viens ici, murmura-t-elle en regrettant néanmoins que l'un des deux chiens ne soit pas resté à l'intérieur.

Elle jeta un dernier regard aux traces de pas qui n'allaient pas tarder à être entièrement recouvertes par la neige et revint dans le salon, où le feu qui crépitait dissipa quelque peu ses inquiétudes. Elle s'assit sur le canapé et ouvrit son ordinateur portable pour faire de nouvelles recherches sur Gerald Johnson et sa famille.

La lumière des lampes vacilla et une branche vint frapper un carreau comme si, tourmentée par le vent, elle demandait refuge.

Kacey se tourna une nouvelle fois vers la porte de derrière, espérant voir Trace revenir. D'autres bruits sinistres assaillaient sans répit ses tympans : le craquement des poutres, comme dans toutes les vieilles maisons de bois, le couinement et le chuchotis des branches qui se heurtaient entre elles. Elle chercha à lutter contre un puéril accès de panique en se disant qu'il ne fallait pas laisser son imagination lui jouer des tours.

Pour détourner son attention de cette nuit infernale, elle entreprit d'éplucher sur internet tout ce qu'on pouvait trouver au sujet de la famille Johnson, repensant à l'impression que lui avaient laissée Gerald et ses héritiers.

L'homme était une énigme. Costaud et bien bâti. Intelligent et cultivé. Intransigeant. Quelqu'un, de toute évidence, qui avait l'habitude d'affronter l'adversité et de résoudre les problèmes.

Un homme impitoyable ?

Sans doute.

Quant à sa fille aînée, Clarissa, elle était un peu plus transparente, du moins à première vue. Arrogante et pleine d'assurance, acerbe, voire carrément tyrannique, elle était mariée à Lance-l'homme-aux-bras-d'acier. Ils étaient faits l'un pour l'autre, tant leur manque d'humour et d'humanité était flagrant. Et pourtant ils avaient des enfants. Kacey avait du mal à imaginer une femme qui puisse être moins maternelle que Clarissa Johnson Werner, mais il était vrai qu'elle l'avait vue dans une situation de grande tension. Elle ne pouvait néanmoins s'empêcher de trouver que Clarissa recelait en elle quelque chose d'obscur et de mystérieux.

Ensuite il y avait Judd, son cadet. Il paraissait plus calme et réservé, mais c'était tout à fait le genre d'homme qui illustrait à merveille le vieil adage : « Il faut se méfier de l'eau qui dort. » Qui aurait pu dire ce qu'il pensait vraiment ou ce qu'il était capable de faire ? Il était juriste, tout comme Thane, mais, bien davantage que celui-ci, Judd était, selon toutes les apparences, le prototype de l'avocat d'affaires coincé et légaliste. Il était divorcé et son ex-épouse s'était installée à Portland, dans l'Oregon. Il n'avait pas d'enfants.

Thane était le plus mystérieux du lot, bien qu'il se soit montré plus amical avec elle que ses frères et sa sœur. Il était un peu la brebis galeuse de la famille, mais n'avait pas complètement rompu ses liens avec le clan. Son indépendance n'était que relative cependant, comme en attestait sa présence au conseil de famille. C'était en tout cas le seul membre de la fratrie qui avait eu le courage d'échapper peu ou prou à la férule paternelle. Il n'avait jamais été marié. De tous ses demi-frères, c'était le seul avec lequel Kacey pouvait envisager de parler. Le moins distant, sans conteste.

Quant aux jumeaux, elle ne savait qu'en penser. Cameron, qui s'était souvent passé la main dans les cheveux au cours de la réunion, s'était montré ouvertement hostile à son égard. Colt n'avait guère été chaleureux, lui non plus. Les sourires qu'il lui avait adressés avaient été froids et hautains, comme s'il riait sous cape d'un bon tour qu'il était en train de lui jouer à son insu. Mais là encore son imagination l'entraînait peut-être un peu loin.

Aucun des jumeaux n'avait été marié, enfin pas à sa connaissance. Mais elle ne savait pas grand-chose d'eux, si ce n'est qu'ils travaillaient tous deux comme commerciaux pour l'entreprise paternelle et qu'ils se déplaçaient beaucoup, pour des raisons professionnelles, dans tout le pays et au Canada.

Et si c'étaient eux, les coupables ?

Ils auraient pu fonctionner en tandem, l'un procurant un alibi à l'autre, tant ils se ressemblaient. Et leur métier leur offrait un excellent prétexte pour parcourir le pays. Mais se pouvait-il qu'ils soient *tous les deux* des psychopathes meurtriers ?

— C'est peu probable, murmura-t-elle.

Elle se promit néanmoins de se renseigner davantage sur eux et sur leurs voyages d'affaires. Il lui fallait déterminer si ces déplacements avaient coïncidé avec des « accidents » qui avaient coûté la vie à des femmes dont le seul crime était d'être nées de la semence de Gerald.

Puis elle songea à Robert Lindley, la pièce rapportée de la fratrie, le demi-frère dont la situation vis-à-vis de la famille Johnson était la plus semblable à la sienne. Il était un peu plus âgé qu'elle, mais elle n'avait trouvé sur internet aucune trace d'un éventuel mariage. Certes, elle n'avait pas encore eu le temps d'approfondir sa recherche, mais si Robert avait été marié cela n'aurait pas pu lui échapper, en raison du caractère officiel de cette union. Robert s'était lui aussi montré franchement hostile à son égard, hargneux même. A l'instant où il avait pénétré dans la salle de conférences, elle avait senti combien il se méfiait d'elle.

Se sentait-il exclu, même s'il avait été légitimé et faisait officiellement partie de la famille — ou plutôt de l'entreprise familiale ?

Il y avait encore les deux filles mortes dans des accidents. Aggie, quand elle avait huit ans. Et Kathleen, qui était encore étudiante au moment de son décès.

Kacey songea brièvement à ces deux demi-sœurs défuntes.

Victimes d'accidents.

Elles aussi.

Mais pouvait-on parler d'accident, lorsqu'il s'agissait de la progéniture féminine de Gerald Johnson ?

Pourtant, Clarissa a survécu. Elle est même le bras droit de son père. Où est la logique, dans cette affaire ?

— Il n'y en a pas, dit-elle tout haut, tandis que les lumières vacillaient de nouveau et que le vent semblait hurler de lugubres imprécations tout autour de la maison.

Elle eut la chair de poule et dut lutter contre une sensation angoissante : celle que quelqu'un était dehors — quelqu'un de maléfique, qui guettait et attendait son heure.

Cette tempête était une véritable plaie !

Elle faisait trembler les carreaux et elle apeurait le bétail, qui s'agitait en tous sens. Les chiens étaient eux aussi en proie à la plus grande nervosité. Bonzi, malgré ses airs de matamore à quatre pattes, n'en menait pas large.

— Calmez-vous, dit Trace aux vaches et aux chiens. Tout ira bien.

Mais Bonzi sursautait à chaque bourrasque et se blottissait, la queue basse, contre les jambes de Trace. Ce dernier entreprit de gainer des tuyaux d'eau qui menaçaient d'éclater à cause du gel. Cela allait lui prendre un peu de temps, mais il tenait à s'assurer que ses bêtes puissent continuer à s'abreuver.

L'éclairage de l'étable se mit à clignoter, une fois de plus… *Super…*

Il n'avait pas encore eu le temps d'aller s'occuper des chevaux, à quelques mètres de là. Une panne de courant serait vraiment malvenue.

Bonzi se recroquevilla en geignant doucement, mais Trace continua à isoler les tuyaux du mieux qu'il put.

En espérant que la tempête se calmerait lorsqu'il serait dans l'écurie.

De sa cachette, il observait la maison au travers de ses jumelles à vision nocturne. Il avait vu le vieux couple partir. A présent, c'était O'Halleran qu'il suivait tandis que dernier pataugeait dans la neige pour se rendre de l'étable à l'écurie, suivi des deux chiens. Hormis le gamin, Acacia était donc toute seule dans la maison.

Et le morveux n'était pas un problème.

Il saurait bien s'en occuper.

Définitivement.

Les choses ne s'annonçaient finalement pas si mal, après les frayeurs qu'il avait eues dans la journée. Seule ombre au tableau, il avait encore eu l'impression d'être filé. Il avait revu la BMW de sport qui avait éveillé ses soupçons l'autre soir. Il s'était dit qu'il se faisait des idées, qu'il laissait libre cours à sa paranoïa... Et pourtant il aurait juré qu'il avait été suivi un peu plus tôt dans la journée.

Allons ! Reprends-toi ! Vois-tu qui que ce soit dans les parages ? As-tu entendu le moindre bruit depuis que tu es ici ? Il n'y a personne. Pas l'ombre de cette fameuse BMW...

Tu es nerveux, voilà tout...

Parce que, ce soir, c'est le grand soir.

Le moment de la revanche a sonné. Bientôt, très bientôt, Acacia sera à ta merci et tu lui feras payer de sa vie tous ses péchés.

Malgré le froid et le vent glacial, il sentit son sexe se dresser en imaginant Acacia plaquée sous lui, tremblante de peur, les yeux rivés sur le couteau qu'il s'apprêtait à utiliser pour entailler sa gorge gracile...

Non ! Ça ne se passera pas ainsi. Ce ne sera pas sexuel, et il n'y aura pas de couteau. Il faut que sa mort ait toutes les apparences d'un accident. Comme pour les autres... Ne change pas de méthode. Il faut s'en tenir au plan, ne pas en dévier d'un iota...

C'est une Ignorante. Elle fait partie de l'infâme progéniture féminine de Gerald Johnson. C'est l'une de ces créatures tarées dont l'intellect est déficient et perverti.

Elles le sont toutes... Même Clarissa ! Oui, Clarissa ne sera pas épargnée... Même si c'est une alliée... Mais son tour viendra... Elle mourra comme les autres.

Pour l'instant, concentre-toi. Tout d'abord, il faut maîtriser Acacia, ensuite il faut liquider O'Halleran, ramener son cadavre dans la maison et mettre en scène leur décès. Il faut que ça ressemble à un meurtre passionnel suivi d'un suicide. Ensuite, il n'y aura plus qu'à incendier la maison. Le temps que les pompiers arrivent, il ne restera de cette bicoque de bois que des cendres, et ils ne trouveront que deux corps calcinés.

Il dirigea ses jumelles vers la maison et aperçut Acacia qui marchait dans le salon. Chaque fois qu'il la voyait, il sentait sa circulation sanguine s'accélérer, sachant qu'il n'avait plus longtemps à attendre. Maintenant, elle était dans la cuisine et regardait par la fenêtre.

Dans sa direction.

Son cœur cessa de battre un instant.

Puis il se rappela qu'elle ne pouvait pas le voir au travers du rideau de neige qui tombait inlassablement sur la scène de sa mort prochaine. Elle ignorait qu'il était là et qu'il guettait ses moindres mouvements, préméditant dans le détail son exécution.

Sois confiant ! Tu as une mission. Ne laisse pas la luxure ou la peur t'écarter de ton grand but...

Allez, du nerf ! Sois fort !

Il inspira et sentit l'air froid lui glacer les dents et les poumons. Il se força à penser clairement. A se concentrer. Il la vit de nouveau derrière la fenêtre, scrutant la nuit, et une nouvelle énergie monta en lui. Il avait l'impression de pouvoir lui parler par télépathie.

Tu l'auras voulu, salope. Ah, tu me cherchais ? Eh bien, tu vas me trouver !

Il esquissa un sourire, les yeux rivés sur la bicoque de bois, avec son toit à pignon. La plupart des fenêtres étaient obscurcies, et il ne semblait y avoir aucune lampe allumée à l'étage. Il fit passer son fusil d'une main gantée à l'autre et réfléchit à la manière dont il allait opérer.

Une rafale de vent à pénétrer les os vint lui fouetter le visage et il vit les lumières du rez-de-chaussée vaciller.

Une nouvelle fois, elle regarda dans sa direction. Son beau visage traversé d'inquiétude.

Si elle savait ce qui l'attendait...

Prépare-toi, Acacia, songea-t-il en se dirigeant vers l'avant de la maison, où la terrasse était plongée dans l'obscurité.

J'arrive.

Où donc était Trace ? Combien de temps lui fallait-il pour s'assurer que tout était en ordre dans l'écurie et dans l'étable, alors qu'Ed avait déjà nourri les bêtes ?

— Reviens..., vite ! murmura-t-elle.

Elle fut tentée de mettre son manteau et ses bottes pour aller voir ce qui se passait. Mais elle ne voulait pas laisser Eli tout seul. S'il se réveillait de nouveau et appelait sa mère ?

Tout en se sentant un peu ridicule, elle décida de l'appeler sur son téléphone portable. Elle se servit du sien pour composer son numéro et attendit.

Une sonnerie retentit alors dans la cuisine et elle sursauta. C'était le téléphone de Trace. Il l'avait laissé sur le comptoir.

Ne t'inquiète pas ! Il ne court aucun danger !

Les lumières vacillèrent une nouvelle fois, et Kacey décida de réagir.

Se souvenant du conseil d'Ed, elle fit couler de l'eau dans la baignoire de la salle de bains du rez-de-chaussée, trouva des seaux et une lampe de poche dans la cuisine. Elle revint dans le salon, où un bon feu brûlait toujours dans la cheminée, près de laquelle étaient entassées de grosses bûches.

Elle entendit un bruit mat au-dessus de sa tête. A l'étage.

— Eli ? appela-t-elle, le cœur battant.

Elle se dirigea vers l'escalier mais, au moment où elle allait poser le pied sur la première marche, toutes les lumières de la maison s'éteignirent. L'obscurité totale se fit en un instant. Seul le salon était encore un peu éclairé par les flammes qui diffusaient dans la pièce une lueur cuivrée.

Elle n'avait guère prêté d'attention, jusque-là, au ronronnement du réfrigérateur ou au bourdonnement de la chaudière mais, à présent, le silence le plus total régnait dans la maison. Un silence effrayant, que seuls venaient briser par à-coups les hululements lugubres du vent et le claquement des branches contre les murs extérieurs.

Elle attendit qu'un groupe électrogène se mette en marche automatiquement, priant pour que les lampes se rallument et que la chaudière se remette à vibrer.

Rien.

Qu'est-ce que je fais, maintenant ?

Elle sentit un froid mortel lui glacer les os, comme si le vent d'hiver pouvait pénétrer les murs de la vieille maison. Elle frémit en songeant à tout ce qui pouvait arriver dans le noir, alors qu'un tueur psychopathe rôdait dans les parages.

— Arrête de flipper, se dit-elle d'une voix sévère.

Elle se dirigea à tâtons vers la cuisine, où elle avait laissé la lampe de poche. Elle se cogna le genou, ravala un juron, faillit appuyer machinalement sur l'interrupteur et finit par trouver la lampe sur le comptoir. Elle poussa le bouton et une faible lumière jaunâtre lui indiqua que les piles étaient presque déchargées.

Eli...

Il saurait où dénicher des piles neuves. En outre, il fallait qu'elle le fasse descendre dans le salon avec ses couvertures, pour qu'il puisse profiter de la chaleur de la cheminée, unique et ultime source de chaleur et de lumière en attendant que le courant revienne.

Elle scruta les ténèbres au-dehors et ne vit aucune lumière briller dans la nuit.

Reviens, Trace…

Le courant était bien sûr aussi coupé dans l'écurie et dans l'étable. Trace n'allait donc pas tarder à revenir.

Entre-temps, il fallait aller chercher Eli.

Guidée par le faible faisceau de la lampe de poche, elle se mit à gravir l'escalier. L'obscurité qui l'environnait de toute part avait quelque chose de particulièrement oppressant.

Elle franchit le palier intermédiaire et entendit un autre bruit sourd.

C'est quoi, ça ?

Elle surmonta sa frayeur et gravit les dernières marches en toute hâte, s'élança dans le couloir et ouvrit la porte de la chambre d'Eli.

Le lit était vide.

Les draps et les couvertures jonchaient le sol.

— Eli ! cria-t-elle en balayant frénétiquement la pièce du faisceau de la lampe.

— Eli !

Elle ouvrit la porte du placard et n'y trouva que des vêtements. Elle sortit ensuite de la chambre et inspecta la salle de bains, puis la chambre de Trace — mais le petit garçon demeurait invisible.

Et la lumière de sa lampe qui faiblissait à vue d'œil !

— Eli !

Oh mon Dieu, mon Dieu ! Où es-tu ?

En proie à la plus grande panique, Kacey poursuivit sa recherche dans la chambre d'amis, parmi les meubles bâchés, en se faufilant dans un dédale de cartons et de piles d'objets divers. Elle regarda derrière le lit et le matelas, posés à la verticale contre un mur.

— Eli ! cria-t-elle de nouveau en se disant qu'il avait peut-être autant peur qu'elle. C'est Kacey, mon chou. Où es-tu ?

34

Pescoli se fichait bien que Missoula soit hors de sa juridiction !

Elle se contrefichait tout autant du FBI et des prérogatives fédérales dans ce genre d'affaire !

Elle voulait des réponses, et elle les voulait tout de suite.

Pendant qu'Alvarez parlait au téléphone à une jeune collègue qu'elles avaient chargée de fouiller de fond en comble le passé de Gerald Johnson, elle avait les yeux rivés sur la route. Les essuie-glaces balayaient frénétiquement la neige qui se déversait inlassablement des cieux en furie.

C'était dans ces moments qu'elle était prise d'une irrépressible envie de fumer. Sans la présence d'Alvarez dans la voiture, elle aurait certainement craqué et se serait arrêtée dans un supermarché pour acheter des Marlboro Light et un Diet Coke maxiformat. Rien de tel que le mélange de ces deux excitants pour avoir la pêche.

Gerald Johnson vivait dans une enclave résidentielle protégée qui bordait un club de golf privé où les frais d'adhésion dépassaient la valeur de la maison de Pescoli et où la cotisation annuelle équivalait à plus de la moitié de son salaire de fonctionnaire de police.

Elle espérait que ce gros richard serait chez lui.

Fortes en tout et pour tout des indices plutôt sommaires recueillis par Alvarez et de la théorie de Kacey Lambert, elles comptaient sur l'effet de surprise pour lui tirer les vers du nez. Même si elle avait mis du temps à adopter les vues de sa coéquipière, tant il était difficile de croire que les victimes puissent secrètement être liées par le sang, elle était à présent pleinement convaincue de la justesse de ses intuitions. Elle était désormais persuadée que ces femmes avaient été tuées parce qu'elles étaient les filles biologiques du donneur de sperme 727.

Pour quelle raison ? Et, surtout, par qui ? C'était ce qui restait à déterminer.

Le temps était épouvantable, mais tel était le climat du Montana en hiver. Il fallait faire avec.

— Entendu, disait Alvarez pendant que la radio de bord signalait entre deux grésillements un vol dans la Grand-Rue et donnait le signalement du suspect. Continuez de vous renseigner. Tout ce que vous pouvez apprendre sur Johnson nous sera utile… Sur ses enfants, sur cette banque du sperme, aussi… Rappelez-moi.

Elle raccrocha et se tourna vers Pescoli. Les traits tendus de son visage furent illuminés quelques secondes par les phares d'un véhicule roulant en sens inverse.

— Leona s'en occupe, dit-elle.

Leona Randolph était une jeune collègue qui avait rang d'inspecteur et venait tout juste de rejoindre la brigade. Elle était extrêmement qualifiée dans le domaine technologique et faisait preuve d'une maîtrise d'internet qui émerveillait Pescoli. Alors que cette fille n'avait que quelques années de plus que Jeremy, elle était à des années-lumière de lui en termes de maturité, d'ambition et de fermeté de caractère.

Si Jeremy pouvait la prendre en exemple !

— Je crois qu'il faudra tourner dans un peu plus d'un kilomètre, dit Alvarez.

A l'approche de Missoula, la visibilité était devenue presque nulle et Pescoli fut contrainte de ralentir. Les véhicules roulaient au pas sur cette portion de route et la circulation était de plus en plus dense. Alors qu'elles savaient que le temps jouait contre elles et que le tueur accélérait le rythme de ses crimes, elles se retrouvaient bloquées dans un embouteillage dû au blizzard.

— Ah, voilà la voie privée qui mène à Cougar Springs, dit Alvarez en désignant une intersection que les phares de la Jeep de Pescoli venaient d'éclairer au détour d'un virage.

Elles roulèrent sur une route enneigée qui serpentait dans un parc arboré jusqu'à une guérite et une barrière qui fermait l'accès à la résidence. Pescoli montra son insigne au gardien et lui indiqua qu'elles venaient rendre visite à Gerald Johnson. Lorsque la barrière s'ouvrit, elle roula au pas sur une allée sinueuse et fortement inclinée. Un demi-kilomètre plus loin, elles passèrent devant un chalet en cèdre de deux étages. Les fenêtres étaient illuminées sous le toit pentu, mais il n'y avait guère de véhicules garés sur le parking et, à moitié ensevelis sous la neige comme ils l'étaient, ils étaient impossibles à identifier.

Elles poursuivirent leur chemin longeant des jardins arborés, au centre desquels trônaient d'imposantes maisons, perchées à flanc de coteau. La plupart de ces chalets étaient des maisons de vacances estivales. Seuls quelques-uns semblaient occupés en cette saison — ceux que possédaient des gens qui y vivaient à l'année ou qui étaient venus en vacances dans le Montana pour skier et pratiquer d'autres sports d'hiver.

— Je les plains, tous ces riches, marmonna Pescoli d'un ton sarcastique.

— En fait, ils doivent s'ennuyer terriblement…

— Je me laisserais bien tenter par une ou deux années d'ennui comme ça !

— Tu parles ! Au bout d'une semaine, tu serais comme un lion en cage. Et quinze jours plus tard tu reviendrais travailler au commissariat !

Alvarez se tourna vers Pescoli d'un air désabusé et ajouta :

— A qui essaies-tu de faire croire qu'une telle vie te conviendrait ? A moi ou à toi-même ?

— Aux deux, sans doute, maugréa Pescoli.

— Qu'est-ce qui te tracasse ?

— Mes enfants, bien sûr.

Elle aurait aimé attribuer sa mauvaise humeur et sa tension nerveuse à l'enquête en cours, et il y avait de cela, évidemment. Mais Jeremy, qui semblait fermement décidé à devenir une nullité crasse, et Bianca, dont les notes dégringolaient et qui semblait ne plus penser qu'aux garçons, étaient les sources premières de ses soucis. Sans compter la pression que lui mettait Santana pour qu'ils habitent ensemble et qui n'arrangeait rien !

— Par là, lui indiqua Alvarez.

Pescoli tourna le volant brusquement, faisant légèrement déraper la Jeep, mais elle parvint à redresser ses roues et s'engagea sur une voie qui aboutissait sur l'allée circulaire bornant le luxueux logis de Gerald Johnson.

— Le spectacle va commencer ! dit Pescoli en s'arrêtant devant un garage assez spacieux pour abriter une flottille de véhicules.

Des petits réverbères luisaient de part et d'autre des vastes portes jumelles qui perçaient la façade en pierre. Le trottoir qui menait à la maison était enfoui sous un manteau de neige, et les deux policières durent patauger dans la poudreuse pour parvenir à la porte d'entrée.

Lorsque Alvarez appuya sur la sonnette, la porte s'ouvrit tout de suite, et Gerald Johnson en personne les accueillit. Il semblait plus athlétique et plus costaud que sur les photos que Pescoli avait vues.

— Bonjour, inspecteurs... Floyd, le gardien, m'a appelé pour m'aviser de votre arrivée.

Il fit un pas en arrière pour leur laisser le passage et ajouta :

— Entrez. Je vous attendais depuis qu'Acacia est sortie de mon bureau, cet après-midi.

Alors qu'elles s'apprêtaient à l'interroger sur la clinique d'assistance à la procréation à laquelle il avait fait des dons de sperme dans sa jeunesse, Noreen Johnson apparut sur le palier de l'étage et descendit précipitamment l'escalier pour se joindre à eux.

— Ne leur dis rien, Gerald ! s'écria-t-elle. Je ne sais pas ce qu'elles te veulent, mais ne leur dis rien !

— Nous sommes ici dans le cadre d'une enquête sur plusieurs homicides, dit Alvarez. Ces décès, que la police a d'abord considérés comme accidentels, ont largement été commentés par les médias.

Elle sortit une enveloppe en plastique de sa poche contenant des photos.

— La voiture d'Eve Alexander a été délibérément emboutie et poussée dans le fossé… Jocelyn Wallis a été projetée dans un ravin, à Grizzly Falls… Et Shelly Bonaventure…

— L'actrice qui jouait dans cette série de vampires complètement nulle ? demanda Noreen d'un ton incrédule.

Pescoli hocha la tête.

— Ainsi qu'une nouvelle victime, une certaine Karalee Rierson.

— Karalee ! couina alors Noreen en blêmissant et en portant la main à ses lèvres.

— Vous la connaissez ? demanda Alvarez.

— Un peu…

Alvarez lui tendit les photos. Noreen jeta un coup d'œil à celle de Karalee Rierson et eut un haut-le-cœur.

— Oh ! Mon Dieu, elle travaillait comme infirmière dans une clinique où Gerald…

Elle s'interrompit pour se tourner vers son mari, qui faisait grise mine.

— Nous pensons que ce sont des meurtres déguisés en accidents, dit Alvarez.

— Des meurtres ? répéta Noreen. Des assassinats ? Mais quel rapport cela peut-il avoir avec nous ? Je… je ne connaissais que Karalee, je n'ai jamais vu les autres.

— Nous avons des raisons de penser que toutes ces femmes ont pu être engendrées par M. Johnson, dit Pescoli.

— Quoi ! *Engendrées !* s'exclama Noreen en agitant la

main en signe de dénégation. Mais c'est absurde ! Gerald, ne réponds pas à leurs questions !

Alvarez observa ses traits et y lut toute une gamme d'émotions : du désespoir, du déni et de la colère. Elle était vêtue d'un jean de marque et d'un pull argenté qui couvrait ses hanches. Elle était maigre comme un clou, presque osseuse. Les très coûteux diamants qui ornaient son cou, ses doigts et ses poignets accentuaient le relief des os et des tendons sous son épiderme bronzé. Ses cheveux presque blancs étaient coupés à la garçonne, la peau de son visage était tendue comme celle d'un tambour sous un maquillage outrancier.

— Nous ne connaissions pas ces femmes ! Et cette Karalee, c'est à peine si nous lui parlions !

Elle secoua la tête avec véhémence et ajouta :

— Nous ne vous dirons rien hors de la présence d'un avocat. Je connais mes droits.

Elle sortit un téléphone portable de la poche de son jean et appuya sur une touche.

— J'appelle Judd !

Puis elle se tourna vers son mari et leva le doigt pour le mettre en garde.

— Pas un mot de plus !

— Elles ne m'accusent d'aucun crime, Noreen, fit-il observer placidement.

— Je m'en fiche. Je regarde *New York, unité spéciale* à la télé, je connais leurs méthodes…

Elle porta le téléphone à son oreille et étouffa un juron. Son regard croisa celui de son mari.

— Judd ne répond pas ! dit-elle.

Excédée, elle laissa un message :

— Judd ? C'est maman. Rappelle-moi le plus vite possible ! C'est urgent !

— Pour l'amour de Dieu, Noreen, objecta Gerald. Il va croire que je suis à l'hôpital…

— Tant mieux !

Elle appuya sur un autre bouton de son clavier, attendit et leva les yeux au ciel.

— Je n'arrive pas à joindre Clarissa non plus ! Où est-elle passée ?

— Noreen, il faut que tu te calmes.

— Et toi, il faut que tu arrêtes de me dire ce que je dois faire !

— Allons dans le petit salon, proposa Gerald à Pescoli et Alvarez en désignant une porte à doubles battants à droite de la cage d'escalier.

La pièce était chauffée par une cheminée à gaz dont les flammes se reflétaient sur les fenêtres et sur la laque noire d'un piano à queue. Au-dessus de la cheminée, un immense téléviseur à écran plat était réglé sur une chaîne de sport. Il y avait un verre de scotch à moitié vide sur une table, à côté d'un grand fauteuil en cuir. Des roses se fanaient dans un vase posé sur une table basse.

— C'est maman ! Rappelle-moi au plus vite ! Il y a urgence ! cria Noreen dans son téléphone, comme si son correspondant allait se décider enfin à décrocher parce qu'elle parlait plus fort.

Elle fit claquer ses talons aiguilles sur le parquet en entrant à son tour.

— Je n'arrive à joindre personne ! Mais où sont-ils tous passés ?

— Ma chérie, je crois vraiment qu'il vaudrait mieux que tu te calmes un peu.

Gerald fit signe aux policières de s'asseoir dans une paire de fauteuils assortis, s'installa dans le grand fauteuil et éteignit le téléviseur. Les derniers résultats sportifs disparurent de l'écran et un portrait de famille vint s'afficher à la place.

— Non, je ne vais pas me calmer !

Elle tripotait fébrilement son téléphone portable en fixant son mari d'un œil noir.

— Pourquoi mes enfants m'évitent-ils ? Pourquoi filtrent-ils leurs appels pour ne pas avoir à me parler ?

Elle se tourna vers Alvarez et la fusilla du regard.

— Et vous, qu'est-ce que vous fichez là ? demanda-t-elle, au bord de l'hystérie.

— Noreen, s'il te plaît..., murmura son mari en levant la main pour la conjurer de se taire. Laisse-moi m'en occuper.

Il se tourna vers les policières et reprit :

— Je vous disais donc que je vous attendais parce que Acacia Lambert est venue me voir dans mon bureau, cet après-midi. Elle m'a exposé la même théorie...

— Qui est venue dans ton bureau ? l'interrompit Noreen en arpentant furieusement la pièce. Acacia qui ? Qu'est-ce que tu racontes, Gerald ?

Il y avait plus que de la curiosité dans son regard hautain, il y avait un brin d'inquiétude. Voire de peur.

— C'est ma fille, dit-il posément.

L'expression de son épouse se figea.

— Qu'est-ce que tu racontes ? murmura-t-elle en jetant un coup d'œil furtif aux policières. Nous n'avons qu'une fille et elle s'appelle Clarissa.

— Je ne parle pas de *notre* fille, expliqua-t-il, le front baigné de sueur. Je parle de *ma* fille. Celle que j'ai eue avec Maribelle Collins.

— Maribelle Collins ?

Noreen tomba en arrêt.

— Cette infirmière qui travaillait avec toi ?

— Oui. Acacia a presque trente-cinq ans maintenant.

Quelque chose se brisa alors chez Noreen. Ses épaules s'affaissèrent et de grosses larmes vinrent perler au coin de ses yeux.

— Je savais que vous étiez... intimes. Bien sûr que je le savais, dit-elle en réprimant un sanglot. Mais... Je suis restée avec toi. Comme je l'ai fait quand tu as reconnu ton bâtard, quand tu l'as embauché sans me demander mon avis, quand tu l'as exhibé partout comme un précieux petit singe savant. J'ai ravalé mon orgueil et j'ai souffert cette honte en silence…

Ses narines frétillaient et ses lèvres étaient retroussées comme les babines d'un chien prêt à mordre.

— J'ai même été obligée de recevoir la mère de ce bâtard, chez moi ! J'ai dû lui faire des courbettes, à cette putain ! Ici, dans ma propre maison !

Elle pointa un doigt accusateur sur la moquette avant d'ajouter :

— Cette humiliation, j'ai dû la subir aussi. Et maintenant… Tu m'annonces que tu as aussi une bâtarde ?

Les larmes se mirent à couler sur ses joues anguleuses.

— Ne me fais pas ça, Gerald ! s'écria-t-elle. N'en parle à personne ! Je n'arrive pas à y croire !

— Mon fils s'appelle Robert, et ma fille Acacia, corrigea calmement Gerald.

— Tu es vraiment un salaud ! Pourquoi m'as-tu trompée avec ces catins ? Tu m'avais juré… Tu t'en souviens ? Tu m'avais juré *sur la vie de nos enfants* que tu avais rompu avec Maribelle !

— C'est ce que j'ai fait.

Noreen frémit de tout son être et on aurait pu croire qu'elle allait vomir.

— Mais tu lui as fait un enfant ! En plus elle était mariée, elle aussi ! Elle a sans doute fait passer cet enfant pour celui de son mari… Tu ne t'es pas contenté d'*un* bâtard ! Ça ne te suffisait pas ! Maintenant, en voilà une autre ! Nos enfants sont au courant ?

Elle parut se ratatiner, hagarde.

— Oh, mon Dieu… Ils étaient au bureau cet après-midi quand elle a débarqué ?

Gerald resta muet.

— Avoue !

— C'est sans doute pour ça qu'ils ne répondent pas. Je leur ai dit que je t'en parlerais ce soir.

Il jeta un coup d'œil à son verre de whisky à moitié vide et ajouta :

— J'allais le faire… Il fallait juste que j'en trouve le courage…

— Ah, ça, c'est sûr ! Il est bien plus facile de tromper sa femme à tire-larigot que d'avoir le cran de lui avouer ses incartades, marmonna Noreen d'un ton méprisant.

— Ecoute ce que j'ai à en dire, au lieu de m'accabler comme ça, dit-il en lâchant un gros soupir.

Noreen croisa les bras sous ses petits seins et haussa le menton d'un air de défi, mais elle resta silencieuse pendant que son mari lui expliquait qu'il savait la vérité sur les origines d'Acacia, mais qu'il ne s'était pas mêlé de sa vie. Il ajouta qu'il lui avait également avoué qu'il avait été donneur de sperme.

— Vous le saviez, vous, qu'il avait fait des dons à une banque du sperme ? demanda Pescoli à Noreen.

— Oui, j'étais au courant…

Elle balaya l'air de sa main osseuse avant d'ajouter :

— Mais c'était différent… C'était un acte médical sans dimension personnelle. Rien d'intime. Pas comme me tromper avec d'autres femmes et leur faire des enfants !

Elle se remit à pleurer, dénicha un mouchoir en papier dont elle se servit pour essuyer les larmes teintées de mascara qui dégoulinaient sur ses joues.

— Je ne comprends pas, reprit-elle à l'attention des deux policières. Tout cela n'explique pas votre visite. Même si Gerald a engendré ces malheureuses, en quoi cela l'incrimine-t-il ? Et comment le savez-vous, d'abord ?

— C'est le seul lien entre elles, dit Pescoli.

— Mais quel rapport avec Gerald ? A part l'éventualité qu'il soit leur père biologique…

— C'est justement ce que nous sommes venues lui demander, indiqua Alvarez.

*
* *

Calme-toi, se dit Kacey. *Eli est forcément là, quelque part dans la maison.*

— Eli ! appela-t-elle à pleins poumons. Eli, mon chou, où es-tu ?

Affolée, elle entreprit alors de fouiller la maison de fond en comble. La pile de la lampe de poche était en train de mourir et ne diffusait plus qu'un faible halo. Kacey se déplaçait lentement dans la pénombre, passant d'une chambre à l'autre, appelant le petit garçon. Son pouls lui martelait les tympans et sa panique augmentait tandis qu'elle regardait sous les lits, dans les placards et même dans la chute à linge sale qui aboutissait au sous-sol, sans trouver aucun signe de lui.

La maison se refroidissait de minute en minute. Elle inspecta une nouvelle fois l'étage, remarquant seulement, dans la chambre d'amis, que la fenêtre était légèrement entrouverte. Elle essaya de la fermer, mais le cadre était faussé et elle n'y parvint pas.

Elle la poussa de toutes ses forces, en vain. C'est alors qu'elle entendit…

Qu'est-ce que c'est que ce bruit ?

Elle retint son souffle et tendit l'oreille.

Pas de doute, ça provenait de la porte d'entrée. Puis elle crut entendre des bruits de pas au rez-de-chaussée.

— Eli ! cria-t-elle.

Elle se cogna le genou contre un buffet en cèdre en courant dans le couloir, étouffa une plainte et descendit en trombe l'escalier. La lumière de la lampe vacillait et tremblait, projetant devant elle des ombres sinistres.

Elle se précipita dans le salon, où les flammes crépitaient et luisaient toujours, laissant cependant les coins de la pièce dans l'obscurité.

— Eli ? demanda-t-elle. C'est toi ?

Sa voix résonna, couvrant les plaintes du vent dans le conduit de la cheminée.

Il n'y avait personne au rez-de-chaussée.

Ni Eli ni Trace.

Ni les chiens.

Cependant, elle *sentait* une présence… Quelque chose d'insolite.

Ne cède pas à la panique!

Elle revit en flash-back son agression dans le parking sous-terrain de Seattle. Elle se souvint de sa peur, de sa douleur.

Reprends-toi! Continue à chercher!

Il faut retrouver Eli!

Elle rassembla tout son courage, revint dans la cuisine et s'engagea dans l'escalier qui menait à la cave. Les marches grinçaient sous ses pas, tandis que ses narines s'emplissaient de l'odeur de la poussière accumulée au sous-sol au fil des ans. Elle sentit des doigts effleurer ses joues, lui arrachant un cri de stupeur. Puis elle se rendit compte que ce n'était qu'une toile d'araignée qui s'était accrochée à son visage et mêlée à ses cheveux.

Elle marqua une pause pour calmer son rythme cardiaque et dirigea le mince filet de lumière sur un tas de bois de chauffage. Une odeur de cèdre brut flottait dans la pièce glaciale, remplie de vieux meubles et d'outils inutilisés couverts de poussière.

Elle dirigea ensuite le peu de lumière qui lui restait vers un espace de rangement sous l'escalier, découvrant de vieilles étagères garnies de bocaux vides et de paquets d'insecticides.

Elle faillit lâcher la lampe en entendant un grattement à ses pieds et vit une souris détaler et se glisser en hâte dans une fissure du mur en béton.

— Eli?

Mais elle n'entendit plus rien d'autre que les battements de son cœur qui couvraient presque entièrement le chant funèbre du vent au-dehors et le claquement d'une branche contre l'un des murs de la maison.

Elle avait peur du noir depuis son plus jeune âge. Non,

ce n'était pas vrai : sa phobie de l'obscurité remontait, en fait, à ce soir atroce où elle avait vu cet homme cagoulé surgir de l'ombre en brandissant un poignard.

Ce souvenir terrifiant la tétanisa une nouvelle fois, et elle sentit ses genoux flageoler. Elle lâcha sa lampe pour agripper l'un des piliers qui soutenaient l'escalier. La lampe roula en tournant en tous sens devant elle sur la dalle de la cave, projetant son faible faisceau sur des chaises délabrées, un mur de béton crasseux puis sur les poutres qui soutenaient le plancher du rez-de-chaussée.

Ne pense pas à ce salaud...

Mais elle ne parvint pas à se débarrasser de l'image de son agresseur. Elle se revit plaquée sur le sol en béton du parking, sous le corps dur et vibrant de cet homme qui l'écrasait de tout son poids. Elle se souvint de l'odeur de son après-rasage, mêlée de relents de sueur et de tabac. Sa force lui avait paru phénoménale. Il avait la large carrure et la haute stature des frères Johnson... Ils avaient presque tous un physique athlétique et respiraient la force physique. Judd, en particulier, lui avait fait penser à un joueur de rugby, et Lance, le mari de Clarissa, dégageait lui aussi une impression de force brute.

Et les autres ?

Robert, Thane et les jumeaux n'étaient pas des gringalets, eux non plus.

Et ils avaient tous les mêmes yeux bleus, froids comme l'acier, que son agresseur.

Haletante et le cœur battant toujours à lui en déchirer la poitrine, elle sentit l'arrière-goût âcre de la peur monter au fond de sa gorge. Elle s'agenouilla sans lâcher le pilier puis avança à croupetons dans la pénombre pour récupérer la lampe de poche. Elle la ramassa, se força à recouvrer un peu de sang-froid et se releva.

Il faut retrouver Eli...

Elle remonta l'escalier en tremblant.

Peut-être s'était-il réveillé et avait-il rejoint son père dans l'étable ou l'écurie. Il lui avait paru fiévreux et confus — ne l'avait-il pas appelée maman ? Les médicaments qu'il avait pris l'avaient peut-être égaré au point qu'il soit sorti de sa chambre pour aller s'aventurer dehors.

Mais comment ?

Je l'aurais forcément vu passer, ou entendu…

C'était absurde !

Elle mit son manteau et ses gants, chaussa ses bottes et se servit d'une braise du feu pour allumer l'unique bougie visible dans le salon. Puis elle sortit son téléphone portable de sa poche et composa le numéro de l'inspecteur Alvarez en se dirigeant vers la porte de derrière.

Qu'allait-elle dire à la policière ?

Qu'elle avait perdu le gamin ? Que Trace n'était pas revenu de l'étable ?

Elle aurait l'air bête.

Eh bien, tant pis !

— Deux précautions valent mieux qu'une, dit-elle à haute voix en regardant par la fenêtre.

Mais l'inspecteur Alvarez ne répondit pas, et Kacey raccrocha sans laisser de message, en se promettant d'en laisser un à sa prochaine tentative.

Elle décida de rejoindre tout d'abord Trace. Elle rempocha son téléphone et ouvrit la porte, sortant dans la nuit noire.

Dès qu'elle eut mis un pied dehors, la bise glaciale la heurta de front, et elle sentit le froid la pénétrer jusqu'à la moelle en une fraction de seconde. Elle regretta de ne pas avoir pris le temps de se munir d'un bonnet et d'une écharpe. Par-delà la mélopée lugubre du vent, elle entendit des chaînes cliqueter, comme celles des bagnards entravés qui se rendent au travail.

C'est encore mon imagination qui me joue des tours.

Elle ravala sa peur et suivit les empreintes de pas encore visibles, bien que presque entièrement recouvertes par la neige. Elles la menèrent non pas directement à l'étable mais autour de la maison. Elle passa devant un buisson de rhododendrons puis longea l'un des murs latéraux de la maison, devant lequel d'autres empreintes à moitié effacées se mêlaient à celles qu'elle avait suivies.

Il était difficile d'entendre quoi que ce soit hormis le vacarme du vent. La même branche claquait encore contre une des parois de bois de la ferme. Kacey haussa le faisceau agonisant de sa lampe et leva les yeux. Ce n'était pas une branche, en fait, mais une portion de la gouttière qui martelait ainsi le mur. Et une échelle pliable était accrochée au rebord de la fenêtre de la chambre d'amis.

L'échelle métallique ondulait au vent, produisant le bruit qu'elle avait pris pour le cliquetis d'une chaîne.

Eli, malgré son bras dans le plâtre, avait d'une manière ou d'une autre descendu cette échelle pour disparaître dans les ténèbres.

35

Noreen Johnson s'était laissée tomber sur la banquette du piano, le dos courbé et les épaules rentrées. Mais elle n'avait pas renoncé à se battre.

— D'abord Robert, avec cette horrible Janet Lindley… Et tu t'es senti obligé de l'embaucher pour être sûr que je me souvienne tous les jours de ta trahison ! Et maintenant cette Acacia ! Comment as-tu osé ?

— Ce qui est fait est fait, répondit Gerald d'un ton las. Nous en reparlerons plus tard, si tu veux bien. Pour l'instant, ces dames de la police ont quelques questions à me poser.

— Tout est fini, murmura-t-elle. Notre vie ne sera plus jamais la même !

Gerald se racla la gorge et se tourna vers Pescoli et Alvarez.

— En quoi puis-je vous être utile ? demanda-t-il en se penchant vers elles, les mains jointes entre ses genoux.

Aux questions qu'Alvarez lui posa, il répondit qu'il n'avait jamais rencontré les victimes et qu'il ignorait qu'elles étaient ses filles biologiques. Il n'avait entendu cette éventualité que lorsque Acacia Lambert avait débarqué dans son bureau à l'improviste, plus tôt dans la journée, et lui avait exposé sa théorie. Il ne savait donc pas si ces jeunes femmes avaient des ennemis. En revanche, il pouvait jurer, à en juger par les réactions de ses enfants lors du conseil de famille, qu'ils avaient tous été aussi surpris que lui par les révélations d'Acacia.

Pescoli se contenta d'assister à cet échange de questions et de réponses, observant les réactions de l'industriel ou — comme Alvarez ne manqua pas de le remarquer — regardant fixement l'écran du téléviseur. C'était peut-être sa manière à elle de refouler son agressivité... Néanmoins, cette attitude passive était pour le moins inhabituelle.

Alvarez jeta elle aussi un bref coup d'œil à la photo qui s'affichait sur l'écran. Rien d'extraordinaire. C'était un portrait de famille tout ce qu'il y avait de classique, pris de longues années auparavant ; Noreen et Gerald y paraissaient vingt-cinq ou trente ans plus jeunes. Leurs enfants les entouraient, vêtus de tenues assorties : les garçons portaient tous des chemises blanches, des blazers bleu marine et des pantalons à pli ; les trois filles avaient des robes rouges. Leurs noms étaient incrustés dans l'image numérique.

— Nous n'avons rien à vous dire, reprit soudain Noreen en lançant à son mari un regard lourd de sous-entendus.

Elle essaya une nouvelle fois de joindre l'un de ses enfants, en vain.

— Mais où sont-ils ? murmura-t-elle en fermant les yeux. Ils ne savent donc pas qu'on a besoin d'eux ?

— Vous avez eu sept enfants, dit Pescoli.

— *Moi*, j'en ai eu sept, rectifia Noreen en reniflant. Visiblement, Gerald en a eu un peu plus que ça...

— Qu'est-il arrivé à vos filles, Agatha et Kathleen ?

— Je préfère ne pas en parler, répondit Noreen dans un filet de voix.

Elle ferma les yeux, le visage déformé par le chagrin.

— Agatha était notre benjamine, elle est venue au monde tardivement, dit Gerald. Il y a eu des complications lors de l'accouchement, et nous savions dès le début qu'elle avait des problèmes... mentaux. Mais elle était...

— Un ange, coupa Noreen en lançant un regard noir à Pescoli. Je ne vois pas le rapport entre Agatha et...

— Comment est-elle morte ? insista Pescoli.

Noreen fit d'abord mine de garder le silence puis elle finit par répondre à contrecœur :

— Un accident… J'étais sortie faire des courses. Pas plus d'une demi-heure… Clarissa, notre aînée, était censée veiller sur les plus jeunes…

Elle poussa un soupir et leva les yeux vers la fenêtre, mais Alvarez savait qu'elle ne regardait pas la neige tomber dans la nuit. Ce qu'elle scrutait ainsi se trouvait en elle-même, parmi les souvenirs douloureux d'un passé qu'elle aurait préféré oublier.

— D'après ce que j'ai compris, poursuivit Noreen, les garçons jouaient comme à leur habitude… Ils ont toujours été très actifs. Aggie dormait quand je suis sortie… C'était l'heure de sa sieste…

Elle cligna les yeux et secoua la tête, comme pour en chasser les images qui y défilaient.

— C'est au-dessus de mes forces…, chuchota-t-elle.

Gerald prit alors le relais :

— Nous ne savons pas exactement ce qui s'est passé mais, comme l'a dit Noreen, les garçons étaient en train de chahuter… Ils jouaient avec un sabre de bois et se poursuivaient dans l'escalier. Aggie s'est réveillée, elle est sortie de sa chambre en tenant sa couverture… et l'un des jumeaux…

— Cameron, précisa Noreen d'un ton pitoyable.

— Cameron l'a renversée en courant, reprit Gerald, la mâchoire crispée. Elle s'est emmêlée dans sa couverture et elle est tombée dans l'escalier.

Alvarez et Pescoli échangèrent un regard.

Un accident…

Comme pour Shelly Bonaventure qui était morte d'une surdose en quelque sorte *accidentelle* ? Comme pour Jocelyn Wallis qui avait fait une chute mortelle *accidentelle* en faisant son jogging ? Comme pour Eve Alexander qui avait perdu la vie dans un *accident* de voiture ? Ou comme Karalee Rierson qui avait heurté *accidentellement* un arbre ?

***

Kacey se dirigea vers la barrière qui séparait la cour de la maison de celle des dépendances.

Elle n'avait fait que quelques pas dans la neige qui lui arrivait aux genoux quand elle vit du coin de l'œil quelque chose se mouvoir dans l'obscurité.

Son cœur se comprima.

Eli ?

Elle se retourna.

Non, constata-t-elle en voyant une forme noire émerger de la terrasse arrière de la maison, *ça ne peut pas être lui : cette silhouette est beaucoup trop grande.*

Trace ?

Dieu merci !

Soulagée, elle se dirigea vers lui.

— Trace…, voulut-elle appeler, mais elle ravala aussitôt son appel.

La manière que l'homme avait de se déplacer l'alerta. La neige qui tombait le rendait difficile à distinguer mais, à présent qu'elle s'en était approchée, elle savait avec certitude que ce n'était pas Trace. L'homme, habillé tout en noir, portait d'étranges lunettes et une cagoule — et il tenait à la main un fusil.

Il se mit à courir vers elle.

Non !

Elle détala aussi vite que possible, faisant gicler la poudreuse, pataugeant lamentablement dans la neige. Elle l'entendit courir derrière elle et plus vite qu'elle ! Sur terrain plat, elle aurait eu sa chance, mais elle traçait dans la neige une piste qui facilitait les foulées de son poursuivant. Et il se rapprochait…

Mon Dieu !

D'un geste désespéré, elle sortit son téléphone portable de sa poche, appuya sur la touche bis et hurla :

— Trace !

Mais sa voix se perdit dans le vent.

— Salope ! cria l'homme.

Poussée par la peur, elle accéléra sa course, s'attendant à recevoir une balle dans le dos à tout instant.

Plus vite ! Plus vite ! Plus vite !

L'adrénaline lui donnait des ailes.

— Trace ! hurla-t-elle de nouveau dans le téléphone.

Si seulement elle avait eu une arme — un couteau, une pierre, n'importe quoi !

Une douleur soudaine lui vrilla la nuque.

Ses genoux lâchèrent et elle s'affala à plat ventre dans la neige, les bras en croix. Le téléphone fut projeté dans les airs et atterrit sur une congère. La neige couvrait son visage et elle avait la sensation que ses yeux étaient sortis de leurs orbites.

Je suis en train de mourir, songea-t-elle en proie à une douleur atroce. *Ça y est, je suis en train de mourir…*

Elle était à deux doigts de perdre connaissance. Elle sentit les mains de son assaillant lui saisir les chevilles. Il les serra brutalement et la traîna dans la neige glaciale, telle une biche abattue par un chasseur.

Elle l'entendait haleter, jurer, divaguer.

— Salope… Tu te croyais la plus forte, la plus maligne, hein ? Tu voulais tout gâcher… Eh bien, voilà…

Elle tenta de lui résister, mais son cerveau était tout engourdi et elle se sentit traînée sur le perron de la maison, sa tête rebondissant à chaque marche anguleuse. Son menton se fendit, le cartilage de son nez se fracassa. La douleur se propageait sur tout son visage. Les larmes lui vinrent aux yeux et elle lâcha un gémissement. Sa peau brûlait comme si un essaim de guêpes l'avait attaquée. Elle vit son propre sang laisser une traînée rouge sur la terrasse puis dans la maison.

Elle se força à rester consciente.

Qui est cet homme ? se demanda-t-elle, mais elle savait que cela n'avait plus aucune importance, désormais. Si elle était encore en vie, c'était parce qu'il lui réservait un sort pire que la mort — probablement d'effroyables sévices.

Réfléchis, Kacey ! s'exhorta-t-elle. *Ne renonce pas ! Ne tombe pas dans les pommes ! Tiens bon !*

Il la traîna sur le linoléum de la cuisine puis sur le parquet du salon, où les braises rougeoyantes du feu achevaient de se consumer. Puis il la retourna sur le dos et elle sentit le sang ruisseler sur son visage.

— Ça fait des années que j'attends ce moment !

Kacey se rendit compte alors qu'elle n'avait pas été atteinte par un coup de feu Elle n'aurait pas survécu à une blessure par balle à la tête. Elle vit sur la crosse de son fusil des traces rouges et des cheveux englués de sang, et elle comprit qu'il s'en était servi pour la frapper.

— J'aurais dû te tuer la première fois !

Dans le parking à Seattle… Cet homme vêtu de noir est le même qui m'a agressée il y a sept ans ! Mais qui est-ce ?

— Mais ça me donne au moins l'occasion de savourer ta mort, aujourd'hui.

C'est alors qu'elle reconnut sa voix. Celle de l'un des jumeaux Johnson…

Cameron ? Colt ?

Quelle importance, à présent ?

Il la regardait par les fentes de sa cagoule et elle imagina qu'il souriait avec dédain en la toisant.

— Comme ça, je vais pouvoir prendre tout mon temps.

Elle cligna les yeux, s'efforçant de rester éveillée.

— Tu es l'une d'elles, tu comprends ? Les Ignorantes… Les femelles que Gerald a procréées, et qui sont condamnées…

Qu'est-ce qu'il raconte ?

La douleur qu'elle ressentait était insupportable, mais elle parvint, au prix d'un effort surhumain, à rester lucide. Elle chercha furtivement des yeux une arme potentielle, n'importe quel objet contendant qui lui aurait permis de se défendre contre cet homme qui ne lui avait pas lâché les chevilles et qui tenait de l'autre main son fusil.

— Comme Aggie et son « déficit cognitif ». Et Kathleen, toujours en dépression… Suicidaire, selon les médecins. Mais c'était plus profond, bien plus profond. Une grave imperfection génétique… Une tare dont souffrent toutes les femelles que Gerald a engendrées. On ne s'en aperçoit pas forcément tout de suite, mais elle finit fatalement par se manifester.

— Vous êtes dingue, articula péniblement Kacey cherchant à gagner du temps. C'est *vous*, le taré !

Il tressaillit et secoua la tête.

— Ne parle pas comme ça ! l'avertit-il d'une voix frémissante.

Il inspira profondément et Kacey comprit qu'il perdait les pédales. Le peu de maîtrise qu'il avait sur lui-même était en train de s'effilocher. Il resserra son étreinte sur ses chevilles endolories.

— Je me fous complètement de ce que tu penses ! Tu es l'une d'elles. Tu fais partie de celles qui peuvent tout gâcher : les femelles dégénérées du clan Johnson.

Il était vraiment fou à lier ! Il s'était inventé un fantasme délirant et cauchemardesque qui le poussait à éliminer toutes les filles engendrées par son père.

— Et Clarissa ? demanda-t-elle.

— Son heure viendra… Tout doit s'accomplir conformément au plan… Des accidents qui surviennent au bon moment…

Il fallait qu'elle échappe aux griffes de ce maniaque ! Il fallait qu'elle se sauve et qu'elle retrouve Eli !

Comme s'il s'était rendu compte qu'il divaguait, il hocha vivement la tête et Kacey vit une lueur de haine briller dans ses yeux.

— Assez ! cria-t-il. Fin de la conversation. Tu es arrivée au bout de ton voyage, salope. Tu vas crever maintenant !

Kacey rassembla toutes ses forces et roula sur elle-même. Surpris, il lâcha prise en jurant.

Elle avait libéré ses chevilles !

Sans perdre un instant, elle visa l'entrejambe de son agresseur et décocha un coup de pied.

Le plus fort possible.

Elle sentit sa botte s'enfoncer dans les testicules de l'homme.

— Ooooh ! glapit-il.

Elle lui envoya immédiatement un autre coup de pied à l'aine, lui coupant le souffle.

— Merde ! haleta-t-il. Salope ! Sale pute !

Elle profita de son avantage pour ramper à reculons, tenta de se lever et heurta de l'épaule le rebord du canapé. Elle était encore à moitié assommée par le coup de crosse.

Où est Trace, bon sang ?

Elle se redressa péniblement. Une fois sur ses pieds, elle fonça vers la cuisine. Il fallait qu'elle sorte de la maison et qu'elle le retrouve !

Une pensée horrible la saisit soudain.

Mon Dieu, ce monstre les a-t-il déjà tués ?

L'homme trépignait en proférant de folles invectives. Puis il se mit en mouvement. Elle entendit le bruit de ses pas se rapprocher.

— Tu vas me le payer, salope !

Le téléphone de Trace était sur le comptoir de la cuisine, se souvint-elle alors… Quelque part dans l'obscurité… Si elle pouvait le saisir au passage et s'enfuir dans la nuit, elle aurait une chance de s'en tirer. Elle pourrait appeler police secours ou Alvarez ou…

Ses tympans bourdonnaient encore, son esprit était embrumé, son visage meurtri, mais elle trouva la force de foncer droit devant elle.

Clic !

Elle entendit derrière elle le claquement distinctif d'un fusil qu'on arme.

— Reste où tu es ! Je n'ai pas attendu toutes ces années pour rien !

Le téléphone n'était qu'à un mètre d'elle…

— Un seul geste et j'appuie sur la détente, la prévint-il.

Elle se figea, tendit l'oreille. La tempête continuait de faire rage au-dehors. Elle soupesa ses chances de s'en tirer. Il y avait des couteaux dans cette cuisine... De grands couteaux de boucher qu'elle avait repérés en rangeant la pièce après le dîner. Si elle pouvait mettre la main sur l'un d'eux...

— Si je te loge une balle à cet endroit, dit-il en effleurant la colonne vertébrale de Kacey du bout du canon de son fusil, juste au-dessus des fesses, tu mettras du temps à perdre tout ton sang. Et tu agoniseras longtemps.

Elle ferma les yeux.

Mais aucune détonation ne retentit, aucune douleur fulgurante ne vint lui transpercer les reins.

Pourquoi n'a-t-il pas appuyé ?

Parce qu'il veut que ma mort ressemble à un accident. Comme pour les autres. Une balle tirée dans le dos signerait un homicide volontaire. Alors, réfléchis, Kacey... Tu as peut-être encore une chance... Les couteaux sont rangés près de la cuisinière...

— N'y pense même pas, murmura-t-il comme s'il pouvait lire dans son esprit. Si j'y suis obligé, je n'hésiterai pas à t'envoyer en enfer.

— Alors, allez-y, qu'est-ce que vous attendez ?

Elle sentit sa tête éclater sous un nouveau coup de crosse et s'effondra sur le linoléum.

36

Trace serrait le manche de sa fourche. Son cœur battait la chamade, ses muscles étaient crispés. Ses yeux, heureusement, s'étaient habitués à l'obscurité. L'odeur d'urine et de fumier emplissait ses narines.

La panne de courant s'était produite alors qu'il était encore dans l'étable en train d'isoler les tuyaux dénudés. Il avait terminé cette tâche dans le noir, mettant plus longtemps que prévu, puis il s'était dirigé vers l'écurie.

Il avait remarqué au passage que la maison était, elle aussi, plongée dans l'obscurité, donc privée de chaudière. Il avait espéré que la jeune femme aurait pensé à tirer de l'eau avant la panne et fait descendre Eli dans le salon, près du feu.

Mais en entrant dans l'écurie il avait tout de suite senti que quelque chose n'allait pas.

Quelque chose de plus inquiétant que la panne d'électricité ou que les tuyaux qui menaçaient d'éclater sous l'effet du gel.

Il y avait du danger dans cette écurie.

Les chevaux agités, presque paniqués, piaffaient dans leurs stalles. Dans le noir, Trace les entendait piétiner la paille, s'ébrouer, pousser des hennissements angoissés.

Sarge aussi semblait perturbé. Tendu, aux aguets. Il avait lâché un long grondement en fixant les remises sans fenêtre où étaient engrangés l'avoine et les autres aliments destinés aux chevaux. Bonzi, qui n'était pas familier de l'endroit, avait l'air plus calme, mais ses oreilles étaient dressées. Il était sur ses gardes, lui aussi, flairant la présence d'un être invisible, tapi dans l'obscurité.

Trace avait senti sa gorge s'assécher subitement.

Un animal ?

Ou un être humain ?

Les poils de sa nuque étaient hérissés. Il connaissait la réponse. Son chien aurait eu une réaction différente en présence d'un animal. Cette menace provenait donc d'une personne qui se cachait dans le noir.

Trace avait failli signaler sa présence en appelant, pensant tout d'abord à un promeneur égaré. Mais un promeneur serait allé frapper directement à la maison pour s'y abriter.

Etait-ce un fugitif en cavale ? Un jeune fugueur apeuré ?

Ou quelqu'un qui projetait de commettre un méfait ?

Le cœur de Trace s'était glacé à cette pensée.

Il avait songé à aller récupérer son fusil, caché au fond d'une penderie dans la maison. Les munitions étaient rangées séparément, dans un placard en hauteur de la cuisine. Puis il avait songé à Kacey, seule dans la maison avec son fils.

Sarge gronda une nouvelle fois et Trace entendit un bruit… Comme un couinement presque imperceptible sur le plancher de l'écurie. Tous les muscles de son corps se crispèrent.

Son pouls lui martelait les tempes. Tenant sa fourche comme on pointe une pique, il avança d'un pas circonspect dans l'obscurité.

— Il ne faut pas que tu meures, merde ! murmura une voix féminine. Qui va s'occuper d'Eli ? *Qui ?*

Voilà qu'à présent j'entends la voix d'un ange céleste, songea Kacey en sentant de nouveau la douleur lui tarauder le corps tout entier.

Elle réprima une forte envie de vomir, ouvrit un œil brumeux et ne vit autour d'elle que ténèbres. Elle était allongée sur le sol de la cuisine, en proie à une sorte de vertige. Elle tenta de redresser la tête.

Une douleur atroce lui vrilla alors le crâne.

Lève-toi ! Reprends tes esprits !

La maison était plongée dans un silence que seule troublait la plainte du vent à l'extérieur. Son agresseur n'était plus là.

Mais il allait revenir, elle le savait. Tout comme elle savait qu'Eli et Trace étaient en grand danger.

S'ils étaient encore en vie…

Elle tendit l'oreille essayant de percevoir de nouveau la voix qui l'avait réveillée. Mais elle n'entendit rien.

Puis elle s'efforça de se relever.

Alvarez regarda par la fenêtre, scrutant la nuit glaciale. Où se trouvait-il, ce tueur qui avait déjà ôté tant de vies ? Qu'était-il en train de faire ?

— Et Kathleen ? demanda encore Pescoli au sujet de l'autre fille Johnson qui n'était plus de ce monde.

— Elle est morte dans un accident de ski, répondit Gerald avec une grimace, comme si ces mots lui écorchaient la gorge.

— Un *accident* de ski ? répéta Alvarez. L'un de ses frères était-il auprès d'elle le jour de sa mort ?

Noreen cligna les yeux en tripotant nerveusement le col de son pull.

— Qu'est-ce que vous insinuez, inspecteur ? demanda-t-elle d'un ton indigné.

— Laissez-moi deviner, poursuivit Pescoli. C'était Cameron ?

— Non ! répondit Noreen en se décomposant, éclatant de nouveau en sanglots. Enfin, si… Il était là, oui. Mais… Il y avait aussi la plupart des autres membres de la famille !

— Commode, fit Pescoli, irritée en toisant le couple dont la vie conjugale avait été tissée de tant de secrets.

Cameron ? L'un des jumeaux ? C'était donc lui que

Pescoli soupçonnait ? Alvarez songea aux deux frères qui se ressemblaient tant et dont les obligations professionnelles les conduisaient aux quatre coins du pays. Ils étaient beaux garçons et intelligents. Mais l'un d'eux pouvait-il être un tueur ?

— Savez-vous ce qu'il s'est passé exactement le jour de la mort de Kathleen ? demanda-t-elle à Noreen.

Celle-ci consulta son mari du regard avant de répondre :

— Bien sûr... Cameron skiait avec Kathleen sur la même piste, mais ça ne veut rien dire... Il y avait des centaines de skieurs ce jour-là sur ces pistes, des milliers peut-être...

Elle parlait comme si elle essayait désespérément de se convaincre elle-même.

Alvarez était en train de passer en revue tout ce qu'elle savait de Cameron Johnson. Il travaillait pour l'entreprise familiale, vivait dans la périphérie de Grizzly Falls, sur la route de Missoula...

— Pauvre Kathleen, soupira Noreen. Elle qui avait fini par trouver un homme qui l'aimait malgré...

— Malgré quoi ? s'enquit Pescoli.

— Euh..., rien, dit Noreen en secouant la tête. Rien du tout.

Elle se tourna vers son mari et le conjura du regard de se taire. Mais il leva la main et dit d'une voix voilée par la tristesse :

— Kathleen souffrait de troubles bipolaires.

Son visage était ravagé par le chagrin, et l'une de ses mains tremblait.

— Moi qui étais médecin pourtant, je n'ai pas voulu l'admettre en constatant les premiers symptômes. A l'époque, on avait du mal à diagnostiquer ces troubles. Nous disions : « Elle a des absences », ou « Elle frôle l'hyperactivité », ou encore : « Elle a des tendances maniaco-dépressives. » Je n'arrivais pas à accepter le fait qu'elle était sérieusement atteinte.

Ainsi, songea Alvarez, la petite Aggie, qui était morte

dans un accident, avait des problèmes mentaux. Et la grande sœur, morte également dans un accident, avait des troubles du comportement… Y avait-il un rapport avec la série de meurtres ? Cela paraissait improbable. Mais, dans cette affaire, tout n'était-il pas bizarre ?

— Gerald, tu ne vois donc pas qu'elles cherchent à te piéger ? Mais elles n'ont aucune preuve. Leurs hypothèses reposent sur du vent.

Noreen fusilla Pescoli du regard avant d'ajouter, frémissante de rage :

— Elles sont en train d'insinuer que Cameron a tué Kathleen ! C'est incroyable ! Cameron ! Et ce n'est pas tout, elles vont essayer de lui coller sur le dos les autres accidents qu'elles prennent pour des meurtres. Comme si Cameron était capable de… Non, c'est vraiment trop absurde !

Elle se remit à arpenter la pièce, frôlant l'hystérie.

— Ce n'est qu'un tissu de mensonges ! Cameron n'est pas un tueur !

Elle pivota sur ses talons et pointa un doigt menaçant vers Pescoli.

— Sortez de chez moi ! Fichez le camp ! Tout de suite ! Vous êtes abjectes ! Toutes les deux !

Elle se tourna vers la baie vitrée qui donnait sur l'allée et se remit à pleurer.

— Cette affaire n'est pas terminée, déclara Pescoli d'une voix ferme en se levant. Nous allons poursuivre notre enquête.

Alvarez lui emboîta le pas et se dirigea vers la porte en consultant la messagerie de son téléphone portable. A ce moment précis, des phares de voiture vinrent illuminer la pièce au travers de la baie vitrée. Par-delà le chant du vent, le vrombissement d'un moteur de forte cylindrée brisa le silence de la nuit.

Les yeux luisants de Noreen s'arrondirent. Elle esquissa un sourire triste.

— Dieu merci ! dit-elle en posant une main tremblante sur son cœur. Judd est venu !

Judd ?

L'aîné ?

Pourquoi ?

Devançant Gerald qui s'était levé pour tenter de la retenir, Noreen se précipita dans le couloir, faisant claquer ses talons sur le sol en marbre, et ouvrit la porte d'entrée pour accueillir son fils. Un homme de haute stature, aux larges épaules et à l'expression sévère, fit son apparition. Il avait un indéniable air de famille avec son père. Il gratifia sa mère d'une brève étreinte machinale avant d'entrer dans le petit salon et de découvrir la présence des policières.

— Qu'est-ce qui se passe ici ? demanda-t-il d'une voix grave, les yeux soupçonneux.

Sa mère, qui était pendue à son bras, s'empressa de répondre :

— C'est la police ! Elles sont venues poser toutes sortes de questions au sujet de ces femmes qui sont mortes dans des accidents. La dernière victime dont elles trouvent la mort suspecte, c'est Karalee Rierson. Oui, l'infirmière qui…

Elle secoua la tête, l'air hagard, comme si elle venait de prendre conscience de quelque chose d'inconcevable.

— Je… Euh… J'ai essayé de… d'arranger un rendez-vous entre elle et ton frère…

Elle parut se ratatiner, porta une main à sa gorge et murmura :

— Mais… Non… C'est impossible…

— Maman, l'avertit Judd, ne dis pas un mot de plus !

Puis il se tourna vers Alvarez et Pescoli et déclara :

— Je suis avocat. Je ne veux pas que vous interrogiez mes parents hors de la présence d'un défenseur, et ça ne peut pas être moi. Je suppose qu'il s'agit d'une affaire criminelle. Je souhaite contacter mon confrère Herman Carlton… Je suis sûr que vous avez entendu parler de lui.

Herman Carlton dirigeait un cabinet d'avocats à Spokane,

dans l'Etat de Washington, mais il exerçait aussi dans le Montana. Bien sûr qu'elles avaient entendu parler de lui… Aux yeux d'Alvarez, c'était un avocat brillant mais retors et dénué de tout scrupule, qui ne reculait devant rien pour arriver à ses fins. Tout au long de la procédure et lors d'un éventuel procès, elle savait qu'il donnerait du fil à retordre à l'accusation.

— Ne t'emballe pas, dit Gerald. Elles ne m'accusent de rien, pour l'instant.

Pescoli intervint pour demander à Noreen :

— Celui de vos fils que vous vouliez présenter à Karalee Rierson, lequel est-ce ?

— Ne réponds pas, maman ! lui ordonna Judd d'un ton catégorique.

Noreen obéit, mais ce fut Gerald qui répondit.

— C'était Cameron, dit-il posément en regardant le visage accablé de sa femme.

Et soudain tout s'expliquait.

Judd essaya d'intervenir encore, mais Gerald leva la main, comme pour signifier que toute dénégation était vaine.

— J'ai entendu ma femme parler de ce rendez-vous au téléphone à Clarissa, expliqua-t-il d'une voix douce et résignée.

Noreen se hérissa, sa nuque se raidit. Mais Gerald se tourna vers elle et lui dit :

— C'est fini, ma chérie. Il faut arrêter de s'enfouir la tête sous le sable et regarder les choses en face.

— Espèce d'ordure ! Tu es vraiment le roi des salauds ! En plus, je n'ai jamais parlé à Cameron de Karalee… Jamais !

Elle secoua la tête et ajouta :

— Cameron ne savait pas que j'en avais parlé à Clarissa.

— Mais si, il le savait. Clarissa lui en a certainement parlé. Tu sais comme ils sont proches l'un de l'autre, ces deux-là. Et si elle lui en a parlé, je suis prêt à parier que toute la famille le savait aussi.

Il se tourna vers Judd et lui demanda :

— N'est-ce pas, Judd ?

Judd serra les mâchoires mais ne répondit pas. Alvarez prit ce silence pour un aveu.

— Dis la vérité, l'implora son père.

— Judd ? Tu étais au courant ? demanda Noreen.

Il haussa les épaules et dit à contrecœur :

— Oui, je le savais.

Une petite moue méprisante vint déformer ses lèvres lorsqu'il ajouta :

— Clarissa ne sait pas tenir sa langue.

Bouleversée, Noreen lâcha un soupir haletant.

Celui que lâcha Gerald était empreint du plus profond désespoir. Il se tourna vers Judd.

— Tu ne peux plus le protéger. C'est fini…

— Où est-il en ce moment ? demanda Pescoli.

— Je ne sais pas, dit Gerald en secouant la tête. Il ne nous confie rien. C'est un solitaire.

— Appelez-le ! ordonna Pescoli.

— J'ai essayé de le joindre en venant ici, avoua Judd. Il ne répond pas.

— Essayez encore ! insista Alvarez.

Mais elle savait, au fond d'elle-même, qu'elles n'en sauraient pas plus. Elles avaient déjà appris bien plus de choses que prévu. A présent, il fallait agir. Et vite. Pour empêcher Cameron Johnson de commettre de nouveaux meurtres.

Elle sortit son téléphone portable de sa poche et dit à Pescoli :

— On n'a plus le temps de jouer aux devinettes.

— Tu as raison.

Elle lança un dernier regard furieux à la famille Johnson et se dirigea vers la porte.

— Allons mettre la main sur ce salaud, murmura-t-elle.

*
**

Clic !

Trace reconnut sans mal le petit bruit d'un fusil qu'on arme et se figea. Dans l'obscurité, il était invisible. L'intrus ne pouvait le viser. Ce qui lui donnait un avantage car il connaissait les lieux comme sa poche.

Sauf si ce salaud est équipé de lunettes à vision nocturne…

Sarge poussa un nouveau grognement, profond et rauque.

La tension du chien était palpable. Trace resserra sa prise sur le manche de sa fourche. Il se plaça derrière un pilier qui lui offrait un peu de protection.

Allez, montre-toi, salopard !

C'est alors qu'il perçut un mouvement furtif. Il plissa les yeux, fouillant les ténèbres du regard, cherchant à distinguer celui qui le guettait. Il tira sa fourche vers l'arrière, prêt à s'en servir comme d'un javelot pour transpercer l'intrus. Mais il se figea.

Eli…

C'est mon fils qui se trouve dans cette écurie ? Est-ce qu'il se cache ? Est-ce que quelqu'un l'a enlevé et compte s'en servir comme d'un bouclier humain ?

Il sentit ses entrailles se liquéfier.

Puis il songea à Kacey et son angoisse ne fit que croître. C'était peut-être elle qui était là, dans le noir, aux mains du tueur qui lui collait une arme à feu sur la tempe…

Le cœur battant, Trace essaya de distinguer plus nettement qui était l'intrus, mais les ténèbres étaient impossibles à percer.

— Alors, qu'est-ce que tu attends ?

La voix était masculine et grave.

— Tu crois vraiment que tu vas m'avoir avec ta fourche de bouseux ?

Un rire fusa, sourd et cruel.

Ainsi, ce salaud pouvait le voir…

Trace sentit son cœur s'emballer un peu plus.

— Qui es-tu ? demanda-t-il, toujours prêt à lancer sa fourche.

— Quelle importance ?

— Eli ? appela Trace.

— Non, je ne m'appelle pas Eli… Ah, mais, suis-je bête, Eli, ce doit être ton fils, n'est-ce pas ?

Il y eut un silence.

— Tu me prends pour qui ?

Il n'avait donc pas enlevé Eli. Tant mieux !

— Relâche Kacey ! cria-t-il alors.

— Non, ça serait idiot de ma part, tu ne crois pas ? Pas après avoir tant attendu pour…

Trace frémit.

Ce dingue s'est emparé de Kacey ! Il a l'intention de la tuer, si ce n'est déjà fait !

Il sentit la fureur l'envahir et chercha autour de lui un moyen de s'éclairer. Mais il n'y avait rien. Pas la moindre allumette !

— Elle t'attend. C'est pour ça que ça serait mieux que je te tue dans la maison, avec elle. Pour que ça ait l'air d'un *accident*, si tu vois ce que je veux dire…

Il voyait surtout ce que ça signifiait : Kacey était encore en vie…

— Espèce de salaud ! Tu es complètement dingue !

Mais peut-être pas assez dingue pour tirer dans un endroit clos où ses balles peuvent ricocher et l'atteindre lui-même…

Sarge poussa un nouveau grondement féroce.

— Retiens ton clébard ! ordonna l'inconnu. Ou je vais l'envoyer visiter l'enfer des chiens !

— Montre-toi !

— Tu me prends pour un con ?

— Alors, crève !

Il fit un pas de côté et lança la fourche de toutes ses forces, droit devant lui. Son projectile fendit l'obscurité pendant que lui-même revenait promptement se poster derrière le pilier.

Un cri de rage et de douleur terrifiant résonna dans le bâtiment.

— Enculé ! cria l'homme.

Une série de détonations assourdissantes retentit dans l'écurie, comme autant de coups de tonnerre dans la nuit. Les chevaux, pris de panique, se mirent à hennir follement. Les chiens hurlèrent à la mort.

Une douleur cuisante se propagea dans la cuisse de Trace tandis que l'impact de la balle le projeta en arrière. Sa tête heurta le plancher en faisant un bruit sourd et il perdit connaissance un instant. Il faillit se laisser entraîner dans un doux néant, hors de l'horreur et du chaos qui régnaient dans l'écurie, mais il se força à réagir.

Tu es un homme mort si tu t'évanouis ! Pense à Eli ! A Kacey !

La poussière et d'âcres relents de poudre à canon lui emplissaient les narines lorsqu'il revint à lui en clignant les yeux. Les chiens étaient dans tous leurs états, aboyant et grondant comme des bêtes enragées. Les chevaux ruaient et piaffaient dans leurs stalles en un concert de hennissements déchirants. L'odeur abjecte et étouffante de la peur régnait dans l'écurie, se mêlant aux effluves du nuage de poudre qui flottait au fond du bâtiment où se trouvait le tueur.

— Enculé de fils de pute !

Trace l'entendit geindre en se tordant de douleur et proférer d'effroyables jurons. A l'oreille, il le situa sous le grenier, près de la trappe à grains. Les chiens couraient en rond autour de lui, et Trace espérait de tout cœur que la fourche l'avait grièvement blessé, le mettant hors d'état de nuire.

— Tu vas mourir, O'Halleran, mais tu vas en baver avant ! Tu m'entends, connard ? Tu es un homme mort ! Toi et ta salope de copine, je vais vous crever !

Kacey parvint à se maintenir debout, chancelant sur le sol de la cuisine, s'efforçant de penser clairement. Son esprit était vaporeux, son visage en feu et son crâne vrillé par la douleur. Elle dut s'adosser au montant de la porte pour ne pas retomber.

Trace était là, quelque part, dehors… Eli aussi… Ainsi que le tueur…

Haletante, elle inspira profondément à plusieurs reprises pour se clarifier les idées.

C'est alors qu'elle entendit des coups de fusil déchirer le silence de la nuit.

Elle réprima un cri d'effroi.

Trace ?

Eli ?

Elle chercha en tâtonnant le téléphone de Trace sur le comptoir de la cuisine. Ses doigts effleurèrent un objet qui cliqueta et chuta sur le linoléum. Le porte-clés de Trace… Mais à côté… Oui ! Elle prit le téléphone et composa le numéro de l'inspecteur Alvarez.

Son appel fut immédiatement transféré sur la boîte vocale.

Merde !

Elle laissa un bref message :

— Ce salaud est ici ! On a besoin d'aide ! Vite, envoyez…

Mais elle s'interrompit et tenta de se maîtriser.

— Inspecteur Alvarez, reprit-elle plus calmement. C'est Kacey Lambert. Je vous appelle de chez Trace O'Halleran, sur Old Mill Road. Il est ici… Le tueur est ici. Il m'a agressée et frappée, et je viens d'entendre des coups de feu provenant de l'une des dépendances de la ferme. Le fils de Trace, Eli, a disparu… et Trace aussi. Je vous en prie, envoyez-moi de l'aide ! C'est urgent ! Je ne connais pas l'adresse exacte, mais la ferme de Trace n'est qu'à un demi-kilomètre de… de Red Wing Corner, à un kilomètre et demi de la route principale. Je vous en supplie, faites vite !

Le cœur toujours battant, elle composa ensuite le numéro de police secours. Elle ne pouvait pas attendre qu'Alvarez la rappelle. Lorsque la standardiste décrocha, Kacey lui expliqua la situation, et sa correspondante insista pour qu'elle reste où elle était.

— Ne raccrochez pas ! J'envoie des policiers immédiatement. Ils seront là dans dix minutes.

— Dix minutes, c'est trop long ! rétorqua Kacey.

Ils n'arriveraient pas à temps. Elle raccrocha et scruta anxieusement l'obscurité dans laquelle était toujours plongée la maison. Elle n'osait pas aller dans l'écurie sans arme. Mais il fallait qu'elle agisse vite. Et si Trace était blessé ? Elle était presque certaine que ce n'était pas Trace qui avait tiré. Non, c'était probablement le salaud qui avait enlevé Eli et qui l'avait violemment frappée avec la crosse de son fusil à deux reprises.

Ne panique pas ! Ce n'est pas le moment ! Agis ! Sauve Trace ! Sauve son fils !

En fouillant la maison un peu plus tôt, elle était tombée sur le fusil de Trace, caché au fond d'une penderie. Faisant fi de la douleur, elle remonta en hâte à l'étage, se servant de l'infime lumière de l'écran du téléphone portable pour se guider dans le noir. Elle pénétra dans la chambre de Trace. Elle se cogna l'épaule contre le coin anguleux d'une armoire en se frayant un chemin vers la penderie. Elle l'ouvrit, écarta des vêtements et fouilla sous une valise…

Il était là ! Je l'ai vu ! Là !

Ses doigts entrèrent en contact avec la crosse de l'arme et elle la sortit de la penderie. C'était un vieux fusil Winchester poussiéreux qui ne servait jamais probablement, mais elle n'en avait cure. En priant pour le fusil soit chargé, elle en vérifia le contenu.

Vide !

Bien sûr. Trace avait un enfant. Et il était prudent.

A la lumière dérisoire et clignotante du téléphone, elle se remit à fouiller frénétiquement la penderie. Mais elle n'y trouva aucune boîte remplie de cartouches, pas plus que dans la commode, l'armoire et les étagères qui meublaient la chambre.

— Où ? murmura-t-elle. Où les a-t-il cachées ?

Elle ne trouva pas d'arme de poing dans le tiroir de la table de nuit non plus.

Et le temps s'écoulait à toute vitesse !

Son cœur battait à tout rompre, sa tête était tout endolorie.

— Où sont ces satanées cartouches ?

Elle n'osait pas bluffer le tueur et l'affronter avec un fusil vide.

La peur lui donnait de l'énergie. Surmontant son angoisse et sa douleur, elle redescendit au rez-de-chaussée et traversa le salon, où le feu s'éteignait.

Où Trace rangeait-il ses munitions ?

Loin du fusil, en toute logique. Dans un endroit facilement accessible par lui mais pas par son fils. Près de la porte, sans doute, puisqu'il ne doit s'en servir qu'à l'extérieur...

Elle fouilla hâtivement plusieurs tiroirs de la cuisine, n'y trouva pas de cartouches, mais tomba sur une autre lampe de poche...

Mon Dieu, faites qu'elle marche, celle-là, pria-t-elle.

Trace était peut-être étendu quelque part, perdant son sang et agonisant, pendant qu'elle gâchait de précieuses secondes à chercher des munitions.

Elle sortit la lampe de poche du tiroir, l'alluma et constata avec soulagement qu'elle produisait un puissant faisceau lumineux qui éclaira la cuisine tout entière. Elle se remit à l'ouvrage dans l'instant, fouillant d'autres tiroirs. Puis son regard tomba sur le plus haut perché des placards, fixé au-dessus du réfrigérateur. C'était dans un placard en hauteur de ce genre que son propre grand-père cachait ses munitions.

Elle se hissa tant bien que mal sur le comptoir et ouvrit la porte. Près d'une bouteille de whisky vide se trouvait une boîte métallique. Mais elle était fermée à clé et paraissait impossible à forcer. Il lui fallait la clé.

Et où donc était-elle, cette clé ?

Elle balaya de nouveau la pièce du faisceau de sa lampe

de poche et repéra le trousseau de clés de Trace qu'elle avait fait tomber en tâtonnant. Elle sortit la boîte métallique de sa cachette, sauta à terre et ramassa le trousseau. D'une main tremblante, elle palpa les clés et en trouva une plus petite que les autres.

Priant pour que ce soit celle de la boîte, elle la sépara des autres clés et la glissa dans la serrure.

Oui !

Merci, mon Dieu!

— Tu vas voir ce que tu vas voir, salaud !

Pleine de gratitude pour son grand-père, qui lui avait appris le maniement de son fusil de chasse quand elle était gamine, elle chargea celui de Trace en hâte, empocha un paquet de cartouches supplémentaire et sortit dans la tempête.

Qui donc est ce dingue ?

Etant donné la situation, Trace songea que son identité n'avait finalement guère d'importance. Et le tueur lui-même avait eu raison de lui rire au nez lorsqu'il lui avait posé la question. Pour l'heure, il devait avant tout trouver un moyen de le neutraliser, avant qu'il ne commette d'autres crimes.

Il rampa lentement vers l'un des murs en réfléchissant à la meilleure manière d'y parvenir.

Par-delà les plaintes furieuses du vent, il entendait le tueur inspirer et expirer très vite, entre ses dents.

— Merde ! cria-t-il avant de pousser un hurlement atroce.

Il venait sans doute d'ôter d'un coup sec la fourche dont les longues dents étaient plantées dans son corps.

— Enculé ! cria-t-il encore, la voix déformée par la douleur. Tu vas me le payer ! Tu m'entends, O'Halleran ?

Trace ne répondit pas et se garda bien de se lever. Il continua de ramper sur les planches, le plus silencieusement possible, se rapprochant progressivement du mur.

Les chevaux, toujours en proie à la peur, faisaient claquer

leurs sabots sur le sol de leurs stalles, masquant très à propos sa reptation.

Sarge — ou était-ce Bonzi ? — grondait sourdement, comme pour le mettre en garde.

— Et ton chien, je vais le tuer aussi ! cria l'homme. Où es-tu, sale clébard ?

Il y avait une joie mauvaise dans sa voix, à présent.

— Ah, te voilà, sale bête. Viens par ici, viens… J'ai un cadeau pour toi, viens…

Trace fut pris d'un accès de fureur plus violent encore. S'il pouvait mettre la main sur ce salaud, il le tuerait à mains nues ! Il sentit son sang couler le long de sa jambe, se toucha le mollet et sentit le liquide visqueux lui poisser les doigts. Il n'avait pas l'intention d'assister passivement à l'exécution de son chien par ce taré, qui voulait les tuer tous — Eli, Kacey et lui.

La jeune femme était bien sûr sa véritable cible. Eli, lui-même ou Sarge n'étaient que des cibles collatérales, de simples obstacles que le tueur devait écarter pour atteindre son but principal : Acacia Lambert.

Il atteignit enfin le mur. Il sentait le sang s'écouler sans interruption de sa blessure et la tête lui tournait un peu, en raison de l'adrénaline qui affluait dans son cerveau.

— Allez, viens, mon toutou, viens…, psalmodiait le tueur d'une voix qui masquait mal sa douleur.

La blessure de ce salaud était plus grave qu'il ne voulait le faire croire…

Tant mieux. Souffre, salaud, souffre ! Et pendant que tu y es, meurs !

Trace leva une main et palpa un instant dans le vide avant de sentir sous sa paume le manche d'une pelle. Avec son plat large et tranchant, c'était l'outil parfait pour pelleter le fumier ou la neige *ou, le cas échéant, pour trucider un tueur fou.*

— Viens, mon toutou. Viens que je te cajole…

Trace agrippa le manche lisse de la pelle.

La porte de l'écurie claqua soudain contre le mur.

Les hennissements apeurés des chevaux redoublèrent.

Trace bondit tandis qu'un courant d'air glacial s'engouffrait dans le bâtiment.

— Qu'est-ce que… ? s'écria le tueur, se désintéressant du chien.

Non !

Trace fut pris d'un accès de panique.

Kacey, non, ne fais pas ça !

Elle était la seule personne dans la maison… Avec Eli. Et le tueur le savait.

— Va-t'en ! lui cria Trace.

— Sœurette ! dit le tueur d'une voix doucereuse, presque joyeuse. Il était temps que tu arrives !

37

Nom de Dieu !

Alvarez écouta le message que lui avait laissé Kacey Lambert, furieuse de ne pas avoir décroché. Elle appela immédiatement le commissariat, et la standardiste lui apprit qu'il y avait eu un appel de détresse, signalant des coups de feu, et que des collègues avaient aussitôt été envoyés au domicile de Trace O'Halleran. Elle raccrocha et appela le numéro du téléphone portable de Kacey, mais son appel fut immédiatement transféré sur la boîte vocale.

— Trop tard, dit-elle. Il est déjà chez O'Halleran.

— Comment ? Non ! cria Noreen.

Les deux policières étaient dans l'entrée du luxueux chalet des Johnson, prêtes à partir.

— J'ai toujours redouté quelque chose dans ce genre, dit Judd. Tu sais qu'il a toujours été un peu spécial, maman. Même quand il était gamin… Quand il a poussé Aggie dans l'escalier…

Alvarez fit signe à Pescoli d'attendre un instant pour ouvrir la porte.

— C'était un accident, affirma Gerald en s'enfonçant dans son fauteuil d'un air accablé tandis qu'Alvarez revenait dans le petit salon.

— Oui, dit Judd. C'était un accident, *en quelque sorte…* Mais bon, c'est comme ça que ça s'est passé.

— Tu m'as toujours dit qu'Aggie s'était emmêlée dans

sa couverture, rappela Gerald à son fils en levant les yeux vers lui.

— C'est vrai que je t'ai dit ça, répondit Judd posément, comme s'il avait répété son rôle. Elle s'est en effet emmêlée dans sa couverture, mais, quand Cameron a vu ça, il l'a poussée. C'est comme ça qu'elle a fait sa chute dans l'escalier.

Noreen frémit, horrifiée.

— Il faut y aller, dit Pescoli à Alvarez d'un ton brusque.

Alvarez la rejoignit au moment où elle ouvrait la porte d'entrée. Le vent d'hiver s'engouffra dans la maison, faisant cliqueter le contenu d'un porte-parapluie.

— Vous, restez ici en attendant qu'on vous contacte ! lança Pescoli à Gerald, Noreen et leur fils aîné. C'est compris ? Ne sortez pas de cette maison !

— Ce n'est pas Cameron ! gémit Noreen.

Mais le visage crispé de Judd démentait les propos de sa mère. Elle s'effondra dans ses bras. Toute tremblante, elle pleurait à chaudes larmes et sanglotait, le nez collé contre le manteau en poil de chameau de son fils.

— Ce n'est pas lui ! répéta-t-elle. C'est impossible…

Pescoli était déjà sur le perron.

Alvarez jeta un dernier regard à Gerald. Il était affaissé dans son fauteuil près du feu et se tenait la tête d'une main. Dans l'autre il serrait son verre de whisky.

— C'est moi qui conduis, dit Pescoli.

Alvarez la rejoignit dans la voiture. Elle s'installa en hâte sur le siège du passager au moment où sa partenaire démarrait en trombe. La Jeep fit une embardée alors qu'Alvarez refermait sa portière. Elles avaient déjà atteint la voie privée qui menait à la route lorsqu'elle acheva de boucler sa ceinture de sécurité.

— Qu'est-ce qui s'est passé ? demanda Pescoli.

— Il y a du grabuge à la ferme de Trace O'Halleran, répondit Alvarez en songeant à l'homme dont elle savait à présent qu'il était le tueur qu'elles recherchaient. On dirait que Cameron Johnson a été pris d'une frénésie meurtrière et qu'il est passé à la vitesse supérieure…

— Il a attaqué Acacia Lambert ?

— Oui, et toute personne qui se met en travers de son chemin, apparemment…

Alvarez lui révéla la teneur du message de Kacey.

— Ce salaud est vraiment dangereux, marmonna Pescoli. Il faut le mettre hors d'état de nuire au plus tôt !

Elle conduisait le plus vite possible sur la route verglacée. Une fois revenue sur la route principale, elle se tourna vers sa partenaire et lui demanda :

— Tu n'aurais pas une cigarette, par hasard ?

Alvarez lui jeta un regard excédé puis tenta de nouveau d'appeler Kacey sur son téléphone portable.

Mais elle tomba une fois de plus sur la messagerie.

Trace resserra son étreinte sur le manche en bois de la pelle.

— Je savais que tu viendrais, Acacia…

Trace se tourna vers la porte et vit la silhouette de Kacey se dessiner sur le fond blanc de la cour enneigée. Elle tenait un fusil à la main, mais elle ne pouvait pas les voir dans l'obscurité ; elle ne pouvait pas repérer leurs positions respectives.

Clic !

Le tueur venait d'armer de nouveau son fusil.

Mais à quoi jouait-elle ?

D'un geste désespéré, il décrocha la pelle de son clou. Faisant tourner le plat de l'outil devant lui, il se mit à reculer à croupetons vers la porte pour s'interposer entre la jeune femme et le tueur. Il fallait la repousser hors de l'écurie. Il était prêt pour cela à faire écran de son corps.

Il aurait tout fait, tout tenté pour la protéger, pour lui sauver la vie !

— Trop tard ! lança l'homme, toujours tapi dans le noir, en lâchant un rire crispé.

— Attention ! cria Trace. Il a un fusil !

Il continua de reculer, se servant tant bien que mal de sa jambe blessée. Il sentit le sang couler de plus belle de sa plaie, maculant le plancher dans son sillage.

— Moi aussi, dit Kacey calmement.

Trop calmement.

— Restez à couvert !

Mais elle fit feu, avant de faire promptement un pas de côté pour s'abriter derrière le mur extérieur.

Trace s'était recroquevillé avant même que le coup ne parte. Il tourna la tête vers la porte, cherchant Kacey du regard.

Le tueur tira plusieurs coups de suite, faisant trembler la structure de bois de l'écurie et hennir les chevaux qui ruaient et se cabraient, complètement affolés, martelant les cloisons des stalles. Les chiens aboyaient à la mort.

Malgré ce vacarme, il entendit une plainte d'agonie qui lui perça le cœur.

Kacey !

Il roula sur lui-même et tenta de se lever, mais sa jambe blessée ne lui obéissait plus. Il ne put que ramper lamentablement dans la fumée et le chaos.

Un cri atroce lui parvint alors aux oreilles, et il crut entendre l'âme de Kacey se séparer de son corps.

— Non ! hurla-t-il. Non !

Un ricanement triomphal résonna derrière lui. Le tueur avait enfin atteint son but et donnait libre cours à sa joie perverse.

Espèce de taré ! Je vais te tuer de mes mains…

— Trace !

Quoi ?

— Trace ! répéta la voix terrifiée de Kacey.

C'était un gémissement à peine audible dans le fracas du vent. Elle luttait contre la mort… Il allait la perdre !

Mais non, elle est vivante ! Tu peux encore la sauver !

— Tenez bon ! cria-t-il. Tenez bon !

Il se servit de la pelle comme d'une canne pour se rapprocher un peu plus de la porte, par laquelle le vent et la neige s'engouffraient en tourbillonnant. Il entendit dans son dos des pas irréguliers sur le plancher. Mais il continua de se traîner vers la porte, sans se soucier d'être dans la ligne de mire du tueur.

Il franchit la porte en rampant. Le vent glacial donna à son esprit étourdi un coup de fouet bien venu.

C'est alors qu'il la vit. Immobile. Son corps gisait dans la neige, à deux pas du seuil de l'écurie. Ses cheveux décoiffés ondulaient au vent.

Non ! Non ! Non !

Oh ! Mon Dieu, faites qu'elle soit encore vivante !

— Kacey, dit-il en sanglotant. Mon Dieu... Kacey...

Il entendit de nouveau du bruit derrière lui. L'assassin se rapprochait en boitant. Ce salaud allait le tuer à son tour.

Il crut la voir remuer.

Dieu soit loué !

Oui, il ne s'était pas trompé... C'était bien l'un des pieds de Kacey qui tressautait.

Il rampa vers elle pour mieux voir le reste de son corps et découvrit avec horreur la tache écarlate qui s'étendait autour d'elle dans la neige.

— Pourquoi ? murmura-t-il en sentant la fureur l'envahir.

Pourquoi était-elle venue à son secours ? Pourquoi s'était-elle sacrifiée pour lui ?

— Trop tard, joli cœur, dit l'homme d'une voix haletante.

Loin de là — beaucoup trop loin —, le hurlement des sirènes se mit à retentir dans la nuit glaciale.

Epuisé et peinant à respirer, Trace regarda par-dessus son épaule et vit une silhouette sombre et massive se dessiner dans l'embrasure de la porte de l'écurie.

Adossé au montant, l'homme, dont le regard était masqué par des lunettes à vision nocturne, le mettait en joue. Il perdait lui aussi du sang, qui maculait la neige à ses pieds. La fourche l'avait donc bien atteint. Et sa blessure n'était pas superficielle.

— A ton tour de crever, O'Halleran !

La crosse du fusil que Kacey avait lâché sur le sol enneigé était à quelques centimètres des doigts de Trace, le canon pointé vers l'écurie.

Sans lâcher sa pelle, il tendit alors brusquement son bras libre vers l'arme. Mais il ne parvint qu'à l'effleurer du bout des doigts, avant qu'elle ne s'enfonce un peu plus dans la neige.

Le tueur éclata d'un rire démoniaque qui résonna dans la nuit.

— Bien essayé, enculé ! ricana-t-il.

Puis il arma son fusil.

Brandissant sa pelle, Trace se propulsa sur un monticule de neige près du fusil. Il le ramassa, mais cet effort lui avait coûté une douleur atroce, et il faillit perdre connaissance. Il ne pensait plus qu'à Kacey… Kacey qui s'était sacrifiée pour lui sauver la vie.

— Fais ta prière, cow-boy !

L'homme se rapprocha clopin-clopant en braquant son fusil sur Trace.

Un grondement infernal retentit soudain dans l'écurie.

Déconcerté, le tueur jeta un coup d'œil par-dessus son épaule.

Les deux chiens bondirent ensemble hors de l'écurie.

Oreilles aplaties, tête baissée, et montrant les dents, ils se séparèrent, l'un vers la gauche et l'autre vers la droite, pour entourer le tueur, se dressant sur leurs pattes arrière en essayant de le mordre, tels des loups affamés.

— Merde ! fit le tueur.

Il mit en joue le plus gros des deux molosses.

Bonzi !

— Non ! hurla Trace en essayant de se relever, mais il tomba à la renverse.

Bonzi sauta sur l'homme, tous crocs dehors, exposant son abdomen.

Un coup de feu retentit.

Le tueur se contracta, poussa un cri perçant et lâcha son fusil.

Un second coup de feu…

L'homme tressauta une nouvelle fois en agitant les bras désespérément.

Puis il s'effondra sur les genoux. Une tache de sang maculait son blouson. Il baissa la tête et la regarda d'un air incrédule.

— Où est-il ? fit une voix féminine dans la nuit.

Trace, toujours étourdi, se retourna.

Comment ? Mais qui a tiré ?

La femme s'approcha, la crosse du fusil calée contre son épaule. Elle en pointait le canon sur l'homme qu'elle venait d'abattre.

Kacey ?

Mais…

Le regard de Trace se posa sur la femme étendue par terre. La neige commençait à l'envelopper de son linceul. Les sirènes des véhicules de secours se rapprochaient, couvrant les plaintes du vent.

— Où est Eli, Cameron ? demanda l'autre Kacey en braquant toujours son arme vers le tueur blessé.

Trace crut qu'il hallucinait.

Il y avait deux Kacey…

L'une était morte et l'autre était bien en vie…

Et elle continuait d'avancer.

Mais comment est-ce possible ?

Arrivée face au tueur, elle envoya son fusil valser d'un coup de pied. L'homme poussa un gémissement rauque et se figea.

Elle détourna son regard du visage cagoulé et observa Trace un instant. Elle vit la neige rougie par le sang qui s'écoulait de sa blessure.

— Oh ! Mon Dieu, Trace ! s'écria-t-elle.

Trace était à deux doigts de perdre connaissance, mais il se força à rester conscient en la voyant accourir comme au ralenti. Sans lâcher son fusil, elle franchit les quelques mètres qui les séparaient et s'agenouilla à côté de lui.

— Tu es blessé !

— Kacey…

Il lui tendit les bras. Il aurait voulu la presser contre lui, sentir sa chaleur, humer son parfum. Mais il n'arrivait plus à garder les yeux ouverts. De plus en plus étourdi, il se sentait sombrer dans le noir.

— Montre-moi ta blessure…

Il l'entendit inspirer profondément, souleva une paupière et vit qu'elle regardait le cadavre de la femme qui gisait à côté de lui.

— Qui est-ce ? murmura-t-elle.

Puis elle se racla la gorge et se pencha sur la femme qui aurait pu être sa sœur jumelle tant elle lui ressemblait. Elle lui prit le pouls, colla l'oreille contre ses narines et constata qu'elle ne respirait plus.

— Elle est morte, murmura-t-elle.

Puis elle détourna les yeux de ce corps qui était si semblable au sien. Elle caressa l'épaule de Trace et lui dit doucement :

— Il faut t'emmener à l'hôpital.

Il luttait contre l'évanouissement. Ses paupières lui paraissaient être de plomb.

— Et Eli ? eut-il la force d'articuler. Où est Eli ?

— Je ne sais pas, reconnut-elle en se collant contre lui.

Il sentit la chaleur de sa joue contre la sienne tandis que le monde basculait autour de lui, comme dans un de ces globes de verre que l'on renverse pour y faire voltiger des flocons.

— Non ! dit-il en luttant pour rester conscient.

Il fallait qu'il retrouve son fils !

— Nous le retrouverons, lui promit-elle tandis que le

vacarme des sirènes se faisait assourdissant autour d'eux. En attendant, il faut que tu t'accroches… Tu m'entends, Trace ? Trace ! Reste avec moi, je t'en supplie.

Mais il était en train de sombrer dans l'inconscience. La voix de Kacey sembla se perdre dans un murmure et, l'instant d'après, son esprit partit à la dérive. Il songea à cette femme qu'il aimait et se demanda comment il pouvait y en avoir deux — l'une vivante et l'autre morte…

Ensuite, dans sa léthargie, il entendit confusément des voix… Masculines et féminines… Mais il était incapable de réagir, de leur répondre.

Kacey est vivante… Vivante !

Mais Eli…

Il les aimait tous les deux.

— Ne meurs pas, Trace O'Halleran ! hurla Kacey d'une voix qui lui parut venir d'un autre monde. Merde, Trace, j'ai mis trente-cinq ans à te trouver ! Tu n'as pas intérêt à me faire ce coup-là !

Elle étouffa un sanglot.

— Allez, Trace, tiens bon ! Je t'aime ! Oh ! Mon Dieu, comme je t'aime !

Moi aussi, je t'aime, Kacey…

Trace était en train de mourir dans ses bras !

Et cette femme… Cette femme qui était étendue dans la neige à côté de lui, c'était Leanna, son ex-épouse. Elle en était certaine, à présent. Probablement une autre des nombreuses filles biologiques de Gerald Johnson. Et c'était la mère d'Eli…

— Tiens bon ! répéta-t-elle.

Les gyrophares des véhicules de police illuminaient maintenant l'allée menant à la ferme ; leurs sirènes hurlaient dans la nuit comme une meute de furies.

Elle ne se retourna pas, mais pria pour que l'ambulance du SAMU soit équipée pour le sauver. Il avait perdu beaucoup de sang, mais elle était fermement résolue à tout faire pour qu'il ne meure pas. Elle lui enleva en hâte son pantalon. A l'aide de sa lampe de poche, elle examina la blessure qu'il avait à la cuisse. Le sang jaillissait du trou percé par la balle, et Kacey craignit que l'artère fémorale ne soit atteinte. Elle croisa ses mains l'une sur l'autre et appuya sur la plaie.

— Hé, regardez ! Là-bas ! fit une voix de stentor près de la maison.

Elle entendit des bruits de pas empressés, puis des voix haletantes autour d'elle.

— Nous prenons le relais, madame ! dit une voix masculine, et elle sentit une main d'homme se poser sur son épaule.

— Je suis médecin…

— Nom de Dieu ! s'écria l'homme. Il y en a une autre !

— Elle est morte.

— Hé ! Venez par ici ! cria une femme près du corps de Cameron. Qu'est-ce qui s'est passé ici ? C'est une vraie scène de guerre !

— Voilà, madame, dit l'urgentiste en se tournant vers Trace et Kacey. Je vais m'occuper de lui, maintenant.

— Mais je suis…

— Médecin, je sais.

Les gyrophares des véhicules de police éclairaient la scène de manière irréelle, striant la nuit d'éclairs bleus et rouges, faisant briller les flocons qui tourbillonnaient inlassablement.

— Annie, viens par ici ! J'ai besoin de ton aide, ajouta l'homme en désignant Kacey. Cette femme est sous le choc.

La ferme était plongée dans un chaos indescriptible.

L'enfer s'était déchaîné avant l'arrivée de Pescoli et d'Alvarez. Pescoli avait failli emporter la boîte aux lettres en pilant au bout de l'allée. Deux véhicules de police étaient déjà garés près du portail ouvert, ainsi qu'une ambulance dont le moteur tournait en attendant de transporter le blessé à l'hôpital.

Derrière la maison, les urgentistes, après avoir administré les premiers soins à Trace O'Halleran, l'installaient sur une civière. Une équipe de recherche s'était constituée pour retrouver le petit Eli qui avait disparu. Cameron Johnson, tout de noir vêtu, était mort. Il avait succombé aux deux blessures par balles que Kacey Lambert, selon son propre aveu, lui avait infligées.

Toute tremblante, emmitouflée dans une couverture, la jeune femme avait reconnu l'avoir abattu après qu'il avait refusé de lâcher son arme. Plus pâle que la mort et visiblement choquée, elle jura que Cameron Johnson avait déjà tué la femme qui était toujours étendue dans la neige devant eux.

Une femme qui aurait pu être sa sœur jumelle.

— Je crois que c'est Leanna, dit Kacey d'une voix hébétée sans quitter des yeux le visage figé de la défunte.

— Elle est morte, déclara l'un des urgentistes.

— Il faut que je l'accompagne, dit Kacey en voyant passer deux vigoureux brancardiers qui emportaient Trace sur une civière.

— Vous pouvez monter dans notre voiture, proposa Pescoli.

— Regardez ! s'écria Trilby Van Droz qui était postée près du portail, la tête tournée vers la route. On a de la visite.

Une paire de phares brillait à l'autre bout de l'allée, mais Pescoli ne parvint pas à identifier à quel véhicule ils appartenaient.

— Je vous parie que ce sont des journalistes, ajouta Trilby.

Une camionnette d'une chaîne de télévision…

Il fallait s'y attendre.

— Nous ne voulons pas d'eux ici ! Pas avant que nous sachions ce qui s'est passé exactement, cria Pescoli à Trilby.

Celle-ci se mit à parcourir l'allée en direction du véhicule importun, suivant les traces de l'ambulance qui emmenait Trace à l'hôpital.

— Je crois qu'O'Halleran va s'en tirer, dit Alvarez.

— Oui, mais Eli… Il faut le retrouver !

Kacey demeura pensive un instant avant d'ajouter :

— Leanna… J'ai cru la voir dans la maison. Je l'ai prise pour un ange…

Pescoli et Alvarez échangèrent un regard.

— Il faudrait qu'elle voie un toubib, elle aussi, dit Pescoli.

— Je vais très bien, objecta Kacey.

Mais son visage était meurtri, couvert de petites plaies, et son menton était tout sanguinolent.

— Bon, allons-y, déclara Pescoli.

Tandis que l'ambulance fonçait dans la nuit, les trois femmes se dirigèrent vers la Jeep en pataugeant dans la neige. Kacey monta sur la banquette arrière. Sa propre voiture se trouvait toujours au garage du commissariat en attendant que les traces de peinture noire laissées sur son pare-chocs soient analysées. Alvarez s'assit sur le siège du passager et Pescoli se mit au volant. Elle fit une marche arrière puis enclencha la première.

Même si Cameron Johnson était mort, Pescoli était toujours sur les nerfs, et la disparition du fils d'O'Halleran la rendait encore plus tendue. Où donc était-il passé, ce gamin ?

Elle alluma ses phares et appuya sur l'accélérateur. Il lui restait encore beaucoup de travail à accomplir avant de boucler cette enquête : nombre de preuves à rassembler et de points à éclaircir, notamment sur le comportement de Kacey Lambert. Même si elle paraissait sincèrement bouleversée par la disparition du gamin et le sort encore incertain de son père, elles se devaient de l'amener au commissariat pour l'interroger.

Après être passées la faire soigner aux urgences, bien sûr.

Certes, songea Pescoli en passant devant la camionnette de la télévision, *elle a appelé police secours et a laissé de nombreux messages sur la messagerie d'Alvarez…*

C'était elle qui avait appelé la police en renfort, mais elle n'en avait fait ensuite qu'à sa tête. Elle n'avait pas obéi à la standardiste de police secours lorsque celle-ci lui avait demandé de ne pas raccrocher. Et elle s'était fait justice elle-même.

Avait-elle ainsi sauvé la vie d'O'Halleran ?

Probablement.

Mais deux autres personnes avaient perdu la vie.

Et un enfant était porté disparu.

Les déclarations un tant soit peu décousues de Kacey concordaient cependant avec tout ce que les techniciens de scène de crime avaient constaté jusque-là, mais il était encore trop tôt pour en tirer des conclusions définitives. Il restait bien des interrogations en suspens.

La nuit était très noire ; seules quelques fermes éparses disposaient d'un groupe électrogène leur permettant de s'éclairer. Elles passèrent devant une dépanneuse venue secourir un véhicule qui avait versé dans le fossé. L'état des routes et les conditions climatiques ralentissaient la circulation.

Pescoli avait mis le chauffage à fond dans la Jeep, et il régnait une chaleur étouffante dans l'habitacle. Pourtant, Kacey Lambert ne semblait pas parvenir à se réchauffer. Frissonnant et claquant des dents, elle leur donna une deuxième fois sa version des faits. Puis elle laissa éclater toute son inquiétude au sujet d'Eli.

— S'il lui est arrivé quelque chose de grave, dit-elle en fixant par la fenêtre le paysage qui défilait sur leur passage, je ne me le pardonnerai jamais. Jamais…

Deux minutes plus tard, alors qu'elles atteignaient le panneau souhaitant aux visiteurs la bienvenue à Grizzly Falls, le téléphone portable d'Alvarez se mit à sonner. Elle décrocha.

— Comment ? Où ? Dieu merci !

Elle se redressa sur son siège et ajouta à l'attention de Pescoli :

— On l'a retrouvé.

— Qui ça ? Eli ? demanda Kacey.

— Oui. Il est sain et sauf.

— Dieu merci ! s'écria à son tour Kacey d'une voix brisée.

Pescoli ne desserra pas son étreinte sur le volant, elle ne prononça pas un mot mais, elle aussi, elle se sentait terriblement soulagée.

— Chut ! fit en levant une main Alvarez qui n'avait pas encore raccroché. Eh bien, dit-elle à son correspondant, amenez-le au commissariat. On se retrouve là-bas.

Elle referma son téléphone portable et son armure de professionnelle froide et pragmatique se fendit enfin.

— Il va bien, dit-elle d'une voix émue, avec un grand sourire.

Pescoli jeta un coup d'œil dans le rétroviseur et vit des larmes de joie perler dans les yeux de Kacey.

— Bon, reprit Alvarez, je ne connais pas tous les détails, mais il semble qu'il ait été enlevé par sa mère, qui l'a déposé chez des voisins… Ed et Matilda Zukov. Ils ont aussitôt essayé de joindre la police, mais, selon toute vraisemblance, Leanna a sectionné leur ligne téléphonique et volé leurs portables pour se donner le temps de faire ce qu'elle avait à faire.

— Elle voulait mettre Cameron hors d'état de nuire, devina Kacey. Elle savait que c'était un tueur.

— C'est plus que probable, acquiesça Alvarez. Les Zukov nous en diront davantage. Un collègue les amène au commissariat, avec le petit garçon.

Eblouie par les hauts phares d'un camion roulant en sens inverse, Pescoli plissa les yeux, puis elle dit d'un ton pensif :

— Alors, elle est sortie de la vie de son fils pendant des années, et, tout à coup, poussée par l'instinct maternel, elle est revenue le chercher, juste au bon moment pour faire la peau de ce taré…

Elle échangea un regard avec sa partenaire et se demanda à haute voix :

— Que savait-elle exactement ?

Alvarez secoua la tête. A cette question, elles n'auraient probablement jamais de réponse.

Kacey relata une nouvelle fois la soirée d'horreur qu'elle venait de vivre, puis elle répondit aux nombreuses questions que les policières avaient à lui poser. Il était cependant évident que Pescoli, Alvarez et le shérif lui-même la croyaient. Elles lui avaient proposé de l'emmener d'abord à l'hôpital, mais elle avait insisté pour que l'interrogatoire ait lieu avant. Lorsqu'elles étaient arrivées au commissariat, elle avait passé un peu de temps dans les toilettes pour se débarbouiller, avaler trois cachets d'analgésique et coller sur son menton le pansement un peu trop grand que la dame de l'accueil lui avait obligeamment fourni. Elle avait appelé l'hôpital pour prendre des nouvelles de Trace, mais il était encore au bloc opératoire et elle n'avait rien appris de plus sur son état.

L'agent Van Droz introduisit les Zukov et Eli dans la salle où Kacey avait été interrogée, juste après qu'elle eut achevé son récit des événements. Elle prit le petit garçon dans ses bras et ne put retenir ses larmes en le serrant contre elle.

— Dieu merci, tu n'es pas blessé, murmura-t-elle avec ardeur en lui caressant les cheveux.

— J'ai vu maman, dit Eli en se mordant la lèvre inférieure.

— Je sais, mon chou.

— Elle est venue me chercher.

— C'est ce qu'on m'a dit, répondit-elle en se forçant à sourire.

En voyant Leanna étendue dans la neige sanglante, en découvrant son visage blême et son regard fixe, elle avait eu la sensation de contempler son propre cadavre.

— Elle a signé son nom sur mon plâtre, déclara fièrement l'enfant.

Kacey leva les yeux vers Tilly, qui confirma la chose

d'un hochement de tête, pendant qu'Ed, ému aux larmes, détournait les yeux.

Eli tendit son bras blessé, exhibant ces mots griffonnés à la hâte au feutre épais :

« Je t'aime. Maman. Bisous. »

— C'est magnifique, dit Kacey en se souvenant que Leanna leur avait sauvé la vie.

Elle se demanda un instant si elle avait vraiment entendu sa voix ou si cela n'avait été qu'une hallucination. Quelle importance, au fond ? Elle était fermement décidée à s'occuper avec le plus grand soin du fils de cette femme.

— Tu veux boire un chocolat chaud ? demanda Pescoli à Eli.

L'enfant consulta Kacey et les Zukov du regard, qui l'encouragèrent à accepter, et suivit la policière aux cheveux roux en direction de la machine à café.

Une fois le petit garçon sorti de la salle, les Zukov firent leur déclaration. Leanna avait fait irruption chez eux avec Eli dans ses bras. Elle s'était frayé un chemin dans la neige pour l'amener chez eux. Puis elle avait ôté la bougie de leur pick-up, sectionné les câbles de leur ligne de téléphone fixe et emporté leurs téléphones portables. Elle avait également dérobé leur ordinateur, afin qu'ils n'aient aucun moyen de communication leur permettant de prévenir les autorités pendant qu'elle allait « régler une affaire », leur avait-elle dit.

Tilly ajouta que la jeune femme leur avait confié qu'elle connaissait l'identité du tueur qui éliminait l'une après l'autre les filles de Gerald Johnson. Cameron était persuadé qu'elles étaient toutes atteintes d'une tare génétique. Il souhaitait ardemment protéger la réputation de sa famille et avait élaboré un plan méthodique pour régler ce problème. Il nourrissait une haine personnelle à l'encontre de Leanna, car il était tombé amoureux d'elle sans savoir qu'elle était sa sœur de sang. Et il méprisait Kacey plus particulièrement parce qu'elle était le fruit des amours adultérines de son père et d'une infirmière. Robert Lindley aussi lui inspirait de la haine, mais Cameron attendait d'avoir éliminé toutes les « Ignorantes » pour s'occuper de son demi-frère.

Kacey se souvint des sarcasmes dont Cameron l'avait accablée après l'avoir frappée avec la crosse de son fusil. Il était convaincu que Leanna, elle-même et toutes les autres femmes étaient affectées de graves troubles mentaux, alors que c'était sa propre folie qui l'avait poussé aux meurtres en série.

Tilly poursuivit son récit en ajoutant que Cameron avait avoué ses desseins meurtriers à Leanna quelques années auparavant avant d'essayer de la tuer. Elle avait réussi à lui échapper et avait rencontré Trace, à qui elle avait laissé son fils, car elle craignait que Cameron ne se venge d'elle en tuant Eli. Et c'est encore en s'inquiétant pour Eli qu'elle avait décidé de revenir… Pour sauver ce petit garçon dont tout le monde croyait qu'elle l'avait abandonné par égoïsme — et pour mettre un terme définitif à la carrière criminelle de Cameron Johnson.

— Nous étions horrifiés, conclut Tilly. Et piégés. Nous voulions qu'Eli soit en sécurité, mais nous nous faisions un sang d'encre pour Trace et vous. Ed a essayé de démarrer le vieux tracteur pour aller chez nos voisins, les Foxx, et utiliser leur téléphone pour appeler la police.

— Mais cette saloperie de tracteur a refusé de démarrer, avec ce froid ! précisa Ed.

Son épouse et lui avaient l'air épuisés par l'épreuve qu'ils venaient de traverser.

Pescoli revint avec Eli, qui soufflait sur sa tasse de chocolat pour faire refroidir le breuvage. Elle apportait également plusieurs tasses de café fumant. Kacey en prit une, plus pour se réchauffer que pour rester éveillée.

Elle se tourna vers le vieux couple et posa à voix basse la question qui la taraudait :

— Se pourrait-il qu'Eli soit le fils de Cameron ?

— Leanna nous a affirmé de manière catégorique que ce n'était pas le cas, répondit Tilly.

Ed confirma le propos d'un hochement de tête.

— Je suis le fils de mon papa ! dit Eli.

— Oui, bien sûr, mon chou…

Désolée qu'il ait entendu sa question, Kacey traversa la pièce pour le serrer bien fort dans ses bras. Elle était tellement heureuse de le savoir sain et sauf. Il viendrait forcément un moment où elle aurait à répondre à ses interrogations. Elle le savait et elle était prête à le faire. Tout comme elle était prête à vivre avec lui et avec son père. Ses sentiments à l'égard de Leanna restaient mitigés, mais elle ne pouvait nier que cette femme s'était sacrifiée de manière admirable pour le bien de son fils.

Le téléphone portable d'Alvarez se mit à sonner. Elle jeta un coup d'œil à l'écran et dit, avant de sortir de la pièce :

— Il faut que je prenne cet appel.

Elle ne revint qu'une dizaine de minutes plus tard.

— Apparemment, on peut imputer encore bien des crimes à Cameron Johnson. L'équipe qui a perquisitionné chez lui a trouvé une chambre secrète dans le sous-sol. Ils y ont découvert des photos des victimes et des informations sur chacune de ses proies. Beaucoup sont décédées, mais quelques-unes ont échappé à la mort.

Kacey songea à Gloria Sanders-O'Malley.

— Je vais appeler Jonas Hayes à Los Angeles, dit Alvarez à Pescoli. Je crois qu'on a assez d'éléments pour lier Cameron Johnson au pseudo-suicide de Shelly Bonaventure.

— C'est lui qui m'a agressée à Seattle, il y a sept ans, dit Kacey. Il me l'a avoué.

Elle soupira et secoua la tête avant d'ajouter :

— Si vous n'avez plus besoin de moi, j'aimerais aller à l'hôpital, maintenant… Vous pouvez m'emmener ?

Pescoli hocha la tête.

— Je vais vous y conduire.

Kacey se tourna vers Eli et lui dit en souriant :

— Allez, viens, on va voir ton papa.

Kacey n'était pas la seule à vouloir se rendre à l'hôpital St. Bartholomew. Pescoli et Alvarez espéraient pouvoir interroger Trace à son réveil, et Ed et Tilly, malgré leur fatigue, tenaient absolument à prendre des nouvelles de leur voisin.

Revenir dans cet établissement qui lui était si familier avait quelque chose de surréaliste pour Kacey. Même si les lieux n'avaient en rien changé depuis sa dernière visite, il lui parut différent. Elle se dit que cette impression étrange était probablement due au coup de crosse qu'elle avait reçu, mais il y avait autre chose : depuis qu'elle avait dû affronter un tueur, son rapport à la réalité avait changé. Même si elle n'éprouvait aucun remords et qu'elle ne regrettait pas d'avoir abattu Cameron Johnson au moment où il s'apprêtait à assassiner Trace, elle se sentait en décalage avec cet acte.

Elle avait consacré sa vie professionnelle à soigner les gens et à leur sauver la vie, et, là, elle venait d'ôter une vie.

N'y pense plus, se dit-elle.

Après avoir laissé Eli avec Ed et Tilly dans une salle d'attente, malgré les protestations du petit garçon, elle se rendit en salle de réanimation, en tant que médecin appartenant au personnel de l'hôpital. Alvarez et Pescoli la suivirent, mais restèrent à l'écart pour lui accorder un moment d'intimité lorsqu'elle arriva au chevet de Trace.

Il venait à peine de sortir de l'anesthésie et était encore tout ensommeillé. Sa cuisse était bandée et sa tunique d'hôpital de travers. Son artère fémorale avait en effet été atteinte, mais le chirurgien avait pu faire ce qu'il fallait.

— Salut, toi…, dit-elle en se penchant sur lui tandis que l'infirmière de garde s'éloignait pour les laisser seuls un instant.

Il la fixa, mais son esprit était encore léthargique et il dut faire un effort pour la reconnaître.

— C'est moi, Kacey.

Elle lui prit la main et son cœur se serra devant ses cheveux ébouriffés et ses joues mal rasées.

Mon Dieu, ce que je l'aime, se dit-elle en repensant aux instants terribles où elle avait cru l'avoir perdu à jamais.

— Trace ?

Il esquissa un pâle sourire, mais son regard était vitreux.

— Kacey ? murmura-t-il d'une voix rauque.

— Oui, c'est moi.

Elle sentit sa gorge se contracter lorsqu'il lui serra le poignet en murmurant :

— Eli ?

— Il est sain et sauf, répondit-elle, les larmes aux yeux. Il est ici. Il attend d'être autorisé à te voir. Il est assis avec les Zukov dans une salle d'attente au bout du couloir.

Il parut soulagé par cette nouvelle.

— Il était avec Tilly et Ed… pendant que…

— Oui.

En tant que médecin, elle était bien placée pour savoir qu'il ne se souviendrait pas très distinctement du moment de son réveil — peut-être même pas du tout —, mais elle ne put s'empêcher de lui caresser la main.

— Trace, il faut que je te dise quelque chose… Il faut d'abord que tu saches que Leanna était une fille bien. Plus que bien… Formidable ! Je crois qu'elle t'a sauvé la vie.

Il ne réagit pas. Il n'avait peut-être pas bien entendu.

— Et puis, il y a autre chose de très important qu'il faut que tu saches, ajouta-t-elle en se penchant un peu plus vers lui. Je t'aime.

Elle sourit malgré les larmes qui coulaient sur ses joues.

— Je sais que c'est une folie, reprit-elle, mais je m'en fiche ! Je t'aime !

— Je sais…, dit-il d'une voix faible. Et tu vas m'épouser.

Il était à demi conscient et ne savait sans doute pas ce qu'il disait, mais ces mots tout simples remplirent de joie le cœur de Kacey.

— Nous en reparlerons quand tu iras mieux…

Il ouvrit subitement grands les yeux et, pendant un bref instant, son regard s'anima.

— Je vais *déjà* mieux, dit-il en redressant la tête.

Il tendit les bras, posa les mains sur la nuque de Kacey, l'attira vers lui pour que leurs nez se frôlent.

— Et on va se marier, docteur Lambert, c'est décidé !

Avant qu'elle puisse dire quoi que ce soit, il pressa ses lèvres contre les siennes et l'embrassa fougueusement.

— Pas de discussion, fit-il quand il détacha ses lèvres des siennes.

Puis il laissa sa tête retomber sur son oreiller et ferma les yeux.

— Tu fais semblant de dormir, l'accusa-t-elle d'un ton badin.

Il ne réagit pas.

Elle sentit un sourire se former sur ses lèvres meurtries et pensa très fort, sans toutefois le dire à haute voix :

Oh oui, je vais t'épouser, Trace O'Halleran. Tu n'y couperas pas !

Epilogue

— Venez tous ! On va chanter dans la joie !

Affublée de bois de renne en feutre rouge d'un parfait ridicule, Joelle rameutait tous les collègues et les exhortait à la rejoindre dans le hall entonner en chœur des chants de Noël.

Regan Pescoli leva les yeux de son bureau. Elle était en train d'étudier les certificats de décès et les articles de presse relatifs à la mort précoce et « accidentelle » des deux sœurs Johnson.

— Moi, je ne vais pas chanter ! J'ai du boulot, objecta-t-elle.

— Allez, ne soyez donc pas si grincheuse ! la gronda Joelle avant de lui tourner le dos en faisant claquer ses talons hauts, dignes d'une poupée Barbie et de... Michelle.

Oui, l'épouse de Lucky adorerait ces talons-là !

Il ne restait qu'une semaine avant le jour de Noël, et Joelle était tout excitée. Elle avait préparé des cookies, mis de la musique de Noël, disposé des guirlandes un peu partout et installé un sapin sur socle rotatif, garni de cadeaux factices. Elle avait fait tout son possible pour rendre festive l'ambiance du commissariat à l'approche de la célébration de la naissance du Christ.

On ne pouvait nier l'ampleur de ses efforts, ni celle de son enthousiasme, mais tout cela laissait Pescoli complètement indifférente. Elle avait déjà fort à faire dans sa vie personnelle. En premier lieu, Nate Santana ne cessait de la presser d'habiter avec lui. Son patron, assassiné l'année précédente, l'avait couché sur son testament et lui avait légué une partie de son immense domaine, et Nate pensait que tous — Pescoli, ses enfants et son chien — feraient mieux d'emménager avec lui dans sa nouvelle propriété.

Comme si c'était aussi simple que ça!

Elle était tentée d'accepter sans être cependant convaincue que ce serait judicieux, même si la présence d'une figure paternelle serait certainement bénéfique pour ses enfants. Jeremy, sur les instances répétées de sa mère, avait fini par consentir à s'inscrire à la fac. Il s'ennuyait à ne rien faire et tournait en rond depuis son malencontreux licenciement. Il devait reprendre les cours en janvier — si toutefois il ne changeait pas une nouvelle fois d'avis... Quant à ses amours avec Heidi Brewster, elles duraient encore, mais traversaient une période de discrétion inhabituelle. Les deux adolescents semblaient soucieux de ne pas faire de vagues, ce qui avait bien des avantages mais pouvait tout autant receler des inconvénients ou des mauvaises surprises.

Bianca allait mieux — assez bien, en tout cas, pour retourner sur les bancs du lycée. Elle semblait s'être amourachée d'un nouveau garçon, un grand escogriffe qui jouait dans l'équipe de basket-ball et qui, chose à peine croyable, donnait du « madame Pescoli » à Regan et ne faisait pas mine de l'ignorer quand il venait rendre visite à sa fille. Chris n'avait pas pour autant renoncé à courtiser l'adolescente, mais il était clair que cette idylle était en bout de course.

Ce qui n'est pas trop tôt...

Quant à la calamiteuse affaire du Père Noël secret, Pescoli avait décidé de jouer le jeu. Elle avait acheté pour l'adjoint du shérif une bouteille de vin, dont le goulot était — Noël oblige — coiffé d'un petit bonnet en laine ornementé d'un pompon que Joelle aurait jugé ravissant et que Pescoli, pour sa part, trouvait à vomir. Mais elle n'avait pas eu de meilleure idée de cadeau. La bouteille de pinot noir de l'Oregon était en promotion au supermarché local et coûtait moins que la somme maximale de dix dollars. Dans son esprit, ce petit présent était comme un rameau d'olivier qu'elle tendait à Cort Brewster. Enfin, elle espérait qu'il le prendrait ainsi.

C'était son supérieur, après tout. Elle ne pouvait pas être en conflit perpétuel avec lui.

Les choses allaient donc mieux, pour elle.

Quant à Alvarez, elle avait sombré, comme tous les ans à la même époque, dans sa traditionnelle déprime de fin d'année. Elle ne retournait jamais dans son Oregon natal pour les fêtes et, cette année, elle avait même annoncé qu'elle travaillerait tous les jours pendant la période des fêtes, afin de permettre à ses collègues de prendre des congés en famille. Pescoli lui avait proposé de partager le repas de Noël avec elle et ses enfants, mais Selena avait décliné l'invitation, prétendant qu'elle préférait passer son temps libre avec la chatte qu'elle avait recueillie.

Pescoli avait tenté de l'interroger sur cette aversion pour tout ce qui avait un rapport avec Noël — mais comme d'habitude sa coéquipière avait éludé la question, s'empressant de changer de sujet.

Pescoli jeta un coup d'œil par la fenêtre ; il neigeait encore. La tempête, qui avait fait rage si longtemps, s'était cependant calmée, et la charge de travail des policiers s'en était trouvée allégée.

Quant à l'affaire Cameron Johnson, c'était désormais le FBI qui avait pris le relais. Tous les écrits, tous les indices et tous les fichiers informatiques trouvés dans sa chambre secrète avaient été transférés aux agents fédéraux, qui travaillaient d'arrache-pied à éclaircir les dernières zones d'ombre du dossier.

Cameron était obsédé par l'élimination des rejetons féminins du donneur de sperme 727. Dans les notes qu'on avait retrouvées dans son antre, les enquêteurs avaient découvert des fiches sur quarante-deux femmes, dont certaines vivaient loin, jusqu'en Nouvelle-Angleterre pour certaines.

Les analyses ADN avaient prouvé que les victimes, dans le Montana ou dans d'autres Etats — comme Shelly Bonaventure —, étaient bien des filles biologiques de Gerald Johnson. Les cas d'autres victimes d'« accidents » — les « Ignorantes » comme les appelait Johnson dans ses notes — étaient en cours d'examen. Pour celles qui avaient subi des prélèvements d'ADN avant d'être enterrées, on procédait à des comparaisons. Les corps des autres étaient sur le point d'être exhumés aux mêmes fins. Quant à celles qui avaient été incinérées, on n'aurait jamais de preuve irréfutable de la culpabilité de Cameron Johnson.

Mais, dans nombre de cas, des indices matériels accusaient Cameron. Par exemple, la peinture noire retrouvée sur les véhicules de Kacey et d'Eve Alexander était la même que celle du pare-buffle de son pick-up, dissimulé dans une remise sur sa propriété. On y avait également découvert une cachette pleine de plaques d'immatriculation volées — ce qui expliquait les difficultés qu'avait rencontrées la police pour localiser son pick-up.

Pescoli se cala sur son siège lorsqu'elle entendit un chant monter du hall :

« Vive le vent, vive le vent d'hiver… »

Elle consulta sa montre. Le rideau allait bientôt se lever. Elle était prête.

Il y avait dans cette affaire quelques points qui restaient obscurs à ses yeux, et cela l'agaçait. Elle en était venue à croire qu'il y avait d'autres secrets à mettre au jour, même si toutes les pistes menaient en fin de compte à Cameron Johnson.

En revanche, Pescoli croyait volontiers Kacey Lambert lorsque celle-ci affirmait que c'était Cameron qui l'avait agressée dans un parking de Seattle, sept ans auparavant. La rumeur locale voulait qu'elle soit sur le point d'épouser Trace O'Halleran, alors qu'ils se connaissaient à peine. Pescoli songea alors qu'en ce qui la concernait elle n'arrivait pas à se décider à habiter avec un homme qu'elle fréquentait pourtant depuis longtemps…

Elle ferma les yeux un instant et soupira. Puis elle se remit à penser à Cameron Johnson, passant en revue les détails encore inexpliqués de l'affaire. Au lendemain de sa conclusion tragique, elle avait pourtant été certaine que tout était clair. La folie meurtrière de Cameron Johnson était aussi aberrante qu'incontestable. Il était non moins clair que cette folie s'était aggravée récemment : il avait pris de plus en plus de risques. Mais cela n'expliquait pas tout, loin de là. Comment, par exemple, s'était-il procuré les informations sur la banque du sperme et sur l'identité des femmes qui étaient nées de la semence de son père ? Avait-il vraiment recueilli ces informations lui-même ? Pescoli en doutait fortement.

Autre zone d'ombre : il semblait que Leanna O'Halleran ait volé le fusil dont elle s'était servie à la ferme. Or cette arme appartenait à Clarissa Werner, la sœur aînée de Cameron. Pescoli avait interrogé Clarissa et son mari à ce sujet, et tous deux lui avaient dit qu'ils pensaient que Leanna avait voulu adresser ainsi un bras d'honneur au clan Johnson dans son ensemble. Et, si Leanna roulait dans une BMW du même modèle que celle de Clarissa, c'était sans doute dans le même état d'esprit.

Peut-être.

Ou peut-être pas.

Bien des détails restaient à expliquer, donc…

Elle consulta sa montre et fit entendre un petit soupir impatient.

Alvarez leva le nez de son ordinateur en haussant un sourcil interrogateur.

Ce matin-là, en buvant un café chez Jolt, elle avait dit à Pescoli :

— Tu ne vas pas les laisser s'en tirer comme ça, hein ?

— Non ! avait répondu Pescoli en sirotant son triple *mocaccino* à la menthe.

C'était en l'honneur de Noël qu'elle s'était offert cette mixture onctueuse et hypercalorique à base de café au lait, de chocolat et de crème, généreusement saupoudrés de cacao.

Alvarez avait commandé un thé vert sans sucre.

Berk!

— Qu'est-ce que tu mijotes ?

— Gerald Johnson doit venir ici dans un quart d'heure. Et je crois qu'il sera accompagné de son avocat préféré…

— Judd ?

— Oui. Et j'ai une surprise pour lui.

— J'ai hâte de savoir laquelle, dit Alvarez.

— Viens avec moi, et tu sauras tout.

Alvarez la suivit dans le hall du commissariat. Gerald et Judd arrivèrent pile à l'heure. Judd, toujours tiré à quatre épingles, était habillé comme s'il devait plaider devant la cour ; Gerald portait un pull, un jean et un anorak. Une infinie lassitude se lisait sur ses traits fatigués.

— Je ne comprends toujours pas pourquoi tu as insisté pour venir ici, dit Judd à son père.

Il jeta un coup d'œil à Pescoli avant d'ajouter :

— Je vous ai déjà dit tout ce que je sais sur mon frère.

Pescoli les conduisit dans une salle d'interrogatoire et Judd se raidit aussitôt.

— Qu'est-ce que ça veut dire ? demanda-t-il d'un ton indigné. Qu'est-ce que vous voulez de nous ?

— La vérité, répondit Pescoli.

Elle alluma un enregistreur et poursuivit :

— Je me suis livrée à certaines vérifications. Il subsiste des détails qui clochent. Peut-être pourrez-vous m'aider à y voir plus clair…

— J'en serais ravi, dit Gerald.

Judd ne se montra pas aussi bien disposé.

— Papa, je ne crois pas que ce soit très judicieux, lui opposa-t-il d'un ton qui ne souffrait pas la contradiction.

Pescoli ignora son intervention et leur fit signe de s'asseoir pendant qu'Alvarez refermait la porte derrière eux.

— Quand nous avons parlé de l'accident de votre sœur Aggie, il y a de longues années de cela, je n'ai pas très bien compris comment elle était morte, commença Pescoli. Vous m'avez dit qu'elle s'était emmêlée dans une couverture, qu'elle avait trébuché et qu'elle avait dévalé l'escalier…

— Non, dit Judd. Je me souviens que Cameron l'a frôlée et qu'elle est tombée… Personne n'a pu la rattraper.

— Vous avez également déclaré qu'elle avait été poussée, lui rappela Pescoli.

— Eh bien, il y a eu un peu des deux, je crois.

Ses épaules se raidirent et ses yeux se plissèrent.

— Je ne comprends pas où vous voulez en venir, ajouta-t-il.

— Moi, je comprends, dit Gerald. Je suis rentré tard ce soir-là et Cameron était vraiment triste. Il m'a dit qu'il ne l'avait pas fait exprès, qu'il n'avait pas voulu pousser Aggie mais qu'il n'avait pas pu s'en empêcher. Je ne comprenais pas bien ce qu'il me disait. Mais la version de Thane était légèrement différente. Il m'a dit que c'était toi, Judd, qui avais bousculé Cameron et que celui-ci, en trébuchant, avait projeté Aggie dans l'escalier. Et Colt, de son côté, a affirmé que tu avais poussé Cameron contre Aggie, mais qu'il avait réussi à éviter de chuter.

— Nous étions des enfants, dit Judd en haussant les épaules. Ça s'est passé il y a très longtemps. Tu ne peux pas t'attendre à ce que nous nous en souvenions clairement.

Pescoli se leva pour ouvrir la porte et Clarissa Johnson Werner fit son entrée.

— J'ai été convoquée, expliqua-t-elle comme pour justifier sa présence, mais elle n'en déclara pas moins d'un ton catégorique : Tu as tort. Je m'en souviens comme si c'était hier. J'y étais, moi aussi.

— Comment ? s'indigna Judd. Tu écoutais ce que nous disions ?

— Oui, j'ai assisté à cette conversation sur un moniteur, dit-elle sèchement. Et tu mens, Judd. J'ai été témoin de ce qui s'est passé ce jour-là, et c'était ta faute ! Tu ne voulais sans doute pas qu'Aggie se rompe le cou dans l'escalier, mais c'est bien toi qui as poussé Cameron de toutes tes forces, et il est tombé sur elle. J'étais au téléphone dans une pièce voisine, je vous ai entendus chahuter et je suis sortie pour voir ce que vous faisiez... Je t'ai vu le pousser.

— Où voulez-vous en venir ? demanda Judd d'une voix tendue. C'était un accident. Des gosses qui chahutent, rien de plus...

Mais il semblait vraiment mal à l'aise, à présent. Une fine goutte de sueur coulait le long de chacune de ses tempes.

— Et quand Kathleen est morte en skiant, poursuivit Clarissa avec détermination, tu étais là aussi. Tu skiais avec Cameron et elle. Je t'ai vu leur parler. Après l'accident, Cameron m'a confié que tu l'avais mis au défi de faire la course avec elle hors piste, là où la neige n'était pas damée... Tu lui avais dit que Kathleen, tout comme Aggie, n'était pas normale. Qu'elle était folle... Alors qu'en fait c'était Cameron qui était atteint de troubles mentaux.

— Qu'est-ce que tu racontes ? s'écria Judd qui transpirait à présent à grosses gouttes. C'est diffamatoire et ça ne tient pas debout ! C'est du passé, tout ça... Je ne veux pas en entendre davantage.

Pescoli s'attendait à cette réaction de la part de Judd.

— Ma partenaire et moi, dit-elle posément, nous avons l'intention de connaître le fin mot de cette histoire. Nous savons que Cameron était un assassin et nous pensons qu'il a sans doute agi seul, sans l'assistance d'un complice. Mais il semble qu'il ait été aidé, au début. J'ai d'abord pensé à son frère jumeau, Colt, leur ressemblance pouvant être une source inépuisable d'alibis. Mais j'ai ensuite appris que l'entreprise de votre père, par l'intermédiaire de sociétés-écrans, avait racheté la clinique d'assistance à la procréation. Et devinez quelle signature se trouve sur tous les documents relatifs à ce rachat ?

Judd ne broncha pas.

— Nous rachetons de nombreuses sociétés, en particulier dans le secteur des petites cliniques, lâcha-t-il.

Pescoli se cala sur sa chaise et lui demanda :

— Pouvez-nous nous dire quels étaient exactement vos rapports avec votre frère Cameron ?

— Il était dingue.

— Et l'une de vos sœurs souffrait de troubles bipolaires, une autre était dépressive... Hum... J'ai l'impression que les problèmes mentaux ne se limitent pas aux femmes dans votre famille. On dirait bien que quelqu'un aidait Cameron et lui donnait un petit coup de main, pour ainsi dire...

— C'est vous qui êtes folle, inspecteur ! lança Judd.

Le visage cramoisi et les poings serrés, il se leva brusquement et se dirigea vers la porte.

— Cet entretien est terminé ! s'exclama-t-il, excédé.

— Nous aurons l'occasion de vous revoir, monsieur Johnson, lui dit Pescoli.

— Ça, ça m'étonnerait !

Il claqua la porte derrière lui.

Gerald, effondré, sortit à son tour quelques instants plus tard, suivi de Clarissa.

Pescoli se tourna vers Alvarez et demanda :

— Alors ?

Alvarez esquissa un sourire.

— Je crois qu'on a de quoi l'inculper, dit-elle.

— Tu peux compter sur moi.

Elles sortirent ensemble de la salle d'interrogatoire. Alvarez leva les yeux vers Pescoli en débouchant dans le couloir.

— Encore un joyeux Noël en perspective, hein, partenaire ?

— Tu l'as dit.

Remerciements

Comme toujours, nombreuses sont les personnes qui m'ont aidée pendant que j'écrivais ce livre. Pour la plupart, ce sont les mêmes que d'habitude, et ils sont tous formidables : Nancy Bush, Alex Craft, Matthew Crose, Niki Crose, Michael Crose, Kelly Foster, Marilyn Katcher, Ken Melum, Robin Rue, John Scognamiglio, Larry Parks… Bien sûr, il se peut qu'il y ait quelques erreurs dans le livre ; dans ce cas, elles sont toutes de mon fait.

CHEZ MOSAÏC POCHE

Par ordre alphabétique d'auteur

KRISTAN HIGGINS	*L'Amour et tout ce qui va avec* *Tout sauf le grand Amour* *Trop beau pour être vrai*
LISA JACKSON	*Ce que cachent les murs* *Le couvent des ombres* *Passé à vif* *De glace et de ténèbres*
ANNE O'BRIEN	*Le lys et le léopard*
TIFFANY REISZ	*Sans limites* *Sans remords*
EMILIE RICHARDS	*Le bleu de l'été* *Le parfum du thé glacé* *La saison des fleurs sauvages*
NORA ROBERTS	*Par une nuit d'hiver* *La saga des O'Hurley* *La fierté des O'Hurley*
ROSEMARY ROGERS	*Un palais sous la neige* *L'intrigante* *Une passion russe* *La belle du Mississippi* *Retour dans le Mississippi*
KAREN ROSE	*Le silence de la peur* *Elles étaient jeunes et belles* *Les roses écarlates* *Dors bien cette nuit*

La plupart de ces titres sont disponibles en numérique.

Composé et édité par Harlequin

Achevé d'imprimer en France par CPI
en mars 2016

Dépôt légal : avril 2015
N° d'impression : 134369